O SEGREDO de ESPINOSA

JOSÉ RODRIGUES
DOS SANTOS

O SEGREDO
de
ESPINOSA

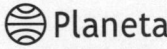

Copyright © José Rodrigues dos Santos, 2023
Copyright © Editora Planeta do Brasil, 2023
Todos os direitos reservados.

Preparação: Bárbara Parente
Revisão: Caroline Silva e Elisa Martins
Projeto gráfico e diagramação: Negrito Produção Editorial
Capa: José Moreno
Adaptação de capa: Emily Macedo
Imagens da capa: Silas Manhood / Trevillion Images e Morphart Creation, Faestock e Unique Vision/Shutterstock

Dados Internacionais de Catalogação na Publicação (CIP)
Angélica Ilacqua CRB-8/7057

Santos, José Rodrigues dos
   O segredo de Espinosa / José Rodrigues dos Santos. — São Paulo : Planeta do Brasil, 2023.
   488 p.

   ISBN 978-85-422-2383-5

   1. Ficção portuguesa   I. Título

23-5209   CDD P869

Índice para catálogo sistemático:
1. Ficção portuguesa

 Ao escolher este livro, você está apoiando o manejo responsável das florestas do mundo

2023
Todos os direitos desta edição reservados à
Editora Planeta do Brasil Ltda.
Rua Bela Cintra 986, 4º andar – Consolação
São Paulo – SP – 01415-002
www.planetadelivros.com.br
faleconosco@editoraplaneta.com.br

À Isabella

Não ridicularizar, não deplorar, não detestar, mas compreender.
BENTO DE ESPINOSA

Inspirado em acontecimentos verídicos.

Prólogo

Os olhos castanho-escuros brilhantes do menino de oito anos estavam colados ao pano de seda vermelha e dourada que no *hechal*, o santuário da arca feito de madeira com duas portinholas, cobria os pergaminhos onde se inscrevia a Torá. Era como se HaShem, Ele próprio, o Nome, Deus bendito, onipotente e onipresente, Shaddai Todo-Poderoso, Adonai, Elohim ou qualquer outro dos Seus mil nomes, ali estivesse à espera que O destapassem para que sobre todos lançasse o Seu olhar carregado de infinito. Misericórdia, justiça, fúria, compaixão, majestade, poder, amor, vida e morte. Ele era tudo o que havia. Tudo. O incomensurável.

O rebuliço próprio da sinagoga, entre os *yehidim* conhecida por "esnoga", denunciava uma descontração feita de conversas cruzadas e gargalhadas frequentes. Os corretores trocavam informações úteis para a sua atividade na bolsa, os comerciantes discutiam quando chegariam os últimos carregamentos de pau-brasil do Recife e de sal de Setúbal, e se haveria problemas com os espanhóis. Outros membros da congregação comentavam o descaramento dos *tudescos* em quererem vender nos seus talhos comida *kosher* aos portugueses, enquanto um punhado se ria com uma piada fresca que acabara de chegar de Lisboa ou de Sevilha. Os homens tinham panos brancos nos chapéus a cair-lhes sobre os ombros, os *tallitot*, e todos se sentavam nos seus lugares previamente marcados. Não havia nenhum que não tivesse nas mãos um Tanach, a Bíblia judaica; algumas em hebraico, a maioria em português.

O olhar do pequeno Bento desviou-se para a galeria onde se encontravam as mulheres, as cabeças cobertas por véus, muitas acompanhadas pelas filhas. Até dois anos antes tinha visto a mãe sempre ali sentada, silenciosa e atenta, a tossir ocasionalmente, mas justamente por causa dessa maldita tosse Ana Débora já não estava neste mundo. Em vez dela, viu duas meninas da sua idade sorrirem-lhe. Endireitou-se logo. Diziam-lhe por vezes que era um rapazinho de feições bonitas, o que pelo visto atraía tantos sorrisos e olhares das meninas, mas, tímido como era, não sabia como lidar com tais atenções.

O burburinho parou bruscamente. De tão inusitado, o silêncio súbito arrancou Bento das suas deambulações pela esnoga. Os rostos de todos os congregantes voltaram-se em vagas sucessivas para a porta da rua e o menino, sentado na nave com a família, imitou-os.

Contra a luz pálida do sol que jorrava sobre a entrada recortava-se o vulto de um homem de cabelos grisalhos revoltos, os ombros descaídos, imóvel e de cabeça baixa; dir-se-ia que tinha medo de entrar. Os olhares dos *yehidim* mantinham-se presos no recém-chegado, sem o convidarem, mas também sem o rejeitarem; estavam simplesmente na expectativa de ver o que ele faria. Atrever-se-ia a avançar ou daria meia-volta e escapulir-se-ia?

Sentindo a súbita tensão que se instalara no santuário, Bento virou-se para o lado.

"Quem é?"

Os seus dois irmãos, Isaac, um ano mais velho, e Gabriel, dois anos mais novo, encolheram os ombros com indiferença.

"Sei lá."

Olhou para o adulto que os acompanhava.

"Quem é aquele senhor, pai?"

"É o Uriel da Costa."

"Por que está toda a gente a olhar para ele?"

Impacientando-se, o pai colou o indicador aos lábios.

"Chiu!"

O pequeno calou-se e voltou a olhar para o recém-chegado. Ainda plantado no meio da entrada, Uriel da Costa respirou fundo, como se ganhasse coragem para fazer o que viera ali fazer. Recomeçou a caminhar, o corpo curvado pela derrota, os olhos intimidados no chão, internando-se na sinagoga pelo corredor central ladeado de congregantes que o observavam fixamente.

Chegou diante da *bimah*, a plataforma de madeira situada no centro do santuário onde habitualmente se faziam as leituras. Após uma nova hesitação, subiu-a com passos lentos e pesados, como um condenado a encaminhar-se para o cadafalso. A *bimah* estava deserta e os olhos de todos os *yehidim* encontravam-se centrados nele como se fosse o *chacham* de serviço. Voltando-se para a multidão, Uriel retirou do interior do casaco o papel que o *chacham* Saul Levi Morteira, o rabino-chefe, havia previamente redigido com as palavras adequadas para a ocasião. Desdobrou-o. As mãos tiritavam de nervosismo e o papel tremelicava sem cessar. Engoliu em seco ao pousar os olhos nas primeiras linhas do texto. Afinou a garganta.

"Eu, Gabriel da Costa, filho de Bento e Sara da Costa, nascido no Porto e diplomado em lei canônica pela Universidade de Coimbra, regressado à verdadeira fé em 1612 aqui na comunidade portuguesa de Amsterdã, onde os judeus vivem sem medo de serem judeus, tendo há sete anos sido excomungado uma segunda vez por meus pecados, venho diante de vós fazer a minha confissão", disse numa voz fraca e trêmula. "Os pecados que cometi tornaram-me merecedor de morrer de mil mortes, pois propaguei blasfêmias que ofendem HaShem, bendito seja o Seu nome, violei o *shabat*, não mantive a fé verdadeira e cheguei ao ponto de dissuadir outros que seguem a fé errada de se tornarem judeus. Consinto em obedecer à ordem que me foi dada e comprometo-me a cumprir todas as obrigações que me forem impostas e sujeitar-me de livre vontade às punições que me queiram aplicar. Prometo solenemente não regressar doravante aos caminhos ínvios, evitar a torpeza e o crime em que caí, e trilhar apenas o percurso da verdadeira fé."

Um silêncio absoluto acolheu esta declaração. Sempre com as mãos a tremer, Uriel dobrou a folha que acabara de ler e devolveu-a ao bolso interior do casaco. Desceu da *bimah* e foi interpelado pelo *chacham* Morteira. O rabino segredou-lhe qualquer coisa imperceptível ao ouvido e apontou para uma esquina da sinagoga. Com um movimento de assentimento, Uriel encaminhou-se pesadamente para aí.

"O que foi, pai?", perguntou o pequeno Bento, ainda sem perceber o que se passava. "O que fez ele?"

"Pecou", foi a resposta. "Por vontade de Deus, há muitos anos foi-lhe declarado um *cherem*."

O menino arregalou os olhos. Um *cherem*? O homem que subira à *bimah* havia sido excomungado? E, mais extraordinário, o *cherem* durava havia muitos anos?

"Por quê? Qual foi o pecado dele?"

"Desafiou o Senhor."

A resposta não foi inteiramente satisfatória. Bento era ainda uma criança, mas já frequentava a escola Talmud Torá, aprendera a ler e sabia bem que os *cherem* eram punições relativamente rotineiras na Nação, a comunidade portuguesa de Amsterdã, aplicadas pelas mais variadas causas pelos senhores do *ma'amad*, o conselho que governava a comunidade.

Bastava, por exemplo, um membro da Nação discutir assuntos religiosos com um gentio ou comprar carne a um talhante *tudesco* ou insultar um membro da comunidade portuguesa para que lhe fosse imposto um *cherem*. O próprio *chacham* Menashé ben Israel, um dos principais rabinos da Nação, havia sido excomungado pelo seu envolvimento num qualquer assunto de taxas. A excomungação de um *yehud* só tinha normalmente a duração de um dia, como acontecera com Ben Israel, ou então de uma semana ou de um mês. Mas... anos e anos?

"Que pecados cometeu ele, pai?"

"Coisas graves, Bentinho. Ofendeu Deus bendito."

O pequeno encolheu-se no seu lugar, aterrorizado por estar na sinagoga com alguém que cometera um crime tão hediondo e quase com medo de que os pecados fossem tão contagiosos como as pestes que periodicamente assolavam o país. Voltou a observar o homem que se recolhera a uma esquina do edifício. Que tipo de pessoa seria capaz de ofender Shaddai, o Todo-Poderoso?

"Que... que ofensas foram essas?"

"Chiu! Deixa ver!"

Por essa altura, Uriel estava a tirar o casaco e depois a camisa, ficando em tronco nu. Bento trocou com os irmãos um olhar de perplexidade. Um homem de tronco nu? Em plena sinagoga? O que se estaria ali a passar? A um sinal de um guarda do santuário, Uriel abraçou uma coluna. O guarda aproximou-se dele com uma corda e amarrou-lhe as mãos, prendendo-o à coluna.

A congregação seguia os acontecimentos de respiração suspensa, como se estivesse hipnotizada. Sabendo que dos irmãos não viria informação nenhuma, Bento voltou a procurar o pai.

"O que vão fazer?"

O pai não respondeu, nem foi preciso, pois em breve os acontecimentos o esclareceram. O *chazan*, ou cantor da sinagoga, aproximou-se de Uriel com uma corda escura e, como se a exercitasse, sacudiu-a no ar com um estalido seco. Um curto "oh!" ergueu-se da congregação e Bento percebeu que não se tratava afinal de uma corda. Era um chicote. O *chazan* ergueu o chicote e, pondo-se a recitar um salmo, desferiu em Uriel o primeiro golpe.

"Ó Senhor, nosso Deus, como é grande o Vosso nome em toda a Terra!", declamou em português. "Sobre os próprios céus se eleva a Vossa Majestade. Na boca das..."

Depois veio um segundo golpe, a seguir um terceiro, um quarto, um quinto...

Um burburinho foi-se erguendo da congregação a cada chicotada, e Bento, estarrecido, colou a mão sobre a boca. Que ofensas a Deus havia aquele homem cometido para merecer tamanho castigo? Olhou em redor. Todos os *yehidim* na sinagoga seguiam com atenção o que se estava a passar na coluna da esquina, uns com o sorriso austero de quem via a justiça divina ser aplicada naquele ato, outros com a dor própria de quem se compadecia com o sofrimento de outrem. Ainda pensou em insistir junto do pai com mais perguntas sobre o que se estava a passar e por quê, mas percebeu que não era o momento e conteve-se.

"Miguel", murmurou alguém na fila de trás, dirigindo-se ao pai de Bento. "Vocês, os Espinosas, não estão ligados aos Costas?"

Bento olhou e viu que a pergunta fora formulada por José dos Rios, um português que no contato com os neerlandeses se apresentava como Michel van de Rivieren, expressão neerlandesa para "dos rios".

"Não sou eu, é a família da minha falecida mulher, que Deus a tenha à Sua guarda", sussurrou Miguel de volta. "Nós, os Espinosas, somos da Vidigueira, lá no Alentejo. Era a família da minha falecida Ana que, quando vivia no Porto, se dava com os Costas. Nem sei se estariam relacionados desde os tempos em Ponte de Lima, onde..."

"Chiu!", sopraram vários congregantes, perturbados com a conversa num momento tão tenso como aquele. "Silêncio!"

O burburinho da congregação apagou-se. Só se ouviam na sinagoga os zumbidos do chicote a cortar o ar na esquina do edifício, os estalidos dos golpes nas costas da vítima, os seus gemidos abafados e a declamação dos salmos pelo *chazan*. Amarrado à coluna, Uriel da Costa chiava a cada vergastada, os olhos cerrados, a pele riscada por marcas vermelhas que se traçavam a cada chicotada.

Ao trigésimo nono golpe, o *chazan* baixou o chicote, dando a punição por concluída, e o guarda da sinagoga desamarrou a vítima. Combalido, Uriel sentou-se no chão para se restabelecer. O *chacham* Morteira, na sua qualidade de rabino-chefe da comunidade, abeirou-se dele e fez um gesto com a mão.

"Com este ato fica anulado o *cherem* sobre ti proclamado", declarou com solenidade em voz alta, para que todos o ouvissem. E repetiu. "Com este ato fica anulado o *cherem* sobre ti proclamado. Com este ato fica anulado o *cherem* sobre ti proclamado." A afirmação feita três vezes era necessária para que a anulação do *cherem* fosse efetiva. "E agora, para que a comunidade te perdoe, a ela tens ainda de te submeter nos termos que já te foram explicados. Vai com o Senhor, irmão, e não peques mais."

A custo, dorido e queixoso, Uriel levantou-se e, com a ajuda do guarda, vestiu a camisa e o casaco. A seguir encaminhou-se devagar para a entrada da sinagoga, sempre acompanhado pelo guarda. Ao chegar à porta, deitou-se sobre um degrau. Segurando-lhe a cabeça, o guarda fez sinal à congregação e os *yehidim* começaram a afluir ao corredor central e a encaminhar-se para a saída.

O primeiro fiel que chegou à porta hesitou, como se pedisse permissão. O guarda assentiu e o *yehud* pôs o pé sobre as nádegas de Uriel, pisou-as e saiu. O que veio atrás fez o mesmo e os restantes também. Homens, mulheres, idosos e crianças. Todos pisavam o rabo de Uriel como se fosse o degrau e era assim que saíam para a rua.

A cena arrancou uma gargalhada do pequeno Gabriel, que tinha apenas seis anos, mas Bento deu-lhe uma cotovelada para o calar. A seguir procurou mais uma vez o pai com o olhar.

"Nós... nós também temos de o pisar?"

O pai anuiu.

"Toda a comunidade tem de o fazer", disse. "É o castigo por ter ofendido Deus bendito."

Os *yehidim* enchiam o corredor central e, devagar, passo a passo, encaminhavam-se em fila para a porta. A família Espinosa foi ficando para trás, não havia pressa em pisar o desgraçado deitado sobre o degrau, mas, por mais demorada que fosse, a sua vez acabou por chegar. Bento viu o pai, à frente, calcar Uriel e sair. Depois os seus irmãos, o pequeno Gabriel e Isaac, até que ficou ele diante de Uriel. O castigado permanecia deitado sobre o degrau de barriga para baixo, o guarda sempre a apoiar-lhe a cabeça. Bento levantou o pé, assentou-o sobre o rabo sujo de tantas pisadelas e saiu da sinagoga.

Fazia um frio úmido na rua, como tantas vezes acontecia em Amsterdã. Para além dos fiéis portugueses que ali se deixaram ficar, viam-se pedintes *tudescos* de vestes esfarrapadas e ar imundo; nos últimos tempos havia cada vez mais destes judeus pobres a chegarem dos estados germânicos e da Polônia, todos a mendigarem esmola, o que embaraçava os portugueses. O que iriam os neerlandeses pensar dos judeus ao ver tais vagabundos?

Os últimos *yehidim* pisaram o arrependido e, quando já não havia mais ninguém para sair da sinagoga, o guarda fez um sinal e, com um gemido, Uriel levantou-se a custo. Estava todo sujo. As pessoas em redor ajudaram-no a limpar-se, sacudindo-lhe a roupa e esfregando-lhe a pele para lhe arrancar a sujidade. Por fim, quando tudo terminara e nada mais havia a fazer, todos, incluindo os Espinosas, voltaram as costas e encaminharam-se para suas casas.

A caminho da ponte sobre o Houtgracht, Bento ainda se virou para trás e viu Uriel da Costa, combalido, arrastar-se pela rua aos tropeções, um miserável que cambaleava como um ébrio até desaparecer para lá de uma esquina, e interrogou-se sobre os motivos pelos quais aquela estranha e terrível cena decorrera.

PARTE UM

NAÇÃO

*"O verdadeiro objetivo
da governação é a liberdade."*
ESPINOSA

I

Um barco carregado de lenha deslizava suavemente pelo Houtgracht, o canal de Amsterdã para o qual dava a janela da casa alugada pelo muito respeitado senhor Miguel de Espinosa na bela marginal, mas a visão era demasiado banal para suscitar o interesse dos filhos. Fazia frio, pois dezembro já começara. A mais velha, Miriam, uma rapariga magra de onze anos, estava encolhida à mesa com a pequena Rebecca ao colo, pois a irmã mais nova tinha apenas cinco anos, enquanto Isaac e Gabriel faziam caretas um ao outro. Alheio aos irmãos, Bento ocupava a mente ainda a tentar perceber a chocante cena a que assistira na sinagoga.

"Estou com larica", protestou Rebecca, chorosa. "Quando é que vem a paparoca?"

"Tem calma, o pai foi à dona Rute buscar o almoço", acalmou-a a irmã mais velha. "Ela ia fazer umas daquelas alheiras à moda de Mirandela que…"

A porta da rua escancarou-se nesse momento com brusquidão, fazendo-os darem um salto de susto. Olharam para a entrada e viram o pai irromper pela casa com uma cesta por baixo de um braço e uma garrafa de vinho erguida na outra mão como se fosse um troféu.

"Viva Portugal!"

A cena deixou as crianças estupefatas. O pai, judeu respeitoso e cumpridor dos seus deveres, não era homem de se meter nos copos. Aqueles vivas à velha pátria pareciam-lhes despropositados. Que bicho o teria mordido?

"Tenho fome!", atirou Rebecca. "Quero comer!"

Com entusiasmo esfuziante, Miguel precipitou-se para a mesa das refeições, pousou a cesta e foi à estante buscar um copo, que encheu de vinho.

"Hoje é dia de festa, meninos!", exclamou, erguendo o copo bem alto. "A nossa pátria livrou-se finalmente dos espanhóis! Viva a liberdade! Viva Portugal!"

Deitou o copo à boca e engoliu todo o conteúdo de uma vez só. Os filhos não percebiam o que se passava, aquele comportamento não era normal, mas nenhum ficou mais intrigado do que Bento.

"O que aconteceu, pai? Por que está assim? O que se passou em Portugal?"

Miguel pousou o copo sobre a mesa e limpou os beiços com as costas da mão.

"Chegou agora de Lisboa um navio com a grande notícia", disse. "Acabou-se a submissão à Espanha. Demos um grande pontapé no Filipe IV e pusemos os espanhóis no olho da rua. Este ano de 1640 vai ficar nos anais da glória! O nosso país, o nosso grande país, é livre outra vez. Livre! Portugal renasceu! Viva Portugal!"

O pai pôs-se a dançar aos saltos no meio da sala e os filhos imitaram-no, juntando-se à festa, embora sem a compreenderem verdadeiramente. Bento foi o único que permaneceu quieto no seu lugar. Não se podia dizer que partilhasse o entusiasmo do pai. Tal como muitos *yehidim* da comunidade em Amsterdã, Miguel era um patriota português e não admitia que ninguém falasse mal do seu país. O tema era de tal modo importante na comunidade que quem se atrevesse a criticar em público os representantes de Portugal estava sujeito a *cherem*, embora as críticas aos representantes da Espanha fossem perfeitamente admissíveis. Não era aliás por acaso que a comunidade do Houtgracht se designava a si mesma como *a Nação*, jamais *la Nación*, e que na própria sinagoga toda a comunicação que não fosse litúrgica decorria em português.

"Pusemos os espanhóis no olho da rua!", repetiu um radiante Miguel, engolindo mais um trago de vinho. "Agora a música vai ser outra! Ai, vai, vai…"

A Bento aquilo parecia absurdo, considerando que simpatizava com os espanhóis, até porque alguns dos seus amigos na sinagoga eram espanhóis, mas considerando sobretudo a forma como a velha pátria de quem tantos judeus de Amsterdã falavam com tão sentida nostalgia os tratara, queimando muitos na fogueira só pelo crime de acreditarem na Lei de Moisés. Notícias terríveis dessas continuavam, aliás, a chegar constantemente de Lisboa, do Porto, de Évora. Como era possível que o pai e tantos outros na Nação continuassem a considerar-se grandes patriotas portugueses?

Entre os *yehidim*, contudo, a maioria não via contradição nenhuma entre o amor a Portugal e o ódio ao catolicismo. Uma coisa era a pátria, que amavam incondicionalmente e pela qual suspiravam amiúde, outra completamente diferente era a maldita Inquisição que os forçara a abandonar a sua terra adorada. No caso do pai, o patriotismo português exacerbado misturava-se com um acentuado zelo ortodoxo judaico, o que ao filho se afigurava ainda mais estranho, se não mesmo trágico.

"Temos de ajudar a pátria", acrescentou o pai, tão excitado que não se conseguia calar, embora talvez falasse mais para si mesmo do que para os filhos. "Os Nunes da Costa já estão a dizer que vão enviar um barco de guerra e munições para auxiliar a nossa gente. Sim, porque os espanhóis não se vão ficar. A hora é de perigo. Temos de socorrer o nosso país!"

Todas as conversas em casa decorriam em português, a língua materna da família Espinosa. Na verdade, essa era a língua natural da comunidade dos marranos de Amsterdã, conhecida pelos neerlandeses como os "portugueses" – embora alguns deles, uma minoria, tivessem origem espanhola. A verdade é que a generalidade dos membros mais velhos da comunidade nem sequer se dera ao trabalho de aprender neerlandês, apesar de ali viver havia tanto tempo. Bento e os irmãos estavam familiarizados com a língua local, claro, uma vez que nasceram em Amsterdã e os seus contatos com a população nativa, não sendo muitos, eram suficientes para conseguirem falar neerlandês, embora naturalmente sem o à vontade com que dominavam a língua materna, o português.

Miguel, todavia, e a exemplo dos homens da sua geração, resistia teimosamente ao neerlandês. Acusava os habitantes de Amsterdã de rosnarem em vez de falarem e queixava-se a toda hora daquela incompreensível "língua de cafres"; para ele estava absolutamente fora de questão aprendê-la.

"Tenho larica!", voltou a protestar Rebecca, cansada da dança e de olhos postos no prato vazio. "A paparoca?"

Regressando à realidade mundana da gestão da casa, o pai mergulhou as mãos na cesta que pousara na mesa.

"Já vai, já vai…"

Pôs-se a cantarolar canções portuguesas da sua juventude, sempre alegre e efusivo, e tirou enfim da cesta as famosas alheiras da dona Rute, a velha judia que fugira de Trás-os-Montes com a família e que lhes fazia frequentemente as refeições. Miguel distribuiu a comida pelos pratos de todos e a seguir depositou na mesa um punhado de laranjas do Algarve adquiridas pela sua empresa de importação de fruta portuguesa.

"Hoje é enfardar até rebentar", recomendou, fazendo sinal aos filhos para começarem a comer. "O renascimento do nosso Portugal tem de ser comemorado em grande."

"A Inquisição vai acabar, pai?"

Miguel respondeu com um esgar cético.

"Isso já não sei. O que sei é que, se arrumarmos os espanhóis de vez, poderemos finalmente reatar relações comerciais com a nossa pátria amada."

"Mas, pai, nós já compramos fruta de Portugal..."

Era verdade, sabiam todos. A Espanha tinha declarado um bloqueio ao comércio com os Países Baixos, mas os funcionários portugueses, a quem agradava tudo o que irritasse os espanhóis, faziam vista grossa à proibição do comércio com os neerlandeses e sobretudo com os portugueses de Amsterdã, bastando para tal uma intermediação alemã, inglesa ou francesa que salvaguardasse as aparências. O comércio entre os Países Baixos e o Brasil prosseguira graças à colaboração dos comerciantes portugueses, em cujo nome os neerlandeses haviam colocado os seus navios e produtos, tendo sempre os portugueses respeitado os seus verdadeiros proprietários apesar de os papéis legais dizerem o contrário. Os funcionários portugueses chegavam a alertar os neerlandeses sempre que os seus bens eram ameaçados pelos espanhóis.

"Comprávamos às escondidas, Bentinho. Mas agora será tudo às claras. Há que comemorar!"

Ao ver o pai tão bem-disposto, Bento percebeu que se abrira uma inesperada janela de oportunidade para esclarecer o assunto que havia alguns dias tanto o perturbava. O pequeno dispunha de uma mente inquisitiva e gostava de entender tudo ao pormenor, incluindo a causa das coisas, mas tinha noção de que nem sempre o pai estava disponível para lhe responder. Normalmente isso levava-o a retrair-se, pois não gostava de agitar as águas. Havia que manter a *shalom bayis*, a paz no lar. Mas naquele momento o ambiente mostrava-se propício. Precisava era de ser sagaz na maneira como abordaria o assunto.

Deixou o almoço correr por alguns momentos, com o pai a saborear em voz alta a proclamação da independência de Portugal em relação à Espanha e a deleitar-se com o bom vinho que abrira para festejar a ocasião. Quando o entusiasmo pareceu acalmar, o que sucedeu na altura em que chegaram às laranjas, jogou a sua cartada.

"A mamãe conhecia aquele senhor?"

A pergunta foi formulada como se lhe tivesse acabado de ocorrer. Não entendendo a questão no contexto da restauração da independência de Portugal, Miguel devolveu-lhe uma careta de incompreensão.

"Qual senhor?"

"O que proferiu as blasfêmias e a quem no outro dia foi anulado o *cherem* na esnoga."

Ao perceber de quem o filho falava, Miguel fechou o rosto.

"Ah, o Uriel da Costa. O que tem ele?"

"Na esnoga ele disse que se chamava Gabriel..."

"Sim, mas todos o conhecem por Uriel. Por que estás agora a falar nesse desgraçado?"

Sentindo a sensibilidade do assunto, o pequeno fingiu apenas um vago interesse no assunto.

"O pai disse que a família dele se dava com a mamãe..."

"Dava-se com a família da mamãe", corrigiu o pai, enfatizando a palavra *família*. "Deus quis que os Garcês e os Costas se conhecessem dos tempos em que viviam no Porto."

"Se as nossas famílias eram próximas, se calhar não o devíamos ter pisado..."

O chefe da família hesitou. Normalmente não falaria daqueles assuntos com os filhos, eram demasiado pequenos para poderem entender as coisas do mundo, mas a alegria pela independência de Portugal e os efeitos do vinho baixaram-lhe a guarda. Se o rapaz queria perceber o que se passara na sinagoga, por que não esclarecê-lo?

"O Uriel ofendeu Deus bendito e, com a graça de Amonai, Nosso Senhor, teve de mostrar arrependimento e enfrentar a punição adequada à dimensão dos seus pecados para que o *cherem* lhe pudesse ser anulado", explicou o pai. "Pisamos porque foi essa a ordem dos senhores do *ma'amad*, em obediência à vontade de Deus. Foi até do interesse do Uriel, se queres que te diga, pois permitiu que fosse perdoado e reintegrado na Nação."

Fingindo-se apenas vagamente interessado no assunto que por esses dias dominava todas as conversas entre os *yehidim*, dado que o sucedido pouco tempo antes na sinagoga alimentava muito parlatório entre os portugueses de Amsterdã, o mais vivaço dos filhos de Miguel deu uma trincadela distraída na alheira que lhe coubera em sorte.

"Lá na escola, um colega contou-me coisas do senhor Uriel", disse com a descontração de quem tecia considerações mundanas sobre o estado do tempo. "Parece que ele falou contra o Talmude."

O Talmude, o livro da lei judaica, expunha a lei oral que regulava as cerimônias rabínicas e a própria vida diária da comunidade, servindo de base para todos os códigos legais dos judeus.

"O Uriel é parvo."

"Como se pode falar contra o Talmude, pai?"

O olhar de Miguel desviou-se para a janela como se procurasse aí forma de responder à pergunta. O Houtgracht, que cortava ao meio o bairro português de Amsterdã com as belas fachadas das casas alinhadas ao longo das duas margens do canal, estava nessa altura sem tráfego. Do outro lado do canal era visível o Antwerpen, o nome por que todos conheciam o edifício que durante anos albergara a sinagoga da Bet Jacob, a velha congregação frequentada pelos Espinosas e durante tanto tempo liderada pelo prestigiado *chacham* Saul Levi Morteira. A Bet Jacob fundira-se dois anos antes com outras duas congregações e reunia-se agora numa única sinagoga, situada a apenas algumas centenas de metros de distância e chefiada pelo mesmo *chacham* Morteira, agora na qualidade de rabino-chefe de toda a comunidade. Fora de resto aí que ocorrera dias antes a dramática anulação do *cherem* de Uriel da Costa.

"O Uriel nasceu católico e durante algum tempo até foi tesoureiro da Igreja", contou. "O pai dele também era católico, mas a mãe conversa, graças a Deus."

O filho fez uma careta.

"A dona Sara... conversava?"

A pergunta arrancou um sorriso de Miguel; só uma criança poderia fazer uma confusão daquelas.

"Conversa significa que era judia e converteu-se, ou foi convertida, ao catolicismo", explicou. "Nas terras da idolatria, como Portugal e Espanha, não se pode ser judeu, como vocês sabem. Portanto, fomos todos convertidos à força. A mãe do Uriel também. Chamam-nos por isso conversos. Ou cristãos-novos. Ou marranos. Só que a dona Sara continuou a ser judia no coração, percebes? Com a ajuda de Adonai, o Misericordioso, convenceu os filhos a regressarem em segredo à verdadeira fé, incluindo o Uriel. Com medo da Inquisição, acabaram todos por fugir para cá e foi aqui que, com a graça de Deus, encontraram proteção. Apenas o pai, um aristocrata cristão do Porto, ficou lá a adorar as estátuas e os santos e toda essa idolatria pagã de que os católicos tanto gostam."

"Se o senhor Uriel é judeu, como pôde ele falar contra o Talmude?"

"O Uriel viveu toda a sua vida entre cristãos e, quando com a ajuda de Deus retornou à verdadeira fé, julgava que o judaísmo era só a Torá com as leis de Moisés. Não sabia que havia uma série de regras estabelecidas na lei oral pelos sábios e pelos rabinos. Quando chegou aqui e foi confrontado com elas, reagiu mal. Disse que uma coisa era a lei absoluta de Deus, outra as invenções dos sábios e dos rabinos que eram totalmente alheias à lei divina enunciada por Moisés."

Bento alçou um sobrolho; era a primeira vez que ouvia falar em tal coisa.

"A lei oral do Talmude é uma invenção?"

"Foi o que ele disse, o blasfemo. A circuncisão, os filactérios, os *tallitot*… tudo invenção que nada tem a ver com a lei de Deus. O Uriel entrou em heresia completa, claro. O que eu acho é que ele ficou desiludido com as práticas que encontrou aqui em Amsterdã. Chamou à nossa comunidade uma seita chefiada por fariseus e outros disparates que tais, vê lá tu! Até escreveu um livro maldito, um pedaço de lixo intitulado *Propostas contra a Tradição*. Assentou mal a toda a gente, como é bom de ver. Ninguém estava disposto a aturar esta mão-cheia de blasfêmias ofensivas a Deus."

"Foi por isso que lhe decretaram o *cherem*?"

"Por isso… e por coisas piores."

O pai calou-se, como se o resto fosse tão terrível que nem sequer podia ser dito.

II

O súbito silêncio do pai deixou Bento ainda mais intrigado. Uriel da Costa fora excomungado por ter afirmado que as práticas inscritas no Talmude nada tinham a ver com a lei de Deus e não passavam de invenções de sábios e rabinos? E Uriel dissera coisas ainda mais graves do que isso? O que poderia ser mais grave do que o que acabara de ouvir?

"O que é pior do que dizer que o Talmude é uma invenção?"

Miguel olhou demoradamente para o filho, avaliando-o. Aquela não era conversa para se ter com um garoto de oito anos, sabia. Mas sabia também que o seu Bento só de corpo era franzino e de idade cronológica, garoto. Como se dizia na sua infância na Vidigueira, o miúdo era "bem esgalhado da cabeça" e a ele "não lhe faziam o ninho atrás da orelha". Em suma, um vivaço. Teria oito anos, é certo, mas por vezes parecia mais adulto do que muitos velhos.

Sim, por que não lhe contar o resto? No fim de contas, e inquisitivo como era, se não lhe explicasse as coisas, ainda acabaria por fazer a toda a gente perguntas inconvenientes, e isso poderia revelar-se assaz embaraçoso. Além do mais, ouviria da boca de outros, e de formas que não se podia prever nem controlar, as heresias que conduziram ao *cherem* decretado a Uriel da Costa. Se tinha de as ouvir, ao menos que as ouvisse do pai que zelava pela sua educação de bom *yehud*.

"Afirmou que a alma não é imortal."

Disse-o em voz baixa, quase com medo de ser manchado pela heresia contida naquelas palavras ímpias, e o filho abriu a boca de espanto.

"O senhor Uriel disse *isso*?"

Consciente da gravidade da afirmação, Miguel balançou afirmativamente a cabeça.

"Esse lunático parecia que andava com a mosca, coitado. Pôs-se a proclamar aos quatro ventos que a alma é engendrada pelo corpo, não é criada separadamente por Deus e colocada em nós, e por isso não sobrevive à morte. Um sacrilégio horroroso! Mas não se ficou por aqui, o blasfemo. Disse que não há vida após a morte, que não há eterna punição para os pecadores, que não há para os justos o Olam Habá, o mundo depois da morte... que não há nada! Como se essas heresias infames não bastassem, o doido chegou ao ponto de afirmar que a Lei de Moisés não vem afinal de Deus, mas dos homens, pois contradiz as leis da natureza." Bufou. "Enfim, uma blasfêmia completa e sem pés nem cabeça."

Tudo aquilo era novidade para o pequeno Bento. Nunca ouvira falar de coisas daquelas na sinagoga, e muito menos na escola ou sequer nas conversas que amiúde escutava entre adultos. A alma nasce do corpo e morre com ele? A lei divina foi inventada por homens? O Olam Habá onde Deus recebe os justos depois da morte afinal não existe? O que vinha a ser aquilo? Na verdade pareceu-lhe tudo de tal modo surpreendente que ficou por momentos sem saber o que dizer ou sequer pensar. Meteu à boca um gomo de laranja para ganhar tempo e tentar ordenar o turbilhão de pensamentos que nesse momento lhe tumultuava o espírito.

Surgiu-lhe uma dúvida.

"Se ele acha isso tudo, por que razão foi no outro dia à esnoga pedir perdão?"

O pai fez um gesto indefinido com a mão.

"Um *cherem* é uma coisa dura de enfrentar, Bentinho", explicou Miguel. "Quando és excomungado, ninguém mais da Nação fala contigo. Ninguém. Nem sequer a tua família, percebes? Deixas pura e simplesmente de pertencer à comunidade. É como se nem existisses. Desafiaste Elohim, Deus infinito, e por isso foste banido."

"A família dele deixou de lhe falar?"

"Os irmãos cortaram relações com ele, como é vontade do Senhor. Um deles, o Abraão da Costa, até integrou comigo o *ma'amad* da congregação Bet Jacob. Um judeu às direitas, temente a Deus, crente, respeitador, justo. Não tem nada a ver com o blasfemo do Uriel, esse miserável que tanto ofendeu Deus bendito.

"E a mãe dele?"

Definitivamente, nada escapava à atenção daquele miúdo. Não havia dúvida de que o garoto era bem esgalhado da cabeça.

"A dona Sara foi a única que continuou a acolhê-lo. Pobre mulher. Em bom rigor deveria ter sido excomungada por isso, uma vez que o *cherem* proíbe qualquer judeu, incluindo os familiares, de falar sequer com o excomungado, mas os rabinos lá fecharam os olhos à transgressão e, inspirados pela misericórdia de Amonai, pouparam a desgraçada de mais sofrimento.

Só que o isolamento deixou o Uriel desesperado, como é bom de ver. Foram anos e anos sem que ninguém lhe falasse, à exceção da mãe. Ao fim desse tempo todo, não aguentou mais e, decerto inspirado pela graça de Deus, lá se decidiu a submeter à verdade eterna e pedir desculpa à Nação. Foi o que viste acontecer no outro dia na esnoga."

A cena na sinagoga voltou a aflorar à mente do pequeno Bento. A entrada tensa de Uriel no santuário, os olhos expectantes dos *yehidim* voltados para ele, a declaração de arrependimento lida sobre a *bimah*, as chicotadas junto à coluna, a revogação do *cherem* pelo rabino Morteira, as pisadelas humilhantes nos degraus da saída. Tudo o que vira se tornava enfim claro.

"O pai dá licença?"

O pedido foi formulado por Miriam, a mais velha dos irmãos. O chefe da família assentiu com um gesto displicente e a menina pôs-se de pé, empilhou os pratos dos irmãos e levou-os para a cozinha para os lavar. Os olhos de Miguel acompanharam pensativamente a filha. Tinha cinco filhos, eram ainda demasiado pequenos e sozinho não seria capaz de os educar. Não havia dúvidas, precisava de ajuda.

"Amanhã vou à Dotar."

A Dotar, como era conhecida a Santa Companhia de Dotar Orfans e Donzelas Pobres, era uma instituição criada em 1615 pelos judeus portugueses em Amsterdã para ajudar raparigas pobres "de nação portuguesa e castelhana", isto é, judias ibéricas, a virem para a grande cidade holandesa e casarem com um judeu português ou espanhol. A verdade é que a comunidade em Amsterdã tinha falta de mulheres, pois eram sobretudo os homens que vinham para a República das Sete Províncias Unidas dos Países Baixos em fuga da Inquisição ou em busca de oportunidades de negócio. Havia que lhes arranjar esposas. Como estava fora de questão que os judeus de Amsterdã se casassem com as neerlandesas, o que não só violaria as regras judaicas como a própria lei das Províncias Unidas e as condições impostas pelos neerlandeses para aceitar os judeus na sua terra, a única maneira de resolver o problema era importar judias casadoiras. Nem pensar em judias *tudescas*, provenientes dessas comunidades de judeus das terras alemãs ou da Polônia cheias de pés-rapados que não tinham *yuchasim*, o indispensável *pedigree* ibérico, nem onde cair mortos, pelo que só as de origem portuguesa ou espanhola se afiguravam adequadas. Os da Nação só casavam com as da Nação.

O anúncio não passou despercebido ao pequeno Bento.

"O pai vai voltar à gestão da Dotar?"

Era verdade que Miguel pertencera anos antes à direção que geria a Santa Companhia de Dotar, o que justificava a pergunta.

"Vou... enfim, vou tratar de uns assuntos."

A forma evasiva como o chefe da família respondeu tornava claro que não tinha intenção de explicar os motivos da visita, pelo que o mais esperto dos seus filhos não prosseguiu com as perguntas sobre o assunto; era para ele evidente que, mais do que preocupado com a governação da Dotar, o pai estava era preocupado em governar-se na Dotar com uma mulher nova. Bento preparou-se para pedir licença para se levantar e ir à cozinha ajudar a irmã a lavar os pratos, mas nesse instante ouviram-se gritos provenientes da rua.

"É a festa", exclamou Miguel, recuperando o entusiasmo pela grande notícia que nessa manhã chegara de Lisboa. "Está toda a gente a celebrar Portugal!"

Miguel e os filhos saltaram dos seus lugares e foram ver o que se passava. Viviam numa rua conhecida por Burgwal e da porta da entrada avistaram um ajuntamento de portugueses à beira do canal. Coisa estranha, não pareciam festejar coisa nenhuma. Observando melhor a pequena multidão, constataram que algumas pessoas agarravam uma idosa que parecia querer lançar-se ao Houtgracht. Foi a irmã mais velha, Miriam, quem primeiro a reconheceu.

"Aquela não é a dona Sara?"

O pai e os irmãos constataram que de fato se tratava de Sara da Costa, a velha conversa que décadas antes abandonara o marido católico para fugir com os filhos, incluindo o blasfemo Uriel, e com eles viver como judia em Amsterdã.

Com os pequenos atrás dele, Miguel saiu de casa e dirigiu-se ao grupo de portugueses, no meio do qual a idosa se debatia.

"Deixem-me!", gritava ela, fora de si. "Deixem-me! Quem sois vós, ó gente ignorante, para fazer o que fizeram? Vós que tão perseguidos fostes, sois agora os perseguidores! Fugimos da maldita Inquisição na terra da idolatria para afinal criar aqui uma nova inquisição, a inquisição da Nação! Deixem-me, ouviram? Sois uns ímpios, uns abrutalhados, uns... uns..."

A mulher parecia possessa e, por entre uma jorrada de vitupérios e o rosto em lágrimas, tentava a todo custo libertar-se dos braços que a prendiam e a impediam de se lançar às águas do canal. Miguel interpelou um dos mirones que integravam o ajuntamento.

"O que aconteceu?"

"Boa tarde, senhor Espinosa", cumprimentou o homem. "É a dona Sara. Quer atirar-se ao rio."

"Isso vejo eu. Mas por quê?"

"Por causa do que aconteceu ao filho, claro."

Miguel pestanejou. A cerimônia de revogação do *cherem* fora dura, sem dúvida. Na verdade, constituíra uma terrível humilhação para Uriel. Mas parecia-lhe que o tempo para uma reação daquelas já tinha passado, para mais numa altura em que os portugueses de Amsterdã deveriam era estar a festejar a libertação da sua velha pátria do jugo espanhol.

"Isso aconteceu há dias, caro amigo", fez notar. "Hoje temos é de cantar e de dançar por nosso Portugal."

O mirone olhou para o seu interlocutor como se o que ele acabara de dizer não fizesse o menor sentido.

"Isto não é por causa da cerimônia do outro dia na esnoga, senhor Espinosa."

"Não? Então o que se passa?"

O olhar do homem desviou-se momentaneamente para Sara da Costa, que se debatia ainda, com fúria e desespero, nos braços dos homens que a impediam de se lançar ao Houtgracht. Parecia perdida, os cabelos desgrenhados, os olhos enlouquecidos, ranho a escorrer-lhe das narinas, a voz rouca de tanto berrar, um esgar tresloucado estampado no rosto contorcido de dor.

"O Uriel matou-se."

As páginas amareladas do velho exemplar da Chumash, a versão impressa da Torá com os cinco livros de Moisés, exalavam um aroma adocicado que deliciava Bento. Enquanto as folheava, ia colando a ponta dos dedos às narinas para sentir o perfume cálido das folhas gastas pelo tempo. Desde que de tenra idade começara a ler que buscava naquele livro a resposta a todos os mistérios que o atormentavam. O espesso volume com letras impressas em hebraico, que encarava como se fosse a língua dos Céus, causava-lhe profunda impressão e respeito.

Engoliu em seco. Elohim, o Deus infinito, falava-lhe diretamente naquele livro e através daquela língua.

"O Senhor pronunciou então estas palavras", escrevia-se no Êxodo, vinte, um. "Eu sou o Senhor teu deus." O Criador, o que dava a vida e sentenciava a morte. Tudo o que havia a saber estava ali escrito. Todas as respostas, todos os segredos, todos os mistérios. A crônica do passado e a profecia do futuro. O oráculo do universo. Tudo. Ou pelo menos fora isso o que ao longo do tempo lhe haviam dado a entender em casa, na sinagoga e na escola, ontem com as aulas do professor Mordechai de Castro, hoje com o professor José de Faro, amanhã, quem sabe, com o próprio *chacham* Morteira.

A escola Talmud Torá, a principal instituição de ensino da comunidade portuguesa de Amsterdã cujas aulas Bento frequentava desde o ano anterior, estava situada diante do Houtgracht e era a joia da Nação. Rabinos *tudescos* que a visitavam ficavam pasmados por verem crianças recitar a Torá, dominar a gramática e compor versos em hebraico com desarmante destreza; tamanho prodígio não se via em parte alguma do mundo judaico a não ser entre os *yehidim* portugueses, os mais prodigiosos dos filhos de Israel.

Da janela onde o menino franzino e pálido se sentava era visível a sua casa do outro lado do canal, com torres de igrejas erguendo-se ao fundo como se tentassem furar o céu brumoso, mas a paisagem urbana não lhe interessava de momento. A sua atenção estava nesse instante exclusivamente

33

dedicada à Chumash, a Torá impressa que tinha nas mãos. Folheou o livro sagrado do Pentateuco com delicadeza infinita, receando danificar nem que fosse um canto de página, até por fim localizar o versículo do Deuteronômio que já em casa lhe chamara a atenção. Pousou os olhos nas palavras escritas no hebraico que, apesar de ser já capaz de entender, ainda se lhe afigurava tão misterioso.

אֶת־אָר֞וֹן הַנְּשְׂאִ֤ים לֵוִי֙ בְּנֵ֣י אֶל־הַכֹּהֲנִ֔ים וַֽיִּתְּנָ֗הּ הַזֹּ֑את אֵ֣ת אֶת־הַתּוֹרָ֖ה מֹשֶׁ֔ה וַיִּכְתֹּ֣ב
יִשְׂרָאֵֽל׃ וְאֶל־כָּל־זִקְנֵ֖י יְהֹוָ֑ה בְּרִ֥ית

Traduziu-as na mente para o seu português materno.

Moisés escreveu esta lei e confiou-a aos sacerdotes, descendentes de Levi, encarregados de transportar a arca da aliança do Senhor, e a todos os anciãos de Israel.

Suspendeu a leitura e afastou da testa uma melena do cabelo castanho-escuro, tão escuro que havia até quem o achasse negro. A morte de Uriel da Costa, juntamente com a cerimônia de anulação do *cherem* na sinagoga e as explicações que o pai lhe dera sobre as blasfêmias que levaram aquele desgraçado à excomungação e depois a pôr fim à sua própria vida, deixou-lhe uma marca indelével no espírito. Não fora só a humilhação que envolvera a cerimônia e o horror do suicídio subsequente que o impressionaram. Foram as estranhas ideias que, segundo o pai, conduziram a toda aquela tragédia.

As ideias.

As ideias de Uriel haviam-no intrigado profundamente. Bento buscava respostas às perguntas a que elas o haviam conduzido. A lei oral era uma invenção dos homens? A alma não era imortal? Não fora Moisés quem escrevera a Torá? Uma coisa dessas não podia ser. Era falso. Só podia ser falso. Claro que a lei oral tinha inspiração divina, claro que a alma era imortal, claro que Moisés escrevera a Torá. Todos o diziam, todos o sabiam, ninguém duvidava. Exceto Uriel. Este não tinha razão, como era evidente. Não podia ter razão. Enlouquecera decerto. Doido varrido. Nada do que defendia fazia o menor sentido. Nada de nada.

E no entanto...

Em boa verdade, o problema inquietava-o ainda antes de ter acontecido o que acontecera a Uriel da Costa. Bento não conseguia esquecer a imagem que guardava da mãe, deitada na cama de cortinas vermelhas durante meses e meses, pobrezinha, sempre a tossir, sempre doente, sempre a sofrer. Tantas vezes rezara por ela. Tantas e tantas e tantas. Deus, salva-a. Senhor, tem piedade. Adonai, põe-na boa outra vez. Acaba-lhe com a tosse, devolve-lhe a saúde, recupera-lhe o sorriso. Por favor, por favor. Retorna-a a nós. A mim. Não era Elohim o Misericordioso? Não era Deus bom? Decerto escutaria as suas preces e viria em socorro da mãe, da sua querida mãe que tanto adorava. Seguramente que HaShem a curaria. Não havia que duvidar. Um dia ela acordaria e, milagre dos milagres, viria abraçá-lo, curada e livre e alegre, e… e… Não foi isso o que sucedeu, pois não? A mãe tossiu e tossiu e tossiu até morrer a tossir naquele quarto do rés do chão da casa e naquela cama das cortinas vermelhas, de onde saiu enfim em silêncio num caixão para um barco. Ele acompanhou o cortejo pelos canais de Amsterdã até ao cemitério de Bet Haim, o local em Ouderkerk onde a Nação enterrava os seus, e percebeu enfim, quando viu o caixão mergulhar na terra e ela lá dentro já sem tossir, que a perdera para sempre. Ele e os irmãos e o pai. Perderam-na para a eternidade. Como era possível que um Deus bom aceitasse tamanho mal e um Deus misericordioso não tivesse mostrado a menor misericórdia para com uma alma tão bondosa e delicada?

Sim, essa fora a semente da dúvida que se instalara na sua mente. Mantivera-a enterrada durante três longos anos, reprimida por tudo o que o pai lhe dizia sobre a verdadeira fé e por tudo o que ouvia na sinagoga e na escola. Contudo, o que acontecera no ano anterior a Uriel, e sobretudo as razões que conduziram a esse acontecimento, trouxera à tona aquela dúvida insidiosa que impercetivelmente o corroía por dentro. Se Deus era bom e misericordioso, por que deixara que a mãe morresse na cama das cortinas vermelhas? Onde estava a misericórdia que deveria ter impedido uma coisa tão terrível para ela, para ele, para os irmãos e para o pai? Onde estava a bondade quando se permitia tanto sofrimento a uma das Suas mais belas criaturas? Deus era bom? Adonai era misericordioso? Sê-lo-ia realmente? Ou… ou…

"Baruch, pareces inquieto. O que se passa?"

Bento levantou os olhos e fixou o rosto do professor José de Faro. O docente que na segunda classe lhe ensinava as técnicas básicas para ler em hebraico a Chumash chamava-lhe sempre Baruch. Bento era o seu nome em casa e na rua, pois o pai fazia questão de lhe lembrar que, apesar de viverem nas Províncias Unidas dos Países Baixos, dentro daquelas paredes todos eram portugueses e sempre o seriam. Na sinagoga e na escola, todavia, o seu nome era Baruch. Bento em casa, a palavra portuguesa para abençoado; Baruch na escola, a palavra hebraica para abençoado.

Corou.

"Uh… nada, senhor professor."

O instrutor era, porém, demasiado perspicaz para se deixar ludibriar com tanta facilidade.

"Nada, não. Já te conheço de ginjeira, Baruch. Estás com cara de caso. É por causa do casamento?"

Bento ficou surpreendido com a pergunta. Decerto graças à intermediação da Dotar, o pai tinha-se casado pouco tempo antes com uma portuguesa chamada Ester, uma órfã que acabara de chegar de Lisboa com a irmã.

"Não, claro que não."

Embora o português fosse a língua materna da generalidade dos membros da comunidade de Amsterdã, na escola só se falava castelhano, a língua literária, e hebraico, a língua divina. Mas o professor José de Faro, patriota como tantos portugueses da comunidade, descaía amiúde para o português quando conversava informalmente com os alunos.

"Dás-te bem com a tua madrasta?"

"Sim, senhor professor. É boa pessoa."

A sinceridade do rapaz era óbvia. Se não era o recente casamento do pai que o perturbava, o que seria?

"Os negócios do teu pai? Vão bem?"

"Muito bem, senhor professor. Como sabe, desde que Portugal se libertou da Espanha que as ligações comerciais entre nós e a pátria melhoraram. À custa disso, o negócio de frutas do meu pai com o Algarve vai de vento em popa."

"Mesmo com as perseguições que eles por lá fazem aos da Nação? Ainda hoje chegou a notícia de que em Lisboa queimaram na fogueira o pobre do Isaac Tartas, aquele que há uns anos foi para o Brasil."

A notícia do martírio de Isaac de Castro Tartas abalara a comunidade portuguesa em Amsterdã. Isaac partira anos antes para o Recife, sob soberania neerlandesa, mas depois cometera o erro de ir para a Bahia, onde estavam os portugueses, e acabara nas mãos da Inquisição e extraditado para Lisboa. O seu triste fim na fogueira tinha sido igual ao de tantos outros. Para os *yehidim* em Amsterdã, aqueles martírios não eram algo que ouviam em crônicas antigas recitadas pelos mais velhos, como acontecia nos relatos da Torá, os cinco livros de Moisés, sobre o êxodo do Egito, ou nas crônicas do Tanach, a mais vasta Bíblia hebraica, sobre a servidão na Babilônia, mas acontecimentos que estavam a decorrer nesse preciso momento e que deixavam toda a gente atemorizada, como se Lisboa fosse a Babilônia e a Inquisição, o faraó.

"Sim, senhor professor. O negócio melhorou apesar das perseguições."

O problema também não eram evidentemente os negócios de Miguel de Espinosa. Os olhos do professor José de Faro desceram para o volume que o aluno consultava. O problema só podia estar nas páginas sagradas.

"É a Torá? Há porventura alguma coisa no santo livro do Pentateuco que te causa perplexidade?"

Bento ainda considerou a possibilidade de negar, mas a mentira não lhe estava no sangue e sabia que não conseguiria enganar o professor. E, na verdade, para que o quereria fazer? Não era José de Faro o professor? Que ele soubesse, um professor servia para ensinar e esclarecer as dúvidas dos alunos.

Afinou a voz e apontou para as linhas que acabara de ler.

"É este versículo, senhor professor."

O instrutor esticou o pescoço para tentar descortinar o texto, mas à distância era impossível.

"Do que estás a falar, rapaz?"

"Deuteronômio, capítulo trinta e um, versículo nove."

Assim de cor, o professor não estava a ver de que versículo se tratava.

"Lê-o."

A atenção de Bento baixou para as linhas impressas no papel amarelado do seu exemplar da Chumash, a versão impressa da Torá.

"*Vayich'tov Moshe et haTorah hazot vayit'na el haCohanim b'nei Levi hanos'yim et aron b'rit HaShem v'el kol zik'nei Yisrael.*"

"Agora traduz para português."

Pelo visto, nem mesmo numa simples conversa o professor parava de testar os alunos na compreensão do hebraico bíblico.

"'Moisés escreveu esta lei e confiou-a aos sacerdotes, descendentes de Levi, encarregados de transportar a arca da aliança do Senhor, e a todos os anciãos de Israel.'"

Calou-se e levantou os olhos para o professor José de Faro. Este não parecia impressionado.

"E então? O que tem esse versículo de extraordinário?"

O aluno apontou para o início da linha que acabara de ler.

"Diz aqui que 'Moisés escreveu esta lei', senhor professor."

"Sim, claro, foi Moisés quem escreveu a Torá", assentiu o docente como quem expunha uma evidência. "Todos o sabem. E depois?"

Bento coçou a nuca, atrapalhado.

"Uh... justamente, senhor professor", titubeou. "Se foi Moisés quem escreveu a Torá, como se explica que ele falasse sobre os seus atos na terceira pessoa? Repare que este versículo não diz: 'Eu escrevi esta lei e confiei-a aos sacerdotes, descendentes de Levi', como seria normal se fosse ele o autor deste texto. O que ele diz é: 'Moisés escreveu esta lei e confiou-a aos sacerdotes, descendentes de Levi.' Como se o autor deste versículo não fosse o próprio Moisés, mas uma outra pessoa a relatar o que Moisés havia feito."

Quando enfim percebeu a objeção do aluno, o professor José de Faro soltou uma gargalhada sonora e chegou a agarrar-se à barriga de tanto rir. Riu-se como havia muito tempo não se ria, tendo levado um bom minuto até se restabelecer.

"Diz-me uma coisa, Baruch", interpelou-o quando recuperou do ataque de riso. "Que idade tens tu?"

Bento ficou ainda mais pálido do que era naturalmente. Devia ter dito um enorme disparate para que o professor se risse dele daquela maneira.

"Quase dez anos, senhor professor."

Respondeu numa voz sumida, quase envergonhada, o corpo encolhido na cadeira.

"Quase dez anos!?", exclamou o professor José de Faro com incredulidade. Deu uma palmada ruidosa no tampo da mesa. "Meu Deus, és o aluno mais esperto que alguma vez vi! Adonai seja bendito!"

A reação deixou Bento pasmado. Esperava uma reprimenda ou então ser ridicularizado. Contudo, não era manifestamente isso o que estava a acontecer. O instrutor da Torá em hebraico não parecia minimamente perturbado com a observação que ele acabara de fazer. Pelo contrário, dir-se-ia até deliciado.

"O... o senhor professor também já tinha reparado neste versículo?", perguntou na mesma voz intimidada. "Como se explica o que está aqui escrito, senhor professor?"

O professor José de Faro manteve o olhar apreciativo preso ao aluno. Aquele miúdo não parava de o surpreender.

"Quase dez anos, hem?", questionou como se falasse para si próprio. "Meu Deus, como é possível um garoto com esta idade ser tão perspicaz? Ah, não há dúvida! Deus conferiu-te um dom, meu rapaz! Um grande dom! És a glória do Senhor e a pérola da Nação. Sabes o que te digo? Um dia serás grande na nossa comunidade. Grande, ouviste? Serás tu o rabino-chefe de Amsterdã. Ouve o que te digo, rapaz. Estuda, empenha-te... e chegarás longe. Muito longe. O mundo inteiro ainda ouvirá falar de ti. O rei D. João IV e Portugal inteiro, que Deus os tenha para sempre à Sua guarda, lamentarão o dia em que te perderam por causa da maldita Inquisição! Ah, como lamentarão!"

Bento não sabia o que dizer. Perante o silêncio embaraçado do pequeno, o instrutor fez um gesto displicente.

"Não te preocupes com o capítulo trinta e um, versículo nove, do Deuteronômio, rapaz. Quando fores maior e tiveres aulas com o *chacham* Morteira, lerás Maimônides e compreenderás a Torá com mais profundidade. Por ora, estuda-a em hebraico como um bom *yehud*. Estuda-a e aprende, ouviste? As respostas certas virão com o tempo e a ajuda de Elohim."

O aluno assentiu com um movimento da cabeça e voltou a mergulhar a sua atenção na Chumash, onde a Torá fora impressa. Não sem que fizesse uma anotação mental para investigar aquele estranho nome que pela primeira vez acabara de ouvir. Maimônides.

IV

Ao penetrar no tugúrio escuro de um beco de Amsterdã, Bento deparou-se com a dona da casa sentada à lareira crepitante, curvada a ler em português a Torá impressa na sua Chumash. O pai havia-o avisado para ter cuidado com aquela velha, que descreveu como manhosa, e dissera-lhe que a missão que lhe confiava era um teste. O rapaz desconhecia de que teste se tratava, mas tencionava passá-lo.

A idosa sabia que ele vinha, pois Bento batera à porta momentos antes e ela mandara-o entrar, mas mantinha os olhos colados ao santo livro como se nada fosse mais importante do que a ladainha que recitava num murmúrio. Mesmo sentindo a presença do recém-chegado, a velha senhora prosseguiu a oração e só quando a concluiu é que, voltando-se enfim para ele, lhe prestou atenção.

"Com que então és tu o filho do distinto senhor Miguel de Espinosa!", exclamou a idosa com um sorriso que lhe destapou a boca desdentada, apreciando o jovem dos pés à cabeça. "Franzino, mas um belo rapaz, sim, senhora. Foste abençoado pela Santa Ester, não há dúvida. Deves ter as meninas todas d'olho em ti, hem?" Fungou. "Como vai o senhor teu pai?"

"Bem, dona Raquel."

"Ouvi dizer que já arranjou mulher nova, graças aos céus. Ela é temente a Deus bendito?"

"Com certeza, dona Raquel. A minha madrasta vai sempre à esnoga, como se requer de qualquer bom *yehud*."

"Muito bem, muito bem. Ela veio de Lisboa, não é? Porventura já fala neerlandês?"

Foi a vez de o rapaz sorrir.

"Ah, isso não."

A idosa acariciou a Chumash que mantinha nas mãos como se fosse um tesouro.

"O que interessa é que siga a Lei de Moisés e respeite Elohim e o santo livro, não é verdade? Além do mais, a nossa abençoada língua portuguesa tem de ser preservada. Nunca nos podemos esquecer quem somos nem de onde viemos."

A dona da casa calou-se e, balançando a cadeira, ficou a saborear o calor exalado da lareira. Estabeleceu-se entre eles um silêncio embaraçoso. Mas Bento vinha com uma missão e se ela não lhe abria o caminho, cabia-lhe desbravá-lo. Tirou do bolso um pequeno saco de serapilheira e depositou-o sobre a mesa ao lado da velha.

"Dona Raquel, como sabe vim a mando do meu pai por causa do empréstimo que ele lhe concedeu no ano passado", disse. "Creio que estava combinado que hoje seria feita a devolução da última tranche. São dez ducados."

Com um suspiro, a idosa levantou-se a custo e foi a uma parede da casa retirar um tijolo solto, revelando um esconderijo. Do interior extraiu um punhado de moedas, que trouxe para junto da mesa. Foi pousando uma a uma sobre o tabuleiro.

"Um, dois, três, quatro…", contou, até chegar ao fim. "Dez ducados. Aí está o que devo ao senhor teu pai. Leva-lhos com um agradecimento meu. Possas tu um dia ser um homem tão honesto como ele, que nunca renegou a Lei de Moisés. O céu abençoar-te-á se lhe seguires o exemplo."

Enquanto falava, ia metendo as moedas no saco de serapilheira. Com o saco já cheio, estendeu-o ao visitante. Mas Bento não pegou nele.

"Se não se importa, dona Raquel, queria contar eu."

A objeção escandalizou a velha.

"O que estás a insinuar, rapaz? Não viste que pus as moedas todas no saco?"

"Sim, mas mesmo assim, e se não vir inconveniente, queria contá-las."

O rosto enrugado da dona da casa enrubesceu de indignação.

"Estás a sugerir que te quero enganar? Ah, nunca me senti tão ultrajada na vida! E por um fedelho mal-educado, ainda por cima! Que vergonha! Vergonha!" Apontou o dedo para o visitante. "Tem tino, rapaz! Tem tino e não te aproveites dos mais fracos, ouviste? Respeita esta velha temente a Deus e implora perdão a Elohim pelo pecado que acabaste de cometer. Sou pobre, mas muito honrada. Os pobres são abençoados por Deus, os pobres não têm nenhuma arma a não ser a sua bondade."

Mas Bento não se deixou intimidar. Pegou no saco de serapilheira e despejou na mesa as moedas que a idosa acabara de lá meter dentro. Contou-as uma a uma à vista dela.

"Um, dois, três, quatro, cinco, seis, sete... oito." Não havia mais moedas. "Onde estão os outros dois ducados?"

Com uma expressão de surpresa, a mulher ergueu os braços para os céus num gesto teatral.

"Homessa! Valha-me Deus, isto parece magia! Santa Ester m'acuda! Onde estão os dois ducados que meti cá dentro?"

O rapaz estudou a mesa e apercebeu-se de que havia uma ranhura escondida num canto. Estudou a ranhura e compreendeu que ela dava para uma gaveta ocultada por baixo.

"Abra a gaveta, se faz favor."

Atrapalhada, a senhora mudou de tática.

"Enganei-me, enganei-me. Já não me posso enganar?"

Vendo que ela não iria abrir a gaveta, ele próprio inclinou-se sobre a mesa e puxou-a. A gaveta correu, revelando no interior os dois ducados em falta. Bento pegou neles e, sem pronunciar mais uma palavra que fosse, meteu-os no saco de serapilheira e abandonou a casa.

Como era dúplice o diabo da velha, pensou enquanto percorria as ruelas de Amsterdã em direção ao Houtgracht e à escola. Manhosa, manhosa. Apalpou o saco de serapilheira para se assegurar de que as moedas estavam todas lá. Abanou a cabeça. Dona Raquel comportava-se como uma crente muito piedosa. Bento sabia que ela lia a Torá, rezava a toda a hora e nunca faltava a uma cerimônia na sinagoga. Quem a visse di-la-ia uma judia imaculada. Mas afinal era tudo aparência. Por detrás dos gestos infinitamente pios escondia-se uma natureza assaz ímpia. O que lhe suscitava uma perplexidade. No dia do juízo final, onde a sentaria Deus? À Sua direita, por ser tão respeitadora dos procedimentos e do Talmude? Ou à Sua esquerda, por ser tão desrespeitadora da Lei de Moisés e da Torá? Teria dona Raquel direito ao Olam Habá?

A dúvida remetia-o para tudo o que descobrira sobre as blasfêmias de Uriel da Costa. Não havia esse desgraçado denunciado os atos cerimoniais do Talmude e dito que a verdadeira lei era a que estava no santo livro? Queriam lá ver que o pobre do Uriel afinal até tinha razão? Quem era o verdadeiro judeu, o que respeitava o *shabat* mas roubava os outros ou o que ignorava o *shabat* e respeitava os outros?

Quando anos antes colocara ao professor José de Faro o problema da primeira incongruência que encontrou na Torá, ele havia-o remetido para Maimônides. Bento fora na altura à biblioteca da Talmud Torá e pusera-se a ler tudo sobre o velho sábio medieval de Córdova, incluindo o seu famoso *Moreh Nevuchim*. Encontrara também a versão em castelhano, intitulada *Guía de los Perplejos*, mas preferiu o original em hebraico. Não se podia dizer que o livro tivesse respondido a todas as suas dúvidas. Na verdade, se algo acontecera, fora que a leitura ainda o deixara mais perplexo.

Estugou o passo. As aulas na escola Talmud Torá haviam começado às oito da manhã, como acontecia todos os dias exceto ao *shabat*, mas o pai obtivera na véspera uma licença especial para que ele faltasse à primeira hora de modo a poder cobrar a dívida de dona Raquel. Essa aula era com o professor Jacob Gomes, que levava os alunos pela leitura da Torá até ao último versículo, ensinando-lhes também a cantar o texto em hebraico e a traduzir partes para castelhano.

Ouviu os sinos das igrejas de Amsterdã a assinalar as nove horas e desatou a correr. Tinha de chegar à escola a tempo da segunda hora da lição do professor Gomes. Entrou ofegante no edifício, mas quando se dirigia à sala de aulas um vulto ameaçador cortou-lhe o caminho.

"Isto são horas de chegar?"

Empalideceu de pavor e suspendeu a respiração. O caso não era para menos. Diante dele estava o *chacham* Saul Levi Morteira, o homem que ditara o terrível castigo a Uriel da Costa.

V

No momento em que viu o poderoso rabino-chefe da Nação atravessado à sua frente, Bento sentiu ganas de dar meia-volta e correr como nunca correra. Apenas o medo e o sentido do dever o paralisaram. As vastas barbas grisalhas e o nariz largo e quebrado do *chacham* Morteira pareciam-lhe assustadores, mas o que verdadeiramente o apavorava era o papel que o vira desempenhar na aterradora punição a Uriel da Costa.

"Perdeste o pio, rapaz?"

A pergunta não foi feita num tom inamistoso, mas Bento tremia como se estivesse diante do próprio Malakh HaMavet, o anjo da morte. O coração ribombava-lhe no peito.

"Fui... fui fazer um serviço pelo meu pai, *chacham*", disse, intimidado, numa voz sumida. "O professor Gomes foi previamente avisado e..."

Vendo o pequeno a tiritar e à beira do pânico, o rabino-chefe percebeu o temor que lhe inspirava e pousou-lhe a mão sobre o ombro, sorrindo-lhe de forma amigável para o tranquilizar.

"Bem sei, bem sei", assentiu com bonomia, puxando-o a sinalizar-lhe que o acompanhasse. "Anda daí, Baruch. Falei com o professor Gomes e a aula dele hoje limita-se a exercícios de cântico. Já perdeste o início e se entrares agora só irás atrapalhar. Talvez seja mais proveitoso teres uma aula de substituição comigo."

Não era o que Bento queria, longe disso, mas não podia recusar; não se desobedecia a um rabino e muito menos ao rabino-chefe da Nação. Além disso, o *derekh eretz*, o respeito pelos pais e pelos professores, era uma virtude incutida a todos os judeus desde a mais tenra idade.

"Sim, *chacham*."

Meteram pelos corredores da Talmud Torá em direção ao gabinete de Saul Levi Morteira. O *chacham* mantinha uma postura afável e, à medida que caminhava, o aluno sentiu-se serenar.

"Informaram-me de que tens andado na biblioteca a ler Maimônides", observou o *chacham* Morteira sempre com modos afáveis. "Devo dizer que fiquei muito surpreendido, considerando a tua tenra idade. Não sei se sabes, Baruch, mas Maimônides, sendo um filósofo inovador e controverso, o mais racional de todos os sábios judeus, é uma das minhas referências. Talvez com os meus humildes conhecimentos te possa ajudar nas tuas dúvidas, quem sabe?"

Não havia nada que Bento desejasse mais do que esclarecer as perplexidades que as leituras na biblioteca lhe haviam suscitado, e ali abria-se uma oportunidade inesperada. Não só o *chacham* Morteira era o maior teólogo da comunidade como todos sabiam que se tratava de um entendido em Maimônides. Talvez o que começara por lhe parecer um azar diabólico ainda se viesse a revelar um momento afortunado...

O gabinete do professor estava apinhado de livros e documentos, prova de que aquele espaço pertencia a um homem de grande cultura e saber. A única peça de decoração era uma pequena gôndola veneziana depositada no topo de uma estante. A presença da miniatura tinha uma explicação. Ao contrário da generalidade dos membros da Nação, o ocupante do gabinete não era um judeu de Portugal ou de Espanha, mas da Península Itálica. Todos em Amsterdã lhe chamavam Morteira, mas isso constituía um aportuguesamento do seu verdadeiro nome, Mortera. Nada que incomodasse o rabino-chefe, que se adaptara de tal modo à comunidade portuguesa que já falava fluentemente o português e o castelhano, embora naturalmente com o belo sotaque cantado dos venezianos.

O *chacham* indicou-lhe duas cadeiras à janela.

"Então conta lá", começou por dizer quando se acomodaram. "O que te interessou mais no *Moreh Nevuchim*?"

O pequeno levou um longo instante a responder. Embora tivesse lido o *Guia dos Perplexos* por duas vezes, ao ponto de conhecer a grande obra de Maimônides de frente para trás, ainda se sentia nervoso e atemorizado pelo rabino-chefe.

"O primado da lógica", acabou por responder num sussurro quase inaudível. "As... as pessoas imaginam que HaShem tem... enfim... tem certas características físicas, como olhos e ouvidos, por exemplo, ou... ou tem certos humores semelhantes aos nossos, como fúria e surpresa. Mas não podemos pensar n'Ele em termos humanos, pois Deus é imaterial, o que significa que não tem corpo físico." À medida que falava, ia-se concentrando no conteúdo e isso dava-lhe confiança crescente. "Por outro lado, Maimônides explicou que o uso da lógica implica que a Torá só pode ter leitura literal desde que não contradiga a lógica. Mas se o texto sagrado disser algo que contradiga a verdade demonstrável, então a leitura literal tem de ser rejeitada e substituída por uma leitura figurativa ou metafórica. Por exemplo, se a Torá diz que Deus nos tem debaixo dos olhos, isto não deve ser lido literalmente como se Deus tivesse olhos, é apenas uma maneira metafórica de dizer que Deus está consciente de tudo. Ou seja, uma vez que a Torá fala sempre a verdade e as verdades científicas também são verdadeiras, qualquer contradição entre elas é aparente e resolve-se com uma interpretação metafórica do texto sagrado."

As expressões usadas por Bento, como "primado da lógica" e "leitura figurativa ou metafórica", e ainda a maneira como conseguira captar com perfeição as principais lições de Maimónides, impressionaram sobremaneira o *chacham* Morteira. Se não ouvisse com os próprios ouvidos, não acreditaria. Escutar aquilo de um aluno tão pequeno parecia-lhe um prodígio sem igual. Quem o alertara tinha razão. Havia algo de imensamente especial naquele rapaz.

"Muito bem observado", aprovou o rabino-chefe. "Maimónides é o mais moderno dos filósofos e fez um esforço, que muitos rabinos contestam, mas que eu aplaudo, de conciliar a nossa fé com o conhecimento científico. Ele veio dizer-nos que Deus, bendito seja o Seu nome, criou o mundo com uma certa ordem e que a Torá tem de ser lida em harmonia com essa ordem, não ao arrepio dela. A grande lição do *Guia dos Perplexos* é que temos de interpretar a realidade e a Torá segundo os métodos da razão. É a razão que nos abre as portas a Deus, bendito seja o Seu nome."

O tom e as palavras aprovadoras do *chacham* Morteira animaram, e sobretudo acalmaram, o aluno. A figura assustadora que vira punir Uriel da Costa tinha afinal uma outra faceta.

"Foi o que aprendi", disse o pequeno, mais seguro. Fez uma careta. "Mas... enfim, houve partes do livro que não entendi bem."

"Talvez te possa ajudar."

Bento respirou fundo, como se ganhasse coragem para apresentar as dúvidas que se formavam no seu espírito.

"Os profetas, por exemplo", acabou por indicar. "Maimónides escreveu que uma pessoa, para se tornar profeta, tem de estar em boa condição física. Isto porque um corpo doente afeta a mente, disse ele. Para que a mente funcione bem, o corpo tem de estar bem."

"É verdade."

O aluno hesitou. Deveria mesmo dizer o que achara sobre o que estava implícito nesse postulado do *Guia dos Perplexos*? Mas, se não dissesse, o que estava ali verdadeiramente a fazer?

"Uma coisa é o corpo, a outra, a alma", lembrou. "O corpo é mortal, a alma, imortal. Essa é a lei divina, conforme nos é ensinado aqui na escola e recitado na esnoga todos os *shabat*. O problema é que, se Maimônides tiver razão e a mente só funciona bem quando o corpo está bem, isso quer dizer que a mente faz parte do corpo. Então não são coisas separadas. São a mesma coisa de forma diferente."

O rabino-chefe estremeceu, apanhado em contrapé. Não esperava uma observação crítica tão brutalmente acutilante de um miúdo daquela idade.

"Bem… uh… quer dizer, uma mente sã requer sempre um corpo são, é verdade, mas isso não impede que se tratem de coisas diferentes, pois não?"

A resposta na verdade não respondia à objeção que fora colocada, apenas a contornara. Bento ainda considerou a possibilidade de insistir, gostaria mesmo de saber como se resolvia aquele paradoxo, mas achou prudente não prosseguir por tal caminho uma vez que o poderia conduzir a terrenos demasiado pantanosos.

"Tem toda a razão, *chacham*", concedeu. "Outra coisa que achei interessante em Maimônides foi a ideia de que Deus é pura atividade intelectual e que a união com o intelecto divino constitui o mais elevado desígnio de um ser humano. Isto implica que a mente dos homens tem a possibilidade de aceder ao conhecimento divino, nomeadamente através dos profetas, mas só tendo o corpo são e uma mente sã, juntamente com um comportamento moral inatacável e um intelecto superior, é que uma pessoa se pode tornar profeta. São essas as condições necessárias para alguém se tornar recipiente da corrente intelectual que emana de Deus, o intelecto supremo do universo."

"É isso mesmo", confirmou o *chacham*. "Só com esses requisitos um profeta pode aceder ao intelecto de HaShem, bendito seja o Seu nome, e ter visões divinas para serem reveladas aos *yehidim*. Isso significa que os profetas usam a razão para captar as verdades fundamentais do mundo e a imaginação para as comunicar às pessoas de maneiras simples que lhes permitam entendê-las, recorrendo, por exemplo, às parábolas. Foi isso o que Maimônides explicou no *Guia dos Perplexos*."

"Daí que as profecias dos profetas sejam verdadeiras."

"Nem mais."

Ganhando coragem, Bento estendeu a mão para a estante ao lado da sua cadeira e pegou num Tanach com a Bíblia hebraica impressa em português. Pousou-o no regaço e pôs-se a folhear o conteúdo até localizar o trecho que procurava.

"Há uma profecia de Jeremias, capítulo trinta e quatro, versículos quatro e cinco, que me perturbou." Apontou para os versículos impressos no livro aberto diante dele. "Jeremias disse: 'ouve, ó Sedecias, rei de Judá, a palavra do senhor! Eis o que Ele profere a teu respeito: Não morrerás à espada, mas morrerás em paz'." Avançou algumas páginas. "O problema é que, no capítulo cinquenta e dois, versículos dez e onze, descobrimos que 'o rei da Babilônia mandou degolar' os filhos de Sedecias e 'arrancar os olhos a Sedecias'." Encarou o rabino-chefe com uma expressão penetrante. "Ver os filhos serem degolados e ter os olhos arrancados é morrer em paz?"

O *chacham* Morteira remexeu-se na cadeira, desconfortável.

"Uh... bem..."

"A profecia de Jeremias estava afinal errada, *chacham*. Sedecias não morreu em paz."

O rabino-chefe mordeu o lábio inferior. Como era possível que um pirralho daqueles fosse capaz de dissecar a Torá com tamanho espírito crítico e discutir pormenores tão discretos e ao mesmo tempo tão relevantes e embaraçosos? Nunca tinha visto um aluno assim, muito menos com aquela idade, nem acreditaria que fosse possível ele existir se não estivesse a escutar o que escutava nesse momento.

"Arrancaram-lhe os olhos, mas depois não morreu à espada, exatamente como profetizado", justificou. "As profecias são todas coerentes e verdadeiras. Os profetas tinham inspiração divina e pela sua boca exprimiam-se as verdades do mundo, percebes?"

Perante esta nova resposta evasiva, Bento fez convictamente um sinal de assentimento, pois nunca esquecia o terreno perigoso em que pisava.

"Com certeza, *chacham*. Tudo está claro agora."

Tranquilizado pela docilidade do aluno, o *chacham* Morteira fitou-o pensativamente enquanto cofiava a barba.

"Já me tinham falado em ti, Baruch, mas devo admitir que és ainda mais esperto do que pensava", murmurou, quase falando mais para si mesmo do que para ele. Ao fim de um instante estremeceu e endireitou-se, como se regressasse de uma longínqua deambulação mental. "Diz-me, rapaz, que mais não entendeste bem no *Guia dos Perplexos*?"

"Os milagres."

A resposta foi pronta e, ao ouvi-la, o rabino-chefe preparou-se para o que aí vinha.

"Ah, pois, os milagres", disse, claramente desconfortável com o tema. "O que não entendeste neles?"

"Maimónides notou que os milagres implicam uma alteração das leis da natureza, leis que Deus, Ele próprio, determinou. Por que razão iria Amonai, Nosso Senhor, criar leis que Ele mesmo iria violar?"

"Se bem leste o *Guia dos Perplexos*, o próprio Maimónides deu a solução desse problema", fez notar o rabino-chefe. "Ele disse, e muito bem, que os milagres foram implantados na natureza logo no ato da Criação, quando HaShem, bendito seja o Seu nome, concebeu o mundo e as suas leis. Por exemplo, Deus, bendito seja o Seu nome, determinou na Criação que a natureza da água é fluir continuamente e de cima para baixo, exceto no momento da fuga dos judeus do Egito pelo mar Vermelho. Ora, se os milagres já estão inscritos nas leis da natureza, então os milagres são naturais. Consequentemente, o Senhor, bendito seja o Seu nome, não violou nenhuma lei natural que Ele próprio concebeu."

"Está muito bem observado, *chacham*", anuiu Bento quase com gratidão por ser assim iluminado. "O problema é que Maimónides não incluiu os milagres nos treze princípios essenciais da fé judaica..."

A questão dos milagres era teologicamente muito sensível, sabia o *chacham* Morteira. Deus tinha ou não o poder de alterar as leis da natureza? A Torá tornava implícito que sim, o que criava perplexidades na interpretação racional do mundo. Se Deus alterava as leis naturais, isso provava que a Criação fora imperfeita. Se não as alterava, isso sugeria que Ele não era onipotente. Os teólogos judeus mais místicos acreditavam que Deus podia pôr e dispor da natureza com total arbitrariedade, mas os teólogos judeus mais racionais, como Maimónides e ele próprio, consideravam que a ordem natural das coisas revelava uma racionalidade divina sem necessidade de aberrações como os milagres. O que lhe parecia extraordinário era que um miúdo tão pequeno fosse capaz de ir direto ao âmago do problema.

"Maimónides desvalorizou a importância dos milagres e fez ele muito bem", sentenciou. "O trabalho do Senhor, bendito seja o Seu nome, manifesta-se na ordem natural das coisas, não nas anomalias que pontualmente Ele autoriza. Essa é a lição do *Guia dos Perplexos*. O que é importante são os treze princípios da fé judaica que Maimônides enunciou e que todos nós recitamos no *Yigdal* após a cerimônia das sextas-feiras. O primeiro, como sabes, é a existência de Deus criador, bendito seja o Seu nome, e os restantes incluem a certeza de que a Torá veio d'Ele e de que a alma é imortal e que no dia do julgamento final haverá a *tekhiyas ha-maysim*, a ressurreição dos mortos, que conduzirá os justos ao Olam Habá, o mundo que aí vem. Nada disso é negociável. Entendeste, Baruch?"

"Muito bem, *chacham*", aceitou Bento, sempre submisso em respeito pelos professores como requerido pelo *derekh eretz*. "Agradeço que me tenha ajudado a compreender Maimônides."

O rabino-chefe levantou-se do seu lugar, prontamente imitado pelo aluno, e encaminhou-se para a porta.

"A nossa pequena conversa fica por aqui", disse, esfregando as mãos. "É evidente que estás no bom caminho. Tens ainda muito que aprender, claro, mas com trabalho, com a tua evidente inteligência e com a graça de Adonai, bendito seja o Seu nome, lá chegarás." Abriu a porta e apontou para o exterior. "Vai, Baruch, que o professor Gomes está à tua espera."

O rapaz despediu-se do modo adequado e retirou-se, mergulhando no corredor da escola. Plantado à porta do gabinete, o *chacham* Morteira ficou a observá-lo por alguns instantes até regressar à secretária e retomar o trabalho que interrompera para conhecer aquele garoto cujo nome enchia em surdina a boca de todos os professores que com ele lidavam.

O rabino-chefe não o revelara, mas alimentava em segredo grandes projetos para o pequeno Bento de Espinosa. Aquela reunião servira para o testar e o aluno superara as suas melhores expectativas. Não havia dúvidas, uma mente daquelas era um portento em capacidades, uma maravilha nunca vista, decerto uma dádiva de Shaddai, o Todo-Poderoso, à comunidade portuguesa de Amsterdã. Cometeria um crime contra Deus, bendito fosse o Seu nome, se não lhe desse o devido uso. E tal uso só poderia ser um. Aquele rapaz estava sem dúvida destinado a ser o futuro rabino-chefe da Nação.

VI

A luz pálida parecia entristecer ainda mais o dia, pintando-o de uma desconsolada tonalidade azul. Um céu de cinza ameaçava chuva fina, mas o grupo mantinha-se firme, todos sempre atentos às vozes da família enlutada e do *chacham* Saul Levi Morteira que soavam pelo cemitério com a solenidade própria do momento.

"*Yitgadal v'yitkadash sh'mei raba b'alma di-v'ra chirutei*", recitavam as vozes. "*V'yamlich malchutei b'chayeichon uvyomeichon uvchayei d'chol beit...*"

O olhar desgostoso de Bento deambulou pelas lápides, surpreendendo-se com o que via e por nunca antes se ter surpreendido com aquilo. Da última vez que ali estivera tinha seis anos, por ocasião do enterro da mãe, e como é compreensível nada registrara; a dor pela perda dela e a tenra idade haviam-no deixado cego aos pormenores do que o rodeava.

Desta feita, aos dezessete anos, era impossível não reparar em tais detalhes. As pedras dos túmulos do cemitério de Bet Haim, em Ouderkerk, estavam cuidadosamente alinhadas, embora o que nelas o espantasse fossem os motivos que as decoravam. A da mãe, Ana Débora, segunda mulher do pai, apresentava-se lisa, despojada de ornamentos, como requerido pela tradição. Em outras havia, porém, gravuras requintadas e até ornamentos com representações humanas e de animais, em violação clara do segundo mandamento.

"*Yisrael, ba'agala uvizman kariv, v'im'ru: amen. Y'hei sh'mei raba m'vorach l'olam ul'almei...*"

Dir-se-ia um cemitério barroco da aristocracia mediterrânica, disfarçada pelas inscrições hebraicas. As lápides mais surpreendentes eram as de defuntos como Franco Mendes e a mulher Ana, com um friso sobre a pedra tumular a reproduzir o sacrifício de Isaac, ou as de Rebeca Ximenes e da sua filha Ester, com imagens de rapazes seminus e uma figura matriarcal a retirar água de uma fonte. Nada daquilo obedecia à modéstia que se esperava de seguidores de Moisés.

O cúmulo, porém, era a lápide de Samuel Teixeira a mostrar a figura do próprio Deus, a cabeça a emitir esplendorosos raios de sol. Como era possível uma idolatria daquelas num cemitério de judeus? Se havia coisa que toda aquela decoração mostrava, constatou com estupefação, era que a Nação, apesar de judaica, estava ainda impregnada de uma simbologia iconográfica típica de católicos e procurava de certo modo imitar o estilo da aristocracia de Portugal e Espanha.

"*V'al-kol-yisrael, v'im'ru: amen. Oseh shalom bimromav, hu ya'aseh shalom aleinu v'al kol-yisrael, v'imru: amen.*"

Quando a família do defunto e o *chacham* Saul Levi Morteira acabaram de recitar o *kadish*, o funeral foi dado como concluído e os elementos do cortejo começaram a dispersar. Bento derramou um último olhar na lápide que acabara de ser plantada no cemitério e, como se se despedisse, fixou o nome que aí acabara de ser inscrito.

Isaac de Espinosa, 1631-1649.

O irmão morrera a tossir, tal como acontecera onze anos antes com a mãe. Ele próprio era de constituição franzina e os seus pulmões facilmente ficavam exangues. Seria uma maldição de família?

O pai fez-lhe sinal e Bento juntou-se-lhe, com a madrasta e os irmãos, e puseram-se a caminho da saída do cemitério. Todos em silêncio, os olhos tristes, os corações pesados.

"Senhor Miguel!"

Voltaram-se para trás para perceber quem chamara e viram o rabino--chefe da comunidade aproximar-se em passos largos.

"Sim, *chacham*?"

O *chacham* Morteira chegou ao pé deles. Miguel conhecia-o bem desde os tempos em que a comunidade estava dividida em três congregações. O rabino-chefe era na altura o *chacham* da Bet Jacob, frequentada pelos Espinosas, e tornara-se nessa época um grande amigo do pai de Miguel.

"É por causa do seu filho. Será que lhe posso dar uma palavrinha?"

O chefe da família suspirou com resignação.

"Coitadinho do meu Isaac, morrer aos dezoito anos. Na flor da idade, já viu?" Abriu os braços num gesto de impotência. "Enfim, foi a vontade de Deus, o que se lhe há de fazer? Temos de nos resignar."

O rabino-chefe ficou momentaneamente embaraçado com o equívoco.

"Ah, sim. As minhas condolências, Miguel. Uma perda terrível, sem dúvida, mas estou certo de que no juízo final HaShem, bendito seja o Seu nome, o chamará para a Sua direita e dar-lhe-á um lugar no Olam Habá." Desviou o olhar para Bento. "Mas... uh... não era propriamente sobre

Isaac que lhe queria falar, receio bem." Apontou para o rapaz. "Era sobre… sobre Baruch."

O interesse do *chacham* Morteira em Bento, além de inesperado, alarmou Miguel.

"O que fez o meu rapaz? Não me diga que anda a faltar aos seus deveres de estudante…"

"Não, de modo nenhum", apressou-se o rabino-chefe da comunidade a esclarecer. "Vai até muito bem. O *chacham* Menashé ben Israel diz maravilhas dele." Menashé ben Israel, que lecionava as aulas da quinta classe, era um rabino madeirense que nascera com o nome Manuel Dias Soeiro e que, na verdade, se tornara rival de Morteira. "A razão pela qual quero falar consigo é que ouvi esta manhã uns rumores que me deixaram preocupado. Gostaria de saber quais são os seus planos para o Baruch."

O chefe da família Espinosa não percebia onde queria o *chacham* chegar com aquela pergunta.

"Bem… como sabe, *chacham*, o meu Isaac estava a ajudar-me nos negócios num momento difícil. Bem vê, quando Portugal reconquistou às Províncias Unidas os seus territórios no Brasil e expulsou os neerlandeses, isso atrapalhou as ligações comerciais que me permitiam importar a fruta e as nozes do Algarve. Mas agora a paz estabelecida no ano passado entre as Províncias Unidas e a Espanha abriu novas oportunidades. Estou outra vez assoberbado de trabalho."

"Folgo em saber isso", disse o *chacham* Morteira. "Está toda a gente muito satisfeita com o rumo dos acontecimentos, graças a Amonai, bendito seja o Seu nome."

Esta paz não era de fato coisa de somenos importância. Terminada a Guerra dos Oitenta Anos que resultara da luta neerlandesa pela independência em relação a Espanha, os espanhóis tinham enfim aceitado a derrota e reconhecido formalmente as sete províncias neerlandesas. As Províncias Unidas dos Países Baixos saíam do conflito como a única república existente na Europa. O país era governado por um *stadhouder*, uma função de tipo monárquico ocupada pela família de Orange-Nassau, e por uma assembleia formada por uma aristocracia de mercadores burgueses liderados por um grande pensionário, uma função de tipo republicano. Guilherme II era o *stadhouder* e o seu poder de natureza monárquica entrava amiúde em confronto com o poder de natureza republicana do grande pensionário. O importante, contudo, é que o país se encontrava em paz e adquirira um rumo, o que, sob o comando da sua pujante classe burguesa, só podia significar prosperidade.

"O problema é que acabei de ser eleito para o *ma'amad*, como sabe, e nem sei para onde me virar com tanta coisa para fazer", acrescentou Miguel de Espinosa. "Sozinho não me aguento nos negócios. Uma vez que o Senhor me levou o Isaac, terei de o substituir pelo Bento. E provavelmente o Gabriel também terá de vir."

O rabino-chefe deitou as mãos à cabeça.

"Não faça isso, Miguel! Seria um erro terrível!"

"Ora essa. Por quê?"

"O seu Baruch é um prodígio, Miguel. Um gênio. Nunca vi jovem tão inteligente em dias da minha vida. Capta tudo, entende tudo, é uma maravilha. É de uma argúcia, de uma fineza… olhe, nem sei o que lhe diga. Quando pela primeira vez conversei com ele, fez-me comentários sobre Maimônides dignos de um reputado estudioso, veja lá! Ele vai longe, acredite. Não o ponha já a trabalhar, imploro-lhe. Permita-lhe desenvolver os talentos que Adonai, bendito seja o Seu nome, lhe deu. Em nome da amizade que tive ao seu pai e avô do rapaz, deixe-o prosseguir os estudos."

O pedido desconcertou Miguel de Espinosa.

"Mas… que estudos, *chacham*?"

"Um estudante assim deveria estudar para obter a *seminha*, a ordenação para rabino. Digo-lhe mais, este rapaz irá tornar-se um grande *talmid chacham*, um discípulo dos sábios, se não mesmo um sábio dos maiores. Há grandeza nele, Miguel. Se HaShem, bendito seja o Seu nome, o abençoou com tão elevada inteligência, por algum motivo decerto foi. Não é por acaso que o senhor deu ao seu rapaz o nome Baruch. Baruch, o abençoado. Foi a mão de Deus, bendito seja o Seu nome, que o guiou. A escolha do nome foi um sinal, entende? Ponha-o na minha *yeshiva*, a Keter Torá, para que aprenda o que lhe falta aprender. Deixe-o cumprir o destino que Adonai, bendito seja o Seu nome, traçou para ele."

O *chacham* Morteira era um homem convincente e com o dom da palavra. Os argumentos que acabara de apresentar revelavam-se muito poderosos e concludentes, além de que era um velho amigo da família e, pormenor significativo, invocara a amizade com o pai de Miguel. Não poderia ser ignorado. O *chacham* fundara a mais prestigiada academia de Amsterdã, a *yeshiva* Keter Torá, a Coroa da Lei, e oferecia-se para receber Bento de braços abertos e educá-lo na lei de Deus. Perante o que ouvira, como podia dizer que não? Se Adonai havia mesmo abençoado o seu filho, dando-lhe talentos sem igual, quem era ele, Miguel de Espinosa, um insignificante português que viera da humilde Vidigueira para fazer pela vida na grande Amsterdã, para se opor à Sua soberana vontade?

Olhou para Bento.

"Queres estudar para a *seminha* ou ajudar-me?"

O rapaz olhou para o pai, percebendo o dilema que o dividia entre precisar dele no negócio e cedê-lo ao *chacham* para cumprir na *yeshiva* a vontade divina. A resposta ao dilema era tão simples que nem percebia por que razão hesitava.

"Por que não as duas coisas?"

VII

Não era por acaso que havia quem entre os judeus portugueses chamasse "confusão das confusões" à bolsa de Amsterdã. Submerso na multidão de corretores que enchiam o pátio rodeado por belas colunas flamengas, o jovem Bento de Espinosa sentia-se perdido. A irmã Miriam, que casara no ano anterior e acabara de ter um filho, morrera dias antes; era o segundo irmão que perdia no espaço de dois anos. O pai ficara tão desolado que se fechara em casa, e Bento, apesar dos seus inexperientes dezenove anos, voluntariara-se para o substituir na bolsa.

Espreitou os papéis que segurava entre os dedos e ponderou a melhor maneira de chamar a atenção dos negociantes profissionais.

"*Actiën van Espinosa!*", gritou, acenando com os papéis para quem o visse. "Ações da Espinosa! Quem quer as ações da Espinosa? Vem aí um carregamento de frutos secos de Portugal e quando chegar, o valor vai subir! Ações da Espinosa!"

Ninguém parecia prestar-lhe a menor atenção. Um frenesi elétrico vibrava em redor dele, com corretores aos gritos e aos saltos, gesticulando e fazendo gestos dramáticos; aqui e ali, um vendedor abria a mão e um comprador batia nela, sinal de acordo selado com um forte aperto de mãos e por uma sequência absurda de palmadas entre os dois negociantes. Conhecia muitos deles da sinagoga, pois havia cada vez mais judeus a comprarem ações em nome de múltiplos clientes; não era por acaso que desde os tempos em Portugal chamavam *homens de negócios* aos da Nação. Todos os portugueses com conta no Wisselbank estavam lá à frente, na primeira fila, onde o negócio era mais fácil de fechar, enquanto ele tinha de se contentar com os lugares menos concorridos; tempos houvera em que também o pai tivera conta e também ali se posicionara, mas, apesar de a reativação do comércio com a Espanha ter feito prosperar os negócios, os Espinosas não tinham conseguido recuperar a opulência de anos idos.

Os vendedores que não encontravam comprador ou os compradores que não encontravam os produtos que queriam ao preço que queriam multiplicavam-se em gritos e gestos, como uma multidão enlouquecida.

Outros roíam as unhas, fechavam dramaticamente os olhos, davam passos de um lado para o outro, esfregavam a cabeça de forma maníaca, ficando ainda mais despenteados, falavam para eles mesmos, e estes Bento sabia bem que eram investidores de ações *in blanco*, vendidas por pessoas que não estavam ainda na posse da mercadoria ou nem sequer as tinham pago. Como era parcialmente o seu caso. A bolsa de Amsterdã era um grande centro de trocas comerciais, mas também um bazar da especulação e um cassino onde em tudo se apostava e tudo se arriscava; faziam-se e desfaziam-se fortunas num palpitar do coração.

Bento suspirou com desânimo. Aquele lugar tumultuoso era a alma da República das Províncias Unidas, o coração da revolução do capital que irrompia naquela cidade e ameaçava espalhar-se pela Europa como um vendaval, o fogo que reduziria o feudalismo às cinzas. É certo que o tumulto na bolsa de Amsterdã, um frenesi alimentado por uma perpétua busca por lucro, estava a impulsionar a população das Províncias Unidas para a inovação e uma riqueza geral nunca antes vista na história da humanidade. Mas definitivamente não era sítio para jovens com temperamentos como os dele, mais dados às serenas artes da contemplação introspetiva do que à excitação nervosa dos negócios.

"*Actiën van Espinosa!*", voltou a berrar, vencendo a sua natural timidez e sempre a mostrar os papéis emitidos pela empresa do pai. "Nozes, avelãs, amêndoas, frutos secos de Portugal! Quem quer as…"

"*Heb je amandelen?*", perguntou alguém. "Tem amêndoas?"

Olhou para o lado e constatou que quem o interpelava era um neerlandês de uns trinta anos; vestia um fato negro, de tecido rude, não por pobreza, mas por modéstia, decerto por pertencer a uma qualquer seita protestante. A simplicidade monótona dos trajes dos comerciantes neerlandeses não deixava de espantar os portugueses, pois estes sabiam que aqueles vendiam os melhores tecidos em França ao mesmo tempo que usavam texturas grosseiras nas roupas do dia a dia.

"*Natuurlijk*", devolveu, aliviado por haver alguém que se interessasse por ele. "Naturalmente que sim. Amêndoas, nozes, avelãs… tenho tudo do bom e do melhor. Os meus produtos vêm do Sul de Portugal e são de elevadíssima qualidade."

"Já cá estão ou é um carregamento que ainda vem a caminho?"

O jovem judeu apontou para o emaranhado de hastes e velas visíveis por cima do telhado da bolsa; eram os mastros dos múltiplos navios ancorados no porto, a dois passos dali, que traziam as imensas riquezas cujos títulos eram histrionicamente negociados pelos corretores. O império global neerlandês estava nas mãos ágeis de investidores privados. A busca por lucro impulsionava-os com uma força tal que o país suplantava já os empreendimentos portugueses, espanhóis, franceses e ingleses, que como era tradicional se concentravam nos seus pesados e ineficazes aparelhos estatais de comando centralizado.

"Uh... o carregamento ainda vem a caminho", admitiu Bento. "É por isso que a nossa empresa emitiu estas ações. Compre-as. Quando o carregamento chegar ganhará uma boa maquia, senhor, pois estão abaixo do preço!"

"E se não chegar?", questionou o potencial cliente. "E se houver um naufrágio ou os ingleses interceptarem o navio e apreenderem a carga, ou outra coisa qualquer?"

Bento encolheu os ombros.

"Bem, nesse caso perde. A escolha diante de si é simples, meu caro senhor: ou aposta nas ações que representam a mercadoria, e compra-as agora enquanto o preço está baixo, ou prefere esperar pela chegada dos frutos secos para os adquirir, e quando isso acontecer pagará um preço mais alto."

"Isso parece arriscado."

"Estamos na bolsa, meu amigo..."

O desconhecido abanou a cabeça.

"Preciso das amêndoas agora", disse, acenando em despedida. "Tenho uma loja que vende frutos secos e especiarias e normalmente abasteço-me no Rodrigues Nunes, mas estou com falta de amêndoas e ele não as tem."

O comerciante neerlandês já se preparava para abalar dali, mas Bento agarrou-o pelo ombro e travou-o.

"Não precisa de outros frutos secos?", quis saber. "Olhe que no armazém tenho passas, figos secos, pinhões..."

A informação captou o interesse do comerciante.

"Tem figos secos no armazém?"

"Sim, claro. Quantos quer?"

"A quanto os vende?"

"Uma dúzia de ducados o quilo."

O cliente estendeu-lhe a mão.

"Chamo-me Jarig Jelleszoon. Se os figos estiverem em boas condições, compro-lhe cinco quilos."

Bento apertou-lhe a mão sem hesitações, pois significava o selar do negócio.

"Eu sou Bento d'Espinosa e garanto-lhe que os nossos figos portugueses são do melhor que há."

"Espero bem que sim, senhor De Spinoza."

Os neerlandeses tinham dificuldade em destrinçar bem a grafia portuguesa. O nome do jovem comerciante era Bento de Espinosa, que por vezes aparecia como Bento Despinosa, aglutinando o De Espinosa ou o d'Espinosa num Despinosa ou num Despinoza, pois a grafia era variável. Os neerlandeses, que também tinham amiúde o *de* nos nomes, como se via em nomes como De Groot ou De Wilde, tendiam a separar o *De* de Despinoza para De Spinoza.

Nada que fosse verdadeiramente importante, claro. Importante mesmo era o negócio estar fechado.

"Quer ver os figos?", convidou o judeu. "Tenho o armazém ali no Houtgracht."

Puseram-se a caminho. Amsterdã era uma das maiores cidades do planeta, prodígio da civilização, epicentro do comércio mundial. As suas ruas estreitas, forradas por armazéns e cortadas por pontes, cheiravam a óleo de fritar, a cerveja e a tabaco felpudo, odores tão densos que se diria formarem uma neblina aromática. Todos os novos edifícios eram em tijolo, estreitos e de fachadas ornamentadas por um arenito claro, mas ainda se viam amiúde construções em madeira, vestígios dos tempos medievais. A maior parte das construções tinha dois andares acima do rés do chão, mas viam-se algumas de três e quatro andares e a mais alta chegava, para pasmo dos visitantes, aos sete. A riqueza da cidade atraíra imensa gente e a maior parte daqueles imóveis tinham sido retalhados em vários apartamentos para alugar por uma bela maquia ao crescente número de pessoas que por ali procuravam alojamento. Havia lojas por toda parte, decoradas com as mais variadas tabuletas; tão bonitas que a chamada *uythangboord* se tornara mesmo uma forma de arte.

O movimento de carroças, fiacres e caleches nas ruas pavimentadas e de transeuntes nas bermas mostrava-se intenso, mas nem todos os que por ali deambulavam eram neerlandeses; viam-se muitos estrangeiros, sobretudo visitantes aliciados pela fama da prosperidade e da higiene da cidade. As maravilhas que se diziam de Amsterdã eram tantas e tão grandes que os forasteiros iam ali para se certificarem de que as descrições fabulosas que lhes haviam feito correspondiam mesmo à verdade, que era possível uma cidade ser limpa e bem-cheirosa, que existia mesmo uma urbe à face da Terra onde não havia mendigos a cada esquina e onde a prosperidade saltava à vista de todos, com estabelecimentos comerciais a venderem tudo de todo o mundo. Pelos olhares embasbacados, percebia-se que a realidade que encontravam superava a fama que ali os havia atraído.

"Já vi que, tal como o senhor Nunes, você é português", observou o neerlandês. "Sempre tive curiosidade em conhecer a vossa religião."

Bento sabia que, para um habitante das Províncias Unidas, a designação *português* era sinônimo de judeu; os católicos de Portugal eram antes conhecidos por *papistas*.

"Por que lhe interessa a minha religião?"

"Os judeus estão na base da Bíblia e isso é suficiente", explicou Jarig. "Sabe, sou menonita e frequento os *collegianten*." Perante o esgar de ignorância do seu interlocutor, riu-se. "Nós, os *collegianten*, somos cristãos liberais, pois acreditamos na liberdade religiosa. Aliás, o nosso movimento nasceu justamente porque queríamos proteger pessoas perseguidas por motivos religiosos, pessoas como... olhe, como vocês, os judeus. Achamos que um homem não deve ser cristão apenas porque os outros assim o impuseram, mas porque decidiu de sua livre e exclusiva vontade tornar-se cristão. É por isso que só batizamos adultos."

Era a primeira vez que Bento ouvia falar numa filosofia daquelas.

"Parece-me boa ideia", considerou. "Se calhar nós, os judeus, devíamos fazer a mesma coisa."

"E por que não? A religião é uma questão de consciência, acho eu. Por que nos obrigam a ser isto ou aquilo sem que nos consultem? A fé é um assunto profundamente pessoal, uma convicção interior. Devemos seguir apenas aquilo em que acreditamos, não aquilo que nos é imposto por outros. A verdadeira fé é aquela que vem de dentro e em que se crê realmente, não a que vem de fora e se acredita formalmente. Só batizamos os adultos justamente porque apenas na idade adulta uma pessoa se encontra consciente da opção religiosa que está a tomar. A autoridade externa, os padres que organizam a confissão e nos dizem o que podemos ou não fazer ou acreditar, as excomungações que nos aterrorizam, as cerimônias litúrgicas que nos acorrentam, os dogmas e os interditos que nos impõem, tudo isso não é a verdadeira religião. É tirania disfarçada de piedade."

Ao ouvir estas palavras, o judeu sentiu uma forte emoção encher-lhe o peito e, arrepiando-se, imobilizou-se a meio do passeio.

"É isso!", exclamou, com grande excitação, apontando para o seu interlocutor. "É isso mesmo! O senhor... o senhor pôs em palavras algo que eu já há muito tempo sentia cá dentro, mas não sabia ou não me atrevia a formular dessa maneira." Inclinou-se para o seu acompanhante. "Como se chama mesmo a sua religião?"

"Somos cristãos, no meu caso menonita, mas juntei-me ao movimento dos *collegianten*, assim designados por nos reunirmos todos os primeiros domingos de cada mês em colégios, como são conhecidos os nossos encontros, para rezar e discutir a Bíblia."

Recomeçaram a caminhar. Bento tinha dificuldade em conter o turbilhão de sentimentos que lhe revoluteavam no coração. Aquele rapaz havia mesmo exprimido a *malaise* que nas profundezas da alma o roía desde que a mãe morrera sem que Deus a acudisse e desde que vira a humilhação imposta a Uriel da Costa e as suas trágicas consequências.

"Ah, senhor Jelleszoon, nem sabe como as suas palavras me..."

"Agh, senhor Jelleszoon soa demasiado formal", interrompeu-o o neerlandês. "É mais fácil Jellesz, mas pode tratar-me pelo meu nome próprio, Jarig. E não me chame senhor, por favor.

"Muito bem, senh... uh... Jarig. Já que está a ser sincero comigo, posso sê-lo consigo?"

"Claro, claro. Espero aliás que as minhas palavras não o tenham chocado."

"Pelo contrário, elas vão ao encontro do que eu ando a pensar em segredo há algum tempo. Sabe, uma vez conheci uma velha judia muito piedosa. Do ponto de vista cerimonial, era uma senhora exemplar. A mulher cumpria todos os preceitos formais da religião. Todos. As orações, o *shabat*, a dieta *kosher*... tudo. Porém, quando a testei revelou-se manhosa e desonesta. Sabe que a apanhei a roubar? Foi aí que percebi que o lado cerimonial da religião nada tem a ver com a verdadeira fé. Uma pessoa pode cumprir todos os preceitos do Talmude e, mesmo assim, violar desavergonhadamente a Lei de Moisés. Pela inversa, também pode acontecer de uma pessoa respeitar escrupulosamente a Lei de Moisés mesmo ignorando os preceitos do Talmude. A questão é saber qual dessas duas pessoas é o verdadeiro crente."

Entraram na Waterlooplein e o aspeto das pessoas mudou; já não se via a predominância dos loiros nativos na cidade, embora também os houvesse, mas sobretudo gente mediterrânica, morena e baixa. Os portugueses. Meteram pela Breestraat, a principal rua do bairro, e perto da casa do *chacham* Menashé ben Israel vislumbraram um homem de cara arredondada sair de uma porta carregado de pincéis e sacos; a sua figura destacava-se, não apenas por ser um neerlandês no meio de tantos mediterrânicos, como pela sua figura desleixada, ao ponto de ter manchas de tinta amarela e vermelha a pintalgarem-lhe o rosto e as roupas.

Ao cruzarem-se, Bento cumprimentou-o.

"*Goedemorgen, mijnheer Van Rijn.*"

"*Morgen.*"

Jarig acompanhou o homem com o olhar.

"Quem é esta ave rara?"

"O pintor Van Rijn. Tem casa nesta rua e anda a pintar retratos das nossas gentes. Parece que começou agora a fazer um quadro para o senhor Diogo d'Andrade. Como somos judeus, dizem que a ideia do senhor Van Rijn é utilizar-nos como modelos para umas pinturas bíblicas que pretende fazer." Esboçou um esgar trocista. "Quem sabe se não me usará como inspiração para o rei David, hem?"

"Van Rijn? Nunca ouvi falar."

"Assina com o nome próprio. Rembrandt. Vi uma vez um quadro que ele pintou com o retrato do *chacham* Menashé ben Israel e... era bom."

As atenções de Jarig estavam nessa altura voltadas, não para os poucos neerlandeses que por ali cirandavam, mas para os muitos portugueses que enchiam a Breestraat. Quase só se viam homens. As raras portuguesas andavam todas acompanhadas pelos maridos ou irmãos e sempre com véus negros que lhes cobriam a cabeça até aos pés, deixando apenas uma estreita abertura para os olhos.

"Não percebo os portugueses."

"O que não percebe?"

O neerlandês apontou para uma portuguesa velada que entrava numa porta, escoltada por um homem.

"Não leve a mal, mas entre nós diz-se que os portugueses têm um gosto insaciável por mulheres", observou Jarig. "Toda a gente sabe que mais facilmente os portugueses dão dinheiro aos filhos para irem a um bordel do que a uma taberna. E as nossas mulheres queixam-se dos piropos constantes e atrevidos que ouvem dos vossos homens. Não são aliás poucos os casos de neerlandesas que engravidam dos portugueses, apesar de por lei serem proibidas as conversas carnais entre cristãos e judeus. Mas depois olhamos para as vossas mulheres e... e parecem a castidade em forma de gente."

Bento corou e não disse nada. O seu tio-avô Abraham, nascido em Portugal e membro respeitado do *ma'amad* da antiga comunidade Bet Jacob de Amsterdã, tinha anos antes sido detido justamente por andar envolvido com uma empregada doméstica neerlandesa; aquele comportamento, tão comum em Portugal, era, contudo, muito mal visto nas Províncias Unidas e constituía o mais recorrente motivo de tensão entre os neerlandeses e a comunidade portuguesa do Houtgracht.

Ao longo da Breestraat viam-se as lojas e os armazéns a exibirem os produtos mais variados; muitos provenientes de empresas neerlandesas como a Companhia das Índias Orientais e a Companhia das Índias Ocidentais, outros de empresas portuguesas como a Carreira das Índias e a Companhia Geral do Comércio do Brasil, outros ainda de navios oriundos de Veneza, de Antuérpia, de Hamburgo ou de outros pontos, incluindo saques efetuados por corsários marroquinos. As prateleiras enchiam-se assim de porcelanas de Cantão e de Nuremberg, tapetes de Esmirna, tulipas de Constantinopla, sedas de Bombaim e de Lyon, pimenta das Molucas, sal de Setúbal, linho branco de Haarlem, lã de Málaga, faiança de Delft, sumagre do Porto, açúcar do Recife, madeira de Bjørgvin, tabaco de Curaçau, marfim de Mina, azeite de Faro. Havia ali de tudo e de toda a parte, como se o bairro português de Amsterdã fosse o bazar dos bazares, o mercado do mundo.

Chegaram enfim a uma rua mais pequena. Entraram no armazém da companhia Espinosa e depararam-se com sacos de serapilheira espalhados pelo espaço, os frutos secos a espreitarem das bordas. Mas havia pouca variedade. A empresa estava manifestamente à espera da chegada de mais mercadoria, decerto aquela sobre a qual passara as ações que Bento tentava sem talento nem sucesso vender na bolsa. Encaminharam-se diretamente para os sacos com figos secos. Jarig tirou um e trincou-o. Fez um esgar aprovador, enfiou a mão pelo saco para apanhar um figo que estava em baixo de modo a assegurar-se de que a qualidade dos restantes era a mesma e provou-o também. Satisfeito, confirmou o negócio com um novo aperto de mão. Encheram um saco de figos secos e pesaram-no, voltando a enchê-lo até a nova pesagem registar os cinco quilos. O neerlandês pagou e, antes de pegar no saco, encarou Bento.

"A propósito da nossa conversa de há pouco", disse. "Tenho um grupo de amigos com ideias liberais, todos eles *collegianten* como eu, e volta e meia reunimo-nos para discutir a Bíblia e tentar perceber o que ela nos revela sobre os mistérios do universo e da existência. Toda a gente sabe que a Bíblia foi escrita pelos judeus em hebraico. Ora, você é judeu e, presumo eu, fala hebraico."

"Falo, escrevo e leio", confirmou Bento. "É ensinado na minha escola, aqui no Houtgracht."

Jarig olhou para ele de forma hesitante, como se ganhasse coragem para perguntar o que lhe ia na cabeça nesse momento. A tentação era demasiado grande, pois não era todos os dias que ouvia um judeu dizer que a sua religião deveria ser como a dos cristãos liberais. Decerto conhecer aquele rapaz seria de grande interesse para os seus amigos *collegianten*. Mas... interessar-se-ia o seu interlocutor pelo convite? O pior que lhe poderia suceder, na verdade, era ouvir um "não". Por que não tentar?

Decidiu-se.

"Gostaria... gostaria de participar de uma das nossas reuniões?"

O convite apanhou Bento desprevenido. Como a generalidade dos portugueses de Amsterdã, os seus contatos com os neerlandeses, embora cordiais, eram superficiais. Aprendera a falar neerlandês graças às amas que na sua infância o pai contratara para tratar dele e dos irmãos, mas no resto mantivera sempre uma vida à parte da população cristã do país. Pois ali se abria inesperadamente a possibilidade de penetrar no mundo daquela gente grande e loira que lhe era tão estranha e ao mesmo tempo tão familiar. Deveria aproveitá-la?

As regras impostas pelos senhores do *ma'amad* proibiam que os *yehidim* discutissem assuntos religiosos com os gentios, sob pena de lhes ser aplicado um *cherem*. Isso era algo que não podia encarar de ânimo leve, sobretudo à luz do que vira acontecer a Uriel da Costa. Por outro lado, havia as ideias liberais que estes cristãos pelo visto professavam. A religião era uma opção individual que dizia respeito exclusivamente a cada pessoa? A autoridade religiosa não passava de tirania disfarçada de piedade? Que conceitos eram estes que de forma tão emocional lhe tocavam no fundo do ser?

Ficou de tal modo intrigado com as ideias que escutara de Jarig que foram elas que acabaram por o convencer. Espreitou em redor para se assegurar de que ninguém os escutava antes de dar a resposta.

"Onde são essas reuniões?"

O cliente neerlandês sorriu. Anotou num papel a data, hora e morada da reunião seguinte e entregou-o ao seu novo amigo. A seguir meteu o saco de figos secos às costas e, com um aceno despreocupado, saiu do armazém da companhia de Miguel de Espinosa.

VIII

Todos se levantaram quando Bento entrou na livraria Het Martelaarsboek, o Livro dos Mártires. Tratava-se de um grupo muito restrito, todos os seus membros eram neerlandeses, e os sorrisos tímidos e olhares frontais mostraram ao visitante que era esperado com evidente curiosidade e expectativa. Com toda a probabilidade, os homens que o aguardavam apenas tinham mantido contatos profissionais com os portugueses da cidade, sobretudo nas lojas ou na bolsa, e o mesmo acontecia com ele em relação aos cristãos neerlandeses. Ali estava a oportunidade de ambas as partes se conhecerem melhor.

Tendo ido buscar Bento à porta, Jarig apresentou os elementos do grupo um a um. Começou pelo mais velho, um homem de corpo arredondado com uns trinta e cinco anos.

"Este é o nosso anfitrião, Jan Rieuwertsz."

"*Welkom* à minha humilde livraria e editora", acolheu-o Rieuwertsz com um aperto de mão firme. "Humilde, mas atrevida, devo acrescentar. Bem vê, só publico livros que os outros livreiros e editores recusam."

"Sabe que é a primeira vez que entro numa livraria neerlandesa?", confessou Bento. "Já fui tentado a visitar uma das várias que existem em Nieuwe Brug, mas não me atrevi. Mal posso esperar por espreitar os seus títulos, sobretudo se os seus autores acabam no martírio. Os livros deles são mesmo heréticos?"

"Ui, nem imagina! E não são só os livros, meu caro. Estas nossas reuniõezinhas sobre a liberdade religiosa e o livre-pensamento irritam tanto os *predikanten* calvinistas que até nos proibiram de nos reunirmos aqui na livraria. Proibição que, como vê, respeitamos escrupulosamente."

Riram-se todos.

"Este é o Pieter Balling", disse Jarig, passando ao segundo membro dos *collegianten*. "Tal como eu, é um comerciante da cidade."

"*Mucho gusto*", saudou Balling. "*No puedo esperar para escucharte.*"

"Ah? *Habla castellano?*"

"*Claro. Trabajo con españoles de la comunidad portuguesa.*"

Quando dizia "comunidade portuguesa", Balling, como qualquer neerlandês, referia-se evidentemente à comunidade judaica de origem ibérica.

Antes que a conversa evoluísse numa língua que os restantes não dominavam, pois a troca de palavras em castelhano deixara os restantes no escuro, Jarig apressou-se a apresentar o terceiro *collegiant*, um rapaz ainda imberbe, certamente mais novo que Bento, e com um certo trejeito afeminado.

"Simon Joosten de Vries. Vem também de uma família de comerciantes."

O rosto de De Vries enrubesceu ao cumprimentar o visitante.

"É… é uma honra."

Restava um último.

"Por fim, Adriaan Koerbagh, advogado e médico." Fez um gesto geral, a indicar todo o grupo de *collegianten* ali reunido. "Como vê, somos todos *poorters*."

Ou seja, eram todos burgueses. Apresentações feitas, recolheram-se ao canto mais luminoso da Het Martelaarsboek, por baixo de uma claraboia. Sendo o anfitrião e o mais velho do grupo, Rieuwertsz assumiu o comando dos procedimentos.

"Antes de começarmos a discussão, rezemos."

Os cinco neerlandeses ajoelharam-se e juntaram as palmas das mãos, à maneira cristã. Bento ficou sem saber o que fazer. Foi Jarig quem veio em seu socorro.

"Os judeus não rezam?"

"Uh… sim, claro. O problema é que… enfim, não conheço as orações cristãs e…"

"Reze as suas orações e cada um de nós rezará a sua. A fé é individual, meu amigo. Trata-se de um assunto apenas entre cada pessoa e Deus. Ninguém tem mais nada a ver com isso."

Todos fecharam os olhos e rezaram em silêncio ou num murmúrio, consoante os casos. Bento recitou mentalmente o Shemá, o credo do judaísmo, e a seguir abriu um olho para espreitar os companheiros. Pareciam todos muito compenetrados, cada um no seu diálogo particular com Deus, e o jovem judeu foi assaltado por uma sensação de estranheza. Ali estava ele no meio de cristãos que rezavam na sua forma diferente a um Deus que era o mesmo mas ao mesmo tempo diferente do da Torá; os neerlandeses chamavam-Lhe *God*, os portugueses pronunciavam Deus, os judeus davam-Lhe mil nomes, mas conheciam-no por HaShem, o Nome.

Que diria o pai se o visse? O filho a rezar com os *goyim*? Ah, não lhe podia contar, isso era certo. Seria o fim da *shalom bayis* em casa.

E, no entanto, o mais singular é que não se sentia desconfortável. A tolerância daqueles homens afigurava-se-lhe desconcertante. Não tinha nenhuma semelhança com o que observava na comunidade portuguesa do Houtgracht e muito menos com as histórias que estavam sempre a chegar das terras da idolatria sobre a perseguição aos judeus. Igualmente importante, aquela ideia de que a fé era um assunto individual e mais ninguém tinha nada a ver com isso, nem rabinos nem padres, impressionava-o deveras.

Antes de tomar a decisão de comparecer na livraria para o encontro, andara a informar-se sobre aquela gente, pois dos cristãos neerlandeses tinha apenas uma ideia difusa e distante. Percebeu que todos eram diferentes uns dos outros e que, se durante a guerra contra a Espanha se tinham mantido unidos, a paz fez emergir as diferenças entre os vários grupos. Os mais agressivos eram os pregadores, ou *predikanten*, da Hervormde Kerk, a Igreja Reformada calvinista, defensores da ortodoxia protestante e fortes apoiantes dos orangistas, que seguiam a linha monárquica do *stadhouder*. Já uma miríade de outras correntes, como os anabatistas, os menonitas, os antitrinitários, os milenaristas e tantos outros, pugnava pela liberdade de crença e de culto, na linha republicana dos comerciantes burgueses e do grande pensionário. Muitos dos elementos destas correntes liberais juntavam-se em colégios, como eram designadas as reuniões onde tudo se discutia, e tornaram-se por isso conhecidos por colegiantes, ou *collegianten*.

Rieuwertsz quebrou o silêncio.

"Ámen."

Os restantes imitaram-no e o movimento voltou ao grupo. Sentaram-se nas cadeiras dispostas em círculo por baixo da claraboia e, para surpresa de Bento, todos os olhares se viraram para ele como uma plateia à espera do início do espetáculo.

"O que nós mais ambicionamos é que haja harmonia religiosa e que as pessoas das várias seitas e religiões se entendam e coexistam pacificamente", disse Jarig, encetando a tertúlia. "Há, contudo, uma coisa sobre os judeus que temos muita curiosidade em perceber, mas que hesitamos em perguntar com receio de causar ofensa."

Tantas cautelas desconcertaram o visitante.

"Estejam à vontade."

Os neerlandeses entreolharam-se, como a quererem saber quem formularia a pergunta que todos queriam ver respondida. Foi Balling quem assumiu a responsabilidade.

"É verdade que vocês, os judeus, acreditam que Deus... enfim, só vos elegeu a... a vós?"

Uma vez que tinha sido um cristão a fazer a pergunta, Bento sentiu-se embaraçado.

"Uh... sim. É o que está em vários versículos do Deuteronômio e noutras partes das Escrituras. Por exemplo, em Ezequiel, capítulo trinta e seis, versículo doze, Deus menciona expressamente 'o meu povo de Israel'."

"Mas isso não faz nenhum sentido", argumentou o neerlandês. "Basta ler o Gênesis, capítulo doze, versículo três: 'todas as famílias da terra serão em ti abençoadas'. E no capítulo dezoito, versículo dezoito, Deus diz, referindo-se a Abraão, que irá 'abençoar nele todos os povos da terra'. Ou leia Malaquias, capítulo um, versículo onze, quando Deus diz: 'É grande entre as nações o Meu nome'. Ou Jeremias, capítulo um, versículo cinco, a quem Deus chama 'profeta entre as nações'. A mensagem é, pois, para toda a humanidade. De resto, por que razão haveria Deus de só abençoar um único povo? Não faz sentido. Todos somos filhos de Deus.

Bento ficou momentaneamente sem saber o que dizer. Não queria ofender ninguém. Além disso, a questão que lhe era colocada parecia-lhe pertinente.

"Pois, não sei", titubeou. "Confesso que nunca tinha pensado nisso dessa forma."

O assunto era delicado, sabiam todos, pois constituía um ponto de clivagem entre judeus e cristãos. Os *collegianten* perceberam que talvez fosse mais produtivo passarem à outra questão que os preocupava e para a qual o judeu diante deles poderia constituir uma ajuda valiosa. Foi Koerbagh quem tomou a palavra.

"Como sabe, a Bíblia é o texto que contém as respostas de todos os mistérios", afirmou o advogado e médico. "Quem quiser conhecer os segredos do universo só tem de a ler. O problema é que constatamos que há diferenças entre as várias edições neerlandesas e latinas e percebemos que isso se deve ao fato de se tratarem de traduções, pois o texto original foi escrito em hebraico, a língua que Deus usou para falar com Moisés. Então pensamos que seria interessante que nos fizesse uma leitura diretamente de uma Bíblia em hebraico para neerlandês, de modo a conhecermos as palavras originais de Deus e, ao mesmo tempo, assegurarmo-nos de que as traduções são fiéis."

Enquanto Koerbagh falava, Rieuwertsz foi a uma estante e retirou um volume espesso que Bento reconheceu como sendo uma Chumash acabada de sair da gráfica de Menashé ben Israel, o *chacham* madeirense obcecado pelo messianismo que tanto fascinava muitos membros da Nação.

"Quando soube que o íamos receber aqui, fui visitar uma livraria portuguesa no Houtgracht", explicou o livreiro. "Comprei lá esta Bíblia em hebraico para o nosso projeto."

A Chumash com a Torá foi entregue ao visitante judeu, ao mesmo tempo que os *collegianten* pegavam em exemplares da Bíblia em neerlandês para acompanharem a leitura e assim verificarem se a tradução para a língua deles era correta. Contudo, Bento não estava convencido de que aquilo fosse boa ideia. Pousou a Chumash no regaço, mas não a abriu de imediato.

"Vocês querem que traduza tudo?", questionou. "Já viram quantas páginas tem este volume?"

Os neerlandeses riram-se.

"Ninguém está à espera de que leia tudo de uma assentada", explicou Jarig. "Basta uns capítulos. No nosso próximo encontro lerá mais uns capítulos e assim, pouco a pouco, conheceremos todo o texto original em hebraico e verificaremos a qualidade da tradução para neerlandês. Bem vê, é muito importante para nós conhecermos as palavras exatas do texto divino para assim acedermos aos segredos do universo."

Embora hesitante, Bento lá abriu a sua Chumash onde a Torá estava impressa. Fixou os olhos nas primeiras linhas.

"'*Bereshit bara Elohim et hashamayim ve'et há'aretz*'", leu. "Isto quer dizer: 'No princípio, Deus criou os céus e a'..." Calou-se e, após uma curta pausa, abanou a cabeça antes de voltar a fechar a Chumash e encarar os *collegianten*. "Ouçam, isto não vai resultar."

Os neerlandeses mantiveram-se imóveis.

"Claro que vai", encorajou-o Koerbagh. "É uma questão de sermos pacientes e persistentes. Eu sei que a Bíblia é grande e não há dúvida de que os livros volumosos intimidam, mas as leituras começam sempre pela primeira página e depois vamos para a segunda e a seguir para a terceira, ganhamos ritmo e tudo se torna mais fácil."

Passando os dedos pelos cabelos escuros e lisos, Bento considerou a melhor forma de expor o problema. Como lhes fazer ver que o que lhe pediam não serviria para nada?

"A língua hebraica é uma língua antiga que mesmo nós, os judeus, não conhecemos bem", explicou. "Não retivemos a língua na sua totalidade. Alguns nomes de frutas, de pássaros e de peixes, tal como muitas outras palavras, perderam-se com o passar do tempo. Mais grave, o significado de muitos substantivos e verbos que aparecem na Torá desapareceu ou é objeto de grande controvérsia. Além disso, perdemos conhecimentos sobre a fraseologia hebraica original."

Os *collegianten* entreolharam-se, decepcionados.

"Mas vocês conhecem as letras do alfabeto, não conhecem?", interveio Balling, o que falava castelhano, procurando uma solução. "Conhecendo-as, basta lê-las e as palavras formam-se naturalmente."

O judeu português encarou os seus interlocutores. Só acreditariam se lhes fizesse uma demonstração, percebeu. Abriu a Chumash e procurou as letras problemáticas.

"A Torá está repleta de ambiguidades que nascem da nossa dificuldade em distinguir uma letra de outra no alfabeto antigo." Apontou algumas letras no texto. "Estão a ver estas? Alef, Ghet, Hgain e He são chamadas guturais e na antiga grafia dificilmente se distinguem umas das outras por quaisquer sinais que conheçamos. El, que significa 'para', é muitas vezes confundido com Hgal, que significa 'sobre', e vice-versa. Isto cria ambiguidades constantes. Depois há o problema dos múltiplos sentidos das conjunções e dos advérbios. Por exemplo, Vau serve promiscuamente como indicador de união ou de separação, significando 'e', 'mas', 'porque', 'no entanto', 'então'. O Ki tem sete ou oito sentidos, designadamente 'dali', 'contudo', 'se', 'quando', 'tanto quanto', 'porque'… enfim, muita coisa. O mesmo se passa com muitas outras palavras em hebraico. Uma outra…"

"Espere, espere", interrompeu-o Koerbagh. "Não há maneira de resolver esses problemas?"

"Estamos a falar de imensas dificuldades", insistiu Bento. "Por exemplo, os verbos hebraicos na forma indicativa não têm presente, não têm pretérito imperfeito, não têm mais-que-perfeito, nem futuro perfeito nem outros tempos verbais que encontramos na generalidade das línguas, como o neerlandês ou o meu português materno."

Foi a vez de o anfitrião, Rieuwertsz, persistir.

"Haverá decerto alguma forma de dar a volta a todas essas questões..."

O judeu fez com as mãos um gesto de impotência.

"É verdade que estas dificuldades nos tempos verbais podem ser contornadas com recurso a certas regras fundamentais da língua com facilidade e até elegância", reconheceu. "O problema é que os autores antigos evidentemente negligenciaram essas regras e usaram o futuro quando queriam referir-se ao presente e ao passado, e vice-versa. O mesmo é válido para os imperativos e subjuntivos, o que resultou numa grande confusão."

Os *collegianten* voltaram a olhar uns para os outros, agora desanimados.

"*Wat zonde!*", exclamou Koerbagh. "Que pena! Não estávamos nada à espera disto."

"Como se tudo o que vos expliquei não bastasse, o hebraico não tem vogais e as frases não são separadas por quaisquer sinais que clarifiquem o sentido ou distingam as palavras. Para resolver este problema, usamos hoje pontos e acentos, mas os antigos escreviam sem pontos nem acentos. Confrontados com este problema nos textos originais, os copistas puseram-se ao longo do tempo a inserir pontos e acentos segundo as suas interpretações das Escrituras, o que significa que os pontos e acentos atualmente existentes na Torá não passam de interpretações e não têm por isso mais autoridade do que qualquer comentário. Não correspondem necessariamente ao sentido intencionado pelos autores originais. A verdade é que as dificuldades colocadas pela língua hebraica são tantas que não existe nenhum método que as possa resolver a todas. A consequência é que, mesmo para nós, judeus, as Escrituras estão repletas de frases inexplicáveis. Aliás, há indicações de que o Livro de Job, por exemplo, foi originalmente escrito numa outra língua que não o hebraico, o que explica o seu conteúdo obscuro."

As expressões de frustração multiplicavam-se entre os neerlandeses. Todos se remexiam nas cadeiras, já conscientes de que os seus planos para Bento não podiam ser realizados como haviam idealizado.

"É realmente aborrecido", resmungou Jarig, sentindo-se de algum modo responsável por aquela situação. "Contávamos com a sua ajuda para resolver vários enigmas que encontramos na Bíblia e... enfim, afinal não é possível."

Bento levantou-se do seu lugar.

"Não podendo eu ajudar-vos como desejavam, talvez seja melhor ir--me emb..."

Os *collegianten* sobressaltaram-se.

"Onde vai?"

O judeu imobilizou-se, surpreendido com aquela reação tão imediata e espontânea.

"Bem... julgava que..."

"Nem pense em sair daqui!", quase ordenou Koerbagh. "A não ser que não se sinta bem conosco, claro."

"Estou maravilhosamente", apressou-se Bento a esclarecer. "Apenas achei que, não tendo eu a utilidade que pensavam, desejariam prosseguir a vossa tertúlia sozinhos."

"Claro que desejamos prosseguir a nossa tertúlia, mas você é uma aquisição preciosa que não dispensamos de modo nenhum", insistiu Koerbagh. "Mesmo não sendo possível que faça o que tínhamos em mente, devo dizer que aprendi imenso com o pouco que acabou de nos revelar. Não fazia a menor ideia de que o texto original da Bíblia estava assim tão afetado por problemas."

Um coro de assentimento secundou estas palavras.

"Fique conosco!"

"Você sabe mais sobre estes assuntos do que todos nós juntos, essa é que é essa."

O jovem judeu voltou a sentar-se, encorajado por aquela reação.

Definitivamente, havia algo de especial naqueles gentios.

"Mas em que posso eu contribuir nestes vossos encontros?"

"Contribui com os seus conhecimentos sobre a Bíblia, por exemplo", respondeu Jarig. "Será muito interessante conhecermos a perspetiva judaica das Sagradas Escrituras. Creio que falo por todos se lhe pedir que passe a fazer parte do nosso grupo e venha às nossas reuniões. Ficaríamos muito honrados."

Mais murmúrios e palavras de concordância dos restantes.

"Por favor, venha."

"Irá gostar, vai ver."

O pedido deixou Bento momentaneamente desconfortável. Uma coisa era assistir a uma reunião ocasional, que encarava quase como uma aventura para viver uma única vez, outra inteiramente diferente era tornar-se um *habitué*. Como iria o pai reagir ao seu convívio com os gentios? Uma coisa dessas iria inevitavelmente pôr em causa a *shalom bayis*. Isso não podia ser.

Hesitou. Em bom rigor, havia maneiras de contornar a dificuldade. Podia perfeitamente dizer ao pai que aqueles encontros eram importantes para angariar clientes para os frutos secos, por exemplo. De resto, nem estaria a faltar à verdade. Não havia Jarig comprado mesmo os figos secos? A verdadeira questão não era pois essa. O que precisava de determinar era se ele próprio queria participar naquelas tertúlias dos *collegianten*. Considerou o assunto.

"Tenho uma condição."

Ao ouvir esta resposta, os neerlandeses quase fizeram uma festa.

"Diga o que é", pediu o jovem De Vries, até ali em silêncio. "Ser-lhe-á concedido."

O judeu reprimiu um sorriso. Que péssimos negociadores eram aqueles gentios! Cediam com uma facilidade desarmante, mesmo antes de saberem o que lhes seria pedido.

"A vossa filosofia de que a fé é uma questão de consciência e não pode ser decretada de fora, a vossa crença de que as instituições religiosas praticam a tirania em vez da verdadeira religião, a vossa defesa de todos aqueles que são perseguidos pelas suas fés...", enumerou. "Aceito fazer parte das tertúlias e ajudar-vos a compreender a Torá se, em troca, me ajudarem a compreender as vossas ideias."

"O que quer saber exatamente?"

A pergunta foi feita como se estivesse implícito que a condição havia sido prontamente aceita.

"Bem... para começar, onde as foram buscar?"

Um dos neerlandeses, o anfitrião, deu um salto no seu lugar e, de pé, indicou com um gesto largo todas as lombadas dos muitos volumes guardados nas estantes que cobriam as paredes da livraria.

"Nos livros, claro", exclamou Rieuwertsz. "Não leu Descartes?"

"Quem?"

O livreiro fez ao convidado um gesto de que o acompanhasse. Levou-o para um setor do outro lado da livraria.

"Estou a falar no nosso mestre, o maior gênio que já existiu", disse o neerlandês. "René Descartes. Apesar de ser francês, viveu quase toda a sua vida adulta aqui nas Províncias Unidas, o único sítio do mundo onde podia publicar livros com as suas ideias."

"Ele vive em Amsterdã?"

"Morreu há dois anos, coitado."

Na mesma época de Isaac, pensou Bento com súbitas saudades do irmão. Pela mente passou-lhe momentaneamente a memória do funeral e da conversa do *chacham* Morteira a convencer o pai a deixá-lo prosseguir os estudos para se tornar rabino.

Alheio aos pensamentos que nesse instante assaltavam o visitante, Rieuwertsz tirou um volume da estante e mostrou-lho.

"Veja este livro."

O jovem judeu tentou ler o título.

"*Dis... discur...*"

"*Discours de la méthode*", disse Rieuwertsz. "Lê francês?"

"Uh... não."

O dono da livraria retirou outro volume da estante.

"Tenho aqui a edição em latim, sempre é mais fácil." Foi assaltado por uma súbita suspeita. "Lê em latim, não é verdade?"

Bento coçou a cabeça, embaraçado.

"Confesso que... bem vê, para línguas mortas já me basta o hebraico."

"O latim pode ser uma língua morta, mas tudo o que interessa ler em filosofia encontra-se escrito em latim ou em grego, mas sobretudo em latim", indicou Rieuwertsz. Tirou da estante outro exemplar em latim. "A *Principia Philosophiae*, de Descartes, por exemplo." Mais um livro, este com aspecto de ter acabado de sair do prelo. "Ou o *De Cive*, de Hobbes, que foi agora publicado aqui em Amsterdã."

Por essa altura, já os restantes *collegianten* se haviam juntado aos dois naquele recanto da livraria.

"Qual o mais importante desses dois? Descartes ou Hobbes?"

O livreiro indicou o grupo.

"Aqui somos todos cartesianos, meu caro. Descartes é o nosso mestre, o farol que nos ilumina o caminho, o maior de todos os filósofos."

A expressão *filósofo* significava um homem de ciência e do conhecimento, abarcando disciplinas tão variadas como a matemática, a física, a biologia ou a filosofia propriamente dita. Todos os pensadores que se especializavam numa dessas áreas, ou em todas, eram conhecidos por filósofos.

"Tem de ler Descartes", quase implorou um dos outros *collegianten*, o jovem De Vries. "É... é extraordinário."

"Não me arranjam nada dele em neerlandês?"

"Está em latim", esclareceu Koerbagh. "Tudo se encontra em latim. É a língua da erudição, a língua internacional dos filósofos."

Um pouco como o castelhano entre os judeus portugueses de Amsterdã, percebeu Bento. Todos falavam português em casa e na rua, mas, quando se chegava à literatura, a língua de referência era o castelhano.

Um burburinho eclodiu entre os *collegianten*, cada um a propor uma possível solução para as dificuldades de leitura do visitante. Foi Koerbagh quem sugeriu a solução mais evidente.

"Por que não aprende latim?"

"Eu? Latim?"

"Sim. Aprenda latim. Se quer aceder à verdadeira filosofia, os textos estão todos em latim. Para os ler, tem de aprender latim. Não há outra maneira."

"Mas por que não os traduzem para neerlandês?"

Os neerlandeses entreolharam-se, como se se interrogassem em que mundo vivia aquele jovem.

"Porque ninguém quer ir preso, ora essa", explicou Rieuwertsz, demasiado bem familiarizado com o tema. "Por que pensa que a minha livraria se chama Het Martelaarsboek, o Livro dos Mártires? Quem publica heresias em neerlandês está perdido."

"Não é bem assim", corrigiu Koerbagh. "Os calvinistas bem podem incomodar-nos, é verdade, mas as autoridades já não fazem nada. A república neerlandesa tornou-se uma luz que rasga as trevas da ignorância no mundo."

"Isso é agora, mas antes não era assim", insistiu o livreiro. "Todos os filósofos, se querem escrever livremente e dizer o que realmente pensam, devem escrever em latim. Assim a população não os lê e é mais fácil as autoridades fecharem os olhos." Encarou Bento. "É por isso que tudo o que interessa ler só está publicado em latim, percebe? Ciência, filosofia, teologia, política... tudo em latim. Por que julga que Descartes veio viver para cá e publicou os seus livros em latim? Porque lhe apeteceu passear pelos nossos canais enquanto lia Ovídio? Não. Porque era a única maneira."

O jovem judeu percebeu. De resto, o próprio pai já lhe havia contado que até as universidades em Portugal só ensinavam em latim. Talvez Uriel da Costa ainda estivesse vivo se tivesse mantido a boca fechada e publicado na velha língua dos romanos. Baixou os olhos para os exemplares da *Principia Philosophiae*, de Descartes, e do *De Cive*, de Hobbes. Atrever-se-ia?

"Eu até gostaria de aprender, mas não tenho dinheiro e o meu pai não mo dará para frequentar aulas de um gentio."

Ao ouvir estas palavras, Koerbagh sorriu.

"Conheço ali no Singel um professor perfeito para si."

"Não me diga que é o Van den Enden", interpôs o jovem De Vries, subitamente excitado. "É meu vizinho! O tipo é genial." Virou-se para o convidado. "Por favor, vá ao Van den Enden! Ele teve durante algum tempo uma livraria e vai em breve abrir uma escola ao pé da minha casa. Se quiser, posso dar-lhe uma palavrinha para ver se é possível contornar o seu problema de dinheiro. Com o Van den Enden aprenderá num instante, verá. É um dos maiores cérebros da nossa república. E... e o nosso maior herege."

Antes que Bento dissesse o que quer que fosse, Koerbagh deu-lhe um papel que acabara de escrevinhar. O visitante desdobrou-o e leu o conteúdo. Uma morada no Singel. A do grande herege das Províncias Unidas.

IX

A imagem do pai sentado de cabeça baixa e mãos na cara, quebrado e derrotado, não podia deixar de impressionar os dois irmãos. Nem Bento nem Gabriel sabiam o que fazer. Em boa verdade, não havia nada que pudesse inverter o que acontecera, como se confirmava pela expressão pesada do doutor Ishac de Rocamora ao abandonar o quarto onde se encontrava a defunta.

"*Ay niños*", interpelou-os no seu castelhano materno. "Não posso fazer nada pela vossa madrasta. Tenho *mucha* pena."

Quando o médico judeu espanhol saiu, os dois irmãos sentaram-se ao lado do pai à beira da cama, aí permanecendo em silêncio durante largos minutos como se estivessem a velar a falecida. Não ajudou. A terceira irmã, Rebecca, ainda trouxe um chá para ver se animava o pai, mas Miguel nem lhe tocou. Os três filhos trocaram olhares preocupados. O pai parecia ter envelhecido em apenas um par de anos. Nada o consolava de mais esta perda. Havia perdido a primeira mulher, depois fora a vez da segunda mulher e dos filhos Isaac e Miriam. Agora via a sua terceira mulher ser levada por Deus. Tudo de rajada. Estaria amaldiçoado?

Ao fim de algum tempo, os filhos deixaram o pai sozinho no quarto e juntaram-se no átrio da casa. Com Miguel naquele estado, perceberam que teriam de ser eles a tomar as coisas em mãos.

"Vou tratar da cerimônia religiosa e do funeral", disse Bento na sua qualidade de irmão mais velho enquanto vestia o casaco para sair.

"Gabriel, volta para junto do pai e não o largues para que não faça disparates. Rebecca, trata do jantar."

"Quem nos vai ajudar a recitar o *kadish*?"

"Vou falar com o *chacham* Morteira. Sendo um velho amigo da família, parece-me mais adequado. Depois verei quem fará os rituais da *taharah* e dos rondeamentos."

Saiu e passou para o outro lado do Houtgracht pela ponte, dirigindo-se à sinagoga. A sua vida estava a atravessar uma fase difícil, com a sucessiva morte dos irmãos e agora a doença e o falecimento da madrasta, situações que lhe dificultavam os seus encontros com os *collegianten* e o impediam de se inscrever nas famosas aulas de latim de Van den Enden. Logo que as coisas estabilizassem, seria diferente.

Uma vez na sinagoga, procurou pelo rabino-chefe e foi informado de que estava a dar a sua aula na Keter Torá. Claro, pensou Bento, dando uma ruidosa palmada na testa como se se punisse pelo esquecimento. Ele próprio estava inscrito nas aulas da *seminha* para se tornar rabino, mas nesse dia a morte da madrasta obrigara-o a faltar. O destino, contudo, tinha destas coisas. Se queria falar com o *chacham*, teria mesmo de ir à *yeshiva* e esperar pelo final da lição.

Quando entrou na Keter Torá e abriu a porta da sala de aula, os colegas estavam todos a tomar notas e o rabino-chefe falava. O *chacham* Morteira calou-se ao vê-lo espreitar da entrada e atirou-lhe um olhar chispante.

"Isto são horas de chegar, Baruch? Logo tu, que és sempre tão cumpridor."

"As minhas desculpas, *chacham*. A minha…"

"Não quero desculpas. Senta-te."

"Mas…"

"Senta-te!"

O tom foi de tal modo categórico que o aluno nem se atreveu a pronunciar mais uma sílaba que fosse. Encaminhou-se obedientemente para o seu lugar, ao lado do colega com quem mais se dava na *yeshiva*, um espanhol bem mais velho chamado Juan de Prado. Bento não viera com a ideia de assistir à aula, mas teria de ser paciente. A intransigência do professor não o incomodava, pois sabia que era o seu estudante preferido e era por isso que se mostrava tão exigente consigo, mas tinha a noção de que não podia perder muito tempo.

"Concluamos então a lição de hoje com uma última questão que me é apresentada com frequência", disse o *chacham* Morteira, retomando a aula. "Irá ou não sentar-se à direita de HaShem no dia do julgamento final um judeu que foi forçado a converter-se a outra fé e que por isso não foi circuncidado, embora mantendo em segredo a verdadeira fé? E se ele, depois de viver anos e anos como converso, regressar um dia à verdadeira religião? Conseguirá nessas circunstâncias recuperar a graça do Senhor e obter a salvação?"

O tema surpreendeu Bento. O *chacham* Morteira era um professor apreciado pelos alunos e respeitado pelos seus conhecimentos do Talmude, que ensinava com detalhe. Tinha uma perspetiva racionalista do judaísmo, dizendo frequentemente que "a chave para entender a lei de Deus é a razão". Por vezes lançava até chistes às correntes messiânicas dos rabinos portugueses, em particular do seu maior rival, o *chacham* Menashé ben Israel, que considerava infantis. Para além de Maimónides, o *chacham* Morteira pusera Bento a ler os grandes autores judaicos, sobretudo os comentadores medievais Ibn Ezra e Rashi, e ainda Gersonides e Saadya Gaon.

Daí que o tema escolhido para fechar a lição do dia fosse surpreendente. Ou, pensando melhor, talvez não o devesse ser. Não era o problema da salvação dos antigos conversos uma preocupação central na comunidade portuguesa em Amsterdã? Tendo vivido tanto tempo em terras da idolatria, os *yehidim* de Portugal e Espanha identificavam-se naturalmente com os judeus do Êxodo, aqueles que viveram no Egito cercados pela idolatria, e viam a sua fuga para Amsterdã como a fuga pelo mar Vermelho. O seu desejo de libertação e a forma como liam a Torá e o episódio do Êxodo alimentava-lhes um messianismo obsessivo, acreditando que Deus os resgataria como resgatara os judeus do Egito e os conduziria à terra prometida da salvação como em tempos idos os levara para Israel. O exemplo egípcio dava-lhes uma base para acreditarem que, apesar de terem sido batizados na infância e transformados em católicos, no coração não haviam traído a verdadeira fé e que o sacrifício da fuga para Amsterdã lhes garantia a salvação como garantira aos que fugiram do faraó.

O tema surgia constantemente nas conversas entre os *yehidim* portugueses, o que explicava a opção do *chacham* Morteira por abordar a questão naquela aula. Estavam a estudar para a *seminha* e o rabino-chefe achou pelo visto que, como potenciais futuros rabinos, havia coisas que deveriam saber e sobre as quais não podiam alimentar ilusões, nem as suas nem as dos outros.

"Os judeus que não são circuncidados e que não respeitam a Lei de Elohim, bendito seja o Seu nome, nas terras onde ela é proibida correm o risco de sofrer a punição eterna", estabeleceu o *chacham* Morteira sem palavras mansas nem tergiversações. "Se continuarem a professar a fé cristã, mesmo contra os seus desejos, e assim rezarem a estátuas, participarem em missas e negarem que são judeus quando nos seus corações o são, então são culpados perante Deus, bendito seja o Seu nome."

Um silêncio pesado abateu-se sobre os alunos. O colega de carteira de Bento, Juan de Prado, folheou a Chumash à sua frente e levantou a mão. O *chacham* fez-lhe sinal de que falasse.

"Peço desculpa, *chacham*, mas isso não contradiz o que está consagrado no Deuteronômio?" Desceu a atenção para o livro aberto diante dele. "Está escrito no capítulo quatro, versículos vinte e sete a trinta e um: 'O Senhor dispersar-vos-á entre os povos, e ficareis reduzidos a poucos entre as nações, para onde o Senhor vos conduzirá. Lá adorareis deuses, obra das mãos dos homens, deuses de madeira e de pedra, que não veem nem ouvem, que não comem nem sentem. Então recorrerás ao Senhor, teu Deus, e voltarás a encontrá-Lo se O procurares com todo o teu coração e com toda a tua alma'. E conclui: 'Porque o Senhor, teu Deus, é um Deus clemente e não te abandonará, nem permitirá que te percas, nem Se esquecerá da aliança que jurou aos teus pais'."

"Esses versículos apenas são válidos para aqueles que fugiram das terras da idolatria e regressaram à verdadeira fé", foi a resposta do *chacham* Morteira. "Os que lá ficaram, mesmo professando a nossa fé em segredo, não são abrangidos pela clemência de Elohim, bendito seja o Seu nome."

O silêncio permaneceu pesado. Todos na sala tinham familiares ainda a viver em Portugal e em Espanha, ou antepassados que lá haviam morrido e lá se encontravam enterrados, e estavam conscientes das terríveis implicações destas palavras.

"*Tonterias*", sussurrou Juan de Prado em castelhano. "*Solo tonterias.*"

Bento manteve os lábios comprimidos. O seu companheiro de carteira, um médico espanhol vinte anos mais velho do que ele, costumava ser corrosivo nos comentários discretos às observações do professor. Prado era um marrano acabado de chegar a Amsterdã. Como tinha consciência de que não conhecia bem a religião que abraçara em segredo em Espanha, inscrevera-se naquela *yeshiva*. O problema é que não parecia contente com o que lhe ensinavam. Intuindo isso, o *chacham* Morteira mantinha-o debaixo de olho.

"Algum problema, doutor Prado?"

"Uh... nenhum, *chacham*."

"Ouvi-o falar e pensei que tinha alguma coisa que contribuísse para a nossa discussão."

"Estava a... uh... orar pelos meus familiares, *pobrecitos*. Ficaram na Andaluzia e assim irão conhecer a ira de Deus bendito. *Ay*, Santa Ester os proteja!"

O professor rangeu os dentes; aquele aluno tinha algo de subversivo que não lhe agradava. Aquela da Santa Ester, por exemplo, soava-lhe a pura provocação. Os judeus não tinham santos, mas os oriundos de Portugal e de Espanha referiam-se a Ester como santa, uma evidente influência católica que não havia maneira de ser erradicada da comunidade portuguesa de Amsterdã. Outros hábitos do gênero persistiam na Nação. Por exemplo, os *matzot*, uns pães achatados que se comiam na Páscoa judaica, eram pelos judeus portugueses designados *pães benditos*, uma evidente evocação das hóstias católicas.

Todos aqueles vestígios do catolicismo irritavam profundamente o *chacham* Morteira, embora fizesse um esforço para se conter. A verdade é que a maioria dos rabinos mantinha distância em relação aos marranos e recusava-se até a reconhecê-los como judeus, o que para muitos membros da Nação era trágico, pois haviam arriscado a vida em Portugal e em Espanha pela fé dos seus antepassados e acabavam por constatar que o mundo judaico oficial se recusava a acolhê-los. Raros eram os rabinos que faziam um esforço de dar um passo na direção deles e, havia que o reconhecer, o *chacham* Morteira revelara-se uma das exceções. O fato de ter aceitado permanecer em Amsterdã como rabino-chefe da Nação era prova disso.

"Bem, assim sendo, dou a aula de hoje por terminada", resmungou, agastado. "Amanhã voltaremos ao Talmude. Que Elohim, bendito seja o Seu nome, vos acompanhe."

Os alunos levantaram-se das carteiras e fluíram para o exterior. Bento, no entanto, dirigiu-se ao rabino-chefe e deu-lhe a notícia da morte da madrasta. Depois de o *chacham* lhe dirigir palavras compassivas, sobretudo à luz de tantas mortes recentes entre os Espinosas, assegurou-lhe que iria lá a casa ainda nessa noite para confortar "o meu amigo Miguel". Comprometeu-se ainda a acompanhar a recitação do *kadish* pela falecida, a tratar da *taharah* na cerimônia da limpeza do corpo e a envolver-se nos rondeamentos antes do enterro.

Cumprida a missão, Bento abandonou a *yeshiva* para ir tratar de mais este enterro em Ouderkerk, o cemitério da comunidade portuguesa. Encontrou Juan de Prado à sua espera na rua. O médico espanhol, um quarentão alto e magro, com um nariz saliente e pele morena, acompanhou-o ao longo do Houtgracht.

"*Escuchaste* com atenção os versículos que recitei na aula, Benito?"

Benito era o nome castelhano equivalente ao Bento português que Prado insistia em usar sempre que com ele conversava.

"Agora não, doutor Prado. Tenho um assunto para resolver."

"O interessante é aquele versículo onde se diz: 'Lá adorareis deuses, obra das mãos dos homens'", insistiu, embrenhado na questão. "'Obra das mãos dos homens', está lá escrito! E a pergunta é esta: e se não forem apenas os deuses dos gentios que são 'obra das mãos dos homens'?"

Bento soergueu o sobrolho.

"O que quer dizer com isso?"

"E se o próprio HaShem for 'obra das mãos dos homens'?"

O jovem olhou em redor para se assegurar de que ninguém ouvira aquelas palavras.

"Está louco, doutor?", questionou num murmúrio furioso. "Se o escutam com essas heresias, isto ainda acaba mal."

"Mas, Benito, não te interrogas sobre as *tonterias* que ensinam na *yeshiva* e que pregam na esnoga?"

O jovem caminhou calado durante alguns instantes, os olhos fixos no passeio, a pesar os prós e os contras de exprimir o que verdadeiramente lhe ia na alma. O atrevimento de Juan de Prado em revelar-lhe o que realmente pensava acabou por pesar na sua decisão. Talvez tivesse encontrado alguém dentro da Nação com quem poderia partilhar os seus pensamentos mais secretos, as cogitações íntimas que nunca se atrevera a expor perante mais ninguém.

"Às vezes."

A admissão fez o espanhol dar um salto em pleno passeio.

"Ah-ha!", exclamou. "Eu sabia!"

"Chiu!"

"Conta, conta", quase implorou. "O que te perturba nos textos sagrados?"

Antes de responder, Bento voltou a dar uma olhadela em redor. As únicas pessoas na rua pareceram-lhe a uma distância suficientemente segura.

"Há uns tempos tive uma conversa com uns cristãos que conheci e houve uma coisa que eles me perguntaram que me deixou a pensar", murmurou. "Por que razão os judeus são chamados o povo eleito por Deus? Refleti muito sobre o assunto. Seríamos nós menos abençoados se Elohim tivesse estendido a toda a humanidade a salvação? Com certeza que não. Os milagres mostrariam na mesma os poderes de HaShem se Ele os pusesse também ao dispor de outras nações. Mesmo que Deus tivesse distribuído equitativamente a todos os homens a Sua graça, nós os judeus venerá-Lo-íamos igualmente. Então por que somos o povo eleito? O que temos de especial?"

"Somos mais espertos..."

O jovem abanou a cabeça.

"A nação hebraica não pode ter sido eleita por Deus devido à sua sabedoria ou paz de espírito", respondeu. "No que diz respeito ao intelecto, temos ideias banais sobre Adonai e a natureza, pelo que não é possível termos sido escolhidos por isso. Nem em termos de virtude somos especiais, uma vez que nesse aspecto estamos também em igualdade com as outras nações. Então por que motivo continuamos com a ilusão de que somos especiais? Especiais em que, exatamente?"

"Bem... temos a Torá."

Pararam nesse momento diante de uma oficina com a tabuleta a indicar "Abraão Sasportas"; tratava-se de uma carpintaria. Depois de lançar um olhar de soslaio ao seu amigo da *yeshiva*, como quem dizia que ter a Torá não era razão suficiente para um povo se declarar especial, Bento despediu-se e entrou na carpintaria para encomendar o caixão destinado à sua madrasta.

X

O estado de saúde do pai estava a deixar Bento e os irmãos muito preocupados. Miguel de Espinosa definhava a olhos vistos e os filhos começaram a temer o pior. Uma nova tragédia na família tinha de ser evitada a todo custo. Os três revezavam-se a fazer companhia ao pai, pois era impensável deixá-lo sozinho em tal estado de prostração, não fosse cometer alguma loucura.

Aproveitando o tempo livre, pois naquele dia a tarefa recaíra sobre Rebecca, Bento dirigiu-se ao Singel, um dos grandes canais concêntricos que radiavam do centro de Amsterdã, para concretizar o projeto que alimentava em segredo desde que participara na primeira reunião dos *collegianten*. Pelo caminho foi deitando contas à vida. Com o pai na melancolia em que mergulhara, ficaram ele e o irmão a tratar dos negócios da família. O problema é que as importações de frutos secos do Algarve já haviam conhecido melhores dias e era preciso apostar noutra coisa. Reparara nas últimas semanas que aqueles que se tinham metido no comércio das pedras preciosas provenientes do Brasil e da Ásia se estavam a dar bem. Além disso, tratava-se de um trabalho de precisão, que se adequava bem à sua natureza. Por que não investir na joalharia?

Chegou ao Singel. Ao longo do canal estendia-se um mercado com os produtos de horticultura que os agricultores traziam da província; as barcaças destes estavam encostadas às margens, junto das embarcações de burgueses que traziam bens da Flandres e da Zelândia. Consultando o papel que Koerbagh lhe rabiscara com a morada, Bento identificou a casa que procurava e bateu à porta. Ouviu do outro lado passos em aproximação e a porta abriu-se.

Uma adolescente de cabelos castanho-claros e um olhar vivo e traquinas encarou-o com curiosidade; achou-a uma espécie de anjo luminoso.

"É aqui que mora o venerável e tão sábio senhor Frans van den Enden?"

"O papá está no escritório", respondeu a adolescente, estudando-o com o interesse que as raparigas muitas vezes lhe dedicavam. "Quem deseja falar com ele?"

Tirando o chapéu, o visitante curvou-se numa vênia cordial.

"Bento de Espinosa, ao seu serviço."

"Que maravilha", sorriu ela, devolvendo-lhe a vênia e fazendo-lhe o gesto de que entrasse. "Faça vossa senhoria o favor. Não é todos os dias que se vê por aqui um gentil-homem que é também um homem gentil."

Bento entrou no átrio e ela meteu por um corredor, convidando-o a segui-la. Foi atrás da rapariga e notou que ela mancava; tinha um defeito num pé. Ela sentiu-lhe o olhar e voltou a sorrir.

"Parece que ando sempre a meter a pata na poça, hem? Qualquer dia afundo-me."

Definitivamente, era espirituosa. A rapariga conduziu-o até uma porta e abriu-a sem bater, desvendando um aposento apinhado de livros. Sentado a uma secretária desarrumada e coberta de papéis estava um homem dos seus cinquenta anos, o nariz adunco, de bigode e barba curta, mas pontiaguda, mergulhado na leitura.

Bento deu um passo em frente e fez uma vênia, como era de bom-tom.

"Venerável e muito sábio senhor Frans van den Enden", dirigiu-se-lhe. "Chamo-me Bento de Espinosa e venho muito humildemente..."

"Venerável e muito sábio?", reagiu o anfitrião num tom vagamente trocista. "Aqui na minha escola não se utilizam essas formulações antiquadas. Basta chamar-me mestre."

O jovem pestanejou, desconcertado. Sabia que a etiqueta neerlandesa requeria que as pessoas se dirigissem aos professores como *veneráveis e muito sábios senhores*, mas pelo visto reinava naquela escola uma certa informalidade.

"Uh... com certeza, mestre."

Van den Enden cravou os olhos nele, estudando-o.

"É então você o tal português de que me falaram o Koerbagh e o De Vries...", constatou. "C'um diabo, esperava-o há já alguns meses! Entre, entre. O que o demorou?"

Pelo visto já vinha bem referenciado, percebeu o visitante, plantando-se diante do anfitrião enquanto a rapariga, depois de lhe deitar um último olhar apreciativo, fechava a porta e se ia embora a coxear.

"Tive uns problemas na minha vida pessoal que me atrasaram o projeto de vir cá, mestre."

"Espero que não tenha sido nada de grave", disse Van den Enden. "Se bem entendi, deseja aprender latim, não é verdade?"

"Sim, mestre. Percebi que é a única maneira de aceder aos textos dos grandes pensadores. O problema é que não tenho qualquer possibilidade de me inscrever nas escolas latinas."

As escolas latinas eram os liceus onde se formava a elite das Províncias Unidas. O latim era a principal matéria aí ministrada, complementado com grego e elementos de retórica e de lógica, para além de caligrafia e da inevitável instrução religiosa.

"As escolas latinas?", quase protestou o neerlandês. "Nem me fale nesses antros de ignorância, meu caro. Isso são escolas para burros. Burros, digo-lhe eu! Ensinam com base na memorização e a única coisa que verdadeiramente exigem dos alunos é que saibam ler e escrever. Isso são padrões aceitáveis?"

Bento pestanejou, surpreendido com aquele violento ataque às prestigiadas escolas latinas.

"Bem, sempre me disseram que elas eram muito boas…"

Van den Enden abanou a cabeça com impaciência.

"Ouça, abri a minha escola há pouco tempo e não é por acaso que ela está já a ser um sucesso. Para além do grego e do latim, aprendem-se aqui as ideias dos maiores filósofos. Os tolos dos calvinistas interditam esses ensinamentos aos mais comuns dos mortais. Hmpf! Sabe quem fica a ganhar?" Bateu no peito. "Eu. As melhores famílias burguesas de Amsterdã que querem dar aos filhos a mais refinada educação não os metem nas escolas latinas." Bateu com a ponta do indicador na mesa. "Metem-nos aqui, na minha escola. Nas latinas mandam os calvinistas, com o seu asco às ideias modernas. Mas aqui, meu amigo, aqui quem manda sou eu! Eu… e a razão!"

A expressão "melhores famílias" deixou Bento desconfortável, pois era um evidente eufemismo para quem tinha dinheiro.

"Perdoe-me, mestre, mas… quanto custa a inscrição na escola?"

"Cobro dez ducados por lição."

O visitante empalideceu e sentiu o topo da testa umidificar-se de transpiração.

"Pois, mestre, eu… uh… enfim, isso está bem para lá das minhas posses, receio bem."

Van den Enden cofiou a sua barba pontiaguda, como se considerasse o caso.

"Bem, sobre esse assunto, há que dizer que o nosso amigo comum, o meu vizinho Simon de Vries, elogiou-o muito", acabou por dizer.

"Contou-me que, apesar da sua juventude, você é senhor de um intelecto notável e tem uma cultura bíblica fora do normal. Pediu-me por isso para ser flexível consigo. Assim sendo... enfim, acho que posso fazer-lhe a coisa por oito ducados."

Bento engoliu em seco.

"Mesmo assim..."

O mestre ficou por momentos em silêncio a olhar para ele como quem voltava a ponderar o assunto.

"Devo admitir que estou intrigado consigo", disse. "Sabe, o único compatriota seu que conheci pessoalmente foi Francisca Duarte. Que grande artista! Quando era mais novo ouvi-a cantar sonetos no castelo de Muiden. Porventura conheceu-a?"

"Não pessoalmente. Ela morreu quando eu era pequeno. Mas o nome da senhora Duarte é por vezes mencionado pelos meus compatriotas no Houtgracht."

Francisca Duarte era uma judia portuguesa convertida à força ao catolicismo que pertencera ao famoso círculo de Muiden, muito influente na cultura neerlandesa algumas décadas antes. Dela se dizia que tinha uma voz de anjo e cantava tão bem que fazia parte do grupo dos *quae canitis, quales non cecinere Deae*, aqueles que cantam como as deusas não cantaram. Parece que até Maria de Médici fora convidada para o castelo para a ouvir.

"Ah, Francisca Duarte era um rouxinol...", observou Van den Enden com um brilho nostálgico nos olhos, como se relembrasse o dia em que a ouvira cantar. Estremeceu e a sua atenção voltou ao candidato diante dele como se regressasse ao presente. "Nunca tive um aluno da comunidade portuguesa e confesso que sinto uma certa curiosidade. Por causa de Francisca Duarte, admito, mas também devido ao que o De Vries e o Koerbagh me revelaram sobre si. É verdade que lê a Bíblia em hebraico?"

"Assim é, mestre."

O neerlandês manteve o olhar fixo no candidato. Aquilo parecia-lhe deveras interessante.

"Hmm... quanto pode pagar?"

"Cinco ducados, no máximo."

O dono da escola continuou a cofiar a barba pontiaguda com a ponta dos dedos enquanto refletia no assunto; já não o fazia num gesto teatral, como momentos antes, mas de maneira reflexiva.

"Tenho sete filhos, o último dos quais é uma menina que nasceu no ano passado. Isto dá muitas bocas para alimentar e muitas contas para pagar, como deve calcular. Mas..." Deixou esta última palavra pairar no ar enquanto pesava os prós e os contras. "Não há dúvida de que você é um aluno diferente..." A razão dizia-lhe uma coisa, a emoção outra. Respirou fundo. "A minha mulher ainda me vai matar, mas... seja. Vamos a isso. Cinco ducados por lição."

O rosto de Bento abriu-se num sorriso largo.

"Muito obrigado, mestre!", exclamou, fazendo uma vênia. "Nem sei como lhe agradecer tanta generosidade."

"Agradeça aprendendo", foi a resposta. "Diga-me uma coisa, o que quer dizer esse seu nome, Bento?"

"Bento é português para *abençoado*. Na esnoga uso Baruch, que significa o mesmo."

"Abençoado, hem? Abençoado em latim diz-se *benedictus*. Pois a partir de agora você não será português nem judeu, mas um homem do mundo. Passará por isso a ser conhecido por Benedictus. E, já agora, eu já não sou Frans. Também sou um homem do mundo, sabe? Consequentemente, o meu nome erudito é Franciscus." Virou-se para a porta e gritou. "Clara Mariaaa!"

A adolescente reapareceu.

"Sim, papá?"

"Não é agora que começa a aula de latim para iniciados?"

"Daqui a cinco minutos."

Van den Enden apontou para o visitante.

"O Benedictus é o novo aluno. Leva-o."

Sempre a mancar por causa do pé boto, Clara Maria acompanhou-o pelo corredor até uma salinha onde estavam já três outros alunos à espera. Apontou para uma carteira onde se encontrava um rapaz de uns dezoito anos.

"Sente-se ali ao pé do Dirk e... porte-se bem, nada de tropelias, senhor gentil-homem."

Volatilizou-se pelo corredor com uma risadinha. Obediente, Bento acomodou-se no local indicado e apresentou-se ao parceiro de carteira.

"Dirk Kerckrinck", devolveu-lhe o colega. "Nasci em Hamburgo, mas sou holandês. O meu avô era um antigo burgomestre aqui de Amsterdã. Vim aprender latim para poder estudar medicina na Universidade de Leiden." Olhou-o com curiosidade, intrigado com o ar mediterrânico do seu novo parceiro de carteira. "E você? De que lhe servirá o latim?"

"Pretendo filosofar."

Nesse instante, Clara Maria reapareceu na companhia de mais dois estudantes. Os recém-chegados instalaram-se nas carteiras e a rapariga aproximou-se de um quadro gigante em ardósia e pegou num giz. Sentado no seu lugar, Bento olhava para ela sem perceber o que fazia com o giz na mão.

Indiferente ao espanto que causava no novo aluno, Clara Maria virou-se para o quadro e começou a garatujar com o giz.

A B C D E F G H I K L M N O P Q R S T V X Y Z

Encarou a turma.

"De todas as línguas antigas já extintas, o latim é de longe a mais fácil de aprender para nós, os neerlandeses, desde logo porque o nosso alfabeto é na verdade o alfabeto latino", começou ela por dizer. "Quando o latim era uma língua viva, a pronúncia das palavras variava de região para região, como é normal nos sotaques, mas agora que é uma língua morta adotou-se a pronúncia literária clássica. Assim, as consoantes são pronunciadas em geral da maneira que nós, os neerlandeses, as pronunciamos. Mas o latim quase não tem letras mudas. Quando uma letra aparece numa palavra, tem quase sempre de ser lida. Vou dar-vos o exemplo de *De Bello Gallico*, de Júlio César. Alguém sabe o que *De Bello Gallico* quer dizer?"

Como era expectável, os alunos neerlandeses permaneceram em silêncio. Bento, por seu turno, estava abismado. Aquela miúda? A professora? Como era possível uma coisa daquelas? A serigaita nem quinze anos deveria ter...

"Vá lá", insistiu ela, muito segura de si. "Ninguém sabe mesmo o que quer dizer *De Bello Gallico*?"

Ultrapassado o primeiro impacto de ver uma mulher a dar aulas, e ainda por cima uma garota mais nova do que ele próprio, Bento reagiu e recuperou a compostura. Levantou a mão.

"O belo galo."

Ela fez uma careta.

"Benedictus, em que galinheiro foi buscar essa tradução?"

Percebendo que havia cometido um erro, o novo estudante sentiu-se afundar na carteira.

"Bem... é que... enfim, bem vê, a minha língua materna é a portuguesa e... e essas palavras são quase iguais a palavras que conheço. *Gallico* não quer dizer galo?"

"Galo é o que você vai ter na sua cabeça se continuar a cometer esses erros de palmatória", devolveu Clara Maria no registo espirituoso que revelara à entrada da escola. "*Gallico* é uma declinação referente a Gália, o antigo nome da França, e *bello* vem de bélico, ou guerra. *De Bello Gallico*, as *Guerras Gálicas*. É verdade que o português é muito mais próximo do latim do que o neerlandês, não é por acaso que se trata de uma língua latina. Acontece que a nossa língua, a neerlandesa, apesar de ser germânica também tem muitas palavras de origem latina. O que se passa é que nós germanizamos os sons em certos casos. Por exemplo, os pês em latim passam para vês em neerlandês. Veja-se o caso das palavras referentes aos nossos progenitores. Em latim diz-se *pater* e nós dizemos *vader*. Mas no caso do latim *mater*, a letra inicial mantém-se, pelo que em neerlandês dizemos *moeder*. Há muitos casos como este. Agora vejamos outro exemplo."

Voltou-se de novo para o quadro e escreveu uma frase por baixo do alfabeto.

Gallia est omnis divisa in partēs trēs

Encarou mais uma vez a classe.

"Esta é a primeira frase escrita por Júlio César em *De Bello Gallico*", identificou. "Alguém percebe o que quer dizer?"

Desta feita, e antes de levantar a mão, Bento analisou cuidadosamente a frase, pois não queria sofrer mais embaraços à frente daquela vivaça demasiado esperta para a sua idade.

"A Gália é um todo dividido em três partes."

A tradução fez Clara Maria franzir o sobrolho. O que raio se estava ali a passar?

"O Benedictus é um gentil-homem muito ladino", observou, sempre bem-humorada. "Já vi que tem conhecimentos de latim…"

"É a primeira vez que vejo algo escrito nessa língua, asseguro-lhe, mas, como lhe disse, ela é parecida com o português. Para compreender é pelo visto uma questão de analisar cada palavra latina e deduzir o seu sentido a partir de palavras semelhantes na minha própria língua."

Para todos, mas sobretudo para Bento e para a sua jovem professora, tornou-se nesse instante claro qual o aluno que naquela sala mais depressa iria aprender a velha língua dos romanos. A lição prosseguiu mais ou menos nos mesmos moldes, com os alunos a memorizarem a forma de se pronunciar cada letra do alfabeto latino e a serem confrontados com sucessivas palavras neerlandesas de origem latina, e terminou com uma exposição dos princípios da estrutura gramatical do latim.

Quando a aula terminou, Bento despediu-se e saiu meditativo para a rua. Poder-se-ia pensar que ficara impressionado com o mestre Van den Enden, que os amigos *collegianten* haviam descrito como "o grande herege", ou com a matéria que lhe fora ensinada naquela primeira aula, o início da aprendizagem de latim que tão útil lhe seria para aceder às ideias de outros ainda mais hereges do que ele, mas a verdade é que ao longo de todo o caminho até casa a sua mente foi exclusivamente preenchida por Clara Maria.

XI

As notas do clavicórdio enchiam a escola de Van den Enden de uma ambiência jovial. Ao entrar com um saco de serapilheira cheio a tiracolo, Bento espreitou para a salinha de onde o som saltitava com alegria e viu Clara Maria inclinada sobre o instrumento musical, os dedos magros e longos a deslizarem pelas teclas brancas e negras, as pálpebras cerradas no embalo da melodia que extraía do clavicórdio. Os cabelos castanhos formavam um halo, recortados pela luz da janela como se do anjo de uma iluminura se tratasse. Que formosa a achou. Teria Francisca Duarte, a portuguesa que décadas antes enfeitiçara o castelo de Muiden, sido tão graciosa como Clara Maria lhe parecia nesse momento?

Sentiu vontade de lhe falar, mas não teve coragem. Suspirou. Como era talentosa. Espirituosa também. E inteligente. No fim de contas, não podia esquecer que havia sido graças a ela, e também à vantagem de ser falante de português, que aprendera latim tão depressa. Aqueles dois anos tinham decorrido num ápice e, apesar de continuar a estudar na Keter Torá, a escola da esnoga, a escola de Van den Enden tornara-se o seu verdadeiro porto de abrigo, o sítio onde aprendia o que realmente lhe interessava. Não menos importante era o local onde a via. Passou os dedos pelo bigode sobre os lábios, tão fino que se diria traçado a lápis; fora afinal para a impressionar que o deixara crescer. Será que Clara Maria notara? E, tendo notado, teria ficado agradada?

"Benedictus!"

Olhou para o fundo do corredor, de onde a voz familiar o chamara, e viu Van den Enden fazer-lhe da porta do gabinete sinal de que estava na hora. Ainda com a rapariga na mente, como uma fragrância que não se desvanecera, foi ter com o mestre para a lição do dia. Não seria uma aula qualquer, como bem sabia. Tratava-se da matéria que tanto aguardava havia tanto tempo. A aula sobre o maior de todos os filósofos.

A um gesto de Van den Enden, sentou-se no seu lugar habitual e aguardou que o professor se instalasse diante dele.

"As tuas proezas são impressionantes", começou o mestre por dizer. "Aprendeste latim enquanto o diabo esfrega um olho e já te foram entregues leituras de obras normalmente acessíveis a alunos de uma fase bem mais adiantada do que a tua. És sem dúvida o mais brilhante dos estudantes que já tive em toda a minha vida de ensino."

Não era nada que Bento não tivesse escutado já de tantos outros professores desde que frequentava a escola, pelo que não se sentiu especialmente lisonjeado; tais elogios haviam-se tornado moeda corrente na sua vida de estudante. Além disso, estava ainda sob a influência das emoções que Clara Maria despertava nele, o que lhe entorpecia momentaneamente o entusiasmo pelas delícias do intelecto. Manteve-se por isso calado, à espera que o professor o conduzisse até onde teria de o conduzir.

"Preciso primeiro de saber o que fizeste aos livros que te emprestei há duas semanas. Leste-os?"

Curvando-se para o saco de serapilheira que trouxera de casa e pousara aos pés, extraiu vários volumes e, como se fossem feitos de cristal, depositou-os cuidadosamente sobre a mesa.

"Estão aqui, mestre."

O olhar de Van den Enden prendeu-se nos títulos para confirmar que de fato se encontravam ali todos. O primeiro era o *Systema cosmicum*, de Galileu Galilei, o segundo *De Principatibus*, de Nicolau Maquiavel, e os restantes, *De sapientia veterum*, *Saggi morali* e *Novum Organum: Sive Indicia Vera de Interpretatione Naturae*, de Francis Bacon. O mestre fitou o aluno com intensidade num esforço para lhe descortinar as emoções que talvez as palavras escondessem.

"E então?", perguntou. "O que achaste?"

Foi quando esta pergunta foi feita que o feitiço de Clara Maria se esfumou por completo da mente de Bento, substituído por um encantamento de natureza diferente.

"É... é... nem sei o que dizer", gaguejou, os olhos líquidos subitamente a brilharem como estrelas. "É um novo céu."

O professor sorriu, conhecedor daquela sensação. Pegou em três dos livros, *Novum Organum*, *De sapientia veterum* e *Saggi morali*.

"Bacon morreu há quase trinta anos, mas mudou o nosso mundo. O que aprendeste com ele?"

O aluno fez uma pausa para ordenar os pensamentos e recapitular o que lera.

"O que me pareceu mais interessante nos livros desse inglês foi a proposta de procedimentos para estudar o mundo natural", considerou. "Temos primeiro de observar a realidade e registar as nossas observações. Quando tivermos compilados os fatos suficientes, começarão a emergir regularidades e padrões, e ainda causas e efeitos. Conseguiremos assim determinar as leis naturais e a forma como elas se aplicam e em que circunstâncias."

"Temos de fazer isso sem nos deixarmos influenciar pelas nossas opiniões prévias, ouviste?", sublinhou o professor. "Isso é muito importante se quisermos chegar à verdade. As coisas são como são, não como queremos ou imaginamos que sejam."

"Mas como nos livramos das nossas opiniões prévias, mestre?"

"Identificando as falsas noções que nos influenciam o pensamento", foi a resposta. "A começar por aquelas que nascem da natureza humana. Por exemplo, temos tendência a acreditar nas evidências dos nossos sentidos, mas na verdade eles iludem-nos. Mirando o horizonte, dá a sensação de que a Terra é plana, mas afinal é esférica. Olhando para uma régua metida na água, dá a impressão de que ela é curva, mas quando a tiramos constatamos que afinal é reta. Temos de perceber que os sentidos nos enganam. Depois há as falsas noções da linguagem. Uma palavra significa coisas diferentes para pessoas diferentes. Se eu disser 'Amsterdã', penso logo aqui nas ruas do Singel, onde vivo, mas se tu disseres 'Amsterdã' provavelmente pensas nas ruas à volta do Houtgracht, onde os portugueses vivem. Não nos podemos esquecer de que as palavras não passam de imagens e nós temos tendência para as confundir com a realidade. Esse equívoco leva-nos às falsas noções. Depois há as falsas noções que nos são inculcadas pela educação e ainda as que nascem de sistemas de ideias erradas, como as aristotélicas e... e outras. Percebeste, Benedictus?"

"Sim, mestre."

O professor folheou os *Saggi morali*.

"Ao contrário dos restantes livros que te emprestei, todos em latim, este está em italiano. Tiveste dificuldades?"

"Algumas, mas o italiano é suficientemente parecido com o português para que eu seja capaz de entender."

"Presumi isso. O problema é que a edição italiana não inclui dois capítulos, um sobre as religiões e outro sobre as superstições, que Bacon retirou para não ofender as suscetibilidades católicas em Roma. Vou ver se encontro uma edição em latim, uma vez que é importante que também os leias."

"Sim, mestre."

Van den Enden fechou os *Saggi morali* e juntou-o aos dois outros volumes de Bacon.

"E o que mais aprendeste nestes livros?"

"Para ser franco, achei sobretudo curioso o segundo procedimento que ele propôs para chegar à verdade. O primeiro, como já disse, é observar os fenômenos individuais, registrá-los e analisá-los para, a seguir, extrair deles padrões que nos revelem as tais leis gerais."

"Chama-se a isso indução. É muito importante que percebas que Bacon percebeu que o mundo obedece a leis e que podemos detectá-las quando colecionamos os dados e notamos regularidades neles. Essas regularidades são as leis."

"Sim, mestre", assentiu Bento. "O segundo procedimento, aquele que mais me interessou, foi no entanto a ideia de usar essas leis gerais para prever fatos particulares."

"Isso é a dedução."

"Quando na indução estabelecemos uma lei geral, mas depois na dedução as nossas previsões não são confirmadas pelos fatos, é porque cometemos algum erro ou porque nos falta saber alguma coisa mais. Mas se a tal lei natural estiver corretamente formulada, todos os acontecimentos e fatos futuros que dela dependem podem ser previstos com grande precisão. O mundo pode assim ser explicado de uma forma inteiramente lógica. Isso é... é fascinante."

"Tal acontece porque as explicações científicas são causais, como bem mostrou Bacon", esclareceu Van den Enden. "As coisas não se explicam pelo seu resultado, como se pensava até aqui, mas pelas suas causas. Se o vento nos despenteia, não podemos presumir que o vento existe para nos despentear, mas por outras causas que nada têm a ver com o nosso cabelo. Tudo tem causas e essas causas produzem consequências. Os acontecimentos não ocorrem para benefício ou prejuízo dos homens. Um filósofo parte desses princípios fundamentais, o princípio da causa-consequência e o de que as coisas acontecem independentemente dos homens, para compreender o mundo. Um filósofo não se pode deixar distrair com falsas noções criadas por falhas lógicas de raciocínio. Por exemplo, se eu sonhar hoje uma coisa e amanhã ela se realizar, poderei ser tentado a pensar que o meu sonho foi profético. Isso constitui no entanto uma falsa noção, uma vez que estou a desconsiderar as centenas de sonhos que já tive e que não se realizaram. Se em centenas e centenas de sonhos houver um que se realiza, isso não é nenhuma profecia, é uma simples inevitabilidade estatística. Um verdadeiro filósofo tem de ser capaz de destrinçar a verdade e eliminar as falsas noções. Percebeste, Benedictus?"

"Sim, mestre."

Pondo as obras de Bacon de lado, Van den Enden pegou no exemplar de *De Principatibus* que emprestara ao aluno.

"O que aprendeste com Maquiavel?"

Bento fez uma careta.

"Nem sei bem o que pensar", confessou. "Este é basicamente um livro onde o autor fala no papel da força e da ameaça em prol da atuação política, na necessidade de o governante usar a mentira e quebrar a palavra dada em certas circunstâncias, no recurso ao crime e à trapaça para ascender ao poder, na recomendação de que um bom governante deve dar um ar de integridade moral, mas estar disposto a agir de modo imoral para governar com eficácia, na ideia de que as noções morais não conduzem afinal à boa governação e que as boas políticas podem requerer ações imorais, no conceito de que as ações mais repreensíveis que se possa imaginar se justificam pelos bons resultados que produzem… enfim, numa série de coisas que, com toda a franqueza, achei deveras chocantes."

"Tens toda a razão", anuiu o professor. "O problema, Benedictus, é que tudo o que Maquiavel escreveu é verdadeiro. Antes dele, o que os teóricos da política tinham a dizer sobre os governantes relacionava-se com a governação ideal, a sociedade ideal, os valores ideais… o que quer que fosse ideal e perfeito e louvável. Maquiavel foi o primeiro a falar, não no mundo ideal e virtuoso que apenas existe na cabeça de uns líricos, mas no mundo real e cheio de defeitos em que vivemos. Ele escreveu, não sobre o que os políticos deveriam idealmente fazer e que acaba em desastre, mas sobre o que eles fazem na realidade e que acaba em sucesso. Como os homens conquistam de fato o poder e por quê, como realmente o mantêm e por quê, e como o perdem e por quê. E mais, ele constatou que muitos fins meritórios só podem ser alcançados através de ações moralmente erradas, enquanto as boas intenções conduzem amiúde a resultados desastrosos. Não que Maquiavel quisesse que fosse assim, mas era o que constatava. Ele fez ciência porque se preocupou, não com o ideal, mas com o real. É chocante o que escreveu? Sem dúvida.

Porém, limitou-se a dizer a verdade, mesmo sendo esta desagradável, mesmo entrando ela em contradição com os dogmas morais. É esse o compromisso de um verdadeiro filósofo, esteja ele a analisar a natureza ou o mundo dos homens. Tem de analisar a realidade como ela é de fato e expô-la com verdade. Percebeste, Benedictus?"

A atenção de Bento deteve-se uns instantes mais na capa de *De Principatibus*, ponderando tudo o que nesse livro lera sob esta nova perspetiva.

"Sim, mestre."

Sem perder mais tempo, Van den Enden pegou no último volume naquele lado da mesa. O título dizia *Systema cosmicum* e tinha a chancela de Elzevier, um prestigiado editor de Leiden, nas Províncias Unidas.

"Chegamos a Galileu", disse. "Já tinhas ouvido falar nele?"

"Morreu há pouco tempo, não foi?"

"Há doze anos", indicou. "Publicou este livro dez anos antes de morrer."

O jovem fez as contas de cabeça. Galileu morrera quando ele tinha dez anos e publicara o *Systema cosmicum* quando ele próprio nascera. Vinte e dois anos antes.

"Ena, foi há muito tempo."

Van den Enden sorriu.

"Só mesmo um jovem para achar que duas décadas é muito tempo", observou. "Galileu foi o primeiro homem a usar um sistema de lentes que permite ver a grande distância, chamado *perspicillum*, para estudar o céu com grande proximidade."

"Perspi... o quê?"

"*Perspicillum*", repetiu o professor. "Mas, como deves ter reparado, Galileu chamou-lhe *telescópio*, o que em latim dá *telescopium*." Afinou a voz, como se quisesse retomar o que estava a dizer. "O problema é que ele não viu Deus no céu. Apenas estrelas. A partir daí começou a descobrir outras coisas. Diz-me, Benedictus, o que detectou Galileu?"

"Oh, tanto e tanto", respondeu Bento. "Percebeu que todos os corpos caem à mesma velocidade, seja qual for o seu peso, e que essa velocidade se acelera a um ritmo uniforme, 3,6 metros por segundo. Descobriu além disso que todos os projéteis se movem em parábolas e que os corpos se movimentam sempre em linha reta, a menos que alguma força atue sobre eles. E estabeleceu que é preciso deixar de fora as experiências pessoais do observador, mesmo aquelas que parecem pertencer ao mundo físico, como as cores e os cheiros."

"É o princípio da objetividade", explicou Van den Enden. "Galileu fez mais ainda do que isso tudo. Ele aplicou a matemática ao mundo real e constatou que o mundo está escrito em linguagem matemática. Não é em latim, não é em hebraico. É em matemática. O que te dizem todas estas descobertas sobre a natureza da realidade?"

O aluno respirou fundo, relembrando o que sentira quando acabara de ler aquele livro.

"Que o universo funciona com grande precisão", acabou por dizer. "Como um mecanismo a operar sem intervenção humana, se me faço entender. Parecem haver leis constantes a regular o universo e as suas coisas, um grande mecanismo que funciona sozinho com rigor matemático."

O olhar do professor dançou entre o *De Principatibus*, que pousara ao lado, e o *Systema cosmicum*, ainda nas suas mãos.

"Galileu e Maquiavel falam de coisas muito diferentes, mas o importante é que recorreram ao mesmo método", indicou. "Usaram a razão para chegar à verdade. E abraçaram a honestidade."

"A honestidade?"

"Sim, a honestidade. Quando observou a natureza dos homens e descobriu coisas que contradiziam os dogmas religiosos sobre a moral, Maquiavel optou por dizer a verdade inconveniente. Da mesma maneira, quando observou o universo e descobriu coisas que contradiziam os dogmas religiosos sobre a física, também Galileu optou por dizer a verdade inconveniente. Fê-lo inspirado nos procedimentos propostos por Bacon, pois o primeiro passo para acedermos ao conhecimento é sermos metódicos e rigorosos na análise das coisas. Só assim Galileu pôde fazer essas descobertas. Mas há uma segunda lição que se pode extrair deste grande filósofo. Toda a gente pensava que, quanto mais pesado fosse um corpo, mais rápida seria a sua queda. No entanto, como constataste, Galileu mostrou que todos os objetos caem à mesma velocidade, independentemente do seu peso. Quer isto dizer que, quando a realidade contradiz uma ideia feita, a realidade é que tem razão. Isso é verdadeiro para ideias comuns, mas também para ideias religiosas. Se um padre te disser que no céu está Deus, mas tu espreitares por um *telescopium* e só vires estrelas, apenas podes ter a certeza de que no céu existem estrelas. A hipótese de Deus estar no céu fica por demonstrar."

"Isso quer dizer que... que Deus não existe?"

Tratava-se de uma pergunta que os conduzia a terrenos muito perigosos, como ambos bem sabiam. Ciente disso, o professor fez uma pausa antes de responder.

"Sabes guardar um segredo?"

"Claro, mestre."

Van den Enden inclinou-se para a frente, quase como se lhe quisesse segredar ao ouvido.

"Não."

"Não, o quê?"

"Deus não existe."

Fez-se um silêncio pesado no gabinete. Bento remexeu-se no seu lugar, inquieto por ouvir dizer-se o indizível. Sabia que havia pessoas que não acreditavam na existência de Deus, claro, o pai falara-lhe nisso com mal contido desprezo e os professores da Talmud Torá também, mas a ideia que lhe tinham inculcado era que se tratava de gente quase selvagem de tão ignorante. Tais pessoas viviam em pecado mortal, num deboche permanente, e não respeitavam moral nenhuma, pois não eram tementes a Deus e por isso não receavam a Sua justa punição. Para definir esses ímpios até fora inventada uma palavra.

"Ateu?", questionou num sussurro, como se tivesse medo de que alguém fora do gabinete o ouvisse. "O mestre é... é ateu?"

Dizer tal palavra era como invocar o próprio Malakh HaMavet, o anjo da morte. Ou pior ainda. Quem no mundo se atrevia a duvidar da existência de HaShem? O professor colou o indicador aos lábios.

"É o nosso segredo."

Sim, sabia Bento, havia pessoas que não acreditavam em Deus. Mas Van den Enden era o primeiro que conhecia pessoalmente. Contudo, existiam decerto outros. Uriel da Costa, por exemplo. Não se dizia dele à boca cheia na sinagoga que era um ateu? O que não se encontravam era ateus que se atrevessem a pôr a sua descrença por escrito.

"E Galileu?", perguntou, quase a medo. "Era ateu também?"

O professor pousou o *Systema cosmicum* junto dos restantes livros que o aluno devolvera.

"Se era, nunca o disse", retorquiu. "Nem ele nem ninguém. Só um louco revela em público uma coisa dessas, como deves calcular. Aliás, só por ter afirmado que tinha provas de que a Terra se move à volta do Sol e não ao contrário, a Igreja condenou-o a pena perpétua. Imagina que ele tinha dito que Deus não existia. Queimavam-no logo na fogueira, de certeza!" Abanou a cabeça. "Não, só um demente faz tal confissão em público. Galileu não era demente."

"Mas, mestre, se o dever de um filósofo for a busca da verdade e se for verdade que Deus não existe, não tem ele o dever de o demonstrar e afirmar?"

O professor teve de fazer uma pausa para considerar como responder à pergunta.

"Em teoria, sim", admitiu. "Na prática... é complicado. Esse foi decerto o dilema que Galileu enfrentou quando as suas observações pelo *telescopium* confirmaram as heresias de Copérnico. Foi por isso que, com grande coragem, se atreveu a proclamar um outro princípio, o de que o poder político e o poder religioso não devem interferir nas atividades da ciência e da sua busca pela verdade. Se um déspota absoluto que não é médico nem arquiteto se pusesse a receitar medicamentos e a projetar casas, isso poria em grave risco a vida dos pacientes e dos moradores. Cada um faz o que sabe. Não cabe a um padre interferir na ciência e, se o fizer, não só não chegará à verdade como impedirá outros de a ela chegarem. Percebeste, Benedictus?"

Hesitou. Gostaria de fazer mais perguntas sobre a existência ou inexistência de Deus, mas o assunto era demasiado delicado e ele tinha lido nos livros e ouvido nas aulas tantas coisas surpreendentes que precisava de tempo para as assimilar a todas e refletir sobre o seu significado. Havia, contudo, um pormenor aparentemente inócuo que não escapou à sua atenção.

"Tenho uma dúvida", disse Bento. "É sobre as lentes usadas por Galileu."

"O *telescopium*?"

"Se olharmos através dele, é mesmo possível observar as estrelas como se elas estivessem ao pé de nós?"

"Claro que sim. Se estiveres interessado, há aqui em Amsterdã oculistas que trabalham com esse tipo de lentes. Além disso, nas nossas livrarias existem livros que ensinam como as produzir para ver grandes objetos muito longínquos. Parece que o *telescopium* de Galileu aumentava a imagem entre vinte e trinta vezes, vê lá tu. De resto, ele fabricou o seu *telescopium* depois de ouvir falar destas lentes, pois na realidade elas foram pela primeira vez produzidas aqui nas Províncias Unidas."

Depois de fazer uma nota mental para pesquisar na livraria de Rieuwertsz livros sobre o tema, Bento fitou os cinco volumes que o professor pousara a um canto da mesa depois de falar neles.

"Estas ideias são realmente geniais", observou. "Como as tiveram eles?"

"Inspirando-se noutros pensadores. Nenhum filósofo, nem Bacon, nem Maquiavel, nem Galileu, apareceu do nada. Cada um foi buscar coisas a filósofos diferentes, inspirou-se em ideias que de alguma forma já existiam e fez delas uma nova síntese, dando um passo que se constituiu como mais um avanço. Não penses que Galileu surgiu num vácuo. Não surgiu. Galileu inspirou-se em Bacon, e também em coisas que Copérnico e Kepler já haviam dito ou descoberto, para dar o passo seguinte. E Bacon, também ele, inspirou-se noutros, da mesma maneira que os filósofos do futuro vão basear-se em coisas de Galileu, de Maquiavel, de Bacon e de outros que vieram antes. As ideias, Benedictus, não aparecem por obra e graça do Espírito Santo, são como rios que se vão enchendo e transformando, até se tornarem lagos, depois mares e por fim oceanos. Percebeste?"

"Sim, mestre."

Pegando nos cinco volumes sobre a mesa, Van den Enden levantou-se e foi guardá-los numa estante do seu gabinete. A seguir baixou-se e retirou três outros livros, que depositou diante do aluno.

"Chegou a vez do maior de todos os filósofos."

Com o coração a dar um pulo e a ribombar-lhe no peito como um tambor, pois havia muito tempo que aguardava por aquele momento, Bento fitou as capas com mal contida excitação e confirmou que se tratava do filósofo de que todos lhe falavam com tanto entusiasmo e admiração. Iria enfim conhecê-lo.

XII

Já tinha visto aqueles três livros, e até tocara neles, dois anos antes na livraria de Rieuwertsz. O texto em latim impedira-o, na altura, de aceder ao seu conteúdo. Desta vez, contudo, já não seria assim. O professor acabara de os depositar diante dele, como fazia sempre que lhe emprestava mais obras para ler. Bento pegou num dos volumes e analisou o título. *Principia Philosophiae*. Depois o segundo. *Dissertatio de methodo recte regendae rationis, et veritatis in scientiis investigandae*. Por fim, o terceiro. *Meditationes de prima filosofia in qva dei existentia et anime immortalitas demonstratve*. Sentiu o odor que as páginas exalavam; não cheiravam a enxofre demoníaco, como se calhar presumiam os *predikanten*, mas a papel perfumado. Ah, quanto prazer a leitura daqueles livros tão badalados nas reuniões dos *collegianten* lhe iria dar...

"Diz-me, Benedictus, alguma vez leste Descartes?"

"Vontade, mestre, não me faltou..."

Van den Enden pegou no volume do *Dissertatio de methodo recte regendae rationis, et veritatis in scientiis investigandae* e folheou-o distraidamente.

"René Descartes ficou muito intrigado pela constatação, já feita por Bacon, de que os nossos sentidos nos enganam", começou por explicar. "Se a torre de uma igreja é dourada ao meio-dia, vermelha ao crepúsculo e cinzenta noutras alturas, isso significa que a cor é uma ilusão. Ora, o que impede que essa ilusão não se estenda a tudo o mais que nos rodeia? Eu chamo-me Franciscus van den Enden e vivo em Amsterdã, mas quem me garante que amanhã não acordo e descubro que afinal sou uma borboleta a viver numa floresta que sonhou ser Franciscus van den Enden em Amsterdã? Será que Amsterdã existe mesmo ou não passará antes de outra ilusão como o dourado da torre da igreja ao meio-dia? Se durante um sonho estou convencido de que o sonho é a realidade, como posso eu ter a certeza de que o que estou neste momento a experienciar não é também um simples devaneio da imaginação?"

Fez uma pausa, como se as perguntas não fossem retóricas e esperasse que o aluno respondesse mesmo.

"Uh... visto dessa maneira..."

"Este problema obcecou Descartes. Como ter a certeza de que as coisas que via à sua volta não resultavam de um sonho ou de um delírio? Haveria alguma coisa de que pudesse estar absolutamente certo? O que achas tu, Benedictus?"

Bento esfregou o queixo, pensativo.

"Não sei", hesitou. "Talvez se se beliscasse..."

"Talvez se pensasse", devolveu o professor de imediato, tocando com o indicador nas têmporas. "Era essa a resposta correta, percebeu Descartes. Pensava. Talvez ele não se chamasse realmente Descartes, talvez a França onde ele próprio nasceu nem sequer existisse, talvez tivesse sonhado que tinha vindo viver aqui para a República das Sete Províncias Unidas dos Países Baixos. Porém, de uma coisa não podia duvidar. É que pensava. Pensava. Mesmo quando duvidava, não podia duvidar de que duvidava. Isso era algo certo, sólido, inquestionável. A partir dessa constatação indubitável, a partir dessa certeza primeira, poderia inferir outras certezas como consequência da primeira. A segunda certeza a que chegou impôs-se-lhe naturalmente."

Ainda com o mesmo livro de Descartes nas mãos, localizou uma frase que sublinhara previamente. Voltou a página para o aluno, cujos olhos se fixaram na expressão sublinhada.

"*Cogito ergo sum*", leu Bento. Fitou o professor com uma expressão inquisitiva. "Penso, logo existo?"

"Se eu penso, primeira certeza indubitável, é porque existo, segunda certeza indubitável. Mas era possível extrair mais uma certeza. Se eu, ser imperfeito, efêmero e finito, tenho em mente um ser perfeito, eterno e infinito, conceito que está implantado naturalmente em mim, é porque tal ser perfeito, eterno e infinito existe mesmo. Se Ele não existisse, eu seria incapaz de O conceber. Se O concebo é porque existe. A causa da ideia de Deus só pode ser Deus. Terceira certeza indubitável."

Ao ouvir isto, Bento estreitou as pálpebras.

"Portanto, Descartes provou pela lógica que forçosamente Deus existe..."

"É o que parece", respondeu Van den Enden. "Ele estabeleceu o princípio, já implícito em Bacon, de que temos de determinar quais os fatos que são indubitáveis. Para isso é preciso usar a dúvida como método, o que nos permitirá identificar as nossas ideias erradas e livrarmo-nos delas.

Todas as opiniões prévias têm de ser submetidas ao ceticismo mais radical. Só as que passam nesse crivo podem ser consideradas indubitavelmente verdadeiras. Quando por fim os fatos verdadeiros ficam estabelecidos para além de qualquer dúvida, torna-se necessário dar o passo seguinte: usar o método dedutivo para retirar as respectivas consequências lógicas. Descartes provou assim que é possível o nosso conhecimento do mundo estar assente em certezas, mas para isso é preciso usar os seus dois métodos, primeiro o da dúvida e depois o da dedução lógica."

A ferver de curiosidade, Bento consultou algumas páginas do *Dissertatio de methodo*.

"Hmm... é então esta a metodologia que tanto excita as mentes dos meus amigos *collegianten*", murmurou. "Dúvida e lógica como métodos, hem?"

"É importante perceber que o método cartesiano parte da matemática", acrescentou o professor. "Descartes era um gênio matemático e concebeu algo de revolucionário nesta área. Durante muito tempo pensou-se que a álgebra e a geometria eram irreconciliáveis, mas ele conseguiu ligá-las e criar assim uma nova disciplina matemática chamada geometria analítica. Isto mostra quão excepcional Descartes era como matemático. O que o impressionava na matemática eram as suas certezas transparentes, o fato de as suas conclusões se caracterizarem pela certeza e universalidade, em contraste com as permanentes dúvidas e as múltiplas ilusões que caracterizam o mundo real. Tal levou-o a fazer esta pergunta: como é possível que a matemática seja tão fiável num mundo tão ilusório? Ao analisar o problema, concluiu que isso acontecia porque as demonstrações matemáticas partem de um número mínimo de premissas simples, tão elementares e óbvias que é impossível duvidar delas."

"Por exemplo?"

Em resposta, Van den Enden pegou numa folha limpa e, com um lápis, traçou um risco reto.

"Se queres um exemplo, aqui o tens", disse, mostrando-lhe o risco que acabara de marcar no papel. "O conceito de que uma reta representa a menor distância possível entre dois pontos. Aí está uma ideia elementar e óbvia que se afigura evidente e incontestável a qualquer pessoa racional. Partindo de uma premissa inicial simples e evidentemente verdadeira, como esta de a reta ser a menor distância possível entre dois pontos, Descartes constatou que era possível deduzir demonstrações de uma forma lógica, cada uma delas igualmente indubitável. Quando se procede assim, multiplicam-se as descobertas, pois de dedução lógica em dedução lógica chega-se em passos progressivos a conclusões nada simples e nada óbvias, algumas muito úteis e todas inquestionavelmente verdadeiras. Através das sucessivas deduções lógicas, é possível fazer descoberta atrás de descoberta, numa cadeia infinita."

"Uma cadeia semelhante à cadeia de causa e consequência do mundo real?"

Van den Enden assobiou com redobrada admiração.

"És rápido a perceber, rapaz", constatou. "Sim, é isso. Foi aliás o uso deste método na matemática que o levou, na análise da realidade não matemática, a desenvolver o seu método, o método cartesiano, para extrair as verdades do mundo, pois percebeu que havia de fato uma ligação entre o mundo dos números e o mundo real. Quer eu esteja acordado ou a dormir, dois mais três são sempre cinco, não é verdade? Eis uma verdade da matemática que também se encontra fora da matemática. No fundo, o que ele fez foi aplicar a matemática ao mundo real, inspirado na ideia de Galileu de que a realidade se exprime pela linguagem da matemática." Fez um gesto para os três volumes. "Deves por isso, Benedictus, ler estes livros com muita atenção, pois eles expõem a forma correta de investigarmos a realidade."

O aluno folheava ainda o *Dissertatio de methodo*, mas fazia-o com determinação, como se procurasse algo.

"Quando os meus amigos *collegianten* me falam em Descartes, dizem que ele provou a existência da alma. É mesmo assim?"

"Estão decerto a referir-se à dualidade mente-matéria", observou Van den Enden. "Descartes chegou à conclusão de que os seres humanos são, na sua essência, mentes. Penso, logo existo. Isso é um processo mental. Posso duvidar que o mundo físico existe, mas não posso duvidar que tenho uma mente porque penso. Logo, a existência da mente é a primeira certeza. Mas analisando a realidade também se torna óbvio e incontestável que existe matéria. O mundo físico é constituído unicamente por partículas em movimento, sem poderes ocultos nem princípios espirituais. A matéria move-se apenas devido a causas objetivas. Tudo o que lhe acontece é causa e consequência. Algo sucede porque foi causado mecanisticamente por algo e, por sua vez, vai causar algo. Portanto, a matéria não tem vontade própria. Mas as mentes têm. Isto significa que o mundo é constituído por dois tipos de substância, mente e matéria. Uma é o sujeito, a outra, o objeto. A primeira é o observador, a segunda, o observado. Uma tem livre-arbítrio, a outra funciona mecanicamente numa eterna sequência de causa-efeito. Mente e matéria. Ora, quem diz mente, diz alma. Está feita a demonstração."

Bento considerou esta resposta e ao fim de alguns instantes fez uma careta, pouco convencido.

"O problema é que os seres humanos também são constituídos por matéria", contrapôs. "Os nossos corpos. Se os nossos corpos têm alma, como se faz a interação entre a matéria e a alma?"

O professor emitiu um novo assobio, impressionado com a pergunta.

"Observação arguta", disse. "Descartes estudou a fisiologia humana e percebeu que o corpo é uma máquina. O coração, por exemplo, não passa de uma máquina de bombar. Se o corpo é uma máquina, o corpo é matéria e está sujeito ao princípio da causa-consequência. Então onde se encontra a alma?" Apontou para a parte lateral da sua cabeça. "Ele descobriu que dentro do nosso cérebro existe uma glândula, a glândula pineal, onde se processa a interação entre o corpo e a alma, entre a matéria e a mente. Ou seja, é na glândula pineal que reside a alma."

"Como provou ele isso?"

Van den Enden soltou uma gargalhada.

"*Verdorie!*", exclamou. "Caramba! És mesmo inquisitivo, Benedictus! Não te satisfazes com o que te dizem e vais ao fundo das questões. Um verdadeiro cartesiano!"

Calou-se, como se tudo tivesse ficado dito. Bento, todavia, manteve os olhos fixos nele.

"Mas qual é a resposta?"

O neerlandês levantou-se bruscamente do seu lugar e fez um gesto vago com as mãos.

"Sei lá!", acabou por dizer. "Não sou médico nem anatomista. Isso faz parte dos estudos que Descartes levou a cabo sobre o corpo humano. Se bem me lembro das minhas leituras, ele concluiu que, na percepção sensorial de uma imagem, a imagem é transferida dos olhos para a glândula pineal e que é a reação desta glândula que determina a ação. Se é a alma que determina a ação e se a glândula determina a ação, isso significa que a glândula é a sede da alma. Demonstração feita." Apontou para os livros. "Enfim, lê os livros. Está lá tudo."

A aula tinha evidentemente terminado.

Despedindo-se com a sua cortesia costumeira, Bento pegou nos três volumes que lhe haviam sido emprestados, guardou-os no seu saco de serapilheira e retirou-se do gabinete.

Do corredor ouvia as notas do clavicórdio; era Clara Maria que ainda tocava. Parou à porta da salinha onde ela estava e viu-a inclinada sobre o instrumento musical a dedilhar as teclas com graciosidade. Suspirou como sempre suspirava quando a via. Podia ter o pé boto, mas aquela rapariga revelava uma graça natural e sobretudo uma inteligência que o encantavam. Que ser tão maravilhoso! Precisava de arranjar coragem para lhe fazer ver o que sentia por ela. Mais tarde ou mais cedo, teria de se declarar.

Mas não nesse dia. Era tarde e havia coisas a fazer em casa. Abandonou a escola, dirigindo-se para a zona do Houtgracht com Clara Maria a flutuar-lhe na mente. Que rapariga tão adorável. Foi ainda a pensar nela que chegou a casa e cruzou a porta.

Ao entrar, deparou-se com uma pequena multidão a conversar em voz baixa no átrio. Todos se silenciaram quando o viram; os olhares pareceram-lhe perturbadoramente pesados.

"O que se passa?"

Ouviu soluços femininos provenientes do quarto do pai e percebeu que se tratava da sua irmã Rebecca. Alarmado, dirigiu-se imediatamente para aí, mas esbarrou com o *chacham* Morteira. O rabino-chefe trazia uma expressão de compaixão no rosto e pôs-lhe a mão no ombro para o consolar.

"O teu pai era um grande homem…"

XIII

A cerimônia do *shabat* estava ainda a meia hora de começar, mas já Bento se encontrava plantado à porta da sinagoga do Houtgracht por entre os pedintes *tudescos*. Enquanto esperava, o jovem foi observando aqueles miseráveis pelo canto do olho. Estes judeus oriundos dos estados alemães e da Polônia, conhecidos entre os neerlandeses por *hooghduytsen*, eram desdenhados por todos os da Nação por não terem o adequado *yuchasim*, o distinto *pedigree* dos ibéricos, nada tendo a ver com o requinte, a altivez e o orgulho próprio dos portugueses e dos espanhóis. Muito acima daquela ralé de leste estava a fidalguia ibérica, esta sim de linhagem real da Casa de David, a elite espiritual do judaísmo, os que tinham o verdadeiro *yuchasim*. Não diziam os rabinos místicos que o *mashiach*, o Messias que resgataria os judeus e os devolveria à Terra Santa, nasceria da tribo dos que falavam a língua portuguesa?

O homem por quem Bento esperava apareceu de repente do meio dos *yehidim*, caminhando para a sinagoga abstraído nos seus pensamentos. Sem perder tempo, o jovem foi de imediato ter com ele.

"Senhor Álvares", interpelou-o. "Peço desculpa por estar a incomodá-lo, mas não se esqueceu dos quinhentos florins que me deve?"

Apanhado desprevenido, o recém-chegado pestanejou.

"Uh… enfim, eu… eu não tenho aqui o dinheiro comigo. Pago-lhe… olhe, pago-lhe amanhã."

"Ó senhor Álvares, há já algum tempo que o senhor anda a dizer que paga amanhã", fez notar Bento, esforçando-se por manter um tom cordato. Tirou do bolso o documento que Álvares assinara a confirmar o empréstimo e as datas de pagamento. "Se bem se lembra, emprestei-lhe o dinheiro para que pagasse o transporte de joias do Brasil para o seu negócio de ourivesaria, mas o prazo já passou há algum tempo e, lamento recordar-lho mais uma vez, a dívida tem de ser honrada. Temos sido pacientes, como sabe, mas tudo tem um limite."

O homem olhou para o papel com a sua assinatura.

"Ouça, a verdade é que... enfim, esse documento só pode ser pago em Antuérpia pelo Pedro de Palma. A melhor maneira é..."

"Senhor Álvares!", atalhou Bento, elevando a voz para mostrar que a sua paciência chegara ao fim. "Essas manobras comigo não funcionam mais. Ou o senhor paga o que deve ou infelizmente terei de avançar com um processo em tribunal."

Sentindo-se encostado à parede, Álvares engoliu em seco.

"Está bem", cedeu. "O... o meu irmão paga-lhe."

"Onde está ele?"

"Deve estar quase a chegar para a cerimônia do *shabat*. Vá falar com o Isaac e ele dar-lhe-á o dinheiro."

Como se estivesse atrasado, Álvares despediu-se apressadamente e encaminhou-se em passo ligeiro para a sinagoga. Por essa altura, o movimento de *yehidim* em direção ao santuário havia-se intensificado consideravelmente. Um dos fiéis, um homem vestido com as melhores roupas, incluindo um vistoso casaco escarlate de seda, viu Bento e foi de imediato ter com ele.

"O meu dinheiro?", questionou sem sequer o cumprimentar. "Quando me paga o que o seu pai me devia?"

Ah, as dívidas!, suspirou o jovem. Como era possível que o pai se tivesse endividado tanto? Em vez de deixar herança aos filhos, deixara-lhes dívidas.

"Senhor Suasso, tenha paciência", pediu-lhe. "Não ignora decerto que, devido à morte do nosso pai, eu e os meus irmãos estamos a enfrentar algumas dificuldades. Como se isso não bastasse, apareceu agora este conflito entre a nossa república e Portugal por causa do Brasil. Por causa disso, os nossos abastecimentos do Algarve foram interrompidos. No meio desta confusão, após o falecimento do meu pai fomos surpreendidos pela descoberta de que ele tinha acumulado uma série de dívidas, incluindo a sua. Estamos ainda a tratar das questões da herança e metemo-nos no ramo da joalharia para fazer um pouco de dinheiro, de modo a compensar os frutos secos que deixaram de vir de Portugal, mas, bem vê, estas coisas levam o seu tempo..."

"Pois sim, mas as dívidas são para honrar."

"Com certeza, senhor Suasso. Logo que desate todos os nós da herança, cobre umas dívidas e fature algum dinheiro, irei ter consigo, fique descansado."

Decididamente, os credores do pai não o largavam, pensou enquanto Suasso se afastava de mau humor. Aquelas idas à sinagoga no *shabat* estavam a tornar-se verdadeiramente penosas, pois ofereciam aos credores oportunidades semanais para o pressionarem. Sentiu-se rebentar. Quanto tempo mais iria aguentar aquele suplício?

Uma mão pousou-lhe sobre o ombro.

"Então, rapaz?"

Virou-se e viu o *chacham* Morteira.

"Bom dia, *chacham*."

"Já vi que não te largam. Como vais resolver todo esse imbróglio que herdaste do teu pai?"

"Ainda estou a estudar a melhor maneira, *chacham*. Para já, eu e o meu irmão mudamos o nome da companhia. Vamos ver se usamos os contatos comerciais que o meu pai tinha e se conseguimos assim prosseguir com a atividade. Talvez façamos o suficiente para pagar tudo o que devemos e ainda ficarmos com uma boa maquia."

"Elohim, bendito seja o Seu nome, vos ajudará, estou certo. Vou rezar pelo sucesso da vossa empresa. Como se chama ela agora?"

"Bento y Gabriel de Espinosa."

Depois de se imobilizar por um momento para memorizar o nome e o incluir nas suas orações, o rabino-chefe da comunidade esboçou uma expressão de comiseração.

"Ah, nem sabes as saudades que sinto do teu pai", disse, pingando melancolia. "O Miguel era um grande contribuinte para a comunidade, que Adonai, bendito seja o Seu nome, o guarde para sempre entre os justos. Que bom homem. E, atrevo-me a dizê-lo, um *yehud* como raramente houve um igual. Pagava a *finta*, pagava a *imposta*, contribuía para a *promesa*, ajudava para o fundo dos judeus pobres no Brasil…"

Não era a primeira vez que o *chacham* Morteira fazia referências despropositadas ao assunto. A *finta* era o imposto da Nação, a *imposta* era o imposto sobre os lucros de cada *yehud* e a *promesa*, a contribuição voluntária para o fundo de caridade dos *yehidim* portugueses. A mensagem implícita não poderia ser mais clara. Deveria continuar a fazer-se distraído? O pai sempre fora um homem muito empenhado na causa da comunidade e decerto gostaria que as contribuições continuassem. Uma coisa dessas não podia ser ignorada. Em boa verdade, devia-lhe um gesto que o homenageasse devidamente.

Extraiu dinheiro do bolso e contou-o.

"Estão aqui onze florins e oito *stuivers* para o fundo de caridade", disse quando acabou a contagem, entregando o dinheiro ao *chacham*. "Depois dar-lhe-ei cinco florins para a *finta* e outros cinco para os pobres do Brasil."

"Deus te abençoe, meu filho."

Guardando o dinheiro, o rabino-chefe encaminhou-se em passo rápido para a sinagoga, uma vez que a hora da cerimônia se aproximava. Toda a pressão com o dinheiro estava a deixar Bento afogueado. Quando acabaria aquele inferno de dívidas e obrigações? Quando poderia...

Viu o irmão de Álvares.

"Senhor Isaac!", chamou-o, cortando-lhe o caminho. "Desculpe incomodá-lo, mas o seu irmão pediu-me há pouco para falar consigo por causa dos quinhentos florins em dívida. Será que mos pode pagar?"

"O que tenho eu a ver com isso?"

"Bem, foi o seu irmão que me deu instruções específicas para os cobrar a si..."

O segundo Álvares esboçou um esgar de enfado e retomou a marcha.

"Era o que mais faltava!", exclamou, já a afastar-se. "Quem paga as dívidas do António é o António, não sou eu."

Bento ficou a vê-lo cruzar a porta da sinagoga e desaparecer no interior. Aquilo começava a dar cabo dele. Estava farto de andar atrás de António Álvares e das suas táticas dilatórias. Só havia uma maneira de resolver o assunto. Teria mesmo de o pôr em tribunal. De outra maneira não iria lá. Mas não se ficaria por ali. Depois de cobrar aquela maldita dívida teria de se extricar do ciclo infernal de compromissos financeiros que o estrangulavam ao ponto de lhe ser já difícil respirar, pois Álvares era apenas um dos muitos nós que precisava de desatar. A lei da República das Sete Províncias Unidas dos Países Baixos estabelecia os vinte e cinco anos como a idade em que se atingia a maioridade. Ora, Bento tinha vinte e três. Havia que fazer uso desse fato. Logo que conseguisse que Álvares pagasse o que devia, ele e os irmãos avançariam com uma petição para se declararem órfãos e isso protegê-los-ia dos credores. Era a única maneira de se desenvencilharem daquela teia amaldiçoada.

Girou a cabeça em redor com uma mistura de ansiedade e impaciência, tentando reconhecer Juan de Prado por entre os *yehidim* que convergiam para a sinagoga. Por onde raio andaria ele? Como o seu irmão Gabriel ficara em casa, retido por uma gripe, Bento decidira convidar o novo amigo espanhol que conhecera nas aulas da *yeshiva* Keter Torá para os lugares que havia muito tempo estavam reservados aos Espinosas na sinagoga. Sentia-o de alguma forma como uma alma gêmea, alguém que nutria as dúvidas que também lhe inquietavam o espírito e a única pessoa com quem as podia partilhar abertamente.

Até que o viu.

XIV

O rosto ossudo de Juan de Prado emergiu da multidão; vinha acompanhado por um outro homem que Bento não reconheceu. Ao abeirar-se deste, o espanhol tirou o chapéu.

"*Hola*, Benito", saudou-o. Fez um gesto para o seu acompanhante. "Este é o Isaac."

O acompanhante de Prado, um homem de roupa de seda com pose quase senhorial, também tirou o chapéu.

"Isaac La Peyrère, ao seu serviço."

O português do recém-chegado tinha um sotaque estranho, com uns erres guturais e as vogais abertas na última sílaba; seria catalão ou asturiano?

"Como está?", cumprimentou-o Bento. "De que parte de Espanha é o senhor?"

"Acabei de chegar da França, *mon ami*", esclareceu Isaac, desenhando um floreado com as mãos. "Embora seja de origem portuguesa, pois os meus antepassados eram os Pereiras, na verdade sou francês. *Voilà!* Fui secretário do príncipe de Condé e tenho por amigo aqui em Amsterdã o rabino Menashé ben Israel."

"O Isaac está envolvido num grande escândalo!", revelou Prado com uma gargalhada. "*Ay, madre mia!* E que escândalo!"

Bento esboçou um esgar de curiosidade.

"Oh?"

"É por causa do meu *Prae-Adamitae*", esclareceu o recém-chegado com um trejeito afetado. "Mas não sei se lhe deva contar, o conteúdo do livro é talvez demasiado escandaloso e o senhor é ainda muito jovem para..."

"Conta, conta", encorajou-o Prado, dando-lhe uma palmada nas costas. "*Hombre*, o Benito é de confiança, não é um tonto supersticioso como os outros."

Assim postas as coisas, Isaac La Peyrère perdeu as inibições. Inclinou-se para o português e baixou a voz, como se quisesse partilhar uma confidência.

"O que eu explico no meu livro é que Adão e Eva não foram os primeiros seres humanos. A descoberta pelos portugueses e pelos espanhóis de povos estranhos por todo o planeta mostra que há gente com outras origens. Pode um preto das Áfricas, um índio dos Brasis ou um esquimó dos Polos ser descendente de Adão e Eva? *Mon Dieu*, não faz nenhum sentido! *Et voilà!* É por isso que o meu *Prae-Adamitae* mostra que já antes de Adão e Eva havia seres humanos a caminhar pela Terra em estado natural, privados das leis divinas e do conhecimento de Deus." Arqueou as sobrancelhas. "O que nos coloca um problema, *n'est-ce pas?*"

Bento estava mesmo a ver as implicações.

"A Bíblia está errada."

"*Voilà!*", exclamou Isaac. "Ao contrário do que por aí se diz, a Bíblia não conta a história dos homens, conta apenas a história dos judeus e da missão que Deus lhes confiou de erguerem o Seu reino na terra. Adão não foi o primeiro homem, foi o primeiro judeu. E Eva foi a primeira mãe judia. As Sagradas Escrituras não passam de uma versão incorrecta do que verdadeiramente aconteceu. Aliás, basta ver que é falso que tenha sido Moisés quem escreveu o Pentateuco, *n'est-ce pas?*"

Tudo aquilo encaixava no que Bento fora constatando ao longo do tempo, desde as incongruências que de tenra idade detectara na Bíblia até ao que Van den Enden lhe ensinara recentemente. Todas aquelas ideias iam amadurecendo em segredo na sua cabeça e sentiu que não tardaria que até fosse incapaz de as conter no segredo das suas cogitações íntimas.

"Esse seu livro parece deveras interessante", observou o jovem. "É um estudo sobre as origens dos homens, diz o senhor?"

"É uma profecia."

"Uma profecia?"

"Vem aí o período final, *mon ami*! Anuncia-se para breve a era messiânica! Sob a condução de Jesus, o verdadeiro messias, e ainda do rei de França, *que Dieu le bénisse*, o Senhor irá chamar os judeus e levá-los-á para a Terra Prometida. Uma vez em Jerusalém, Jesus e o rei de França governarão juntos o mundo, o qual a partir de então estará redimido. Os judeus conhecerão assim a salvação e, aceitando a ressurreição e a divindade de Jesus, tornar-se-ão cristãos."

Bento ficou a fitar o seu interlocutor com uma expressão de estupefação. A primeira parte do que ele dissera fazia todo o sentido e batia certo com tudo o que ele próprio já concluíra: a Bíblia estava errada e o seu autor não era Moisés. A ideia de La Peyrère de que Adão e Eva não eram os primeiros seres humanos sobre a Terra parecia-lhe também devidamente fundamentada. Todo o resto, todavia, deixava-o desconcertado. O que era aquilo de Jesus e o rei de França governarem o mundo a partir de Jerusalém e de os judeus se converterem à cristandade? Estaria perante um alucinado?

"Tens de ler o livro, Benito", recomendou Prado, percebendo a hesitação do amigo. "Bem sei que pode haver certas coisas que talvez consideres... uh... discutíveis. Mas existem no texto observações muito pertinentes, posso assegurar-te. O Isaac está a causar grande escândalo com a sua obra, o que pensas tu? Já lhe chamam herético e tudo."

As palavras do andaluz tranquilizaram Bento; pelo visto, o *Prae--Adamitae*, contendo embora extravagâncias de cariz messiânico, merecia ser lido.

"Só há uma coisa que não percebo", observou. "Se o senhor La Peyrère é judeu, como pode estar a defender que os judeus sigam Jesus e se tornem cristãos? Aliás, a ressurreição de Jesus não faz nenhum sentido. Aceito literalmente a paixão, morte e enterro de Cristo, mas a sua ressurreição só pode ser compreendida num sentido alegórico."

"Nem acredita, *mon ami*, que Jesus é a encarnação de Deus?"

"A encarnação de Deus em Jesus só pode ser entendida no sentido de que a sabedoria divina está presente em alto grau em Jesus", foi a resposta. "Quanto à ideia de que Deus tomou em Jesus a forma humana, confesso que não compreendo o que se está a dizer. Para falar a verdade, uma coisa dessas parece-me tão absurda quanto afirmar que um círculo tem a forma de um quadrado."

Isaac La Peyrère pareceu desapontado.

"Lamento ouvir isso, *mon ami*. Sabe, embora seja originário do judaísmo português, na verdade converti-me ao cristianismo e tenho esperança de um dia vir a convencer os judeus a aceitarem a palavra de Jesus."

"O senhor é cristão?", admirou-se Bento. "Peço desculpa, não o queria ofender."

Sentiram nesse momento um vulto abeirar-se deles e viraram-se para ver quem era. Bento reconheceu Baltasar de Castro e revirou os olhos de enfado; o que lhes quereria aquele médico impedernido que se tornara ainda mais ortodoxo do que os ortodoxos judeus?

"Há quem venha para o judaísmo após ter estudado em idolatria as ciências profanas como a lógica, a física, a metafísica e a medicina", exclamou o recém-chegado em tom de pregação indignada, o dedo a girar no ar como se fosse ele o próprio Moisés a vituperar os judeus tresmalhados. "Esses não chegam menos ignorantes que os restantes, mas vêm cheios de vaidade, de orgulho e de soberba, convencidos da sua ciência em todas as matérias e em todos os saberes. Ah, quão ignorantes do essencial são aqueles que tudo creem saber! São acolhidos pela capa benigna do judaísmo, começam a ouvir aqueles que lhes dizem o que eles ignoram e a sua vaidade e orgulho impedem-los de receber a doutrina que os arrancaria da ignorância. Pensam que perdem a estima dos doutos só porque se deixam ensinar por aqueles que o são verdadeiramente em matéria da Santa Lei e afetam grande ciência para contradizer o que não compreendem. Acreditam em fazer valer os argumentos sofísticos sem qualquer valor que recebem da sua ciência. E o pior, ah, o pior, é que obtêm essas opiniões daqueles que, pela sua juventude ou natural mau caráter, se julgam os mais inteligentes."

Nesse momento soaram os sinos das igrejas das redondezas, indicando a hora que coincidia com o início da cerimônia na sinagoga. Aproveitando o pretexto para se livrarem do inoportuno, Prado fez um sinal para a porta do santuário da Nação.

"*Bueno, bueno*", disse, quase a empurrar Bento. "É hora de entrarmos na esnoga." Acenou em despedida. "*Adios, doutor Castro. Adios, Isaac. Hablamos despues.*"

Despediram-se apressadamente de Isaac La Peyrère, lançaram um gesto vago na direção do exaltado Baltasar de Castro e, sem perderem mais tempo, os dois encaminharam-se para a sinagoga.

"Este doutor Castro está a ficar cada vez mais insuportável", desabafou Bento quando ganharam distância suficiente para já não serem ouvidos. "Reparou em toda aquela conversa a vituperar o orgulho? Chiça! O judaísmo do homem transborda de valores católicos e o homem nem se apercebe disso, coitado."

"*Sin duda*", concordou Prado. "Mas por que veio ele agora com toda esta conversa? Está *loco* ou quê?"

"Parece que ouviu por aí dizer que andamos a fazer afirmações pouco ortodoxas sobre a religião e agora põe-se a admoestar-me sempre que me vê." Bufou. "Ufa, um chato de primeira!"

Abeiraram-se da entrada da sinagoga, onde se aglomeravam os últimos retardatários, e aguardaram a sua vez para passar.

"E o Isaac? O que achaste dele?"
"O *mon ami*?"
"*Voilà!*"
Riram-se os dois.
"Apesar dos desvarios, pode ser que o livro que escreveu, o tal *Prae-Adamitae*, tenha algumas coisas que valham a pena ler. Se deu escândalo, decerto em alguma ferida andará a tocar para que doa tanto. Por acaso está à venda?"
"Depois arranjo-te um exemplar, fica descansado."
Com o caminho enfim livre, pois os retardatários haviam todos entrado, cruzaram finalmente a porta.

XV

A sinagoga apresentava-se repleta de fiéis; já quase não havia cadeiras vazias. Toda a gente conversava com animação. Os corretores discutiam uma informação que um familiar da sua rede de contatos enviara de Ceuta enquanto os comerciantes debatiam as dificuldades em alguns transportes da Companhia Neerlandesa das Índias Orientais, da qual muitos portugueses eram acionistas; o empreendedorismo e o espírito de iniciativa dominavam aqueles homens. Mas havia também quem se embrenhasse em simples mexericos ou contasse piadas; as gargalhadas eram frequentes. Enquanto a cerimônia religiosa não começava, era sempre assim na sinagoga.

Os dois retardatários foram abrindo caminho por entre a massa compacta, furando pelos *yehidim* em direção aos lugares dianteiros.

"Os assentos da minha família são na quinta fila."

Chegaram a essa fila e ocuparam os lugares reservados havia muitos anos aos homens da família Espinosa.

"*Mira*, Benito, ao chegar vi-te à conversa com o António Lopes Suasso", disse o judeu espanhol depois de se instalarem. "O que te queria esse *travieso*?"

"Era por causa de uma dívida do meu pai", indicou Bento. "Por que lhe chamas maroto?"

Os olhares de ambos fixaram-se no banqueiro sentado à conversa na primeira fila, a que estava reservada aos elementos mais proeminentes da Nação.

"O Suasso? Um *pícaro* de primeira. É casado com uma portuguesa, como requerido pela boa moral, mas tem uma amante holandesa, uma tal Margareta, e até filhos com ela. O pai dele a mesma coisa."

"O velho Francisco também fez filhos à Margareta?"

"*Hombre*, fez filhos a outra holandesa." Apontou para outro idoso à frente deles. "Cada um com a sua amante. Ali o Jerónimo Henriques, por exemplo, é a mesma coisa. Engravidou a empregada noruegueza e, apesar disso, ainda ocupa as primeiras filas como se fosse o mais virtuoso dos *yehud. Ay, madre mia*, o que mais há por aí são casos desses. Todos fazem, todos sabem e todos assobiam para o ar, incluindo os *muy* pios *señores* do *ma'amad*. Uma hipocrisia pegada."

Bento nada disse. Embora não apreciasse aquelas conversas, sabia que estavam ali em questão muito mais do que simples mexericos. A lei judaica era clara: os judeus só podiam relacionar-se com judias. As mulheres gentias estavam-lhes totalmente vedadas. A própria lei emitida pelos burgomestres holandeses proibia "conversas carnais" entre judeus e cristãs, "mesmo as de má fama". Mas os portugueses, talvez por herdarem práticas da sua velha e viril pátria, não faziam caso das interdições e metiam-se com as empregadas holandesas ou de outras nacionalidades que tinham a tratar-lhes das lidas da casa. O que mais havia em Amsterdã eram bastardos dessas ligações clandestinas.

"Talvez eu próprio um dia me case com uma holandesa."

Ao ouvir isto, Juan de Prado encarou o amigo com uma expressão de surpresa.

"*Ay*, Benito, afinal o verdadeiro *travieso* és tu!", exclamou com uma gargalhada. "*Joder!* Não me digas que também andas em 'conversas carnais' com a tua sopeira…"

"Qual sopeira, qual carapuça!"

"Então quem é?"

"Isso querias saber tu…"

"Vá lá, conta."

Bento era cioso da sua privacidade e normalmente permaneceria em silêncio. Mas precisava de desabafar e Juan de Prado era seu amigo; sabia que podia confiar nele. Não serviam os amigos também para aquelas conversas?

Baixou a voz.

"É… é uma professora lá da escola."

"A Keter Torá tem professoras?!"

"Estou a falar da escola do Van den Enden."

O espanhol fitou-o com a dúvida a bailar-lhe nos olhos, como se tentasse perceber se Bento brincava com ele. A expressão do amigo mostrou-lhe que falara muito a sério.

"Tu? Casares-te com uma professora holandesa? Quem é ela?"

"Nada, nada. Não é nada."

Juan de Prado deu-lhe uma palmada nas costas, para o encorajar.

"Vá lá, *hombre*. Conta."

Bento manteve a voz baixa.

"É... é a filha de Van den Enden."

"O quê? Do próprio dono da escola?", admirou-se. "A filha dele aceita converter-se ao judaísmo?"

"Calma, a conversa ainda nem chegou a esse ponto", travou-o o jovem. "Se e quando chegar, nem lhe vou pedir para se converter. Ela será o que quiser ser."

"Mas... mas nenhum judeu pode casar com uma gentia! A nossa lei não o permite... nem aliás a lei neerlandesa."

Não é que Bento nunca tivesse pensado naquilo. Pensara, e não fora pouco. Mas pensara apenas com os seus botões, em segredo, sem se atrever a enunciar em voz alta os pensamentos proibidos que havia tanto tempo lhe maturavam na mente. E esses pensamentos não se limitavam à possibilidade de casar com uma gentia. Intimamente, começara já a questionar tudo. Como poderia ficar indiferente ao que fora aprendendo sobre a religião e a verdadeira natureza do mundo e da realidade e não tirar as consequências que se impunham até no que dizia respeito à sua vida pessoal?

Não podia.

"Renegarei o judaísmo."

Ao ouvir estas palavras, Juan de Prado arregalou os olhos, incrédulo.

"Perdão?"

A verdade é que nunca Bento dissera uma coisa tão a sério. Não se tratou de uma frase irrefletida, proferida no calor do momento por um homem apaixonado que se sentia disposto a tudo para remover qualquer obstáculo que se interpusesse entre ele e a sua amada, mas de uma ideia que fora amadurecendo quase sem que se apercebesse, o resultado do gradual acumular de conhecimentos que em silêncio lhe alimentara o espírito durante anos e anos, e que nesse momento, nesse preciso momento, libertado por um pensamento sobre Clara Maria, mas que poderia ter sido libertado por outra coisa qualquer, deixava o segredo das suas cogitações privadas e se exprimia ao mundo com toda a sua força. Não mais ilusões, não mais fingimentos, não mais pensamentos secretos. O silêncio chegara ao fim.

Fez um gesto largo a indicar o interior da sinagoga.

"Acha que me incomodaria muito renegar o que aqui vemos?", questionou Bento com uma tranquilidade desconcertante. "Você próprio o disse, Juan, tudo isto é uma hipocrisia. Prega-se uma coisa e faz-se outra. E mesmo o que se prega não faz sentido nenhum. Por que raio um judeu não se poderá casar com uma gentia? O que nos torna superiores aos outros? Basta fazer uso da razão e da lógica para perceber que a nossa religião, e na verdade a generalidade das religiões, tem mais buracos do que uma meia velha."

O espanhol coçou a cabeça.

"*Coño*, estás pior do que eu", constatou não sem ironia. "Que bicho te mordeu, *hombre*?"

Bento fez um ar de indiferença.

"Não foi um bicho, foi a razão. Basta ler Descartes."

O enunciar daquele nome naquele lugar deixou Juan de Prado estarrecido.

"Descartes?!", exclamou num sussurro escandalizado. Olhou em redor e constatou que alguns olhares se voltavam já para eles; claramente havia quem os estivesse a ouvir. Inclinou-se para o amigo. "Fala mais baixo."

"Ora essa", devolveu o jovem. "Falo como muito bem entender."

"Estás *loco*, *hombre*? Se se sabe que andas a ler Descartes, ainda és excomungado…"

"E então?"

"Então?! Não viste o que aconteceu ao Uriel da Costa?"

Como podia Bento esquecer?

"Não quero saber", disse com evidente desprendimento. "O meu pai já morreu, não tenho de continuar a fingir que sou muito crente só porque é preciso manter a *shalom bayis*."

O espanhol não sabia o que dizer de tamanho e tão inesperado atrevimento. Ele próprio alimentava muitas dúvidas sobre tudo o que havia aprendido em relação à religião. O judaísmo secreto que praticara em Espanha sempre fora fraternal, feito de amizades, solidariedades e cumplicidades benignas próprias de quem partilhava a clandestinidade com outros na mesma condição, e fora em busca desse sentimento, acrescido do desejo de liberdade de professar abertamente a sua religião, que fugira para Amsterdã. Porém, o que ali encontrara, um judaísmo cheio de normas e de doutrinas dogmáticas, desiludira-o profundamente; não era o que procurava. Pediam-lhe para abraçar um sistema de normas que era absolutamente estranho à sua educação e para acreditar em coisas que lhe pareciam desafiar a lógica. As dúvidas que antes tivera em relação ao catolicismo transferiram-se para o judaísmo. Contudo, e embora sempre tivesse sido provocador, nunca esquecera certas cautelas. O problema é que o amigo português dizia de repente aquelas coisas em plena sinagoga em meio ao *shabat* e pelo visto não se importava que o escutassem.

Ficou alguns segundos calado. Mas não conseguiu assim permanecer por muito tempo.

"*Mira*, esse Descartes deu-te a volta à cabeça, hem?"

"Ele apenas disse para usarmos a cabeça e pensarmos", respondeu Bento. Reconsiderou. "Em boa verdade, já tinha aprendido isso com Maimónides e com o próprio *chacham* Morteira. É a razão que nos abre as portas a Deus, explicou-me uma vez o *chacham*. Sabe que mais? Tinha razão. Descartes foi apenas a conclusão lógica do raciocínio iniciado por Maimónides. Tem o doutor a noção de que Descartes desenvolveu um método infalível para descobrir a verdade?"

"*Por supuesto.*"

"Imagine que tem um cesto cheio de maçãs", sugeriu o jovem, tão apaixonado pelo tema que nem percebia que se tornava inconveniente. "Com medo de que algumas apodreçam e contaminem as outras, o que fará o doutor? Irá tirá-las a todas do cesto e examiná-las uma a uma, para ver quais as más para deitar fora. As que sobrarem é porque são boas e podem voltar para o cesto, certo?"

"*Y entonces?*"

"Da mesma maneira, as pessoas guardam na mente múltiplas ideias desde a infância. Como separar as verdadeiras das falsas? Só há uma maneira: é preciso analisá-las uma a uma, usando a dúvida e a lógica como métodos de filtragem. Uma vez determinado qual é qual, as que não passam no teste são classificadas como falsas e removidas para que não contaminem o resto. Ficam só as ideias verdadeiras. Chegaremos assim à verdade sobre o mundo."

"*Ay, hombre!* A verdade, a verdade..."

Bento voltou a indicar o interior da sinagoga.

"Começamos pela nossa própria religião", disse. "Pus-me a reler a Torá e a examinar cada afirmação e cada episódio, uma a uma e um a um. Usando a dúvida e a lógica como métodos, como ensinou Descartes, sabe o que aconteceu? Só encontrei ideias falsas. Umas atrás das outras."

O espanhol voltou a olhar em redor, inquieto. Pelos olhares confirmou que a conversa estava a atrair cada vez mais a atenção dos *yehidim*.

"Chiu!", soprou para o amigo. "Acaba lá com essa conversa. Estão a ouvir-nos."

"Quero lá saber", foi a resposta, feita de uma indiferença revoltada. "Estamos em Amsterdã, não nas terras da idolatria, e por isso a partir de agora digo o que penso. Maimônides já tinha estabelecido que a Torá só pode ter uma leitura literal quando não contradiz a lógica. Sempre que ocorre uma contradição, a leitura literal terá de ser substituída por uma leitura metafórica. Mas, doutor, que leitura metafórica pode ser feita quando se lê que o mar Vermelho se abriu para Moisés e os nossos passarem? Como é isso possível? A água transformou-se em sangue? De que maneira? E o Sol imobilizou-se no céu durante quase um dia inteiro na batalha em Gibeon? Que disparate vem a ser esse? Não há leitura metafórica possível nestes casos."

"Suponho que é por isso que se chamam milagres…"

"Mas quais milagres? A ideia de que as leis da natureza podem ser alteradas arbitrariamente é algo que a lógica interdita e que aliás perturbou o próprio Maimônides. E, embora Maimônides tivesse evidentemente evitado dizê-lo, pois seria uma blasfêmia, já vimos que o que a lógica interdita é uma ideia falsa. A tal maçã podre. O problema é que as ideias falsas na Torá são imensas, nem dá para as contabilizar a todas. Como pode uma religião assente em ideias falsas ser verdadeira? Como se explica que o…"

"Cale-se!", protestou alguém na fila de trás. "Como se atreve a dizer coisas dessas aqui?"

"É um ímpio!", concordou outro. "Estas blasfêmias ofendem Elohim e desgraçam todos os *yehidim*."

Com um toque no cotovelo, Juan de Prado intimou o amigo a calar-se imediatamente, conselho desnecessário, pois isso Bento acabara de perceber. Por momentos pensou que era tarde demais, dado que vários outros *yehidim* se juntaram aos protestos, mas o aparecimento do *chacham* Morteira diante da congregação silenciou o burburinho exaltado. Para alívio de Bento e de Juan de Prado, começou a cerimônia do *shabat*.

O jovem mergulhou no silêncio mais profundo. Ainda considerou levantar-se e ir-se embora, mas o respeito pela memória do pai travou-o. Foi em nome dessa memória que permaneceu todo o resto do tempo na sinagoga a acompanhar a cerimônia como sempre fizera desde a infância. Porém, tornava-se claro que a sua mente e sobretudo o coração já ali não estavam.

XVI

No momento em que Bento saía de casa com o seu saco de serapilheira, viu o irmão aparecer na esquina e meter pelo Burgwal, a rua marginal ao Houtgracht, onde viviam. Tinha acabado de almoçar, mas Gabriel havia abalado pela manhã para estabelecer no mercado contatos com comerciantes neerlandeses interessados num transporte de pedras preciosas que a companhia Bento y Gabriel de Espinosa havia assegurado de um agente em Goa ligado à carreira portuguesa da Índia. Constatou que o irmão caminhava apressado, quase a correr, e pela forma como gesticulava a distância tornava-se claro que trazia novidades.

"Prenderam o Álvares!", anunciou Gabriel quando se encontraram a meio da rua. "O irmão dele veio desvairado de Uylenburg. O juiz deu a ordem de prisão e a polícia levou-o."

Ora aí estava uma novidade interessante. Pelo visto, a justiça funcionava célere e sem complicações na República das Sete Províncias Unidas dos Países Baixos.

"Vá lá!", exclamou Bento apreciativamente. "A ação judicial que interpusemos para que o caloteiro pague os quinhentos florins sempre deu os seus frutos, hem?"

"O Isaac Álvares está pior que uma barata, havias de o ver. Absolutamente fora de si. E aflito, claro. No meio da gritaria, lá garantiu que o irmão vai mesmo pagar o que nos deve."

Bento fez uma careta.

"Hmm… e como pensa ele fazer isso? É que de promessas já estou eu farto…"

"O Isaac explicou-me que o irmão precisa de ir buscar o dinheiro a um tipo qualquer que vive ali na De Nes. Como não pode ser libertado, a polícia disponibilizou-se para o escoltar e só o libertar quando o dinheiro te for entregue. Ele quer marcar um encontro contigo ainda hoje."

"Onde?"

Gabriel tirou um papel do bolso e consultou-o.

"Numa estalagem chamada De Vier Hollanders, na De Nes. Pelas seis da tarde." Encarou o irmão mais velho. "O que lhe respondo?"

Bento pegou no papel e viu a morada. A solução para aquele caso parecia-lhe finalmente à vista.

"Diz-lhe que lá estarei."

Sem perder tempo, Gabriel partiu com o recado. Depois de o ver cruzar a esquina, Bento meteu o saco de serapilheira a tiracolo e retomou o caminho para o Singel.

Ao entrar na escola de Van den Enden deparou-se com um enorme rebuliço. Os alunos de latim vestiam túnicas brancas, à romana, e corriam de um lado para o outro com papéis nas mãos, lendo-os em voz alta; tratavam-se de proclamações em latim feitas em tom dramático. No meio de todos estava Clara Maria; dir-se-ia ser ela o epicentro do turbilhão.

"*Audire vocem visa sum modo militis*", proclamou a rapariga com gestos exagerados, sempre a declamar de uma folha. "*Atque eccum. Salve, mi Thraso!*"

Um outro aluno de latim, Lodewijk Meyer, reagiu a estas palavras lendo igualmente do seu papel e pondo as mãos sobre o coração num gesto sentimental.

"*O Thais mea, meum savium, quid agitur? Ecquid nos amas de fidicina istac?*"

"*Quam venuste!*", interveio Dirk Kerckrinck no mesmo registro teatral. "*Quod dedit principium adveniens!*"

Recuperado da surpresa, mas ainda sem entender o que via, Bento interrompeu-os.

"Que se passa?", perguntou. "O que estão vocês a fazer? Enlouqueceram?"

Todos suspenderam os gestos, como se ficassem momentaneamente congelados, e a seguir desfizeram-nos e desataram a rir, conscientes da figura que faziam e divertidos a imaginar o que deveria pensar deles o colega acabado de chegar.

"É Terêncio", anunciou Clara Maria, vindo ter com ele com uma resma de folhas que retirara de uma estante. "O papá quer que façamos uma peça de teatro e escolheu *Eunuchus*, de Terêncio. Acha ele que é a melhor maneira de toda a gente desenvolver o latim de forma divertida e pedagógica." Entregou-lhe as folhas. "O senhor, como é de longe o aluno mais avançado no latim, irá fazer Phaedria."

Bento olhou para as folhas sem entender.

"Phaedria?"

"É o filho mais velho de Demea, um nobre ateniense." Apontou para Dirk. "Outro personagem ligado a si será este escravo."

O colega de carteira de Bento fez-lhe uma vénia.

"Sou Parmeno. Ao seu serviço, meu amo."

"Eu sou Thraso, um soldado", identificou-se Meyer. "Às suas ordens, comandante!"

"E eu sou Thais", apresentou-se Clara Maria. "Uma cortesã estrangeira por quem Phaedria se apaixonou."

Estas últimas palavras foram inesperadas e aos ouvidos de Bento soaram à mais maravilhosa das músicas. Iria contracenar com Clara Maria?

"Ah", exclamou, refazendo-se da surpresa. "Isso quer dizer que, na peça, eu... eu estou apaixonado por si?"

Ela esboçou um ar resignado.

"Eu sei que é um embaraço para um gentil-homem como o senhor, tão educado e bem-parecido, fingir-se apaixonado por uma pobre holandesa, feia e aleijadinha, mesmo que apenas para efeitos das artes da encenação", lamentou-se, simulando que fazia beicinho. "Acha-se vossa senhoria capaz de tão grande e nobre sacrifício?"

Um coro de protestos ergueu-se entre os alunos, contestando a forma como ela se descrevera a si mesma.

"Que disparate!", reclamou Meyer. "Não é nada aleijadinha!"

"E muito menos feia!", acrescentou Dirk. "Isso, jamais!"

Inclinando-se para Clara Maria, Bento devolveu-lhe a vénia.

"É uma honra sem igual ser escolhido para contracenar com a mais formosa das donzelas de Amsterdã", ouviu-se a si próprio dizer. "Mais importante, a mais inteligente de todas."

Seguiu-se um novo coro, agora de aprovação.

"Bem dito!"

"Uma latinista ilustre!"

A rapariga ergueu as mãos no ar para os calar.

"Chega de dar graxa à professora!", ordenou, desencadeando uma gargalhada geral. Voltou-se para Bento. "Por favor, leia o seu texto e comece a decorar as suas falas, que não são poucas e vão dar-lhe muito trabalho." Virou-se para os restantes. "Os que já leram continuam o ensaio comigo." Consultou a sua deixa nas folhas e encarou um outro aluno que fazia de ator. "*Plurimum merito...*"

Com o grupo de volta à leitura interpretada em voz alta do guião, Bento sentou-se a um canto e mergulhou no texto de Terêncio. Sabia que o dramaturgo romano tinha sido feito escravo em Cartago e que havia quem admitisse que fosse de origem ibérica. Talvez um lusitano? O fato é que Terêncio lhe suscitava interesse.

A peça em questão contava a história do amor entre um jovem ateniense, o Phaedria que ele iria interpretar, e uma cortesã estrangeira que trabalhava num bordel, a Thais representada por Clara Maria. A aconselhar Phaedria estava Parmeno, o seu escravo encarnado por Dirk, e foram justamente as palavras de Parmeno que mais o tocaram numa cena em que o escravo o aconselhava a não dar parte de fraco diante de Thais. "Quando não aguentares mais, quando ninguém te chamar, sem que a paz tenha sido feita e fores na mesma ter com ela a dizer que a amas e que não aguentas mais estar sem ela, estarás perdido: é o fim. Nada mais há que possas fazer. Ela fará de ti o que quiser." E a seguir a mais poderosa das falas. "Todos estes vícios tem o amor: injúrias, suspeições, inimizade, ofensas, guerra, a paz restaurada. Se pensas que as coisas incertas podem pela razão tornar-se certas, alcançarás o mesmo que alcançarias se usasses a sanidade para te tornares insano."

Parou e refletiu nas palavras que acabara de ler. *As coisas incertas podem pela razão tornar-se certas*. Aquelas ideias de que a razão era a chave que permitia abrir a porta do conhecimento já vinham do tempo dos romanos? Agora entendia por que motivo Van den Enden escolhera *Eunuchus* para a representação teatral. Os alunos exercitariam latim no palco e, ao mesmo tempo, interiorizariam a importância de se usar a razão para desvendar os mistérios do mundo. O escravo Parmeno pareceu-lhe, de longe, o personagem mais interessante de toda a peça, pelo que, apesar de não o interpretar, decidiu decorar também todas as suas falas; havia grandes lições a tirar das frases que Terêncio tinha colocado na boca de Parmeno.

"Se bem vejo, não é Hobbes que estás a ler…"

Ao ouvir a voz do dono da escola, Bento deu um salto na cadeira e pôs-se imediatamente de pé.

"É a peça de Terêncio, mestre", balbuciou atabalhoadamente. "A sua filha… uh, a professora Clara Maria disse-me que eu iria interpretar o personagem de Phaedria. Estava a ler as falas dele."

"Fazes bem, rapaz. Vamos levar *Eunuchus* à cena em grande estilo. E de forma nunca vista em Amsterdã." Soltou uma risada baixa. "Sempre quero ver a cara dos parolos dos calvinistas quando forem confrontados com a surpresa que lhes estou a preparar."

"Surpresa, mestre?"

Van den Enden apontou para a filha, que continuava a ensaiar com os restantes alunos.

"Ainda não reparaste que vamos ter uma mulher no palco?"

A chamada de atenção quase levou Bento a esbofetear-se a si mesmo. Onde diabo tinha ele a cabeça? Claro que ver uma mulher representar numa peça de teatro iria causar escândalo! Por norma, as personagens femininas eram interpretadas por homens travestidos, mas Van den Enden, com as suas ideias modernas, iria quebrar as regras da decência e pôr a filha no palco. Nunca coisa semelhante fora vista em parte alguma do mundo civilizado. Só mesmo na liberal Amsterdã! Ah, uma coisa daquelas não podia mesmo ser perdida!

A perspetiva do escândalo desenhou-lhe um sorriso nos lábios.

"Olhe que os *predikanten* ainda incendeiam o teatro, mestre..."

"Não te preocupes, rapaz", devolveu o professor com confiança. "Agora que De Witt é o grande pensionário, os idiotas dos calvinistas nada podem contra nós. As Províncias Unidas são dos liberais."

Com a recente morte do *stadhouder* Guilherme II, que deixara um filho demasiado novo para governar, a assembleia holandesa elegera Johan de Witt para grande pensionário. Na prática, este tornara-se o efetivo chefe do governo da Holanda. Tratando-se esta da mais poderosa das sete Províncias Unidas da república neerlandesa, isso fazia dele de fato a pessoa mais importante do país. De Witt, todos o sabiam, era o mais iluminado de todos os governantes do mundo. A aposta que ele fazia no conhecimento e no comércio livre, acreditavam os seus apoiantes liberais, e Bento era um deles, iria trazer aos Países Baixos progresso e prosperidade sem igual.

"Valha-nos De Witt!"

O professor reparou nesse instante no saco de serapilheira pousado aos pés da cadeira; sabia que era aí que o aluno normalmente levava e trazia os livros que lhe emprestava.

"Não me digas que já leste o Hobbes que te entreguei..."

Orgulhoso do seu feito, Bento retirou o volume do saco. Tratava-se de *De Cive*, uma das obras que Rieuwertsz lhe tinha mostrado quando visitara a Het Martelaarsboek para a sua primeira reunião com os *collegianten*.

Para além do autor e do título, a capa referenciava o editor de Amsterdã e o ano de 1647.

"Li-o em dois dias", revelou. "É interessantíssima a forma como ele mostra a evolução social do homem, desde a condição natural de um estado de guerra de todos contra todos até ao momento em que os homens decidem perder uma parte da liberdade e entregar o poder a um soberano de modo a estabelecer a paz. No fundo foi esse o primeiro grande alcance da constituição da sociedade. As pessoas queriam..."

Van den Enden travou-o com um gesto impaciente.

"A aula hoje é o estudo do *Eunuchus*, de Terêncio, não do *De Cive*, de Hobbes", lembrou. "Vamos deixar Hobbes para uma próxima oportunidade, está bem? Até ao dia da representação, quero-te totalmente concentrado na peça."

O dono da escola foi ver os ensaios e a atenção de Bento regressou ao guião. Ficou tão absorto que perdeu a conta ao tempo e só o toque do sino da igreja menonita vizinha, onde Jarig costumava ir à missa, o fez despertar para o presente. O sino assinalou as cinco da tarde. Arrumou as suas coisas, despediu-se de Clara Maria e dos colegas e, assentando o chapéu na cabeça, saiu para a rua. Tinha uma dívida para cobrar e algo lhe dizia que não iria ser tarefa fácil.

XVII

Chegou à De Vier Hollanders já perto das seis. O sol descia para dar lugar à noite e um clarão violeta banhava o horizonte. A rua, De Nes, era estreita e conhecida em Amsterdã como *Gebed zonder End*, oração sem fim, devido aos vários mosteiros e conventos católicos, entretanto fechados e convertidos noutros estabelecimentos; concentravam-se ali agora as melhores pastelarias e padarias da cidade. Viu à entrada da estalagem um pequeno grupo de homens e entre eles destrinçou António Álvares. O joalheiro encontrava-se ao lado de um policial, evidentemente a sua escolta, e à volta juntavam-se outros clientes neerlandeses que ali tinham ido beber cerveja ao ar livre enquanto apreciavam o crepúsculo.

"Boa tarde, senhor Álvares", cumprimentou-o quando chegou ao pé dele. "Folgo em encontr…"

Sem aviso nem pronunciar uma única palavra, Álvares avançou contra Bento e desferiu-lhe um murro na cara. De compleição frágil e apanhado de surpresa, o jovem cambaleou para trás.

"O que… o que…"

O policial interveio de imediato e, perante o olhar atônito da vítima e dos mirones neerlandeses que bebiam tranquilamente as suas cervejas, segurou António Álvares.

"Cabrão!", vociferou o joalheiro, agarrado pelo policial. "Fui preso por tua causa!"

Bento restabeleceu-se da surpresa e, fazendo um esforço para manter a calma, encarou o agressor.

"Não, senhor Álvares", devolveu-lhe num tom cortante. "O senhor foi preso porque anda há meses a fugir aos seus deveres. Não culpe os outros pelos seus próprios atos."

"Não se prende ninguém por uma dívida de meia dúzia de tostões!"

"Não são tostões, são quinhentos florins", replicou Bento. "Mas não percamos mais tempo. Preciso de saber se o senhor vai ou não pagar o que me deve."

Independentemente de todo o resto, essa era a questão central e António Álvares sabia, porque a polícia lho havia explicado, que só quando a questão fosse resolvida é que seria libertado. Gostasse ou não, tinha mesmo de chegar a um acordo com o credor.

"Tenho uma proposta a fazer-lhe", disse, agora num tom bem mais cordato. "Não disponho de dinheiro para lhe dar. Porém, possuo várias joias. Que tal entregar-lhe rubis no valor dos quinhentos florins em dívida?"

Bento considerou a proposta. Não era o ideal, mas…

"Pode ser."

O joalheiro indicou com a cabeça o policial que ainda o segurava.

"O problema é que preciso primeiro de pagar as custas da minha detenção", lembrou. "Como já lhe disse, não tenho dinheiro. Será que as pode pagar por mim?"

O descaramento do seu interlocutor pelo visto não conhecia limites.

"Era o que mais faltava!"

"Sem dinheiro não posso pagar os dez florins que a polícia me pede e assim não me libertam. Se não me libertarem, não vale a pena dar-lhe a si os rubis. Preciso mesmo que pague os dez florins, caso contrário nada feito."

Tudo aquilo era uma trapalhada. Bento percebeu que, se queria mesmo resolver o assunto, teria de ceder nalguma coisa.

"Não lhe pago os dez florins, mas posso emprestar-lhos", sugeriu. "Terá depois de mos devolver com juros e indenizações pelos atrasos. O problema é que não vim preparado para isso. Teria de ir a minha casa buscar o dinheiro."

Sem alternativas, António Álvares mostrou-se resignado.

"Lá terá de ser…"

A conversa decorreu em português, mas quando o acordo foi explicado ao policial, este abanou convictamente a cabeça.

"Lamento muito, não posso ficar aqui eternamente à espera que esta situação se resolva", disse. "Está fora de questão. Vou ter de levar o Anthonij de volta aos calabouços."

A coisa complicava-se, mas António Álvares, ansioso por recuperar a liberdade, apresentou de imediato a solução.

"Já sei!", disse. "Vou pedir ao meu irmão para vir aqui com os rubis. O senhor empresta-lhe o dinheiro para me libertarem e ele entrega-lhe as joias. Pode ser assim?"

O acordo ficou fechado. O policial arrastou António Álvares de volta à esquadra enquanto Bento se dirigiu a casa para ir buscar o dinheiro.

Quando voltou à estalagem, a noite já tinha caído e fazia frio. Havia luzes e vinha barulho do interior da De Vier Hollanders, sinal de movimento no estabelecimento.

Ao aproximar-se da entrada, estendeu a mão para o manípulo e a porta abriu-se de repente. Um vulto caiu sobre ele, esmurrando-o na cara. O golpe foi tão forte que o chapéu caiu e rolou pelo chão lamacento. Olhou para o homem que o atacara, pensando que se tratava de um bêbado, e mais surpreendido ficou ao constatar que se tratava de Isaac Álvares.

"O senhor está doido?"

O agressor abeirou-se do chapéu caído e espezinhou-o contra as partes mais lamacentas da rua. A seguir lançou um pequeno saco aos pés de Bento e plantou-se diante dele, de braços cruzados.

"Estão aí as joias."

Tudo aquilo deixou o credor estarrecido. Ainda abalado, Bento baixou-se e pegou no saco que o homem que o atacara lhe havia lançado em fúria aos pés. No interior estavam os prometidos rubis. Em troca, entregou-lhe os dez florins do empréstimo acordado. Sempre com maus modos, Isaac meteu o dinheiro ao bolso e abalou dali.

"Meta o chapéu na conta que lhe devemos."

Disse-o sem se voltar, como se atirasse um derradeiro insulto, e Bento ficou pregado na rua, estupefato, os olhos colados ao agressor até ele se fundir na noite. Depois apanhou o chapéu amassado e sujo, limpou a lama, tentou recuperar-lhe as formas e meteu-se a caminho de casa a pensar nas agruras da existência. Quanto tempo mais iria aguentar aquela vida? Será que precisava mesmo de aturar aquilo? Tinha de haver melhor maneira de viver.

PARTE DOIS

CHEREMSIAS

"Uma coisa não deixa de ser verdadeira só porque não é aceita por muitos."
ESPINOSA

I

Com o guião de *Eunuchus* debaixo do braço, Bento entrou na taberna e instalou-se numa esquina resguardada, junto à janela, onde poderia rever com toda a tranquilidade as suas deixas para a peça. Uma espessa bruma aromática exalada por dezenas de cachimbos fumegantes pairava no estabelecimento, um odor tão característico e universal no país que até se dizia que as Províncias Unidas cheiravam a tabaco. Pediu uma *kuyte*, uma cerveja barata que o taberneiro prontamente lhe trouxe, e recostou-se na cadeira a acariciar o fino bigode que deixara crescer. Teria Clara Maria gostado de o ver com ele? Já o usava havia algum tempo, mas ela não tinha ainda feito qualquer comentário. É certo que as raparigas continuavam a reparar em Bento, pois as suas feições suaves pelo visto agradavam-lhes, mas contava com o bigode para impor uma imagem mais madura.

Logo que pensou em Clara Maria, depositou a resma de papéis sobre a mesa e, tirando partido da luminosidade límpida que jorrava da janela, começou a reler o texto de Terêncio. Era importante que a sua interpretação fosse perfeita, até porque iria contracenar com ela e far-lhe-ia no palco declarações de amor em latim. Teria de ser convincente e deixá-la bem impressionada.

Quando ia apenas na terceira página, sentiu alguém colar-se à sua mesa e levantou os olhos. Diante dele estavam dois jovens morenos que lhe eram vagamente familiares.

"Boa tarde, senhor Espinosa", disse um deles em português, de chapéu na mão. "Vimo-lo entrar aqui e… será que lhe podíamos dar uma palavrinha?"

Bento pousou o guião na mesa e fez um gesto a indicar-lhes as cadeiras em frente.

"Façam o favor", convidou-os. "Do que se trata?"

Os dois sentaram-se e mandaram vir um copo de água cada um; pelo visto, a *kuyte* não lhes agradava. Depois entreolharam-se, pouco à vontade, como se perguntassem um ao outro quem diria ao que vinham. Um deles acabou por assumir a responsabilidade.

"Sou o Adão Pereira e este é o meu amigo Manuel Rodrigues", apresentou-se. "Escutamos a distância algumas coisas que noutro dia disse na esnoga e ficamos com curiosidade."

Ao ouvir isto, Bento endireitou-se, surpreendido com o atrevimento e sobretudo preocupado com o que acabara de ouvir; considerando a delicadeza do assunto, teria de proceder com a maior cautela. Já por diversas vezes se recriminara pelas indiscrições que cometera na sinagoga e parecia não se emendar; se não tivesse cuidado, qualquer dia os comportamentos desbocados trar-lhe-iam dissabores sérios. É certo que decidira viver doravante na verdade, mas não via utilidade em atrair problemas desnecessários.

"Uh... para ser franco, nem me lembro do que disse. Decerto tinha nessa ocasião bebido demasiada *kuyte*..."

Sentindo que o seu interlocutor tentava contornar a questão, os dois esboçaram sorrisos tranquilizadores.

"Não se preocupe, somos muito discretos."

"Na verdade há já algum tempo que nos questionamos sobre uma série de coisas na religião, mas nunca nos atrevemos a fazer perguntas a ninguém porque não sabíamos com quem poderíamos falar sobre estes assuntos", esclareceu o outro. "Mas ao ouvi-lo na esnoga pensamos que talvez pudéssemos confiar em si e... decidimos arriscar."

Estreitando as pálpebras, Bento esforçou-se por identificar os dois recém-chegados. De onde os conhecia ele? Sim, provavelmente tinha-os visto na sinagoga. Umas almas perdidas, decerto.

"O que querem saber?"

"Sabe, senhor Espinosa, quando lemos Moisés e os profetas com atenção, ficamos com a impressão de que a alma não é imortal e que Deus tem existência material", afirmou Adão. "Qual é a sua opinião?"

Ora aí estavam dois temas muito delicados. Subitamente ansioso por ver aqueles inoportunos deixarem-no em paz, o interpelado fez um gesto vago com a mão.

"Ouçam, sigam os profetas, que eram verdadeiros israelitas e tudo decidiram muito bem. Se sois verdadeiros judeus, só tendes de obedecer sem hesitações à Lei de Elohim e, com a graça de Deus bendito, tudo correrá pelo melhor."

"Mas estamos atormentados pelas dúvidas, senhor Espinosa", replicou Manuel com um semblante dorido. "Como poderemos ter a certeza de que a alma é imortal e que sobreviveremos à nossa morte? HaShem terá realidade física?"

"O que sei eu sobre esses assuntos?", devolveu Bento sempre de maneira evasiva. "Não passo de um pobre *yehud* em busca de respostas que lhe escapam como água entre os dedos."

"Oh, não seja modesto, senhor Espinosa", insistiu Adão. "Nós ouvimo-lo na esnoga e conhecemos a sua reputação. Diz-se que um dia chegará a *chacham* e se tornará um dos pilares da Nação. Não temos a menor dúvida de que é um profundo conhecedor destes assuntos. Por favor, partilhe conosco um pouco dos seus vastos conhecimentos."

"Já vos disse que nada sei. Na escola Talmud Torá haverá decerto bons professores que vos elucidarão sobre essas doutas matérias."

Calou-se, como se tudo tivesse sido dito. Nesse instante apareceu a mulher do estalajadeiro, uma holandesa enorme com os dentes enegrecidos pelo tabaco. Pousou na mesa os copos de água pedidos minutos antes pelos dois recém-chegados e logo se afastou.

"Senhor Espinosa, não tem nada a temer da nossa parte", assegurou Manuel. "Quaisquer que sejam as suas opiniões, posso garantir-lhe que seremos muito cautelosos. A nossa curiosidade deve-se apenas à necessidade de esclarecermos todas as dúvidas que nos torturam e para as quais ninguém nos ajuda. De certeza que o senhor já as teve, ou não?"

Claro que já as tivera. Os olhos escuros e vivos de Bento saltitaram entre um e outro, revendo-se neles. Ele era eles alguns anos antes. Como teria gostado na altura de ter encontrado alguém que lhe desse respostas aos mistérios que o atormentavam. Por que não ajudá-los? Mas, por outro lado, não podia ignorar os efeitos de qualquer palavra impensada. Ainda hesitou, receando vir a arrepender-se se abrisse a boca, pois com o entusiasmo tendia a ir longe demais, mas a vontade de falar, o desejo de expor o que descobrira e a necessidade de testar as conclusões a que todos os dias ia chegando acabaram por fazê-lo cair em tentação.

"Estais então preocupados com a natureza de Deus, não é verdade?", começou por dizer, ainda com alguma prudência. "Admito que, não tendo encontrado nada de imaterial ou incorpóreo na Torá, não há nenhum inconveniente em acreditar que Amonai tenha um corpo. A grandeza não se compreende sem dimensão e, portanto, sem um corpo, pelo que, se Deus é grande, então terá forçosamente de dispor de um corpo material. Além disso, para falar é preciso boca. Ora, se Ele é capaz de falar, como falou com Moisés, tal requer um corpo, ou pelo menos existência material. Portanto, Deus tem corpo físico, sim."

Os dois recém-chegados inclinaram-se para ele, visivelmente interessados.

"E os espíritos?", questionou Manuel. "São também materiais?"

"As Escrituras jamais dizem que são substâncias reais e permanentes", respondeu. "A Torá apresenta-os como simples fantasmas a que designa anjos. Elohim serve-se deles para proclamar a Sua vontade. De tal modo é assim que os anjos e toda a espécie de espíritos só podem ser invisíveis devido à sua matéria sutil e diáfana, pelo que a sua existência apenas consegue ser percepcionada como quando vemos fantasmas no espelho, em sonhos ou na noite. É por isso que não lemos em parte alguma da Torá que os judeus excomungaram os saduceus por não acreditarem em anjos, o que é significativo. As Escrituras nada dizem sobre a criação desses espíritos."

"Quanto à alma, senhor Espinosa", quis saber Adão. "É ou não imortal? Com os seus doutos conhecimentos, o que pensa sobre isso?"

"A alma, a alma...", murmurou Bento como se avaliasse a melhor maneira de responder à pergunta sem dizer nada de desnecessariamente escandaloso, mas também com a preocupação de ser verdadeiro. "Em todas as partes das Escrituras em que a palavra 'alma' é mencionada, ela é usada simplesmente para exprimir a vida ou tudo o que é vivo. É inútil andar à procura de versículos em que nos possamos apoiar para sustentar a imortalidade da alma. Já o contrário é visível numa centena de partes da Torá, como facilmente pode comprovar quem ler as Escrituras."

"Mas, se isso está na Torá, por que razão se acredita no contrário?", questionou Manuel. "Como se explica que na escola e na esnoga se ensine o oposto?"

"Ouçam, as pessoas são supersticiosas", sentenciou Bento, agastado por ninguém ver o que a ele lhe parecia óbvio. "Nascem e vivem na mais absoluta ignorância. Não fazem a mais pálida das ideias sobre quem Deus é e, apesar disso, têm o descaramento de se proclamarem o Seu povo, em detrimento de outras nações. Que topete!"

Esta declaração desconcertou os ouvintes.

"Mas... mas... e a Lei de Moisés?", quis saber Manuel. "Não traz ela conhecimento?"

"A Lei foi instituída por um homem mais esperto do que os restantes em matéria de política, mas na verdade ele não era mais esclarecido no que diz respeito à física nem mesmo à teologia", retorquiu, as inibições já completamente esquecidas. "Basta uma onça de bom senso para detectar todas as imposturas que ele lhes vendeu e só mesmo gente estúpida, como eram os hebreus daquele tempo, se poderia submeter a esse homem."

Fez-se um silêncio curto e pesado à mesa. Os dois jovens pareciam algo atordoados por ouvir coisas daquelas ditas com tanta crueza sobre Moisés e levaram uns instantes a reagir.

"Deixe-me ver se compreendi bem", disse Adão, quase duvidando dos seus ouvidos. Ergueu um dedo. "O senhor Espinosa entende que uma crença tão importante na nossa fé, a da imortalidade da alma, é afinal falsa." Segundo dedo. "Entende também que um dos treze princípios da fé que recitamos no *Yigdal*, o de que Deus não tem corpo, é igualmente falso. Na sua opinião, Ele tem corpo." Terceiro dedo. "Além disso, outro desses princípios, o de que as profecias de Moisés são verdadeiras, é ainda falso." Quarto dedo. "Ademais, a Lei inclui imposturas de Moisés." Quinto dedo. "Por fim, entende que nós, os *yehidim*, não somos o povo eleito, na verdade não passamos de um de muitos povos, em igualdade com os restantes. É isso?"

Já falara demais, percebeu Bento. Ouvira horrorizado o resumo das suas palavras e nesse momento caiu em si. O que foi que dissera? Estaria louco? Precisava de se calar, e o mais depressa possível, pois não tinha tento na língua. O que fazer? Só havia uma maneira. Tinha de sair dali. E quanto mais depressa melhor.

Como se tivesse acabado de lhe ocorrer algo muito importante, pegou na caneca e engoliu de uma assentada a *kuyte* que lhe restava. Logo a seguir pegou no guião e levantou-se.

"Este não é o momento nem o lugar para falar sobre estes assuntos", desculpou-se como se estivesse com pressa. "Além do mais, tenho agora um compromisso a que não posso chegar atrasado. As minhas desculpas, meus senhores."

Os dois jovens levantaram-se igualmente.

"O pouco que o senhor Espinosa nos disse seria capaz de convencer os mais incrédulos", afirmou Manuel. "Mas precisamos de demonstrações mais sólidas, dada a natureza sensível destes assuntos. Despedimo-nos de si, na condição de noutra ocasião retomarmos a nossa conversa."

Bento já ia na porta.

"Com certeza."

Disse-o à laia de despedida e pela forma como o disse percebia-se que "com certeza" na verdade significava "nem pensar".

Ao longo de todo o percurso até ao Keizersgracht foi recapitulando a conversa palavra a palavra para determinar o número de blasfêmias que havia proferido, quais e quão graves. De um jovem que matutara nas suas crescentes dúvidas em silêncio durante anos e anos, tornara-se um palavroso incontinente! A sua falta de cautela, um dia ainda o perderia, recriminou-se, o suplício de Uriel da Costa sempre na mente, ao mesmo tempo que, algures lá no fundo, de uma maneira vaga e inconsciente, continuava a esforçar-se por identificar aqueles rostos que lhe eram tão vagamente familiares.

Foi já com o pequeno edifício do Teatro Municipal de Amsterdã diante dele que o cérebro concluiu a busca e pôde finalmente contextualizar os dois jovens. Sentiu um baque no coração e deteve-se, mortalmente preocupado. Conhecia-os, sim; como pudera não os reconhecer de imediato? Havia-os avistado várias vezes na *yeshiva*, embora não nas suas aulas. Mas já se cruzara de fato com eles. E, se bem se lembrava, em todas as ocasiões em que isso acontecera iam acompanhados pelo *chacham* Morteira.

II

Embainhando o seu gládio de soldado, Thraso, o personagem interpretado por Meyer, voltou-se com uma expressão conciliatória para a cortesã, Thais, e para o seu rival, Phaedria.

"*Bene fecisti: gratiam habeo maxumam*", agradeceu. "*Numquam etiam fui usquam quin me omnes amarent plurimum.*"

A cortesã, representada por Clara Maria, encarou o seu outro pretendente.

"*Dixin ego in hoc esse vobis Atticam elegantiam?*"

Para descanso de todos, Phaedria, encarnado por Bento, parecia satisfeito com o compromisso a que os três tinham chegado e que permitia resolver a disputa pelos favores de Thais.

"*Nil praeter promissum est*", declarou, aceitando partilhar a cortesã com Thraso. "*Ite hac.*"

Os três voltaram-se para a plateia, os restantes atores juntaram-se a eles, e um coro de palmas encheu o Teatro Municipal de Amsterdã enquanto o grupo no palco se curvava em vénia de agradecimento. Aquele era o único teatro existente nas Províncias Unidas, mas o seu êxito fora de tal modo retumbante que já havia planos para construir um outro em Haia. Espectadores enchiam os dois andares repletos de camarins e os aplausos ecoavam em cascata pelas galerias.

O pano caiu enfim, pondo um fim formal à representação. Já com os atores ao abrigo do olhar do público, Bento abraçou Meyer e, sobretudo, Clara Maria.

"Foi uma honra ter estado apaixonado por si durante a peça", disse-lhe, indo o mais longe que se atrevia para lhe insinuar os seus sentimentos. "Não podia ter desejado melhor e mais bela atriz com quem contracenar."

"Pois eu estou encantada com esse seu bigode, Benedictus. Fez um Phaedria de arrasar!"

O jovem judeu português não teve tempo de responder, pois logo Dirk Kerckrinck, que fizera o escravo Parmeno, se agarrou a ambos.

"Viram os aplausos? Viram?", perguntou o colega de carteira de Bento, esfuziante. "Fomos um sucesso!"

Os abraços sucediam-se, Clara Maria dava saltos de excitação e os atores mais jovens faziam o mesmo. Van den Enden subiu ao palco para cumprimentar os seus pupilos e vários outros espectadores imitaram-no, incluindo os amigos *collegianten* de Bento, todos convidados para a representação. Jarig, Balling e Koerbagh eram todos sorrisos, o livreiro Rieuwertsz não se cansava de gabar "o eterno gênio humanista" de Terêncio e o jovem De Vries, sempre tímido, tinha os olhos azul-claros a brilharem de emoção no momento em que cumprimentou o amigo judeu; pelo semblante, era evidente que se tratava do seu mais fervoroso admirador.

"Que espetáculo!", exclamou De Vries. "Que interpretações! O seu Phaedria foi simplesmente di-vi-nal!"

Todos davam parabéns a todos, os abraços multiplicavam-se e as gargalhadas também. A certa altura, o diretor do teatro apareceu e segredou algo a Van den Enden. Este encarou os pupilos e a sua voz ergueu-se acima de todos.

"Meninos, meninos, ouçam esta", anunciou. "O senhor diretor acabou de me informar de que os *predikanten* ouviram falar do nosso espetáculo e vieram aí protestar." Falava com ar zombeteiro, referindo-se aos pregadores calvinistas. "Disseram que as mulheres não podem estar no palco, que é um atentado à moral e aos bons costumes e sei lá mais o quê. O senhor diretor mandou-os passear."

"Viva o diretor!"

"Os *predikanten* que se queixem ao De Witt!"

Mais risadas. Desde que abrira as portas que o Teatro Municipal de Amsterdã era alvo da ira dos *predikanten*. Os calvinistas queixavam-se da ameaça daquele tipo de estabelecimentos à boa moral dos neerlandeses, alegando que muitos casais aproveitavam a sombra na plateia para encontros carregados de concupiscência. Não era totalmente falso, note-se. A pressão das igrejas tornara-se tão grande que o teatro apenas conseguia funcionar alguns meses por ano, dois dias por semana. Porém, funcionava. Todos acreditavam que o grande pensionário, sendo o chefe do governo da república e o mais liberal dos políticos, seria a última pessoa a dar ouvidos aos calvinistas, e muito menos por Clara Maria ter nesse dia representado um papel. Por isso, ninguém estava preocupado com as queixas. De resto, a filha de Van den Enden nem sequer tinha sido a primeira mulher a subir àquele palco. Tal feito pertencia a Ariane Noozeman, atriz de uma trupe ambulante que apenas uns meses antes estivera ali em cena a troco de quatro florins e meio por *soirée*. Os calvinistas teriam pois de se habituar aos ventos liberais que sopravam com cada vez mais força e prosperidade pelas Províncias Unidas.

"É noite de celebração!", anunciou Van den Enden. "Temos mesa reservada na taberna do Van der Valckert! Vai ser comer e beber à farta! Todos ao Van der Valckert!"

Um "viva!" envolto em gargalhadas acolheu o anúncio e o grupo começou a movimentar-se. Bento não era um amante das pândegas, mas estava fora de questão não acompanhar os amigos. Desceu do palco à conversa com Jarig, ambos a discutirem pormenores do texto de Terêncio que acabara de ser interpretado, mas no corredor central da plateia deparou-se com a figura austera do homem que havia anos aprendera a temer e depois a respeitar.

O *chacham* Morteira. A expressão do rabino-chefe era grave.

"É verdade o que me contaram?"

A euforia deu de imediato lugar à cautela. Chegara a hora do grande confronto. O lugar e o momento eram inesperados, inconvenientes até, mas essas eram circunstâncias que não dominava. Ciente de que não podia deixar de enfrentar a situação, e que na verdade era apenas uma questão de tempo até uma coisa dessas acontecer, o jovem judeu engoliu em seco e voltou-se para o amigo neerlandês.

"Peço desculpa, Jarig, mas tenho um assunto privado a tratar", disse. "Vão andando todos para a taberna que já lá vou ter."

Encaminhou o rabino-chefe para o corredor exterior à plateia e levou-o para uma salinha lateral, habitualmente usada para a planificação de eventos e que após os espetáculos raramente era usada. O *chacham* Morteira manteve sempre o rosto pesado. Quando a porta se fechou, o rabino-chefe estudou com ar reprovador os folhetos escritos em holandês e pregados a uma parede com pormenores sobre as diversas peças que estiveram em cena no Teatro Municipal de Amsterdã, a começar por *Gysbrecht van Aemstel*, de Vondel.

"Já vi que te dás muito com os *goyim*…"

Disse-o em jeito de censura, usando a expressão pejorativa reservada aos gentios. Não era surpreendente, considerando que os líderes da Nação desencorajavam os contatos com elementos exteriores, incluindo os judeus *tudescos* e polacos, a não ser para efeitos de negócios. Não que fossem obscurantistas. Muitos *yehidim* portugueses interessavam-se pelas novas ideias europeias e o próprio *chacham* Morteira era considerado o mais racional de todos os rabinos. Contudo, havia limites.

"São boa gente, *chacham*", foi a resposta. "Tenho aprendido muito com eles."

"Se calhar nem sempre o que deves", foi a resposta seca, o tom carregado de insinuações. Girou sobre os calcanhares e enfrentou enfim o seu pupilo. "Diz-me, Baruch, é verdade o que me contaram?"

"Depende do que lhe contaram…"

"Que andas a proferir heresias", afirmou num tom calmo, quase triste. "Da primeira vez que me disseram nem acreditei. Respondi que me dava com a tua família há muito tempo e que te conhecia bem, eras tão esperto, crente e cultivado que irias um dia ser um *chacham* de grande renome, talvez o maior da Nação, e o que se te atribuía não passava de vil inveja. Só que insistiram e disseram-me que na esnoga foste ouvido a dizer isto e aquilo, e que o Juan de Prado também se pôs a dizer blasfêmias e que tu andas muito na companhia dele. Isso fez-me pensar, pois eu próprio já te vi amiúde com esse degenerado. De modo que, após mil hesitações, e atormentado pela dúvida, mandei dois pupilos meus testarem-te."

Não se tratava propriamente de uma surpresa, mas Bento não deixou de se sentir irritado. A conversa horas antes na taberna havia sido uma cilada. E ele, que desde que decidira começar a expressar os seus pensamentos mais secretos não sabia ter tento na língua, deixara-se ir na cantiga. Como pudera ser tão incauto?

"Aqueles dois foram então enviados por si para me espiarem?"

"Para te espiarem, não", devolveu o *chacham* Morteira. "Para me ajudarem a perceber o que realmente se passa e para me ajudarem a salvar-te, Baruch. Graças a eles, descobri que os rumores sobre ti são infelizmente verdadeiros." Os ombros descaíram-lhe em derrota. "Oh, não podes imaginar o que senti então e o que sinto agora. Tu, o filho do meu velho e fiel amigo Miguel, que no seu túmulo a esta hora se deve estar a revirar. Tu, o melhor de todos os meus alunos e o mais brilhante dos filhos da Nação. Tu, Baruch, que Deus, bendito seja o Seu nome, abençoara e a quem concedera a graça da inteligência. O que se passou para te desviares por caminhos tão ímpios?"

Bento colou o indicador às têmporas.

"Apenas fiz o que o *chacham* me ensinou a fazer", disse. "Usei a razão para entender o mundo."

"Só se foi a razão dos *goyim*!", replicou com súbita fúria o rabino-chefe, apontando para a porta e para os neerlandeses que para lá dela se encontravam. "Como podes deixar que os idólatras te destruam dessa maneira?"

"Idólatras? Eles não são católicos."

"São cristãos e rezam diante da estátua de um crucificado. Rezar a estátuas é idolatria, como muito bem sabes. Mas esse é problema dos *goyim*, não nosso. O que me preocupa és tu, a tua salvação e a da nossa comunidade. Tens noção do perigo que corres por te voltares contra HaShem, bendito seja o Seu nome?"

"Não me voltei contra Deus", replicou Bento. "Limitei-me a usar a razão para desvendar os Seus mistérios, como o *chacham* me ensinou e Maimónides também."

"Ensinei-te a usar a razão em respeito por Elohim, bendito seja o Seu nome, e pela Sua obra."

"Foi precisamente o que fiz."

O rabino-chefe encarou o pupilo com perplexidade momentânea, até perceber que ambos estavam a usar as mesmas palavras para dizerem coisas diferentes.

"Tens noção do exemplo que estás a dar?", questionou o *chacham* em tom recriminatório. "É com a rebelião que me agradeces por todos os esforços que fiz para te oferecer uma educação esmerada?"

Bento susteve-lhe o olhar.

"Agradeço-lhe por me ter ensinado a usar a razão. Foi a mais útil lição da minha vida."

O *chacham* Morteira esboçou um gesto de impaciência.

"Não tens medo que Adonai, bendito seja o Seu nome, te puna pelas tuas blasfêmias e por essa insolência insuportável? Tudo o que tens andado a dizer está a causar grande escândalo na Nação e há já quem te queira declarar *menuddeh* e excomungar-te. Mas eu posso travá-los, Baruch. Ainda há tempo para te arrependeres e arrepiares caminho."

"Arrepender-me de quê?", questionou o jovem. "Arrepiar qual caminho? Limito-me a usar a razão para destrinçar o verdadeiro do falso, tal como o *chacham* me ensinou. Decerto que Deus não se compadece com a adoração do falso. Ao eliminar o falso, estou a chegar à verdade da Sua obra. Que melhor maneira existe de O honrar?"

Definitivamente, ambos usavam as mesmas palavras para exprimirem ideias diversas, contraditórias até. A língua portuguesa, e provavelmente todas as outras, tinha dessas coisas.

O rabino-chefe respirou fundo, como se tentasse expulsar todo o desalento que nas últimas horas havia tomado conta dele.

"O *chacham* Aboab já ouviu os rumores e ficou pior que uma barata", revelou. "O Bet Din vai convocar-te para te confrontar com todas as blasfêmias que te são atribuídas e depois informará os senhores do *ma'amad* do seu veredito. Se não te quiseres sujeitar a um *cherem* que a todos penalizará, mas sobretudo a ti e aos teus irmãos, que de tudo isto não têm a menor culpa, aconselho-te a pensar muito bem no que vais dizer."

Cabalista de renome, Isaac Aboab da Fonseca era um dos rabinos da comunidade e adversário intelectual de Morteira; ao racionalismo deste opunha-se a crença daquele nos poderes místicos da Cabala. O problema é que era Aboab quem nesse momento presidia ao Bet Din, o tribunal rabínico. Apesar da autoridade deste órgão religioso, no entanto, apenas o *ma'amad*, o órgão governativo constituído por seis *parnassim* e um *gabbai*, o tesoureiro, tinha poderes para emitir um *cherem* e assim expulsar alguém da comunidade. Mas não se via como num assunto daquela gravidade, pois estavam em causa as mais horrendas heresias e ofensas a HaShem, poderiam os senhores do *ma'amad* ignorar a ilustre opinião do Bet Din.

"Vejo bem o que se está a cozinhar", devolveu Bento com sarcasmo. "A Santa Inquisição quer questionar-me. Já agora esclareça-me, *chacham*, se puder: a ideia do Bet Din é lançarem-me à fogueira, como fazem nas terras da idolatria, ou reservarem-me o tratamento que foi aplicado ao pobre Uriel da Costa?"

A impertinência da réplica fez ver ao *chacham* Morteira que naquele momento nada arrancaria daquela cabeça que até esse momento não sabia ser tão dura. O melhor, raciocinou, seria dar-lhe tempo para refrescar a mente, para se aconselhar e sobretudo para refletir nos seus atos. Decerto que com o tempo veria a razão e o bom senso se imporia. Shaddai, bendito fosse o Seu nome, faria por isso.

O rabino-chefe encaminhou-se por isso para a porta, abriu-a e saiu para o corredor.

"Ainda vais a tempo de te arrepender, Baruch."

O *chacham* partiu, deixando Bento sozinho no pequeno compartimento. O jovem encostou-se à parede e baixou a cabeça, mergulhando no dilema em que estava colocado. Estaria mesmo disposto a deixar-se excomungar? Não podia ignorar o que um *cherem* realmente significava. Seria expulso da comunidade e ignorado por todos; nem sequer os irmãos poderiam falar com ele. Seria capaz de viver sem voltar a contatar a sua irmã Rebecca e o seu irmão Gabriel? Esse era o preço que teria de pagar.

Se depois quisesse voltar, como todos os judeus excomungados mais tarde ou mais cedo acabavam por querer, não ignorava o que a revogação de um *cherem* implicaria. Dada a gravidade das acusações que decerto lhe seriam feitas, uma coisa dessas só seria possível se se sujeitasse a uma punição como a que havia sido aplicada a Uriel da Costa. Abanou a cabeça. Não, de modo nenhum. Tal coisa, tinha como firme, não lhe seria feita a si, pois jamais a aceitaria. Se fosse expulso, sê-lo-ia para sempre. Nisso seria diferente dos outros. Sairia e não voltaria. Havia, pois, que medir bem o que faria. Teria coragem para dar o passo irreversível? Logo que fez a si mesmo esta pergunta, impôs-se-lhe uma outra. Teria coragem de não o dar?

Saiu da salinha e encaminhou-se para a saída do teatro, sempre às voltas com os seus pensamentos e a ruminar o dilema. Talvez fosse melhor avaliar cenários, considerou ao sair para a rua. O que aconteceria se recuasse e dissesse ao Bet Din que eram tudo calúnias, que a Torá viera mesmo de Deus e que Moisés era o Seu principal profeta, que a alma era de fato imortal e que os judeus estavam realmente acima de todos os outros povos?

Chuviscava. Meteu distraidamente o chapéu à cabeça, mergulhado nos seus pensamentos. Por causa do chapéu, e das preocupações que o atormentavam, não reparou no homem que se dirigia a ele em passo apressado e olhar assassino, a mão a esconder uma faca. Não se tratava de um transeunte qualquer. O desconhecido vinha para o matar.

III

Foi só quando o homem se abeirava já de si, a uns meros três metros de distância, que Bento se apercebeu da sua presença. Numa reação reflexa, levantou os olhos e vislumbrou-lhe o vulto.

"Ímpio!"

O grito rouco foi lançado pelo desconhecido em português. Apanhado de surpresa, Bento ficou um instante paralisado, tentando discernir o que se passava. O que significava aquilo? Vislumbrou o faiscar metálico de uma lâmina na mão do homem e nesse momento desencadeou-se uma reação primitiva, decerto o instinto, e desatou a correr na direção oposta.

O desconhecido lançou-se em perseguição e estava tão perto que o fugitivo o sentia nas costas.

"Socorro!"

Lançou o grito em desespero, mas logo percebeu que tudo se passava tão rápido e era tão inesperado que ninguém surgiria a tempo de o ajudar. Teria de ser ele a valer-se por si mesmo. O problema é que, sendo magro e frágil, não era de tipo atlético, o que queria dizer que não conseguiria defender-se com eficácia nem escapar com rapidez que lhe valesse. Além de que não tinha pulmões suficientemente bons para sustentar aquele ritmo de corrida.

O perseguidor colou-se-lhe às costas, ouvia-o mesmo a arfar, e sentiu uma mão agarrar-lhe o ombro com força, como se fosse uma garra. Estava perdido.

A não ser que...

Contorceu o ombro e ao mesmo tempo fletiu à direita, surpreendendo o agressor, e com esse movimento ágil e inesperado soltou-se daquela mão e descolou dele, ganhando-lhe alguns metros preciosos. Talvez fosse frágil de constituição, mas tinha cabeça e tomou consciência de que naquele momento só ela o poderia salvar. Saltou por uma sebe, voltando a surpreender o homem, e correu para uma porta na base lateral das escadarias do Teatro Municipal de Amsterdã. Abriu-a e mergulhou no interior do edifício.

Aquela era uma porta de serviço usada para trazer adereços e equipamento destinados às peças encenadas em palco. Estava escuro e, de braços esticados para se proteger de um eventual obstáculo que lhe aparecesse pela frente, abrandou o passo. A porta atrás dele voltou a abrir-se, lançando luz para o corredor, e o perseguidor entrou e correu no seu encalço.

Agora com o clarão a iluminar o caminho, Bento retomou a corrida. Sabia que a luz era inimiga, pois denunciava a sua presença, pelo que dobrou uma esquina e, perante várias opções, embrenhou-se pelo caminho mais escuro. A escuridão travava-lhe a progressão, é certo, mas tinha a vantagem de conhecer o espaço, pois circulara por ali durante os ensaios dos três dias anteriores.

Deixou de ouvir os passos do agressor atrás de si. Com toda a certeza, o homem travara ao dobrar a mesma esquina e confrontar-se com a escuridão do caminho por onde Bento se escapulira. O desconhecido não tinha a menor ideia da configuração daquele setor sombrio da cave do Teatro Municipal de Amsterdã, o que constituía uma vantagem para o fugitivo. Às escuras, quem conhecia o espaço estava naturalmente um passo à frente de quem nunca ali estivera.

Havia só um problema: sendo um pequeno armazém de adereços, aquele compartimento sem luz não tinha saída para além do corredor por onde Bento viera. Ou seja, estava encurralado. É certo que o fugitivo continuava a progredir, graças ao seu conhecimento prévio do armazém, embora sempre a tatear na treva. Tinha no entanto a consciência de que apenas havia ganhado algum tempo. Poderia fazer a diferença. Ou não.

Um clarão fraco, mas suficiente para romper a escuridão, projetou-se subitamente no armazém, desenhando pelas paredes sombras em movimento. Horrorizado, Bento deitou um olhar para trás e viu uma luz bruxuleante a distância. O seu perseguidor tinha de alguma forma encontrado uma lanterna iluminada por uma vela e usava-a para avançar. Sem a proteção da escuridão, o fugitivo perdia a sua única vantagem. Quase foi tomado pelo pânico, mas fez um esforço para se acalmar. Não era o momento de deitar tudo a perder. Concentrou-se, em busca de uma solução. Como poderia ganhar mais alguns minutos?

Teve uma ideia. Virou por um caminho estreito à esquerda e alcançou o armário das roupas onde ainda nessa manhã estivera a vestir-se para a interpretação de *Eunuchus*. Abriu a porta do armário e viu os trajes romanos, usados pouco antes na encenação da peça de Terêncio, pendurados lado a lado num varão. Sem perder tempo, abriu alas entre duas túnicas com capa e enfiou-se no interior do armário, fechando a porta por dentro.

Aguardou.

Tinha a respiração pesada, pois os pulmões estavam exangues por causa da fuga, mas fez o possível por atenuar o arfar. Era imperativo respeitar o silêncio mais absoluto. A recuperação não foi tão rápida quanto gostaria, cortesia das suas fragilidades pulmonares, mas a respiração acabou por se normalizar. Libertado daquele arquejar perigoso, concentrou-se nos sons provenientes do exterior.

A primeira coisa que ouviu foi uma batida rápida e surda. Sobressaltou-se, mas logo percebeu a causa; tratava-se do seu coração a ribombar de cansaço e medo. As batidas cardíacas eram tão fortes que quase achou que o denunciariam. Teria também de calar o coração? Dominou o temor. Apesar de aquela batucada lhe soar infernal, era evidente que não podia ser ouvida lá fora. Tinha de manter a calma.

Concentrou-se nos sons exteriores. Durante dois longos minutos nada discerniu. Silêncio absoluto. A certa altura, porém, ouviu o que lhe pareceu serem uns estalidos e, pelas frinchas da porta do armário, viu um ralo de luz a movimentar-se. Percebeu que o desconhecido inspecionava metodicamente o armazém e que se aproximava do seu esconderijo. Susteve a respiração, como se isso lhe pudesse de algum modo conferir invisibilidade. Os estalidos pararam, impondo o regresso do silêncio total. O que significaria aquilo? Que o homem se afastara? O ralo de luz permanecia visível nas frinchas da porta do armário, deixando-o nervoso. Será que o seu perseguidor se imobilizara diante do... A porta abriu-se bruscamente e o clarão da lanterna iluminou-o em cheio.

"Ah, maldito!", exclamou o desconhecido em português. "Vais pagar pelas tuas heresias!"

Previamente preparado para aquela eventualidade, Bento saltou do armário e tentou fugir, mas embateu em peças de adereço que se escondiam na sombra e estatelou-se no chão. Ao tentar levantar-se, sentiu um peso abater-se sobre as suas costas; tratava-se do agressor que caíra sobre si, prendendo-lhe os braços como se o tivesse amarrado. Mas o que verdadeiramente alarmou Bento foi aperceber-se de um reflexo a cruzar o ar; era a lâmina que se abatia já sobre ele. Ainda tentou desviar-se, mas acontecia tudo tão rápido que não foi a tempo.

Sentiu uma dor intensa rasgar-lhe a região lombar. Esforçou-se por se libertar, mas o agressor foi mais rápido e numa fração de segundo já a lâmina estava de novo no ar, desta feita suja de sangue. Quando se ia abater de novo, e desta feita fatalmente, pois ia apontada ao coração, alguém travou o braço assassino. Já não eram dois homens a debater-se naquela escuridão atenuada pela luz bruxuleante da lanterna, mas três, o que decidiu o desenlace da contenda. Vendo-se confrontado com dois opositores, o agressor abandonou de repente a luta e, aos tropeções com a lanterna na mão, fugiu.

Uma voz familiar soou então.

"Benedictus!"

Deitado no chão, ofegante e dorido, Bento percebeu pela voz que o homem que o socorrera era De Vries. O amigo neerlandês pelo visto ficara à espera dele para o acompanhar até à taberna. Foi o que lhe valera. Tentou sorrir-lhe, mas a dor fê-lo soltar um gemido. Meteu a mão na zona lombar e sentiu-a molhada. Escapara à tentativa de assassinato, mas ficara ferido.

IV

Ao pôr o pé na sala da sinagoga onde habitualmente decorria o Bet Din, Bento teve a nítida noção de ter entrado num tribunal. O *chacham* que presidia ao julgamento estava sentado atrás de uma longa mesa com as suas barbas vastas e longas; tratava-se do cabalista Isaac Aboab da Fonseca. De ambos os lados encontravam-se duas cadeiras vazias. A da direita pertencia ao messianista Menashé ben Israel, que ali não estava porque fora a Londres negociar com Cromwell o regresso dos judeus à Inglaterra; e a da esquerda era a do racionalista Saul Levi Morteira, ausente momentaneamente devido a um compromisso na sua *yeshiva*. Três rabinos diferentes e em conflito permanente, separados por visões muito distintas do judaísmo, embora unidos na defesa da fé e da sua comunidade em Amsterdã.

Como um réu, que naquelas circunstâncias o era efetivamente, o jovem depositou aos pés o seu velho saco de serapilheira e aguardou que o interpelassem. A zona lombar ainda lhe doía, cortesia da tentativa de homicídio de que fora vítima à saída do teatro, mas não permitiu que a dor lhe transparecesse no semblante. O ataque também o deixara receoso, pois mostrara-lhe que as suas ideias poderiam custar-lhe a vida, mas fez o possível por se manter imperturbável. A verdade é que o rabino nem lhe prestou atenção; parecia ocupado a consultar papéis de suprema importância.

Ao cabo de cinco minutos de silêncio, o *chacham* Aboab da Fonseca rompeu o mutismo sem levantar os olhos dos documentos, revelando assim pela primeira vez consciência da presença do recém-chegado.

"Nome e filiação?"

"Bento de Espinosa. Filho de Ana Débora Gomes Garcês de Espinosa, de Ponte de Lima, e de Miguel de Espinosa, da Vidigueira."

"Idade?"

"Vinte e três anos."

Fechando os documentos que durante vários minutos folheara, como se encerrasse um capítulo e nesse momento passasse ao capítulo seguinte, o presidente do tribunal rabínico encarou enfim Bento. A expressão no rosto denunciava a maior das severidades; dir-se-ia Moisés a preparar-se para admoestar o líder dos judeus tresmalhados depois de terem caído em idolatria e adorado o bezerro de ouro.

"Baruch de Espinosa, foste por nós chamado a este tribunal devido a graves acusações, designadamente de teres cometido horrendas heresias", anunciou o *chacham* Aboab da Fonseca com voz de trovão, usando um plural majestático para reforçar a sua posição de juiz. "Após tantas boas esperanças que tínhamos depositado na tua fé em HaShem, bendito seja o Seu nome, custa-nos a crer em tudo o que por aí se diz sobre ti e foi por isso que te convocamos. É com amargura nos nossos corações que te pedimos para prestares contas da tua fé, levando em consideração que és acusado do mais negro e pior dos crimes: o desprezo pela Lei de Moisés. Desejamos ardentemente que te limpes destas graves acusações, Baruch, mas não podemos deixar de te avisar de que, caso o desprezo pela Lei seja mesmo a tua convicção, então não existe à face da Terra suplício adequadamente duro e castigo suficientemente penoso para te punir pelo teu hediondo pecado. Pondera, pois, com o maior cuidado o que vais dizer. Perguntamos-te agora, com desejo de saber a verdade, como te declaras: culpado ou inocente?"

"Sou inocente, *chacham*."

O *chacham* Aboab da Fonseca ergueu o sobrolho, como se esperasse algo mais do que aquela resposta simples.

"Acreditas que HaShem, bendito seja o Seu nome, existe?"

"Acredito."

As duas respostas do seu pupilo, embora breves, pareceram aliviar o rabino; pelo visto, o tempo de reflexão que o *chacham* Morteira tinha concedido ao rapaz fizera-lhe bem. O bom senso parecia ter prevalecido no seu espírito. O problema, sabia no entanto o rabino que presidia ao Bet Din, escondia-se nos pormenores.

"Foste ouvido na esnoga a proferir blasfêmias", fez notar o *chacham* Aboab da Fonseca. "Por exemplo, terás dito que estavas disposto a deixar de ser judeu para te casares com uma gentia."

O acusado não deu sinais de ficar inquieto com esta acusação, a primeira específica.

"Deus existe", estabeleceu, imperturbável. "Seja eu judeu ou não, Ele existe e continuará a existir. A Sua existência não depende de eu ser judeu."

O rabino soltou com a língua um estalido vagamente irritado.

"Isso é evidente", reconheceu. "Mas se cometeres apostasia e renegares o judaísmo, Adonai, bendito seja o Seu nome, deixará de te proteger."

"Não vejo por que Ele deixe de me proteger. Deus é igual para todos os homens, não distingue nações."

O presidente do Bet Din apontou-lhe de imediato o dedo acusador.

"Blasfêmia!", exclamou. "A Torá estabelece claramente que os judeus são o povo eleito. Está dito por HaShem, bendito seja o Seu Nome, no Deuteronômio, capítulo catorze, versículo dois: 'és um povo consagrado ao Senhor, teu Deus, que te escolheu para Ele como um povo especial entre todos os povos da terra'. Duvidar disto é duvidar da palavra de Elohim, bendito seja o Seu nome."

"É verdade que esse e outros versículos existem na Torá a estabelecer os judeus como o povo eleito, mas outros versículos se encontram nas Escrituras a estender a mensagem divina a todos os homens, incluindo os gentios", retorquiu Bento com inesperada firmeza. "De resto, basta usar a razão para responder a esta pergunta: em que somos nós, os judeus, superiores aos outros? Na inteligência não será de certeza, pois o nosso intelecto é em média igual ao de todos os outros, e o mesmo acontece na virtude. É abundantemente claro nas Escrituras que a única coisa em que de fato suplantamos outras nações foi na forma como conduzimos as questões da governação e como superamos grandes perigos apenas devido à Sua ajuda externa. Ou seja, Elohim elegeu-nos por causa da nossa organização social."

O *chacham* Aboab da Fonseca devolveu-lhe uma expressão de incompreensão.

"O que queres dizer com isso?"

"Uma comunidade só existe quando tem leis que os seus membros respeitem, *chacham*. Se todos as desrespeitassem, esse simples fato dissolveria o Estado e destruiria a comunidade. Se tem dúvidas, leia Hobbes e Maquiavel. Ambos explicam isso muito bem." Voltou-se para a cadeira vazia habitualmente ocupada por Menashé ben Israel. "Sei, aliás, que o *chacham* Ben Israel lê esses dois filósofos gentios, pois sou amigo do livreiro que lhe vendeu *De Cive* e *De Principatibus*, livros que ambos publicaram."

Ao ouvir isto, o *chacham* Aboab da Fonseca corou.

"Bem, enfim... o fato de o *chacham* Ben Israel estar na posse dessas obras não quer dizer que concorde com o seu conteúdo."

"Mas não ignora que Hobbes e Maquiavel contribuíram com os conhecimentos mais atualizados sobre a origem das sociedades e a forma de as gerir. À luz do que os dois escreveram a propósito da organização dos

Estados, o único prêmio que poderia ser prometido aos judeus por obedecerem à Lei de Moisés era a segurança e as vantagens associadas à segurança. Nós, os judeus, somos o povo eleito só no sentido em que nos organizamos num Estado e registramos os nossos feitos num livro. Tivessem os gentios registrado as suas histórias em livros e decerto também nesses textos se achariam especiais." Apontou para além da janela da sala onde decorria a audição. "Olhe lá para fora e veja a nossa república, *chacham*. Não é uma maravilha de progresso? Não estão estes gentios a criar riqueza, a ganhar conhecimentos e a gerar avanços graças simplesmente à forma como se organizam? A verdade é que, no que diz respeito ao intelecto e à verdadeira virtude, todas as nações estão a par umas das outras e Deus não escolheu nenhuma em detrimento das outras. As diferenças entre elas estão unicamente na organização. As nações eleitas são simplesmente as que melhor se organizam, uma vez que são elas que geram mais riqueza e progresso."

Petrificado com estas palavras a roçar a heresia pura e simples, o rabino levou uns instantes a recompor-se.

"Blasfêmia!", rugiu o *chacham* Aboab da Fonseca, a tremer de indignação. "O nosso povo não é o povo eleito por HaShem, bendito seja o Seu nome? Tudo blasfêmias!"

Sem hesitar, Bento voltou a apontar para a cadeira vazia de Menashé ben Israel.

"E, no entanto, o *chacham* Ben Israel é um grande amigo de Adam Boreel, fundador dos *collegianten* e defensor da igualdade e liberdade das religiões e da ideia de que a mensagem da Torá é neutra no que às diferentes formas de culto diz respeito. Não é isso uma forma de reconhecimento de que não estamos acima das outras nações e religiões?"

O olhar chispante do *chacham* Aboab da Fonseca voltou-se instintivamente para o lugar vazio de Menashé ben Israel; o colega haveria de ouvi-las quando regressasse de Inglaterra. Apanhado em contrapé por este contra-ataque certeiro do jovem, o presidente do Bet Din respirou fundo, num esforço para recuperar a cabeça fria.

"Há instantes alegaste, Baruch, que 'registramos os nossos feitos num livro'", recordou. "Ora, essa frase é dúbia, pois quem tudo registrou foi na verdade Moisés, nosso professor e profeta."

"Mas, *chacham*, se ler com atenção os doutos comentários à Torá, constatará que Ibn Ezra mostrou que Moisés não podia ter escrito todos os livros das Escrituras que lhe são atribuídos", argumentou Bento, sempre sem se mostrar intimidado. "Se Ibn Ezra pode dizer isso, por que não posso dizê--lo eu também? Foi aliás o *chacham* Morteira que me deu a ler Ibn Ezra." Curvou-se e retirou um volume do interior do seu saco de serapilheira. "E o *chacham* Ben Israel conhece decerto muito bem este livro que lhe vou agora mostrar e que acabou de ser publicado aqui em Amsterdã."

Como se fosse um troféu, exibiu a obra que Juan de Prado lhe havia oferecido. O *chacham* Aboab da Fonseca inclinou-se sobre a mesa para, a distância, tentar ler o título da obra.

"Pr... pr... quê?"

"*Prae-Adamitae*, de Isaac La Peyrère", disse Bento, ainda a mostrar a capa. "La Peyrère é, como decerto sabe, um judeu francês de origem portuguesa, muito amigo do *chacham* Ben Israel. Ora, neste seu livro, La Peyrère demonstrou, entre outras coisas, que a Torá que chegou até nós é na verdade uma compilação de várias fontes. Mesmo textos atribuídos a Moisés não foram escritos por Moisés, como o próprio Ibn Ezra já havia notado."

O jovem vinha mais bem preparado do que alguma vez pudera imaginar, apercebeu-se o presidente do Bet Din. Havia-lhe dado aulas muito tempo antes, quando Bento frequentava ainda os primeiros anos da Talmud Torá, e não imaginara, apesar dos sucessivos alertas que Morteira lhe fizera antes da audição, que uma figura na aparência tão delicada e frágil como aquele rapaz pudesse conter tal força, determinação e poder de intelecto. Não era qualquer um que respondia desta forma tão segura e convicta no Bet Din diante dos rabinos. Decididamente, tratava-se de um osso mais duro de roer do que poderia supor. Ao implicar os *chachamin* Ben Israel e Morteira na sua argumentação, o inquirido dera mostras, aliás, de uma capacidade de manobra tática digna de respeito. Não havia dúvida, todo o cuidado com aquele habilidoso não seria demasiado. Nesse instante, a porta da sala de audiências abriu-se e o *chacham* Morteira entrou de rompante; vinha com cara de caso.

"Peço desculpa pelo atraso", disse, instalando-se no seu lugar, à esquerda do *chacham* Aboab da Fonseca. "Informaram-me agora de que a audição de Baruch já começou. É verdade que... que ele está em desafio à Lei?"

O presidente do Bet Din nem se deu ao trabalho de responder; não só a sua rivalidade com o recém-chegado não o encorajava a falar como as respostas de Bento o estavam a deixar indisposto. Passada a disrupção provocada pela entrada do *chacham* Morteira, o *chacham* Aboab da Fonseca retomou a palavra.

"Foste ouvido a dizer na esnoga que os milagres não existem", afirmou para o inquirido, passando ao ponto seguinte. "Isso é blasfêmia, como bem sabes."

"Se é blasfêmia, por que motivo Maimônides não estabeleceu a crença nos milagres como um dos treze princípios essenciais da nossa fé?", questionou Bento. "Não ignora decerto o *chacham* que Maimônides se sentiu de tal modo desconfortável com a ideia dos milagres que os desvalorizou por completo. Para ele, o que realmente revela Deus é a ordem natural das coisas, não a alteração dessa ordem. Para que precisa Deus de milagres se a Sua obra nasceu perfeita?"

Os dois rabinos trocaram olhares e o do *chacham* Morteira era mais carregado, como se sugerisse ao outro que o caminho dos milagres, embora matéria que impressionava os crentes, não os conduziria a lado nenhum por fragilidade de sustentação teológica; o rabino-chefe não desconhecia que o próprio Maimônides deixara nas entrelinhas do seu *Guia dos Perplexos* dúvidas sobre a validade dos milagres relatados na Bíblia. O *chacham* Aboab da Fonseca não ignorava que o racionalista Morteira também desconfiava das roturas à ordem natural das coisas já questionada por Maimônides, pelo que de fato se tornava sensato abandonar aquela linha de interrogatório. A solidez revelada pelo rapaz requeria argumentos mais musculados.

Chegara a hora de os juízes jogarem as cartas mais fortes e confrontarem o jovem *yehud* com provas irrefutáveis das suas blasfêmias. Ciente disso, o *chacham* Aboab da Fonseca virou-se para uma porta lateral e elevou a voz.

"Apresentem-se as testemunhas!"

Vinham aí os trunfos da acusação.

V

A porta do tribunal rabínico abriu-se e entraram dois jovens; Bento reconheceu sem surpresa o duo que o interpelara semanas antes na taberna. Sem olharem para o *yehud* que estava a ser julgado, os recém-chegados dirigiram-se para uma estrutura lateral reservada às testemunhas dos processos do Bet Din.

O presidente do tribunal rabínico encarou-os.

"Nomes?"

"Adão Pereira, *chacham*."

"E eu sou Manuel Rodrigues."

O rabino tomou nota, quase como se fosse a primeira vez que via aqueles dois.

"Adão Pereira, conheces o *yehud* que estamos hoje a questionar, Baruch de Espinosa?"

O olhar de Adão desviou-se para Bento.

"Sim, *chacham*. Conversei com ele noutro dia, a mando do *chacham* Morteira, para saber o que pensava das questões fundamentais da nossa religião."

"E tu, Manuel Rodrigues?"

"Conversei com ele no mesmo dia, nas mesmas circunstâncias e com os mesmos objetivos, *chacham*."

Mais rabiscos nos papéis do presidente do tribunal rabínico.

"Diz-me, Adão Pereira, quando o interrogaste sobre as tais questões fundamentais da verdadeira fé, o que te disse Baruch de Espinosa?"

Antes de iniciar o seu depoimento, a testemunha voltou a encarar o acusado como se o rosto dele lhe pudesse avivar a memória da conversa que com ele tivera. A seguir retirou um papel do bolso, evidentemente com as anotações que fizera depois de sair da taberna, e encarou os dois *chachamin*.

"Ouvi-o fazer troça dos *yehidim*, descrevendo-os como gente supersticiosa, nascida e educada na ignorância, que nem sequer sabe o que Deus é, mas que mesmo assim tem a audácia de se apresentar como o Seu povo, desprezando desse modo as outras nações", declarou, sempre a consultar as anotações. "Ouvi-o dizer que Deus tem corpo, que os espíritos não têm substância e são simples fantasmas aos quais chamamos anjos, que a alma não é imortal e que quando a Torá fala de alma está apenas a referir-se à vida. Ouvi-o dizer que a Lei foi instituída por um homem mais conhecedor do que os restantes judeus em matéria de política, mas que na verdade nada sabia sobre física nem sequer sobre teologia. E ouvi-o dizer que com simples bom senso se poderiam detectar todas as imposturas e que era preciso ser-se mesmo estúpido, como os hebreus do tempo de Moisés o eram, para que se seguisse tal galante homem."

Não era a primeira vez que os dois *chachamin* ouviam a testemunha, como era evidente, mas mesmo assim pestanejaram perante a violência blasfema das alegações.

"Diz-me, Adão Pereira, ouviste mesmo Baruch de Espinosa dizer isso?", quis o *chacham* Aboab da Fonseca certificar-se. "Estás disposto a jurar por HaShem, bendito seja o Seu nome?"

"Juro por HaShem, bendito seja o Seu nome", confirmou Adão com solenidade. Apontou acusadoramente para Bento. "É um abuso acreditar que este homem possa algum dia tornar-se um dos pilares da esnoga. Tudo nele é aparência e o que essa aparência esconde é que ele é um destruidor que apenas sente ódio e desprezo pela Santa Lei de Moisés. Todos pensamos estar perante um verdadeiro fiel e afinal trata-se de um ímpio que a todos ludibria."

O olhar do presidente do Bet Din desviou-se para a segunda testemunha.

"Diz-me, Manuel Rodrigues, confirmas que também tu ouviste tudo isto da boca de Baruch de Espinosa?"

"Sim, *chacham*", asseverou. "Foi exatamente isso o que ouvi."

O *chacham* Aboab da Fonseca fez às testemunhas sinal de que se sentassem e os olhares dos dois *chachamin*, incendiados pelo fogo da indignação, voltaram-se para Bento.

"Entristece-nos escutar estas palavras", disse o presidente do tribunal rabínico com mal contida fúria. "O que tens a dizer em tua defesa, Baruch?"

O rosto de Bento mostrava-se impenetrável.

"Não tenho de me defender. Lamento apenas que me estejam a julgar com tanta precipitação e dureza."

"Mas reconheces a culpa?"

"Já o disse, sou inocente."

A proclamação perante toda aquela evidência fez explodir o *chacham* Aboab da Fonseca.

"Mas acabamos de ouvir os testemunhos!", rugiu. "Disseste blasfêmias atrás de blasfêmias!"

"Diga-me quais, *chacham*."

O presidente do Bet Din arregalou os olhos; a desfaçatez daquele rapaz pelo visto não conhecia limites.

"Quais?!", escandalizou-se. "Tens o atrevimento de perguntar quais?" Espreitou as suas anotações. "Negas porventura ter afirmado que HaShem, bendito seja o Seu nome, tem corpo?"

"Em nenhuma parte da Torá se diz que Ele não tem corpo", foi a resposta tranquila, confirmando implicitamente a palavra de Adão e Manuel. "E se Deus falou a Moisés, isso deixa supor que terá boca. Caso contrário, como falaria Ele?"

"Blasfêmia!", acusou o *chacham*. "O terceiro princípio da fé judaica estabelece claramente que o Criador, bendito seja o Seu nome, não é um corpo, não é afetado por matéria física, conforme formulado por Maimónides."

"Mas, *chacham*, Maimónides não era um profeta e a sua opinião não faz lei", lembrou Bento. "Insisto que nada na Torá torna explícita a imaterialidade de Deus."

"A Torá estabelece claramente que HaShem, bendito seja o Seu nome, é espírito", insistiu o presidente do Bet Din. "Se é espírito, é imaterial."

"Se assim é", argumentou o acusado, "por que razão Deus diz no Gênesis, capítulo um, versículo vinte e seis: 'façamos o homem à Nossa imagem'? Se o homem tem corpo e foi feito à imagem de Deus, então Deus também tem corpo. Não vejo que blasfêmia tenha eu proferido, pois violar um preceito dos treze princípios de Maimónides não é violar as Escrituras. Que eu saiba, estes treze princípios não são um texto sagrado. Só a Torá o é."

Não deixava de ter razão neste ponto, sabiam os dois *chachamin*.

Não havia dúvidas, aquele rapaz era um osso bem duro de roer.

"E a alma?", questionou o *chacham* Aboab da Fonseca, começando a sentir-se exasperado. "Negas ter afirmado que a alma não é imortal?"

"Num certo sentido, a alma é imortal e persiste em Deus mesmo após a morte do corpo", disse, contornando habilidosamente o problema. "Mas se por imortalidade estamos a falar da vida depois da morte, nesse caso tenho a dizer que a alma não é imortal."

"Blasfêmia!", cortou o *chacham*. "De tal modo a alma é imortal e há vida depois da morte que Adonai, bendito seja o Seu nome, nos trará a todos à vida no dia do julgamento final para decidir quem são os justos e quem são os ímpios condenados à punição eterna."

O *chacham* Morteira mostrou-se neste ponto muito agitado e, pela primeira vez desde o início da audição, não resistiu a intervir.

"Não deves ignorar, Baruch, que há dez anos escrevi um texto a explicar a imortalidade da alma", lembrou o rabino-chefe, ressentido com as palavras do seu protegido. "A ideia da punição eterna das almas pecadoras assenta nesse princípio. Se a alma não fosse imortal, não poderia haver punição eterna. A crença na *tekhiyas ha-maysim*, a ressurreição dos mortos, é central na nossa fé, pois, se não fosse, como poderia haver o dia do juízo final e o Olam Habá, o mundo que vem aí?"

"Também o *chacham* Menashé ben Israel publicou há três anos o seu *Nishmat Chaim*", recordou o *chacham* Aboab da Fonseca, tomando as dores do seu colega ausente em Londres. "Nesse texto ele mostrou que a crença na imortalidade da alma é um princípio fundador da nossa fé. Negar a imortalidade é negar a fé judaica. Sem imortalidade da alma, os justos não serão premiados, os pecadores não serão punidos, o mundo não tem sentido moral. Negar a imortalidade da alma é por isso negar Elohim, bendito seja o Seu nome. O que estás a dizer constitui heresia pura e simples."

Bento abanou a cabeça com vigor.

"A imortalidade e a punição eterna não passam de ideias usadas para instilar medo e instalar esperança nos *yehidim* e assim os manipular", contestou, perdendo a prudência que até ali lhe havia permitido tornear todos os problemas teológicos que lhe eram colocados. "A imortalidade dá esperança, a punição impõe o medo. Os homens não seriam supersticiosos se as coisas lhes corressem sempre bem, claro. Mas como a roda da sorte muitas vezes lhes é desfavorável, as pessoas tornam-se suscetíveis à credulidade, pois precisam de soluções imediatas e fáceis. Nada é demasiado fútil ou absurdo para ser acreditado, as causas mais frívolas revelam-se suficientes para bafejar os homens com a maior das esperanças ou fazê-los mergulhar no mais profundo dos desesperos. Tudo o que excita o seu medo fá-los crer que estão perante a cólera divina e, confundindo superstição com religião, consideram ímpio não tentar impedir o mal com rezas e sacrifícios. As principais vítimas da superstição são os que, quando se encontram em dificuldades, se multiplicam em orações e súplicas a Deus, chegando ao ponto de acreditar que meros sonhos e outros absurdos infantis são oráculos ditados pelos Céus. A superstição é engendrada e preservada pelo medo, e é desse medo que vivem os sacerdotes das religiões. Estas rodeiam-se de tal pompa e circunstância e impõem tão grandes dogmas, como esses da imortalidade e da punição eterna, que o simples uso da razão para os contestar é considerado ímpio. Não se deixa espaço para pensar ou duvidar. Pois eu digo-vos, vós que me julgais: a superstição é o mais amargo inimigo do verdadeiro conhecimento e da verdadeira moralidade. Aquele que não está autorizado a exercer a razão não está autorizado a chegar à verdade."

Os *chachamin* e as duas testemunhas mostravam-se boquiabertos com estas palavras e com o atrevimento do jovem *yehud*. Nunca ninguém se atrevera a dizer coisas daquelas naquele lugar, e muito menos esperavam que o mais brilhante dos filhos da Nação, aquele em quem todos depositavam as mais elevadas esperanças para o futuro da comunidade, fosse o autor de tamanhas heresias.

O *chacham* Aboab da Fonseca tremia.

"Isso é... é ateísmo!"

"Não é ateísmo", devolveu Bento em tom desafiador. "É recusa da superstição e determinação em exercer a razão e a verdadeira religião."

"É ateísmo!", insistiu o presidente do Bet Din. "Nem o mais blasfemo dos gentios se atreve sequer a pensar em metade dessas impiedades! Pois eis-te, supostamente o mais promissor e capaz dos nossos filhos, não só a pensá-lo como a dizê-lo com todo o desplante! Como é possível que do nosso berço mais dourado, em quem tanto investimos e com tantos cuidados educamos, tenha crescido um... um ateu? Mais ainda, o que dirão de nós os gentios neerlandeses quando souberem que andamos a educar ateus?"

"Não sou ateu", repetiu o jovem. "Acredito que Deus existe, como já vos expliquei. Deus é infinito e nada mais há para além d'Ele."

"E, no entanto, a crer nas tuas palavras, já nem sequer rezas!"

"Assim é, de fato."

Os *chachamin* entreolharam-se, sentindo-se desarmados com o que acabavam de ouvir. Como era possível um descaramento daqueles?

"E a Lei?", questionou o *chacham* Morteira, transtornado. "Acreditas ao menos na Lei de Moisés?"

"A lei divina, que sustenta tudo o que é verdadeiro, é universal a todos os homens", respondeu. "Nada tem a ver com as leis cerimoniais decretadas por Moisés, na realidade leis temporais concebidas apenas para garantir a felicidade e a paz no reino hebraico. Nos cinco livros habitualmente atribuídos a Moisés, nada é prometido para além de benefícios temporais, como honras, fama, vitórias, riqueza, prazeres e saúde. Acaso consiste nisso a verdadeira lei de Deus?"

"Os cinco livros de Moisés contêm muitos preceitos morais, como bem sabes…"

"Pois sim. Contudo, não aparecem como doutrinas morais universais a todos os homens, mas simplesmente como ordens adaptadas especialmente para conhecimento dos judeus e em referência apenas ao bem-estar do seu reino. Por exemplo, Moisés como profeta não ensina os judeus a que não matem nem roubem, antes emite esses mandamentos unicamente como legislador e juiz, fixando sanções para quem desrespeitar tais mandamentos. Vejam, outro exemplo, o mandamento a proibir que se cometa adultério. Se a intenção de Moisés tivesse realmente a ver com a salvação das almas, esse mandamento não se limitaria a condenar o ato em si, mas o próprio pensamento nesse ato, mesmo que nunca se realize. Muitos acham que a lei mosaica resume toda a moralidade, quando na verdade tais leis se destinam apenas a regular a sociedade. Não existem para instruir os judeus, mas para os manter em respeito. Se não houvesse leis a regular a vida do reino, as pessoas seriam apenas guiadas pelos seus instintos carnais e pelas emoções. Nenhuma sociedade pode existir sem governo e sem exercício da força, incluindo leis que restrinjam os desejos e impulsos dos homens. Foi por isso que as leis cerimoniais foram impostas aos judeus.

"Como te atreves a blasfemar dessa maneira impudica?", protestou o presidente do Bet Din, rubro de fúria. "A Torá estabelece claramente que as leis cerimoniais são a Lei de HaShem, bendito seja o Seu nome. Como ousas tu dizer o contrário?"

"Se a Torá descreve as leis cerimoniais como a lei de Deus, isso apenas acontece porque elas são fundadas na revelação", argumentou Bento. "Se o *chacham* for ao Tanach e ler Isaías, por exemplo, constatará que a lei divina, no seu sentido estrito, é aquela que estabelece a lei universal que orienta a vida, não os aspectos cerimoniais. No capítulo um, versículos dezesseis e dezessete, o profeta resume a verdadeira lei desta maneira: 'cessai de fazer o mal, aprendei a fazer o bem; procurai o que é justo, socorrei o oprimido, fazei justiça ao órfão, defendei a viúva'. Ou leia os Salmos, capítulo quarenta, versículo nove: 'a Tua lei está no meu coração'. É esta a verdadeira e eterna lei de Deus. A do coração. As outras, as cerimoniais, não passam de leis temporais concebidas para regular um reino que aliás já não existe. Nunca nos esqueçamos do que disse o rabino Hillel, conforme citado pelo

Talmude: 'não faças aos outros o que não queres que te façam a ti, essa é toda a Torá e o resto é comentário'."

Quando o jovem se calou, fez-se um silêncio pesado na sala de audiências do Bet Din. O presidente do tribunal rabínico consultou as notas que fora fazendo ao longo da sessão.

"A lista de blasfêmias e heresias que professas é interminável, Baruch", disse com voz solene. "Questionas a Lei de Moisés, questionas a imortalidade da alma, questionas a imaterialidade de HaShem, bendito seja o Seu nome, questionas os milagres, questionas que o povo de Israel é o povo eleito, acusas até os judeus de serem ignorantes e supersticiosos por seguirem os ensinamentos de Moisés, nosso professor e profeta. Diz-me, Baruch, o que iremos fazer de ti?"

"Não disse nenhuma blasfêmia nem cometi qualquer heresia", respondeu Bento. "Limito-me a afirmar que Deus existe e que se manifesta nas Suas leis. O verdadeiro ensinamento da Torá requer que eu respeite o próximo como gostaria que ele me respeitasse. Todo o resto, como diria o rabino Hillel, é comentário."

O presidente do tribunal rabínico não pretendia recomeçar a discussão. O inquirido revelara o que realmente pensava sobre os importantes assuntos em apreço e o julgamento dos *chachamin* estava feito. Havia que retirar consequências e passar às decisões. O *chacham* Aboab da Fonseca pegou num pequeno martelo de madeira e, à maneira dos juízes dos tribunais comuns, bateu no tampo da mesa.

"Em nome de HaShem, bendito seja o Seu nome, declaro encerrada esta audição", declarou. "As testemunhas façam o favor de se retirarem e o inquirido queira permanecer. Com a graça de Adonai, bendito seja o Seu nome, os senhores *chachamin* vão agora deliberar e depois regressarão para proferir a sentença."

Os dois rabinos levantaram-se e encaminharam-se com solenidade para uma salinha anexa. Nos minutos seguintes iriam decidir o destino de Bento de Espinosa.

VI

Com a saída dos *chachamin* e das duas testemunhas, Bento ficou sozinho na sala de audiências. O inquirido fechou-se em si mesmo; havia muito em que pensar. Apesar da firmeza das suas palavras, sentia-se nervoso e tinha medo. Quem não estaria assim no rescaldo do atentado contra a sua vida e numa altura em que se encontrava na iminência de se tornar proscrito, vilipendiado pela sua comunidade e provavelmente abandonado pela própria família? Nunca ignorara que as suas ideias eram arrojadas e poderiam ter graves consequências, mas agira por vezes com impulsividade. Se fosse possível teria sido mais cauteloso em algumas palavras que proferira em público, sobretudo a desconhecidos como aqueles dois que testemunharam contra si. Havia coisas que só os iniciados compreendiam e só a eles podia ser dito. Tinha sido imprudente.

Porém, o que fora feito estava feito. Não se podia desfazer. Teria era doravante de ter mais cuidado. Não só por causa das perigosas suscetibilidades que as suas ideias evidentemente feriam, mas também porque o ataque a que fora sujeito à saída do teatro lhe mostrava que os riscos envolviam a sua própria existência. *Caute*, pensou. A palavra latina para cautela. Não era com cautela que os judeus sobreviviam nas terras da idolatria? Também teria de ser com cautela que sobreviveria enquanto se movesse no mundo da superstição.

Doravante, esse seria, pois, o seu lema. *Caute*. Guardara em casa a túnica nessa ocasião rasgada pela faca e nunca se desfaria dela; serviria de lembrança dos perigos que corria por causa das suas ideias. Sempre que fosse tentado a falar demais, como tantas vezes lhe sucedia devido a um estúpido orgulho de ibérico que tinha tanta dificuldade em domar, repetiria na cabeça a palavra *caute* e recordaria a imagem da túnica rasgada para ter presente que em todas as circunstâncias deveria permanecer cauteloso.

Quando quisesse dizer o que realmente pensava, percebeu, só o poderia fazer diante de pessoas de confiança. Como os seus amigos *collegianten*. Como Van den Enden. Ou como Juan de Prado e um punhado de outros cartesianos como eles. Aos restantes teria de se fechar, de esconder os seus pensamentos, de se tornar opaco. Teria de ser marrano, como tantos judeus eram em Portugal e em Espanha, e usar com maestria as palavras de modo a revelar e ao mesmo tempo esconder o que realmente pensava. Revelar aos iniciados, esconder dos outros. *Caute*.

A porta lateral abriu-se e os dois *chachamin* reentraram na sala de audiências. Atrás deles veio um terceiro personagem que Bento logo reconheceu. Tratava-se de António Lopes Suasso, o banqueiro que fizera filhos à sua amante holandesa e que era um dos seis *parnassim* do *ma'amad*, o órgão que realmente governava a comunidade. O inquirido seguiu o recém-chegado com o olhar, intrigado. O que estaria Suasso ali a fazer?

Os *chachamin* regressaram aos seus lugares e o banqueiro sentou-se numa cadeira lateral. Os semblantes vinham graves e com gestos pesados, pois o momento era ponderoso.

"Baruch de Espinosa", disse o *chacham* Aboab da Fonseca na sua voz de trovão. "Após ouvir as testemunhas e sobretudo escutar-te a ti mesmo, uma vez cuidadosamente ponderados todos os fatos apurados e com a graça de HaShem, bendito seja o Seu nome, nós, os senhores *chachamin* reunidos no Bet Din, para nossa grande tristeza e profundo pesar, consideramos terem sido encontradas razões suficientemente graves e ponderosas para aconselhar os senhores do *ma'amad* a emitirem um *cherem* e assim te expulsarem da Nação."

Calou-se, evidentemente para deixar que o inquirido tivesse uns momentos para assimilar o significado profundo do que acabara de lhe ser comunicado. Bento permaneceu impassível, o rosto marmóreo a esconder-lhe a alma em ebulição. Havia, pois, chegado ao momento que nunca desejara. Colocara-se na posição em que Uriel da Costa se encontrara anos antes.

O *chacham* Morteira, evidentemente concertado com os restantes, interveio.

"Ainda vais a tempo de te arrependeres, Baruch", disse num tom suave, quase sedutor. "Se pedires desculpa pelas tuas blasfêmias e heresias e prometeres não voltar a cometê-las, nós, os senhores *chachamin*, estamos na disposição de sermos lenientes e deixar para trás todo este penoso episódio."

O rabino-chefe abria uma porta para a *peshara*, o compromisso. A possibilidade foi momentaneamente considerada por Bento. Para evitar o *cherem* teria de dizer que a Lei de Moisés era divina, que Deus era imaterial, que a alma era imortal, que os milagres existiam, que as leis cerimoniais

eram divinas e tinham de ser escrupulosamente respeitadas. Em suma, teria de faltar à verdade na qual acreditava com todo o seu ser. Seria capaz?
Abanou a cabeça.
"Lamento, *chacham*. Não me é possível renegar o que penso."
Os *chachamin* trocaram olhares carregados de significado. Claramente tinham apostado num entendimento, aliás tradicional nessas situações, e a resposta que o inquirido lhes dera não era a mais desejada. Foi nesse momento que António Lopes Suasso, até ali silencioso, se remexeu e pigarreou antes de falar; era claro que estava em concertação com os *chachamin* para intervir caso as circunstâncias chegassem ao ponto a que chegaram.
"Deixa-me ser claro contigo, Bento", disse o banqueiro. "Ninguém tem interesse em emitir um *cherem* contra ti." Apontou para o inquirido. "A começar por ti mesmo, que como é evidente serás o mais penalizado de todos porque tornar-te-ás um proscrito da Nação. Mas há também a considerar a situação dos teus irmãos, que não mais poderão falar contigo. E por fim há a própria comunidade, que perderá o seu mais promissor filho. Além do mais, seria bom evitarmos um escândalo. Também não ignoramos tudo o que o senhor teu pai, o saudoso Miguel de Espinosa, que tanta caridade fez entre os da Nação, contribuiu para a nossa comunidade. Por tudo isso, gostaríamos de alcançar um compromisso contigo. Estarias disposto a isso?"
"Depende do que entende por compromisso, senhor Suasso."
O banqueiro atirou um olhar rápido para os dois *chachamin*, como que a dar-lhes a entender que não havia alternativa e que teria mesmo de avançar para a proposta de último recurso que haviam previamente combinado.
"O que te temos a propor é o seguinte", disse. "Não te pedimos que peças desculpas e que te arrependas do que quer que seja. As tuas crenças são heresias e ofendem HaShem, mas esse é um problema com que terás de lidar no dia do juízo final quando Adonai te chamar a prestar contas. De certo modo, eu próprio estou também nessa posição, uma vez que cometi igualmente os meus… uh… pecadinhos, pelos quais terei de responder junto de Deus bendito no momento próprio. Mas… adiante. O que quero dizer é que, para efeitos práticos, iremos tolerar-te. Pensas da maneira que pensas e ninguém tem nada a ver com isso. Apenas te pedimos para respeitares as leis cerimoniais, incluindo o *shabat*, e ires uma vez por outra à esnoga. Nada de demasiado rigoroso, bem entendido. Podes ter as ideias que quiseres, mas serás mais discreto do que tens sido nos últimos tempos e na aparência exterior respeitarás a Lei. Se estiveres de acordo, já

tive uma palavrinha com os *chachamin* e não haverá *cherem* nenhum. Isso significa que poderás permanecer na Nação."

"Ou seja, querem que eu mantenha as aparências."

"Chama-lhe o que quiseres. Penso ser uma boa *peshara* para todas as partes. Os *chachamin* não são perturbados por blasfêmias que podem contaminar outros *yehidim*, tu permaneces entre nós e na tua família, o *ma'amad* assegura a paz e a tranquilidade da Nação. Então? Que nos dizes?"

A proposta de *peshara*, o compromisso, foi contemplada por Bento. Não podia negar que era tentadora. Permaneceria integrado na Nação, continuaria ligado à família, evitar-se-iam escândalos... o que mais poderia desejar? E no entanto...

Abanou a cabeça.

"Não."

Suasso e os *chachamin* ficaram chocados.

"Não?!", espantou-se o banqueiro, incrédulo com a resposta. "Mas... mas... por quê?"

"Querem que eu finja que acredito numa coisa quando na verdade acredito noutra?", questionou o inquirido. "Isso faz-me lembrar uma velha senhora que certo dia conheci. Fazia-se muito pia; rezava, lia a Torá, respeitava o *shabat* e ia à esnoga. Tudo como manda o figurino. O problema é que roubava às escondidas. Ou seja, respeitava as leis cerimoniais e desrespeitava a verdadeira lei. É certo que me estão a propor outra coisa, mas se eu aceitasse não seria na verdade melhor do que ela. Estaria a compactuar com uma hipocrisia." Sacudiu a cabeça. "Não, em consciência, não posso ser cúmplice de um tal logro. Eu procuro a verdade, não as aparências."

O *parnas* do *ma'amad* respirou fundo, como se lhe custasse a digerir aquela recusa. Ficou um momento em silêncio, a contemplar as opções diante dele. Não eram muitas. Na verdade, estavam quase esgotadas. Quase. Mas havia ainda uma derradeira cartada para jogar.

"Pagar-te-emos uma pensão anual de quinhentos florins", anunciou Suasso, a voz baixa. "Não queremos escândalos."

Quinhentos florins por ano era uma excelente maquia, como todos sabiam naquela sala.

"Não."

A rejeição fez Suasso empalidecer.

"Mil florins", disse. "Oferecemos-te uma pensão de mil florins por ano. É a proposta final, ouviste? Se a recusares, não haverá acordo. Pensa bem."

Bento levou um segundo a pensar.

"Não."

O banqueiro olhou para os *chachamin* e fez um gesto de derrota. As negociações haviam fracassado. O desalento apossou-se de todos, mas sobretudo do *chacham* Morteira.

"Não nos deixas alternativa, Baruch, se não excomungar-te", avisou o rabino-chefe entredentes. "Ah, dei-me eu a mil trabalhos para chegarmos a este ponto de te ver proferir as mais hediondas blasfêmias e manchares-te com o mais vergonhoso dos *cherem*. Que diria o meu bom e velho amigo Miguel se te visse hoje, a voltar as costas a HaShem, bendito seja o Seu nome, julgado e banido pelos teus, assim enchendo de vergonha o nome de tão nobre e pia família?"

A referência a Miguel de Espinosa foi a gota de água que transbordou o copo da paciência de Bento; sabia bem o que teria custado ao pai um momento como aquele e não precisava que lho esfregassem na cara.

"Não tenho ilusões sobre a ameaça que sobre mim pesa", retorquiu com um esgar sibilino, incapaz já de conter a irritação, a língua transformada em chicote e as palavras em adagas perfurantes. "Em compensação, pelas penas que o *chacham* teve para me ensinar a língua hebraica e a Lei, terei, se quiser, o maior prazer em ensinar-lhe como me excomungar."

A desfaçatez altiva da resposta deixou os presentes estupefatos; pensavam eles que Bento estaria desesperado, e eis que, em vez disso, os desafiava até.

"Como te atreves?!", vociferou o rabino-chefe da Nação, fora de si. "Que Amonai, Nosso Senhor, caia sobre ti com todo o peso da Sua ira e te sujeite à força da Sua temível justiça! Que Elohim, bendito seja o Seu nome, te faça tremer! Tem cuidado, Baruch de Espinosa! A próxima vez que me vires será com os raios na mão!"

Levantando-se, o *chacham* Aboab da Fonseca fez um sinal ao seu colega de que o deixasse falar e encarou o inquirido.

"A tua soberba, Baruch de Espinosa, a todos nos entristece", disse-lhe de forma pausada, a voz a reverberar em toda a sala. "Mas vamos seguir o processo conforme prescrito por Maimônides e aceito pela tradição. Deves arrepender-te das tuas blasfêmias e heresias e arrepiar esse caminho que apenas te conduz à perdição. A partir deste momento tens dois períodos consecutivos de trinta dias para refletir nos teus atos e nos teus pecados e vir aqui, diante de nós, os senhores *chachamin*, implorar perdão. Se ao fim desses sessenta dias te recusares a fazê-lo, tiraremos as nossas conclusões e daremos o nosso douto parecer aos senhores do *ma'amad*. A punição final ser-te-á então aplicada. Agora, vai. Vai e arrepende-te, Baruch de Espinosa. Vai com HaShem, bendito seja o Seu nome, e volta com Ele no coração. Se não o fizeres, porém, saberemos que a tua alma está perdida para todo o sempre e caber-nos-á então o penoso dever de te amaldiçoar e enterrar o teu nome na poeira do tempo.

A audição estava terminada.

VII

A entrada de Bento na sinagoga naquela manhã de seis de Av de 5416, data que no calendário gentio era vinte e sete de julho de 1656, desencadeou um burburinho entre os *yehidim*. "Que descaramento!", ouviu ele alguém murmurar à esquerda enquanto se encaminhava para o seu lugar habitual. "Nunca imaginei que tivesse o desplante de aqui vir", escutou outro *yehud* dizer, enquanto um terceiro lembrava que "no meu tempo as pessoas tinham vergonha na cara". Ignorou todas estas observações. Se ali se encontrava era porque estava no seu direito. Ainda que pela última vez. Sentou-se no lugar habitual, aquele que o pai havia reservado muitos anos antes para a família Espinosa, mesmo ao lado de um desassossegado Gabriel, e aguardou com tranquilidade pelo desenrolar dos acontecimentos.

Os sussurros cruzavam-se por toda a parte, mas fez de conta que nem os ouvia. Permaneceu imperturbável. O prazo de sessenta dias tinha acabado de expirar e chegara a hora da verdade. Sentiu um vulto aproximar-se e parar ao lado da cadeira dele.

"Coragem, *compañero*."

Tratava-se de Juan de Prado. O rosto do jovem abriu-se, como se lhe agradecesse o gesto de se abeirar dele naquelas circunstâncias.

"Bons olhos o vejam, doutor", disse-lhe. "Ouvi dizer que os senhores *chachamin* também o convocaram…"

O amigo espanhol forçou um sorriso.

"*Verdad*", confirmou. "Andam em cima de mim, Benito. Terei igualmente de prestar contas ao Bet Din."

Desejando sorte ao português, o andaluz seguiu para o seu lugar, nas filas de trás, as piores da sinagoga; os médicos não gozavam de muito prestígio na comunidade, talvez por serem demasiados, e Juan de Prado ainda menos, devido às suas opiniões heréticas.

O guarda da sinagoga apareceu e pôs-se a acender várias velas negras; era o sinal de que a cerimônia solene estava a começar. A seguir, o *chacham* Morteira encaminhou-se para o *hechal*, a arca, e abriu-o, expondo à congregação os livros da Lei. O rabino-chefe volatilizou-se por uma porta e reapareceu momentos depois numa posição mais elevada, como se fosse Moisés e tivesse ascendido ao alto do Sinai. Trazia nas mãos um rolo de pergaminho; dir-se-iam as tábuas da Lei. Desenrolou devagar o pergaminho, fazendo prolongar a solenidade do momento, e fixou os olhos no texto nele inscrito.

Fez-se um silêncio absoluto na sinagoga e a voz do *chacham* Morteira, sombria e carregada, ecoou pelo santuário.

"Os senhores do *ma'amad* fazem saber a vossas mercês", declarou em forma de anúncio, a voz alta e a leitura pausada. "Como há dias que, tendo notícia das más opiniões e obras de Baruch de Espinosa, procuraram, por diferentes caminhos e promessas, retirá-lo dos seus maus caminhos, e não podendo remediá-lo, antes pelo contrário, tendo cada dia maiores notícias das horrendas heresias que cometia e ensinava, e das monstruosas ações que praticava, tendo disto muitas testemunhas fidedignas que depuseram e testemunharam tudo em presença do dito Espinosa, coisas de que ele ficou convencido, o qual tudo examinado em presença dos senhores *chachamin*, deliberaram com o seu parecer que o dito Espinosa seja cheremizado e afastado da nação de Israel como de fato o cheremizaram com o *cherem* seguinte."

O silêncio era absoluto, com todos os fiéis presos à fatídica fórmula de excomungação que o rabino-chefe da comunidade se aprestava a enunciar como se fosse uma maldição ditada pelos próprios Céus.

"Com a sentença dos anjos e dos santos, com o consentimento do Deus bendito e com o consentimento de toda esta congregação, diante destes santos livros, nós cheremizamos, expulsamos, amaldiçoamos e esconjuramos Baruch de Espinosa, com o *cherem* que excomungou Josué a Jericó, com a maldição que maldisse Elias aos moços, e com todas as maldições que estão escritas na Lei. Maldito seja de dia e maldito seja de noite, maldito seja em seu deitar, maldito seja em seu levantar, maldito seja em seu sair e maldito seja em seu entrar. E que Adonai apague o seu nome de sob os céus, e que Adonai o afaste, para sua desgraça, de todas as tribos de Israel, com todas as maldições do firmamento escritas no Livro desta Lei. E vós, os dedicados a Adonai, que Deus vos conserve todos vivos. Advertindo que ninguém lhe pode falar pela boca nem por escrito nem lhe conceder nenhum favor, nem debaixo do mesmo teto estar com ele, nem a uma distância de menos de quatro côvados, nem ler papel algum feito ou escrito por ele."

A congregação respondeu em coro.

"Ámen!"

Consternado, não só porque a excomungação acabava de ser efetivada como também pelos seus termos, pois era de uma virulência anormalmente acirrada e não abria sequer a porta a qualquer possibilidade de reconciliação, Gabriel tocou na mão do irmão mais velho e apertou-a com emoção, como se dele se despedisse já. Bento devolveu-lhe o gesto, mas surpreendeu-o pelo seu semblante não denunciar o menor sinal de abatimento.

"Em boa hora isto aconteceu", disse o proscrito com um sorriso desconcertante, tendo em conta as graves circunstâncias. "Não me obrigam a nada que eu mesmo não tivesse feito de livre vontade se não receasse o escândalo. Mas, uma vez que me forçam, entro com alegria no caminho que me abriram, com a consolação de que a minha saída será mais inocente do que aquela feita pelos primeiros hebreus do Egito. Ainda que a minha subsistência não seja melhor fundada que a deles naquele tempo, não levo comigo o que quer que seja de ninguém, e mesmo que me façam injustiça saio com a consciência tranquila de que nada verdadeiramente têm a censurar-me."

Levantou-se e abandonou a sinagoga antes que a cerimônia terminasse, pois sabia que, se saísse com os congregantes, se sujeitaria às maiores humilhações que existiam, aos insultos e às cuspidelas dos adultos e das crianças que aqueles encorajariam. Pela mesma razão, teria de deixar o bairro português do Houtgracht o mais depressa que pudesse. Bento de Espinosa tornara-se a partir desse momento um proscrito.

VIII

Os dedos bem cuidados de Van den Enden esfregavam a barba pontiaguda como se a quisessem aguçar ainda mais, mas na verdade tratava-se de um tique que adotava sempre que se confrontava com uma situação delicada. O professor não podia ignorar que os seus ensinamentos haviam jogado um papel naquele drama, pelo que não havia modo de se descartar de responsabilidades.

O seu olhar fixou-se no interlocutor diante dele.

"Tens mesmo de sair do Houtgracht?"

"Ninguém fala comigo ou me deixa sequer aproximar", respondeu Bento. "Nem o meu irmão, nem a minha irmã. Só às escondidas. Na rua viram-me as costas ou insultam-me, nas lojas não me vendem nada. Chegaram a atacar-me à facada, como sabe. Fui proscrito. Isso quer dizer que ninguém da comunidade está autorizado a manter comigo qualquer tipo de relação, sob pena de ser também excomungado. Nestas condições, mestre, não tenho como permanecer lá. Mas como não sei para onde ir e perdi os meus rendimentos, isso significa que infelizmente não mais poderei vir às suas aulas. Lamento muito."

O neerlandês mordiscou o canto do lábio inferior. De fato, não se podia descartar de responsabilidades. Além do mais, custava-lhe ficar sem aquele rapaz. Nunca tivera um aluno tão inteligente e rápido na aprendizagem; de certo modo, ultrapassava-o já, até porque os seus conhecimentos de hebraico lhe davam enorme vantagem na análise crítica da Bíblia. Perante a ideia generalizada de que as Sagradas Escrituras continham toda a verdade que havia para saber, estava convencido de que os talentos do jovem judeu eram absolutamente fundamentais para desmontar os textos bíblicos de uma forma definitiva. Não havia no mundo cristão ninguém em melhores condições do que ele para o fazer. Ninguém. A perda daquele aluno era simplesmente irreparável.

Alçou uma sobrancelha, iluminado pelo fulgor luminoso de uma ideia. A não ser que…

"E se ficares a viver aqui?"

"Aqui, onde?"

"Na minha casa."

"Como assim?"

"Ficas aqui conosco. Arranjo-te um quarto e dormes cá."

A proposta deixou Bento momentaneamente sem palavras. Ficar a viver com Van den Enden? Na sua casa, com a sua família? Nunca tal possibilidade lhe havia ocorrido, uma vez que viver com os gentios era impensável num *yehud*.

"Isso é possível?"

"Não vejo por que não."

Sim, por que não? No fim de contas, e tendo sido proscrito da Nação, ele próprio já não era um *yehud*. A proposta, sendo inesperada, rasgava-lhe novos horizontes. De uma assentada resolvia o seu problema mais urgente, o do alojamento, ao mesmo tempo que lhe permitia continuar imerso naquele ambiente de saberes. Pormenor que não era despiciendo, ficaria próximo de Clara Maria. Muito próximo. Na casa dela.

"Poderei continuar a assistir às suas aulas?"

"Sim, claro." Fez um gesto a indicar as obras que enchiam as estantes. "E terás acesso à minha biblioteca. Há algum autor em particular que te interesse ler?"

O rapaz olhou para os títulos nas lombadas das fileiras de livros e prendeu a atenção em dois deles que cobiçava havia algum tempo. Tratavam-se de *Elementos* e *Ótica*.

"Talvez Euclides", indicou, apontando para os dois exemplares. "Gostaria de estudar melhor geometria."

"Estás à vontade."

A forma como o imbróglio se resolvia parecia-lhe quase um passe de mágica. Contudo, não era ingênuo e não ignorava que tudo na vida tinha um preço, mesmo que estivesse escondido.

"Terei... terei de pagar?"

"Com certeza."

Uma sombra abateu-se sobre Bento; bem lhe parecera que a proposta era boa demais.

"Pois, mestre, o problema é justamente esse", devolveu com abatimento na voz. "Neste momento, não possuo mais de dez florins. Nestas condições, não vejo como pos..."

"Pagas-me com trabalho."

O jovem hesitou, na incerteza sobre o real significado desta proposta.

"Qual trabalho?"

"Darás umas aulas", propôs Van den Enden. "Por exemplo, ensinarás aos meus alunos como lidar com os problemas da Bíblia na sua língua original. E como já vi que também és muito hábil na matemática, poderás encarregar-te igualmente do ensino dessa matéria. Em troca ofereço-te alojamento e alimentação. Oriento-te ainda nos estudos de latim e em mais algumas leituras, embora me pareça que já estás suficientemente versado nos conhecimentos mais modernos. Mas posso ajudar-te nos clássicos, incluindo em Euclides, se tiveres alguma dificuldade. O que dizes?"

Não havia como recusar. A proposta resolvia-lhe quase todos os problemas. Exceto um.

"O que me pagará por essas aulas?"

"Pago-te com alojamento, comida e as aulas que te ministrarei, já te disse. É uma boa proposta."

"Pois, mas o problema é que não terei dinheiro para as minhas pequenas despesas. Isso significa que ficarei aqui prisioneiro, totalmente à sua mercê."

A objeção não era menor, percebeu Van den Enden. Ponderou a questão.

"Se te dessem a escolher, Benedictus, o que gostarias tu de fazer para ganhar a vida?"

"Estudar", foi a resposta pronta, quase sonhadora. "Pesquisar. Pensar. Procurar a verdade mais profunda por detrás das coisas. Numa palavra, filosofar."

O professor sorriu.

"Vá lá, sê realista. Ninguém vive de filosofar, basta ver o meu caso. A filosofia não dá de comer aos meus filhos. Pensa em algo mais prático. O que podes tu fazer que as pessoas valorizem ao ponto de estarem dispostas a pagar pelo produto do teu trabalho?"

Bento recostou-se na cadeira a considerar a questão. No fim das contas, e para além de filosofar, do que gostava ele realmente? Ou, por outras palavras, que ofício o apaixonaria? Logo que colocou a si mesmo a pergunta, a resposta impôs-se naturalmente.

"Galileu."

"Perdão?"

"Quando há tempos falamos sobre Galileu, uma das coisas que mais me chamou a atenção foi que ele fabricou um *telescopium* para observar o Sol, os planetas e as estrelas", lembrou o jovem. "Para isso usou umas lentes cujos princípios foram desenvolvidos por um oculista nosso compatriota que vive, creio eu, em Haia."

"Hans Lipperhey", identificou Van den Enden. "E então?"

"Andei a inquirir sobre o assunto e parece que o senhor Lipperhey pôs na extremidade de um tubo uma lente côncava e na outra extremidade uma lente convexa, e assim conseguiu ampliar objetos distantes. Acho que isto é um produto que irá ter mercado. Mais, é nesta área que se vai desenvolver a pesquisa filosófica mais avançada do mundo. Se até agora a tecnologia que mais permitia progredir no conhecimento eram as naus que sulcavam os mares para nos revelar os segredos do planeta, doravante a tecnologia que mais nos permitirá progredir no conhecimento serão as lentes que nos levarão em viagem pelo universo e assim nos permitirão desvendar os seus mistérios. Gostaria de estar no epicentro dessa revolução."

Ao ouvir estas palavras, o neerlandês inclinou-se sobre a mesa para o seu pupilo.

"Queres fabricar um *telescopium*?"

"Por que não? Durante algum tempo, trabalhei no mercado das pedras preciosas e ganhei um certo gosto pelas operações de polimento das joias. É um trabalho com uma precisão miúda que casa bem com a minha maneira de ser."

Van den Enden soltou uma gargalhada sonora.

"*Verdorie!*", exclamou. "Caramba! Que bela ideia!" Apontou para uma estante cheia de livros. "Tenho ali o *Tractatus Opticus*, de Hobbes. Se quiseres, podes levá-lo."

"Já o li, mestre", devolveu Bento com incontido orgulho. "Rieuwertsz emprestou-me um exemplar que tinha na sua livraria. Também consultei os estudos óticos de Descartes, incluindo as derivações das leis da reflexão e da refração, e outros trabalhos ainda. É minha firme convicção de que o futuro dos nossos conhecimentos sobre o universo, tanto o universo das pequenas coisas como o universo das grandes coisas, passa por estas lentes."

"Lá isso não posso negar."

O jovem estreitou as pálpebras, como se lhe tivesse acabado de ocorrer uma ideia.

"Vendo bem, há uma outra possibilidade para eu obter algum rendimento", disse. "Um dos elementos do meu grupo de *collegianten*, o De Vries, tem-me pedido que lhe dê aulas particulares e prometeu pagar-me por elas. Sempre recusei, pois não tinha vida para isso e além do mais não me sinto bem em receber dinheiro dos amigos, mas agora que as circunstâncias mudaram sou bem capaz de aceitar. No fim de contas, isto é trabalho, não é verdade?"

"Confesso que preferia que o meu vizinho Simon de Vries se inscrevesse aqui na escola…"

"Sim, mas o que ele quer são explicações especificamente comigo. Além do mais, se pretendesse ter aulas na escola ter-se-ia inscrito aqui depois de eu lhe ter recusado as aulas particulares. Ora, não o fez."

Era verdade, percebeu Van den Enden.

"Então está resolvido", disse o professor, encerrando o assunto. "Mudas-te para cá ainda hoje e na próxima semana começas as tuas aulas sobre a Bíblia. Só mais tarde avançarás para o ensino da matemática. Temos acordo?"

Faltava ainda um último detalhe.

"Se eu quiser uns dias de folga, concede-mos?"

O pedido surpreendeu Van den Enden.

"Sim, claro. Por que perguntas?"

"Tenho ideia de meter-me volta e meia a caminho de Leiden para assistir às aulas do professor De Raey na universidade. Um dos meus amigos tem lá contatos que me permitirão ser um aluno não inscrito, o que me poupará uns florins valentes."

Foi só ao ouvir isto que Van den Enden compreendeu em toda a sua amplitude a verdadeira ambição do homem sentado à sua frente. A Universidade de Leiden era a melhor e mais antiga universidade da República das Sete Províncias Unidas dos Países Baixos, de tal modo que havia sido aí que Descartes tinha estudado matemática. Na verdade, essa universidade, para além do seu prestígio, era famosa pelo ensino das ideias e dos métodos cartesianos, sendo que Johannes de Raey, que conhecera pessoalmente Descartes, lecionava aí filosofia. Dizia-se, de resto, que o próprio Descartes o considerava o melhor professor da sua filosofia, o que não era dizer pouco. A vontade de Bento em frequentar aquelas aulas revelava muito sobre até onde pretendia chegar.

"Mas… como vais pagar para ir a Leiden assistir às aulas?"

"Polirei as melhores lentes da nossa república", foi a resposta, enunciada com a convicção fervorosa de um crente. "Com elas juntarei o dinheiro de que preciso."

Não se podia dizer que o rapaz não fosse confiante, considerou o neerlandês. Estendeu-lhe a mão.

"Temos negócio."

Os dois selaram o entendimento. Com o acordo fechado, Bento pegou nos seus papéis e levantou-se. O título na página de rosto dos papéis, contudo, chamou a atenção de Van den Enden.

"Isso é português?"

O judeu virou a folha para o seu interlocutor. O título dizia "Apologia para justificarse de su abdicación de la sinagoga".

"Espanhol", foi a resposta. "Falamos português em casa e na rua, mas os textos eruditos são escritos em espanhol."

"Ah, curioso. Esse texto é o quê?"

"Trata-se da minha justificação", esclareceu Bento. "Vou enviá-la aos *parnassim*, os senhores do *ma'amad*, o órgão governativo que me expulsou. Explico aqui, para que não restem dúvidas, por que motivo acho que a Lei de Moisés não é válida e por que motivo não considero a Bíblia um texto divino. Falo ainda da forma como as Escrituras foram escritas, transformadas e modificadas muitas vezes por sucessivos autores ao longo do tempo. Além disso, apresento uma técnica revolucionária para ler e interpretar os verdadeiros sentidos intencionados por esses diversos autores. É fundamental que os *parnassim* compreendam que nad..."

"Estás louco, Benedictus?"

A reação não foi compreendida pelo jovem.

"Perdão?"

"Não podes entregar aos chefes dos judeus um texto desses, assim sem mais nem menos", advertiu-o o professor. "A Bíblia não é divina e foi alterada e transformada muitas vezes? Isso é... é explosivo! Podemos conversar entre nós sobre coisas dessas, sem dúvida, mas... entregar um texto escrito e assinado a fazer tais afirmações? Arriscas-te a que os rabinos metam imediatamente isso nas mãos dos *predikanten* calvinistas e nem o De Witt te poderá valer. Nem pensar!"

"Mas tenho de responder à excomungação, mestre", argumentou Bento, desconcertado com a objeção. "Senão as pessoas ficam a achar que sou um ateu louco."

"Louco és de certeza." Ergueu o indicador, à laia de aviso. "Tentaram matar-te e continuas a provocá-los? Isso não faz sentido. Além do mais, não quero problemas aqui em casa, ouviste? Se isso vai parar às mãos dos *predikanten*, vêm-me bater à porta e depois é uma chatice. Vais tu preso e ainda me fecham a escola. É melhor queimares isso antes que faças uma asneira!"

O rapaz olhou desconsolado para as folhas que tinha na mão. Passara os dois dias após a excomungação num frenesim a redigir a sua "Apologia". Mal dormira. O resultado parecia-lhe conclusivo e poderoso, um verdadeiro guia para as anomalias na Bíblia. O texto demonstrava a razão que lhe assistia. E agora pediam-lhe para o queimar?

"Eu... eu não sei se consigo fazer isso, mestre. A 'Apologia' faz a defesa das ideias que eles contestam e que os levaram a excomungar-me. Com o que aqui escrevi, mostro que eu tinha razão e eles não. Se destruir isto, é como se me destruísse a mim mesmo."

Van den Enden compreendeu as reticências, pois ele próprio nunca seria capaz de renegar as suas ideias em prol de uma qualquer solução expediente. Esfriou a cabeça e reconsiderou.

"Dizes tu que esse teu texto mostra como a Bíblia foi fabricada e como pode ser lida para revelar os verdadeiros sentidos intencionados pelos seus autores?", questionou pensativamente. "Sabes o que te digo? Não irás publicar nada, mas vais falar sobre isso. Aí está uma bela maneira de dares as tuas aulas de hebraico bíblico. Por que não ensinares os teus alunos a ler a Bíblia com recurso à razão? Consegues fazê-lo?"

"Bem... sim, claro." Estreitou as pálpebras. "É mesmo isso que quer?"

O professor estendeu-lhe o braço e apertou-lhe a mão com firmeza.

"Fechado!"

Uma vez tudo acertado, Van den Enden levou-o pela casa e deixou-o sozinho nos seus novos aposentos, um pequeno quarto nas traseiras. Depois de se acomodar, Bento saiu com a sua "Apologia" nas mãos para a ir queimar na lareira da sala. O seu mestre tinha razão, concluiu. Aquele manuscrito era demasiado provocatório. Além disso, não fora ele próprio que adotara *caute* como lema? De uma vez por todas, tinha de domar o seu perigoso orgulho de ibérico.

Ao percorrer a casa deu com a mulher de Van den Enden sentada à janela da cozinha com um enorme seio de fora da blusa a dar de mamar à sua mais nova, a pequena Maria. Ao contrário das portuguesas, as neerlandesas nunca usavam amas para dar leite aos filhos; só o faziam se por algum motivo já não o conseguiam produzir. Não era manifestamente o caso de dona Clara Maria Vermeeren. O espetáculo perturbava-o, pois excitava-o, mas o pudor inibia-o de olhar. Seguiu em frente e chegou à sala.

A lareira crepitava, as chamas a saracotearem sobre a lenha como dançarinas minúsculas. Abeirou-se do fogo e acocorou-se para lançar os papéis que trouxera do quarto. Hesitou. Atrever-se-ia? Ainda fez um gesto para os atirar para a lareira, mas voltou a travar o movimento. Apertando com força a "Apologia" que tanto trabalho lhe dera a escrever, prolongou por momentos a pausa até por fim recuar.

Não a enviaria aos senhores do *ma'amad*, nisso Van den Enden tinha razão. Seria demasiado perigoso. Mas, por outro lado, o documento salvar-se-ia. Não o destruiria. O seu orgulho não lhe permitia rebaixar-se a tanto. Queimar a "Apologia" era queimar as suas ideias, como os católicos faziam nas terras da idolatria, o longínquo Portugal que dera berço aos seus pais e os perseguira com o mesmo fogo que agora lhe pediam para usar contra o seu próprio pensamento. Isso nunca.

IX

Depois de ter polido a lente convexa, libertando uma pequena nuvem de pó de sílica, Bento ajustou-a à entrada do tubo. Inspirou inadvertidamente as partículas de sílica que ainda pairavam no ar e tossiu. Com a garganta já limpa, espreitou pela lente e tentou acertar a distância focal em relação à lente côncava fixa na outra extremidade do tubo. A distância focal...

"Maria!", gritou uma voz feminina, evidentemente Clara Maria. "Mariaaa! Adriana, viste a Maria?"

"Estava há pouco junto à porta."

... tinha de ser medida do centro da lente até ao ponto onde os raios de luz convergiam após a refração. Fez mentalmente os cálculos. Claro que a ampliação da imagem era determinada pela divisão da distância focal em relação à...

"À porta?! Meu Deus! Maria! Mariaaa!"

"O que foi, Clara Maria?"

"A Adriana viu a Maria junto à porta!"

"O quê?!"

Desconcentrando-se, Bento parou o trabalho e bufou, frustrado. A casa de Van den Enden parecia por vezes um verdadeiro infantário, tantas as crianças que por ali cirandavam. A mais pequena era Maria, com apenas dois anos, mas havia ainda Marianna, de cinco, Jacobus, de seis, as gêmeas Anna e Adriana, de oito, e, claro, Margareta e a mais velha, a sua Clara Maria. Isto sem contar com as várias amigas que por vezes vinham brincar com as mais novas. As duas mais velhas andavam numa permanente roda-viva a tratar dos tachos e das limpezas e a cuidar dos mais pequenos, uma vez que a mãe adoecera e caíra de cama. Em boa verdade, parecia-lhe admirável que a sua Clara Maria fosse capaz de estudar, de tocar clavicórdio e de ensinar latim a alunos mais velhos no meio de tal pandemônio e com tantos afazeres da lida doméstica.

Embora sempre tivesse vivido na Holanda, a mais importante das Províncias Unidas, num certo sentido os habitantes locais eram-lhe estranhos. Via-os na rua, compreendia e falava a língua deles, mas durante muito tempo considerara-os um mistério. E elas mais ainda. As neerlandesas pareciam-lhe em geral bonitas e de peitos generosos, o que os portugueses muito comentavam, mas apesar disso não se mostravam vaidosas. O mais desconcertante, contudo, eram as liberdades a que se davam. Diziam o que lhes apetecia, passeavam-se pelas ruas sem acompanhante masculino, frequentavam bares e tabernas até altas horas da noite, e sobretudo abraçavam e beijavam homens em público. Chegavam ao ponto de cumprimentarem e despedirem-se de homens com beijos sem que fossem deles familiares ou conhecidas íntimas. Por vezes, observava nas ruas a prática de *kweesten*, em que rapazes ficavam a noite inteira debaixo das janelas das suas amadas a declamar poemas; e, coisa incrível, os pais delas deixavam! Tais comportamentos, que violavam a moral e os bons costumes ibéricos, eram inimagináveis nas recatadas e virtuosas judias portuguesas e espanholas.

Foi só ali, a viver na casa de Van den Enden, que se viu de fato confrontado com a realidade doméstica dos neerlandeses, e em particular a sua vida na intimidade. Que contraste com o que se passava entre os portugueses no Houtgracht! Quem ali geria o orçamento não era Van den Enden, mas a esposa, Clara Maria Vermeeren, apesar de por esses dias frequentemente se encontrar doente de cama. Por vezes, estalavam curtas discussões entre o casal, embora jamais houvesse agressões à mulher; tal prática era pelo visto condenada pela tradição liberal do país, o que causava estranheza aos portugueses e a todos os estrangeiros que visitavam as Províncias Unidas, incluindo ingleses e franceses. Como dizia o pensador liberal neerlandês Grotius, *non enim coitus matrimonium fecit sed maritalis affectio*. O matrimônio não se faz apenas de coito, mas também de afetos.

Tentou voltar a concentrar-se. Onde ia ele? Ah, sim. A distância focal. Espreitou de novo pela lente convexa que momentos antes fixara a uma das extremidades do tubo e procurou o ponto de convergência da luz.

"Adriana!", gritou a mais velha. "Tira-me a Maria daqui!"

"Sim, Clara!"

Soltou um estalido impaciente com a língua. O constante movimento doméstico desconcentrava-o. Assim não iria lá. Naquelas condições não conseguia executar o trabalho, pois este requeria enorme precisão. Guardou a lente e o tubo, que tencionava trabalhar quando tudo ficasse mais tranquilo na casa, e foi buscar as anotações para a aula particular que tinha marcada para esta tarde na casa de Simon de Vries. Quando começara essas explicações, encontrara o jovem *collegiant* totalmente perdido. À custa de meses de trabalho, todavia, conseguira orientá-lo. Percebera cedo que o rapaz tinha um interesse natural pela biologia e convencera-o por isso a seguir medicina. Ora, as suas anotações para a aula dessa tarde incidiam justamente sobre matéria que versava o corpo humano. Folheou os papéis para recapitular a lição que planeara para De Vries.

"Pronto, agora ficas aqui quietinha, está bem?"

Olhou para a entrada do quarto e viu Clara Maria fechar a porta do compartimento onde metera a irmã mais nova. Ali estava a sua oportunidade.

"Então?", interpelou-a. "Cansada?"

A rapariga deteve-se à porta dos aposentos dele.

"Puf! Uma estafa."

"Sente-se aí um bocadinho a repousar."

Clara Maria nem hesitou. Entrou no quarto e acomodou-se à borda da cama de Bento com um à vontade impensável numa judia portuguesa diante de um homem que não era da família. Um tudo-nada constrangido, ele permaneceu na sua escrivaninha de trabalho, guardando uma distância apropriada.

"Nem quero imaginar o que deve estar a passar por causa dessa história da expulsão", observou ela. "Tem saudades da sua família?"

Bento assentiu.

"Da minha família, sim. Estar proibido de contatar com o meu irmão e a minha irmã é duro, embora por vezes me encontre às escondidas com eles e com alguns amigos de confiança. Sobretudo o doutor Prado, que depois de mim foi também excomungado por partilhar as minhas ideias. Mas devo admitir que não tenho saudades daquela vida. A sinagoga, os disparates sobre a Lei e o *shabat* e a comida *kosher*, as mercadorias do Algarve e as joias, as dívidas e os devedores que não pagam e ainda por cima são violentos… de tudo isso não tenho saudades nenhuma. Agora levo uma vida bem mais tranquila. Penso, estudo, reflito… faço o que verdadeiramente gosto."

Clara Maria espreitou-lhe as costas. "E a sua ferida? Ainda dói?"

"Está a referir-se à facada? Já sarou. Fiquei apenas com uma cicatriz."

"Mostra-me?"

O pedido surpreendeu-o, mas satisfê-lo de imediato. Pôs-se de pé e, voltando-se para lhe dar as costas, levantou a parte de baixo da camisa e expôs a zona lombar onde havia sido esfaqueado.

"Está a ver?"

Ela observou durante alguns segundos em silêncio e depois fez algo que o voltou a surpreender. Passou levemente a ponta dos dedos pela cicatriz e, inclinando a cabeça, beijou-a com suavidade.

"Pronto", murmurou ela. "Pronto. Vai ficar tudo bem."

O gesto quase o derreteu. Havia muito tempo que Bento fantasiava estar a sós com Clara Maria. Agora que a oportunidade se apresentara, sentia que ela tinha um real interesse nele; aqueles gestos, de resto, sugeriam-no. A possibilidade estava realmente lá. Teria era de a realizar.

"Com esse beijo, vou mesmo ficar bom."

"Tenho poderes curativos…"

Fez-se um silêncio embaraçado entre ambos. Os sinais tinham sido dados, mas talvez tivessem ido longe demais. Clara Maria fez tenções de se levantar para sair, mas Bento travou-a. Sabia que precisava de aprofundar os laços com ela.

"E a Clara Maria? Também faz o que gosta na sua vida?"

A rapariga considerou a pergunta.

"Mais ou menos."

"Não gosta de dar aulas?"

"Nem por isso", foi a resposta. "Preferia ser atriz. Subir aos palcos, fazer de grande heroína, ter o público a meus pés… isso é que era." Deitou as costas da mão à testa, numa postura teatral. "*Quid istic, Phaedria?*"

Riram-se os dois; tratava-se de uma deixa da peça que haviam interpretado no Teatro Municipal.

"Terêncio é o seu dramaturgo favorito?"

Ela abanou a cabeça.

"Gosto do Jan Vos e do Van den Vondel, o príncipe dos nossos poetas. Mas agora em Inglaterra apareceu um ainda melhor. Parece que é muito popular por lá. Li umas peças e fiquei maravilhada."

"Alguma em especial?"

"*Romeu e Julieta*", foi a resposta imediata, dada com um brilho nos olhos. "Oh, é tão romântico…" Retomou a postura teatral. "*O Romeo, Romeo, wherefore art thou Romeo?*", declamou, as mãos sobre o coração. "*By any other word would smell as sweet. Parting is such sweet sorrow.*"

"Meu Deus!", exclamou Bento em admiração. "Fala inglês?"

"Só umas coisas…"

Ele emitiu um assobio apreciativo, impressionado com os dotes linguísticos da rapariga. Para além do latim e do grego, pelo visto o inglês não era um mistério para ela.

Notou nesse instante um pequeno crucifixo que Clara Maria trazia ao pescoço.

"Tenho reparado que todos os domingos mete um lenço na cabeça e sai pela manhã..."

"Vou à missa."

Era o que ele suspeitava.

"Igreja anabatista, menonita ou... ou calvinista?"

"Vou a uma *schuilkerk* aqui no Singel."

O coração de Bento teve um sobressalto. *Schuilkerk* era uma igreja clandestina, como se designavam habitualmente os santuários das confissões banidas pelos protestantes, mas que as autoridades toleravam desde que fossem discretas.

"Não me diga que é..."

"Sim, sou católica."

A revelação deixou-o pasmado. Clara Maria, a filha do liberal Franciscus van den Enden, a rapariga dos mil talentos que ensinava latim, subia aos palcos a interpretar a cortesã Thais e tocava clavicórdio, o anjo que acabara de lhe beijar a cicatriz e por quem ele tanto suspirava... era católica?!

Engoliu em seco.

"Tem a noção de que... enfim, de que os católicos andam a queimar judeus em Portugal e em Espanha? Ainda ontem chegaram notícias de que mataram membros da família Bernal, que está estabelecida aqui em Amsterdã. Morreram dois em Córdova e um terceiro em Santiago de Compostela."

"Os que fazem isso são maus católicos", respondeu ela. "E nem todos serão maus. Aliás, os nossos portugueses fazem negócios com os portugueses de Portugal, ou não?"

Era verdade e a sua antiga empresa, da qual se desligara e deixara entregue a Gabriel, sempre adquirira produtos de Portugal. Uma coisa eram os portugueses e os espanhóis, outra, a Inquisição. O problema era que os autos de fé continuavam a produzir-se a um ritmo preocupante e contaminavam a imagem do catolicismo em geral. Como era possível que, estando a acontecer o que acontecia, um espírito culto como Clara Maria fosse católico?

"É verdade que sim", consentiu Bento. "Mas o fato é que os católicos andam a perseguir judeus."

"E também é um fato que aqui nas Províncias Unidas os calvinistas andam a perseguir católicos", lembrou ela. "Embora sem as fogueiras, nós estamos a passar aqui pelo que vocês passam em Portugal e em Espanha."

Havia algo de verdadeiro nisso, pensou o judeu, embora as perseguições de católicos na república neerlandesa não tivessem a mínima comparação com as ações da Inquisição e os autos de fé na Península Ibérica. Ajeitou-se no seu lugar, desconfortável com o rumo da conversa. Percebeu que estava a cometer um erro. Falarem sobre o que os separava não era decerto a melhor estratégia para lhe fazer a corte.

"Portanto, quer ser atriz", disse ele com súbita jovialidade, mudando de assunto. "E não tem outros projetos?"

"Que outros poderia eu ter?"

"Sei lá…" Fez um gesto vago com a mão. "Casar, por exemplo. Já está em idade casadoura…"

Clara Maria fez beicinho.

"E quem me quereria?"

"Oh, há de haver por aí tantos pretendentes…"

"Vá lá, não faça troça de mim." Esticou a perna para mostrar o pé boto. "Já viu o meu pé?"

"O que interessa isso?"

"Interessa, e muito. Quando me veem a andar, os rapazes até viram a cara."

"O que verdadeiramente conta é o que está aqui dentro", disse ele, apontando para a cabeça. "Aí a Clara Maria ganha de olhos fechados. Ninguém a bate."

A rapariga não parece ter ficado muito animada com o elogio.

"Ora, ora! Isso é o que dizem às feias para as consolar."

"Feias?", quase se escandalizou Bento. "Que disparate! A Clara Maria é uma princesa! Uma princesa, ouviu?"

Ela ajeitou o cabelo castanho-claro.

"Acha?"

"Não acho. Sei."

"E… e qual é a melhor parte de mim?"

O jovem judeu hesitou.

"Quer que seja sincero?"

"Não espero outra coisa."

"A sua inteligência", disse ele com entusiasmo. "Nunca vi uma rapariga assim, juro. Ensina latim, sabe grego, fala inglês, toca clavicórdio, pinta, interpreta peças de teatro, é erudita..."

Clara Maria pareceu decepcionada.

"Só isso?"

Não era manifestamente o que ela esperava ouvir, percebeu Bento, não sem uma certa surpresa. O que mais quereria que ele dissesse?, questionou-se, sentindo-se perdido e totalmente fora do seu elemento. Era a primeira vez que falava com uma rapariga que não a sua irmã e não se podia dizer que estivesse confortável; era como se a conversa não fluísse com naturalidade, tal a ânsia de causar boa impressão.

"Bem, a Clara Maria tem... como dizer, tem... tem..."

Uma voz soou pela casa nesse momento, oriunda da cozinha.

"Clara Mariaaa!"

"Sim, Margareta?"

"Vem cá tratar do Jacobus! Olha o disparate que o mano fez! Ai o malandro!"

A rapariga levantou-se de um salto e saiu a correr do quarto em direção à cozinha. Sentado à escrivaninha com as lentes e o tubo na mão, Bento ficou de olhos perdidos na porta por onde a vira sair, sem saber o que pensar. Tinha-lhe feito o maior dos elogios que se podia imaginar, o referente à sua inteligência e talento, e pelo visto não chegara. As mulheres pareciam-lhe seres estranhos. Que diabo, o que mais quereria Clara Maria que lhe dissesse?

X

Já perto do final da lição, Bento ouviu as notas do clavicórdio; era Clara Maria que encetava o seu ensaio diário. Desconcentrou-se momentaneamente e foi nesse momento que se apercebeu de que faltava um aluno. Dirk Kerckrinck. Que raio, tinha-o visto no corredor ainda quinze minutos antes de a aula começar! Onde se teria metido? Se calhar, o seu antigo colega de carteira ausentara-se para fazer as suas necessidades e demorava-se. Desagradava-lhe dar a aula sem todos os estudantes presentes, mas o que poderia fazer?

Voltou a Bíblia cristã na direção dos estudantes e prosseguiu a lição.

"Vou-vos agora explicar o método que desenvolvi para se interpretar corretamente as Escrituras", anunciou, entrando na última matéria daquela aula. "Sei que vocês são cristãos, mas também sei que são liberais e que, por isso, são tolerantes e estão abertos a novas ideias. O que aqui vou dizer poderia trazer-me dificuldades com as autoridades. Por isso, conto com a vossa discrição e que não se ponham a contar tudo aos *predikanten*, caso contrário nem o De Witt me salva."

A referência aos pregadores e ao grande pensionário liberal arrancou sorrisos na sala de aula; ninguém desconhecia a ortodoxia dos calvinistas nem como estes reagiriam se ouvissem muitas das coisas que se diziam na escola de Van den Enden, e ninguém ignorava também os esforços de De Witt para os conter.

"Os teólogos passam o tempo a tentar ver como extrair as suas ideias do texto sagrado, legitimando-as com a autoridade divina. Põem a Bíblia a dizer tudo o que lhes convém. À custa disso, a religião hoje em dia já nada tem a ver com a caridade, mas em espalhar discórdia e propagar ódios insensatos sob a capa do zelo pelo Senhor. A estes males temos de acrescentar a superstição, que ensina os homens a desprezar a razão e a natureza e a apenas admirar e venerar o que é repugnante a ambas. É por isso que fingem que mistérios profundos se escondem na Bíblia e desencorajam as inspeções sérias a esses absurdos. Nas suas imaginações doentias atribuem tudo ao Espírito Santo. Ora, os homens usam a razão para defender conclusões a que chegaram pela razão, mas as conclusões obtidas pelas paixões são defendidas pelas paixões. Acontece que a Bíblia é um texto de paixões. O que vos proponho aqui, contudo, é usar a razão para entender o conteúdo dos textos sagrados."

"Mas a religião já tem a ver com a razão, professor. Basta ler Descartes. Não foi ele que provou pela razão que Deus existe, pois o Senhor é a causa primeira das coisas?"

"Uh... sim, claro", assentiu Bento, desconfortável com a referência a Descartes e às suas teses sobre Deus. "Sendo que os crentes acedem à Bíblia pela emoção, o que se exige de um filósofo é que o faça unicamente pela razão. O método de interpretar as Escrituras que eu desenvolvi não difere muito dos métodos propostos por Bacon e Descartes para interpretar a natureza. Na verdade, são quase os mesmos. Da mesma maneira que a interpretação da natureza consiste na análise da história da natureza e da dedução de definições dos fenômenos naturais em certos axiomas fixos, a interpretação das Escrituras começa com a análise das Escrituras e com o trabalho de inferir as intenções dos seus autores a partir de princípios fundamentais. As Escrituras dizem muitas vezes respeito a matérias que não podem ser deduzidas de princípios racionais, uma vez que são sobretudo feitas de narrativas e de revelações sagradas. As narrativas contêm em geral milagres, ocorrências extraordinárias adaptadas às opiniões dos cronistas que as registaram, e também revelações, que na verdade são visões adaptadas às opiniões dos profetas. Se um profeta é uma pessoa alegre, as suas profecias envolvem vitórias, paz e acontecimentos que dão alegria. Se ele for melancólico, as suas profecias envolvem guerras, massacres e calamidades."

"Está a insinuar, professor, que as profecias são invenções dos profetas?"

Caute, pensou Bento.

"Estou simplesmente a dizer que as revelações refletem as opiniões dos profetas", repetiu, sem responder diretamente à pergunta. "É importante que percebam que o nosso conhecimento das Escrituras só pode ser obtido nas Escrituras."

"Sim, mas Deus faz ou não revelações aos profetas?"

Aquele aluno cristão estava a pressioná-lo num ponto sensível.

"Se ler Números, capítulo doze, versículo seis, verá que Deus é apresentado como manifestando-se 'numa visão' e 'em sonho'", disse para aquele estudante em concreto. "Ou seja, Deus não faz revelações diretamente aos profetas." Nada interessado em prosseguir naquela linha de raciocínio, voltou-se para toda a turma. "Mas, se não se importam, gostaria de vos expor o método correto de análise das Escrituras. O primeiro passo é conhecer esses textos à luz da sua história. Isso inclui naturalmente a natureza e as propriedades da língua nas quais os livros da Bíblia foram escritos. O conhecimento da língua hebraica é por isso imprescindível. Inclui também a divisão de cada livro por temas, de modo a que tenhamos à mão os vários textos sobre cada tema. Por fim, temos de anotar todas as passagens que nos parecem ambíguas, obscuras ou mesmo contraditórias."

Esta última palavra suscitou estranheza na sala. "A Bíblia contém contradições?"

"É o que veremos nas próximas aulas", respondeu o professor, adiando este problema. "É importante que percebam que não estamos aqui a lidar com a verdade dos textos, apenas com o seu sentido. Para isso temos de entender o significado de cada palavra. Por exemplo, quando Moisés diz que 'Deus é fogo' ou 'Deus ficou com ciúmes', devemos interpretar essas expressões literalmente ou metaforicamente? A expressão 'Deus é fogo' admite outra interpretação que não seja a literal? Se admitir, então a leitura deve ser metafórica. O autor não queria dizer literalmente que Deus é fogo, como se houvesse ali uma fogueira, mas que Deus é paixão, que Deus é intenso. Se a interpretação não admitir outro sentido, então o texto tem de ser interpretado literalmente, por muito repugnante à razão que isso seja. Por fim, é preciso conhecer a vida, o comportamento e os estudos do autor de cada livro. Quem era ele, em que circunstâncias escreveu o texto, a época em que o escreveu, para quem o escreveu e em que língua. Depois é necessário conhecer a história de cada livro. Como foi recebido, por que mãos passou, quantas versões foram feitas e quais as diferenças entre elas, quais os erros introduzidos em cada cópia, quem recomendou o livro para ser aceito na Bíblia e por quê, e por fim como todos os livros foram dados como sagrados e integrados numa unidade. Temos de conhecer a história das Escrituras e as suas doutrinas, as universais e as que são menos universais. Tudo tem de ser conhecido."

"O Novo Testamento também?"

A pergunta do aluno constituía uma espécie de teste, sabia Bento. Ninguém na sala de aula ignorava que o professor era de origem judaica, ainda que renegado.

"Com certeza", foi a resposta pronta, para que não houvesse dúvidas. "Quando Cristo disse: 'se te baterem numa face, dá a outra face', estaria a abrogar a Lei de Moisés caso essa ordem fosse dada como legislador. Porém, ele expressamente disse que não era isso o que queria fazer, como se constata em Mateus, capítulo cinco, versículo dezessete. Cristo disse que não ordenava leis como um legislador, mas ensinava preceitos como um professor. Temos de considerar quem diz o quê, em que ocasião e a quem. Acontece que as palavras de Cristo eram dirigidas a homens oprimidos que viviam numa comunidade corrompida e à beira da ruína, onde a justiça não existia. Constatamos também que a doutrina ensinada por Cristo antes da destruição de Jerusalém é igual à que foi ensinada por Jeremias antes da primeira destruição da cidade. Assim se demonstra que esse tipo de ensino era apenas ministrado pelos profetas em tempos de opressão e jamais tais ensinamentos eram apresentados como se fossem leis. Por outro lado, Moisés não escreveu em tempos de opressão, mas para instituir e regular a sua comunidade, tendo sido por isso que impôs a lei do olho por olho. Assim sendo, os preceitos de Cristo e Jeremias de submissão às agressões são apenas válidos em sítios onde a justiça não existe, mas não vigoram em Estados bem estruturados. Nos Estados onde a justiça existe, as sanções forçosamente também existem, não para efeitos de vingança, mas para que a sociedade funcione e as suas leis sejam respeitadas. As narrativas são em grande medida adaptadas às circunstâncias de cada época, percebem?"

"Tenho uma dúvida relativa a Cristo, professor", interveio de novo o aluno provocador. "Deus manifesta-se ou não em Jesus?"

Outra questão sensível, considerando sobretudo que estava a lidar com estudantes que, sendo em geral liberais, eram igualmente cristãos.

"Acho que Deus se manifestou aos apóstolos através de Cristo como o fez através de Moisés, e nesse sentido a voz de Cristo, como a voz que Moisés ouviu, pode ser chamada a voz de Deus."

Foi uma resposta dada com tato e muito jogo com as palavras.

Porém, o aluno provocador insistiu.

"Mas Jesus é ou não a Palavra feita carne?"

Encurralado, o professor suspirou.

"Devo neste ponto declarar que essas doutrinas que certas igrejas propõem sobre Cristo não as confirmo nem nego, pois livremente confesso que não as entendo."

Percebendo as dificuldades de Bento, um outro estudante veio em seu socorro e mudou de assunto, regressando às questões relacionadas com o método de análise da Bíblia.

"Professor, como determinamos nós a verdadeira intenção dos profetas?"

O professor quase bufou de alívio.

"Para fazer isso temos de começar pela proposição mais universal e determinar à partida qual a natureza da profecia ou da revelação em causa e em que consiste ela. Depois passamos a…"

O sino tocou no corredor e todos pararam de tomar notas; era o toque do final da aula.

"Na próxima lição vamos concluir esta matéria e analisar em pormenor os problemas do hebraico bíblico", disse em jeito de conclusão. "Até para a semana!"

Os alunos pegaram nas suas coisas e saíram da sala enquanto Bento permanecia sentado a rever as notas. As aulas corriam bem e ensinar dava-lhe a oportunidade de sistematizar as suas ideias. O problema era não poder dizer tudo o que realmente pensava. Não tinha, porém, ilusões; o pensamento dominante do seu tempo não lhe permitia ir mais longe do que já ia. *Caute* tornara-se o seu lema desde o ataque à faca que sofrera à saída do Teatro Municipal e do *cherem* que o expulsara da sua comunidade, e jamais o podia esquecer. Sempre que lhe vinha a tentação de desafiar os tabus impostos pela religião, a palavra latina saltava-lhe ao espírito como um reflexo condicionado. *Caute*. Só se abriria diante de quem confiasse. Juan de Prado certamente, Van den Enden também, os seus amigos *collegianten* igualmente. Quanto aos restantes, *caute*.

Voltou a registar o som da composição tocada no clavicórdio; na verdade, nunca durante a sua lição deixara de ser tocada na salinha onde o instrumento de teclas se encontrava, mas ele estivera tão concentrado na matéria que se abstraíra da música. Clara Maria continuava pelo visto a ensaiar os seus talentos musicais, como diariamente fazia. O seu pensamento deteve-se nela. Tornar-se-ia Clara Maria suficientemente próxima dele para que *caute* não se lhe aplicasse? Esperava que sim. Mesmo sendo católica, aquele anjo era brilhante. Além disso, sendo filha de Van den Enden, decerto teria capacidade de o acompanhar nas suas ideias.

Ah, sim. Iria casar com ela. Sobre isso não podia haver sombra de dúvida. Só tinha de encontrar uma maneira de lhe abrir os caminhos do coração. Teria de ser paciente. Nada de precipitações. Tudo a seu tempo. Uma conversa aqui, um sorriso ali, as afinidades formar-se-iam, a cumplicidade também, o amor viria a seguir. Tão certo como ele se chamar

Bento. Mas teria de ser paciente. E cauteloso. *Caute*, pois. Era preciso dar tempo ao tempo.

Levantou-se e encaminhou-se para a salinha do clavicórdio. Como tantas vezes acontecia, viu-a sentada diante do instrumento, os dedos finos a deslizarem pelas teclas brancas e negras, as pálpebras cerradas, o corpo embalado ao ritmo da música. Encostou-se à entrada e suspirou ao contemplar Clara Maria. Que graça, que elegância. Que classe. Ele seria o mais afortunado de todos os homens quando ela lhe dissesse que sim. Sim. Mil vezes sim. Numa igreja clandestina católica, se fosse caso disso. Sim. Um sim que lhe soaria ainda mais melodioso do que aquela música que a rapariga com tanta maestria tocava.

A composição terminou e ouviram-se palmas entusiásticas dentro da salinha do clavicórdio.

"Magnífico", disse uma voz masculina de forma efusiva. "E agora? O que vai tocar?"

Surpreendido, Bento apercebeu-se de que havia um homem numa esquina da salinha e desviou para ele o olhar. Tratava-se de Dirk Kerckrinck sentado numa cadeira do canto a escutar a clavicordista com ar embevecido.

"O *Passemezzo di nome antico*, de Facoli."

"Bravo! Bravo!"

Ela recomeçou a tocar o clavicórdio, mas Bento já nem escutava a melodia. O que diabo estaria o seu antigo colega de carteira ali a fazer?, interrogou-se, de repente alarmado. Queriam lá ver que... que...

A realidade impôs-se-lhe com a força brutal de uma epifania. O sonso do Dirk andava a arrastar a asa a Clara Maria! À *sua* Clara Maria! Havia já algum tempo que Bento vivia na casa dela e havia muito mais tempo que andava naquela escola, mas, apesar dos seus constantes suspiros, não ganhara ainda ousadia suficiente para tornar claros os sentimentos que por ela nutria.

Percebeu nesse instante que as coisas não poderiam continuar assim. Não com Dirk a rondá-la e farejá-la. Sentiu o coração a ribombar-lhe no peito e o pânico a enfraquecer-lhe as pernas. Teria de fazer alguma coisa.

E depressa.

XI

O cocheiro soltou um grito e o cavalo relinchou, travado pelo puxão das rédeas, até o veículo se imobilizar. Johannes Hudde espreitou para o exterior.

"Chegamos ao Singel", anunciou. "É o seu destino, presumo eu. Quando nos voltamos a ver?"

"Na próxima semana em Leiden, espero."

Depois de Bento se despedir do seu novo amigo, um matemático que conhecera na Universidade de Leiden, foi com um misto de confiança e apreensão que desceu do coche e contemplou a fachada da casa de Van den Enden. Passara toda a semana em Leiden, onde Descartes estudara e para onde fora assistir às aulas do célebre Johannes de Raey, o tal professor de filosofia que Descartes conhecera e elogiara, e ainda às aulas do professor Geulincx, que havia sido obrigado a fugir da Universidade de Lovaina justamente por causa das suas ideias cartesianas.

As aulas em Leiden tinham sido muito proveitosas, não só devido às estimulantes conversas com Hudde sobre aspectos intrigantes da matemática como linguagem da natureza, mas sobretudo porque o professor De Raey trouxera à discussão o novo livro de Thomas Hobbes que um correspondente em Londres lhe enviara para a universidade. Ao que parece, a obra mais recente do filósofo inglês aprofundava certas ideias já presentes em *De Cive*, o que excitara todos os estudantes, mas em particular Bento, cujo intelecto se tornara imediatamente notado entre os professores cartesianos de Leiden.

Sentiu o peso dos dois volumes no embrulho que trazia por baixo do braço; estavam destinados a Clara Maria. Com isto é que arrasaria, acreditava. Ia armado com as mais poderosas munições que um homem apaixonado alguma vez poderia ter. Agora é que ela não lhe resistiria. O que poderia aquele idiota empedernido do Dirk fazer perante tão decisivo ataque? Nada, coitado. Desta feita, sim. Iria mostrar que era de longe o melhor dos pretendentes. O rival não tinha a menor hipótese.

Ao entrar em casa, foi confrontado com um silêncio inusitado. O lar dos Van den Enden era habitualmente um espaço movimentado, com atividade permanente e toda a gente num corropio. Nesse princípio de tarde, contudo, parecia deserto. Teriam todos saído? "

Alô?", chamou. "Está aqui alguém?"

Durante longos segundos, apenas o silêncio lhe respondeu. Definitivamente, não havia ninguém em casa. Já no corredor, o suave ranger de uma porta a abrir-se mostrou-lhe que não era assim. Olhou nessa direção e viu Van den Enden espreitar da frincha da porta do seu quarto. Tinha os olhos avermelhados, grandes olheiras e o cabelo despenteado; dir-se-ia ébrio.

"Mestre!", exclamou Bento, surpreendido. "Está tudo bem?"

Com um olhar triste, Van den Enden abanou a cabeça.

"A Clara Maria morreu."

O jovem ficou pregado ao chão, em choque, a boca a abrir e a fechar sem emitir um som, os olhos arregalados numa expressão de horror, a respiração suspensa.

"A... a Clara Maria?", balbuciou. "Mo... morreu?"

O velho mestre fez um suave gesto afirmativo; a simples confirmação da notícia era-lhe penosa.

"Coitadinha."

Bento meteu a mão à boca, estupefato e incrédulo.

"Meu Deus!", exclamou. "O que... o que aconteceu?"

Os olhos de Van den Enden umedeceram e a sua voz tremeu ao dar a resposta.

"Finou-se, a minha Clara Maria. Há três dias. Ontem foi o funeral. Estavas em Leiden e nem tive cabeça para te mandar informar. Foi tudo tão... tão repentino."

Repentino era a palavra. O recém-chegado encostou-se à parede em abandono, quase como se se tivesse deixado cair e pela parede fosse amparado, enquanto tentava assimilar a enormidade da notícia.

"A Clara Maria? Morta? Mas... mas como?"

"Ela já andava doente há algum tempo, não é verdade? Eu tinha esperança de que se recompusesse, todos os dias ministrava-lhe uns tratamentos modernos receitados por um médico meu amigo, mas... a pobrezinha não resistiu. É terrível. Terrível."

Bento escutou estas palavras entorpecido. Estaria amaldiçoado? Toda a gente que amava morria. A mãe, os irmãos, o pai. Agora Clara Maria. Por entre a letargia desencadeada pelo choque, contudo, ainda conseguiu raciocinar com suficiente clareza para estranhar um pormenor do que acabara de lhe ser dito.

"Desculpe, mas… a Clara Maria andava doente?"

Estas palavras deixaram Van den Enden desconcertado.

"Então não reparaste?", questionou, sem perceber a pergunta. "Andou três meses acamada."

"A Clara Maria?!"

Trocaram ambos um olhar de perplexidade, como se falassem linguagens diferentes e não entendessem o que o outro dizia. Nesse instante abriu-se a porta do fundo do corredor, a da cozinha, e um rosto familiar espreitou.

"Benedictus?"

Bento olhou para a rapariga que falara e o seu rosto contraiu-se numa expressão de estupefação e de incredulidade, como se visse um fantasma. Tratava-se de Clara Maria.

"Mas… mas…"

Foi só nesse instante que Van den Enden percebeu o equívoco em que ambos lavravam.

"Quem faleceu foi a minha querida mulher, a Clara Maria", esclareceu. "A minha filha está aqui, como é evidente."

Tudo se elucidava enfim. A mãe de Clara Maria e mulher de Van den Enden, Clara Maria Vermeeren, sofria de uma doença incapacitante e nos últimos tempos andava de fato acamada. Fora afinal ela que morrera, não a "sua" Clara Maria.

O recém-chegado quase correu para a rapariga, o alívio estampado no rosto.

"Pensei que… que…" Conteve-se, pois no fim de contas morrera-lhe a mãe e a última coisa que podia fazer era mostrar contentamento. "Está bem?"

Ela abanou a cabeça, uma expressão triste na cara.

"O Benedictus não veio ao funeral da mamã…"

"Peço imensa desculpa, mas estava em Leiden e não sabia de nada", justificou-se Bento. "Acabei de ser informado pelo seu pai. Lamento muito. As minhas condolências."

Duas lágrimas brotaram dos olhos da rapariga.

"Coitadinha da mamã…"

O recém-chegado teve vontade de a abraçar para a confortar, mas não se atreveu a tanto. Em vez disso, agarrou-lhe o braço e apertou-o afetuosamente para lhe fazer sentir a sua solidariedade.

"A sua mãe era uma excelente pessoa", murmurou. "Tenho imensa pena que ela já não esteja conosco. Custa-me até a crer nesta notícia. É tudo tão... tão sem sentido."

Clara Maria fez um gesto a indicar-lhe que entrasse na cozinha.

"Deus assim o quis", suspirou. "Felizmente que o Dirk veio cá e tem-me feito companhia. Desde que a mamã morreu que ele nunca saiu de ao pé de mim."

Ao entrar na cozinha, Bento deparou-se com Dirk Kerckrinck sentado na copa. Ficou por momentos plantado à porta, mudo e lívido, a considerar as consequências daquela presença. O rival passara os últimos três dias ali em casa a consolar Clara Maria?

"Olá, Benedictus", cumprimentou-o Dirk num tom vagamente sarcástico. "Finalmente apareceste, hem? Já não era sem tempo."

"Eu... eu não sabia de nada."

O rival esboçou uma expressão carregada de ironia.

"Pois, pois. Olha, eu cá ando sempre informado sobre as pessoas de quem gosto. Fossem todos assim..."

Ela sentou-se na copa.

"Dirk, pelo amor de Deus. O Benedictus estava em Leiden..."

"Ele em Leiden no mundo da lua, eu aqui sempre a ajudá-la com os problemas reais", foi a resposta pronta. "É essa a diferença."

A forma despudorada como Dirk tirava partido da ausência de Bento pareceu a este um abuso, mas nada disse. No fim de contas, fosse por que motivo fosse, era verdade que não estivera com Clara Maria quando ela mais precisara. Não podia desfazer a sua ausência nessa semana. Para além do mais, não eram os portugueses que diziam que valia tudo no amor e na guerra?

Talvez pudesse inverter a situação. Pegou no embrulho que trazia por baixo do braço e preparou-se para o oferecer à rapariga, mas ao vê-la de olhos fixos na mesa, claramente em estado de melancolia, reconsiderou; definitivamente, não estavam reunidas as condições para lhe entregar o presente. Teria de ficar para outra ocasião.

"Há alguma coisa que eu possa fazer?"

Ela abanou a cabeça sem pronunciar nenhuma palavra, os olhos sempre baixos de tristeza. Dadas as circunstâncias, não estava conversadora.

Bento teve uma ideia.

"E se eu tratar do jantar?"

"Já tratei", interveio Dirk prontamente. "Encomendei tudo a uma vizinha minha que daqui a pouco virá cá trazer salmão, ostras e caranguejo. Para a Clara Maria e a sua família, só o melhor."

Numa Europa que vivia em permanente carência alimentar, a abundância que o capitalismo trouxera aos Países Baixos fizera do país um oásis no meio de um imenso deserto. Mesmo assim, a qualidade do jantar encomendado por Dirk era superior ao normal e não podia deixar de impressionar Bento. O seu rival parecia ultrapassá-lo em tudo.

Teria de responder. E rápido.

"Então eu trato da sobremesa", decidiu, virando-se para sair. "Vou ali à Swildens buscar uns *poffertjes*."

Saiu de casa e foi apressadamente à loja da senhora Swildens, o melhor estabelecimento do gênero no Singel, comprar dois pacotes das tradicionais minipanquecas neerlandesas. Revestidos de açúcar e molho caramelizado, os *poffertjes* faziam-lhe lembrar as farturas e os churros que se vendiam nas lojas portuguesas e espanholas do Houtgracht, embora com naturais diferenças.

Bento demorou na compra uns meros quinze minutos, após os quais regressou à casa de Van den Enden. Reencontrou Clara Maria na cozinha ainda com Dirk, ambos agora na companhia de Margareta. Apesar de terem sido adquiridos para a sobremesa do jantar, os *poffertjes* que pousou na mesa da copa pareciam tão deliciosos que começaram de imediato a ser consumidos.

"Estes *poffertjes* estão uma maravilha, Benedictus", agradeceu Clara Maria ao trincar a segunda minipanqueca. "Hmmm... absolutamente de-
-li-ci-o-sos."

O apreço que ela mostrou pelos doces encheu Bento de orgulho e o seu rival de ciúmes. Percebendo que acabara de ficar momentaneamente em desvantagem, Dirk retomou a iniciativa e, invocando umas técnicas que aprendera de um médico amigo seu que acabara de chegar de Batávia, logo que acabaram de comer pôs-se a massagear os ombros da rapariga, alegando que se tratava de um tratamento miraculoso usado nas Índias Orientais para libertar as pessoas dos "maus humores" que lhes infestavam o corpo e lhes atormentavam a alma.

Confrontado com esta situação, Bento pôs-se por momentos a congeminar uma resposta. Depressa, porém, se sentiu ridículo. Em que competição se estava ele afinal a meter? Fazia algum sentido andar a disputar daquela maneira com Dirk os favores de Clara Maria? A sua amada era uma rapariga inteligente e saberia decerto ver a essência para além das aparências. As palavras de consolo, os *poffertjes* da senhora Swildens, as massagens javanesas, tudo aquilo não passavam de meras distrações. Quando a comoção pela morte da mãe passasse e o momento da verdade chegasse, ela saberia sem dúvida ver para além do acessório e valorizar o essencial.

O que era afinal o essencial? Era a verdade. E ninguém se esforçava mais para a desvendar do que ele próprio. Bento acariciou o embrulho com os presentes que trouxera de Leiden. A verdade estava ali. Era ela, contida no pacote que lhe ofereceria quando o momento certo chegasse, o seu grande e definitivo trunfo para a conquistar.

XII

Logo que acordou nessa manhã, Bento sentou-se diante do torno de polir que instalara no quarto. Começou a limar uma lente, gerando como sempre uma nuvenzinha de sílica. O maior problema no fabrico de lentes relacionava-se com a dificuldade em produzir vidro com suficiente transparência. Para tal era preciso que o polimento fosse meticuloso, no que Bento se empenhava com infinita paciência. Fazer o polimento à mão era possível, e havia sido essa a opção que por falta de recursos tomara quando se iniciara naquelas artes, mas o seu amigo De Vries, o mais novo dos *collegianten* e seu aluno em explicações particulares, havia-lhe oferecido um equipamento rotativo, o torno com o qual trabalhava nesse momento, e o trabalho tornou-se consideravelmente mais fácil.

Tossiu.

"Porcaria de tosse..."

Havia já algum tempo que uma espécie de comichão no interior do peito o fazia tossir. A tosse era seca, diferente da que a mãe e o irmão mais velho tiveram e que os levaria com ela, mas isso não impediu que sentisse uma certa inquietação. Aprendera com a experiência da família que tossir nunca era bom sinal. Sentiu-se preocupado. Ou talvez estivesse a exagerar. Tossiu de novo.

Ouviu barulho no interior da casa e reconheceu os sons. Tratavam-se das habituais limpezas domésticas, uma espécie de desporto nacional nas Províncias Unidas, com Margareta, a segunda mais velha, a bater em tapetes com invejável vigor e Clara Maria a limpar o chão e a esfregar as paredes. Com o luto pela morte da mulher de Van den Enden, aqueles sons haviam desaparecido da casa. Mas, agora que esse período terminara, a velha atividade pelo visto tinha regressado. Não havia dúvidas, tudo voltava ao normal e a vida retomava o seu curso.

Ao fim de algumas horas, o barulho das mulheres da casa na limpeza doméstica acalmou. Já não se ouviam batidas em tapetes nem sons de objetos a varrer ou a esfregar o que quer que fosse. As próprias crianças estavam quietas. Se o luto terminara, raciocinou Bento, isso significava que já não seria desadequado oferecer a Clara Maria os presentes que lhe trouxera de Leiden. Chegara o momento. Pegou no pacote e foi à procura dela.

Deu com Clara Maria na copa a costurar um *zakdoek*, ou tecido de bolso, como os neerlandeses chamavam aos lenços.

"Tenho uma prenda para si."

Os olhos azuis da rapariga acenderam-se.

"A sério?"

Retirou um braço de trás das costas e mostrou-lhe o primeiro presente. Um livro de poucas páginas. Clara Maria pegou no exemplar e leu o título. *Areopagitica*. Por baixo vinha o nome do autor. John Milton.

"O monte de Ares?", interrogou-se, traduzindo o título do grego. "Milton é um poeta, não é?" Folheou o conteúdo. "Mas não vejo os poemas."

"É um texto de Milton a defender a liberdade de expressão e de publicação. Ele diz que só se aprende se se puder ler livros de todos os tipos, incluindo os heréticos, pois mesmo os seus erros são úteis porque permitem destrinçar o verdadeiro do falso. Ideia interessante, não?"

"Uh... muito."

Ela não parecia esfuziante. Isso não o desanimou, pois vinha aí o *coup de grâce*.

"Tenho aqui outro presente..."

O olhar de Clara Maria voltou a encher-se de expectativa e antecipação.

"Deveras? O que é?"

Entregou-lhe o livro.

"A nova obra de Hobbes!"

Disse-o como quem dava uma notícia absolutamente sensacional. A capa mostrava o desenho de um rei gigante de espada diante de uma cidade e o título da obra era *Leviathan – Or the Matter, Forme and Power of a Commonwealth, Ecclesiasticall and Civil*. Embaixo encontrava-se estampado o nome do autor.

"Está em inglês..."

"Lê em inglês, não é verdade?"

"Sim, claro." Folheou o conteúdo com uma certa expectativa. "Este título, *Leviathan*... é uma história de monstros?"

"Ao contrário de si, não leio inglês, mas em Leiden já me descreveram o conteúdo", disse Bento, contendo o entusiasmo com dificuldade. "Considera Hobbes que o estado natural dos homens é estarem em guerra uns contra os outros e que é o medo da morte que os leva racionalmente a abandonar a anarquia e a ceder parte da sua liberdade a um governante ou a uma assembleia de governantes, para que estes imponham e façam respeitar regras que impeçam as pessoas de se matarem umas às outras. Estabelece-se assim um contrato social. O que move os homens não é, pois, a busca do bem maior, como até aqui se pensava, mas a fuga ao mal maior, o medo de que se matem uns aos outros. A sociedade existe para que cada um de nós consiga sobreviver. Fascinante, não?"

"Pois… sim, claro, é muito… uh… muito interessante."

Mais uma vez, ela não parecia entusiasmada. Não podia ser apenas timidez. Aliás, se havia coisas que Clara Maria não era, tímida seria decerto uma delas. O fato de dar aulas a rapazes mais velhos demonstrava-o, tal como a facilidade como subia aos palcos.

"Não gostou?"

"Gostei, gostei."

O semblante dela dizia, porém, outra coisa.

"Parece que Hobbes defende teses muito curiosas neste livro", acrescentou o pretendente, tentando excitar-lhe o interesse pelas matérias versadas na obra. "Frequentava Bacon, correspondia-se com Descartes e visitou Galileu. Tal como Descartes, ele sustenta que o homem é essencialmente matéria em movimento, sendo que tudo nos seres humanos pode ser explicado em termos materiais, no perpétuo movimento de máquinas, sem recurso a almas incorpóreas. Além disso, o bem e o mal não existem. Tratam-se simplesmente de palavras que usamos para exprimir os nossos apetites e desejos."

"Ah, pois…"

"Hobbes chama aos sacerdotes das religiões uma 'confederação de embusteiros' que propagam ideias erróneas para conseguirem dominar as pessoas", indicou, ainda a esforçar-se por contagiar a rapariga com o entusiasmo que aquelas ideias lhe excitavam. "Exatamente o que eu penso." Os olhos brilhavam-lhe de exaltação intelectual. "Para ele, o universo é a massa total das coisas que há, é um corpo, e o que não é corpo não é parte do universo. Como o universo é tudo, o que não faz parte dele não existe em lugar nenhum. Hobbes não acredita na existência de substâncias sem corpo, como as almas, e sublinha que tudo é causa-efeito, embora coloque Deus como causa primeira das coisas, o fabricante invisível de tudo o que é visível." Esboçou um esgar vagamente reticente. "Mas vai dizendo que no passado houve verdadeiros milagres e que Deus é o autor original das Escrituras, pois comunicou-as aos profetas por revelação divina. Contudo, admite que a Bíblia é um documento histórico escrito por mão humana. Já no que diz respeito a..."

"Clara!"

Voltando-se para trás, Bento viu Dirk Kerckrinck entrar de rompante. Outra vez aquele importuno! Havia que acabar com aquilo! E já! Aquele seria o momento do confronto final. Com os dois pretendentes diante de Clara Maria, chegara a hora de a forçar a escolher.

XIII

Talvez ninguém o notasse, mas Bento era um homem terrivelmente solitário. Ficara sem a mãe aos seis anos, depois perdera dois irmãos e a madrasta, a seguir perdera o pai e, por fim, perdera a sua própria comunidade, aquela onde tinha nascido e fora educado. Com o *cherem* viera a exclusão, um corte total que o atirara para uma comunidade que durante toda a infância apenas conhecera à distância. Os neerlandeses liberais acolheram-no de braços abertos e ele esforçava-se por se integrar, sobre isso não havia dúvidas, mas o esforço não havia sido ainda totalmente bem-sucedido, talvez porque todos os cortes na sua vida lhe tinham deixado cicatrizes emocionais.

Ou talvez lhe faltasse simplesmente algo que o completasse. A verdade é que se sentia muito só. Procurava compensar isso com a imagem de um asceta, alguém acima dos restantes e das normais necessidades da vida. O fato, porém, é que era um homem e enquanto homem tinha a consciência de um enorme vazio na sua vida. Faltava-lhe algo. Ou alguém. Evidentemente, Clara Maria. O problema era Dirk Kerckrinck, o inconveniente que acabara de se intrometer e que pelo visto não havia meio de perceber que estava a mais. Chegara a hora de arrumar aquela questão.

"Olá, Dirk", cumprimentou-o Clara Maria, esboçando um sorriso tênue. "Hoje veio cedo."

"Foi para estar um bocadinho consigo", disse o recém-chegado, sentando-se ao lado do rival. "E tu, meu caro? Gostas tanto da Clara Maria que andas sempre fugido por Leiden..."

A provocação foi lançada com a precisão de uma adaga.

"Sabes muito bem que vou lá para estudar filosofia na universidade."

"Se calhar era melhor ficares por aquelas paragens a filosofar. Ouve lá, não devias estar a polir lentes ou coisa parecida?"

O idiota tentava enxotá-lo dali, percebeu Bento, quase escandalizado com o atrevimento de Dirk. Quanto à rapariga, parecia estudá-los aos dois. Como se os avaliasse.

"Conversávamos sobre Hobbes", devolveu o filósofo com altivez, apontando para o exemplar de *Leviathan*. "Presumo que já tenhas ouvido falar da última obra dele. Acabou de chegar de Londres."

Lançando um olhar desinteressado ao livro, Dirk forçou um bocejo insolente.

"Ah, sim. Muito excitante."

O gesto trocista arrancou um sorriso de Clara Maria.

"Claro que só as pessoas mais cultas o conseguem ler", acrescentou Bento em tom cáustico, vexado com a tentativa do rival de o diminuir diante dela. "A Clara Maria, por exemplo, consegue." Olhou para ela, em busca de confirmação. "Não é verdade?"

"Com certeza", confirmou a neerlandesa. "Estou certa de que o conteúdo destes livros irá animar as conversas ao serão."

"O interessante é que muitas das coisas que Hobbes escreve no seu livro já as penso eu há algum tempo", revelou Bento, não sem uma ponta de orgulho. "Aliás, até as inseri numa 'Apologia' que escrevi em minha defesa."

"Oh, isso não é nada", contrapôs Dirk. "Quando eu próprio for para a Universidade de Leiden, ainda hei de fazer um manual de anatomia que..."

Clara Maria levantou a mão, como se quisesse travar o que ameaçava tornar-se uma luta de galos.

"Calma, calma!", pediu. "Vamos fazer um jogo. O objetivo é saber qual de vós os dois é o mais esperto. Eu faço de juiz. Estão de acordo?"

Os dois rivais trocaram um olhar de desafio, como se se espicaçassem.

"Vamos a isso!"

Ela pegou num leque e abanou-o junto à cara, como se interpretasse o papel de uma nobre num salão dos tempos da monarquia.

"Imaginem que sou uma frágil donzela e vocês uns príncipes encantados que me vêm fazer um *kweesten* por baixo da janela do meu castelo", propôs. "O que fariam para me convencer?"

Por esta altura já Bento tinha percebido que a razão não era definitivamente a forma certa de chegar ao coração dela. A inteligência seduzia-o a ele, mas por alguma estranha razão, e apesar das suas óbvias qualidades de inteligência e cultura, Clara Maria permanecia relativamente imune aos charmes do intelecto, como se demonstrava pela reação tépida aos livros que lhe oferecera; não se tratara apenas de melancolia pela recente morte da mãe, mas de uma manifestação genuína de falta de interesse pelo tipo de leituras que o galvanizava a ele. Contudo, não se dava por vencido e tinha na manga um trunfo secreto que lhe dera muito trabalho a preparar.

"Se lhe fizesse um *kweesten* por baixo da janela, doce donzela, seria uma serenata." Ajoelhou-se diante dela, como se estivesse no palco. "*But soft! What light through yonder window breaks?*", recitou. "*It is the east, and Juliet is the sun. Arise, fair sun, and kill the envious moon.*"

Ela mostrou-se deliciada.

"Ah, que máximo!", exclamou, batendo palmas calorosas. "Bravo! Bravo! Benedictus, também conhece *Romeu e Julieta*?"

"Virei Amsterdã inteira à procura dessa peça e não encontrei nada", disse Bento. "Foi apenas na Universidade de Leiden que conheci um estudante inglês que ma mostrou. Embora não fale inglês, decorei estes versos para que lhos pudesse recitar quando a ocasião se propiciasse. E aí estão eles…"

Clara Maria olhou-o com admiração.

"Quer ver que ainda vamos os dois interpretar *Romeu e Julieta* no Teatro Municipal? Ah, adoraria!"

Ao vê-la tão entusiasmada, um regozijo que nada tinha a ver com a forma quase indiferente como reagira aos livros ou às considerações sobre Hobbes, tão apaixonantes para si, mas que pelo visto tão pouco lhe diziam a ela, Bento sentiu-se ao mesmo tempo perplexo e confiante. Perplexo porque durante todo o tempo a havia lido mal; confiante porque a sentia enfim inclinar-se para ele.

Voltou-se para o rival com uma expressão triunfal, à espera de ver o que faria. Seria ele capaz de batê-lo a si e a Shakespeare? Pelo semblante no rosto, era evidente que Dirk ficara abalado. Mas também o rival tinha os seus trunfos.

Tal como Bento, o neerlandês ajoelhou-se diante dela.

"Doce donzela, os seus olhos cintilam como os raios de sol no azul do mar e o seu sorriso é o mais poderoso dos exércitos", declarou Dirk. "Como penhor do meu eterno e sincero amor, deposito nas suas mãos o meu coração palpitante… e ainda um pequeno nada."

Com estas palavras meteu a mão ao bolso e retirou uma caixa, que lhe entregou baixando a cabeça; dir-se-ia um cavaleiro diante da sua princesa. Cheia de curiosidade, Clara Maria pegou na caixa e abriu-a. Ao contemplar o seu conteúdo, soltou um grito.

"Oh!"

Do interior retirou um colar que de imediato pôs ao pescoço; estava radiante e, havia que o reconhecer, esplendorosa.

"Gosta?"

"Se gosto?", riu-se ela. "Isso é pergunta que se faça?" Foi a correr para o corredor, onde existia um espelho, e mirou-se no reflexo, experimentando vários ângulos e poses. "Que maravilha! Não me diga que são... que são..."

"Pérolas", confirmou ele. "Mandei-as vir expressamente de Java."

Apesar do pé boto, ela desatou a correr de volta, desta feita na direção de Dirk, e, efusiva, saltou-lhe aos braços.

"Meu príncipe!", murmurou, estreitando-o nos braços com toda a força. "Meu querido príncipe!"

A tudo isto Bento assistiu de boca aberta. Então e o latim e a matemática? Então e Milton e Hobbes? E Shakespeare e *Romeu e Julieta*? Ela trocava o que de melhor o intelecto humano havia produzido por uma... uma miserável bugiganga de feira? Como era possível uma coisa daquelas? Clara Maria, a inteligente e culta Clara Maria, a rapariga que lhe derretia o coração com a sua inteligência, aquela que o seduzira com a sua graça e espírito, a mente superior que falava latim e recitava Terêncio, trocava as pérolas do espírito humano... por um frívolo e banal colar? Que mundo era aquele em que as aparências derrotavam a substância?

Estupefato, abalado, a tremer, e sobretudo derrotado, Bento sentiu o ar faltar-lhe. Aquilo era demais. Precisava de sair dali o mais depressa possível. Ar! Ar! Quase correu para os seus aposentos. Pegou no primeiro casaco que encontrou e encaminhou-se apressadamente para a porta e só parou quando chegou à rua.

Sentiu o ar fresco acariciar-lhe a cara, mas se esperava que isso o aliviasse, depressa perdeu as ilusões. Estava perdido e não sabia como se encontrar.

XIV

As ruas de Amsterdã apresentavam-se impecavelmente limpas, como sempre acontecia na cidade para espanto de tantos visitantes, e apenas umas folhas de outono esvoaçavam sobre a calçada ao sabor volátil da brisa caprichosa. Os estrangeiros costumavam comentar com admiração a higiene que encontravam nos espaços públicos, pelo visto em parte alguma do mundo se via coisa igual, mas para Bento nada daquilo constituía novidade; sempre vira Amsterdã assim, nunca conhecera outra cidade fora das Províncias Unidas e não percebia o porquê de tamanho espanto. A verdade é que o liberalismo econômico gerara tanta riqueza que a república neerlandesa se tornara a mais próspera nação do mundo e os seus cidadãos já davam a sua abundância por adquirida.

Nada que o animasse nesse momento. Bento deambulava pela cidade de cabeça baixa, sem rumo, desolado e enjeitado, perdido no labirinto da sua tristeza e interrogando-se sobre o rumo que a sua vida tomara. A rapariga que escolhera preterira-o por outro. Se aquilo não era derrota, o que era a derrota? O que o incomodava mais, todavia, nem sequer era a recusa dela, embora isso doesse, e muito, mas o motivo da recusa. O motivo. Não se podia conformar com a ideia de que Clara Maria não o rejeitara por ele ser incapaz ou estúpido ou até simplesmente feio, que sabia aliás não ser o caso porque na rua as raparigas a toda hora lhe lançavam olhares interessados, mas porque um outro lhe oferecera um colar de pérolas. Fora preterido por um simples colar feito de bolinhas brilhantes!

Teve vontade de gritar, de correr, de explodir com aquela revolta que lhe apertava o peito e o sufocava como um garrote. Como era possível uma coisa daquelas? Clara Maria enjeitara-o por um colar de pérolas?! Era isso aceitável? Abanou a cabeça, falando consigo mesmo. Não, definitivamente não. Só seres irracionais seriam capazes de uma escolha daquelas. Se uma rapariga tão inteligente e tão culta como Clara Maria era capaz de uma opção tão irracional assim, o que lhe dizia isso das mulheres? Ah, elas não usavam a razão para interpretar o mundo! Preferiam pelo visto as emoções simples, como crianças animadas pelos instintos mais básicos. Logo, eram necessariamente inferiores ao homem. Era a única explicação.

Racionalizou esta conclusão. Se a natureza tivesse feito as mulheres iguais aos homens, considerou, certamente que, entre tantas nações diferentes, em algumas se encontrariam ambos os sexos em igualdade e noutras onde as mulheres mandassem mais do que os homens. Mas não era isso o que se via, pois não? Por toda a parte, as mulheres não tinham os mesmos direitos dos homens. Isso só podia acontecer porque eram necessariamente inferiores a eles. Sim, era isso. Só podia ser isso. Tratava-se mesmo da única explicação plausível para o comportamento irracional de Clara Maria. As mulheres, ao contrário dos homens, não usavam a razão para interpretar o mundo e atuar sobre ele. Faziam-no apenas com a emoção. Só isso justificava que a sua amada, tão culta e inteligente e espirituosa, a melhor das melhores do seu sexo, tivesse preferido as pérolas ao intelecto.

Ah, como aquilo lhe doía! Sentia a rejeição como uma lâmina cravada na alma e surpreendeu-se a si próprio a odiá-la com todas as forças, a odiá-la como nunca odiara ninguém, a odiá-la a ela e a odiá-lo a ele, Dirk Kerckrinck, que lha roubara ao preço rasca de uma vulgar bugiganga das Índias Orientais. Vendo alguém que amava unida a outra pessoa por amor, descobria-se tomado pelo ódio para com quem amava e por inveja e ciúme para com o objeto do amor dela. Respirou fundo e fez um esforço para se acalmar. Tentou reequilibrar-se e impor a razão sobre a emoção. Se a emoção o cegava, teria de usar a razão para se analisar a si próprio, e ao analisar-se seria talvez capaz de ver. Odiava-a, odiava-a mais do que tudo, sobre isso não havia a menor dúvida, mas ao mesmo tempo sentia-se surpreendido por odiar quem apenas uma hora antes amava como nunca amara ninguém. E o mais extraordinário, tomou consciência, é que continuava a amá-la, pois se ela o chamasse iria a correr. Amava-a e odiava-a ao mesmo tempo. Como era isso possível?

Reformulou a pergunta que acabara de fazer a si mesmo. O que lhe revelava isso de si? Que era humano, respondeu de imediato para os seus botões. Aqueles sentimentos eram seus, mas não apenas seus, eram de todos os homens em todos os tempos, pois todos os homens eram feitos da mesma maneira. Todas as emoções estão relacionadas com desejo, alegria e tristeza, concluiu. O que era o amor senão a alegria acompanhada da ideia de uma causa externa? O que era a inveja e o ciúme senão ódio?

E o que era o ódio senão uma fúria acompanhada da ideia de uma causa externa? Quem uma coisa ama, necessariamente procura mantê-la junto a si e preservá-la; quem uma coisa odeia, necessariamente procura removê-la e destruí-la. Se ao mesmo tempo amava e odiava Clara Maria, então ao mesmo tempo queria puxá-la para si e afastá-la, ao mesmo tempo queria preservá-la e destruí-la. Como era possível que ele, e consequentemente a natureza humana, contivesse uma tão radical contradição?

Não podia esquecer os sentimentos que o haviam animado apenas uma hora antes. Na altura transbordava de amor por Clara Maria e o amor dava-lhe uma alegria que a todo custo procurara preservar. Pensando bem, o esforço de preservar a alegria do amor era tanto maior quanto maior fosse o próprio amor. Daí o esforço que havia feito para que o objeto do seu amor o amasse de volta. Tal esforço, contudo, era agora restringido pelo ódio para com o mesmo objeto do seu amor. Por essa razão se via atormentado pelo sofrimento, e o sofrimento era tanto maior quanto maior era o amor. Isso explicava por que motivo contemplava com tanto sofrimento o objeto do seu amor, a Clara Maria que agora amava e ao mesmo tempo odiava, e o motivo pelo qual a odiava mais do que a odiaria se não a amasse, pois o seu ódio era proporcional ao seu amor.

Caminhava já perto da zona do Houtgracht e nem se apercebia por onde andava nem para onde ia, tão embrenhado estava no labirinto da sua amargura. Ainda uma hora antes, Clara Maria era a personificação do bem e agora já a via como a encarnação do mal. O que se teria passado na sua cabeça para isso acontecer? Hobbes tinha razão. O bem e o mal não existem; são simples palavras que se usam para exprimir apetites e desejos. Era o que se passava com ele e, presumivelmente, com todos os homens. Não desejava uma coisa porque a considerava boa, mas, pelo contrário, achava-a boa porque a desejava. Da mesma...

"Por que não vens divertir-te comigo, garanhão?"

... maneira, não odiava uma coisa porque a considerava má, mas considerava-a má porque a odiava. Assim era ele e, consequentemente, assim era a natureza humana. Claro que...

Sentiu alguém puxá-lo pelo braço.

"Anda comigo!"

"Hã?"

Só nesse momento regressou ao presente.

"Vem!", disse-lhe a rapariga que o interpelara, abrindo o casaco e exibindo-lhe por instantes os seios arrebitados como uma vendedora ambulante a expor os produtos à clientela. "Vem comigo, que eu levo-te ao paraíso."

Assustando-se, empurrou-a e estugou o passo. Onde diabo estava ele? Olhou em redor e reconheceu o sítio. Encontrava-se na área de diversões entre a Jodenbreestraat e a velha igreja, na zona onde vivia a comunidade portuguesa e perto da casa do *chacham* Ben Israel e do pintor Van Rijn. O pai sempre lhe recomendara que evitasse aquele antro de pecado, mas na sua adolescência fizera duas ou três incursões por ali, uma delas com Gabriel, e surpreendera vários portugueses em conversas pouco *kosher* com aquelas mulheres.

"Olá, fofo!", chamou-o outra, esta à esquerda, um largo chapéu de penas na cabeça. "Queres entrar? Por cinquenta *stuivers* ajoelho-me a teus pés e rezo-te um pai-nosso que te elevará aos Céus..."

Esta era uma matrona grande, plantada à porta de um hotel barato onde decerto exercia a sua atividade. Bento nem lhe deu troco e seguiu em frente. A rua onde entrara era animada, com vários homens a cirandarem por entre mulheres que os provocavam sem cessar. Dos dois lados da rua viam-se fileiras de bares e hotéis, e ainda *plugge-kit*, *sonnenbosch* e *glydebosch*, sendo que estas três últimas eram expressões usadas pelos neerlandeses para se referirem aos bordéis apinhados de *glyden* e de *wederhaen*, as mulheres do vício. Reconheceu aqui Abraão Pessoa a circular distraidamente entre a multidão e ali David Henriques a sair à pressa de uma espelunca enquanto apertava as calças; tantas vezes os vira, muito pios, sentados na sinagoga com o Sidur, o Livro das Orações, no regaço a recitarem o Shemá. Tal como tantos outros *yehidim*, em nada eram diferentes da velhota piedosa da sua infância que, entre rezas, o tentara roubar ao mesmo tempo que pregava o culto a Adonai.

Prosseguiu caminho. Do interior de um dos estabelecimentos soava *Bredas Biertje*, uma música muito em voga. Atraído pelas notas alegres que saltitavam pela porta, Bento deteve-se diante da entrada. Tratava-se de um *musico*, uma espécie de bar onde, para além das bebidas e das mulheres, o entretenimento envolvia músicas e danças. Sentiu-se tentado e, ao mesmo tempo, relutante. Nunca havia entrado num lugar daqueles nem alguma vez tinha considerado seriamente tal possibilidade, até porque isso seria muito mal visto entre os *yehidim*, mas nessa noite era diferente. Sentia-se só e infeliz, afogado no abismo de um desgosto de amor, e precisava de desanuviar, de se distrair, de pensar noutras coisas. Por que não entrar? E que tal fazer algo diferente? Que mal havia em cometer uma pequena loucura? Qual o problema de se divertir um pouco? Tinha de vencer a modéstia que mais não era do que um condicionamento da sua educação, pois a modéstia é afinal o receio da vergonha que impede um homem de cometer um ato que o possa embaraçar. Mas o que o embaraçava verdadeiramente? Entrar num *musico*? Fugir àquela melancolia que o sufocava?

Quase como se fosse o corpo quem tomava a decisão, o corpo e não a mente, deu consigo a cruzar a porta e, como um cordeiro a espreitar inocentemente o covil do lobo, penetrar naquele verdadeiro antro de perdição.

XV

A primeira coisa que Bento sentiu foi o forte cheiro a tabaco. Uma verdadeira neblina pairava no interior do *musico*, por entre uma vozearia feita de gargalhadas e conversas animadas, tendo por som de fundo uma música barulhenta que emprestava um toque de caos ao estabelecimento. Vários homens e mulheres alinhavam-se ao balcão à conversa e a beber cerveja e vinho, enquanto à direita ascendia o fumo exalado pelos cigarros e charutos dos jogadores com dinheiro sobre as mesas; numas jogava-se às cartas, noutras gamão e noutras lançavam-se dados. Pelo ar cruzavam-se frases nas mais diversas línguas, mas sobretudo neerlandês, português e alemão de marinheiros, com os ocasionais francês, inglês, dinamarquês e polaco à mistura.

No centro do *musico* abria-se um espaço onde dois homens e três mulheres do vício saltitavam numa dança embriagada ao som alegre da música que três artistas em mangas de camisa tocavam ao canto; um ao harmônio, outro num órgão minúsculo e o terceiro ao violino. Pelos *tzitzit* nos corpos e *kippah* na cabeça, a que chamavam *yarmulke* em iídiche, Bento percebeu tratarem-se de judeus *tudescos* das terras alemãs e polacas que para ali iam ganhar uns florins. Tal como a velha piedosa que o tentara roubar e os portugueses pios que rezavam na sinagoga e frequentavam as *glyden*, pelo visto também os *tudescos* faziam as suas nada pias escapadelas.

Foi ao balcão buscar uma cerveja e sentou-se à borda de uma mesa comprida a ouvir a música e a apreciar os clientes e as *glyden* que dançavam no centro do estabelecimento. Enrolou um cigarro e acendeu-o. Mas o tabaco não lhe bastava. Precisava de beber para esquecer. A mesa onde se sentara prolongava-se até à outra parede e nela estavam várias *glyden* com os clientes, quase todos a beberem e a rirem-se com espalhafato, alguns a acariciarem mutuamente os genitais por baixo do tampo. Ouviu uns gritos ao fundo da mesa e viu um dos clientes, um marinheiro, a tentar bater numa mulher.

"O teu buraco até moscas atrai, rameira!", berrou o homem, evidentemente bêbado. "Queres-me a bolsa, não é? Pois vais é levar com a verga!"

"Qual verga?", devolveu ela, despenteada. "Nem a consegues levantar, ó impotente de merda!"

Materializando-se vinda não se percebia de onde, uma mulher mais velha fez sinal a um homem corpulento e este pegou no cliente pelos colarinhos e arrastou-o até à porta, atirando-o para a rua como se não passasse de um saco.

O incidente mereceu durante alguns momentos umas gargalhadas e comentários mais ou menos jocosos, mas logo tudo regressou àquele normal caótico feito de conversas em voz alta, risadas, música alegre, dança saltitante, jogos e carícias desavergonhadas.

"Então, querido? Pagas-me um copinho de vinho?"

Diante de Bento sentou-se uma rapariga fortemente maquilhada, os seios tão opulentos e apertados que pareciam ansiosos por saltar do decote do espartilho.

"Uh... estava só a beber a minha cerveja..."

"Hmm, já te topei, querido", disse ela. "Todo tímido, novinho como uma alface e quase a esconderes-te por baixo da mesa. Uma virgem. És novo nisto, hem?"

O rapaz enrubesceu.

"Por que diz isso?"

"Estás a brincar? És um tenrinho, querido. Pelo teu aspecto... eu diria que és português."

"Isso é que é capacidade de observação..."

"Oh, querido, já vi de tudo por aqui, nem fazes ideia. Até mulheres a fingirem-se de homens, acreditas?" Encolheu os ombros. "Eu cá nem me importo. Desde que paguem..." Mirou o copo dele. "Olha lá, querido, não ofereces um copinho aqui à tua Tartie? Anda, vá lá. Só um copinho para matar a sede..."

Observou-a melhor. Devia ter os seus vinte anos e, descontada a forte maquilhagem que lhe esborratava os olhos de negro e os lábios de vermelho-vivo, até era bonitinha, com os cabelos ruivos encaracolados, olhos azul-escuros e sardas espalhadas pelas faces e pelo nariz arrebitado. Pelo sotaque devia vir do Brabante, pelos modos ia de certeza a qualquer parte.

"Ouça, não me leve a mal, mas estou apenas aqui a beber tranquilamente uma cerveja e não quer..."

"Eu animo-te, querido. Tu tão sozinho e eu tão melancólica. Não há mal nenhum em conversarmos, pois não? Sempre vamos fazendo companhia um ao outro. Que mal há nisso? Ou... ou será que não gostas de mulheres?"

A sugestão empertigou Bento.

"Está bem, mande lá vir o vinho."

A rapariga fez um sinal para um dos estalajadeiros e quase de imediato um pequeno jarrão foi depositado em cima da mesa. Ela serviu-se de um copo, fez-lhe um brinde e bebericou um trago.

"Ah, bela zurrapa!", exclamou, pousando o copo. Fitou-o. "Olha lá, não me fazes companhia no vinho?"

"Sou mais amante da cerveja."

Tartie não pareceu contente por o cliente não partilhar o vinho com ela, mas depressa pareceu esquecer o assunto.

"Nunca vieste a um *musico*?"

"Esta é a primeira vez."

Ela estreitou as pálpebras, como se o perscrutasse.

"E mulheres? Já alguma vez estiveste com alguma?"

"Bem... uh... sim, claro. Tenho uma irmã, tenho..."

"Estou a falar em conversas carnais, querido", precisou Tartie. Fechou o punho e fez um gesto de batidas consecutivas. "Truca-truca-truca... topas?" Inclinou a cabeça de lado. "Presumo que não faças isso com a maninha, hem? Ou fazes, seu maroto?"

Normalmente pálido, o rosto de Bento avermelhou de novo; dir-se-ia um tomate gigante.

"Não diga disparates."

"Pronto, pronto, não queria ofender", recuou ela. Soergueu a sobrancelha. "Mas ainda não me respondeste. Já estiveste ou não com uma mulher? Vá lá, querido, conta tudo à tua Tartie..."

"Não tem nada a ver com isso."

Voltou a estreitar as pálpebras; dir-se-ia capaz de o ler como a um livro aberto.

"Hmm... algo me diz que nunca truca-trucaste, a não ser com a tua mão..."

Ainda esteve tentado a negar ou simplesmente a evitar a questão, mas sentiu-se tão transparente diante daquela sabichona que se achou ridículo.

"O que lhe interessa isso?"

Ela soltou uma gargalhada e deu uma palmada sonora na mesa.

"Eu sabia! Eu sabia!", exclamou. "Ouve, temos de tratar disso, querido! E vai ser aqui com a tua Tartiezinha, ouviste? Vamos fazer um *menistenbruiloft* todo à maneira!"

Podia ser jovem e inexperiente naqueles assuntos, mas Bento sabia que *menistenbruiloft* era calão de Amsterdã. Queria literalmente dizer *casamento menonita*, embora na verdade, e naquele contexto, significasse o encontro carnal de um cliente com uma menina de um *musico*.

"Calma! Estamos só a beber um copo."

Mas a rapariga não desarmou. Inclinando-se para a frente, apoiou os cotovelos sobre a mesa e aproximou-se da cara dele como se lhe quisesse contar um segredo.

"Por causa da mesa não consegues ver, mas por baixo do tampo estou de perna aberta para ti, querido", sussurrou-lhe com súbita lascívia. "Por que não metes a mão entre as minhas pernas para me sentires a rachinha, hã? Estou toda, toda molhadinha…"

"Per… perdão?"

"Anda, querido. Mete a mão, vá. Até ao fundinho. Tudo, tudo, tudo. Não vais encontrar abrigo mais fofo e acolhedor para o teu grande meninão do que aqui a minha *kwedio* toda úmida, ouviste? É a maior e a melhor *kwedio* de Amster-tesão inteira."

Como se se tivesse desencadeado no seu corpo uma reação automática, Bento sentiu o sexo endurecer como nunca alguma vez havia endurecido, ao ponto de quase recear que rebentasse ou que de algum modo lhe rompesse as calças.

"Ouça, eu… uh…"

Sentiu uma mão agarrá-lo por baixo da mesa nos genitais.

"Ai que homenzarrão!", disse ela com uma risadinha, enchendo a mão e sentindo-lhe o volume. "Sim, senhor! Já vi que estás bem equipadinho para preencher a Tartie todinha." Fez um movimento com a cabeça como se o convidasse a saírem dali. "Anda, querido. Vem com a tua Tartiezinha consumar o nosso *menistenbruiloft*. Vou fazer-te coisas com a boca e com a *kwedio* que te porão doidinho, olaré se vou."

A cabeça dizia-lhe que não, não e não, o corpo exigia-lhe que sim, sim e sim.

"Ouça, eu…"

"Tens quatro florins?"

"Uh… claro. Por quê?"

Sem mais, ela levantou-se e puxou-o, conduzindo-o pelo *musico* até umas escadas laterais os levarem ao primeiro andar e a um quarto esconso e minúsculo, a treva rasgada pelas chamas dançantes e amareladas de duas pequenas velas. A meio plantava-se uma velha cama de ferro com a colcha coberta de nódoas e na parede viu, agigantadas, as silhuetas formadas pelos seus corpos e recortadas diante do clarão das labaredas.

Logo que a porta se fechou, ela puxou-lhe as calças para baixo com uma destreza de experiência feita, ajoelhou-se diante dele e, enchendo a boca de pecado, rezou-lhe o pai-nosso e levou-o ao Céu exatamente como a mulher da rua lhe havia prometido apenas meia hora antes.

XVI

Com o corpo coberto de suor e os músculos a contraírem-se em espasmos ocasionais, Bento saiu de dentro de Catryn e rolou para o lado até ficar de barriga para cima, ofegante e exausto, uma sensação de vazio a tomar de imediato conta de si. A rapariga deu um salto da cama e foi lavar-se sobre uma vasilha enquanto ele permanecia quieto, os olhos fixos no teto, o espírito estéril. Tossiu. O que estava ali a fazer? Para onde ia? Por que se sentia de repente assim tão oco?

As lentes para telescópios e microscópios que produzira durante um ano inteiro renderam-lhe bons florins e havia já dois meses que os derretia nas sucessivas *glyden* que procurava na noite de Amsterdã com a obsessão de um ébrio. Começara acidentalmente com Tartie no *musico* do Houtgracht e a partir daí foram umas atrás das outras. Tryn numa *glydebosch* da Harlemmerstraat, na zona do porto, Lys num quarto úmido de um hotel decadente num beco de Achterburgwal, Anouk num pardieiro miserável de Hasselaerssteeg, em pleno Singel…

A lista de mulheres do vício tornara-se interminável e ele próprio sentia dificuldade em lembrar-se de todas. A maior parte dos nomes já os esquecera, os rostos fundiam-se uns nos outros, das situações por vezes só lhe restava uma ideia vaga; sentia-se como um sonâmbulo a atravessar a neblina irreal de uma longa noite de sonho.

"O *monye*?"

Permaneceu imóvel, insensível, a exaustão transformada num torpor lasso; dir-se-ia indiferente a tudo o que acontecia à sua volta, como se nada importasse.

"Está a ouvir, senhor?", insistiu Catryn, como a loira se dizia chamar. Estava nua, de pé ao lado da cama, a mão estendida na cobrança dos serviços. "O *monye*? Dê-me o guito, vá. Lembre-se de que são três florins. Pague-me já porque tenho coisas a fazer."

Depois de respirar fundo, Bento levantou-se devagar, quase a custo, e foi ao casaco que abandonara no chão. Retirou do bolso interior o dinheiro e entregou-o à rapariga. Ela guardou os três florins, vestiu-se e saiu porta fora sem dizer nem mais uma palavra.

Ficou só. Na verdade, nunca em momento algum deixara de o estar. Fora justamente a solidão que o arrastara para ali, para mais um quarto escuro e mais uma mulher do vício e mais aquela melancolia e vazio que no fim o deixava alheado do mundo. Qual a alternativa? Ficar em casa? Nem pensar. A residência dos Van den Enden tornara-se-lhe insuportável. A presença de Clara Maria perturbava-o e vê-la na companhia de Dirk Kerckrinck, como tantas vezes sucedia, tornara-se uma verdadeira tortura.

O que lhe dizia aquilo sobre si e sobre a natureza humana? Dizia-lhe que o homem que amava uma mulher e a imaginava a entregar-se carnalmente a outro não ficava meramente perturbado porque não podia satisfazer os seus apetites, mas afastava-se dela porque sempre que a via era forçado a imaginá-la a entregar-se com as suas intimidades ao outro. Raciocinava com uma frieza que até a si próprio surpreendia, como se vivesse a situação com a emoção e ao mesmo tempo a analisasse de fora com a razão. Além disso, considerou na sua autoanálise simultaneamente fria e quente, o homem preterido não era recebido com o mesmo favor que a sua amada concedia ao outro, o que constituía uma fonte adicional de sofrimento.

Esse sofrimento tornara-se-lhe insuportável e era por causa dele que Bento recorria a todos os pretextos para sair de casa logo que os seus deveres o libertavam. Palmilhava as ruas de Amsterdã numa busca desesperada de qualquer distração que lhe ocupasse o espírito e lhe afastasse a mente de Clara Maria, da sua rejeição e da visão da sua felicidade com outro. Enchia-se de cerveja nas tabernas até cair inanimado no chão, dançava com abandono nos palcos dos *musicos*, jogava às cartas e aos dados com os maiores batoteiros da cidade, satisfazia os desejos carnais com a primeira das *glyden* que lhe aparecia à frente; chegara mesmo a satisfazer-se ao mesmo tempo com duas *nachtlopers*, como eram conhecidas as mais reles, as mais baratas e as mais velhas mulheres de rua. Tudo servia para lhe aplacar aquele fogo sofrido que o consumia por dentro. O problema é que, bem vistas as coisas, estas fugas nada de fato resolviam. O desejo de sexo não passava afinal de pura lascívia. Nos instantes em que se juntava a uma mulher de rua e com ela mantinha conversas carnais num qualquer buraco miserável, o corpo enchia-se de prazer sensual ao ponto da quiescência, uma espécie de beatitude celeste, como se o bem supremo tivesse de fato sido atingido e já não fosse capaz de pensar em qualquer outra coisa. Só que, quando a lascívia se consumia e uma melancolia extrema se instalava nele, o corpo ficava entorpecido e a mente perturbada.

Devagar, a meditar naquela melancolia que tomava conta de si depois dos êxtases da lascívia carnal, voltou a levantar-se da cama e, sempre com movimentos estafados, vestiu-se. Abandonou o quarto imundo onde havia passado a noite na companhia de Catryn e desceu as escadas bafientas do hotel miserável. O desejo é um apetite consciente, considerou, e esse apetite é a essência própria do homem no sentido em que o conduz a atos que contribuem para a sua conservação. Se assim era, contudo, como se explicava a melancolia que o deprimia depois do êxtase carnal? Talvez fosse simples vergonha, o que explicava o arrependimento. Via a vergonha como uma tristeza que se seguia a um ato que o embaraçava. De certo modo, era isso o que lhe sucedia depois de largar cada mulher e todas as vezes se deitar a seguir de barriga para o ar com os olhos fixos no teto do pardieiro onde lhe calhava passar a noite, questionando-se sobre o que acabara de fazer e por que o fizera. Qual o sentido de tudo aquilo?

Saiu do hotel decadente e encaminhou-se para a casa de Van den Enden no Singel. Ia absorto, perdido nas suas perplexidades, interrogando-se sobre o sentido do que fazia, desejando desfazer o que fizera, mas sabendo que logo que o desejo regressasse o voltaria a fazer, pois era essa a natureza circular de todos os vícios.

"*Entonces*, Benito?"

Apercebeu-se do seu amigo espanhol a acercar-se de si, vindo do outro lado da rua.

"Olá, doutor Prado." Tossiu. "Como está?"

Desconsolado e tristonho, Juan de Prado abanou a cabeça.

"*Muy malo.*"

"Por quê?", preocupou-se Bento. "Aconteceu alguma coisa?"

"É este maldito *cherem* que os senhores do *ma'amad* lançaram contra mim", disse o médico. "Desde esse dia que a minha vida se tornou impossível. Ninguém fala comigo, todos me viram as costas, não arranjo um único cliente. *Una desgracia!*"

"Vire-se para os neerlandeses", sugeriu o amigo, voltando a tossir. "Também esses adoecem, não são só os portugueses…"

"Pois, para ti é muito fácil falar, Benito. Nasceste aqui e dás-te com os neerlandeses, estás integrado nesta sociedade e podes viver totalmente fora da comunidade portuguesa. Eu não estou infelizmente nas mesmas condições. Não te esqueças de que nem sequer neerlandês falo. Os neerlandeses não me conhecem nem me entendem, eu não os conheço nem os entendo... com eles nada feito. Os meus únicos clientes eram os portugueses e os espanhóis da Nação. Se esses agora estão proibidos de vir ter comigo, o que será de mim? Vivo de quê?"

Bento tossiu.

"Nenhum dos seus antigos pacientes portugueses o vem ver? Nem sequer às escondidas?"

"Só um ou outro dos mais liberais, e sempre em segredo", foi a resposta de Prado. "Os restantes têm medo de violar o *cherem* e também eles acabarem excomungados. Além do mais, médicos é coisa que por aí não falta, como sabes. Somos tantos e tantos na comunidade portuguesa que não existe trabalho para todos. E já não posso regressar a Espanha, pois a Inquisição deita-me logo a unha e acabo na fogueira. *Ay, qué pesadilla!*"

Nova tosse.

"Pois, nessas condições..."

O espanhol olhou-o com uma expressão subitamente analítica.

"*Mira*, que tosse é essa?"

"Sei lá. Tusso, ando com falta de apetite, sinto por vezes uma febre baixa..."

"Há quanto tempo tens isso?"

"Dois anos, talvez."

"Dois anos?! *Coño!* Não foste a um médico?"

"Não. Por quê? Deveria?"

"Tosses, estás pálido e magríssimo, andas com ar cansado..." Considerou por momentos este quadro clínico. "*Escucha, hombre*, tens casos de tísica na família?"

"Tísica?"

"Problemas de respiração, tosse, febre baixa..."

Agora que Juan de Prado descrevia os sintomas daquela maneira, Bento reconheceu-os.

"A minha mãe teve isso e o meu irmão Isaac também", revelou. "E ambos morreram cedo. Não me diga que... que..."

"A tísica é uma coisa muito séria, Benito. Tens de ter cuidado, ouviste? Muito cuidado. Caso contrário ainda te acontece o que sucedeu à tua mãe e ao teu irmão."

"Mas... o que posso fazer?"

"Precisas de descansar. E *muchissimo*. Nada de esforços físicos, ouviste?"

"Já pouco os faço", indicou Bento. "O meu trabalho consiste neste momento em estudar, em dar aulas e em polir lentes. Nada disto envolve esforço físico."

O médico afagou o seu grande nariz, como se ponderasse a melhor forma de colocar a questão.

"E... e conversas carnais?"

A pergunta surpreendeu Bento pelo seu despropósito.

"O que têm elas?"

Juan de Prado suspirou.

"*Hombre*, vou ser franco contigo", disse, balançando-se para abrir o jogo. "Já foste visto duas ou três vezes a frequentar *musicos*. Não tenho nada a ver com isso, claro, fazes o que te der na gana, mas... *bueno*, pode ser um problema."

O mais jovem enrubesceu; havia tantos portugueses a frequentar aqueles estabelecimentos e aquelas mulheres que era inevitável que se vissem uns aos outros. O que não esperava é que o espanhol o confrontasse com o assunto.

"Vou aos *musicos* apenas para me distrair."

"*Sí, claro*. Mas há por lá *muchas mujeres* e..."

Deixou a frase em suspenso, como se nada mais fosse necessário acrescentar.

"Qual é o problema exatamente?", devolveu Bento com uma certa agressividade, magoado por o amigo se atrever a tocar num assunto tão íntimo e delicado. "Que eu saiba sou livre de fazer o que entender, ou não vivêssemos nós nas Províncias Unidas. Não me diga que me vai dar uma lição de moral. Já só falta dizer-me que Elohim me irá punir no dia do juízo final e..."

"Não te ofendas", acalmou-o o médico, habituado a lidar profissionalmente com questões com aquela sensibilidade. "Só estou a falar nisto porque tem relevância para a tua doença. Os manuais de medicina são claros. A tísica só pode ser tratada com muito descanso e sem qualquer atividade física. Entendes o que quer isto dizer? Nada de esforços."

"Já lhe disse que o meu trabalho é meramente intelectual."

"Pois, mas as *mujeres* que frequentam os *musicos* não são intelectuais. E as conversas carnais, que eu saiba, envolvem uma boa dose de esforço físico... se é que me faço entender."

O jovem encarou Juan de Prado com uma expressão inquisitiva, quase com receio do verdadeiro significado do que acabara de ouvir.

"O que quer dizer com isso?"

"Quero dizer que, segundo os manuais de medicina, não podes ter conversas carnais."

Bento arregalou os olhos.

"O quê?"

"Lamento dizer-te isto, mas a literatura médica é categórica: os tísicos estão probidos de ter conversas carnais."

"Durante quanto tempo?"

"Nunca mais."

O amigo mais novo ficou horrorizado.

"O quê?!"

O médico pôs-lhe a mão sobre o ombro, compassivo.

"Eu sei que é duro, Benito, mas se andares com *mujeres* não irás durar muito tempo. A tísica é uma doença tramada. Já vi muitos finarem-se porque não conseguiam manter as calças vestidas. Não gostaria que te sucedesse o mesmo."

"E... e se eu me casar?"

"Não podes ter conversas carnais, ponto. Podes casar, claro. Mas nada de conversas carnais com ela. Está claro? Isto se quiseres viver, como é evidente."

O jovem ficou paralisado por um longo momento de estupefação, a boca entreaberta numa expressão de incredulidade. Não era que não acreditasse verdadeiramente, mas que se recusava a acreditar.

"Nem se eu me casar?"

"Nada de nada. Sinto muito, Benito. Sei que é duro, mas as coisas são o que são, não o que gostaríamos que fossem."

"Mas... mas..."

Ciente de que uma notícia daquelas levava tempo a assimilar, Juan de Prado puxou o amigo pelo braço.

"Anda, vamos ali a casa do Guerra", propôs. "Ajudar-te-á a desanuviar. Tens andado desaparecido e ele ficará encantado por te ver. Ainda ontem me falou de ti."

José Guerra era um cristão rico que sofria de lepra e viera a Amsterdã em busca de cura. Sendo médico, Juan de Prado costumava ir à casa dele para o tratar e levava frequentemente Bento, pois a filosofia era um tema que a todos apaixonava. A casa de Guerra tornara-se assim um ponto de encontro para conversas cartesianas, chamadas *tertúlias*, muitas vezes na companhia de dois judeus com prestígio na comunidade do Houtgracht, o doutor Reinoso e o Pacheco, um comerciante de tabaco. Ambos apreciavam os encontros com os dois excomungados, desde que no devido segredo, pois com o *cherem* decretado pelos senhores do *ma'amad* não se brincava.

Nesse momento, porém, a última coisa que Bento queria era ser arrastado para uma conversa filosófica.

"Eu... eu prefiro ficar só."

"Anda!", insistiu Juan, preocupado em não deixar o amigo sozinho depois de uma notícia daquelas. "O Guerra recebeu agora um vinho de Portugal que... *ay, mi madre*, é do melhor que há. Vai pôr-te a cabeça à roda!"

Como uma marioneta, em choque e ainda atordoado, Bento deixou-se arrastar para onde o amigo entendeu levá-lo, a ideia de que jamais se poderia juntar carnalmente a uma mulher a martelar-lhe incessantemente na cabeça como uma maldição.

XVII

Entrou em casa já de noite e foi direito para o quarto. Sentia uma necessidade imperiosa de estar só. Apesar dos melhores esforços de Juan de Prado para o manter entretido, quase não abrira a boca durante todo o tempo em que estivera na casa de José Guerra. Tinha a noção de que dele o anfitrião esperara ideias novas e profundas, pois a reputação de Bento como filósofo e orador sem igual era já grande entre os elementos da Nação que procuravam a verdade fora da sinagoga.

O fato, contudo, é que nesse serão não tinha sido boa companhia durante as tertúlias. Quem o poderia censurar em tais circunstâncias? Como poderia ser ele um bom conviva se acabara de descobrir que não se poderia casar nem sequer voltar a envolver-se carnalmente? Precisava de tempo e de espaço para pensar em tudo aquilo, para digerir a situação com todas as suas implicações e para decidir um rumo para a sua vida.

Talvez a solução estivesse numa mudança das suas prioridades, considerou, ao estender-se na cama a refletir sobre a existência que levava. Seria o êxtase depois da lascívia aquilo que verdadeiramente buscava? Encontraria naquela beatitude momentânea o bem supremo? O que deveria fazer, agora que sabia que não podia continuar assim se se queria preservar? A sua vida sempre fora uma busca pelo caminho da verdade, pois acreditava que esta o levaria à alegria. Em criança quisera acreditar na religião, mas a evidente falsidade de muitas das suas asserções e a duplicidade e a hipocrisia dos crentes e dos rabinos, que apregoavam uma coisa e depois faziam ou permitiam o contrário, convenceram-no de que essa não era a direção certa.

Tentara ainda acreditar que, apesar de tudo, a Torá tinha inspiração divina e tocava na verdade mais profunda das coisas, mas era impossível continuar a crer em tal coisa depois de detectar tantos erros nas Escrituras e de vislumbrar a mão humana na escrita que diziam divina. Desiludido, procurara refugiar-se no negócio do pai e realizar-se na riqueza e na celebridade do êxito profissional. Porém, os inúmeros problemas que culminaram com as agressões na De Vier Hollanders e o atentado no teatro, juntamente com a futilidade que vira nos seus esforços para juntar dinheiro ao ponto de dele se ter tornado escravo, mostraram-lhe que esse também não era o caminho. Nunca por essa via chegaria à verdadeira alegria.

A imagem do dinheiro ocupava as mentes das pessoas comuns de tal modo que nem conseguiam imaginar qualquer tipo de alegria sem que o dinheiro fosse a sua causa. Para aqueles que não o procuravam devido à pobreza ou à necessidade, como Suasso e outros que ocupavam as primeiras filas da sinagoga, o dinheiro tornara-se um vício que lhes alimentava as aparências. Mas o que era o dinheiro e a fama que com tanto afinco buscara durante esse período senão vãs ilusões de riqueza e imortalidade? Os que conhecem o verdadeiro valor do dinheiro buscam-no estritamente em função das suas necessidades e contentam-se com o que lhes dá para viverem com conforto.

Depois investira no amor por Clara Maria, que mais não era do que um amor pela inteligência, pela graciosidade e pela cultura, acreditando que ela lhe traria a alegria que tanto almejava, para acabar no desencanto de a ver trocá-lo por um mero colar de pérolas. Por fim, sem saber para onde mais se voltar, virara-se para as mulheres do vício como se encontrasse entre as pernas delas, enfim, o caminho da alegria. Colecionava-as como troféus e com elas satisfazia os desejos sensuais, o mesmo acontecendo com os que descobria no fundo dos copos de cerveja que emborcava em sucessão nos múltiplos *musicos* e tabernas de Amsterdã. Todos esses prazeres revelaram-se afinal tão efêmeros e vãos como os outros e definitivamente não o conduziam à alegria nem à felicidade.

Os deleites da carne transformaram-se em verdadeiros vícios. Era como se atrás de um desejo satisfeito viesse outro que urgia satisfazer e depois outro ainda, numa sucessão interminável de desejos permanentes e satisfações temporárias que o levava sempre ao ponto de partida, uma espécie de círculo eterno e insaciável que o conduzia a nenhum outro destino que não fosse àquele onde sempre começava. A volúpia, o álcool, a lascívia, a avareza e a ambição, pensou, não passavam de um amor ou desejo desbragado de boa vida, de beber, de mulheres, de riqueza e de glória. A concupiscência da conversa carnal tornara-se uma espécie de delírio; envolvia-se por compulsão, como se algo de que não tinha realmente consciência o impelisse. A verdade é que os homens ignoram habitualmente a causa do que fazem; estão conscientes das suas ações e desejos, mas nada sabem sobre os motivos que os levam a desejar. Qual a utilidade desses desejos? Alguma vez o conduziriam à alegria? Jamais. Então o que deveria fazer à vida?

Deitado a noite toda na cama de olhos abertos a meditar sobre as suas sucessivas demandas e fracassos, foi chegando gradualmente à conclusão de que andara a perseguir uma quimera, como se corresse atrás da própria sombra sem jamais a alcançar, pois os diferentes objetos dos seus desejos revelavam-se afinal obstáculos na procura de algo novo e diferente. Na verdade, eram mesmo opostos à sua busca pela alegria e pela felicidade. Ou abandonava esses desejos comuns ou abandonava tal busca. Não podia era ter as duas coisas ao mesmo tempo. Havia que escolher e assumir a sua escolha. O que seria melhor? Parecia-lhe que o seu comportamento até ali o mostrava disposto a perder algo de seguramente bom em troca do incerto. Ora, se abandonasse esses desejos comuns, abandonaria um bem que a razão não dava por seguro, trocando-o por um bem seguro, caso o atingisse. Ou seja, se queria chegar a algo de seguramente bom, teria de abandonar os males que até ali desejara.

O sol despontava já quando a realidade da sua situação se abateu sobre ele com a clareza de uma epifania. Encontrava-se em estado de grande perigo e tinha de usar todas as suas forças para encontrar um remédio, por mais incerto que este fosse. Como um doente a debater-se com uma doença mortal, concluiu, só o remédio o poderia salvar da morte. Acontece que todos os desejos habitualmente manifestados pelos comuns dos mortais não só não constituíam remédio para lhes preservar as vidas como atuavam mesmo como venenos, muitas vezes provocando até a morte dos que os consumiam e inevitavelmente daqueles que por esses desejos se deixavam possuir.

Bastava aliás ver os muitos exemplos de homens perseguidos até à fogueira por causa da sua riqueza, como acontecera a tantos judeus abastados que a Inquisição e a turba atormentavam em Portugal e em Espanha por inveja e para se apropriar dos seus bens, e de homens que na busca pela riqueza se expunham a tantos perigos que acabavam mesmo por pagar tal desejo com a vida. Isto para não esquecer os inúmeros casos dos que apressaram a morte devido à excessiva indulgência nos prazeres sensuais.

Todos esses males aconteceram porque os seres humanos tornaram a sua felicidade ou infelicidade totalmente dependente da qualidade das coisas de que gostavam, fossem elas desejos de riqueza ou ambições de fama ou mesmo delícias sensuais. Quando pelo contrário não se desejava uma coisa, não havia conflito em torno dela, nem tristezas nem ódio, em rigor nenhuma perturbação da mente. Todos os males nasciam afinal do desejo de coisas efêmeras.

Para compensar, constatara ao longo do tempo, sobretudo com as leituras dos filósofos que preconizavam o uso da razão e as reflexões que fizera em torno do que eles escreviam, que o gosto pelas coisas eternas e infinitas alimentava a mente e enchia-a de alegria. Isso significava que eram essas coisas que deveriam ser desejadas e procuradas com toda a energia. O problema é que, indo ao fundo da questão, sentia uma enorme dificuldade em pôr de lado todos os desejos de riqueza, de prazer carnal e de fama. No fim de contas, Bento não passava de um ser humano e os humanos, como verificava todos os dias consigo próprio e com os outros à sua volta, eram seres de emoções.

Acontece que, quando usava a mente para refletir sobre todas estas coisas, como lhe estava a suceder nesse preciso momento, constatava que se abstraía dos tradicionais objetos de desejo. A constatação levou-o a postular um novo princípio, o de que pensar sobre as coisas realmente importantes talvez constituísse o verdadeiro remédio para os desejos momentâneos que até ali buscara. O esforço para chegar às verdades eternas era o verdadeiro remédio. A conclusão confortou-o de uma maneira inesperada, como se o libertasse de uma sombra negra. Sim, era esse o caminho. Teria de procurar o eterno para poder superar o efêmero. Só nessa senda alcançaria a alegria genuína.

De início, os momentos que dedicava às coisas realmente eternas eram raros e de curta duração, mas com o tempo, à medida que a verdade sobre o funcionamento do mundo se lhe tornava mais discernível, tais períodos revelaram-se mais frequentes e duradouros. Os desejos comuns não podiam ser encarados como fins em si mesmos, como até aí erradamente supusera, mas como simples meios. O dinheiro, por exemplo, era nocivo se fosse um fim em si mesmo, mas útil como meio para chegar a fins mais elevados. Encarando os desejos transitórios como meios e não como fins, conseguiria domá-los e, em vez de continuarem a revelar-se obstáculos, ajudá-lo-iam a atingir os verdadeiros objetivos, a alegria e a felicidade.

Teria, pois, de ser melhor do que fora até ali. A incapacidade de um homem em dominar ou limitar as emoções é servidão, pensou, pois um homem que se deixa controlar por elas não é senhor de si mesmo, mas um escravo do destino que o leva para o pior caminho mesmo que veja que existe outro melhor. Teria assim de domar as emoções, pois estas escravizavam-no em prazeres transitórios. A forma de o fazer era através do método sugerido de Maimónides a Bacon, de Maquiavel a Galileu, de Hobbes a Descartes: o exercício da razão. Só a razão lhe permitiria atingir a verdadeira alegria, sendo que a alegria mais não era do que a passagem do homem de uma menor para uma maior perfeição. Como por realidade e perfeição Bento entendia a mesma coisa, só atingiria a alegria quando chegasse ao entendimento da essência da realidade. Seria assim que alcançaria a perfeição. A alegria.

A verdadeira alegria era conhecer a perfeição e a verdadeira perfeição era a realidade. E o que era a realidade senão a natureza ela mesma? A alegria nascia, portanto, da união da mente com a natureza. Da fusão de ambas. Para alcançar essa fusão, para chegar à alegria suprema, a do prazer permanente, teria de trilhar um caminho de busca pelo conhecimento. O veículo que o transportaria nessa busca seria a razão. Pela razão compreenderia a natureza e ao compreendê-la alcançaria a perfeição, que mais não era do que a alegria genuína.

O galo cantava lá fora e os raios de sol espreitavam pelos intervalos do cortinado, desenhando retângulos de luz sobre a manta. Tossiu e bocejou e tossiu. Ouviu no interior da casa o barulho de metais a tocarem em porcelana e percebeu que os Van den Enden já estavam de pé e preparavam o pequeno-almoço. Havia uma decisão a tomar e tomou-a nesse preciso momento. Chegara a hora de ter uma palavra com Clara Maria. E dizer adeus à sua velha vida.

Bento de Espinosa, o menino que encantara a comunidade portuguesa do Houtgracht com a sua inteligência assombrosa, o rapaz que por respeito ao pai reprimira o que realmente pensava da religião, o homem que enfim livre desafiara a Nação até por ela ser expulso, acabara de morrer. O pequeno Baruch judeu já não existia. Também o Espinosa português se tornara uma simples memória. Não importava de onde vinha, importava quem era e sobretudo para onde ia. Estava nas Repúblicas Unidas entre os neerlandeses, pelo que neerlandês se assumiria. De alma, de razão, de nome. Se era o nome que exprimia a sua identidade, se era entre os neerlandeses que se reconhecia a si mesmo, então chamar-se-ia o que os neerlandeses lhe chamavam. Doravante seria Benedictus. Apenas Benedictus.

Benedictus de Spinoza.

XVIII

Ao entrar na cozinha, Bento deu com as duas filhas mais velhas de Van den Enden a distribuírem pratos pela mesa, e ainda pão, manteiga, queijo, leite e ovos; pelo ar pairava o odor quente e gostoso de pão no forno. Preparava-se o pequeno-almoço. Trocaram os habituais cumprimentos da manhã, mas desta vez, e ao contrário do que sucedia nos últimos tempos, Bento encarou Clara Maria. Desde que dois meses antes ela o rejeitara que evitava olhá-la, mas nessa madrugada havia tomado a decisão de usar a razão para domar a emoção. É certo que Clara Maria o tinha rejeitado, mas não aprendera tanto com ela ao longo do tempo? Quão mais dispostos estavam os homens a vingarem-se do que a retribuírem um favor. Ensinara-lhe ela o latim e tantas outras coisas, e pagava-lhe ele com o ciúme e o ressentimento? Não mais.

Esboçou um sorriso aberto e indiscutivelmente sincero.

"A menina está radiosa esta manhã", disse-lhe com uma afabilidade desconcertante. "É seguramente de felicidade. Aposto que o seu Dirk vem aí..."

Ao vê-lo sorrir-lhe daquela maneira e dizer-lhe aquelas coisas daquela forma, tão diferente do rancor mudo dos últimos tempos, Clara Maria olhou-o com surpresa.

"Uh... ele... ele deve estar a chegar."

"É um excelente rapaz", disse-lhe Bento, sempre afável. "E tem um grande futuro como médico. Tenho certeza de que os dois serão muito feli..."

"Benedictus!"

Olhou para a porta da cozinha e viu Van den Enden fazer-lhe um sinal de que viesse ter com ele.

"Bom dia, mestre."

"Posso dar-te uma palavrinha?"

Saiu da cozinha e acompanhou Van den Enden ao gabinete. Encontrou o espaço desarrumado como sempre, com papéis espalhados pela secretária e livros empilhados por toda a parte, incluindo no chão. O professor fechou a porta, mas não se sentou nem o convidou a sentar-se, assim indiciando que seria uma conversa curta.

"Um burgomestre meu amigo veio fazer-me perguntas sobre ti", revelou Van den Enden com semblante preocupado. "Parece que, quando foste excomungado, um responsável da comunidade portuguesa informou o conselho que governa Amsterdã do que se passava e, lamento dizê-lo, descreveu-te como um ateu."

"Eu? Ateu?"

Tratava-se de uma acusação muito grave, como ambos sabiam; a crença em deuses diferentes era tolerada no país, mas a crença de que não havia Deus constituía um crime punível com prisão. Nem sequer algum filósofo alguma vez se atrevera a proclamar que Deus não existia. Nem Bacon, nem Hobbes, nem mesmo Descartes. A proclamação da existência de Deus constituía uma obrigação absoluta. Um dogma. Um ateu era considerado um depravado, alguém que, por não acreditar na existência de Deus, se dava a todas as liberdades e pecados, a todas as infâmias e degenerações, a todos os crimes e imoralidades, pois não receava a punição divina. Quem não temia Deus tinha muito a temer dos homens.

"É o que os da comunidade portuguesa disseram de ti. Essa queixa em si não é preocupante, pois foi interpretada como simples difamação resultante de questiúnculas internas entre judeus, mas o meu amigo burgomestre informou-me de que entretanto houve outras queixas contra ti, estas vindas de calvinistas e até de alunos neerlandeses aqui da escola. Disseram que andas por toda parte a pregar à boca cheia que a Bíblia não é divina, mas uma construção humana, que os milagres não existem, que Deus tem corpo, que a alma não é imortal... enfim, tu sabes o que tens dito a toda a gente quando falas no assunto, não é? O problema é que isso são coisas que só podes dizer a pessoas com quem tens confiança, percebes?"

"Isso é matéria das aulas, mestre. Foi justamente para explicar a Bíblia na sua versão original que o mestre me pediu para dar estas aulas. Foi o que fiz."

"Pois, mas és capaz de ter ido longe demais. O fato é que a situação está criada."

Bento passou pensativamente os dedos pelo seu bigode fino, preocupado com o que acabava de lhe ser dito. Uma coisa era desagradar aos rabinos da Nação, cujo poder se limitava ao Houtgracht, outra era desencadear a ira das autoridades cristãs. Uma coisa dessas podia ser imensamente perigosa, como qualquer judeu ibérico bem sabia.

"O que… o que planeja o conselho fazer?"

Van den Enden suspirou; nunca era fácil dar más notícias.

"O burgomestre disse-me que deverão ser tomadas medidas contra ti", revelou. Baixou a voz, como se temesse que a hipótese se tornasse real se alguém os ouvisse. "Ele falou mesmo na possibilidade de te meterem no… no Rasphuis."

O Rasphuis era a cadeia de Amsterdã.

"O quê?!"

"Isto é um grande sarilho. É muito sério."

A imagem do Rasphuis, com os seus muros e as grades nas janelas, ficara gravada na mente de Bento.

"Eles… eles vão mesmo prender-me?"

"É possível. Ou isso ou a expulsão da cidade. Tens de perceber que as tuas conversas cartesianas têm sido indiscretas. Andas a falar demais e o que dizes caiu nos ouvidos errados. Nem mesmo nas aulas tens tido as devidas cautelas. Dizes em voz alta tudo o que a tua cabeça pensa… e depois é isto."

Mortalmente alarmado, Bento sentiu vontade de bater em si próprio. Que estúpido! O seu orgulho e a sua boca ainda o perderiam. E o problema é que pelo visto não havia meio de aprender. Maldito orgulho de português! Depois dos tantos trabalhos em que se metera por não ter tento na língua, tentara corrigir-se e fora por isso que, no rescaldo do atentado contra a sua vida, adotara *caute* como divisa. Mas cautela era coisa que pelo visto continuava a não ter.

De uma vez por todas, precisava de aprender. Não tinham o pai e a mãe vivido em Portugal uma vida dupla, dizendo uma coisa e pensando outra para evitarem a Inquisição? Essa era a vida de um marrano. Se queria ir a algum lado na vida, também ele teria de ser marrano, também ele teria de esconder a sua vida interior e mostrar outra para o exterior, também ele teria de manter silenciados os pensamentos proibidos e só exprimir em público os que fossem aceitáveis. Se por acaso decidisse dizer o que realmente pensava teria de o fazer com recurso a palavras ambíguas, usar expressões carregadas de duplos sentidos, fingir que afirmava uma coisa e na verdade dizer outra, enigmas dentro de enigmas, as verdadeiras ideias colocadas *sub rosa* e expressas de maneira a só serem entendidas pelos iniciados. *Caute* significava *caute*. Significava cautela. Significava linguagem sutil. Significava bico calado.

O problema, lembrou-se, era que o seu próprio anfitrião, que agora lhe recomendava cautela, não revelava a menor cautela nas heresias que pregava.

"Mas, espere aí, mesmo o mestre anda a propagar estas ideias…"

O professor fez um ar embaraçado.

"Pois, mas nunca fui excomungado."

"O mestre foi um jesuíta católico!"

"Já não sou."

Embora a tolerância dos neerlandeses para com os judeus fosse enorme, sobretudo na província da Holanda, Bento sabia que existiam barreiras que nunca seriam ultrapassadas. Talvez aquela fosse uma delas. Havia coisas que talvez se permitissem a um cristão, mas jamais a um judeu.

Respirou fundo, vencido e resignado.

"Haverá algo que possa fazer para impedir que os burgomestres me expulsem, mestre?"

Esboçando um gesto de impotência, Van den Enden pôs fim à conversa.

"Tens de fugir."

Os acontecimentos precipitavam-se e estavam fora do seu controle, percebeu Bento. Inquieto, desatou a roer as unhas. Fora excessivamente incauto e Amsterdã tornara-se um sítio demasiado perigoso. Tossiu. Se fosse enviado para os calabouços frios e úmidos que imaginava no Rasphuis, e frágil como a sua saúde era, não tinha dúvidas de que não sobreviveria nem uma semana.

Sim, teria de fugir.

XIX

Depois de uma manhã inteira de inquietude a ponderar mil opções, Bento saiu de casa de Van den Enden para ir falar com o seu explicando e amigo dos *collegianten* que também morava no Singel. Ia nervoso e deu três toques impacientes na porta da grande mansão. Após um compasso de espera, a porta abriu-se e deparou-se com o rosto quase imberbe de De Vries.

"Mestre!", saudou-o o jovem neerlandês com a sua deferência habitual, uma expressão interrogativa no rosto. "Não é um pouco cedo demais? As explicações são só à tarde, não são?"

"Tenho de sair de Amsterdã!"

"Perdão?"

"Preciso de ir viver para outro lado. O mais depressa possível. Senão prendem-me."

De Vries pestanejou.

"O quê?!"

Em poucas palavras, o recém-chegado explicou o que Van den Enden lhe havia dito nesta manhã. Perante o precipitar dos acontecimentos, o discípulo convidou-o a entrar.

"O Jarig veio cá a minha casa almoçar, mestre. Vamos falar com ele. Talvez possa ajudar."

De Vries conduziu-o à cozinha, onde Bento se deparou com Jarig Jelleszoon, o seu primeiro amigo neerlandês. A situação voltou a ser explicada, agora com maior detalhe.

"Porque não vais viver em Leiden?", sugeriu Jarig. "Se frequentas a Universidade de Leiden, se calhar faria mais sentido viveres lá."

"Leiden é demasiado cara", respondeu o visitante. "Além disso, neste momento não tenho vida para frequentar aulas. Preciso de trabalhar para me sustentar."

"Comprei há pouco tempo uma grande casa na estrada para Ouderkerk", revelou o amigo. "Tenho um quarto vazio. Se quiseres está à tua disposição."

"Vazio, em que sentido?"

"Não tem mobílias nem nada, uma vez que ainda ando a mobiliar a casa. Mas o quarto tem chão, tem teto, tem paredes e tem janela. Basta comprar uma cama e..."

"Eu arranjo a cama", disse Bento. "E podes ficar descansado que ficarei pouco tempo."

"Ora essa, Benedictus! Ficarás o tempo que precisares. Sempre é melhor do que as grades nas janelas do Rasphuis, suponho."

"Posso ajudar com dinheiro", propôs De Vries. "Eu ainda sou estudante, mas a minha família tem posses e estou certo de que não será difícil convencer o meu pai. Tenho-lhe falado de si, mestre, e ele de certeza concordará. Está-lhe muito grato por me ter orientado para o estudo da medicina."

Bento encarou os dois neerlandeses com admiração. Parecia-lhe incrível que duas pessoas com quem não tinha afinidades de origem, pois vinham de mundos muito diferentes, se oferecessem daquela maneira para o auxiliar. Apesar da sua cultura judaica e portuguesa, nunca se sentiu tão neerlandês como nesse momento.

"Obrigado, meus amigos", afirmou com emoção contida. "Será apenas uma coisa temporária. Ficarei na casa do Jarig o mínimo de tempo possível. Quanto ao dinheiro, fá-lo-ei com o negócio das lentes."

"As lentes? Isso dá pouco..."

"Não serve para enriquecer, nem eu quero ficar rico, mas devidamente gerido será o suficiente para as minhas despesas correntes, fiquem descansados. Aliás, sempre achei que a busca de dinheiro ou de qualquer outro bem material só deve ser feita exclusivamente na medida das necessidades para a conservação da vida e da saúde. Preciso de dinheiro para viver, não vivo para ter dinheiro. Além disso, não como muito às refeições, estou o dia todo quietinho a ler ou a polir lentes, e os meus únicos vícios são um copito de cerveja e uma baforada de tabaco. Posso perfeitamente viver com pouco."

"Pode não precisar de muito dinheiro para levar essa vida", concedeu De Vries. "Mas de algum precisa decerto. Deixe-me ajudá-lo com uma mensalidade."

"De modo nenhum", ripostou Bento com firmeza. "Viverei das lentes que vender."

Daquela maneira não o convenceria, percebeu o jovem neerlandês; Bento era demasiado orgulhoso. Mas havia outro caminho.

"Tenho uma ideia que, se não se importar, gostaria de lhe apresentar", propôs com tato, pois já aprendera a lidar com aquele sentido de honra. "O mestre irá escrever as suas reflexões e descobertas e depois entregar-nos-á os textos para que os leiamos e possamos discuti-los entre nós. Em troca desse serviço, pagar-lhe-ei uma quantia mensal. Assim ganhamos todos. O mestre terá um pé de meia, nós teremos acesso aos seus pensamentos e poderemos analisá-los. Deixaremos de ser um grupo que se reúne para discutir as ideias de René Descartes e tornar-nos-emos um grupo que se reúne para discutir as ideias de Benedictus de Spinoza. O que lhe parece?"

A sugestão apelou ao irreprimível orgulho de Bento. Um grupo para discutir as suas ideias? E ainda por cima receberia uma mensalidade para complementar os seus ganhos com o negócio das lentes? A proposta era irresistível. Porém, e dado o clima que se estava a criar contra ele em Amsterdã, todo cuidado era pouco.

"Quando dizes que o grupo vai discutir as minhas ideias, de que grupo estás a falar exatamente?"

De Vries apontou para Jarig.

"De nós", indicou. "Os *collegianten*."

"Mais ninguém?"

O amigo pareceu não perceber qual era o problema.

"Bem... apenas o nosso grupo."

"Como as características do tempo em que vivemos não vos são desconhecidas, peço-vos insistentemente que sejam muito cautelosos na comunicação destes assuntos a outros."

"Pois, mas olha que o Koerbagh toma nota de tudo o que dizes nas nossas reuniões dos *collegianten*", interveio Jarig. "Sobretudo aquilo da irracionalidade das religiões, das superstições transformadas em leis divinas, do embuste que são as cerimônias religiosas, dos milagres que não existem, do conceito de que Deus tem corpo... isso tudo. Anda a escrever um livro para divulgar essas ideias."

"O quê?!"

A reação foi tão veemente que os dois neerlandeses hesitaram.

"Não queres que ele publique?"

"Não é que me oponha à publicação", explicou Bento. "O problema é que o Koerbagh corre imensos riscos. Se falar em público sobre isso já é complicado, imaginem o que será pôr tudo num livro."

"O Koerbagh sabe o que faz, fica descansado", acalmou-o Jarig. "O livro dele irá suscitar polêmica e atrair protestos dos *predikanten*, isso é evidente, mas não lhe farão nada."

"Se assim é, por que razão me vejo obrigado a fugir de Amsterdã?"

"Foges porque queres", indicou Jarig. "Que eu saiba, os burgomestres ainda não te prenderam nem sequer expulsaram..."

Bento suspirou.

"Já fui expulso uma vez, pela minha comunidade, e não quero voltar a passar pela experiência", explicou. "Detesto polêmicas."

Jarig sorriu.

"Para quem detesta polêmicas, escolhes bons temas, não há dúvida..."

Apesar da ansiedade que o consumia, Bento não resistiu a juntar-se aos amigos numa gargalhada.

"As polêmicas são pura emoção", justificou-se o filósofo. "Ora o que eu pretendo é discutir pela razão, sem paixões que apenas obscureçam o caminho para a verdade. Não vale a pena tentar convencer quem, pela emoção, nunca aceitará ver a razão sejam quais forem os argumentos que invoquemos. O uso da razão para acesso à verdade está assim limitado a um grupo restrito. Quanto aos outros, prefiro que nem tenham conhecimento das minhas ideias, que me ignorem inteiramente, pois se as conhecerem é inevitável que as deturpem segundo as suas conveniências."

"Por que diz isso, mestre?", questionou De Vries, sempre preocupado com ele. "Alguém porventura deturpou as suas ideias?"

"Andam por aí a acusar-me de ser ateu", devolveu Bento prontamente. "Eu acredito em Deus. Acredito que Ele existe. Nunca disse, nem nunca me ouvirão dizer, o contrário. Se assim é, por que deturpam as minhas palavras?"

"Essa é uma parte da tua filosofia que, devo confessar, nunca percebi muito bem", interveio Jarig. "Dizes que Deus existe e que tem corpo. Mas tem corpo onde? Onde o vemos?"

Bento fez um gesto largo.

"Em toda parte."

Os amigos neerlandeses olharam em redor da cozinha, claramente sem compreenderem o sentido da frase.

"Mas... onde?"

"Abram os olhos e vejam. Vejam."

Os dois discípulos olharam em redor, passando a vista pelas paredes e pelos móveis da casa.

"Ver o quê? Onde está Ele?"

As perplexidades de ambos iam ao cerne do problema e das ideias que se encontravam nessa altura em maturação no espírito de Bento. A sua vontade era expor todo o pensamento que se formava na sua mente, mas, quando ia abrir a boca para falar, uma palavra soou-lhe ao ouvido como se uma voz lhe falasse na cabeça.

Caute.

Não se queimara ele já por falar quando deveria estar calado? Se aprendera à custa da sua própria experiência que havia questões que só podiam ser discutidas quando as pessoas estavam preparadas para as ouvir, e sobre esta questão claramente ninguém estava ainda preparado, por que carga d'água iria cometer outra vez o mesmo erro? *Caute.* Tinha de aprender de uma vez por todas e ser cauteloso. Jarig e De Vries eram seus amigos e sabia que podia confiar neles, mas não se encontravam ainda no ponto em que seriam capazes de entender e aceitar todas as ideias que lhe germinavam na mente. Nem eles, nem ninguém. Ainda.

"Sabem onde posso arranjar uma carroça?", perguntou, mudando de repente de assunto. "A caminho de Ouderkerk tenho de passar por casa dos meus irmãos para ir buscar as coisas que lá deixei quando fui excomungado. Precisava de uma carroça para as transportar."

Os dois neerlandeses pestanejaram perante o despropósito da pergunta. Haviam-no questionado sobre Deus e ele respondia com o pedido de uma carroça. Contudo, ambos confiavam em Bento e presumiram que, se fugia à questão, teria os seus motivos.

"O meu pai tem uma carroça lá atrás", indicou De Vries, apontando com o polegar para as traseiras da casa. "Podemos emprestar-lha."

Os três foram ao quintal e, depois de inspecionarem a carroça em causa, atrelaram-lhe o enorme cavalo malhado dos De Vries. Como Bento era de compleição frágil, o seu jovem anfitrião foi buscar um *boer* robusto que trabalhava na horta da casa e deu-lhe ordens de ajudar o amigo a chegar em segurança ao seu destino.

Foi assim que nesse dia Bento abandonou Amsterdã. Uma parte da sua vida terminara e o futuro afigurava-se-lhe incerto. Levava por isso o medo no coração, mas também a esperança. No fim de contas, como ele próprio o notara, as duas coisas estavam intimamente ligadas; não havia esperança sem medo nem medo sem esperança.

XX

Com a ponta da pena úmida de tinta, Bento riscou o título que originalmente tinha escrito para o primeiro capítulo. Precisava de algo mais direto, uma frase curta que dissesse imediatamente ao que vinha. Talvez... *Que Deus existe*. Seria melhor? Escreveu o novo título e recuou para avaliar o efeito no conjunto do texto.

CAPÍTULO I
QUE DEUS EXISTE

**No que diz respeito à primeira questão, nomeadamente se existe Deus, isto, afirmamo-lo, pode ser provado.
Em primeiro lugar, a priori...**

Agora sim, o título do capítulo parecia-lhe preciso. Começara a escrever o texto ainda em casa de Jarig, na estrada para Ouderkerk, mas permanecera aí pouco tempo, pois não pretendia abusar da hospitalidade dele. Embora já não frequentasse a Universidade de Leiden, queria manter-se nas proximidades, uma vez que fizera aí vários amigos, em particular o matemático Johannes Hudde.

Fora por isso que, saindo de Ouderkerk, escolhera Rijnsburg. A aldeia situava-se bem perto de Leiden, a cidade da ciência, lar da melhor e mais avançada universidade do mundo. Rompendo com a escolástica medieval, a Universidade de Leiden colocara disciplinas inovadoras no currículo. Anatomia, astronomia, botânica, química, ótica, meteorologia, filologia greco-latina e línguas orientais, incluindo árabe, etíope e turco. Onde mais no universo se estudavam e ensinavam tais matérias? A Universidade de Leiden estava até equipada com um observatório astronômico, um jardim botânico, um museu e uma biblioteca com manuscritos únicos, e fazia amplo uso de instrumentos científicos revolucionários como telescópios, microscópios, barômetros, termômetros e o cálculo logarítmico, integral e diferencial, tudo invenções dos neerlandeses. Não fora decerto por acaso que Descartes escolhera aquela universidade para estudar e uma tipografia da cidade para imprimir a primeira edição do seu já lendário *Discours de la méthode*.

Além disso, a escolha de Rijnsburg para morar obedecia também a questões práticas. A povoação era servida por um complexo de canais que permitia ir rapidamente a Amsterdã ou até a Haarlem usando exclusivamente transportes públicos a preços acessíveis. Pormenor relevante, fora um importante centro para os encontros intelectuais dos *collegianten*. Tudo isso tornava Rijnsburg especialmente simpática aos olhos de Bento. Ali encontraria sem dúvida o ambiente de tolerância de que precisava, sem se preocupar permanentemente com os *predikanten* calvinistas. De resto, a universidade da vizinha Leiden tinha por política recusar qualquer controle extra-acadêmico ao trabalho dos professores, e o novo morador acreditava que esse espírito se estenderia a Rijnsburg.

Teve um ataque de tosse e sentiu-se cansado. Passara a manhã inteira a trabalhar no seu *Tractatus de Deo et Homine Ejusque Felicitate* e voltara a ele depois do almoço, escrevendo sempre em latim. Se fosse na sua língua materna, seria bem mais fácil, claro. Chamaria ao texto *Tratado sobre Deus, sobre o Homem e sobre a Sua Felicidade* e poupar-se-ia a tantos e tão desgastantes esforços para encontrar as palavras certas em latim para as ideias complexas que em português, ou mesmo em castelhano, se formavam naturalmente na sua mente.

Pousou a pena. Depois de tantas horas a escrever, sentia necessidade de uma pausa. Abandonou a secretária e estendeu-se sobre o *ledikant*, como os neerlandeses conheciam o *lit de camp* dos franceses, a cama com cortinas vermelhas que fora a única peça de mobília que aceitara como herança e que resgatara de casa dos irmãos no dia em que partira para o exílio. Havia sido nessa cama que a mãe morrera, a cabeça afundada naquelas mesmas almofadas, o corpo frágil pousado sobre aquele colchão de penas. Deitar-se ali era como voltar para ao pé dela, anichando-se no seu corpo como se anichara em criança, sentindo no calor dos lençóis o calor da mãe, uma tepidez que o retemperava e o envolvia como num abraço; eram memórias dos únicos momentos da vida em que não se sentira só. Fechou os olhos e imaginou a presença de Ana Débora, as mãos macias a acariciarem-lhe a pele, nos ouvidos o eco das palavras doces que ela lhe sussurrava com ternura cálida; chamava-lhe "Bentinho" e falava-lhe no português meigo de um tempo que já não existia, o da juventude dela em Ponte de Lima e o da infância dele naquela mesma cama em Amsterdã.

Uma batida na porta sobressaltou-o.

"*Mijnheer* Spinoza!", chamou uma voz do outro lado. "Dá licença?"

"Sim?"

A porta abriu-se e viu o dono da casa espreitar para o interior do quarto. Herman Homan era um químico-cirurgião de Rijnsburg a quem alugara o quarto e um anexo nas traseiras para usar o seu torno de polir na produção de lentes para telescópios e microscópios.

"Uma visita para si."

Estranhou o anúncio. Era habitual Pieter Balling passar por Rijnsburg para recolher cartas destinadas ao seu grupo dos *collegianten*, mas que se lembrasse não estava prevista nenhuma dessas visitas para essa semana.

"É o senhor Balling?"

"Não. É um alemão."

Um alemão?, admirou-se. O que lhe quereria um alemão? Seria um estudante em Leiden?

"Diga-lhe que já vou."

O dono da casa fechou a porta. Bento saltou da cama e arranjou-se. Os amigos de Amsterdã vinham por vezes vê-lo, sobretudo De Vries, mas recebia também visitas de figuras notáveis de Rijnsburg e de estudantes da Universidade de Leiden. Quando ali chegara, a população local referia-se-lhe como o *Spanjaard*, uma forma insultuosa de dizer *Spanjool*, o espanhol, pois fundia *Spanjool* com *veinzaard*, hipócrita, e *snoodard*, bandido. A reputação dos espanhóis não era evidentemente a melhor entre os neerlandeses, sobretudo à luz da Guerra dos Oitenta Anos e da sua litania de massacres e atrocidades, mas Bento depressa desfez o equívoco e fez saber a todos que era neerlandês, que os seus pais eram portugueses e que nem ele nem ninguém da sua família era "papista", a expressão que se usava em referência aos católicos. Foi o suficiente para o ambiente na povoação se distender.

Encontrou o visitante sentado na sala a bebericar uma *jenever* que o dono da casa lhe oferecera. Tratava-se de um homem uns dez anos mais velho do que ele, rechonchudo, com cabelos grandes até aos ombros e risca ao meio. Pelo aspecto, não era estudante.

Mal o viu, o homem pôs-se de pé e fez-lhe uma vênia.

"*Heer* Spinoza", cumprimentou o desconhecido num neerlandês com sotaque alemão. "Peço desculpa pela minha intrusão. Chamo-me Henry Oldenburg e acabei de chegar de Leiden. Estive na universidade a rever velhos amigos dos tempos em que lá andei e falaram-me imenso de si, gabando-lhe o intelecto e as ideias. Ouvir palavras destas em referência a alguém que não tem ainda obra publicada impressionou-me deveras. Tomei por isso a liberdade de lhe vir bater à porta e... enfim, espero que não considere o meu gesto um abuso."

O anfitrião fez um gesto a indicar o sofá ao visitante e ele próprio também se sentou.

"De modo nenhum, meu caro senhor", disse. "Em que lhe posso ser útil?"

Oldenburg pousou sobre a mesinha o copo com *jenever* e, pondo-se confortável, cruzou as pernas.

"Nasci em Bremen, mas vivo agora em Londres", explicou. "Presumo que esteja familiarizado com a obra de Sir Francis Bacon."

"Certamente."

"Sir Francis acreditava firmemente que a filosofia só avançaria se os pensadores se juntassem em sociedades onde houvesse troca de ideias e de experiências, de modo a que as descobertas de uns fossem rapidamente conhecidas e avaliadas pelos seus pares, concentrando-se numa instituição o conhecimento científico mais avançado. Sir Francis morreu sem que tal sociedade fosse constituída, mas a ideia sobreviveu-lhe e, para a concretizar, criamos o Invisible College. Acontece que fui nomeado secretário dessa sociedade e estou encarregado de identificar os maiores talentos científicos da Europa e com eles formar uma rede. Como estudei em Leiden e conheço bem o ambiente liberal de abertura às novas ideias aqui prevalecente, vim à procura dos maiores talentos das Províncias Unidas. Ora o seu nome foi o que mais veio à baila nos círculos cartesianos, tendo eu percebido que o senhor é a mais famosa personalidade da universidade sem alguma vez se ter lá inscrito, o que me pareceu deveras extraordinário."

"Deixe-me ver se percebo", disse o anfitrião. "Quer incluir-me na sua rede de contatos?"

"Gostaria de o incluir nessa rede, sim, mas sobretudo de receber os seus textos científicos para os submeter a revisão por pares e os publicar."

Bento abriu as mãos, como se as quisesse mostrar vazias.

"O problema é que não tenho neste momento nada para lhe dar, receio bem."

Uma sombra de decepção perpassou pelo rosto de Oldenburg.

"Que pena", disse. "Quais são as áreas em que está a trabalhar, se não é indiscrição?"

"Estudo ótica e fabrico lentes", respondeu. "Mas o essencial do meu trabalho assenta na busca do conhecimento sobre a natureza mais profunda da realidade. Isto é, investigo Deus numa perspectiva cartesiana. Comecei no ano passado a trabalhar num texto chamado *Breve Tratado de Deus, do Homem e do Seu Bem-Estar*, título que, penso eu, resume bem o seu conteúdo."

O secretário do Invisible College interessou-se.

"Ah, que curioso!", exclamou. "Quando planeja publicar?"

O anfitrião coçou a cabeça.

"Pois, esse é o problema. Tenho naturalmente receio de que os religiosos do nosso tempo fiquem ofendidos com as conclusões a que no *Breve Tratado* cheguei e, com a sua tradicional celeridade, me possam atacar. Por isso estou a pensar em escrever um outro texto, a que vou designar *Tractatus de Intellectus Emendatione*, que previamente explique o sistema lógico e que talvez faça os governantes do meu país quererem ler mais escritos da minha autoria e perceberem que os meus textos não causam inconveniência, assim me permitindo levar ao público o *Breve Tratado* sem correr o risco de ter problemas com os religiosos por causa das ideias menos convencionais que aí exponho. Se isso não acontecer, terei de permanecer em silêncio e não imporei as minhas opiniões contra a vontade do meu país e nem correrei o risco de virar a hostilidade dos homens contra mim."

"Judiciosa tática, sem dúvida", assentiu Oldenburg, evidentemente familiarizado com as sensibilidades das igrejas. "A partir de que experiências o senhor De Spinoza inferiu nessa sua obra as tais conclusões potencialmente controversas?"

"Eu não infiro", corrigiu Bento. "Eu deduzo."

"Deduz?"

O anfitrião esboçou um esgar vagamente enfastiado. Havia um debate entre os filósofos sobre qual o melhor método para chegar à verdade, se inferir princípios gerais a partir de observações concretas ou se deduzir fenômenos concretos a partir de princípios gerais. Por outras palavras, se usar as experiências e as observações para compreender as coisas ou se usar a razão pura para as deduzir. Bento defendia a segunda opção, o seu interlocutor e a instituição que representava claramente preferiam a primeira.

"Sabe, eu li Bacon e devo confessar que não me parece que ele tenha atingido os necessários padrões de racionalidade. O seu método serve para determinar as formas dos fenômenos naturais, sem dúvida, mas não explica tais fenômenos."

"Para explicar um fenômeno temos primeiro de o determinar", argumentou Oldenburg em defesa da metodologia de Bacon e do Invisible College. "Além do mais, os nossos métodos empíricos são sólidos."

"O problema é que a inferência não passa de uma interpretação", ripostou Bento. "As experiências empíricas podem descrever o funcionamento do universo, mas nunca nos dirão por que motivo o universo existe."

"Qual é a alternativa?"

"Usar a razão pura e a lógica absoluta", foi a resposta. "Tudo o que existe pode ser conhecido através de pensamento puramente dedutivo, partindo de axiomas e definições evidentemente verdadeiros para, por dedução lógica, chegar à origem última das coisas. Exatamente como a matemática. A natureza não precisa de nada fora dela para se explicar. Através da lógica, ela é autoexplicativa."

"Mas como chega aos axiomas iniciais a partir dos quais faz as suas deduções?"

"Pela evidência lógica, à maneira de Euclides. Duas linhas que são paralelas a uma terceira são necessariamente paralelas entre si. Dois mais três é necessariamente cinco. É a matemática, com os seus encadeamentos lógicos, que nos fornece a chave para descodificar a realidade, uma vez que dois mais três é igual a cinco não é uma conclusão sujeita a interpretação, é uma verdade autoexplicativa."

"Onde nesse esquema coloca Deus?"

Pergunta muito sensível, sabia Bento.

"Só com a razão pura O podemos conhecer", respondeu, jogando com as palavras. "A matemática, que usa a lógica absoluta, fornece-nos a chave para desvendar o enigma de Deus. Proponho-me, nada mais nada menos, a responder às perguntas mais profundas que o método experimental de Bacon não permite responder. Por que existe alguma coisa em vez de nada? Como é o mundo constituído? O que somos nós, os homens, em relação a todo o resto? Somos livres? Qual a maneira correta de viver? É a dedução lógica, e só ela, que nos permitirá responder a estas questões fundamentais. Nenhuma experiência o fará."

Embasbacado, Oldenburg ficou um longo instante a olhar para ele, a boca semiaberta, nos olhos a expressão de quem vislumbrara algo de novo.

"*Himmel!*", exclamou por fim o visitante. "O senhor não é um simples cartesiano. O senhor é ainda mais cartesiano que o próprio Descartes! Vai para além dele! Os seus métodos são... são ultracartesianos!"

A observação arrancou um leve sorriso de Bento. O homem do Invisible College havia compreendido a ambição do seu projeto, mas não o essencial. Nem podia, pois, à maneira de um marrano, a sua verdadeira ideia fora mascarada pelas palavras. O seu segredo permaneceria oculto por um véu. Os dois passaram assim horas a conversar sobre Deus e as Suas características, em particular a Sua natureza infinita, e ainda sobre as ideias cartesianas de união da alma com o corpo.

Quando a sombra do crepúsculo anunciou o fim do dia, Oldenburg olhou pela janela para os lados do canal com indisfarçável melancolia, observando um *trekschuit* deslizar pelas águas ao ritmo do cavalo que da margem o puxava. A passagem da embarcação típica dos canais neerlandeses lembrou-lhe que se fazia tarde e que, como teria ainda de viajar, não se podia demorar. Ao cair da noite, as ruas das povoações das Províncias Unidas ficavam desertas, apenas percorridas pelos guardas-noturnos e pelo ocasional meliante, o que tornava urgente a sua partida.

"Tenho de apanhar o barco para Leiden, receio bem", disse o alemão com a lentidão de quem ganhava coragem para fazer o que não lhe apetecia. "É com muita relutância que me separo de si, senhor De Spinoza, pois os tópicos da nossa conversa, embora tão importantes, foram por nós abordados só de forma superficial. Fico, no entanto, à espera que conclua as suas investigações e que as envie para Londres logo que lhe seja possível para que as veja e o Invisible College as publique, para glória sua, utilidade do Invisible College e proveito da ciência em geral."

"Não busco glória, senhor Oldenburg, nem tenho a certeza de que o mundo esteja pronto para as minhas ideias."

"Oh?", admirou-se o visitante. "Lamento saber que nutre dúvidas sobre a publicação das suas descobertas. Espero que em devido tempo mude essa sua posição, sob pena de a humanidade perder um enorme talento. Algumas das coisas que ouvi esta tarde da sua boca soaram-me verdadeiramente revolucionárias. Seria realmente uma grande pena que ideias tão estimulantes não fossem partilhadas com o resto da comunidade filosófica. Estaria o senhor na disposição de, mesmo não tencionando publicar, partilhar comigo as suas investigações? Quem sabe se não o poderia ajudar, comunicando-lhe do meu lado descobertas importantes que estão a ser feitas em Inglaterra e noutros países onde tenho contatos que lhe poderão dar novas direções no seu trabalho."

Os dois trocaram moradas e Bento, depois de preparar uma merenda, acompanhou Oldenburg até ao cais de Rijnsburg. Ajudou-o a entrar no *trekschuit* que o levaria de regresso a Leiden e só se meteu a caminho de casa quando a luz do barco desapareceu lá ao fundo, como uma lâmpada que se tivesse apagado na noite.

XXI

Fazia frio no quarto, pelo que a mesa fora puxada para junto do fogão de turfa para acolherem o calor. Posicionando-se atrás do estudante, Bento espreitou-lhe sobre o ombro para ler o que ele nesse momento redigia sobre a folha. As palavras que viu nascerem da pena do rapaz arrancaram-lhe um estalido impaciente da língua.

"Não, Johannes, não é nada disso!", corrigiu-o. "O que Descartes disse não foi que não podemos saber nada exceto que existimos. Pelo contrário, ele achava que era perfeitamente possível conhecer a realidade... desde que adotássemos o método correto, claro. Esse método é a razão."

"Mas o mestre disse-me há pouco que Descartes pôs tudo metodicamente em dúvida..."

"A dúvida metódica é um método para chegar à verdade, não a recusa de que haja verdade", corrigiu. "Deus não nos mente, como muito bem esclareceu Descartes. O que ele queria dizer com isso é que podemos confiar no que vemos à nossa volta, embora tenhamos de ter cuidado com inferências e deduções erradas que nascem de formas incorrectas de raciocinar. Se utilizarmos a metodologia correta, no entanto, chegaremos à verdade."

O aluno riscou a parte em questão e reescreveu-a segundo as indicações que acabara de receber do explicador. Este regressou ao seu lugar e, acomodando-se sob a janela com o espesso vidro de chumbo de onde jorrava a luz da tarde, regressou à leitura da carta que Oldenburg lhe remetera de Londres. O seu Invisible College ia pelo visto de vento em popa, tendo recebido o beneplácito do rei Carlos II e mudado o nome para Royal Society.

As explicações particulares que Bento dava a estudantes oriundos da Universidade de Leiden haviam-se tornado uma fonte regular de rendimentos, embora a ignorância de alguns o exasperasse. Muitos apanhavam pela manhã o *trekschuit* para Rijnsburg, passavam o dia nas explicações com ele e regressavam a Leiden ao final da tarde. Vinham sobretudo aprender Descartes, pois Bento ganhara a reputação de ser um pensador versado nos temas cartesianos, mesmo que em segredo já se sentisse cansado de ver tanta obsessão dos liberais com o filósofo francês. Descartes fora um gênio, sem dúvida, mas como era possível que os ditos cartesianos não descortinassem os erros que a ele lhe pareciam tão evidentes?

Embora óbvios, não se atrevia a expor tais erros àquele explicando. Johannes Casearius fora mais longe do que os outros estudantes que procuravam as suas explicações. Em vez de ir e vir a Rijnsburg todos os dias, abrira os cordões à bolsa e alugara um quarto na própria casa onde Bento se encontrava instalado, evitando assim perder tempo precioso nas deslocações. Podia não ser o mais arguto dos explicandos, mas não havia dúvida de que era esperto. Como Casearius era estudante de teologia, as explicações andavam em torno da *Principia Philosophiae*, de Descartes, uma vez que esta obra começava por abordar as provas da existência de Deus. Contudo, Bento aproveitou para o levar a conhecer também a parte segunda do livro, sobre princípios gerais da física, e a terceira, sobre a física celeste.

"Terminei, mestre."

Levantou os olhos da carta de Oldenburg e viu o estudante estender-lhe o texto que acabara de escrever. Nesse momento soou o sino da igreja de Rijnsburg a assinalar as cinco da tarde. A hora do final das explicações. Pousando a carta na mesa, Bento pegou nos papéis e começou a lê-los enquanto o explicando, concluída a jornada de trabalho, se levantava e saía do quarto. Algumas das coisas que ia lendo irritaram-no, pois era claro que Casearius não havia entendido tudo o que Descartes escrevera e ele próprio lhe explicara, pelo que anotou as respetivas correções ao canto.

Ouviu a porta do quarto abrir-se, mas manteve os olhos fixos no texto.

"Isto está cheio de disparates, Johannes", repreendeu-o. "Olha só para o que escreveste nest..."

"Não fui eu, mestre!"

Ao reconhecer a voz, Bento encarou o recém-chegado com surpresa; não era Casearius que regressara ao quarto, mas De Vries que viera visitá-lo.

"Simon!", exclamou, pondo-se de pé. "O que... o que fazes aqui?"

O amigo abraçou-o e, pousando o saco de viagem no chão, sentou-se ao seu lado.

"Estou de passagem de Amsterdã para Leiden", explicou. "O curso de anatomia vai a meio e não paro quieto. Puf, é uma estafa..."

"Trabalhar dá trabalho."

"O que me vale, mestre, são as reuniões dos *collegianten* em que analisamos os seus textos e as suas cartas. Desde que deixou Amsterdã que já não nos reunimos com a mesma regularidade, o que mostra bem a falta que o mestre nos faz, mas sempre que manda qualquer coisa vamos a correr juntar-nos para a ler. Ah, nem imagina a agitação que algumas das suas linhas têm provocado entre nós!"

"Ora essa. Por quê?"

"Então o mestre tem aqui, a viver consigo, um aluno? Afortunado, sim, tão afortunado é este Casuarius que partilha consigo o mesmo teto, que pode conversar consigo sobre matérias profundas ao pequeno-almoço, ao jantar e nos vossos passeios, enquanto nós, ó pobres miseráveis, estamos abandonados na longínqua Amsterdã a ler as suas missivas e a tentar descortinar nessas linhas sábias o verdadeiro sentido dos pensamentos que o mestre, nas suas horas de reflexão, se digna partilhar com os seus tão negligenciados amigos!"

Bento riu-se; aquela de De Vries se referir a Casearius como Casuarius era um achado de humor, pois *casuarius* significava em latim *indivíduo desprezível*.

"Meu caro Simon, não tens razões para sentir ciúmes de Casearius." Baixou a voz. "Em bom rigor, ninguém me deixa tão inquieto e me obriga a tantos cuidados quanto ele. Tenho de estar sempre de guarda, nem imaginas. É demasiado jovem e instável. Excita-se mais com as novidades do que com a verdade, o que naturalmente me obriga a manter-me todo o tempo reservado nas minhas opiniões."

"*Caute*, hem?"

"Sempre *caute*", confirmou Bento, reafirmando o seu lema. "Tenho esperança de que daqui a uns anos o rapaz corrija esses excessos da juventude."

Dobrando-se para o seu saco de viagem, De Vries retirou do interior uma resma de folhas que o anfitrião prontamente reconheceu. Tratava-se de um longo texto que Bento remetera aos seus amigos *collegianten* de Amsterdã com o conteúdo das aulas que nessa altura ministrava a Casearius.

"Devo confessar-lhe, mestre, que as suas lições sobre Descartes deixaram-nos um pouco intrigados", revelou o recém-chegado. "Ou muito nos enganamos ou fez aqui algumas demonstrações das ideias de Descartes usando métodos que na verdade Descartes nunca usou..."

Bento sorriu.

"Repararam nisso?"

"Como nos podia ter escapado?"

"O que eu fiz foi seguir uma sugestão de Meyer para usar o espírito geométrico de Euclides de modo a demonstrar as ideias de Descartes, rearranjando-as e reordenando-as."

"Fez mais do que isso, mestre", atalhou De Vries, localizando um trecho. "Olhe para a maneira como apresentou o famoso *cogito ergo sum* cartesiano. Enquanto Descartes expôs este enunciado como uma verdade intuitiva, se penso é porque indubitavelmente existo, o mestre fez uma demonstração silogística que nunca ocorreu a Descartes, começando com uma proposição, só posso conhecer a minha existência através de mim mesmo, e demonstrando que a negação da proposição seria absurda, pelo que ela é necessariamente verdadeira. Isto é... é brilhante. Passamos horas a discutir esta demonstração."

"Bem, é verdade que, ao escrever esse texto, a minha ideia não era simplesmente expor as ideias de Descartes, mas resolver problemas com os quais Descartes não lidou bem. Se vocês lerem as lições com cuidado, constatarão que muitas coisas que aí estão não foram ditas explicitamente por Descartes, mas podem ser deduzidas a partir das fundações que ele deixou."

O recém-chegado continuou a folhear a resma de folhas, mas desta feita distraidamente, como se buscasse palavras não naquelas páginas mas na sua própria mente.

"Há uma outra coisa que nos chamou a atenção", disse devagar, como se pesasse as palavras. "Trata-se de uma impressão de que... não sei como hei de colocar a questão, uma impressão de que... enfim, de que..."

"De quê? Diz, Simon."

De Vries encheu o peito de ar como se ganhasse coragem, no fim de contas Descartes era um deus para os filósofos liberais que acreditavam no uso da razão para chegar à verdade.

"De que... discorda de Descartes."

Disse-o de rajada, como se tivesse produzido uma declaração bombástica, e esvaziou o peito logo que o disse. De imediato encarou Bento com súbita apreensão, como se receasse ter ido demasiado longe. Ficou por isso surpreendido quando o viu reagir com uma gargalhada.

"É assim tão óbvio?"

A admissão deixou De Vries aliviado.

"Bem... percebe-se nas entrelinhas que o mestre não está de acordo com algumas coisas." Identificou uma passagem na resma que tinha nas mãos. "Por exemplo, escreve aqui: 'penso que Descartes era demasiado inteligente para dizer isto'."

"O problema de Descartes é que ele instituiu um método racional para compreender a realidade, mas não o levou até às últimas consequências", explicou Bento. "É o caso da mente, a que os religiosos chamam alma. Descartes estabeleceu a existência de duas substâncias distintas, de um lado o pensamento, do outro lado a matéria."

"O famoso dualismo corpo-alma. E então?"

"O primeiro problema é que Descartes disse que o pensamento tem natureza divina e a matéria não, o que significa que a alma tem uma essência divina e o corpo não, pois é material", recordou. "Acontece que na natureza apenas existe uma substância, Deus. Por Deus, entendo um Ser absolutamente infinito. Ora, uma substância absolutamente infinita é indivisível. Se fosse divisível, a substância absolutamente infinita deixaria de ser infinita, pois nos limites da sua divisão encontraria a sua finitude. Um corpo é chamado finito porque podemos sempre conceber um outro que é diferente, o que não é possível no caso de Deus. A questão é esta: se Deus é infinito e o infinito é indivisível, então forçosamente Deus inclui a matéria. Caso contrário, Deus seria finito, pois a matéria seria separada d'Ele e estaria para além d'Ele. Dizer que Deus é infinito, mas não incluir a matéria n'Ele, é como dizer que Deus está em toda parte e depois fazer d'Ele um mero espectador de uma peça de teatro. Se Deus é infinito, Deus é tudo. Ele não é um simples espectador. Ele é a própria peça de teatro! Tudo significa *tudo*. Infinito significa *infinito*. Se Deus é tudo, então é mesmo *tudo*. Pensamento e matéria. Tudo."

O encadeamento de raciocínios deixou De Vries pensativo.

"Deus é tudo, incluindo a matéria?", interrogou-se. "Mestre, isso é novo."

"O segundo problema é a divisão feita por Descartes entre a alma humana, segundo ele ligada a Deus, e o corpo humano, segundo ele fora de Deus", acrescentou Bento. "Se Deus é tudo, então o ser humano faz parte de Deus. Ou seja, Deus não é apenas a causa da existência do corpo humano; é a sua essência. Não é só a nossa alma que é divina, o nosso corpo também o é. Basta, aliás, constatar o óbvio. O homem é composto por mente e corpo e a mente humana está unida ao corpo. Se observarmos bem, constataremos que, quanto mais saudável está o corpo, maior capacidade de pensar revela a mente. Mais, a mente nada imagina nem nada se lembra do passado se o corpo não existir. O que nos dizem estas constatações simples? Dizem-nos que a mente e o corpo não são coisas diferentes. São a mesma coisa."

Aquilo era outra novidade.

"A mesma coisa?!"

"Não é tão evidente? A mente e o corpo são uma e a mesma coisa, a primeira exprimindo-se sob o atributo do pensamento, a outra sob o atributo da matéria. O corpo é essencial ao desenvolvimento da mente, a mente é essencial ao desenvolvimento do corpo. O corpo não se movimenta nem nada sente sem a mente, a mente não raciocina nem nada imagina sem o corpo. Pensamos a partir do corpo, agimos a partir da mente. Não podem ser opostos nem separados. Descartes está errado, não há dualidade. Mais do que um conjunto, corpo e mente são a mesma coisa sob atributos diferentes. A mesma coisa."

"Então, e o que Descartes escreveu em *Passiones Animæ*? É tudo falso?"

Tratava-se de uma referência a *As Paixões da Alma*, o livro onde Descartes expusera a sua teoria sobre como se processava a interação entre o corpo e a alma.

"Descartes afirmou que a mente, ou alma, se encontra numa determinada parte do cérebro chamada glândula pineal e que é de lá que a mente exerce a sua vontade", respondeu Bento, lembrando o ponto fulcral dessa teoria. "Não me canso de me espantar por ver que um filósofo que decidiu só fazer deduções a partir de princípios evidentes e só afirmar o que ele percepcionava clara e distintamente, e que acusava outros de usarem qualidades ocultas para explicarem matérias obscuras, tenha proposto uma hipótese ainda mais oculta do que qualquer qualidade oculta. O que é isso da união da mente com o corpo? Ele concebeu a mente tão distinta do corpo que não foi capaz de estabelecer nenhuma ligação causal para essa união e acabou por se ver obrigado a recorrer à causa de todo o universo, isto é, Deus."

As consequências de tudo aquilo eram enormes, como De Vries e qualquer pessoa do seu tempo bem entendia.

"Então se alma e corpo são a mesma coisa sob atributos diferentes, isso quer dizer que... que, quando o corpo morre, a alma também morre! Ou seja, não há imortalidade!"

A questão era tremendamente sensível. A imortalidade da alma não constituía apenas um dogma da religião judaica; também o era na religião cristã. Negar que a alma estava separada do corpo equivalia a afirmar que a alma morria com o corpo. Ou seja, a alma não era imortal. Tal contradizia diretamente as crenças mais sagradas dos cristãos. Ora, se pôr em causa dogmas judaicos apenas lhe valera um *cherem*, fazer o mesmo em relação aos dogmas cristãos afigurava-se-lhe imensamente mais perigoso. Galileu e Giordano Bruno que o dissessem.

A questão exigia, pois, a maior prudência, mesmo diante de alguém que lhe era tão devoto, uma vez que nunca se sabia se poderia acidentalmente cometer alguma inconfidência diante de outrem.

Caute.

"Embora não nos lembremos da nossa existência antes do corpo, sentimos que a nossa mente, na medida em que envolve a essência do corpo de forma eterna, é eterna", disse Bento, jogando com as palavras. "Nesse sentido, a mente humana não é absolutamente destruída com o corpo, algo dela permanece que é eterno."

De Vries fez um ar confuso.

"Uh... não entendi."

"Deus é tudo e é eterno", proclamou, estabelecendo um princípio geral. "Se o homem faz parte de Deus, pois Ele é tudo, então há decerto uma parte do homem que é eterna, pois Ele é eterno. Simples dedução lógica."

Desta vez o amigo entendeu a dedução feita a partir do princípio geral.

"O mestre tem noção de que está a dizer coisas muito diferentes daquelas que Descartes e outros filósofos disseram?", perguntou com fervor súbito. "Nunca pensou em divulgar essas ideias num livro? Meu Deus, seria... seria uma revolução!"

A palavra assustou Bento.

"Revolução?! Nem pensar! Detesto polêmicas!"

"Mas o mestre está a ir para sítios onde nem Descartes foi capaz de ir. É imperativo que escreva um livro a revelar tudo isso."

"Ora, ora! O mundo não está preparado para me ouvir."

"Isso era o que se pensava das ideias de Descartes quando ele as publicou, mestre. O mundo não estava preparado e ele, pelo simples ato de as publicar, mudou o mundo." Apontou convictamente para o seu interlocutor, como se o responsabilizasse. "O mestre também irá mudar o mundo. Mas, para isso, terá de publicar. As suas ideias são simplesmente demasiado inovadoras para permanecerem fechadas a sete chaves. O mundo precisa de as ouvir. Quando as ouvir, mudará."

O seu amigo não deixava de ter razão, considerou Bento. Por um lado, era verdade que registar por escrito as suas ideias continha riscos evidentes. Os *predikanten* cairiam em cima dele com toda a força. A prova é que tivera de fugir de Amsterdã. Por outro, a governação liberal de Johan de Witt assegurava-lhe uma certa proteção. A prova é que, apesar do exílio, ninguém o perseguira. Os calvinistas poderiam fazer todo o barulho que entendessem, mas ao fim e ao cabo seria só barulho. Não estavam em Itália, ele não era Giordano Bruno nem Galileu, a Inquisição não mandava ali, já não viviam na Idade das Trevas. Moravam na República das Sete Províncias Unidas dos Países Baixos, ele chamava-se Bento de Espinosa, quem governava era Johan de Witt, o liberalismo florescia e a ciência também. Além do mais, não havia dúvida de que o mundo só mudaria se aparecessem ideias que o fizessem mudar.

O orgulho, pecado herdado da sua herança portuguesa que tantas vezes o tornava cego à mais elementar das cautelas, acabou por se impor.

"Por que não?", assentiu. "Farei um livro a expor tudo o que descobri sobre a natureza mais profunda da realidade. E, através dele, procurarei incutir nas pessoas um método que as torne iluminadas. O Meyer sugeriu-me que usasse o sistema euclidiano de exposição geométrica, com axiomas, definições, postulados, proposições, teoremas e demonstrações, e pareceu-me que isso é realmente uma boa ideia. Dar-lhe-ei um título ao estilo da *Principia Philosophiae*, de Descartes. Por exemplo... uh... deixa cá ver... *Philosophia*." O rosto iluminou-se-lhe. "Isso. *Philosophia*. A minha, claro."

Com um sorriso esfuziante, De Vries largou as folhas que segurava nas mãos e abriu os braços para lhe cair em cima.

"Ah, mestre!", abraçou-o. "Não calcula como me faz feliz!" Apartou-se, de repente ansioso. "Acha que... que nos pode ir dando umas páginas à medida que for escrevendo? Nem imagina o que isso significaria para mim e para os nossos amigos em Amsterdã."

"Vou escrever em latim e, à medida que for avançando, mandarei fragmentos ao Balling para traduzir para neerlandês, podes ficar descansado. Ele far-vos-á chegar essa tradução e vocês poderão discutir o que escrevo."

O neerlandês baixou-se e apanhou as folhas das lições de Bento sobre Descartes que deixara cair no chão.

"Esqueci-me de lhe dizer uma coisa", indicou enquanto ajeitava as páginas para formar um maço. "Depois de lermos e analisarmos estas suas lições, somos de opinião de que... enfim, está a ver, não está?"

"Estou a ver o quê?"

Exibiu-lhe as folhas.

"Publique-as também."

O olhar espantado de Bento desceu para os papéis onde registrara as lições que dava a Casearius.

"Publicar isto? Que disparate! São apenas anotações para aulas. Quem se interessaria por uma coisa destas?"

"Isto são lições sobre Descartes usando argumentos diferentes dos de Descartes e fazendo demonstrações que Descartes nunca fez, recorrendo para isso ao método geométrico de Euclides. Se estas lições forem publicadas, o mestre será considerado um dos maiores especialistas do país sobre o pensamento cartesiano."

"Que disparate! Quem quererá publicar uma coisa dessas?"

Era a hora de De Vries jogar o seu trunfo.

"O Rieuwertsz."

"O Rieuwertsz? Pretendes convencer o coitado a pôr no prelo as minhas lições? Ele não vai nisso..."

"Já estivemos a conversar entre nós, mestre. O Meyer teve a ideia e o Rieuwertsz concordou."

Lodewijk Meyer era o colega que conhecera anos antes na escola de Van den Enden e que na peça *Eunuchus* interpretara o soldado Thraso. Apresentara-o a vários elementos do seu grupo de *collegianten* e reencontrava-o amiúde em Leiden, cuja universidade Meyer frequentara para estudar filosofia e medicina.

"Pois, mas não tenho dinheiro para pagar a publicação do livro."

"O Jarig já se ofereceu para pagar."

Bento esfregou o queixo.

"Querem mesmo publicar as minhas lições?", admirou-se. "Mas elas foram escritas em apenas quinze dias..."

"O que interessa isso? Todos as lemos e ficamos muito entusiasmados. O Rieuwertsz mandou dizer que ficará zangado se o mestre escolher uma outra livraria. O Jarig paga, o Meyer formata e o Rieuwertsz publica. Temos tudo acertado entre nós. Falta apenas o seu acordo."

A ideia de publicar sempre estivera na mente de Bento, mas não as lições sobre Descartes. E, no entanto, tornava-se-lhe nesse momento tão evidente. Jarig era o seu primeiro amigo *collegiant*; tinha dinheiro e sempre lhe fora dedicado. Meyer, por seu turno, mostrava-se um entusiasta do método geométrico, pelo que o seu interesse na publicação de uma tal obra parecia natural. Já Rieuwertsz andava constantemente à cata de livros polêmicos para editar sob a chancela da sua Het Martelaarsboek, e que autor era mais polêmico em todo o mundo que René Descartes?

A leitura das obras do filósofo francês fora proibida por quase toda a Europa. Mesmo ali, na liberal república neerlandesa, as universidades haviam-no denunciado e intimado os professores a ignorarem os seus ensinamentos heréticos. O fato de muitos desconsiderarem a proibição mostrava no entanto que, longe de travar o interesse pelas ideias cartesianas, a campanha parecia até fomentá-lo.

"Vocês não acharam o meu texto... uh... perigoso?"

"Perigoso, mestre?", admirou-se o amigo. "De modo nenhum! O Meyer foi muito detalhado na leitura e não viu qualquer problema."

Bento afagou o queixo, ainda hesitante.

"Para eu aceitar publicar estas lições, o Rieuwertsz tem de arranjar alguém, talvez o próprio Meyer, que, com a minha participação, dê ao texto um estilo mais elegante e acrescente um curto prefácio a alertar os leitores de que eu não reconheço tudo o que está aqui escrito como sendo as minhas opiniões, uma vez que escrevi algumas coisas que, na verdade, são completamente opostas ao que penso, como é justamente o caso do dualismo corpo-alma."

"Estou certo, mestre, de que Rieuwertsz não terá qualquer problema com isso."

Hesitou uma última vez. Valeria mesmo a pena publicar? Só lhe iria trazer inconvenientes. Descartes era imensamente contestado pelos calvinistas e pelos conservadores, o que o deixava desconfortável. Não queria controvérsias. *Caute*. No entanto, se Meyer lera as lições e não vira qualquer problema, o mesmo acontecendo com os seus amigos *collegianten*, todos eles cristãos, e se o país era governado por Johan de Witt, o liberal que protegia a liberdade, o que tinha verdadeiramente a perder?

"Dá-me cá isso."

Pegou na resma de folhas que De Vries trouxera de Amsterdã e pousou-a sobre a mesa. Molhou a ponta da pena, assentou-a sobre o título, *Lessons*, e riscou-o. Por cima rabiscou o novo título, este bem mais longo. *Renati Descartes principia philosophiae, more geometrico demonstrate*. Recuou um palmo e contemplou o título. Agradava-lhe. Seria o seu primeiro livro. O orgulho levara mais uma vez a melhor sobre a cautela.

Nesse instante, a porta do quarto abriu-se com estrondo e viram o dono da casa entrar de rompante, o rosto vermelho, uma expressão transtornada no olhar.

"A peste! A peste!"

Pela maneira como falava, dir-se-ia que vinha aí o fim do mundo.

XXII

Depois de atravessar a neblina densa e suportar os fortes ventos laterais e as ondas bruscas que faziam balancear o *trekschuit* com inusitada violência, o cavalo parou na margem. Balançando pela água aos solavancos, a embarcação embateu no cais deserto e imobilizou-se. Chovia. Havia casas alinhadas ao longo das duas margens; pareciam proas de navios de pedra a emergir da bruma. Uma tabuleta na plataforma anunciava *Voorburg*.

Três sombras recortaram-se da névoa cerrada como fantasmas de cinza a deslizar pelo cais. Depressa os espectros adquiriram densidade e tornaram-se homens; à frente caminhava Simon de Vries, os cabelos loiros a esvoaçarem ao vento úmido e tracejado de gotas, e atrás dele vinham dois *boeren*. Ao chegarem ao pé do *trekschuit*, De Vries estacou e os dois homens rudes e corpulentos saltaram para o interior. Bento, que os esperava dentro do *trekschuit*, apontou para a ré, onde se aglomerava a bagagem dos viajantes.

"Estas três caixas têm livros, aquelas ali roupas e, quanto às duas grandes, uma tem o meu torno de polir e o material ótico, e a maior contém uma cama desmontada", indicou, identificando a sua bagagem. "Cuidado com essa, não a deixem cair. É a cama da minha mãe."

Enquanto os *boeren* pegavam nas caixas e as retiravam do *trekschuit*, o viajante saltou para o cais, pisando terra firme, e abraçou o amigo neerlandês.

"Ah, mestre!", saudou-o De Vries. "Que alívio constatar que finalmente deixou Rijnsburg! Puf, já era hora! A peste em Amsterdã está terrível, terrível. Nem lhe conto! Andava cheio de medo de que ela chegasse a Rijnsburg com o mestre ainda por lá. Aqui em Voorburg estará melhor, vai ver."

Bento pôs a mão sobre o ombro do amigo.

"O Jarig mandou-me uma carta a informar-me do que se passou com a tua mãe. Lamento muito."

A palavra de consolo comoveu De Vries.

"Não foi só a mamã. Também o meu irmão Frans e a mulher dele apanharam a bubônica e... e partiram."

"Ah! Que horror! Meu pobre amigo."

O jovem neerlandês forçou um sorriso.

"Deixemos as tristezas e concentremo-nos na vida", disse com uma jovialidade constrangida. "Agora que o mestre saiu de Rijnsburg e vai ficar a viver aqui em Voorburg, ser-lhe-á mais fácil ir ao médico para tratar dessa tosse persistente. Não se esqueça de que Haia se encontra a dois passos daqui."

Com os *boeren* a carregarem as caixas, algumas empilhadas umas nas outras, o grupo abandonou o cais de Voorburg e dirigiu-se a uma caleche que De Vries alugara. Logo que a bagagem foi depositada na carga, arrancaram e percorreram as ruas lamacentas em direção ao centro. O recém-chegado já por ali passara nas suas deslocações de *trekschuit*, mas era a primeira vez que circulava por aquela povoação rural às portas de Haia, a capital onde se encontrava o grande pensionário, Johan de Witt, na verdade tão perto que daria para ir à cidade a pé se os seus pulmões o consentissem.

Não se via vivalma em parte alguma; dir-se-ia que Voorburg havia sido abandonada.

"A peste já cá chegou?"

"É o medo, mestre. As notícias de Amsterdã e de Roterdã são assustadoras e, apesar de não ter havido aqui nenhum caso, as pessoas fecharam-se todas em casa."

Nas últimas semanas em que Bento vivera em Rijnsburg também não havia ninguém nas ruas, mas isso acontecera porque tinham aparecido na povoação vários casos. Já ali, mesmo sem qualquer situação identificada, pelo visto as pessoas reagiam da mesma maneira. O medo tornara-se palpável e o tema dominava todas as conversas.

"Já se sabe como chegou a peste?"

"Há muitas teorias, mestre. Uns dizem que veio de Itália, outros que foi a armada turca que a trouxe do Levante, outros ainda que tudo começou em Chipre... enfim, existem teorias para todos os gostos. A única coisa que sabemos é que o primeiro caso ocorreu em Heusden e, a partir daí, instalou-se o caos em Amsterdã e em Roterdã."

"E é verdade que andamos com problemas com a Inglaterra?"

"Infelizmente, mestre. Apesar de há pouco tempo termos assinado um tratado com os ingleses, esses estafermos estão a interceptar os nossos navios usando a peste como pretexto. Tudo um truque para nos sabotar, como é bom de ver. De modo que, não sei, não, mas qualquer dia vai haver chatice da grossa com eles..."

Passaram diante de um talho. O talhante estava à porta de braços cruzados, como uma sentinela contrariada, evidentemente à espera que aparecesse algum cliente.

"Boa tarde", cumprimentou-o De Vries da caleche, tirando cortesmente o chapéu. "O senhor não tem medo da peste?"

O talhante abanou a cabeça.

"Tenho é medo de perder o negócio", retorquiu com acidez. "Já viu como isto está? Anda tudo doido, é o que é! Por causa de uma gripezinha dão cabo da economia! E nós é que pagamos! Ah, que miséria!"

Os olhos escuros de Bento mantiveram-se colados por alguns segundos ao talhante, que ia ficando para trás à medida que a caleche avançava. Também em Rijnsburg havia comerciantes que mantiveram as portas abertas, mas a resistência acabou quando a peste entrou em casa de um deles e, de uma família de seis, apenas uma filha e a mulher sobreviveram. Quatro mortos em seis pessoas no espaço de uma semana a dez dias! A partir desse instante, os mais recalcitrantes tiveram de se render à evidência e tudo fechou na povoação.

"A casa é longe?"

O amigo apontou para um dos edifícios em frente, entre o canal e uma igreja com uma torre de espiral alta. A praça do mercado e o cais dos barcos situavam-se ali perto.

"É aquela ali", identificou De Vries. "Fica mesmo no centro da povoação, com acesso fácil ao mercado. Assim, se a peste cá chegar, o mestre terá facilidade em abastecer-se sem correr riscos."

"Tenho também a igreja para rezar", gracejou Bento. "E, em último recurso, o cais para fugir.

A viagem nem cinco minutos deve ter durado. A caleche imobilizou-se diante da casa em questão, situada ao lado de uma tabuleta a indicar o nome da rua. Kerkstraat, a Rua da Igreja. De Vries apeou-se e foi chamar o proprietário enquanto Bento ficou a ajudar os homens a descarregarem a bagagem.

De Vries reapareceu momentos depois na companhia de um casal; tratava-se de um homem na casa dos vinte anos, alto e bem constituído, acompanhado por uma mulher um pouco mais nova, também grande e de cabelos ruivos encaracolados.

"Este é o Daniel Tydeman, mestre pintor aqui em Voorburg", apresentou-o. Apontou para a mulher. "Esta é a sua esposa, Margarita. São pessoas de confiança, mestre, pode ficar descansado. Ambos *collegianten* como nós."

Apesar de tão boas credenciais, o casal não parecia conversador. Presumindo que os anfitriões estivessem desconfortáveis por causa da peste, os recém-chegados deram um desconto; quem nesses dias não se sentia inquieto com o que se estava a passar no país e não tinha receio sempre que forasteiros se aproximavam?

Entraram na casa. A habitação era pequena e o alojamento de Bento estava na proporção do tamanho do edifício. Com a ajuda dos *boeren*, montaram o *ledikant* da mãe; a colocação das cortinas vermelhas era a parte mais sensível e dela se encarregou Bento. As roupas foram penduradas no armário, incluindo a túnica esfaqueada à saída do Teatro Municipal que guardara como lembrança de *caute*, e os livros adquiridos nas livrarias de Amsterdã enfileirados nas respectivas prateleiras. Quando tudo ficou pronto, um pequeno embrulho materializou-se nas mãos de De Vries.

"É um presente que trouxe de Amsterdã para si."

Pelo formato do embrulho, Bento suspeitou do que se tratava. Arrancou a folha que o envolvia e o livro ficou à vista. Sentiu uma forte emoção. O título no topo anunciava *Renati Descartes principia philosophiae, more geometrico demonstrate*, e a meio da capa vinha o nome do autor. *Benedictum de Spinoza*.

Ficou um longo momento a contemplá-lo, como um pai enamorado pelo filho recém-nascido. O seu livro. Acontecesse o que acontecesse, havia publicado. O acontecimento produzira-se e já não se desproduziria. Não é que a fama lhe interessasse especialmente, mas de algum modo tinha alcançado a imortalidade. Logo que pensou nisso, apercebeu-se da ironia; não fora ele que escandalizara meio mundo ao sustentar que a imortalidade não passava de uma ilusão?

Em bom rigor, não se enganara necessariamente, pois também dissera que de certa maneira a alma era imortal e persistia em Deus mesmo após a morte do corpo. Ali, naquele livro, estava a prova. A sua carne poderia perecer, putrificar-se e ser devorada pelos vermes, e nesse sentido era de fato mortal, mas as ideias... ah, as ideias sobreviviam! Ele não viveria na carne, mas viveria nas páginas daquele livro e quem sabe se séculos mais tarde alguém o leria e ao fazê-lo o estaria de certa forma a ressuscitar enquanto a leitura durasse. A sua voz ficaria no livro e através dele falaria apesar de estar morto. Não era isso afinal uma certa forma de imortalidade?

"Uh... senhor De Spinoza?"

Levantou os olhos do livro e encarou a pessoa que o interpelara; tratava-se do proprietário da casa. Vinha com o mesmo ar constrangido com que os recebera meia hora antes. Presumindo perceber a origem do desconforto, Bento tirou um punhado de florins do bolso.

"Tem razão, senhor Tydeman. Aqui está o pagamento."

Ato contínuo, De Vries interpôs-se entre ambos.

"De modo nenhum, mestre. Sou eu que pago."

"Não, Simon. Isto é comigo."

O amigo neerlandês encarou-o.

"Mestre, a minha família é abastada, como bem sabe. Conceda-me, por favor, o prazer de o ajudar nestas coisas mundanas. O mestre nasceu para as grandes ideias, não para gastar a sua energia com assuntos menores como o dinheiro."

"Agradeço-te, Simon, mas quem paga o meu alojamento sou eu, como é evidente."

Insistindo, De Vries extraiu do interior do casaco um saco carregado de moedas.

"Se o mestre não quer que eu pague, deixe-me ao menos dar-lhe dois mil florins", disse. "É para o ajudar a ter uma vida mais confortável."

"Nem penses nisso, Simon", recusou Bento. "Não preciso de nada e não posso aceitar tal coisa. Aliás, se me visse com tanto dinheiro no bolso, inevitavelmente ir-me-ia distrair dos meus estudos e deveres. Não queres isso, pois não?"

Quando a pequena disputa entre ambos ficou resolvida, Bento contou dez florins e estendeu-os para os oferecer ao dono da casa. Tydeman, no entanto, não fez qualquer gesto para os receber. Na verdade, permanecia até com o ar embaraçado que mostrava desde o início.

"Eu... enfim, não estou a pedir pagamento nenhum. É só que, antes de os senhores chegarem, um amigo *collegiant* que veio esta manhã de Amsterdã apareceu cá em casa com uma notícia que... nem sei bem como dizer, uma notícia que... uh... me encarregou de vos comunicar."

Sentindo subitamente um mau agouro em todas aquelas hesitações, os recém-chegados inquietaram-se.

"O que se passa, senhor Tydeman?", quis saber De Vries. "Que notícia é essa?"

"É o senhor Balling. Há... há peste em casa dele."

"O quê?!"

Os dois amigos entreolharam-se, chocados. A bubónica alastrava tanto que atingira já o seu grupo de amigos.

XXIII

O ambiente nas ruas de Amsterdã estava irreconhecível. Os cais apresentavam-se vazios e o estado de abandono da cidade era tal que até erva crescia nas ruas. Não se ouviam os barulhos normais como o relinchar dos cavalos e o tiquetaquear das patas pelas calçadas, o rolar das carroças e dos coches, os vendedores a chamarem por clientes, o burburinho normal de uma urbe vibrante. Nada disso. Apenas o chilrear dos pássaros e o gorgulhar das águas que corriam pelos canais. Um silêncio pouco natural abatera-se sobre Amsterdã.

Havia muito pouca gente no Dam, a praça central. Numa casinha de madeira em frente ao edifício do município deram com uma tabuleta a referenciar "896 mortos"; tratava-se da contabilidade das vítimas da semana na cidade. Pelas vias públicas desertas viam-se, aqui e ali, pessoas mais abastadas a cavalo, em coches e em carroças apinhadas de sacos e caixas, com as famílias e os criados a saírem da cidade, deixando para trás as casas e partindo em busca de refúgio no campo. Quem não tinha meios para lhes seguir o exemplo encerrava-se nas suas habitações e observava das janelas os poucos que passavam; eram rostos pesados, fechados em si mesmos, ensombrados pelo medo. Entre os pobres havia famílias inteiras a viverem no mesmo quarto, e era aqui que a peste fazia as maiores razias.

Apreensivos, os três homens aceleraram o passo. Quanto mais depressa chegassem ao destino, melhor, pensou Bento, apalpando no bolso do casaco o certificado sanitário que lhe haviam passado em Voorburg e que lhe permitia circular caso fosse interceptado pelas forças da ordem. Tal como os raros transeuntes com quem se cruzavam, os três caminhavam com lenços a tapar-lhes a boca e o nariz. Tinham o cuidado de seguir pelo meio da rua; tratava-se de uma maneira de evitar os miasmas, como eram conhecidos os ares doentes que, segundo se dizia, vinham das habitações em redor e contaminavam o espaço público. Algumas casas tinham faixas de palha penduradas à janela e as portas guardadas por um vigilante; eram habitações consideradas infectadas e o vigilante, nomeado pelos burgomestres, destinava-se a impedir que alguém lá entrasse. Os três cruzaram-se pontualmente com barris de alcatrão a arder; haviam ali sido colocados por ordem dos burgomestres para afugentar os tão receados miasmas.

Nos quarteirões dos burgueses mais endinheirados depararam-se com filas de casas de janelas fechadas e trancadas, evidentemente abandonadas pelos proprietários, todos eles refugiados nas suas propriedades no campo ou nas residências dos canais. Num ou noutro caso, havia uma porta arrombada, sem dúvida por saqueadores. Aqui e ali, quando viam uma faixa de palha pendurada numa janela, apressavam ainda mais o passo. Pregado a uma porta depararam-se com um letreiro a anunciar *Vende-se médico*; era decerto a casa de um clínico que abandonara os pacientes e fugira, para ira dos populares.

"Há duas semanas foi o pânico total", contou Koerbagh, rompendo o silêncio enquanto calcorreavam as ruas de Amsterdã. "Eram multidões a atropelarem-se para abandonar a cidade. Agora ainda se veem algumas pessoas a sair, como esta família com que nos cruzamos há instantes, mas é mais raro. Amsterdã está entregue aos que não têm para onde fugir."

"É a única defesa contra a peste", alvitrou De Vries. "Fugir dela. Caso contrário, a morte irá bater-nos à porta. Nem percebo como é que o Balling ficou cá."

A presença de Bento em Amsterdã na companhia de De Vries e Koerbagh era o resultado da reativação das reuniões intelectuais do seu grupo de amigos, algo que acontecera desde que fora viver em Voorburg. Depois de as tertúlias dos seus amigos *collegianten* terem quase cessado, na sequência de Bento ter abandonado Amsterdã, o grupo entretanto reconstituíra-se para formar aquilo que De Vries designara por *colégio*. O colégio espinosista estudava e discutia sobretudo os textos do filósofo, o que fazia dos seus membros os primeiros leitores dos seus escritos. Liam também, claro, outros autores que privilegiavam a razão. Para além de Bento e De Vries, esse colégio incluía Jarig, Balling, Koerbagh e Meyer. Fora esse colégio que levara os três nesse dia a Amsterdã.

"O mestre não tem família aqui na cidade?", lembrou-se De Vries. "Não será melhor ir ver se estão bem?"

"O meu irmão Gabriel acabou de partir para as Índias Ocidentais", revelou Bento. "Ele informou o Jarig de que ia para Barbados, onde vive uma comunidade portuguesa. Parece que a minha irmã Rebecca também tem planos de ir para essas bandas."

"Os ingleses deixam-nos?"

Tratava-se de uma referência à lei inglesa que só permitia a entrada nas suas colónias de navios com a bandeira de Inglaterra.

"Os membros da comunidade portuguesa que vão para lá estão a aproveitar uma lacuna na lei inglesa", explicou. "Em vez de se dizerem neerlandeses, o que lhes interditaria a entrada, usam a declaração do imperador Caracala que concedeu direitos de cidadania aos judeus no Império Romano."

O choro de uma mulher e de uma criança na janela de um primeiro andar à direita chamou-lhes a atenção; ou estavam ambas infectadas ou tinham alguém da família infectado, presumivelmente a morrer. Vê-las naquele estado era descoroçoante, mas nada podiam fazer. Seguiram caminho, determinados a permanecerem na cidade o mínimo de tempo indispensável. Viram um homem na rua encaminhar-se na direção deles.

"Cuidado!", assustou-se De Vries. "Tem um cajado branco!"

Os olhos aterrorizados dos três fixaram-se no homem; o cajado branco era o sinal convencionado de que o portador estava infectado. Suspenderam a respiração e desataram a correr, contornando o doente, e só pararam uma centena de metros mais adiante.

"Ufa!", bufou Koerbagh. "Noutro dia foi bem pior. Apanhei com um infectado a arrastar-se pela rua num estado de delírio. Ia seminu, a expor as feridas. Um pavor."

"Mas os infectados não foram todos para o Pesthuis?"

O Pesthuis, ou casa da peste, era um edifício situado em Overtoomsevaart, portanto fora das muralhas da cidade, para onde as vítimas eram enviadas.

"Nem todos, nem todos..."

Cruzaram-se com duas pessoas a cochichar numa esquina com ar assustado; todas as conversas eram sobre a peste e a morte. Vinda de um beco, depararam-se de repente com uma mulher solitária a caminhar com um pequeno caixão nos braços, o rosto lavado em lágrimas, e observaram-na em choque; tratava-se com certeza da mãe de uma criança que morrera e que, já sem família, ia enterrar o seu último filho. Tudo aquilo era de um sofrimento indizível.

"É a punição divina!", clamou um homem de negro que vinha na rua em sentido contrário, uma Bíblia numa mão e a outra a apontar para o firmamento como um juiz a ditar uma sentença dos Céus. "Os homens ofenderam o Senhor, e Deus está a descarregar a Sua ira! Os ímpios são os que ofenderam e os que deixaram que se ofendesse! Arrependam-se e arrepiem caminho, pois Deus é o juiz, mas é também o misericordioso! Arrependam-se e não pequem mais! Parem de jogar! Parem de beber! Parem com as mulheres da má vida! Não ofendam o Senhor! A vingança divina é terrível!"

Só não se apressaram mais porque já iam muito depressa e Bento não conseguia aguentar tal ritmo, devido à debilidade dos seus pulmões. O ambiente na cidade estava difícil e o pavor era tão espesso que se diria um nevoeiro. Quanto mais depressa saíssem dali, melhor.

"Diz-me, Koerbagh", interpelou o filósofo, para distrair a mente da terrível situação em redor. "Sempre vais publicar o teu livro?"

"Estou a escrevê-lo, estou a escrevê-lo..."

O importante era falarem sobre outras coisas, pensarem noutras coisas, ocuparem-se de tudo exceto da tragédia que se desenrolava em torno deles e com a qual não tinham forma de lidar. Qualquer tema servia.

"Manténs a intenção de incluir na obra algumas das ideias que tenho apresentado nas nossas conversas?"

"Absolutamente", confirmou Koerbagh. "A Bíblia foi escrita por homens e compilada por Ezra. A interpretação do sentido das Escrituras só é possível pela análise da sua linguagem e do contexto histórico dos autores e dos respetivos textos. Para compreender a verdade da Bíblia basta usar a razão humana. O resto é inútil e vão, e pode ser rejeitado sem a menor dificuldade. Vou lá meter tudo, tudo, tudo. Não ficará pedra sobre pedra. Vai ser um arraso!"

Tudo aquilo eram coisas que ele, Bento, havia ao longo do tempo explicado nas reuniões dos *collegianten*.

"Como achas que os *predikanten* vão reagir?"

"Não muito bem, imagino", foi a resposta com uma gargalhada. "Não há de ser certamente muito pior do que a forma como receberam as tuas lições sobre a filosofia de Descartes."

A recepção ao *Renati Descartes principia philosophiae, more geometrico demonstrate*, o livro de Bento a expor os princípios filosóficos de Descartes, não havia de fato sido a que esperara. A obra fora acolhida com um grande silêncio. A única reação fora de um teólogo de Utrecht, que tinha descrito Bento como "um autor maligno" que estava "completamente embebido na filosofia de Descartes". Os outros mantiveram-se calados. Mas os amigos já lhe tinham contado que, nos círculos pensantes, os conservadores descreviam-no, com desdém, como um puro cartesiano, o que nas bocas deles não constituía de modo nenhum um elogio. As sutis demarcações que no livro fizera em relação às ideias de Descartes não haviam pelo visto sido compreendidas por ninguém. Que ingênuo fora!

Reconsiderou a questão. Mesmo que as compreendessem, o que mudaria isso? Nada. Aliás, seria até pior. Não eram as suas ideias ainda mais cartesianas do que as do próprio Descartes? Tinha ido onde nunca nenhum filósofo se atrevera a ir, levando a lógica e a razão ao extremo dos extremos, às suas consequências últimas, e não podia esperar que os defensores da religião, que eram na verdade quase toda a gente, ficassem contentes. Feitas as contas, talvez fosse de fato melhor que não o tivessem compreendido.

Ou se calhar estava a exagerar. A verdade é que, pese embora o resmungar surdo de alguns e a sua crescente reputação de cartesiano, o *Renati Descartes principia philosophiae, more geometrico demonstrate* não agitara as águas e isso, vendo bem, até tinha o seu lado positivo. Significava que não ofendera ninguém. Isso queria dizer que as pessoas estavam preparadas para o passo seguinte, o livro que começara já a escrever em latim. O seu *opus*. A obra onde, usando de novo o método geométrico que já ensaiara nas lições sobre Descartes, tudo diria sobre a natureza mais profunda da realidade. Igualmente importante, ensinaria as pessoas a vencerem o medo e a superstição e dar-lhes-ia um método para se aperfeiçoarem. Tal método assentava na razão.

Apesar de o livro ainda ir a meio, entregara já as duas primeiras partes a Balling para que as traduzisse para neerlandês, de modo a poderem ser lidas pelo seu colégio.

"É aqui."

Foi Koerbagh quem identificou a casa. Os três pararam e, quase ofegantes, contemplaram a fachada por um longo momento, como se tentassem recuperar o fôlego, mas na verdade sem coragem para entrar. A faixa de palha pendurada na janela era um aviso suficientemente poderoso para fazer tremer os mais destemidos. O que tinha de ser, contudo, tinha muita força.

Havia um guarda à porta, evidentemente com ordens para manter a casa de quarentena. Koerbagh encarregou-se dele.

"Sou médico", apresentou-se, mostrando ao homem o seu diploma da Universidade de Leiden. "Estes senhores são meus ajudantes. Viemos inspecionar este domicílio para determinar as condições de segurança e o estado dos moradores."

O guarda deu um passo para o lado, abrindo passagem. Ajeitando o lenço na cara, Bento bateu na porta. Foi uma batida com medo, como se receasse que quem os viesse atender fosse a própria peste.

XXIV

A resposta tardava, o que fez os visitantes pensarem que não estaria ninguém em casa. Bento bateu outra vez. Nada. De Vries e Koerbagh entreolharam-se. Mais uma batida e novamente sem resposta. Teria Balling partido com a família para o campo? Quando estavam já perto de desistir, todavia, a porta abriu-se, revelando o rosto abatido do amigo, os olhos avermelhados no meio de uma sombra de olheiras, a barba por fazer, uma túnica suja e manchada a cobrir-lhe o corpo abatido.

"Balling!", exclamou Bento, escondendo o choque por vê-lo naquele estado deplorável. "Como estás, meu amigo?"

Já De Vries e Koerbagh encaravam Balling sem nada ocultar, nas caras estampado o horror pela forma como o encontravam.

Balling baixou a cabeça, uma grossa lágrima escorreu-lhe pelo rosto e começou a chorar, ranho verde a sair-lhe das narinas para o lábio superior.

"O meu... o meu menino morreu."

Ficaram os três plantados à porta, os lenços na cara, sem saber o que dizer, perdidos no seu mau jeito; não tinham a menor ideia sobre como consolar um homem numa hora daquelas, na verdade cientes de que não havia nada que pudessem dizer ou fazer capaz de lhe aplacar a dor.

"*Mi amigo que amo tanto*", acabou Bento por dizer em castelhano, a língua em que habitualmente ambos falavam quando se encontravam. "*Que inmensa tristeza.*"

Depois de apontar para a janela ao lado da porta de entrada, Balling regressou ao interior; os visitantes ainda vislumbraram os familiares do amigo a passarem pelo corredor interior da habitação; dir-se-iam fantasmas a assombrar aquela casa amaldiçoada pela peste.

Do interior, o anfitrião abriu a janela e, sempre na rua, os visitantes convergiram para ela e espreitaram lá para dentro; tratava-se de um quarto. Havia um corpo estendido sobre uma cama. Um silêncio profundo envolvia o espaço e um cheiro ácido e nauseabundo fugia pela janela, levando-os instintivamente a protegerem os narizes e as bocas com os lenços; seria aquele o fedor do famoso miasma? Havia duas vasilhas no chão, uma cheia de sangue e a outra de ácidos gástricos; ambos, os ácidos e o sangue, tinham sido vomitados. Horrorizados, os três visitantes fixaram à distância os olhos na criança; estava pálida e apresentava pequenos nódulos no pescoço. O mais chocante era a ponta do nariz e as pontas dos dedos, todas negras como carvão. Não era por acaso que a bubônica fora em tempos designada peste negra; aquelas pontas aparentemente carbonizadas eram gangrenas.

"Foi esta noite", indicou Balling da janela, a cabeça baixa. "Na verdade, já tinha havido maus agouros. Antes da peste, quando ele estava normal e são, ouvi-o uma vez soltar gemidos antes de se afastar de nós, gemidos semelhantes aos que fez nos últimos dias, já doente. Um presságio, sem dúvida."

Se havia pessoa que não acreditava em presságios era Bento, mas nada disse. Haveria tempo mais tarde para falarem nisso, se calhar por carta. Aquele não era o momento.

"Talvez, Balling, fosse melhor vocês saírem da cidade", sugeriu De Vries. "Os ares de Amsterdã são malsãos."

"Por agora tenho de enterrar o meu menino", respondeu Balling. "Quanto ao resto, é aqui que tenho os negócios. Os meus empregados deixaram de aparecer e, se me for embora, ficarei falido. Como devem calcular, meus amigos, não posso abandonar os negócios assim do pé para a mão."

"É melhor perder os negócios do que…"

A frase de De Vries foi interrompida por um gesto de Bento de que se calasse; não era o momento para uma discussão daquelas.

"Já trataste do funeral?", perguntou Koerbagh. "Ou queres que tratemos nós?"

Balling respirou fundo.

"Se me ajudarem com isso, ficar-vos-ia muito grato."

Apesar de quererem apoiar o amigo naquele momento difícil, nenhum dos três se sentia confortável. Não era apenas o ambiente pesado de uma casa onde uma criança morrera que os inquietava, mas o fato de que a bubônica pairava por ali. Ninguém queria ser contaminado e a forma como a peste se espalhava não era inteiramente compreendida. Uns achavam que eram os cães, outros as próprias pessoas, mas ninguém tinha dúvidas de que havia miasmas contagiosos no ar. As teorias abundavam, tantas que se diriam rumores descontrolados, embora a verdade fosse que ninguém sabia nada ao certo. Os lenços que lhes tapavam os narizes e as bocas davam-lhes uma vaga impressão de segurança, mas como ter a certeza de que eram eficazes?

Terem uma missão deu-lhes o pretexto para, ajudando Balling, saírem de diante daquela casa tocada pela peste. As agências funerárias andavam muito ocupadas nesses dias, o que atrasava os serviços, mas De Vries conhecia o proprietário de uma no Singel e decidiram ir falar com ele para lhe solicitar uma atenção especial. O dono da casa desapareceu de repente e regressou à janela com uma resma de folhas que entregou a Bento.

"São as traduções para neerlandês das páginas que me enviaste da tua *Philosophia*", disse. "Na minha opinião devias dar-lhe outro título."

"Por quê?"

"O livro fala do mundo, mas também da forma como podemos melhorar como seres humanos, não é? Então tens de arranjar um título que reflita isso."

O filósofo considerou a sugestão.

"Vou pensar no assunto."

Depois de se despedirem do amigo, os três afastaram-se e encaminharam-se para o Singel. Iam em silêncio, apreensivos e ensimesmados; apenas se ouviam os seus passos e o tossir ocasional de Bento. Cruzaram-se com um cortejo fúnebre formado por apenas cinco pessoas, todas de lenços na cara e a caminharem a dois passos de distância umas das outras. Os três amigos afastaram-se para lhes conceder passagem.

Um pouco mais à frente depararam-se com um grupo de mulheres de branco, todas também com lenços na cara, a bater a portas e a inquirir os moradores; eram voluntárias, consideradas pelos burgomestres senhoras de boa reputação e autorizadas a procurar e identificar casas contaminadas. Só quando passaram perto da casa de Van den Enden é que De Vries quebrou o mutismo.

"Tem de sair de Voorburg, mestre."

Isso já Bento tinha percebido. Fora para essa povoação para salvaguardar a sua saúde, mas a chegada da peste a Haia, situada à distância de uma curta caminhada de Voorburg, mostrara-lhe que em breve estaria rodeado de bubónica.

"Isso é fácil de dizer", respondeu. "O problema é que não tenho para onde ir."

"O marido da minha irmã possui uma quinta agrícola perto de Schiedam", disse De Vries. "Já tive uma conversa com a Trijntje e ela tem o maior gosto em receber-nos."

"Não quero incomodar."

"Não incomoda nada", foi a resposta imediata, como se a questão fosse absurda. "Além do mais, o mestre tem uns pulmões muito fracos, como se constata pela sua tosse constante. Se apanhar a bubônica, não sobreviverá. Seria absurdo morrer só porque não quer incomodar ninguém. Rogo-lhe que aceite o convite."

Não havia como rebater este argumento. Embora não se soubesse ao certo como a peste se transmitia, e consequentemente como se defenderem dela, todos tinham noção de que a única forma eficiente de se protegerem era aquela que a humanidade usava havia milênios. O confinamento. Só estando isolados do resto do mundo poderiam assegurar-se de que não seriam tocados por aquela catástrofe. Viver em zonas urbanas, como Amsterdã e os arredores de Haia, era simplesmente convidar ao desastre. Para Bento, tornava-se imperativo abandonar Voorburg.

Assentiu com um olhar agradecido, mas nada disse porque haviam chegado à agência funerária e tinham de tratar do funeral do filho de Balling.

XXV

Uma lufada de ar fresco bafejou o rosto adormecido de Bento como se o vento o quisesse acordar de mansinho. Sentiu o aroma perfumado das flores e abriu devagar as pálpebras. Estremunhado, viu diante dele as suas próprias pernas estendidas numa esteira, os pés a apontarem para um vasto mar de copas de árvores. Lá embaixo, a serpentear com um gorgolhar buliçoso, corria a corrente nervosa de um ribeiro. Na confusão do despertar, por momentos não percebeu onde estava, até porque era um homem da cidade e nunca tinha vivido no campo. Depressa, porém, se orientou no tempo e no espaço. Encontrava-se, claro, no alpendre traseiro do De Lange Boogert, o Longo Pomar, a propriedade da irmã de Simon de Vries situada perto de Schiedam, uma aldeia da zona de Roterdã.

"Isso é um hábito português?"

Olhou para o lado e viu Trijntje de Vries, a irmã de Simon, sentada numa cadeira de balanço a tricotar.

"O quê?"

"Dormir à tarde. Chamam-lhe *siesta*, não é?"

Bento espreguiçou-se.

"*Siesta* em Espanha, *sesta* em Portugal", disse a bocejar. "O meu pai veio do Sul de Portugal, onde no verão os dias são quentes e as pessoas se estendem à sombra das árvores."

"Há hábitos que passam de pai para filho…"

"Quem sabe?", foi a resposta. "Embora eu suspeite que este sono tenha sido mais fruto do excelente almoço que nos serviu, e sobretudo daquela cerveja divinal, do que de hábitos ancestrais de português."

Ela riu-se.

"Dizem que os meus almoços têm esse efeito. O Simon queixa-se do mesmo."

"Estão a falar de mim?"

Era Simon de Vries que nesse instante aparecera no alpendre, vindo do interior da casa.

"Olha, olha", zombou a irmã. "Fala-se no diabo e ele logo espreita." Voltou-se para Bento. "O senhor De Spinoza, que é filósofo e estuda estas coisas, acredita no diabo?"

Pergunta inesperadamente complicada.

"Uh... não."

"Por que não?"

"Porque... enfim, porque acho que nem o mal nem o bem existem na natureza. Apenas nas nossas cabeças."

A resposta quase escandalizou Trijntje.

"Nas nossas cabeças?!", questionou. Suspendeu a tricotagem. "O meu irmão contou-me que o senhor De Spinoza é a pessoa mais lógica e racional do mundo. Pois bem, vou provar-lhe que o diabo existe. Toda a gente sabe que Deus, na Sua misericórdia infinita, é o bem supremo. Como no entanto existe o mal e Ele não pode por definição ser responsável pelo mal, pois é o bem supremo, por dedução lógica tem de haver uma outra entidade responsável pelo mal, não é verdade? E que entidade é essa? O diabo, claro. E pronto, por dedução lógica está feita a demonstração. Como responde a esta, senhor filósofo? Hem?"

Interpelado desta maneira sobre um assunto tão sensível, Bento atirou a De Vries um olhar de súplica, como se lhe pedisse socorro.

"Deixa o senhor De Spinoza em paz, Trijntje", interveio ele. "Não vês que acabou de acordar?"

"Diga-me, senhor De Spinoza", insistiu a irmã. "Fiz a prova, não fiz? Demonstrei com recurso à lógica que o diabo existe mesmo, não demonstrei? O que pensa o senhor De Spinoza?"

Não havia fuga possível, até porque era ela a dona da casa. Em bom rigor, o verdadeiro proprietário do De Lange Boogert era o sogro dela, o abastado senhor Jacob Gijsen, que fizera fortuna com o negócio do sal e do arenque, mas se Bento ali estava era por decisão de Trijntje. Nada lhe aconteceria se se recusasse a responder, claro, mas por cortesia pareceu-lhe que o mais adequado seria satisfazer-lhe o capricho.

"A sua demonstração é interessante e tem valor, sem dúvida. O raciocínio lógico que efetuou parece-me inatacável."

Trijntje esquadrinhou-lhe o rosto com os seus grandes olhos azuis.

"A mim não me engana, senhor De Spinoza. Já vi que não concorda comigo. Onde está a falha do meu raciocínio? Não foi ele impecavelmente infalível?"

A exemplo do irmão, e na verdade de praticamente toda a gente no mundo dito civilizado, Trijntje acreditava na existência de Deus. Casara com um Gijsen, uma família de mercadores anabatistas com ligações de sangue aos De Vries. Embora fossem liberais e abertos a novas ideias, caso contrário nem permitiriam a presença no seu seio de um reputado cartesiano como ele, haveria decerto linhas que os Gijsen não estavam dispostos a cruzar.

"O seu raciocínio, asseguro-lhe, foi o mais lógico possível", declarou o visitante com suavidade, como se lhe quisesse adormecer a desconfiança. "Partindo da premissa inicial que estabeleceu, a dedução que fez é racional, necessária e inevitável."

Calou-se, esperando que ela percebesse a sua relutância em abordar um tema tão delicado e deixasse as coisas por ali.

"Mas…?"

Tornava-se claro que Trijntje queria mesmo levar a conversa até ao fim. Uma das coisas que mais chocava os portugueses do Houtgracht nos costumes dos neerlandeses era o seu estilo direto, sem especiais cortesias nem tato. Os habitantes dos Países Baixos valorizavam a transparência e a honestidade, pelo que diziam o que pensavam e perguntavam o que queriam, mesmo as coisas mais inconvenientes, sem adornar as palavras com os floreados e as sutilezas retóricas habituais noutros povos. A irmã de De Vries também era assim e a sua insistência numa questão tão delicada não dava alternativa a Bento que não fosse resignar-se a responder.

"O problema encontra-se, quer-me parecer, na premissa inicial a partir da qual fez as deduções. As deduções estão corretas, a premissa em que elas se baseiam é que não."

"A minha premissa é que Deus é bom e só faz o bem. Não me vai dizer que ela é falsa…"

Com um movimento suave, Bento balançou afirmativamente a cabeça.

"Receio bem que vá."

A irmã de De Vries deu um salto na cadeira, escandalizada.

"Está… está a insinuar que Deus não é bom?"

"Trijntje", interveio o irmão. "Não é melhor… uh… ver se o teu marido já chegou?"

"O Alewijn foi a Roterdã tratar de uns assuntos e quando chegar logo o saberemos, não te preocupes", devolveu ela, rejeitando com secura a tentativa de mudar de tema. "Voltando à nossa conversa, o que pensa o senhor De Spinoza? Deus é ou não é bom?"

A dona da casa queria mesmo saber o que ele pensava? Pois não a iria deixar sem resposta.

"Deus é infinito", estabeleceu Bento. "Está de acordo?"

"Sim, claro. Toda a gente o sabe. E então?"

"Se Deus é infinito, então Deus é tudo, pois, se não for tudo, Ele não é infinito. Está de acordo?"

"Uh... sim."

Uma vez aceite a primeira premissa, Deus é infinito, a segunda premissa, Deus é tudo, tornava-se inevitável, como Bento bem sabia. O resto era uma questão de somar deduções lógicas até às suas consequências últimas.

"Se Deus é tudo e se o bem e o mal fazem parte de tudo, então Deus inclui o bem e o mal."

Ela arregalou os olhos.

"Deus inclui o mal?"

"Deus é tudo", recordou-lhe Bento. "Tudo significa *tudo*, não significa quase tudo. Deus é tudo. De acordo?"

"Ele é tudo... exceto o mal, claro."

"Então se é exceto alguma coisa, Deus não é tudo. Se é exceto o mal, Deus não é infinito. Se Deus é infinito e é tudo, e se o bem e o mal fazem parte do infinito e de tudo, como de fato fazem, então Deus tem de incluir o bem e o mal. Simples dedução lógica."

A resposta desconcertou-a, pois não tinha modo de a contradizer.

"Mas... e o diabo?"

"Se Deus é tudo e se o diabo nada tem a ver com Deus, então o diabo é nada."

"Então, e as Sagradas Escrituras?", insistiu ela, procurando outro caminho. "Quando a Bíblia atribui todo o bem a Deus, está a dizer algo errado?"

"Os que afirmam que Deus faz tudo em prol do bem parecem pôr algo, o bem, fora de Deus e independente d'Ele. Se Deus é tudo, Deus inclui o bem. Se Deus é tudo, Deus inclui o mal. Se Deus é tudo, Deus inclui tudo. Tudo é tudo. Correto?"

Perante esta lógica implacável, Trijntje não sabia o que dizer.

"Deus é tudo, sim", aceitou. "Tudo tem forçosamente de incluir o mal, pois senão não seria tudo. Compreendo isso. Mas como é possível que Deus inclua o mal? Isso não contradiz as Sagradas Escrituras?"

"Contradiria, não se desse o caso de nem o bem nem o mal efetivamente existirem."

Esta nova afirmação confundiu-a ainda mais.

"O bem não existe?!"

"O bem e o mal não existem senão nas nossas cabeças", estabeleceu Bento, dando a resposta ao mistério. "As coisas são o que são, as qualificações de bem e de mal emergem da forma como as vemos. Por bem entendo o que sabemos ser bom para nós. Por mal entendo o que sabemos que nos impede de obter o que é bom para nós. O bem e o mal não passam de efeitos da alegria e da tristeza. Dizemos que uma coisa é boa se contribui para a nossa preservação e que uma coisa é má se constituir um obstáculo à nossa preservação. Dizemos que uma coisa é boa ou má em função de ela aumentar ou diminuir, ajudar ou prejudicar o nosso poder de ação. Aos objetos que nos causam alegria chamamos bons e aos que nos causam tristeza chamamos maus. O bem e o mal não passam assim de ideias oriundas da alegria ou da tristeza. Segundo as leis da sua natureza, cada pessoa deseja necessariamente o que acha ser bom e evita o que considera ser mau. Quanto mais uma pessoa se procura preservar, mais virtude tem."

"Mas há coisas boas e coisas más."

"Não. Há simplesmente coisas. Nós é que achamos umas boas e outras más em função de elas nos beneficiarem ou prejudicarem. Por exemplo, se eu perder dinheiro na rua, isso é mau para mim, mas bom para quem o encontrar. Embora os corpos humanos sejam em muitos aspectos semelhantes, são diferentes noutros. Assim sendo, o que para uma pessoa é boa, a outra parecerá má, o que para uma é clara, para outra é confusa, o que agrada a uma desagrada à outra, e assim sucessivamente."

Ela ponderou esta resposta.

"E a bubónica, que tanta gente mata e tanta desgraça está a espalhar pelo nosso país? Não é má?"

"É sem dúvida má para nós, mas poderá ser boa para os ingleses, por exemplo, pois dá-lhes um bom pretexto para obstacularizar a navegação dos nossos navios e assim ficarem com mais lucros do comércio das Índias", argumentou Bento. "O bem e o mal não existem em si mesmos, existem na nossa cabeça em função dos benefícios e prejuízos que as coisas produzem em nós."

"O senhor De Spinoza porventura não receia a peste?", insistiu Trijntje. "Não acha que ela é má?"

"Minha senhora, nenhum dos objetos dos meus medos contém neles o bem ou o mal. Isso acontece porque tento em todas as circunstâncias guiar-me pela razão. Um homem só é livre se for guiado pela razão. Se a mente humana fosse sempre guiada pela razão, não formaria a noção do mal. As ações determinadas pela razão são sempre boas."

"Mas há pessoas que fazem coisas boas por outros motivos que não seja a razão", argumentou ela. "Fazem o bem porque é isso o que o Senhor delas exige na Bíblia."

"Nesse caso fazem o bem por medo da punição divina", notou o filósofo sempre num tom sereno. "Ora, o homem que é motivado pelo medo, e faz o que é bom por medo, não é guiado pela razão. É guiado pela superstição. Os supersticiosos, que sabem mais apelar ao vício do que ensinar a virtude e que não tentam guiar o homem pela razão, mas pelo medo, apenas fazem dos outros tão infelizes quanto eles mesmos o são. Um juiz que condena um homem culpado, não por ódio ou fúria, mas por amor ao bem-estar público, é guiado pela razão. Quem vive segundo os ditames da razão tenta depender o menos possível da esperança, libertar-se do medo e seguir apenas a razão."

"Mas, então, e as emoções que todos sentimos? O amor, a generosidade, o desprezo, o ódio..."

"Todas as emoções de ódio são de evitar", estabeleceu Bento. "O ódio aumenta em função do ódio recíproco, mas pode ser extinto pelo amor e pela generosidade. Consequentemente, quem viver segundo os ditames da razão tentará o mais possível não se deixar guiar pelo ódio, mas responder com amor e generosidade ao ódio, à fúria e ao desprezo dos outros. Se formos guiados pela razão, desejaremos aos outros o bem que procuramos para nós próprios. As mentes não se conquistam com armas, mas com amor e generosidade."

Desconcertada por as múltiplas perspectivas que o seu interlocutor lhe demonstrara constituírem o corolário lógico de um único princípio geral, o de que Deus é infinito, Trijntje voltou a pegar na peça que minutos antes tricotava, sem, no entanto, ser capaz de retomar o trabalho no ponto em que o deixara, tal a agitação que estas palavras nela produziram. Não havia dúvidas, o seu irmão tinha razão. Existia algo de imensamente sedutor no intelecto daquele filósofo de falas mansas e lógica implacável. Tudo o que ele dissera parecia-lhe tão simples e evidente que se interrogava como era possível que até ali nunca o tivesse compreendido por si mesma. Ele via as coisas de maneira diferente e tirava ilações novas sobre como as pessoas se deviam comportar.

Ouviram nesse instante a porta bater, passos a aproximarem-se e uma voz de homem soar no alpendre.

"É a guerra!"

Era o marido de Trijntje que acabara de regressar de Roterdã.

"Qual guerra, Alewijn?", perguntou a mulher. "O que aconteceu?"

"São os ingleses", disse ele, beijando a mulher na testa e acenando um cumprimento aos dois convidados. "Esses miseráveis ocuparam Nova Amsterdã."

Bento empalideceu. Nova Amsterdã era uma ilha neerlandesa no Novo Mundo para onde nos últimos tempos tinham ido muitos elementos da comunidade portuguesa do Houtgracht e que prosperava imenso à custa dos ventos do liberalismo.

"E... e... os nossos estão bem?"

"Sei lá. As notícias chegaram agora e em Roterdã não se fala de outra coisa. Aproveitando a nossa fraqueza momentânea por causa da peste, os malditos dos ingleses, esses cães dúplices e oportunistas, tomaram-nos Nova Amsterdã."

"Oh, é uma questão de negociar."

"Os ingleses não querem negociar."

"Como assim, não querem negociar?", questionou Trijntje. "Tudo se negocia."

"Se eles quisessem negociar, querida, não teriam mudado o nome da colônia", respondeu o marido. "Por decreto real, e para que não nos restem ilusões, mudaram o nome da ilha. Já não se chama Nova Amsterdã. Deram-lhe agora o nome de... uh... como se chama aquela importante cidade do Norte de Inglaterra? É... uh..."

"Manchester?"

"Não, a capital do Norte de Inglaterra, aquela com uma grande muralha."

"Iorque?"

"Isso. Iorque!"

"Chamam agora Iorque a Nova Amsterdã?"

"Nova Iorque", corrigiu Alewijn. "Ah, é uma infâmia, digo-vos eu! Uma infâmia!"

A notícia tocou fundo nas três almas de Bento: a neerlandesa que perdera a colônia e a judaica e a portuguesa que, apesar do *cherem*, ainda se preocupavam com o destino dos elementos da comunidade portuguesa de Amsterdã que para a colônia tinham ido viver.

"O que significa isso?", perguntou o filósofo. "Que perdemos Nova Amsterdã para sempre?"

Fechando o punho ao jeito de quem se preparava para esmurrar alguém, e de fato socando o ar como se ali estivesse um inglês, Alewijn soltou o rugido que nesse momento percorria todos os que na República das Sete Províncias Unidas dos Países Baixos acabavam de tomar conhecimento da revoltante notícia, fossem eles burgueses ou *boeren*, cristãos ou judeus, holandeses ou frísios ou brabantinos.

"Significa a guerra!"

XXVI

O tema da conversa nessa noite, após o jantar, foi a guerra com a Inglaterra. Havia já quatro anos que as tensões entre os dois países estavam em crescendo, devido sobretudo à entronização em Londres de Carlos II e à paz que entretanto se estabelecera entre a Inglaterra e a Espanha. Essa paz pusera fim a um conflito que mantivera os dois inimigos ocupados um com o outro e que durante anos deixara caminho aberto à república neerlandesa para consolidar o seu domínio sobre as rotas marítimas comerciais.

Agora de mãos livres na frente bélica, e confiando na sua clara vantagem militar, a Inglaterra virava-se contra os rivais comerciais das Províncias Unidas. Depois de tomarem o posto comercial neerlandês em Cabo Verde e a colônia neerlandesa de Nova Amsterdã, os ingleses desataram a interceptar navios neerlandeses no alto-mar e até a apropriarem-se deles. Constava que tinham capturado um total de duzentos navios. Não era coisa pouca. Isso para além das humilhações, claro, pois obrigavam os navegadores das Províncias Unidas a saudarem a bandeira inglesa sempre que embarcações dos dois países se cruzavam no alto-mar.

"Nada disto é aceitável", resmungou Alewijn Gijsen, o cunhado de De Vries, sentado ao pé da lareira com um copo de aguardente na mão. "Se esses estafermos pensam que se vão ficar a rir, estão muito enganados. Temos mais de uma centena de navios e vinte mil homens preparados nos nossos portos para partirem e darem-lhes uma lição, aos ingleses e sobretudo a esse traidor sem vergonha que teve agora o descaramento de escolher uma papista espanhola para mulher."

"Portuguesa", corrigiu Bento, que sobre os assuntos relacionados com a pátria dos pais andava sempre atento. "Carlos II casou com Catarina de Bragança. É portuguesa."

A correção surpreendeu Alewijn.

"Carlos II casou-se com uma judia?"

A pergunta arrancou um sorriso a Bento. A comunidade judaica portuguesa do Houtgracht era de tal modo importante que, para os neerlandeses comuns, portugueses e judeus continuavam a ser vistos como simples sinónimos.

"Dona Catarina é portuguesa católica", esclareceu o convidado. "Não é judia nem espanhola. Quando eu era criança, os portugueses recuperaram a sua independência e têm tanto medo que a Espanha os tente dominar outra vez que ofereceram a sua princesa ao rei de Inglaterra, com Tânger e Bombaim como dotes, em troca da promessa inglesa de os ajudar a defenderem-se dos espanhóis sempre que for preciso."

"Espanhóis, portugueses... o que interessa isso? São todos papistas! Esse Carlos II é um ingrato, é o que é. Quando estava o Cromwell a governar e o Carlos andava aflito, quem o acolheu? Quem? Nós! Para ter liberdade teve de vir para o país da liberdade, a pátria do liberalismo! É assim que nos agradece? É esta a paga por o termos protegido? Ah, o infame!"

Tudo aquilo era verdade, sabiam todos. Foram as Províncias Unidas quem recebera Carlos II durante o seu exílio, e era justamente contra quem o acolhera que ele apontava os canhões. Como se podia ficar indiferente a tamanha ingratidão?

"Ninguém percebe por que razão a nossa frota não levanta âncora", suspirou Bento. "Receio que estejamos a ser demasiado cautelosos. Enfim, há que aguardar para ver. Tenho a certeza de que De Witt sabe o que faz."

"Os nossos navios mais pesados são mais leves do que os dez navios mais pesados da frota deles, o que é uma desvantagem considerável", disse Alewijn. "Parece que o De Witt já mandou construir barcos maiores, mas isso vai levar tempo. Além de que os ingleses decerto irão também construir mais navios grandes."

"Esqueces uma coisa", interveio Trijntje. "A nossa economia, como é liberal, é mais forte do que a inglesa. Isso poderá fazer a diferença."

"Confiemos em De Witt", defendeu o filósofo, um fiel do governante liberal. "Ouvi dizer que ele foi a Texel tirar os nossos navios dos canais. A questão é saber se vai conseguir, considerando que as águas são muito baixas."

"O tempo o dirá", opinou De Vries, ansioso por desviar a conversa dos temas da guerra, que o perturbavam. "O mestre ainda mantém contatos com o seu amigo de Inglaterra?"

"Oldenburg?" Abanou a cabeça. "Até aqui, sim. Mas as hostilidades entre os nossos dois países vão decerto obrigar a uma interrupção da nossa correspondência."

Fez-se um curto silêncio. Uma guerra em cima de uma peste não augurava nada de bom.

"Imagino, mestre, que tudo isto o esteja a preocupar a si como me preocupa a mim…"

"De modo nenhum", retorquiu Bento. "Estes problemas não me fazem rir nem chorar, apenas filosofar e estudar melhor a natureza humana. Não me parece correto rir-me da natureza e muito menos recriminá-la, pois os homens, como todo o resto, são uma parte dela."

"Não é bem assim", contrapôs Alewijn. "Ao contrário da natureza, nós temos controle sobre os nossos atos, os quais muitas vezes perturbam a ordem natural, como é o caso desta guerra. Não é por acaso que dizemos que tudo o que o homem faz é artificial, não é verdade?"

O olhar do filósofo fixou-se distraidamente nas chamas serpenteantes que bailavam, crepitantes, na lenha da lareira; via-as, mas era como se a mente contemplasse outra coisa.

"Será mesmo assim?", questionou. "A maior parte das pessoas que falam sobre o comportamento do homem na vida parecem estar a falar não das coisas naturais que decorrem das leis da natureza, mas de coisas que se passam fora delas. Parecem até considerar que o homem é um reino dentro de um reino. Acreditam que o homem perturba a natureza em vez de seguir a sua ordem; que ele tem poder absoluto sobre as suas ações; e que ele se determina a si próprio. Então atribuem a causa da fraqueza humana não ao normal poder da natureza, mas a algum problema na natureza humana."

"E não é assim?"

"Claro que não. Nada acontece na natureza que possa ser atribuído a um vício da natureza, pois ela é sempre a mesma. A sua virtude é a mesma, as suas leis e regras são sempre as mesmas. Consequentemente, os sentimentos de ódio, fúria e inveja têm certas causas pelas quais podem ser compreendidos."

"Portanto, se bem o entendi, nós fazemos parte da natureza e, consequentemente, não há nada artificial", disse Alewijn. "Tudo é natural. O próprio lixo que produzimos é natural, não é artificial. Esta guerra que os ingleses nos impõem é natural, não é artificial."

"Exato."

O anfitrião considerou por momentos a questão sob esta perspectiva.

"Se nós estamos dentro da natureza, então a única coisa que existe fora de nós é Deus."

O olhar de Bento desviou-se momentaneamente para Trijntje de Vries, que tricotava no canto da sala; a solução lógica para o problema que a conversa suscitava partia do mesmo princípio geral que abordara quando discutira com ela a questão do bem e do mal.

"Deus é infinito, isso já o sabemos", enunciou o filósofo. "Se Ele é infinito, Ele é tudo. Se Deus é tudo, então os homens fazem parte d'Ele, caso contrário Deus não seria tudo. Consequentemente, a essência do homem é algo que está em Deus e sem Ele não pode existir nem ser concebida. A essência do homem expressa a natureza de Deus de uma certa maneira, pois as essências formais das coisas individuais estão contidas nos atributos de Deus. Sem Deus nada pode ser nem ser concebido; Deus é a única causa da essência e da existência de todas as coisas. Isso quer dizer que a mente humana faz parte do intelecto infinito de Deus, e por isso, quando afirmamos que a mente humana percepciona isto ou aquilo, o que estamos a afirmar é que Deus tem esta ou aquela ideia."

A conversa sobre as coisas do mundo, desde Deus até à guerra e à peste, prolongou-se pela noite. Bento era um bom conversador e mostrava entusiasmo na exposição das suas ideias. A paixão de falar tornava-se para os seus ouvintes a paixão de ouvir. O seu discurso não era rendilhado nem tinha a pomposidade que se considerava de bom-tom num homem de intelecto e cultura, mas fazia tanto sentido e mostrava um tal bom senso que não só se revelava agradável como se tornava difícil discordar dele. Mas tudo tinha um limite e o sono e o adiantado da hora acabaram por se impor.

"Já se faz tarde", constatou Trijntje, tomando a iniciativa. "Todos para a cama. Ala!"

Tal como todos os outros, Bento se recolheu aos seus aposentos, um pequeno quarto nas traseiras da casa. Depois de vestir o pijama, deitou-se na cama; apagou a vela e enroscou-se por baixo da manta, procurando aquecer-se com o seu próprio calor. Ainda tossiu um pouco, mas depressa os pulmões acalmaram e fez um esforço para descontrair. Quando enfim se sentiu resvalar para o sono, um rangido da porta voltou a despertá-lo; levantou a cabeça, mas a escuridão impedia-o de ver o que quer que fosse.

"Quem é?"

Da treva ouviu uma voz familiar.

"Sou eu, mestre", sussurrou De Vries. "Ouvi-o tossir e fiquei inquieto."

"Não te preocupes, Simon, estou habituado. Desde pequeno que os meus pulmões são fracos. Já a minha mãe era o mesmo." Bocejou. "Anda, vai dormir. É tarde."

O amigo não respondeu, mas Bento ouviu o som da porta a fechar-se e virou-se de lado, ajeitando a manta e cerrando de novo as pálpebras para adormecer. Para sua surpresa, sentiu a manta mexer-se como se tivesse ganhado vida, e o colchão afundar ao seu lado com um peso; algo se metera na cama. Sobressaltou-se e ergueu o tronco pelos cotovelos.

"O que estás a fazer?"

A voz de De Vries veio como um fio prestes a quebrar-se.

"Deixe-me fazer-lhe companhia, mestre. Só esta noite."

Não se podia dizer que fosse totalmente inesperado. A veneração que o jovem lhe devotava, as cartas ternas que lhe escrevia, os ciúmes que mostrou quando soube que o seu adorado mestre tinha um explicando alojado na sua casa em Rijnsburg e até uns certos trejeitos haviam-lhe mostrado claramente que toda aquela devoção não tinha uma natureza exclusivamente intelectual. Não era só da razão que se tratava, embora a razão talvez tivesse sido o caminho para o coração. O problema era o que fazer em tais circunstâncias. De Vries correra riscos ao expor-se daquela maneira, e isso requeria coragem; estava fora de questão magoá-lo. Contudo, também não podia simplesmente aceder ao desejo do amigo.

"Simon", disse com suavidade. "Sabes que gosto muito de ti e sempre gostarei. És uma pessoa extraordinária, de uma enorme generosidade, e não há nada que eu preze mais do que a tua amizade sincera. Mas... tens de voltar para o teu quarto."

Fez-se um silêncio curto.

"Por quê?"

A pergunta foi formulada num sussurro, ferido por uma dor que lhe ensanguentava a voz.

"Por uma infinidade de razões, Simon", disse. "Porque estamos na casa da tua irmã, porque já é tarde, porque sofro de tísica e os médicos proibiram-me terminantemente de fazer... uh... esforços, e... enfim, porque te vejo como um amigo, um grande amigo, mas certas coisas não estão na minha natureza. Temos de ser sempre fiéis à nossa natureza, não é verdade?"

Após uma curta pausa para digerir a rejeição, De Vries abandonou a cama e saiu do quarto sem pronunciar uma única palavra. Respirando fundo, Bento ajeitou-se na cama e fechou as pálpebras, mas o sucedido incendiou-lhe o espírito. Teria o amigo ficado ofendido? Arriscava-se a que a amizade entre os dois tivesse sido irremediavelmente rompida, possibilidade que não queria de modo nenhum contemplar. Deveria tê-lo rejeitado com outras palavras ou haveria qualquer outra maneira de lidar com aquela situação? Recapitulou vezes sem conta o que acabara de acontecer, e sobretudo o que dissera para travar os avanços do amigo, e vendo bem talvez pudesse ter dito as coisas de uma maneira ligeiramente diferente, possivelmente mais afetuoso e com ainda maior tato, mas na essência dissera o que tinha de dizer. Se a amizade acabasse por causa disso, concluiu, era porque nunca fora uma verdadeira amizade. Só confortado com este pensamento conseguiu adormecer.

Pela manhã encontrou De Vries na cozinha com a irmã e o cunhado, e sentou-se à mesa com eles para o pequeno-almoço. Sentiu o ambiente pesado e olhou para o amigo quase com receio. De Vries tinha os olhos avermelhados, evidência de que estivera a chorar. A constatação incomodou deveras Bento, pois pareceu-lhe a confirmação dos seus piores receios. A amizade entre eles tinha decerto chegado ao fim e depois do que acontecera nessa noite nada voltaria a ser o mesmo. Porém, o amigo devolveu-lhe o olhar e a tristeza que lhe surpreendeu no rosto não era nascida da rejeição, daquela mistura de dor e ressentimento que seria de esperar se tivesse realmente ficado ofendido, mas de algo diferente.

"Chegou esta manhã uma carta de Amsterdã", anunciou De Vries com a voz embargada, mostrando um sobrescrito rasgado na borda. "O Pieter também apanhou a bubônica."

Bento permaneceu um longo instante petrificado. Por instantes ainda pensou que o amigo estaria a falar de um qualquer Pieter que não fosse aquele que ele próprio conhecia, o *collegiant* que falava castelhano e a quem o filho morrera semanas antes de peste, o homem que já lhe traduzira as duas primeiras partes do seu novo livro para neerlandês, mas de um outro Pieter, um qualquer que por aí havia, tão comum era o nome nas Províncias Unidas. Logo percebeu, no entanto, que se tentava iludir.

"O... o Balling?"

Com um gesto lânguido, De Vries pousou o sobrescrito na mesa e com a ponta dos dedos empurrou-o para o filósofo. Bento pegou nele com medo e, com a mão a tremer, retirou a folha do interior. Tratava-se de uma carta de Koerbagh a cumprir o penoso dever de informar que Pieter Balling se juntara à lista dos milhares de mortos provocados pela peste em Amsterdã.

XXVII

Ao sair do cais, no regresso a casa, Bento imobilizou-se por momentos na berma do passeio, mesmo junto ao canal, para contemplar as ruas de Voorburg; não se via vivalma. Devido à debilidade física e à tosse crônica do seu hóspede, o proprietário do quarto que alugara na povoação tivera a gentileza de vir ao *trekschuit* para lhe carregar a mala. Embora sentisse o ânimo em baixo pelo choque da perda de Balling, o filósofo esforçou-se por lhe ser agradável.

"Isto está uma tristeza, senhor Tydeman", murmurou, contemplando as ruas desertas. "A peste já cá chegou?"

"E de que maneira, senhor De Spinoza! E de que maneira! Morreu o Jacob, veja lá. Foi um desgosto."

Pela forma como o disse, com pesar, Bento percebeu que a perda tinha significado.

"Era familiar seu?"

A pergunta surpreendeu o caseiro, que só nesse momento se apercebeu de que o seu hóspede não tinha a menor ideia da identidade da mais estimada vítima da bubônica em Voorburg.

"O senhor Jacob van Oosterwijck era o pregador da nossa igreja, senhor De Spinoza", explicou, indicando com a cabeça a igreja ao lado da sua casa. "O senhor nunca lá foi ouvi-lo pregar?"

"Não, mas pelo que diz deveria valer a pena."

"Ah, pode ter certeza! O Jacob era um grande pregador, sobre isso não há a menor dúvida! É uma grande perda para Voorburg."

"E agora? O que vão fazer?"

"Temos de arranjar um novo pregador, que remédio", foi a resposta conformada. "Eu, o bispo Van Gaelen e o antigo bispo Rotteveel fomos nomeados para uma comissão destinada a escolher um novo pregador. Andamos à procura de um pregador liberal, aberto a novas ideias e tolerante com as outras religiões."

"A sua alma de *collegiant* enobrece-o, senhor Tydeman."

Chegaram nessa altura à Kerkstraat, a Rua da Igreja, e atravessaram-na em direção à casa. Cruzaram-se com a única pessoa que viram na rua. Tratava-se de um homem muito bem vestido, de ar aristocrático e chapéu de mosqueteiro sobre uma longa cabeleira encaracolada que lhe caía nos ombros. O desconhecido fixou o olhar inquisitivo em Bento, como se o tentasse ler. O filósofo não ligou, estava habituado a ver os neerlandeses das terriolas fora de Amsterdã a observarem-no fixamente, intrigados pela sua tez morena e cabelos escuros, e prosseguiu com o caseiro até se imobilizarem diante da casa. Daniel Tydeman meteu a chave na fechadura e destrancou a porta.

"Desculpe, é o senhor Benedictus de Spinoza?"

Bento olhou para trás e constatou que se tratava do homem de pose aristocrática com quem cruzara momentos antes.

"Sou eu efetivamente. Em que lhe posso ser útil?"

O desconhecido tirou o chapéu largo da cabeça e fez-lhe uma vênia elegante.

"Christiaan Huygens, ao seu serviço", apresentou-se. "Os nossos amigos comuns, os senhores Henry Oldenburg e Johannes Hudde, deram-me excelentes referências suas e recomendaram-me muito que travasse conhecimento consigo, razão pela qual aqui me encontro."

O nome do homem que o interpelava soou familiar a Bento.

"Huygens... Huygens... terá porventura alguma relação familiar com o inventor do *telescopium* mais potente do mundo?"

Huygens sorriu.

"Sou eu mesmo."

O rosto de Bento iluminou-se.

"Mas... é uma honra", exclamou. Refazendo-se da surpresa, fez um gesto solícito a indicar a entrada por onde o senhor Tydeman já desaparecera. "Não quer entrar, senhor Huygens? É uma casa humilde, mas é melhor do que ficarmos aqui na rua à conversa."

Os dois entraram e instalaram-se na sala. Bento ofereceu uma *oranjebitter* ao convidado e, como habitualmente, serviu-se de uma cerveja antes de se acomodarem nos sofás.

"Como lhe disse, foram Hudde e sobretudo Oldenburg que me recomendaram com insistência que aqui viesse conhecê-lo", indicou Huygens. "Vivo em Haia, mas, por causa da peste, tenho estado confinado na Hofwijk, a nossa propriedade de família, a uns meros cinco minutos a pé daqui. Pois acordei esta manhã e decidi que seria hoje que iria fazer a vontade a Hudde e a Oldenburg e lhe viria bater à porta. A senhora que me atendeu disse-me há pouco que o senhor De Spinoza não estava, mas que deveria chegar a qualquer momento, pelo que fiquei à espera. Espero que não considere a minha presença um abuso."

"Com certeza que não!", descansou-o o anfitrião. "A sua reputação precede-o, se me permite que lhe diga. Presumo que Hudde e Oldenburg lhe tenham explicado que eu próprio fabrico lentes para *telescopium* e *microscopium*."

"Como poderiam eles negligenciar tal detalhe? Como sabe, o próprio Hudde fabrica lentes."

"E boas, devo dizê-lo." Fitou o seu interlocutor com curiosidade. "Sabe, senhor Huygens, quando há uns tempos ouvi falar no seu *telescopium*, fiquei especialmente intrigado. Será indiscrição perguntar-lhe que tipo de lentes usa?"

"São lentes normais, mas polidas com um método especial que eu próprio inventei", respondeu Huygens, claramente cioso do seu segredo. "Graças a elas, construí um *telescopium* maravilhoso, pois permitiu-me fazer observações astronômicas muito interessantes."

"De que tipo?"

"Oh, de tudo. Da Lua, dos planetas, das constelações… sei lá. A minha descoberta mais estranha, se assim lhe posso chamar, foi sem dúvida uma sombra bizarra que avistei em Saturno."

"Uma sombra?"

"Sim. Usando as minhas lentes melhoradas, apercebi-me de que há uma coisa a rodear o planeta. Uma espécie de… sei lá, de anel ou coisa que o valha."

"Ah! Que curioso."

"Mas há mais. Chegaram-me notícias de que em Itália foram desenvolvidos certos *telescopium* que permitem observar eclipses em Júpiter. Presume-se que sejam sombras provocadas pelo que parecem ser luas."

"Júpiter tem luas?"

"É verdade. Eu próprio, devo dizê-lo, já avistei no meu *telescopium* uma lua em Saturno. Se a Terra tem uma lua, se Júpiter tem várias e se Saturno também tem uma, isso significa que se trata de um fenômeno relativamente comum no universo."

Todas aquelas novidades soavam incrivelmente excitantes a Bento; no fim das contas, era justamente para que se fizessem tais descobertas, no grande universo e no mundo das coisas minúsculas, que tanto se interessara pelas lentes. O próprio Dirk Kerckrinck, o rival que o derrotara na conquista do coração de Clara Maria, lhe havia comprado um microscópio para os seus estudos de medicina e com ele fizera descobertas curiosas sobre o corpo humano.

"Tudo isso é extraordinário."

Huygens afinou a voz, dando sinal de que iria enfim abordar o assunto que verdadeiramente ali o trouxera.

"Sabe, senhor De Spinozà, como deve calcular, estou sempre à procura de novas lentes e de novas ideias para tornar os meus *telescopium* ainda mais potentes. Acontece que, na troca de correspondência que mantenho com Hudde e Oldenburg, eles gabaram-me imenso o seu trabalho nesta área. Será que o senhor me deixaria dar uma olhadinha ao que já produziu?"

Pousando a cerveja sobre a mesinha ao lado do sofá, Bento pôs-se em pé.

"Imediatamente."

Foram ao compartimento onde o filósofo se instalara, um cubículo pequeno onde, para além do *ledikant* com as cortinas vermelhas e uma escrivaninha cheia de papéis, se encontrava o torno de polir, com várias lentes cuidadosamente arrumadas a um canto. Huygens pegou numa delas e analisou-a com olhar conhecedor.

"Estas são diferentes das que estou habituado a ver", notou. "São planas?"

"É verdade", confirmou Bento. "Acredito que uma combinação de lentes convexas com lentes planas é mais útil do que a habitual combinação entre as convexas e as côncavas. Desenvolvi, aliás, um argumento geométrico para demonstrá-lo."

O astrônomo pegou numa lente convexa e pô-la à frente da plana, tentando perceber o efeito que o conjunto produzia.

"Que interessante", murmurou. "Estas lentes são excelentes, devo congratulá-lo. Vende-me uma?"

"Vendo-lhe as que quiser."

Trocaram argumentos técnicos sobre a produção das lentes e discutiram pormenores da teoria ótica e da matemática envolvida nos cálculos da refração da luz. Huygens analisou ainda as outras lentes que ali se encontravam, fazendo o mesmo com o torno de polir. A certa altura, o astrônomo deparou-se com os papéis cobertos de rabiscos que Bento deixara amontoados sobre a escrivaninha. Uns mostravam desenhos a carvão, sobretudo retratos de pessoas. Deteve-se num em particular; ilustrava um pescador em camisa com uma rede no seu ombro direito.

"São seus?"

"É uma pequena distração minha", disse Bento. "O proprietário desta casa, o senhor Tydeman, é pintor e ensinou-me os rudimentos da sua arte. De maneira que, quando estou cansado, entretenho-me a desenhar."

"Olhe que este pescador é a sua cara chapada..."

"Não admira. Desenhei-o a olhar para o espelho."

"Há de gostar de conhecer o meu irmão Constantijn. O senhor e ele têm muito em comum. Para além de trabalhar em lentes, o Constantijn também desenha."

A atenção de Huygens desviou-se a seguir para um maço de folhas escrevinhadas de alto a baixo com letra nervosa; tentou ler uma página e percebeu que se tratava de um texto em latim.

"É um livro que estou a escrever", explicou o filósofo. "Sabe como é, com a peste e estes longos confinamentos, passei a ter mais tempo livre e por isso avancei imenso na escrita. Mas falta ainda terminá-lo e limar as arestas."

Huygens fixou o título garatujado na primeira página.

"Hmm... *Philosophia*."

"É uma exposição das minhas ideias sobre Deus, a natureza, o homem e a ética que devemos praticar para alcançar a alegria. Mas um amigo meu, falecido há dias com a bubônica, coitado, sugeriu-me que procurasse outro título. É um assunto a repensar."

No meio dos papéis, o astrônomo encontrou um livro com a chancela de Rieuwertsz; tratava-se da obra que Bento publicara com as lições a expor a filosofia de Descartes. Curioso por constatar que se tratava de um livro do seu anfitrião, o visitante folheou-o.

"Sabe que o conheci?"

"A quem?"

"Descartes", disse Huygens, ainda a manusear o exemplar. "Era amigo do meu pai, com quem se correspondia, e foi algumas vezes a minha casa. Chegou até a ver alguns dos meus trabalhos de geometria, veja lá."

O anfitrião encarou o visitante com admiração.

"E... como era ele em pessoa?"

"Comigo foi sempre agradável", foi a resposta. "Mas devo confessar que não fiquei convencido com os critérios que estabeleceu para chegar à verdade nem com as provas que apresentou sobre a existência de Deus."

"A questão de Deus é um dos pontos fracos da teoria cartesiana, sem dúvida."

Depois de folhear o livro, Huygens devolveu-o ao local de onde o havia retirado.

"O que acha sobre o que ele escreveu a propósito da livre vontade?"

"Vou omitir tudo o que Descartes disse sobre a livre vontade, pois é falso."

"Falso?", admirou-se o astrônomo. "Por que diz isso?"

Bento abeirou-se de um telescópio que tinha construído para um cliente e que, enquanto não era vendido, pusera à janela apontado para o céu para ir espreitando a Lua, os planetas e as estrelas nas noites limpas.

"Quando o senhor olha pelo seu *telescopium* para o universo e vê em torno de Saturno a lua e a tal sombra que parece um anel, tem a impressão de que esses fenômenos astronômicos são animados por um espírito e dispõem de livre vontade?"

A pergunta arrancou um sorriso de Huygens.

"Isso dos poderes ocultos da matéria é escolástica aristotélica já ultrapassada", respondeu. "A matéria não tem um espírito que a anima como os homens têm uma alma, como é evidente. Os fenômenos naturais explicam-se em termos de matéria em movimento e em obediência a leis fixas da natureza, como sabemos desde Galileu e Descartes."

"Então tem aí a sua resposta."

"Espere aí, eu não estou a falar de movimentos de planetas nem de quaisquer outros fenômenos naturais", corrigiu Huygens. "Estou a falar dos seres humanos. Descartes dizia que a livre vontade existe entre os homens e isso parece-me a mim evidente. Se vim aqui visitá-lo, por exemplo, foi porque escolhi fazê-lo, não porque as leis naturais me tenham obrigado."

"Não foram Hudde e Oldenburg que o aconselharam?"

O astrônomo sorriu; a pergunta destinava-se obviamente a mostrar-lhe que algo havia causado a sua visita.

"Aconselharam, é verdade, mas fui eu quem decidiu."

"Foi o senhor... ou foi o seu enorme interesse pelas lentes que o compeliu?"

"Bem... uh... sim, isso contribuiu, sem dúvida. Mas insisto que a decisão resultou de uma escolha livre que fiz."

Apesar da crítica que o astrônomo dirigira a Descartes por causa da prova que o filósofo francês apresentara sobre a existência de Deus, tornava-se claro a Bento que havia conceitos cartesianos errôneos que permaneciam profundamente arreigados na mente dos mais racionais homens da ciência. Estes sabiam que os objetos não se moviam por livre vontade, mas por necessidade imposta pelas leis da natureza. E, no entanto, teimavam em considerar que os seres humanos constituíam uma espécie de exceção nesse normal funcionamento da ordem natural, como se os homens não pertencessem à natureza, mas estivessem fora dela. Esse era um equívoco que urgia corrigir.

"Como sabe, na natureza todas as coisas são determinadas pela necessidade", lembrou o filósofo. "Para uma determinada causa, segue-se necessariamente um determinado efeito. Só achamos que uma coisa é contingente quando nos falta informação. Isto significa que Deus existe necessariamente, não contingentemente. Assim sendo, a vontade não é uma causa arbitrária, é necessária. Nada acontece que não seja determinado por uma causa, e esta por outra, e assim *ad infinitum*. Consequentemente, a vontade não é uma causa arbitrária, mas necessária ou compelida. Ou seja, Deus não age de livre vontade. As coisas não poderiam ter sido feitas por Ele de outra maneira que não aquela em que foram feitas."

"Pois, mas se todas as coisas acontecem por necessidade oriunda de Deus, como se explica que haja tantas imperfeições na natureza: o degradar das coisas até federem; deformidades que enojam; confusão, maldade, crime etc.?"

"Tudo isso tem resposta fácil. As coisas não são mais ou menos perfeitas para agradarem ou ofenderem os sentidos humanos ou porque beneficiam ou prejudicam a natureza humana. Àqueles que perguntam por que motivo Deus não criou todos os homens de maneira a que possam agir apenas segundo os ditames da razão, respondo: porque as leis da Sua natureza são tão vastas que chegam para a produção de tudo o que pode ser concebido pelo intelecto divino."

Ao ouvir estas palavras, Huygens não teve a certeza de ter entendido bem a ideia que o seu interlocutor fazia de Deus.

"Claro que na natureza todas as coisas são determinadas pela necessidade, isso é evidente", confirmou o astrônomo. "Quanto a Deus, no entanto, não me parece que seja assim. Não se esqueça de que Ele é Todo-Poderoso. Isso significa que faz o que quer."

"Que Deus não faz o que quer é uma evidência demonstrada por simples dedução lógica", retorquiu Bento. "Há quem pense que Deus é uma causa arbitrária porque Ele pode, acreditam, fazer coisas que na minha opinião estão na Sua natureza. Mas isto equivale a dizer que Deus consegue fazer coisas que não estão na natureza de um triângulo ou que uma determinada causa não gera um efeito, o que é absurdo. Para a existência ou não existência de tudo tem de existir uma razão ou causa."

"Que tudo requer uma causa é evidente, mas no caso de Deus qual é a causa para a Sua existência?"

"Se não existe causa nem razão que impeça uma coisa de existir, ela necessariamente existe. Consequentemente, se não existir razão ou causa que impossibilite a existência de Deus, temos absolutamente de concluir que Ele necessariamente existe. Todas as coisas estão em Deus, Ele é a causa das coisas que estão n'Ele, e fora d'Ele nada existe. Se Deus é a causa de tudo, e uma vez que Ele é tudo, isso significa que Ele é a causa d'Ele próprio. As coisas individuais não passam de derivações dos atributos de Deus."

Huygens coçou a cabeça.

"Ao ouvi-lo falar até fico com a impressão de que nós fazemos parte de Deus…"

"Se Deus é tudo e se nós integramos esse tudo, essa é uma dedução lógica inevitável."

"Se tiver razão, as consequências de uma coisa dessas são enormes, como deve calcular", notou o visitante. "Significaria que temos em nós algo de divino. Mas divagamos. A minha dúvida prende-se especificamente com os homens. Por que diz que não temos livre vontade?"

"Não divagamos porque, ao falar da livre vontade em Deus, estamos também a falar da livre vontade no homem", contrapôs Bento. "Se nem Deus tem um comportamento arbitrário, antes necessário, por que carga d'água o teríamos nós? Os homens são enganados porque acreditam serem livres, e a única razão para que acreditem nisso é que estão conscientes das suas próprias ações e ignoram as causas que as determinam. A ideia de liberdade dos homens radica no desconhecimento da causa das suas ações; pois dizer que as suas ações dependem da sua vontade é errôneo. Ninguém sabe o que é a vontade, e os que pretendem saber, e até localizam sítios que albergam a alma, só nos fazem rir ou abanar a cabeça em desaprovação. Da mesma maneira, quando olhamos para o Sol imaginamos que ele dista apenas duzentos metros; o erro não resulta só da nossa imaginação, mas também do desconhecimento da verdadeira distância a que o Sol está e das causas da nossa imaginação. Pois embora mais tarde venhamos a saber que o Sol se encontra a mais de seiscentos diâmetros da Terra em distância, ainda o imaginamos perto, uma vez que os nossos corpos são por ele afetados."

"Está a dizer que a nossa livre vontade não passa de uma ilusão?"

"Exato."

O astrônomo abanou a cabeça.

"Vou-lhe mostrar que está enganado." Ergueu a mão. "O que vou eu fazer com a mão? Vou virá-la para a direita ou para a esquerda? Vou escolher." Virou-a para a direita. "Viu? Escolhi virá-la para a direita. Logo, exerci livre vontade."

Bento esboçou uma careta.

"O senhor Huygens não demonstrou que tem vontade própria, apenas demonstrou que não tem consciência da sua inexistência", esclareceu. "Por vontade entendo a capacidade de afirmar ou negar o que é verdadeiro ou falso, não um desejo. Ora, na mente não existe vontade livre ou absoluta; a mente é determinada por uma causa, que é também determinada por outra causa, e esta de novo por outra, e assim *ad infinitum*. Os homens acreditam que o corpo se mexe apenas segundo a vontade da mente e o poder do pensamento. Acontece que os sonâmbulos fazem durante o sono imensas coisas que não se atrevem a fazer quando estão acordados, o que demonstra que o corpo faz sozinho muitas coisas que decorrem unicamente das leis da sua natureza, coisas que espantam a sua própria mente."

"Então e as artes?", questionou Huygens. "A arquitetura, a pintura e outras coisas do gênero não podem ser deduzidas das leis da natureza. O corpo humano não seria capaz de erguer um templo se não fosse guiado pela mente. Isso mostra que há algo para além do corpo."

"Mente e intelecto são uma e a mesma coisa", insistiu Bento. "Se a mente integra o corpo e se o corpo obedece aos princípios de causa--efeito que regem o comportamento da matéria, isso significa que a mente é determinada por uma cadeia infinita de causas e efeitos. Quando os homens dizem que esta ou aquela ação resulta do comando da mente sobre o corpo, não estão a ver as coisas como elas realmente são. Não ensina a experiência que, quando o corpo não está bem, a mente não consegue igualmente pensar de forma adequada? Quando o corpo dorme, a mente também dorme e não tem a capacidade de pensar que demonstra quando o corpo está acordado. Fazemos muitas coisas de que nos arrependemos, acreditando que fazemos tudo com liberdade. Assim, a criança acredita que é de livre vontade que procura o seio da mãe; o rapaz zangado acredita que é por livre vontade que procura vingança; o homem amedrontado acredita que é por livre vontade que foge; o bêbado acredita que é por livre vontade que diz coisas que quando estiver sóbrio desejará não ter dito. Os homens acreditam que são livres simplesmente porque estão conscientes das suas ações, mas desconhecem as causas que as determinam. Tudo isto mostra que o decreto da mente, o apetite, e a vontade do corpo coincidem na natureza, são uma e a mesma coisa. Aqueles que acham que falam ou se calam ou fazem qualquer coisa devido a um decreto livre da mente sonham de olhos abertos."

O astrônomo ergueu os braços.

"Pronto, rendo-me!", exclamou com um sorriso. "O senhor De Spinoza é demasiado forte para mim!"

"Cada um é mestre do seu ofício, senhor Huygens."

O sino da igreja, mesmo ao lado da casa, tocou a dar as horas.

"Já?", admirou-se o visitante. "Meu Deus, tenho de voltar para casa!" Meteu a mão ao bolso. "Quanto lhe devo pela sua lente?"

"Dez florins."

O astrônomo entregou-lhe o dinheiro.

"É de livre vontade que lhe pago, ouviu?"

"O senhor desconhece certamente a verdadeira causa por que o faz."

Riram-se os dois.

Antes de se apartarem, combinaram voltar a encontrar-se sempre que a ocasião se proporcionasse; quando Huygens viesse a Hofwijk passaria pela casa do filósofo, quando Bento fosse a Haia visitaria a casa do astrônomo. Assim poderiam passar um ao outro informações sobre as suas descobertas e pensamentos, pois era afinal desse modo que o mistério do mundo se decifrava.

XXVIII

Sentado num gabinete da igreja de Voorburg, Bento ia redigindo os termos da petição endereçada aos magistrados de Delft. O documento destinava-se a indicar a escolha que a comissão fizera de um novo pregador para substituir o falecido Jacob, vítima da peste. Sabedor das capacidades intelectuais do seu hóspede, Daniel Tydeman, que pertencia a essa comissão, pedira-lhe que ajudasse a redigir o texto, trabalhando sobretudo os argumentos que sustentassem a escolha do pregador zelandês Van de Wiele.

O filósofo permanecia compenetrado a escrever a petição para os outros assinarem, mas, enquanto não terminasse, os três elementos da comissão nada tinham para fazer.

"Já sabem das notícias?", perguntou um deles, o bispo Van Gaelen, num sussurro, para não perturbar o trabalho de Bento. "Parece que os nossos navios entraram de surpresa no Tamisa e destruíram a frota inglesa. Uns ases!"

Tydeman desconfiou.

"Não será boato?"

"Tenho-o de boa fonte", assegurou o bispo. "Metemos oitenta navios da nossa esquadra no Tamisa e... pimba, demos cabo daqueles arrogantes. Parece que até capturamos o *Royal Charles*."

Os outros dois membros da comissão benzeram-se; uma vitória daquelas, e a captura do maior navio da armada inglesa no coração da própria Inglaterra, era um feito nunca visto nos anais da história.

"Graças a Deus!", exclamou Tydeman. "Se isso for mesmo verdade, e considerando que a Inglaterra está agora ainda pior do que nós com a peste, os ingleses vão ter de parar com a guerra."

"Queira o Senhor!", disse o terceiro elemento da comissão, o antigo bispo Rotteveel. "Tudo isto é péssimo para o negócio. Os nossos navios mercantes até têm medo de navegar em mar alto."

"Será que os ingleses nos devolvem Nova Amsterdã?"

"Vamos ver, vamos ver..."

A guerra com a Inglaterra, que eclodira em plena peste nas Províncias Unidas, começara muito mal, com derrotas sucessivas no mar e a França a furtar-se a honrar o tratado de assistência militar mútua que assinara poucos anos antes com Haia. Mas as coisas depressa mudaram. Com a sua maior capacidade econômica, as Províncias Unidas desataram a construir navios de guerra mais poderosos. Forçadas pelos acontecimentos, a França e a Dinamarca declararam enfim guerra à Inglaterra, ao mesmo tempo que a bubônica chegava às Ilhas Britânicas e provocava grande devastação por toda a parte, mas sobretudo em Londres; ao que se dizia, o rei Carlos II e a sua "papista" portuguesa tinham até sido forçados a abandonar a capital. Nestas condições, tornava-se claro que a guerra não poderia durar muito mais tempo.

"Já está."

Os olhares voltaram-se para Bento, que pelo visto terminara de redigir a petição. Os três membros da comissão leram o texto e, num movimento de cabeças quase sincronizado, mostraram aprovação.

"Excelente!", assentiu Tydeman. "Com esta argumentação, de certeza que os magistrados de..."

A porta foi escancarada com estrondo e um grupo de quatro homens entrou de rompante no gabinete; eram *predikanten* calvinistas que todos reconheceram.

"A escolha feita pela comissão não foi aceita", declarou o *predikant* que parecia chefiar o grupo recém-chegado. "Não queremos o pregador que vocês escolheram!"

"Ora essa!", admirou-se o bispo Van Gaelen. "Por quê?"

"É um cartesiano."

Entre os calvinistas, a expressão era usada como um insulto.

"O pregador escolhido é um conhecedor profundo das Sagradas Escrituras", argumentou o bispo. "Além disso, é uma escolha desta comissão, que foi especificamente mandatada para selecionar o novo pregador da nossa igreja."

"A comissão foi mandatada para escolher um pregador temente a Deus, não um cartesiano. Escolher um cartesiano para pregar na nossa igreja é uma provocação deliberada. A escolha por vós feita não é do agrado da maior parte das pessoas que frequentam a nossa congregação e terá por isso de ser retirada. A nossa preferência vai para o pastor Westerneyn, ele sim um verdadeiro cristão."

"Não podemos aceitar isso!"

"Terão de aceitar. Os burgomestres estão de acordo com a nossa escolha."

"Se é assim, por que nos mandataram?"

O chefe dos *predikanten* apontou acusatoriamente para Bento.

"Estávamos longe de imaginar que a comissão iria estar sob a influência deste homem filho de pais judeus!", vociferou o calvinista. "Não lhe chamo judeu porque até a sua própria religião traiu!"

"O senhor De Spinoza não é para aqui chamado!"

"Então o que está ele aqui a fazer?"

Os três elementos da comissão entreolharam-se, embaraçados.

"Bem... uh... ele está aqui a... a..."

O *predikant* pegou na petição que Bento acabara de redigir e exibiu-a como um troféu.

"Quem escreveu isto? Hã? Quem escreveu isto?"

"O senhor De Spinoza é um filósofo com obra publicada e está apenas a ajudar-nos a fundamentar a petição", explicou Tydeman. "Nada teve a ver com a escolha de Van de Wiele para pregador. Essa escolha é nossa e só nossa."

"Se está a fundamentar a petição, encontra-se evidentemente envolvido na escolha do novo pregador", insistiu o chefe do grupo calvinista. "Digam o que disserem, o fato é que este homem é um perigo para a sociedade. Diz-se até por aí que é um ateu, ou pelo menos alguém que faz troça das religiões, e isso torna-o prejudicial para a nossa sociedade."

Tydeman ia replicar, mas Bento fez-lhe sinal de que queria ser ele a responder e interpelou diretamente o adversário; aquelas acusações eram perigosas e havia pessoas presas por menos, pelo que tais palavras tinham de ser contrariadas.

"Será que o senhor pode ter a amabilidade de me dizer o seu nome, por favor?"

O *predikant* cruzou os braços e encarou-o com uma expressão de desafio.

"Chamo-me Frans Velthuysen."

"Senhor Velthuysen, as suas acusações são perversas e deveria ter vergonha de as lançar contra mim", disse o filósofo com tensão controlada. "Se o senhor realmente me conhecesse, não seria tão célere a convencer-se de que eu ensino ateísmo. Os ateus são habitualmente amantes de honras e riquezas, que sempre desprezei, como sabem todos os que me conhecem bem."

"Pois, mas todos sabem também que o senhor mostra desrespeito para com a religião."

"Eu não desrespeito a religião", negou Bento. "O que eu desrespeito é a superstição. Pois se digo que Deus existe, que Ele é tudo e é infinito, que Deus é a origem e o fim de todas as coisas, que nada acontece sem Ele e por causa d'Ele, como pode o senhor vir dizer que eu sou ateu? Ateu é aquele que não acredita na existência de Deus. Eu acredito na Sua existência. O que não acredito é na superstição, o que é bem diferente. Não acredito que Ele seja como os homens e tenha as paixões dos homens. Não acredito que Ele se zangue, que se engane, que se arrependa, que se vingue, que mude as leis da natureza que Ele próprio criou porque isso significaria que Ele tinha concebido mal essas leis. E mais lhe digo, senhor Velthuysen: o verdadeiro crente não é aquele que é virtuoso e obedece aos mandamentos como um escravo apenas porque tem medo de ser punido por Deus, mas aquele que é virtuoso por convicção, sem ser por medo de punições terrestres ou divinas nem por busca de recompensas nesta ou numa qualquer outra vida."

"Limitei-me a repetir o que por aí se diz de si."

Ciente de que nada mais tinha ali a fazer, Bento levantou-se e vestiu o casaco.

"Ó senhor Velthuysen, também de si se diz muita coisa e eu não ando por aí a difamá-lo."

Sem mais, abandonou o gabinete e saiu da igreja em passo lesto. Ia furioso e sentia-se humilhado. Estava farto daquele tipo de gente; dos rabinos que decretavam *cherem* contra quem pusesse em causa a Torá, dos *predikanten* que vilipendiavam quem se desviasse da Bíblia, dos conservadores que antagonizavam quem usasse a razão para interpretar o mundo. Aquele tipo de gente representava uma barreira ao progresso e não podia ter o poder de interferir na busca do conhecimento. Os preconceitos dos religiosos eram na verdade o maior obstáculo ao desenvolvimento da ciência e da humanidade.

Entrou em casa e foi direto ao quarto. Abeirou-se da janela e, acariciado por um feixe tênue de luz do sol, cerrou as pálpebras e respirou fundo, mergulhando em si mesmo e tentando serenar-se. Aquela situação não podia continuar. Tinha de agir. Mas o que poderia ele fazer para pôr em causa o poder dos religiosos, um poder que conquistavam e mantinham à custa de manipularem desavergonhadamente as superstições das pessoas? Nada. Não podia fazer nada. Estava no país mais livre do mundo e sentia-se enjaulado. Precisava de ar, ansiava por espaço, queria poder dizer o que pensava sem se sujeitar a retaliações. Sufocava por liberdade. Se nem no país de De Witt isso era possível, onde o seria?

A imagem do grande pensionário manteve-se por momentos na sua mente, demorando-se como o fumo de um cigarro já apagado. Com certeza que no país de De Witt havia algo que pudesse fazer. De nada valia andar a queixar-se. Tinha era de atuar. E atuar significava desmontar a superstição. A ideia iluminou-o como um clarão na noite. Era isso! A superstição tinha de ser desmontada! E quem era a pessoa em melhor posição para o fazer? Quem no mundo seria capaz de conciliar o conhecimento do hebraico bíblico com o conhecimento do método cartesiano? Quem havia que tivesse simultaneamente conhecimentos aprofundados das ideias racionais de Maimônides e de Descartes? Ele! Só ele! Aliás, se bem se lembrava, até tinha... até tinha...

Precipitou-se sobre a gaveta onde guardava todos os seus papéis e retirou do interior o velho texto que anos antes escrevera na sequência do *cherem* contra ele decretado pelos senhores do *ma'amad*. O título tinha a marca da sua mão. "Apologia para justificarse de su abdicación de la sinagoga." Poderia ainda usar aquele texto? Não, claro que não. A sua "Apologia" havia sido escrita para responder a rabinos, mas o que se impunha nesse momento era um programa bem mais vasto. Teve uma outra ideia. Por que não usar aquele texto, em que desmontara a superstição e a mostrara como a base do poder dos religiosos, para a partir dele escrever e publicar um livro sobre o assunto? Um livro, não. Teria de ser algo mais ambicioso do que isso. Um tratado.

Excitado, sentou-se à escrivaninha e, com um olhar febril, pegou numa pena, molhou a ponta de tinta e suspendeu-a por instantes sobre o papel enquanto considerava o título de tal obra. Sendo um tratado e sendo o seu tema a superstição, o nome mais adequado seria... por que não *Tractatus Theologico*? O título agradou-lhe. Sim, *Tractatus Theologico*, pois era de teologia que se tratava. Não de uma teologia apologética, bem entendido, mas analisada puramente sob o prisma da razão. Uma teologia que fosse até onde nem Maimônides nem Descartes se haviam atrevido a ir. Uma teologia submetida a uma análise racional sem cedências nem compromissos. Uma teologia que nunca tinha sido feita por nenhum homem.

A sua ideia era expor os preconceitos dos religiosos, fossem eles rabinos ou pregadores cristãos ou de qualquer outra religião, de modo a acabar com as ideias falsas que eles propagavam e à custa das quais se eternizavam no poder. Iria também demonstrar que as sucessivas acusações que ouvia de toda a gente de que era um ateu não tinham fundamento. Sentira essa acusação na pele quando do *cherem* e sentira-a ainda umas horas antes. Para enfrentar a ignorância, mostraria como os religiosos usavam a superstição e o medo de modo a manipularem as pessoas, como os cristãos pregavam o amor e praticavam a violência, como os judeus nada tinham de especial em relação aos outros povos, como a Lei de Moisés significava simplesmente obediência ao Estado, como as profecias refletiam os profetas e não a voz de Deus, como a Bíblia estava cheia de anomalias e os seus verdadeiros autores não eram nem Deus nem Moisés e como os milagres não existiam. Não se tratava de uma pequena empreitada. Porém, depois de ter visto nesse dia os *predikanten* fazerem na igreja o que queriam, pondo e dispondo como se fossem intocáveis, impunha-se um grito de revolta. O tratado seria esse grito.

Mergulhou em pleno processo criativo de concepção dos princípios e da estrutura de um novo livro com base na apologia que escrevera quando do *cherem* e foi nesse momento que reparou no envelope pousado sobre o *ledikant*. O que estava aquela carta ali a fazer? Devia ter sido Margarita, a mulher do senhor Tydeman, que, na ausência de ambos, ali a pousara, concluiu. Foi buscar o sobrescrito e identificou o remetente. Trijntje de Vries; a irmã de Simon. O que lhe quereria ela? Por que não fora antes o próprio De Vries a escrever-lhe?

Intrigado, rasgou o envelope pela borda e retirou a folha. Tratava-se de uma nota curta escrita por Trijntje, a letra redonda a informá-lo de que o irmão, Simon de Vries, estava a morrer.

XXIX

Habitualmente um espaço alegre típico de *burgerij* holandeses, com uma fachada ricamente decorada e a porta de entrada envolvida num arco rusticado quebrado, a casa dos De Vries em pleno Singel apresentava nessa manhã um ambiente sombrio. Foi Trijntje que veio à porta acolher Bento e encaminhá-lo pelo espaçoso átrio *voorhuis*.

"Como está ele?"

"Teve uma noite difícil, com febre alta e muitos delírios, mas de manhã está sempre melhor."

Após dois anos muito complicados, marcados por vários confinamentos e milhares de mortos por todo o país, a peste já havia terminado. Contudo, permanecia o receio de que regressasse, pois a epidemia prosseguia em Inglaterra e havia sempre a possibilidade de se desencadearem novos focos.

"Não é a bubônica, pois não?"

"Não. Parece tratar-se de um qualquer desequilíbrio de humores. Fizemos-lhe vários sangramentos, mas não resultaram."

Falavam por sussurros. Trijntje conduziu-o pelas escadas para o primeiro andar, um *piano nobile* à maneira das casas venezianas; era aí que habitualmente se instalavam os quartos mais imponentes, uma moda em várias casas burguesas de Amsterdã. Por toda parte se viam armários com relevos cuidadosamente trabalhados e tapetes e cortinas em tecido requintado; nas paredes estavam pendurados quadros mostrando navios, pessoas e paisagens planas rasgadas por canais. A residência dos De Vries podia não ser tão magnífica como a monumental mansão vizinha dos Huydecopers, mas mesmo assim respirava abundância.

O quarto de Simon estava escuro e fedia a ácidos gástricos; sem dúvida de vômitos. Trijntje e Bento abeiraram-se da cama, uma estrutura decorada com cortinas de veludo azul. De Vries estava encolhido por baixo dos lençóis, pálido e transpirado.

O olhar animou-se-lhe ao ver o visitante.

"Mestre!", exclamou numa voz fraca, esboçando um sorriso. "Veio ver-me..."

"Como podia não o fazer, meu querido amigo?"

De Vries tentou erguer o tronco, mas as forças faltaram-lhe; foram a irmã e o amigo que lhe ajeitaram as almofadas para lhe dar maior conforto.

"É verdade que a guerra acabou?"

O paciente abordava os assuntos do dia evidentemente para aligeirar a conversa.

"Felizmente", confirmou Bento. "Vamos assinar um acordo de paz com os ingleses. Mas ao vir para cá recebi más notícias de Londres. O meu amigo Oldenburg foi preso."

"Oh! O que fez ele?"

"Não se sabe bem. Parece que criticou a forma como os ingleses deixaram a nossa frota entrar pelo Tamisa. O rei não terá gostado da crítica. As autoridades alegaram que os contatos que ele tem feito com filósofos do nosso país, como eu e Huygens, podem ter servido para passar informação militar e, por isso, fecharam-no na Torre de Londres. Está agora nos calabouços, coitado."

"Informação militar, hem? O mestre tem de ter cuidado…"

"Eu sei."

Não era nada em que não tivesse pensado já. A troca de cartas com o secretário da Royal Society prolongava-se havia alguns anos e não cessara com a Guerra Anglo-Neerlandesa. Bento escrevera sempre à vontade e com liberdade, sem especiais preocupações de segurança por se corresponder com alguém que se encontrava no lado inimigo.

Quando soubera da detenção de Oldenburg, contudo, pôs-se a rever tudo o que havia escrito na correspondência que enviara para Londres sobre a situação nas Províncias Unidas. Teria sido indiscreto? Pensava que não, tudo havia dito com inocência, mas a prisão do amigo alemão da Royal Society mostrava-lhe que mesmo as coisas mais inócuas podiam ser usadas por *predikanten* ou por quaisquer outros críticos seus para o acusarem de espionagem a favor da Inglaterra. Tinha doravante de ter mesmo mais cautela quando se correspondia com alguém no estrangeiro.

"Quem não tem cuidado nenhum é o desmiolado do Koerbagh", disse De Vries, preenchendo o súbito silêncio. "Consta que já publicou o livro dele."

"O Koerbagh e o Van den Enden", precisou o recém-chegado. "O meu velho professor também imprimiu um panfleto."

"Tenho curiosidade é de ler o do Koerbagh."

Como se extraísse ouro, Bento retirou um objeto do casaco e exibiu-o ao amigo.

"Aqui está ele."

Com mãos trêmulas de fraqueza, o amigo pegou no livro. O cabeçalho titulava *Een Bloemhof van allerley lieflijkheyd*. Ou seja, *Um Jardim de Flores Composto por Todo o Tipo de Coisas Adoráveis*. Por baixo o nome do autor. Adriaan Koerbagh.

"O mestre já leu?"

"Claro."

"E... e que tal?"

"Bem, no essencial pode dizer-se que ele está a reproduzir as ideias que ao longo do tempo vos expus nas nossas reuniões dos *collegianten*. Por exemplo, diz que a Bíblia não tem autoria divina e que foi compilada por Ezra a partir de várias fontes diferentes. Diz também que para compreender a verdade das Escrituras basta usar a razão humana. Enfim, o que vos ensinei, a ele e a todos vós, é o que o Koerbagh escreveu neste livro. É quase como se fosse eu a falar por interposta pessoa."

O doente tentou folhear o exemplar, mas estava tão debilitado que o deixou deslizar para o chão. Bento apanhou-o e devolveu-lho. De Vries ainda tentou voltar a pegar nele, mas acabou por desistir; sentia-se demasiado fraco para o conseguir manusear.

"Leia-me, mestre, alguns parágrafos."

"Não, não. Tens de descansar."

O amigo esboçou um olhar de súplica.

"Por favor, mestre..."

Como lhe negar a vontade em circunstâncias daquelas? Bento pegou no livro de Koerbagh e folheou-o, procurando trechos que previamente havia sublinhado a carvão. Localizou um deles.

"Diz ele aqui sobre as hóstias, que elas não passam de um pedaço de pão, e conclui: 'eles dão-nas a alguém para comer e dizem-lhe que é um homem – não simplesmente um homem, mas o Deus-Homem. Que absurdo!'." Procurou outro trecho. "Diz ele aqui sobre as partes da Bíblia que não estão em conformidade com a razão: 'inútil e vão, pode ser rejeitado sem a menor dificuldade'."

Pousou o livro no regaço, como se fosse irrelevante prosseguir a leitura; tudo aquilo eram coisas que De Vries e o próprio Koerbagh lhe ouviram dizer em tantas conversas, pelo que não via utilidade em repeti-las. A única verdadeira novidade nas páginas do *Een Bloemhof* era que aquelas ideias de Bento tinham aparecido impressas no livro de um dos seus fiéis seguidores.

Quebrando o silêncio que se estabeleceu no quarto, De Vries respirou fundo, como se tentasse exalar a tristeza que o consumia agora que sentia o fim tão perto.

"Mestre", murmurou, desta vez num tom pesado. "Não me resta muito tempo."

"Que disparate, Simon. Há imensa gente que se recupera das doenças. Tu também recuperarás. Só tens de…"

"Mestre, deixe-me falar", interrompeu-o o amigo. "Não tenho muito tempo e há uma coisa que preciso de lhe dizer."

"Vais-te safar, podes ter a certeza", insistiu Bento, tentando incutir-lhe confiança e esperança. "Mas, se quiseres desabafar, estás à vontade…"

O doente engoliu em seco.

"Como sabe, não casei nem deixo descendência", disse. "Já falei com a minha irmã sobre isto. Estou a preparar o meu testamento, para o caso de a doença me… enfim, me levar. Estava a pensar em fazer do mestre o meu único herdeiro."

O visitante sobressaltou-se.

"Eu? Teu herdeiro?"

"Sim, mestre. Vou assinar o testamento ainda hoje, para ficar descansado quanto a isso."

Bento abanou vigorosamente a cabeça.

"Nem pensar! Não podes fazer isso!"

"Por que não, mestre?"

"Porque… porque não podes." Apontou para Trijntje. "Tens família, Simon. Por muita amizade que sintas por mim, não podes entregar os teus bens a um estranho. Isso não é normal."

"O mestre não é um estranho."

"Mas tua família é que não sou de certeza. Porventura estás zangado com a tua família?"

"Claro que não."

"Então não podes fazer isso aos teus. É a tua família."

"O mestre precisa mais do que os meus", argumentou De Vries. "O seu trabalho é demasiado importante. O mestre está a desvendar os mistérios de Deus e da existência. É meu dever ajudá-lo. É esse o propósito da minha passagem pela vida."

"Tenho uma existência frugal e contento-me com os rendimentos que a venda das minhas lentes me gera. Não preciso de mais nada, acredita. Devemos procurar apenas o dinheiro, ou qualquer outra coisa, que chegue para nos sustentar. Promete-me por isso que não farás nenhuma tolice e que a tua herança irá para os teus."

"Mas…"

"Promete!"

De Vries suspirou, cansado e vencido.

"Seja."

Os dois conversaram mais um pouco, recordando episódios que haviam vivido juntos. O de mais intensa memória era aquele em que De Vries socorrera Bento após o esfaqueamento no teatro, mas tantos outros havia que a conversa se arriscaria a prolongar-se pelo resto do dia se não se desse o caso de o paciente precisar de descansar. Além de que, por evidentes razões de segurança sanitária, era desaconselhável permanecer demasiado tempo ao pé dele.

A tarde aproximava-se já do fim quando Bento se levantou e se despediu do amigo com a promessa de que voltaria no dia seguinte. Quando Trijntje o levava já pela porta, De Vries chamou-o.

"Mestre, o senhor que em todos os segredos já pensou, tenho ainda uma pergunta a fazer-lhe sobre um dos maiores mistérios da vida. Será que me pode responder?"

"O que te apoquenta, meu amigo?"

De Vries ficou um longo instante a fitá-lo, como se ganhasse coragem para formular a pergunta; não porque temesse a resposta, mas porque sentia vergonha em exibir a sua fraqueza.

"Como… como será a morte?"

Compadecido com o sofrimento do amigo, Bento voltou para ao pé dele e pegou-lhe na mão quente.

"A morte está na natureza e não a deves temer", disse. "Enfrenta-a com a razão, não com a emoção. Quanto mais compreendemos, menos sofremos com as paixões más e menos tememos a morte. As mentes que ascendem ao conhecimento não receiam a morte. A vida é mudança constante. A morte incomoda-nos tanto menos quanto maior é o nosso conhecimento. A parte da mente humana que desaparece com o corpo, quando comparada com a parte que permanece, é inconsequente."

"E… e qual é a parte que permanece, mestre?"

"As ideias, Simon. As ideias."

De Vries pestanejou, sem entender o alcance da resposta.

"Como assim, mestre?"

O amigo afagou-lhe o cabelo em despedida e voltou a sair. Parou na porta e virou-se para o doente.

"Um homem livre não pensa na morte", disse-lhe. "A sabedoria não é uma meditação sobre a morte, mas sobre a vida."

Viu o rosto pálido e ossudo de De Vries serenar, como se aquelas palavras tivessem o poder anestesiante do ópio, e deixar a cabeça afundar-se na almofada por entre os longos cabelos loiros, as pálpebras a fecharem-se para escorregar enfim para o sono. Fixou aquela imagem na mente como se fosse uma pintura de Van Rijn e, depois de uma pausa, deu meia-volta e saiu.

Foi a última vez que viu o amigo.

PARTE TRÊS

VERDADE

"Não nos podemos satisfazer com nada que não seja a verdade."

ESPINOSA

I

Uma pequena multidão convergiu para o cemitério de Amsterdã naquele dia tristonho de chuva miúda. Nuvens escuras carregavam o céu e o cinzento do dia refletia o estado de alma do cortejo que acompanhava a marcha lenta do féretro. Entre familiares e amigos de De Vries, Bento seguia ladeado por Jarig e Meyer, com Rieuwertsz e Koerbagh à frente. Um pouco mais atrás vinha Van den Enden, mais as filhas; Clara Maria estava no grupo e lançou a Bento um olhar tão cheio de intenções que lhe reacendeu a velha chama.

O filósofo mantinha no funeral as emoções sob controle, não apenas porque se habituara desde pequeno a perder aqueles que lhe eram próximos, mas também porque acreditava que a morte era a natureza a seguir o seu curso. Não fazia grande sentido revoltar-se contra a natureza. As coisas eram assim e não de outra maneira. Tinha de suportar as contrariedades, superar os momentos difíceis e seguir em frente. Algo do velho fatalismo português restava vivo em si.

A cerimônia na igreja fora simples, como acontecia em geral nos funerais neerlandeses. Após o enterro, Trijntje convidou os amigos mais próximos do irmão para um chá. Quando chegaram à mansão dos De Vries no Singel, encontraram-na com as janelas cobertas por panos brancos, uma tradição para proteger a casa dos danos causados pela alma do falecido. O hábito obviamente nunca resultara naquela residência, tendo em conta a sucessão de mortes recentes na família; todos os irmãos masculinos de De Vries haviam já morrido, e o mesmo acontecera à mãe, levada pela peste.

Uma vez no interior da mansão, Bento afastou-se dos amigos e encaminhou-se para Clara Maria, que estava à conversa com o pai. No momento em que ia chegar à fala com ela, porém, sentiu um puxão no braço; era Trijntje de Vries.

"Preciso de lhe dar uma palavra, senhor De Spinoza."

O filósofo hesitou, o olhar a saltitar entre a irmã de De Vries e Clara Maria. Havia já muito tempo que não via a filha mais velha de Van den Enden; depois do olhar que ela lhe lançara no cortejo, tinha tanta vontade de lhe falar...

"Não pode esperar?"

"Preferia que fosse já, se não for demasiado incómodo."

Sem alternativa, e depois de olhar para Clara Maria como se lhe pedisse que esperasse mais um pouco, Bento acompanhou Trijntje. Esta meteu pelo corredor, subiu a escadaria e conduziu-o a um gabinete do primeiro andar; o escritório da casa. Uma vez a porta fechada, foi direta a uma gaveta da escrivaninha e extraiu um sobrescrito.

"Este é o testamento do Simon", revelou. "Deixou-lhe a si quinhentos florins a pagar anualmente." Retirou umas folhas dobradas de dentro do sobrescrito e estendeu-lhas. "Quer ler?"

Bento abanou a cabeça.

"Ah, o casmurro", murmurou. "Agradeço-lhe, Trijntje, mas não posso aceitar."

"Não sou eu que lhe dou o dinheiro. É o meu irmão."

"Justamente por ser seu irmão, o que ele deixou é para a família. Embora amigo do Simon, não sou família. Pensava que isso tinha já ficado claro."

"Pode ficar descansado que o meu irmão me legou a maior parte dos seus bens. Mas a si, senhor De Spinoza, quis deixar estes quinhentos florins anuais. Como irmã e fiel depositária das suas últimas vontades, tenho de fazer o que ele pediu."

"Ouça, sou frugal na forma como conduzo a minha vida", explicou o filósofo. "Tenho hábitos simples, consumo pouco e o que ganho com as minhas lentes e uma ou outra explicação a alunos da universidade bastam-me para viver. Aqueles que conhecem o verdadeiro valor do dinheiro e se governam segundo as suas necessidades contentam-se com pouco." Virou-se e encaminhou-se para a porta, fazendo tenções de regressar ao convívio com os amigos. "Por isso agradeço-lhe, mas não posso aceitar."

Ao vê-lo abrir a porta para sair, o rosto de Trijntje endureceu de repente.

"Pode e aceitará."

A rispidez súbita do tom surpreendeu Bento.

"Esse dinheiro não me pertence", insistiu. "Não posso ficar com ele. Seria imoral."

"Ora essa! Por quê?"

"De mim ninguém dirá que vivi à custa dos outros", explicou o filósofo, determinado a não ceder à tentação. "Vivo com o suficiente e contento-me com pouco."

Enervando-se com uma obstinação que achava incompreensível, a irmã de De Vries aproximou-se dele e pôs-lhe as folhas do testamento à frente como se quisesse esfregar-lhas na cara.

"O Simon escolheu-o como herdeiro e o senhor vai recusar-lhe esta sua última vontade?", questionou Trijntje acusatoriamente. "É mesmo capaz de lhe dizer que não no dia em que foi a enterrar? É isso a verdadeira moralidade para si?"

A irmã de De Vries tinha razão, não havia como o negar. O amigo tivera para com ele um derradeiro gesto de amizade e ele rejeitava-o? Com que direito o fazia? Cofiou o bigode fino, ponderando uma solução.

"Sugiro um compromisso", acabou por propor. "Em vez de receber a totalidade dessa quantia, que é de fato demasiado elevada e só me poderia suscitar tentações que me desencaminhariam, aceito metade."

"Como deve calcular, senhor De Spinoza, o meu interesse até seria ficar com o dinheiro que o senhor absurdamente recusa", retorquiu ela. "Acontece que a minha vontade não é para aqui chamada. O Simon queria que ao senhor fosse atribuído um rendimento anual de quinhentos florins. Como irmã dele e fiel depositária da sua herança e testamento, cabe-me o dever de fazer cumprir as suas últimas vontades. Eu e o senhor devemos-lhe isso. Rogo-lhe, por favor, que aceite o que o Simon lhe deixou."

"Ao aceitar receber metade, estou a conciliar a vontade do Simon com a minha vontade", observou Bento. "Parece-me uma solução equilibrada."

Trijntje baixou os olhos para o testamento como se procurasse nele a resposta do irmão àquele problema inesperado.

"Compreendo o seu ponto de vista", disse. "Mas, se me permite, senhor De Spinoza, terá de se inclinar um pouco mais para o lado do Simon. Fiquemos pelos trezentos florins anuais, está bem? Faça-o, quanto mais não seja por respeito à memória dele."

Não podia realmente dizer que não. O acordo entre ambos ficou selado e Trijntje foi a um cofre por detrás de um retrato do pai e extraiu do interior um maço de notas, que contabilizou antes de lhe entregar. Bento olhou para os trezentos florins com sentimentos mistos; representavam de certo modo De Vries, como se tivesse sido o próprio amigo a estender-lhe a mão do outro lado da vida para lhe deixar uma lembrança dele próprio, mas também o faziam ver até que ponto a existência de uma pessoa no final se reduzia a nada, pois era isso o que no fundo representava aquele simples maço de papéis a que os homens chamavam dinheiro.

II

Ao regressar à sala onde se reuniam os familiares e amigos de De Vries que haviam comparecido para o funeral, Bento procurou Clara Maria e não a viu. Avistou Van den Enden e pensou em ir falar-lhe, mas o velho mestre parecia ocupado e adiou o encontro para quando a filha mais velha reaparecesse. Onde se teria ela metido?

Dirigiu-se para o grupo dos seus amigos. Deu com eles a falarem com familiares e conhecidos de De Vries e a trocarem episódios rocambolescos da vida dele, e alguns bem cômicos. As risadas ocasionais poderiam parecer despropositadas, mas a verdade é que na cultura neerlandesa a cerimônia do chá depois de um funeral não constituía necessariamente um momento de lamentações. A ideia daquela reunião após o enterro passava por confraternizar com pessoas próximas do defunto e, recordando histórias com ele passadas ou conversando sobre temas do seu interesse, assim o homenagear. Além do mais, a peste estava praticamente debelada nas Províncias Unidas e os ajuntamentos haviam de novo sido permitidos, o que conduzira a uma espécie de euforia social; todos os pretextos eram bons para as pessoas se encontrarem e conviverem, exorcizando assim os confinamentos prolongados.

"A vida é tramada", observou Jarig. "Parece que foi há pouco tempo que nos juntamos na livraria do Rieuwertsz para conhecer o Benedictus e… e estamos agora a prestar a última homenagem ao segundo dos nossos que se foi desta vida."

Ao ouvir a referência implícita a Pieter Balling, o primeiro do grupo original a desaparecer, Koerbagh ergueu a sua chávena no ar como se fizesse uma saudação com vinho.

"Ao Simon e ao Pieter!"

O nome dos dois *collegianten* foi repetido em coro pelo grupo.

"Uma pessoa nasce, passa por esta vida como num sonho e depois… acabou-se", disse Rieuwertsz. "Interrogo-me por quê."

Os olhares de todos desviaram-se para Bento; sempre que as questões eram complicadas, era dele que se esperavam as respostas.

"Por que o quê?"

"Por que a vida?", quis saber o livreiro. "Se é para morrermos desta maneira estúpida, por que nascemos? O que tem Deus em mente? Qual o objetivo disto tudo?"

"A natureza nada faz em função de um fim", respondeu o filósofo. "As pessoas supõem que todas as coisas que existem na natureza, como os homens, laboram para um determinado objetivo; na verdade, até se dá como certo que o próprio Deus dirige tudo em função de um objetivo, pois acredita-se que Deus fez tudo para benefício do homem, e em agradecimento o homem terá de prestar culto a Deus. Por que será que tanta gente acredita nisto e está inclinada a abraçar esta ideia falsa? A razão ou causa pela qual Deus ou a natureza atua e a razão pela qual Ele existe são uma e a mesma coisa. Ele não existe com um objetivo, Ele não atua com um objetivo; e uma vez que Ele não tem princípio ou objetivo de existência, Ele não tem princípio ou objetivo de ação. Uma causa final, como lhe chamam, nada mais é do que desejo humano."

Este raciocínio de Bento suscitou a estranheza de algumas das pessoas que o ouviam, mas que não pertenciam ao círculo restrito dos amigos de De Vries. Um deles, um fiel da Igreja Reformada que todos conheciam como Van Blijenbergh, não se conteve.

"Desculpe, mas o que está o senhor a dizer?", interpelou-o. "Deus não atua com um objetivo? Que disparate! Deus existe e está lá em cima, no alto dos céus, para nos proteger!"

Ao ser confrontado com esta objeção, o filósofo percebeu o tipo de pessoa que tinha pela frente; a sua experiência dizia-lhe que nem valia a pena tentar convencer aquele homem do que quer que fosse.

"Meu caro senhor, as coisas verdadeiras são claras apenas para aqueles que não têm ideias feitas."

"Está a insinuar que as minhas ideias não são claras?"

A troca de palavras arriscava-se a complicar-se, percebeu Bento. Tinha de lhe pôr um fim rápido.

"Para ser sincero, tenho dificuldade em acreditar que uma conversa entre nós possa ser mutuamente instrutiva."

"Ora essa!", reagiu Van Blijenbergh. "Por quê?"

"Somos pessoas muito diferentes, caro senhor. Uma tal conversa não exerceria nenhum propósito útil."

Os amigos reagiram com um "oh!" em coro, como se estivessem decepcionados pela sua recusa em ir a jogo.

"Não te deixes ficar!"

"Se não te atreves a esclarecer este senhor, como te atreverás algum dia a publicar o que quer que seja?", desafiou-o Rieuwertsz. "Anda, explica-lhe o que sempre nos explicaste."

O grupo dos *collegianten* encorajava-o a responder. Sentindo a pressão, Bento acabou por ceder.

"Diz o senhor que Deus está no céu para nos proteger?", questionou. "Os homens acham que todas as coisas foram concebidas para delas se servirem e que a natureza de uma coisa é boa, má, sólida, putrefata ou corrupta pela maneira como por ela é afetada. Uma vez que as coisas não foram concebidas pelo homem e que o homem não acredita que elas se tenham criado a si mesmas, ele acredita que existe uma outra pessoa que as concebeu para uso do homem. O homem deduz por isso que existe alguém a reinar sobre a natureza, alguém que possui uma liberdade como a dos seres humanos, alguém que tratou de tudo a favor do homem e concebeu tudo para o seu uso. É por isso que diz que os deuses tudo fizeram para benefício do homem, para que este esteja agradecido aos deuses e lhes preste tributo. É por isso que cada homem concebeu na sua cabeça a sua maneira particular de adorar Deus, para que Deus o ame acima de todos os outros e ponha toda a natureza ao serviço da sua estúpida cupidez e avareza insaciável. Foi assim que esta ideia se transformou em superstição e ganhou raízes profundas na mente."

"O quê?!", escandalizou-se Van Blijenbergh. "Está a insinuar que a crença em Deus é superstição?!"

"Deus é o que é e a superstição é o que queremos que Ele seja", foi a resposta. "O esforço de demonstrar que a natureza nada faz ao acaso e que todos os seus atos se destinam a servir o homem acaba na constatação de que a natureza, os deuses e o homem são todos igualmente loucos. Veja como se processa o raciocínio dos homens. Entre tantas coisas na natureza que nos beneficiam, muitas outras provocam dano, como as tempestades, os terremotos, as doenças. Então afirmou-se que estas coisas aconteciam ou porque os deuses estavam zangados com o comportamento do homem ou por causa de pecados cometidos na forma de o homem adorar os deuses; e embora a experiência contrarie isto todos os dias, mostrando através de uma infinidade de exemplos que coisas boas e más acontecem indiscriminadamente aos piedosos e aos ímpios, mesmo assim estes preconceitos não são abandonados. É mais fácil ao homem ignorar esta evidência do que ter de derrubar toda a superestrutura e criar uma nova de raiz."

Embora se esforçasse por manter a calma, não só devido às circunstâncias funestas daquela reunião como pelo fato de o seu interlocutor estar rodeado de amigos, o rosto do homem que o interpelara avermelhou.

"Que desplante!", protestou Van Blijenbergh. "Deus não trata todos da mesma maneira. De modo nenhum! Ele pune os ímpios e premeia os justos!"

"Ai sim?", devolveu Bento, mordaz. "Então por que morreu tão novo o nosso amigo De Vries? Acha-o ímpio?"

A pergunta atrapalhou momentaneamente o seu interlocutor, mas depressa se recompôs.

"Os caminhos do Senhor são insondáveis."

"Ah, pois. Quando é confrontado com coisas más que sucedem a pessoas boas, como o nosso saudoso De Vries, a justificação é sempre essa. Um tal raciocínio seria suficiente para manter a espécie humana nas trevas por toda a eternidade se não fosse a matemática. Ao lidar, não com objetivos, mas com a essência e as propriedades das formas, a matemática confrontou-nos com a verdade. A natureza não estabeleceu nenhum objetivo e todos os objetivos que presumimos existirem não passam de ficções humanas. De resto, se for a ver bem, tal doutrina põe em causa a perfeição de Deus."

"O que o leva a dizer tal coisa?"

"Se Deus age em função de objetivos, Ele necessariamente procura algo de que precisa e não tem", fez notar Bento. "Os defensores desta doutrina conceberam um novo tipo de argumento, não a *reductio ad impossible*, mas a *reductio ad ignoratiam*. Isso mostra que não têm outra defesa. Por exemplo, se uma pedra cair de um telhado sobre a cabeça de alguém e o matar, por que acha o senhor que isso aconteceu?"

"Não é tão evidente?", exclamou Van Blijenbergh, admirado com uma pergunta de resposta tão fácil. "A pedra caiu com o objetivo de matar o homem. Pois se não caiu com esse propósito por vontade de Deus, como poderiam tantas circunstâncias conspirar por simples acaso?"

"A pedra caiu porque o vento soprava de uma determinada maneira e o homem estava a passar naquela direção."

"Mas por que razão o vento soprou naquele momento e por que razão o homem passou precisamente naquele momento?"

A pergunta quase fez rir Bento, não por ser cômica, mas por ser previsível; já tantas vezes no passado ouvira ele rabinos dizerem coisas semelhantes.

"Ouça, posso responder que o vento soprava porque o mar na véspera se tornou tumultuoso e o homem ia a casa de um amigo que o tinha convidado, mas tenho a certeza de que o senhor questionará outra vez, dado que não há fim neste tipo de raciocínio. Por que razão o mar estava tumultuoso? Por que razão o homem foi convidado naquele momento? E assim não cessará de questionar a causa das causas até nós acabarmos na vontade de Deus, o refúgio da ignorância."

Ao ouvir isto, o rosto do homem enrubesceu tanto que se diria prestes a explodir.

"Refúgio da…?!", indignou-se, aproximando-se do filósofo quase como se lhe quisesse bater. "Como se atreve? O senhor é… é um herege! Um ímpio!"

Os amigos de ambos tiveram de intervir, uns para travar Van Blijenbergh, pois se não o fizessem tornava-se claro a todos que cometeria alguma loucura, os *collegianten* para tirarem Bento dali; definitivamente, a conversa tinha ido longe de mais.

"Quando alguém tenta perceber as verdadeiras causas dos milagres e procura entender a natureza em vez de ficar embasbacado como um idiota, é logo considerado e declarado herege e ímpio por aqueles que as pessoas comuns veneram como intérpretes da natureza e dos deuses", atirou o filósofo para Van Blijenbergh à medida que era arrastado por Jarig, por Rieuwertsz e por Koerbagh para o outro lado da sala. "Estes sabem bem que, se a ignorância acabasse, também acabaria o encantamento estúpido, a base da qual dependem para proteger a sua autoridade."

Os amigos quase tiveram de lhe pôr a mão na boca para o silenciarem.

"Pronto, pronto", pediu Jarig. "Tem calma. Não vês que o homem ficou fora de si?"

Bento encolheu os ombros.

"Vocês é que me pediram para lhe responder…"

"Responder, sim, mas não desta maneira, que diabo!", riu-se Koerbagh. "O desgraçado ia tendo um achaque, coitado."

"Só faltava ofereceres-lhe o livro do Koerbagh", sugeriu Rieuwertsz. "Estou mesmo a vê-lo a ler o *Een Bloemhof* e toda aquela história de que a Bíblia não tem autoria divina e que muitas das coisas lá escritas são inúteis e vãs e mais não sei o quê. Aí é que era."

Riram-se nervosamente, à exceção de Bento. Bastaram alguns segundos para que ele caísse em si e enfim se arrependesse. Que estupidez ter caído na armadilha de responder às perguntas do homem! Não podia dizer aquelas coisas perante pessoas que não estavam preparadas para as ouvir, essa é que era a verdade. Se já aprendera essa lição anos antes, por que razão cometia ainda o mesmo erro? *Caute*, pensou, relembrando a si mesmo o lema que adotara desde o esfaqueamento que sofrera no teatro. *Caute*. Só quando forçou a palavra a vir-lhe à mente é que verdadeiramente se acalmou. A forma como cedera à pressão dos amigos e se deixara arrastar para uma discussão estéril que a ninguém beneficiara não podia voltar a acontecer. Tinha de ser cauteloso, pôr rédeas ao seu maldito orgulho ibérico e travar a língua.

Caute.

Foi então que viu Clara Maria e voltou a perder a cautela.

III

O tossido de Bento levou Van den Enden e a família, incluindo Clara Maria, a virarem-se na sua direção; o som daquela tosse em particular era-lhes familiar, uma espécie de assinatura, pois ouviam-no desde o tempo em que o filósofo vivera na sua casa. Pois ali estava ele. Ao reconhecê-lo, o velho professor abriu o rosto num sorriso luminoso enquanto Clara Maria baixava os olhos com um ligeiro embaraço e o resto da família o acolhia como quem reencontrava um velho amigo.

"Benedictus!", cumprimentou-o Van den Enden, dando-lhe um abraço. "Bons olhos te vejam, rapaz!" Afastou-se um passo e mirou-o de alto a baixo. "Ena! Estás mais frágil do que porcelana de Delft! O que tens andado a comer?"

O recém-chegado trocou saudações com os vários membros da família Van den Enden. Rever Clara Maria despertou nele sentimentos que pensava apagados do seu coração. Teve vontade de a puxar para o lado e conversar com ela o resto da tarde, sabe-se lá onde as palavras os conduziriam, mas estava fora de questão fazê-lo sem prestar a devida atenção ao seu antigo professor.

"Como o que há para comer, mestre", respondeu por fim. "O meu verdadeiro alimento é o conhecimento, pois agora dedico-me à filosofia."

"Então não sei?", anuiu Van den Enden. "Li o teu livrinho sobre Descartes, o que pensas tu? Não está mal, não, senhor. Notáveis as tuas demonstrações das ideias cartesianas com métodos ainda mais cartesianos do que os do próprio Descartes. Ganhaste reputação nacional como cartesiano, sem dúvida. Pode-se mesmo dizer que és talvez das poucas pessoas da nossa república, se não mesmo do mundo, que verdadeiramente compreendeu o velho René."

"Pois eu também li o panfleto que o mestre publicou…"

A novidade deixou o velho professor impante de orgulho; aí estava a prova de que, apesar de ter escrito um pequeno livro no anonimato mais absoluto, tinha leitores que o reconheciam como autor.

"Ah, o meu *Vrye Politijke Stellingen* chegou-te às mãos, hem? E então, que tal? Gostaste?"

O título da obra anônima de Franciscus van den Enden significava *Teses Políticas Livres*, e nesse panfleto desenvolvia a ideia da soberania popular.

"É interessante."

"Interessante?!", riu-se o professor. "Hmm... isso é o que se diz quando não gostamos de algo, mas não nos atrevemos a assumi-lo. Conta lá, o que não gostaste?"

"Gostei do seu livro, mestre. Como poderia não ter gostado? O mestre defendeu a democracia como o melhor dos sistemas, e não posso de maneira nenhuma discordar de si. Parece-me evidente que o futuro está na democracia."

Pela maneira como dizia as coisas, como se pesasse cada palavra, via-se que, embora Bento tivesse dito o que pensava, na verdade não tinha dito tudo o que pensava.

"Cheira-me que há aí um 'mas' qualquer..."

"Claro que não."

"Não me digas que és como aqueles que me proibiram de fazer apresentações públicas, com medo das minhas ideias democráticas..."

"Já lhe disse que também acredito na democracia como o sistema ideal de governação."

"Então qual é o problema?", insistiu Van den Enden, como se lhe quisesse extrair a verdade do corpo. "Com o que discordas tu, hã? Desembucha, Benedictus!"

Era agradável ouvir o homem que lhe ensinara Descartes dirigir-se-lhe ainda com a mesma familiaridade. Havia coisas que não se perdiam e a forma como as pessoas se tratavam era uma delas. Veja-se o caso dele próprio. Bento já não era evidentemente um estudante, na verdade tornara-se mestre para muita gente; o próprio De Vries nunca se lhe referira de outra forma. E, no entanto, aí estava ele a chamar "mestre" ao seu antigo professor. Não fazia sentido, claro; parecia até que se mantinha em submissão para com Van den Enden, mas não conseguia evitar o velho hábito.

"Digamos que não estou inteiramente de acordo com a ideia sustentada no seu livro de que a voz do povo é a voz de Deus."

"Ora essa!", espantou-se Van den Enden. "Por que não? A prosperidade do povo é a lei mais elevada e a voz do povo é a voz de Deus. Como podes discordar de uma evidência dessas?"

"Discordo porque justamente não é nenhuma evidência e, mais do que isso, é comprovadamente falso", retorquiu Bento. "O que o mestre está a enunciar não é uma conclusão científica, é um discurso político com laivos de superstição que o tornam errôneo. O fato de se tratar de uma frase de belo efeito não significa que seja verdadeira. Os *predikanten* e os rabinos também têm a boca cheia de belas frases que acabam por se revelar vazias de verdade. A verdade não se sustenta no belo estilo, mas na lógica das suas asserções."

Era a primeira vez que o antigo aluno contradizia abertamente o seu velho professor.

"O que te leva a acreditar que a voz do povo não é a voz de Deus?"

"A evidência, mestre. A voz de Deus exprime-se pelas Suas leis e só uma pessoa que usa a razão as pode compreender. Ora, a população vive mergulhada na superstição com a qual os religiosos a agrilhoam. Se a turba se comporta sobretudo segundo as paixões e não em conformidade com a razão, como pode ela ser a voz de Deus? Isso não faz sentido. O povo tem de ser respeitado e ouvido, claro, mas o povo não tem sempre razão pelo simples motivo de que o povo não usa em geral a razão para discernir sobre as coisas da natureza, aceitando como boas as superstições com que o ludibriam nas igrejas e nas sinagogas. A disposição errática da multidão quase reduz ao desespero aqueles que a observam, pois a turba é unicamente governada pelas emoções, não pela razão."

"Não digo que não haja ignorância entre o povo, claro que há", reconheceu Van den Enden. "Mas quer-me cá parecer que, apesar de te dizeres defensor da democracia, estás muito próximo de na prática a rejeitar."

"O que rejeito, mestre, é a ideia de que a voz do povo é a voz de Deus", insistiu Bento. "Quanto aos méritos intrínsecos à democracia, não tenho a menor dúvida de que conduz à governação pela razão. A democracia pode ser definida como uma sociedade que assume os poderes e se torna soberana. É muito raro para tais soberanos imporem ordens irracionais, pois se quiserem manter o poder terão de agir segundo o interesse público, o que implica obedecer aos ditames da razão. As ordens irracionais são menos prováveis numa democracia, pois é quase impossível que a maior parte de um povo concorde com medidas irracionais. Além disso, a democracia procura evitar uma governação por desejos e conduzir os homens pela razão, de modo a que vivam em paz e harmonia."

"A democracia é o regime dos homens livres, Benedictus."

"A democracia tem certamente a ver com a liberdade. O verdadeiro escravo é aquele que se deixa levar pelos seus desejos e as pessoas livres são aquelas que se guiam pela razão. É verdade que a ação em obediência a ordens num certo sentido restringe a liberdade, mas não transforma um homem num escravo; tudo depende do objeto da ação. Se tal objeto for bom para o Estado e mau para o homem, este é um escravo; mas num Estado onde a vontade das pessoas, não do governante, é a lei suprema, a obediência ao poder soberano não faz das pessoas escravas, mas cidadãs. Um Estado é tanto mais livre quanto as suas leis se fundarem na razão. Um escravo é alguém que está obrigado a obedecer às ordens do seu dono, dadas unicamente no interesse desse dono; um filho é quem obedece às ordens do pai nos seus interesses; um cidadão é quem obedece às ordens do seu governo no interesse comum, no qual ele está incluído. A democracia é, de todas as formas de governo, a mais natural e a mais consoante com a liberdade individual."

"Sim, mas o que eu defend…"

"Pronto, pronto!", interveio Clara Maria, que conhecia suficientemente bem a natureza arrebatada e revolucionária do pai e o poder de argumentação de Bento para poder confiar na forma como o diálogo entre ambos iria evoluir. "Chega de conversas que não nos levam a parte alguma, sobretudo nas atuais circunstâncias. O senhor De Vries foi hoje a enterrar, pobrezinho, e temos de respeitar a ocasião."

Foi especificamente a referência a De Vries que os calou. De fato, constatou o antigo pupilo de Van den Enden, não fazia sentido terem uma conversa daquelas no dia do funeral do amigo. As pessoas próximas do falecido esforçavam-se por aligeirar o ambiente naquelas circunstâncias, daí que se contassem histórias e até se rissem em ocasião tão funesta, e conversar sobre política não era definitivamente a maneira mais adequada de aligeirar ambientes.

"É um prazer ver-vos a todos bem de saúde", disse Bento, acatando a ordem para mudarem de tema. Voltou-se para Clara Maria, como se só nesse momento tivesse reparado na ausência do rival. "Por onde anda o seu Dirk?"

"Não é meu nem anda por aqui."

A forma como a resposta foi dada tornou claro que a ausência do noivo não era inocente; alguma coisa sucedera entre aqueles dois. O que explicava o olhar que ela lhe lançara no cortejo.

"Passa-se alguma coisa?"

A rapariga encolheu os ombros.

"Tivemos um… como hei de dizer? Um… desaguisado." Aí estava!

"Não se entendem quanto à religião", interveio Van den Enden com uma gargalhada. "A minha Clara é católica, o Dirk pertence à Igreja Reformada. O choque era inevitável."

Clara Maria atirou-lhe um olhar de censura.

"O pai não tem nada de se meter na conversa", repreendeu-o, virando-lhe as costas e fazendo tenções de sair dali. "Benedictus, acompanha-me ali à mesinha?"

Não foi preciso perguntar uma segunda vez. Acenando à família Van den Enden em despedida circunstancial, Bento conduziu a rapariga à mesa onde haviam sido colocados pratos com biscoitos *speculaas* e jarros com café trazido de Java pela Companhia das Índias Orientais.

"Então conte-me lá", disse ele, servindo-a de *speculaas*. "As coisas com o Dirk acabaram mesmo?"

"O que acha?"

"Eu não acho nada. Têm opiniões diferentes sobre a religião?"

"Temos opiniões diferentes sobre o casamento", esclareceu a rapariga, trincando um biscoito. "Casamos em que igreja? A católica ou a reformada? E os nossos filhos serão católicos ou reformados? Como não há meio de chegarmos a acordo sobre esta questão, achei melhor cada um seguir o seu caminho."

Bento alçou o sobrolho, o brilho de esperança a cintilar-lhe nos olhos com mais intensidade do que nunca.

"Ah, bom", exclamou. "Isso quer dizer que… que a Clara Maria está livre?"

"Só estou livre para um católico ou para um homem que aceite converter-se ao catolicismo."

Ao ouvir isto, Bento quase se engasgou.

"Não admite ser flexível?"

"Se admitisse, teria ficado com o Dirk, não lhe parece?"

Para quem gabava as qualidades do raciocínio lógico, como era o caso do filósofo, aquela resposta era inatacável.

"*Touché.*"

Ela pegou em mais dois biscoitos e recomeçou a caminhar de regresso ao lugar onde estava a sua família.

"Espere", chamou-a o pretendente. "Não quer ficar um bocadinho mais a conversar?"

Clara Maria parou e, inclinando a cabeça de lado, olhou-o pelo canto do olho.

"O Benedictus é católico?"

"Uh... não."

"Então converta-se primeiro e conversamos depois."

Girou nos calcanhares e retomou a direção do lado da sala onde se encontravam os Van den Enden, desta feita com o passo determinado de quem não voltaria a parar, dissesse ele o que dissesse, a não ser que fosse para dizer o que ela queria que ele dissesse. O que colocava uma questão muito relevante para um homem como Bento.

Por ela, seria capaz de se tornar católico?

IV

Os dilemas em que Clara Maria o mergulhara com a sua exigência deixaram Bento sem saber o que fazer. Para começar, havia a questão da sua fragilidade física. Juan de Prado tinha usado a sua autoridade de médico para o proibir de exercer esforços físicos, incluindo as conversas carnais. Casando-se, a sua saúde estaria em perigo. Esse era um risco que estava disposto a correr.

O problema seguinte era, contudo, mais delicado. Deveria converter-se ao catolicismo para poder casar com ela? Mas, se se convertesse, o que diria isso de si? Ele, cujos pais tiveram de abandonar a sua amada pátria portuguesa para fugir precisamente aos católicos, poderia alguma vez converter-se à religião dos inquisidores? O que pensaria o seu pai se soubesse que se tornara um idólatra? Pior, o que diria ele próprio de si mesmo? Como podia converter-se à superstição? Não era só o catolicismo, note-se. Para Bento, superstição eram todas as religiões humanas. O judaísmo, o catolicismo, o reformismo, o islã... tudo superstições. Então estava ele a escrever o *Tractatus Theologico* para desmontar a superstição e ao mesmo tempo iria abraçar uma superstição?

Foi a meditar sobre tudo isto, dividido e atormentado, que chegou ao pé dos amigos. Ao vê-lo tão pensativo, Koerbagh deu-lhe uma palmada nas costas como se o quisesse acordar.

"Então, ó português sedutor! Andas a catrapiscar a filha do Van den Enden, é?"

"Deixa-o, Koerbagh", aconselhou Jarig. "Pensas que toda a gente é como tu?"

"Eu? Sou um santo!"

"E o filho que fizeste fora do casamento?"

"Oh! Isso foi a dormir..."

Enquanto os dois discutiam, Rieuwertsz abeirou-se do filósofo.

"Tenho uma pergunta para te fazer, Benedictus", disse o livreiro. "Quando acabas a tua *Philosophia*?"

"*Ethica*", corrigiu ele. "Mudei-lhe o nome para *Ethica*."

"Estou ansioso por pôr os olhos na versão final", interveio Koerbagh, evidentemente para se desenvencilhar de Jarig. "Os fragmentos que nos deste a ler são fantásticos. Absolutamente formidáveis. Essa tua obra tem de ser impressa e chegar ao público, ouviste? Se eu próprio já publiquei um livro, por maioria de razão tu também terás de o fazer."

"Não tiveste problemas com o teu *Een Bloemhof*?", quis saber Bento. "Ouvi dizer que foste chamado pelos *predikanten*…"

"Pois, o consistório da Igreja Reformada convocou-me a mim e ao meu irmão. Repreenderam-me por comportamento imoral. Bem vês, tive um filho bastardo e isso… enfim. Já o Jan, como é *predikant*, foi questionado a propósito das suas opiniões sobre Deus. Sabes como é, o meu irmão também leu os rascunhos que nos tens passado da tua *Philosophia* e…

"*Ethica*", insistiu Bento. "Agora chama-se *Ethica*."

"Ou isso. O fato é que o Jan começou a alimentar dúvidas sobre a verdadeira natureza de Deus. O problema é que o palerma se pôs a falar demais, a hierarquia foi alertada e… olha, chamaram-nos."

"O que aconteceu?"

"Nada. Ele alegou que apenas disse que Deus é infinito e que nós somos extensões Suas, palavreado retirado dos rascunhos da tua *Philosoph*… uh… da tua *Ethica*, eu prometi não voltar a pecar e… tudo ficou sanado." Riu-se. "Vou dar-te uma novidade, Benedictus. Depois de ler os teus fragmentos, aquilo deu-me umas ideias e pus-me a escrever um segundo livro. Está a começar a ser impresso em Utrecht."

"Outro?!"

"É verdade", confirmou, resplandecente de orgulho. "Este chama-se *Ligt schijnende in duystere plaatsen*."

Ou seja, *Uma Luz a Brilhar em Locais Escuros*.

"É sobre o quê?"

"Sobre a verdade, claro. Toda ela. Jesus não tem natureza divina e a Santíssima Trindade não existe. Deus é infinito e não passa da substância do universo. Deus é idêntico à natureza enquanto sistema necessário e determinista. Os milagres são impossíveis, pois, a existirem, implicariam uma alteração das leis da natureza…"

Bento estava embasbacado.

"Mas… mas isso é tudo o que vos tenho ensinado ao longo de todo este tempo!", constatou. "Pior, é o que está nos rascunhos da *Ethica* que vos dei a ler!"

O amigo encolheu os ombros.

"Se não publicas tu, publico eu."

A ouvir tudo isto, Rieuwertsz impacientou-se.

"Desculpa lá, Benedictus", interveio. "Se o Koerbagh não passa de um pupilo e, depois de ler os teus rascunhos, se põe a publicar todas as tuas ideias, qualquer dia ainda dizem que as tuas ideias são dele. Tem lá paciência, tens de publicar."

O livreiro fazia questão de patrocinar a edição do livro, como era bom de ver; publicara anos antes as lições de Bento sobre Descartes e, tendo já lido partes da *Ethica*, não via a hora de a pôr no prelo.

"Pois, não digo que não."

"Não dizes que não, não", retorquiu Rieuwertsz, a paciência a esgotar-se. "Preciso de respostas concretas. Quando é que me entregas o texto final? Ainda este mês?"

Encostado à parede, o filósofo percebeu que não podia adiar mais a notícia.

"Uh... suspendi a escrita da *Ethica*."

"O quê?!", questionou Rieuwertsz, estupefato. "Mas... mas..."

"O que aconteceu?", quis saber Koerbagh. "Não me digas que tens medo de publicar o livro..."

Havia fanfarronice da parte do autor de *Een Bloemhof*, pois antecipara-se ao seu mestre e já andava a meter cá fora as ideias dele, mas também alguma verdade. O fato é que Bento detestava polêmicas e não conseguira calar a voz que lhe soprava ao ouvido a aconselhar-lhe *caute*. Prudência de marrano. A sua *Ethica* dizia coisas que iriam desagradar a muito boa gente, sobre isso não havia dúvidas. Por outro lado, era verdade que o grande pensionário das Províncias Unidas era o liberal Johan de Witt. Isso fazia toda a diferença. Era De Witt quem punha os *predikanten* calvinistas em sentido. A prova estava no livro de Koerbagh. Se o amigo publicara aquelas ideias e não sofrera consequências, então ele também poderia fazer o mesmo.

"Estou agora a escrever um tratado a expor os meus pontos de vista sobre as Escrituras", anunciou o filósofo. "Chama-se *Tractatus Theologico*."

"Outro livro?", questionou Rieuwertsz, inconformado. "Mas... por quê? Por que não terminas primeiro a *Ethica* e só depois começas a escrever uma nova obra? Assim nunca mais metes nada no prelo..."

"Houve um incidente com os *predikanten* em Voorburg, por causa da nomeação do novo pregador da igreja local, que me fez ver que, antes de publicar a *Ethica*, tenho de criar as condições adequadas de liberdade para que a *Ethica* seja aceita e entendida", justificou-se Bento. "Isso faz-se desmontando a Bíblia, como é evidente, pois é aí que se encontra a raiz do problema. As ideias erradas e o poder dos religiosos são a principal razão pela qual as pessoas não acedem à verdade. Tal significa que primeiro terei de mostrar que essas ideias são erradas, o que farei no *Tractatus Theologico*, e só depois poderei expor as ideias corretas, as que estão na *Ethica*. Além do mais, confesso que estou farto de ser acusado de ateísmo. Devo combater esta acusação o mais que puder. Para isso, tenho de provar que se não faço certas coisas que as religiões exigem de mim é porque as Escrituras não têm origem divina. Só depois de desmontar a Bíblia com o *Tractatus Theologico* é que poderei publicar a *Ethica* e expor assim a verdadeira religião, aquela que nos revela a real natureza de Deus."

O livreiro fez um gesto resignado.

"Quando pensas ter esse tratado pronto?"

"Comecei agora a escrevê-lo, mas tomei por base a 'Apologia', um texto que escrevi em castelhano quando da minha expulsão da comunidade portuguesa, e isso ajudou-me a…"

Um súbito bulício proveniente da entrada da casa dos De Vries, com um homem exaltado a abrir alas entre os presentes, interrompeu a conversa. Todos olharam naquela direção e viram um indivíduo de aspecto humilde aparecer na sala com uma expressão assustada; revirava os olhos em todas as direções, como se procurasse alguém.

Koerbagh reconheceu-o.

"Thijs!", exclamou. "O que estás aqui a fazer?"

Ao ouvir o seu nome, o recém-chegado localizou Koerbagh, evidentemente a pessoa que procurava, e correu para ele, trêmulo, uma expressão desvairada, a aflição a incendiar-lhe o rosto.

"Fuja, senhor! Fuja!"

V

Acharam primeiro que se tratava de um louco, um qualquer desmiolado que havia irrompido pela mansão para anunciar o apocalipse; ainda pouco tempo antes tinha surgido um enorme movimento apocalíptico em torno do ano fatídico de 1666, para os cristãos a marca da Besta e para os judeus a data da chegada do Messias, e incidentes daquele gênero multiplicavam-se a toda hora. O fato de Koerbagh conhecer o intruso ao ponto de lhe saber o nome, contudo, mostrou que não era esse o caso.

O recém-chegado, o tal Thijs, parecia em pânico.

"Senhor Adriaan, prenderam o senhor Jan!", anunciou. "E... e vêm aí para o levar a si!"

"O meu irmão foi preso?!"

"Há pouco, senhor. Eles agora vêm aí."

"Eles, quem?"

"A polícia, senhor! A polícia!"

Tudo aquilo era inesperado.

"Quem é este senhor?", perguntou Jarig, sem nada entender. "O que se está a passar?"

"O Thijs é meu empregado", explicou Koerbagh, ainda a tentar arrumar as ideias. "Parece que a polícia prendeu o meu irmão e..."

"Nós ouvimos. O que andaste tu e o Jan a fazer para que a polícia vos queira prender?"

Koerbagh mostrava-se visivelmente confundido.

"Eu? Eu não fiz nada." Hesitou. "Só se foi aquela criança bastarda que... que..."

"Só se foi teres publicado o *Een Bloemhof*, grande tolo!", atalhou Bento, que já estava a ver tudo. "O teu irmão esteve envolvido na escrita do livro, aposto."

"Quer dizer, ele leu-o e deu-me uns conselhos, claro."

"Então foi por isso que o prenderam!"

Koerbagh esboçou um esgar cético.

"Não pode ser."

O empregado que acabara de chegar com a notícia dava já saltinhos de aflição.

"Senhor, tem de fugir daqui!", quase implorou, a voz encharcada de urgência, atirando olhares para a entrada como se temesse o pior a todo momento. "A polícia deve estar a aparecer! Eles vêm aí e…"

Soaram nesse instante batidas fortes na porta de entrada da casa. Alarmados, os quatro amigos precipitaram-se para a janela e viram três elementos da polícia de Amsterdã na rua.

O primeiro a reagir foi Jarig.

"Tens de ir embora!", decidiu, agarrando Koerbagh pelos ombros. "Vamos!"

Com o empregado de Koerbagh no encalço, Jarig arrastou apressadamente o amigo rumo às traseiras da mansão dos De Vries e os três desapareceram para lá da porta da sala. Um burburinho excitado percorria os convidados que ali se reuniam, todos com natural curiosidade em perceber a origem de tanta comoção. Ciente de que era preciso dar tempo a Koerbagh para se escapulir, Bento e Rieuwertsz encaminharam-se para a porta de entrada ainda a tempo de interceptarem Trijntje no momento em que ela ia abrir.

"Espere!"

A irmã de De Vries estacou, surpreendida.

"O que se passa?"

"Temos primeiro de ver quem é."

As batidas voltaram a soar na madeira, desta feita mais fortes.

"Abram!", rugiu uma voz no exterior. "Polícia! Em nome da lei, abram esta porta!"

Trijntje agarrou na maçaneta.

"Tenho de abrir."

Foi Rieuwertsz quem lhe prendeu a mão e a impediu de rodar a maçaneta.

"Só mais um momento."

Ela pestanejou; claramente não estava a entender o pedido deles.

"Mas… é a polícia", disse, como quem expunha a evidência. "Tenho de abrir."

"Espere mais um pouco."

"Espero o quê?"

Novas pancadas.

"Último aviso!", soou a voz no exterior. "Abram ou derrubamos a porta!"

Desta feita, Trijntje destrancou mesmo a porta. Logo que a abriu, os policiais invadiram a casa à bruta; eram três e vinham com pressa.

"O que se passa?", perguntou-lhes a irmã de De Vries. "Aconteceu alguma coisa?"

O último policial a entrar, evidentemente o chefe da unidade, trazia um papel na mão. Parou diante de Trijntje e desdobrou o documento para o consultar.

"Tenho informação de que o senhor Adriaan Koerbagh se encontra nesta casa."

"O que deseja?"

"Aqui quem faz as perguntas sou eu", retorquiu. "Onde está o senhor Adriaan Koerbagh?"

"Desculpe, mas isso não são modos", protestou ela. "O senhor guarda não pode entrar em minha casa dessa maneira. O meu irmão foi hoje a enterrar e a polícia não tem o direito de se comportar assim, entrando numa casa em luto como se entrasse num *musico* ou num bordel. Aqui vivem cidadãos respeitáveis da nossa república."

Ao ouvir isto, e ciente de que uma mansão daquelas só podia pertencer a gente com recursos financeiros, e por consequência com influência, o polícia suavizou os modos.

"Lamento a minha intrusão nestas circunstâncias, minha senhora", disse, baixando o tom de voz. Mostrou-lhe o documento. "Acontece que trago aqui uma ordem de captura em nome do senhor Adriaan Koerbagh. Fui há pouco a casa dele para dar cumprimento a esta ordem e informaram-me de que o suspeito se encontrava aqui."

O olhar de Trijntje desviou-se para Bento, como se lhe endereçasse o problema.

"O Koerbagh?"

"Creio tê-lo visto há pouco subir para o primeiro andar."

Não foi preciso mais. Com exceção de um homem, que ficou à porta a bloquear as saídas e entradas, os restantes policiais galgaram a escadaria de dois em dois degraus e foram vasculhar o piso superior. Trijntje trocou um olhar inquisitivo com Bento e Rieuwertsz, como se lhes perguntasse o que se passava, mas a presença do guarda junto à porta impediu os dois amigos de a esclarecerem.

Como era previsível, minutos depois os policiais reapareceram no topo da escadaria de mãos a abanar.

"Não está aqui!"

Bento era a inocência personificada.

"Que estranho. Só se veio cá para baixo…"

Os policiais desceram a escadaria num tropel e espalharam-se pelas diversas divisões do rés do chão. Como não conheciam Koerbagh pessoalmente, tiveram de interrogar cada homem com o qual se cruzavam e verificar a sua identidade. Por fim, tornou-se evidente que não iriam encontrar quem procuravam.

"O que se passa, senhor guarda?", perguntou Rieuwertsz. "O que fez o senhor Koerbagh?"

"Recebemos um alerta da polícia de Utrecht", revelou o chefe da unidade, já a caminho da porta para se ir embora. "Foi confiscado numa gráfica local um livro blasfemo da autoria do senhor Adriaan Koerbagh, suspeitando-se que o senhor Jan Koerbagh também esteja envolvido no crime. O dito Jan já se encontra nos nossos calabouços e o próximo será o irmão."

"Isso é motivo para prender alguém, senhor guarda?"

O policial fez sinal aos seus homens e, passando diante de Bento e Trijntje como se eles nem ali estivessem, o grupo cruzou a porta e saiu para a rua.

"A lei é dura, mas é a lei."

VI

O livro tinha já as páginas amareladas pelo tempo e estava coberto com tanta poeira que Bento teve de limpar a capa e confirmar o título que vira na lombada. *De revolutionibus orbium coelestium*. Embaixo, a cidade e o ano em que fora editado. Nuremberg, 1543. O mais relevante, no entanto, era o nome do autor, situado no topo da capa em letras garrafais. Nicolai Copernici. Acocorado diante da estante, o filósofo abriu a obra e folheou-a à procura de detalhes sobre as observações astronômicas relevantes para o problema que o levara a procurá-la.

"A ler Copérnico?"

Virou a cabeça para trás e deu com Rieuwertsz a espreitar-lhe sobre o ombro.

"É verdade", confirmou, fechando o livro para mostrar a capa. "Ando à procura de observações relativas ao fenômeno agora teorizado em Inglaterra."

"Oldenburg escreveu-te de Inglaterra?"

"Com o fim da guerra, libertaram-no e retomamos a correspondência", confirmou. "Mas ficou muito traumatizado com a sua passagem pelas masmorras da Torre de Londres, coitado. De modo que evitamos agora mencionar a situação política nos nossos países, não vão as cartas serem interceptadas e alguém nos acusar de espionagem."

"De que teorização te falou ele que te traga aqui à livraria para folhear o livro de Copérnico?"

Bento devolveu o *De revolutionibus orbium coelestium* ao seu lugar na estante e levantou-se. Estavam na Het Martelaarsboek, a livraria de Rieuwertsz onde havia participado na sua primeira reunião dos *collegianten*. Tinha sido anos antes, quando era ainda membro da comunidade portuguesa do Houtgracht, mas dir-se-ia que fora numa outra existência.

"Quem me falou não foi Oldenburg, mas Huygens", esclareceu. "Fui visitá-lo a Haia e ele contou-me que, durante o confinamento por causa da peste, um estudante de Cambridge estava sentado debaixo de uma macieira e viu uma maçã cair ou levou com ela na cabeça, não sei bem.

A partir daí, parece que esse inglês desenvolveu uma teoria que explica todos os movimentos celestes."

O livreiro soltou uma gargalhada.

"Uma maçã na cabeça? Se calhar foi o Guilherme Tell. Mas olha que esse é suíço..."

"Este é um matemático inglês", disse Bento. "Consta que é ainda muito novo. Estou com curiosidade em conhecer a teoria dele e foi por isso que aqui vim espreitar o livro de Copérnico."

"Se esse inglês da maçã na tola publicar alguma coisa, eu aviso-te, fica descansado", prometeu Rieuwertsz em tom jocoso. "Agora conta a verdade. O que vieste cá fazer?"

"Vim espreitar os livros da tua livraria, ora essa."

O livreiro soergueu o sobrolho e lançou-lhe um olhar penetrante carregado de chiste.

"Pois a mim cheira-me que andas aqui por Amsterdã a rondar a filha do Van den Enden, grande safado. Não me digas que te vais mesmo converter ao catolicismo..."

Bento suspirou.

"Pois, é esse o problema", admitiu. "A única maneira de ela me aceitar como marido é converter-me ao catolicismo. Mas como posso eu converter-me ao catolicismo? Isso é impossível!"

"Admito que seria estranho ver-te a beijar crucifixos e a adorar estátuas de santos..."

"O que me aconselhas a fazer?"

Rieuwertsz fez um gesto vago no ar.

"Com tantas mulheres que por aí há, por que diabo te hás de fixar nessa em particular?", perguntou, tentando colocar as coisas em perspectiva. "Vais mesmo tornar-te um idólatra por causa de uma serigaita?"

Era esse o problema. E porém...

"É dela que gosto."

"Mas por que ela especificamente?"

"Porque... porque me toca cá dentro", admitiu Bento. "Os homens em geral gostam das mulheres apenas por motivos de lascívia e julgam-nas pela beleza, como se beleza fosse sabedoria. O problema é que as mulheres são seres de paixões e o caminho para a verdade não é o das paixões, mas o da razão. Clara Maria, no entanto, é de certo modo uma exceção. Tem um intelecto único e uma cultura de fazer inveja. Não há mulheres assim em parte alguma. Sabias que ela dá aulas de latim e grego na escola do pai?"

"Toda a gente sabe isso, Benedictus. Em vez de a mandar aprender a costurar e a cozinhar, o Van den Enden deu-lhe uma educação clássica e o resultado é o que se vê. Mas não foi essa marmanjona que te trocou pelo Dirk por causa de um colar de pérolas?"

A lembrança do episódio arrancou um esgar dorido a Bento; como o poderia esquecer?

"Agh! Nem me fales..."

Pararam diante de uma estante da livraria e puseram-se a consultar mais livros. Rieuwertsz ainda quis acrescentar uma outra sugestão sobre o tema da corte a Clara Maria, mas conteve-se; o amigo precisava de tempo e o assunto era demasiado pessoal. Optou por isso por retirar um livro novo que se encontrava na parte de cima da estante.

"Já viste este?", perguntou, mostrando a capa com o título *Leviatã* e o nome do autor, Thomas Hobbes. "Esta edição em neerlandês saiu no ano passado."

"Eu sei. Foi o meu amigo Van Berckel que o traduziu. Ofereceu-me um exemplar em Haia e já o li de fio a pavio. Uma obra notável, devo dizer."

O livreiro devolveu o livro ao seu lugar e retomaram o caminho, deambulando pelas estantes da Het Martelaarsboek a consultar um livro aqui, outro ali.

"Sabes alguma coisa do Koerbagh?"

A pergunta levou Bento a olhar em redor para se assegurar de que ninguém os estava a ouvir.

"O Jarig meteu-o num *trekschuit* e está agora escondido em Leiden", respondeu em voz mais baixa. "Gostaria imenso de o visitar, o coitado deve sentir-se aterrorizado, mas tenho a certeza de que a polícia anda de olho em mim e poderá seguir-me até ele. De modo que nem me atrevi a ir bater-lhe à porta do esconderijo."

O assunto era delicado e a todos os elementos do seu círculo de amigos preocupava, pelo que o ambiente da conversa se tornou sombrio.

"Tudo isto é assustador", murmurou o livreiro. "Prenderam-lhe o irmão e querem-no prender a ele por causa de um livro. Um livro, Benedictus!"

"Os livros contêm ideias e as ideias mudam o mundo", foi a resposta do filósofo. "É disso que eles têm medo. Um conservador receia a mudança e é por isso que se agarra ao passado, um liberal abraça-a sem medo e é por isso que inova o futuro."

"E depois acaba na prisão."

Era um fato.

"Isto deixa-me nervoso com os livros que ando a escrever", confessou Bento. "Estava com esperança de que as coisas evoluíssem até um ponto em que fosse possível publicar o *Tractatus Theologico* e a *Ethica* sem este tipo de problemas, mas já não sei o que faça."

"Estamos na República das Sete Províncias Unidas dos Países Baixos, que diabo!", vociferou Rieuwertsz, revoltado. "Essas coisas acontecem em Espanha, em França, em Inglaterra. Mas esta é a pátria do liberalismo! Devíamos ser livres de publicar o que entendêssemos! Em vez disso, deixamos que os *predikanten*, os calvinistas, os orangistas, esses idiotas todos ganhem cada vez mais força. O que anda o De Witt a fazer? Aceita uma coisa destas? Como pode ele permitir que prendam alguém por causa de um livro?"

"O De Witt é quem governa a nossa república, mas não pode fazer o que bem entende", fez notar o filósofo. "Há equilíbrios a manter. Os calvinistas e os orangistas fazem-lhe a vida negra e bem gostariam que ele cometesse um erro para correrem com ele e meterem o Guilherme no poder. O nosso grande pensionário tem de ter cuidado."

"Ah, pois. Lá estás tu a defendê-lo..."

"E o que preferias tu? Que o nosso governante fosse o Guilherme? Que os *predikanten* e os orangistas passassem a mandar em tudo? Se isso acontecesse, seria uma catástrofe!"

O seu amigo não dizia nenhum disparate, sabia o livreiro. Embora as políticas liberais fizessem parte da identidade da república neerlandesa, o seu garante nesse momento era De Witt. Se o grande pensionário fosse substituído pelo *stadhouder*, seria um problema.

O sino da igreja mais próxima tocou, assinalando as horas.

"Queres um chá?"

"Não posso", respondeu Bento, pegando nas suas coisas para sair. "Vou a casa do Van den Enden."

Rieuwertsz reprimiu uma risada. "Ah, pois! A flausina."

Subitamente apressado pelo toque do sino, o filósofo despediu-se e saiu da Het Martelaarsboek. Como se podia ter distraído tanto com as horas?, repreendeu-se a si mesmo. O problema é que ainda não resolvera o dilema em que fora colocado. Meteu pela rua em direção ao Singel. Teria de escolher entre Clara Maria, por um lado, e as suas ideias contra a superstição, por outro. Ponderou a questão, imaginando-se católico. Seria ele mesmo capaz de...

"Senhor Benedictus de Spinoza?"

Olhou para o lado e viu um policial interpelá-lo.

"Em que o posso ajudar, senhor guarda?"

"Faça o favor de me acompanhar."

"Perdão?"

O policial fez um gesto com a mão a convidá-lo a segui-lo, deixando ambíguas as suas intenções.

"Os magistrados do burgo querem interrogá-lo. Tenho ordens para o levar."

Bento sentiu um baque no coração.

"Estou... estou preso, senhor guarda?"

"Tanto quanto sei, não. Os magistrados convocaram-no apenas para o ouvir."

"Ouvir sobre o quê?"

"É o inquérito relacionado com a obra blasfema do senhor Adriaan Koerbagh, senhor De Spinoza", esclareceu o policial. "Acompanhe-me, por favor, e logo tudo se esclarecerá."

A referência ao amigo fugitivo deixou Bento ainda mais inquieto; o que lhe quereriam verdadeiramente as autoridades?

"Mas eu não sei onde o senhor Koerbagh está..."

"Sabemos nós, não se apoquente."

O filósofo sentiu um baque.

"Sabem?"

Maquinalmente, como se o corpo tivesse deixado de lhe obedecer e ganhasse vida própria, começou a caminhar na direção que o policial lhe indicara, talvez com a noção de que não tinha verdadeiramente escolha.

"Foi hoje capturado em Leiden."

"O quê?!"

O policial esboçou um sorriso triunfal, como se estivesse feita a prova de que bem podiam os criminosos tentar furtar-se às suas responsabilidades quando chegava a hora de responderem pelo que haviam feito, e talvez o conseguissem momentaneamente, mas no fim ninguém escapava à autoridade, pois era longo o braço da justiça.

"Já o estão a trazer para Amsterdã."

VII

Foi da janela da salinha onde o mandaram aguardar que Bento assistiu à chegada do amigo. Koerbagh vinha acorrentado na carga de uma carroça como um vulgar criminoso, dir-se-ia um perigosíssimo assassino a ser exibido à população. O filósofo nem queria acreditar que uma pessoa pudesse ser assim tratada por causa de um simples livro. Sentiu os olhos umedecerem-se-lhe e o medo amolecer-lhe as pernas, pois no lugar do amigo via-se a si próprio, mas estava decidido a não ceder às emoções e depressa se dominou. Tinha de manter o sangue-frio e lidar com o que aí vinha.

Ouviu uma voz atrás dele.

"Benedictus, lamento estas circunstâncias."

Voltou-se e, alarmado, reconheceu o homem que com ele acabara de falar.

"Hudde!", exclamou. "Não me digas que também te prenderam..."

O seu amigo da Universidade de Leiden era já um matemático com nome feito por todas as Províncias Unidas. Partilhava com ele o interesse em Descartes, no espírito geométrico e na ótica.

"De modo nenhum", retorquiu Johannes Hudde. "Abandonei a minha vida de filósofo e dediquei-me agora à política. Pertenço ao *vroedschap*."

Tratava-se do conselho que governava a cidade.

"Ah, bom! Imagino que em nome de De Witt..."

O filósofo estava a par das ligações que o amigo dos tempos de Leiden tinha ao liberal que governava as Províncias Unidas. Hudde fora colega de De Witt na escola e, juntamente com Huygens, trabalhara com o grande pensionário em questões relacionadas com o cálculo de probabilidades, problema relevante para um projeto de apólices de seguro que o governante desenvolvera, e essa matéria matemática suscitara igualmente o interesse de Bento.

"Digamos que procuro exercer no conselho da cidade um magistério moderador de alguns impulsos mais conservadores, se assim lhes posso chamar", disse. "O que nos remete para o assunto que aqui nos trouxe aos dois. Como deves ter reparado, a polícia capturou o teu amigo Koerbagh em Leiden e trouxe-o agora para aqui. Na minha qualidade de membro do *vroedschap*, faço parte da comissão municipal que o vai interrogar em colaboração com o consistório da Igreja Reformada."

A novidade chocou Bento.

"Mas sempre foste um livre-pensador..."

"Fui e continuo a sê-lo", sublinhou o matemático, quase ofendido por tal ser colocado em dúvida. "Porém, a lei é a lei. Como membro do *vroedschap*, como deves compreender, é meu dever garantir o cumprimento da lei."

"O Koerbagh foi preso por causa de um livro, Hudde. Um livro! Isso é crime que justifique que o prendam e o exibam acorrentado pela cidade, como se faz nos países obscurantistas?"

A pergunta foi certeira para a alma liberal do matemático.

"O mínimo que se pode dizer, Benedictus, é que o Koerbagh foi incauto na forma que escolheu para exprimir as suas ideias provocatórias para a Igreja Reformada. Escreveu em neerlandês, Benedictus. Em neerlandês! Qualquer pessoa que saiba ler, até um *boer*, tem acesso ao livro dele. Escrever em neerlandês foi uma imprudência que se paga caro. Os *predikanten* ficaram furiosos, como deves calcular, e exigiram uma punição exemplar. O problema é que a lei lhes dá razão. Se o livro fosse publicado numa língua hermética, ainda passava, pois fingíamos todos que não percebíamos patavina, mas assim..."

Ou seja, nada poderia fazer por Koerbagh.

"E eu?", questionou Bento, crescentemente preocupado com a sua convocatória. "O que estou aqui a fazer, se nada tenho a ver com esse livro?"

"Por mim, nem tu nem o Koerbagh aqui estariam", esclareceu Hudde. "O problema é que há muito boa gente da Igreja Reformada que acha que tens alguma coisa a ver com o livro do Koerbagh. Perante as acusações que sobre ele impendem, e que o relacionam a ti, vimo-nos forçados a convocar-te."

Gotículas de suor molhavam já a testa do filósofo.

"Sob que acusação?"

"Nenhuma acusação formal foi ainda formulada contra ti, apenas umas suspeitas levantadas pelos *predikanten*", esclareceu. "Diz-me uma coisa, Benedictus: de onde conheces o Koerbagh?"

Aquela pergunta seria uma armadilha?, questionou-se Bento, temendo pelo que lhe iria acontecer. Tinha confiança em Hudde, é certo, até porque partilhavam muitas ideias sobre a geometria, a matemática e o método racional, mas sabia que ele não apreciava inteiramente a sua visão sobre Deus. *Caute*. Aquelas águas eram perigosas.

"Bem... conheço-o de alguns encontros sociais."

Hudde manteve os olhos fixos nele; pelo semblante, era evidente que sabia que, para Bento, Koerbagh era muito mais do que um simples conhecido.

"De mim, nada tens a recear", tornou claro. "Farei tudo o que puder por ti e pelo Koerbagh. Mas não me peças milagres. Se o Koerbagh te comprometer no interrogatório, ser-me-á impossível impedir a tua detenção. Mas se ele for teu amigo, teu verdadeiro amigo, não te arrastará para esta história e, se tudo correr bem, sairás livre." Ouviu-se uma voz chamar por Hudde e este deu uma palmada amigável no ombro de Bento. "Coragem, meu caro."

Depois de Hudde se retirar, Bento sentou-se numa cadeira da salinha, angustiado. Estava sozinho e entregue às suas perplexidades. Pelo que percebera do que Hudde lhe dissera, o seu destino encontrava-se ligado a Koerbagh. Se o amigo o comprometesse, ele também iria para os calabouços. Com a sua saúde frágil, sabia que não sobreviveria a tal experiência. Como era possível terem chegado tão repentinamente a uma situação daquelas? Podia-se prender alguém por ter influenciado o autor de um livro? Isso era crime?

Ficou mais de uma hora ali sentado, ansioso e só, a atormentar-se com as mil e uma coisas que lhe poderiam acontecer, o espírito a balançar entre a maior das esperanças e o mais profundo dos medos. Num momento imaginava os senhores do *vroedschap* a apresentarem sentidas desculpas e a mandarem-no a ele e a Koerbagh em liberdade, no momento seguinte já se via a caminhar para o cadafalso com a forca à sua espera.

Quando por fim se apercebeu de que se tornara uma casca de noz no imenso oceano das emoções, contudo, admoestou-se a si mesmo. Ele era um homem da razão e um homem da razão não cedia às paixões. Acontecesse o que acontecesse, enfrentaria com estoicismo o que a vida e o destino lhe reservavam. A decisão encheu-o de serenidade, como se tivesse vencido o medo. Nem medo, nem esperança. Aceitaria o que aí viria, pois tudo era natureza, mesmo os homens, e a natureza não conhecia bem nem mal. Era assim que procedia um verdadeiro homem da razão e ele estava determinado a comportar-se como o maior de todos. Cruzou a perna e esforçou-se por descontrair na cadeira, procurando a paz consigo mesmo. Não se podia deixar dominar pelas paixões, como faziam os homens vulgares, esses supersticiosos que tudo temiam neste mundo e tudo esperavam do próximo.

 Foi nesse instante que ouviu barulho e o som de múltiplos passos e vozes a aproximarem-se pelo corredor que ia dar à salinha onde se encontrava nesse momento. Iriam chamá-lo para o interrogarem? A perspectiva enervou-o. Esforçou-se por dominar o medo, fazendo sempre apelo ao seu lado racional. Estava pronto para o que o destino lhe atirasse ao caminho, tentou convencer-se, pois era um homem da razão e assumira de vez o controle das emoções.

 De repente, os passos e as vozes transferiram-se para a parede, o que o deixou momentaneamente confuso, até que percebeu que os recém-chegados tinham entrado numa sala contígua. Prestou atenção às vozes e percebeu que as conseguia distinguir. Reconheceu até uma delas. Era Koerbagh. Compreendeu então o que se passava. O interrogatório do amigo estava prestes a começar.

VIII

As vozes soavam abafadas e era difícil distinguir as palavras, pois tudo decorria na sala vizinha e a parede absorvia uma boa parte dos sons. Estando sozinho na sua salinha, Bento percebeu que podia tentar ouvir o interrogatório. Levantou-se e encostou o ouvido esquerdo à parede. As vozes ganharam instantaneamente definição; não era como se estivesse dentro da sala a assistir ao interrogatório, claro, mas mesmo com dificuldades era-lhe possível seguir os procedimentos.

Depois de escutar o som de cadeiras e mesas a arrastarem-se e de uma ou outra tosse ocasional, a par de conversas de circunstância irrelevantes para o processo, uma voz que não identificou deu início formal ao interrogatório.

"Nome, profissão e idade?"

"Chamo-me Adriaan Koerbagh, sou advogado e médico de Amsterdã. Tenho trinta e cinco anos."

Ouviu-se o som de papéis a serem remexidos.

"Foi o senhor que escreveu o livro intitulado *Een Bloemhof van allerley lieflijkheyd*?"

"Sim."

"Escreveu-o o senhor mesmo?"

"Sim."

"O que eu quero saber é se teve ajuda de alguém."

Ao ouvir esta pergunta, Bento suspendeu a respiração; tornava-se-lhe claro que o interrogatório não se destinava simplesmente a apurar fatos sobre Koerbagh, mas também, ou se calhar sobretudo, a incriminar as pessoas com quem Koerbagh se dava. Ou seja, ele próprio. Estava diretamente na mira dos inquisidores.

"Ninguém me ajudou."

De orelha encostada à parede, Bento bufou de alívio; era verdade que não o havia ajudado a escrever o livro, mas estava perfeitamente consciente de que tinha sido a ele que Koerbagh fora buscar as ideias mais controversas que constavam na obra.

"O doutor Van Berckel ajudou-o?"

Eles iam a nomes específicos, percebeu o filósofo. Abraham van Berckel era o seu amigo que no ano anterior havia traduzido *Leviatã*, de Hobbes, para neerlandês.

"Não."

"De certeza?"

Esta insistência foi formulada no tom sibilino de quem sabia alguma coisa de comprometedor, assim colocando o inquirido sob forte pressão; se fosse apanhado a mentir, sairia descredibilizado e isso pesaria na sentença.

"Bem... não é impossível que eu tenha falado sobre o meu livro com alguém."

"E o seu irmão, o *predikant* Jan Koerbagh?"

"O meu irmão só leu o livro depois de ter sido impresso."

"De certeza que ele não ajudou em nada?", insistiu o inquisidor do *vroedschap* no mesmo tom ensopado de insinuações. "Ora pense lá bem..."

O irmão de Koerbagh fora preso havia já alguns meses e talvez tivesse confessado algo. Se assim fosse, o inquirido não poderia entrar em contradição com o testemunho dele.

"Se calhar o Jan corrigiu um capítulo do livro, não digo que não, mas não se tratava de um dos capítulos mais... uh... enfim, mais polêmicos."

Ouviu-se o som de anotações a serem tomadas.

"Quem mais partilha as suas opiniões?"

Ai, ai, ai, gemeu Bento mentalmente. Lá estava o inquisidor a tentar pescar nomes.

"Que eu saiba, não há mais ninguém que tenha as minhas opiniões."

"Não falou sobre elas com Van Berckel?"

"Não."

"Nem com ninguém?"

"Não."

"Nem com o seu irmão?"

"Não."

O inquisidor fez uma pausa, como se quisesse sublinhar a importância da pergunta seguinte.

"Nem com... Benedictus de Spinoza?"

Haviam chegado enfim aonde eles queriam verdadeiramente chegar, percebeu Bento, horrorizado, o coração numa batucada desordenada; os *predikanten* estavam à caça e, constatou à beira do pânico, era ele próprio a verdadeira presa. Fechou os olhos e susteve a respiração enquanto aguardava pela resposta à pergunta.

"Não."

"Mas o senhor Koerbagh é visto muitas vezes na companhia de Benedictus de Spinoza…"

"Sim, tenho passado algum tempo com ele."

"Diz-se mesmo que é visita habitual da casa do senhor De Spinoza em Voorburg…"

Mais uma insinuação de que sabiam algo de comprometedor, assim o pressionando de novo. Bento engoliu em seco, esforçando-se por pôr um freio na ansiedade que o consumia.

"Uh… sim, com efeito já lá fui em diversas ocasiões."

"De certeza que nunca falou com ele sobre a matéria que consta do seu livro?"

"Nunca", foi a resposta peremptória. "Deixe-me tornar claro que escrevi *Een Bloemhof* com a única intenção de ensinar as pessoas a falarem neerlandês corretamente."

Uma risada ecoou pela sala; claramente os membros do *vroedschap* acharam a resposta ridícula.

"O senhor Koerbagh compreende hebraico?"

Tratava-se de uma nova tentativa de chegarem até ele, percebeu Bento. Koerbagh fizera no seu livro algumas referências a palavras hebraicas que ele, Bento, lhe havia mostrado constituírem problemas para a credibilidade da tese de que a Bíblia tinha autoria divina. Como Koerbagh evidentemente não falava hebraico, mas dava-se com um judeu renegado que dominava a língua hebraica e os detalhes linguísticos da Torá, não era difícil aos inquisidores perceberem onde fora ele buscar os seus conhecimentos sobre a língua dos judeus.

"Só com a ajuda de um dicionário."

Ouviram-se papéis a serem folheados, como se o inquisidor consultasse as suas anotações.

"O que significa a palavra hebraica *shebonot*?"

"Uh… não sei."

"Então como aparece ela no seu livro?"

"Bem… uh… tirei-a do léxico de… de Buxtorf", titubeou, manifestamente pouco à vontade. "Para saber o que ela significa, teria de consultar o léxico."

"De certeza que nunca falou com Benedictus de Spinoza sobre a matéria do seu livro?"

"Nunca", asseverou Koerbagh enfaticamente. "Admito que o senhor De Spinoza, o doutor Van Berckel e outros cartesianos são pessoas das minhas relações, mas nunca conversei sobre a minha doutrina com o senhor De Spinoza."

Foi então que outras vozes intervieram e o som se tornou inaudível. De orelha colada à parede, Bento esforçou-se por entender o que se dizia no interrogatório, concentrou-se o mais que pôde para captar o sentido das palavras que aqui e ali ainda conseguia destrinçar, mas em vão. Ouvia sobretudo sons abafados. Com o coração aos saltos, interrogou-se se, em voz baixa, Koerbagh estaria a revelar aos inquisidores o que em voz alta lhes recusara.

Só o saberia se a seguir o viessem prender.

IX

O interrogatório em voz alta tornara abundantemente claro que Koerbagh estava determinado a não o implicar naquela história. Bento sabia perfeitamente que não era verdade que nunca tivessem conversado ambos sobre os assuntos que haviam conduzido à detenção do amigo. Não só lhe falara várias vezes nos temas que Koerbagh verteria para o seu livro como essas matérias foram tema de palestras que dera, quando das tertúlias dos *collegianten* e noutras circunstâncias. Além disso, faziam parte dos rascunhos que passara às várias pessoas em quem confiava, incluindo Koerbagh. Tudo isso servira evidentemente de fonte para as teses controversas que o amigo publicara no seu livro *Een Bloemhof*, como os inquisidores bem percebiam, mas sem confissão formal não havia modo de conseguirem implicar Bento em todo aquele caso.

A mudança de tom do interrogatório, todavia, deixou-o imensamente nervoso. As sucessivas perguntas dos vários membros do consistório e do *vroedschap* já não eram feitas em voz alta e, em consequência, Koerbagh quase só sussurrava. As respostas vinham quase inaudíveis, o que tornou impossível que, colado à parede do compartimento ao lado, o filósofo acompanhasse o que era dito. Talvez se tratassem apenas de questões menos relevantes que não exigiam tanta contundência na formulação e resposta, mas a alteração encheu-o de inquietação.

Após os procedimentos finais, a sessão foi dada por concluída. O prisioneiro foi retirado e os elementos do *vroedschap* permaneceram na sala a deliberar sobre o destino a dar-lhe. Como já não se tratava de um interrogatório, o ambiente tornou-se mais distendido, com múltiplas vozes a sobreporem-se, o que prolongou a impossibilidade de destrinçar o que diziam para além de uma ou outra palavra isolada.

Ao fim de meia hora, a reunião do *vroedschap* terminou. Ouviram-se de novo cadeiras e mesas a arrastarem-se e vozes a desaguarem no corredor, com risos à mistura. Bento largou a parede e voltou de imediato para o seu lugar, como se nunca de lá tivesse saído. Tinha acabado de se sentar quando viu Hudde reentrar na salinha.

"Já está", anunciou o magistrado. "Tenho boas notícias, Benedictus. O Koerbagh não te implicou, pelo que não serás chamado a depor."

O filósofo suspirou de alívio. Chegara a convencer-se de que estava perdido, pelo que a novidade lhe libertou um enorme peso que se instalara sobre os ombros.

"E... e o que acontecerá a ele?"

O matemático respirou fundo, visivelmente menos otimista.

"A situação não está fácil."

"O que queres dizer com isso?"

Hudde engoliu em seco, claramente embaraçado. Sinal preocupante, teve dificuldade em encarar o seu interlocutor.

"Receio que haja quem no *vroedschap*, por influência do consistório da Igreja Reformada, queira que lhe seja aplicada uma punição pesada. Muito pesada, para dizer a verdade."

Disse-o como se o estivesse já a preparar para o pior. Bento sentiu um calafrio percorrer-lhe o corpo.

"Quão pesada?"

O amigo matemático atirou um olhar fugidio para a porta, de modo a se assegurar de que ninguém o ouvia naquelas inconfidências, e abeirou-se ainda mais do interlocutor.

"Trinta anos de prisão, todos os bens confiscados e todos os seus livros queimados", revelou em voz baixa. "Querem ainda que lhe seja amputado o polegar direito e que se lhe abra um buraco na língua com um ferro em brasa."

O rigor da punição deixou Bento incrédulo.

"O... o quê?!"

Hudde suspirou pesadamente.

"É o que está a ser proposto."

A punição era de uma enormidade tal que o filósofo levou alguns instantes a digeri-la.

"Mas... mas não podem fazer isso!", protestou, elevando a voz em indignação crescente. "Não se faz uma coisa dessas a uma pessoa só porque publicou um livro! Isto é a Espanha ou Portugal? Temos agora a Inquisição na..."

"Calma, Benedictus."

"...República das Sete Províncias Unidas dos Países Baixos? Como é possível que se queira fazer uma..."

"Calma!"

"...coisa destas a uma pessoa?"

Percebendo que falara demais e que havia o risco de Bento armar um escândalo que o comprometeria junto dos seus pares, Hudde colou o indicador aos lábios, como se lhe indicasse que não dissera tudo porque poderiam estar a ser ouvidos, e fez-lhe um sinal com o dedo.

"Vem comigo."

O filósofo seguiu-o, na esperança de obter mais esclarecimentos, e sobretudo ouvir algo que o tranquilizasse quanto ao destino do amigo, mas quando Hudde abriu uma porta para ele passar, descobriu-se de repente no exterior. Fora conduzido à porta para a rua e pelo visto estava livre para se ir embora.

"Desculpa, mas... e o Koerbagh?"

O magistrado do *vroedschap* fez-lhe uma vênia em despedida.

"Farei o que puder por ele."

Sem lhe dar tempo para reagir, deu meia-volta e fechou a porta.

X

A Heiligeweg, também conhecida por Via Sacra devido aos vários edifícios religiosos que por aquela rua se concentravam, estava nesse dia de tal modo apinhada de visitantes estrangeiros que era impossível caminhar em linha reta; viam-se sobretudo alemães, franceses, italianos, escandinavos e ingleses. Ziguezagueando entre eles, Bento sabia muito bem o que os trazia ali. Tinham vindo ver o que se passava no grande edifício que fora o Clarissenklooster, o convento das Irmãs de Santa Clara, e que todos em Amsterdã conheciam como Rasphuis, o edifício correcional e uma das atrações da cidade.

Os estrangeiros formavam fila diante do portão, no topo do qual se erguiam três estátuas e se inscrevia a palavra *Castigatio*. Bento meteu-se nessa fila. O que chamava os visitantes ao Rasphuis eram as novas ideias liberais que emergiram com o capitalismo neerlandês sobre como deveria ser uma prisão e qual o seu verdadeiro propósito. Para os burgueses já não se tratava de punir, mas de reabilitar. O projeto implicava disciplina corretiva e recuperação dos delinquentes através do trabalho remunerado e da educação moral. Fora para isso que o Rasphuis tinha sido criado e era por isso que atraía tanta gente de toda a Europa.

Os homens que formavam a fila foram entrando um a um, até que chegou a vez de Bento.

"Uma moeda de cobre."

Entregou ao guarda a moeda e franqueou o portão. Meteu pelo corredor atrás dos visitantes estrangeiros e entrou num edifício enorme; tratava-se do antigo mosteiro. As janelas davam para um pátio onde se viam dezenas de prisioneiros cobertos de pó avermelhado a serrar madeira de pau-brasil; era na verdade esta atividade, que produzia um pó como o dos raladores, que valera ao Rasphuis o seu nome. *Rasp huis*, a casa do ralador. A ideia era sempre a mesma: transformar os delinquentes em cidadãos e os ociosos em trabalhadores, recuperando-os assim para a sociedade. No caminho entre as ideias e a realidade, contudo, algo de fundamental se perdera e o Rasphuis acabara simplesmente numa prisão onde os reclusos trabalhavam a troco de uma remuneração baixa.

Dirigiu-se a um guarda.

"A enfermaria?"

O homem apontou para o fundo do corredor.

"É por aquela porta", indicou. "Mas os visitantes não podem passar, porque senão acabam por se misturar com os reclusos e daqui a nada já não se sabe quem é quem."

Sem dar pormenores, Bento agradeceu e seguiu as indicações. Se os estrangeiros visitavam o Rasphuis para admirar o projeto correcional na origem daquela instituição, ele fora ali simplesmente para visitar um amigo.

Graças à intervenção de Hudde, o *vroedschap* refreara os ímpetos mais punitivos de alguns dos seus membros próximos do consistório da Igreja Reformada. Jan Koerbagh fora libertado com uma advertência, pois chegara-se à conclusão de que não contribuíra para a publicação do *Een Bloemhof*. Já ao irmão, Adriaan, identificado como o verdadeiro autor da obra blasfema, fora aplicada uma pena bem mais leve do que aquela que chegara a ser proposta. Não houvera amputação de dedo, nem furos na língua com ferro em brasa, nem apropriação de todos os bens, nem queima de livros, nem trinta anos de prisão.

Em vez disso, acabara sentenciado a dez anos de cadeia, seguido por dez anos de exílio, mais uma multa de quatro mil florins. Poderia parecer leve quando comparado com a proposta inicial do *vroedschap*, mas não deixava de ser pesadíssima, considerando que se tratava da punição por um crime que não era homicídio nem sequer roubo, mas a simples publicação de um livro a expor umas verdades que ofendiam os religiosos. Fosse como fosse, Koerbagh fora primeiro enviado para uma prisão habitualmente reservada aos criminosos da pior espécie. Como as condições eram péssimas, rapidamente adoecera. Os amigos intervieram e conseguiram que ao fim de sete semanas fosse transferido ali para o Rasphuis, onde de imediato dera entrada na enfermaria.

Depois de passar a porta que lhe fora indicada, Bento subiu umas escadas e foi parar em uma ala com um guarda à porta; era aí a entrada para a zona dos enfermos, naturalmente uma área reservada. O guarda cortou-lhe o caminho.

"Quem é o senhor?"

O visitante identificou-se e exibiu o salvo-conduto que Hudde lhe passara na véspera.

"Estou devidamente autorizado, como vê, a aceder à zona onde se encontram os reclusos doentes."

Tendo confirmado a autenticidade do documento, o guarda chamou uma enfermeira e esta encaminhou o visitante pela enfermaria. As camas posicionavam-se perpendicularmente às paredes, alguns pacientes gemiam, outros pareciam indiferentes; um cheiro que misturava álcool e urina enchia o ar.

A enfermeira conduziu-o até uma cama ao fundo da ala esquerda. Ao aproximar-se, reconheceu Koerbagh. O amigo dormitava. A enfermeira partiu e Bento sentou-se ao lado do paciente. Avaliou o seu estado. O amigo apresentava a tez amarelada, o rosto chupado, grandes olheiras a escurecerem-lhe as órbitas; não parecia nada bem. Vê-lo naquele estado deixou o filósofo inquieto e a fervilhar de fúria contida. Como era possível que uma pessoa fosse tratada daquela maneira por causa das suas ideias?

Talvez pressentindo uma presença, o paciente abriu os olhos e, estremunhado, reconheceu o visitante.

"Benedictus!", murmurou, surpreendido e algo alarmado. "Também te prenderam?"

A aparência e a situação de Koerbagh eram desoladoras, mas Bento sorriu; era importante trazer-lhe ânimo.

"Não foi por falta de tentativa", respondeu o recém-chegado. "Como estás tu?"

O amigo suspirou.

"No estado deplorável que vês", disse. "A comida é uma porcaria, a umidade da cela um horror. Um verdadeiro viveiro de doenças." Lançou-lhe um olhar de súplica. "Achas que... que vocês conseguem tirar-me daqui?"

"Estamos a tentar tudo, meu amigo. Já intercedemos junto do *vroedschap* e até enviamos recados a De Witt."

"E... e então?"

O que lhe podia responder? Que o chefe do governo estava de mãos atadas por causa dos calvinistas e dos orangistas e que o *vroedschap* até fora leniente, considerando a pressão do consistório da Igreja Reformada? Deveria mesmo dizer-lhe que, naquele momento, ninguém iria mexer uma palha para o tirar daquele inferno?

"Temos de ser pacientes e aguardar", indicou, contornando a questão. "O teu livro foi retirado e daqui a uns tempos já ninguém se lembrará desta história. Nessa altura, e mexendo bem os cordelinhos, penso que teremos boas hipóteses."

"Nessa altura, quando?"

"Quando esta história for esquecida."

Os olhos de Koerbagh umedeceram e os lábios começaram-lhe a tremer.

"Mas eu não aguento isto, Benedictus!", murmurou numa súplica. "Não aguento nem mais um dia! Se aqui ficar vou morrer! Ouviste? Vocês têm de me tirar daqui, e fazê-lo o mais depressa possível! Por favor, tirem-me daqui!"

Bento pôs-lhe a mão sobre o ombro, tentando confortá-lo.

"Estamos a trabalhar nisso, tem calma", disse numa voz suave, quase sedativa. "Para já, conseguimos transferir-te para o Rasphuis e meter-te nesta enfermaria. É um primeiro passo. Dá-nos agora um pouco mais de tempo. Estou certo de que o De Witt virá em nosso socorro."

A promessa e a forma tranquila e confiante como o visitante falara acalmaram Koerbagh.

"Que estupidez a minha!", murmurou, abanando a cabeça em autorrecriminação. "Para que fui eu publicar a porcaria daquele livro? Estúpido! Sou mesmo estúpido!"

"Exerceste o direito à livre expressão e expuseste a verdade."

"E de que me serviu isso?", quase protestou. "Hã? De que me serviu? Só me desgracei!" Abanou a cabeça, revoltado consigo mesmo. "Que parvo que sou! Que parvo!"

"Tem calma, tem calma."

Koerbagh calou-se e fechou os olhos, esforçando-se para controlar a respiração e dominar os nervos. Ao cabo de um longo minuto, já serenado, encarou o amigo.

"O que vais fazer agora?", quis saber. "Sempre irás publicar os livros que estás a escrever?"

Os livros em causa eram evidentemente a *Ethica* e o *Tractatus Theologico*. Publicá-los sempre fizera parte dos planos de Bento, até porque quem escrevia era sempre com a ideia de publicar, mas o que estava a suceder ao amigo não podia deixar de lhe suscitar as maiores dúvidas quanto à sensatez do projeto.

"Olha, já não sei."

Se havia alguém que podia compreender o conflito que dividia o filósofo era o próprio Koerbagh.

"Queres saber a minha opinião?"

"Já sei qual é. Achas que tenho de ter cuidado e aguardar por melhores tempos e…"

"Publica."

A sugestão surpreendeu Bento.

"Perdão?"

"Publica", repetiu Koerbagh. "Não hesites."

Vindo de quem vinha, a sugestão era inesperada.

"E depois acontecer-me-á o que te está a acontecer a ti…"

O amigo fez um esforço para erguer o tronco e, ao endireitar-se, pôs a mão sobre o braço do filósofo, apertando-o com força como se lhe quisesse dar coragem. Aproximou o rosto da cara dele e olhou-o fixamente nos olhos escuros, talvez para enfatizar a importância do que tinha para lhe dizer.

"Só os teus livros poderão mudar o mundo!"

Como um saco que de repente se esvazia, deixou-se cair para trás e afundou a nuca na almofada, consumido pelo esforço e por toda a tragédia que sobre ele se abatera.

XI

Quando saiu do Rasphuis e mergulhou nas ruas estreitas de Amsterdã, Bento ia tão abalado como naquele dia longínquo em que deambulara sem rumo pela cidade após a rejeição de Clara Maria. A situação de Koerbagh era um pesadelo e vê-lo definhar na cama da enfermaria da prisão deixara-o profundamente abalado. O que mais o atormentava nesse momento, contudo, era o pedido insano que o amigo lhe fizera. Publicar a *Ethica* e o *Tractatus Theologico* parecia-lhe uma verdadeira loucura. Todos os seus instintos se rebelavam contra a sugestão. *Caute*, soprava insistentemente a velha voz que lhe soava dentro da cabeça sempre que se sentia tentado a desafiar o mundo. Queria mesmo que lhe acontecesse o que sucedera a Koerbagh? Só um suicida faria uma coisa dessas.

E, no entanto...

E, no entanto, a ideia não o largava. Talvez fosse porque Koerbagh lho pedira, ou se calhar era porque se sentia em dívida para com o amigo e queria fazer algo, ou então simplesmente pelo orgulho, sempre aquele orgulho que um dia ainda o iria perder, mas o fato é que a sugestão se apossara dele como uma doença insidiosa, primeiro insinuando-se de mansinho, depois propagando-se em silêncio, até por fim tomar inteiramente conta de todo o corpo e se declarar. Tinha de publicar. Desse por onde desse, acontecesse o que acontecesse. Tinha de o fazer. Mais do que um risco, tornara-se um imperativo. A decisão estava tomada.

O problema era perceber como evitar o destino do amigo. Seria isso sequer possível? Considerou cuidadosamente a questão. Lembrou-se da punição a Galileu, pensou nas obras de Descartes, considerou as circunstâncias envolvendo o livro de Koerbagh, reconstituiu as palavras de Hudde, ponderou os panfletos políticos de Van den Enden. A chave para o problema situava-se algures ali. Entrou num intenso diálogo interior, por vezes até murmurando palavras como se discutisse com uma outra pessoa que se instalara dentro da sua cabeça. Teria de prestar atenção ao que Hudde lhe dissera quando do interrogatório ao seu amigo, teria de evitar os erros de

Galileu e de Koerbagh, teria de imitar o sucesso de Descartes e a técnica de Van den Enden.

Arregalou os olhos e estremeceu, como se tivesse sido atingido por um relâmpago.

"E se... e se..."

Como numa epifania, a solução formou-se-lhe de repente no espírito. Tão clara e evidente, tão lógica e necessária. Como era possível que não a tivesse visto mais cedo? Subitamente excitado, apressou o passo e, deixando meramente de deambular ao acaso, perdido nos labirintos da sua mente, a marcha adquiriu firmeza e sobretudo rumo. À medida que considerava a solução, mais se entusiasmava, e a passada larga tornou-se ainda mais larga, transformou-se quase numa corrida. Era isso!, tinha vontade de gritar. Era isso mesmo!

Chegou num ápice à Het Martelaarsboek e entrou na livraria como um furacão.

"Rieuwertsz!", chamou. "Onde estás, Rieuwertsz?"

Acocorado atrás do balcão, o livreiro desempacotava uma encomenda com a origem de Antuérpia assinalada a tinta grossa nas partes laterais e ergueu um braço para indicar a sua presença.

"Aqui."

Bento dirigiu-se de imediato para ele.

"Vim agora do Rasphuis", anunciou. "Vi o Koerbagh e... temos de fazer alguma coisa."

"Como está ele?"

"Mal, como deves calcular", foi a resposta seca. "Ele acha que devemos publicar a *Ethica* e o *Tractatus Theologico*."

"Enlouqueceu, coitado", murmurou o livreiro. "A prisão deve ter-lhe dado a volta à cabeça e o desgraçado já anda a delirar. Perdeu completamente a noção da realidade."

Bento respirou fundo, preparando-se para anunciar a decisão que tomara no caminho entre o Rasphuis e a Het Martelaarsboek.

"Eu partilho da opinião dele."

A declaração deixou Rieuwertsz atônito. Ficou por instantes boquiaberto, a fitá-lo com intensidade para perceber se o amigo brincava.

"Estás a falar a sério?"

"Os meus livros têm de ser publicados. Tão simples quanto isso."

Estava mesmo a falar a sério, percebeu o livreiro.

"Mas... ensandeceste?"

"Não nos podemos satisfazer com nada que não seja a verdade", foi a resposta. "É isso o que procuro fazer nos meus escritos e é por isso que eles têm de ser acessíveis a mais pessoas. A humanidade precisa de viver na verdade, caso contrário permanecerá para sempre nessa escuridão que é a ignorância."

Rieuwertsz abanou a cabeça.

"Deves andar cansado de viver, Benedictus", disse num tom grave. "Tens a noção das implicações de uma coisa dessas? No atual clima, e depois do que aconteceu com o Koerbagh, eles estão de olho em ti e cheios de vontade de, ao mínimo deslize, te caírem em cima. Agora imagina o que acontecerá se publicares um livro inteiro a desmontar a Bíblia e a conceção de Deus. Jesus Cristo! Não terás a menor hipótese. Se não te matarem, Benedictus, atiram-te para o Rasphuis. Tu, com a tua saúde frágil e essa tosse constante, não aguentarias nem uma semana naqueles calabouços úmidos e imundos."

Ao contrário do que seria de esperar numa pessoa cujo lema de vida era *caute*, Bento nem pestanejou perante o cenário que acabara de lhe ser traçado.

"Talvez seja como tu dizes, mas eu tenho um plano", devolveu. "Primeiro é preciso atacar o poder religioso dos calvinistas e a fonte da sua influência sobre as populações supersticiosas. Isso faz-se demonstrando que a Bíblia não é uma obra escrita por Deus a revelar todos os mistérios do universo, como as pessoas ingenuamente acreditam, mas uma compilação de textos diversos, cada um com circunstancialismos próprios e todos de autoria humana."

"Isso é o *Tractatus Theologico* que já estás a escrever..."

"A esta parte teológica, no entanto, está agora claro para mim que terei de juntar uma parte política", acrescentou o filósofo. "Depois de demonstrar que a Bíblia é um livro bem humano e que por isso o poder dos religiosos está assente numa falsidade, é preciso demonstrar que os religiosos não podem exercer o poder político nem o poder político pode aceitar a interferência religiosa. Tem de haver uma separação entre as igrejas e o Estado. Cada um no seu lugar. Além disso, o poder religioso não pode também interferir com a liberdade de filosofar, pois senão a ciência não avançará e permaneceremos todos na ignorância. O mundo é como é e não como os homens antigos que escreveram a Bíblia, todos eles ignorantes sobre estas questões, imaginavam que era."

Rieuwertsz fez uma careta.

"Não podes dizer isso dessa maneira", observou. "Darão cabo de ti, Benedictus."

Aqueles eram de fato terrenos traiçoeiros, como muito bem sabia o filósofo.

"Posso fazê-lo se usar a Bíblia como fonte destas conclusões", devolveu, acreditando ter encontrado a solução. "Ou seja, usarei a Bíblia para desmontar os mitos em torno da própria Bíblia. Sobretudo, utilizarei a Bíblia para descrever situações semelhantes à que nós atualmente vivemos aqui nas Províncias Unidas, designadamente episódios bíblicos em que as interferências dos religiosos prejudicaram gravemente o antigo Estado da Judeia e Samaria."

"Há situações da Bíblia semelhantes à nossa?"

"Então não há? Por exemplo, para assegurarem o seu poder, os reis que subiram ao trono em tempos antigos espalhavam a ideia de que descendiam de deuses imortais, pensando que, se os seus súditos e o resto da humanidade não olhassem para eles como iguais, mas como deuses, se submeteriam à sua governação e obedeceriam às suas ordens. Foi assim que os hebreus, quando saíram do Egito, decidiram transferir os seus poderes não para um ser humano, mas para Deus, prometendo obedecer a todas as Suas ordens. Dizia-se que Deus era o rei deles; consequentemente, os inimigos dos judeus eram considerados inimigos de Deus; e as leis do Estado eram designadas mandamentos de Deus. Quem renegasse a religião deixava de ser um cidadão e passava a ser considerado um inimigo. O governo era uma teocracia. Para a intermediação da relação com Deus, a função foi assumida por Moisés. Tornou-se ele o intérprete e legislador das leis divinas, o único com direito a consultar Deus e a dar as respostas divinas ao povo, aquele que instituía e ab-rogava leis em nome de Deus. Escolhia sacerdotes, julgava, ensinava e punia; na verdade, exercia todas as prerrogativas de um monarca absoluto. Acontece que Moisés não escolheu um sucessor, deixando o poder entregue a uma teocracia. Quando os sacerdotes assumiram a governação, cada um usou o poder religioso e o poder secular para tentar glorificar o seu próprio nome, emitindo diariamente novos decretos que apelidavam de sagrados. A religião degenerou assim numa superstição corrompida. Malaquias testemunhou isto, acusando os sacerdotes de interpretarem as leis segundo as suas conveniências."

Rieuwertsz esfregou o queixo, refletindo sobre a estratégia proposta por Bento.

"Hmm... quando falas nos sacerdotes judeus antigos e na teocracia, estás na verdade a falar nos *predikanten* atuais e nos seus projetos de influenciar a governação das Províncias Unidas."

"Não só os *predikanten*. Também os católicos, os muçulmanos, os judeus... todos eles em todo o mundo. O que pretendo demonstrar é quão danoso é para a religião e para o Estado a cedência a religiosos do poder de emitirem decretos ou exercerem as funções de governo; pelo contrário, obtém-se uma muito maior estabilidade quando a esses religiosos é apenas permitido responderem a perguntas que lhes fazem."

O alcance da proposta só nesse momento começou a ser verdadeiramente compreendido pelo livreiro.

"Tu queres mesmo separar a religião do Estado?", questionou-se. "Mas... isso é impossível!"

"Por quê?"

"Porque... porque nunca foi feito."

"Isso não é motivo para não se fazer", foi a resposta convicta. "Quando tanto a razão como a experiência nos mostram que o direito divino depende inteiramente de governantes seculares, conclui-se que os governantes seculares são os intérpretes adequados. Quando tal poder foi entregue ao papa em Roma, ele adquiriu total controle sobre os reis. É quase certo que, quando os soberanos decidem em função do seu prazer, todo o Estado, espiritual e secular, sucumbirá em ruínas."

Rieuwertsz sorriu.

"Considerando o ódio dos *predikanten* aos papistas, essa comparação com o papa e Roma irá decerto embaraçá-los..."

"Só que a separação entre as igrejas e o Estado terá de se estender também à filosofia. A minha preocupação é separar a filosofia da teologia e mostrar a liberdade de pensamento que tal separação assegura a ambas. Chegou a hora de determinar os limites nos quais a liberdade de pensamento e de discussão se podem expandir no Estado."

"Isso eles nunca irão aceitar. Não tenhas ilusões, Benedictus."

"Nunca duvides do poder de uma boa ideia", retorquiu Bento. "Os governos mais tirânicos são aqueles que transformam as opiniões em crimes, pois todas as pessoas têm um direito inalienável aos seus pensamentos. Um governo que tente controlar as mentes é tirânico. Tentar impor o que é a verdade e o que é falso constitui um abuso de poder e uma usurpação dos direitos dos cidadãos. O pensamento de cada homem é seu e as maneiras de pensar são tão diversas como os palatos. Nem mesmo os mais experientes, já para não falar da multidão, conseguem manter o silêncio. É comum os homens partilharem os seus planos com outros, mesmo quando há necessidade de segredo, pelo que é abusivo o governo que priva o indivíduo da sua liberdade de dizer e ensinar o que bem entender. O objetivo final da governação não é governar por medo nem impor obediência, mas, bem pelo contrário, libertar cada homem do medo. O objetivo da governação não é transformar os homens de seres racionais em bestas ou marionetas, mas permitir que eles desenvolvam as suas mentes e corpos em segurança e que empreguem a razão sem restrições. Na verdade, o verdadeiro objetivo da governação é a liberdade. Quem tudo tenta regular pela lei mais provavelmente cria vícios do que os resolve. Mais vale permitir o que não pode ser abolido, mesmo que seja danoso. Quantos males nascem da luxúria, da inveja, da avareza, do álcool e de coisas do gênero e no entanto essas coisas são toleradas precisamente porque não podem ser legalmente impedidas? Por maioria de razão, o livre-pensamento deve ser permitido, uma vez que é uma virtude e não pode ser esmagado. Tal liberdade é absolutamente necessária para o progresso da ciência e das artes liberais, pois nenhum homem as exerce bem sem ser inteiramente livre."

"Sim, mas imaginemos que essa liberdade pode ser esmagada e os homens subjugados de tal maneira que nem possam sussurrar sem ser para dizerem o que os governantes querem", contrapôs Rieuwertsz. "Como seria nesse caso?"

"Mesmo assim não é possível pô-los a pensar como a autoridade quer, o que tem como consequência necessária que todos os dias os homens estariam a pensar uma coisa e a dizer outra, corrompendo a boa-fé e alimentando a sabujice e a perfídia. Leis deste tipo, a receitar o que cada homem deve acreditar e a proibir as pessoas de dizerem ou escreverem coisas em contrário, têm sido aprovadas com frequência como concessões à fúria daqueles que não toleram homens iluminados e que, por manipulação, facilmente transformam a devoção das massas em fúria e a dirigem contra quem quiserem. Que maior tristeza para um Estado pode ser concebida que homens honrados sejam tratados como criminosos apenas porque têm opiniões diferentes?"

"Como Koerbagh."

"Como Koerbagh, como Galileu, como Giordano Bruno e como tantos outros", lembrou o filósofo. "O que pode ser mais danoso, pergunto eu, que ver homens que não cometeram qualquer crime ou maldade serem tratados como inimigos e mortos? A liberdade de pensamento deve ser assegurada para que os homens vivam juntos em harmonia, mesmo tendo opiniões diferentes ou abertamente contrárias. Uma tal forma de governo é a melhor e a que está em maior harmonia com a natureza humana. Numa democracia, a mais natural forma de governo, todos se submetem ao controle da autoridade sobre os seus atos, mas não sobre o seu pensamento e a sua razão. A cidade de Amsterdã colhe o fruto desta liberdade pela grande prosperidade que ela gera e pela admiração que suscita em todos os outros povos. Os cismas não têm a sua origem no amor pela verdade, mas num desejo ilimitado de supremacia. É tão claro como o sol do meio-dia que os verdadeiros cismáticos são aqueles que condenam os escritos de outros homens e incitam as massas contra os seus autores. Na verdade, os verdadeiros perturbadores da paz são aqueles que, num Estado livre, tentam limitar a liberdade de pensamento. Cada homem deveria pensar o que quiser e dizer o que pensa."

Calou-se e durante um longo momento fez-se silêncio na livraria. O que Bento propunha constituía uma verdadeira revolução. As implicações seriam imensas. Mas os custos para o autor de tal proposta também. Será que ele tinha verdadeira noção disso? Ou mais uma vez ter-se-ia deixado cegar pelo orgulho?

Rieuwertsz abanou a cabeça.

"Tudo isso é muito bonito, não há dúvida", disse num tom claramente cético. "Mas não tenhamos ilusões: o problema central permanece. Se publicares isso, far-te-ão o que fizeram ao Koerbagh. Ou pior ainda."

"Enfrentarei o que tiver de enfrentar."

"Mas não serás só tu, Benedictus." Bateu no peito. "Eu também! Os calvinistas e os orangistas sabem das minhas ligações ao Koerbagh e a ti e têm-me debaixo de olho. Andam a vigiar a minha loja e as obras que aqui vendo. Tudo o que eu imprimir será rigorosamente escrutinado."

"E então?"

"E então?", admirou-se o livreiro. "Mesmo que tu sejas suficientemente louco para publicar essas ideias, não poderá ser comigo. A minha Het Martelaarsboek chama-se Livraria dos Mártires por publicar livros proibidos, é certo, mas devo deixar muito claro que não faço tenções de me tornar eu próprio um mártir."

O vestígio de um sorriso formou-se no rosto de Bento.

"Eu não vou publicar um livro a expor estas ideias", disse muito devagar, para que cada palavra assentasse no seu interlocutor. "Nem tu o irás imprimir."

O livreiro ficou confuso.

"Ai não?", admirou-se. "Desculpa, não estou a entender. Se é assim, por que estamos aqui com esta conversa?"

O filósofo ergueu três dedos.

"Koerbagh cometeu três erros capitais", indicou. "Em primeiro lugar, publicou o seu livro em neerlandês. Isso os *predikanten* não podiam de modo algum deixar passar em claro. Eles receiam que as pessoas abram os olhos e deixem de acreditar nas mentiras e nas superstições que lhes impingem e é por isso que atuam com mão tão pesada."

"Não me estás a dar nenhuma novidade. A questão é que, se o teu objetivo é mudar a mente das pessoas, escreveres unicamente para os filósofos não as mudará..."

"Estás redondamente enganado!", exclamou Bento. "Sei bem quão profundamente enraizados são os preconceitos que se abraçam em nome da religião e que na mente das massas a superstição vai de mão dada com o medo. É por isso que até prefiro que a multidão e as pessoas com paixões iguais às da multidão nem sequer leiam os meus livros. Gostaria mesmo que os negligenciassem totalmente, caso contrário iriam deturpá-los segundo as suas conveniências. Os livros não lhes fariam nenhum bem e elas poderiam mesmo obstaculizar a sua divulgação junto dos verdadeiros destinatários das minhas palavras."

"E quem são esses?"

"Os filósofos, claro."

"Mas assim continua a ser uma conversa em circuito fechado e nada mudará..."

"Estás enganado. A forma como tenciono mudar a mente da multidão não é direta, mas indireta. Ao convencer os filósofos do mérito das minhas ideias, criarei um movimento intelectual que ganhará dinâmica por si próprio, contagiando a seguir os políticos e levando estes a procederem a alterações nas leis que gradualmente conduzirão à democracia e, consequentemente, à livre difusão de ideias e ao esclarecimento da multidão. É esse o caminho que me proponho seguir para chegar ao cidadão comum."

Rieuwertsz hesitou.

"Muito bem, já percebi a tua ideia", disse. "Há no entanto uma coisa que continuo a não entender. Dizes que queres publicar um livro a expor as tuas ideias, não é? Mas há instantes afirmaste que não vais publicar tal livro. Afinal em que ficamos?"

"Ficamos nos dois outros erros capitais que o Koerbagh cometeu", respondeu o filósofo, retomando o raciocínio original. "Não só o nosso amigo fez o disparate de escrever em neerlandês como pôs no livro o seu nome e o nome do livreiro que o publicou. Ao fazer tudo isto, só faltou implorar que o prendessem, como é evidente."

Só nesse instante o amigo percebeu o que de fato Bento tinha em mente.

"Estás a sugerir que... que..."

"Publicaremos os livros em latim, como fez Descartes, e sem o meu nome nem o teu nome, como fez Van den Enden. Os nossos nomes não são importantes. Não procuro fama nem honrarias. A única coisa que me interessa é que as ideias sejam plantadas e possam crescer e espalhar-se no espírito dos homens."

A ideia era tão simples quanto eficaz, percebeu Rieuwertsz. Mais do que isso, afigurava-se evidente. Como era possível que ele próprio não a tivesse tido?

"Isso é... é genial!", riu-se. "Um livro anônimo! É absolutamente genial!"

O livreiro dava pulos de contentamento no meio da Het Martelaarsboek, dançava até, e a sua reação efusiva fez também Bento rir-se, contagiando Rieuwertsz ainda mais. A certa altura estavam já os dois às gargalhadas. Tiveram até de se sentar. Não era caso para menos. Iam torpedear os calvinistas e os orangistas a partir de uma torre inexpugnável, uma posição que os tornava imunes a qualquer ataque; quem se escandalizasse com o livro só poderia atacar as suas ideias, não os homens por detrás delas, e não era no campo das ideias que as coisas se deveriam realmente discutir?

Só ao cabo de um minuto é que recuperaram a compostura. Bento deu uma palmada no ombro do amigo.

"Vamos a isto?"

O dono da livraria esfregou o queixo.

"Estou cá a pensar", murmurou. "Esse teu livro poderá ser a coisa mais incendiária que alguma vez se publicou. Isso obriga a uma cautela adicional. Como sabes, aqui há uns tempos publiquei o livro do nosso amigo

Lodewijk Meyer. Para fintar os *predikanten*, coloquei como local de publicação a cidade de Eleutheropolis. Penso que, como medida adicional de segurança, teremos de fazer o mesmo com o teu livro."

"Eleutheropolis? Ó Rieuwertsz, francamente! Toda a gente vai perceber que Eleutheropolis é Amsterdã..."

Rieuwertsz sabia que o amigo tinha razão. Eleutheropolis, a cidade da liberdade, era justamente como os holandeses muitas vezes se referiam a Amsterdã, a cidade que tolerava religiões, minorias e ideias que em mais parte alguma eram toleradas. No livro de Meyer, o truque funcionara como trocadilho humorístico, mas numa coisa tão séria e sensível como o *Tractatus Theologico* não poderia dar-se a esse luxo.

"Está bem, não lhe chamaria Eleutheropolis, mas outra coisa qualquer. Talvez o nome de uma cidade real. O teu pai não era de Lisboa? Então vou pôr que o livro foi editado em Lisboa."

Bento levantou-se e encarou o amigo.

"O meu pai era de um sítio no Sul de Portugal chamado Vidigueira", corrigiu-o. "Não vais dizer que o meu tratado foi publicado na Vidigueira, pois não?"

"Vidi... o quê?"

"E, já agora, Lisboa também não é uma boa solução. Toda a gente perceberia que se trata de um truque, pois se entre nós um livro assim já é uma coisa complicadíssima, imagina na terra dos papistas. Além do mais, qualquer referência a uma cidade portuguesa inevitavelmente atiraria as suspeitas na minha direção."

"Então uma cidade espanhola. Sevilha, Barcelona..."

O filósofo abanou a cabeça.

"Não. Tens de pôr o nome de uma cidade numa zona protestante e que não seja muito longe daqui. Só assim será crível."

O livreiro levantou-se igualmente.

"Vou pensar nisso."

"Põe Colônia ou Münster... uma coisa dessas."

O filósofo pegou no chapéu e encaminhou-se para a saída, sempre acompanhado pelo anfitrião. Pararam ambos sob a ombreira da porta.

"Nesse teu plano só vejo mais um problema", disse Rieuwertsz. "O teu livro chama-se *Tractatus Theologico*, não é verdade? Acontece que, por causa desta história toda do Koerbagh, decidiste agora que, para além da teologia, irás abordar também a política. Ao usares exemplos bíblicos para mostrar quão prejudicial é a interferência religiosa nas atividades da governação, usas a teologia para influenciar a própria política. Ora, isso é incompatível com o título da obra."

"É por isso que o vou mudar."

"Ah, já pensaste nisso…"

O filósofo sacudiu com cuidado o pó que lhe sujava as calças e assentou o chapéu na cabeça antes de cruzar a porta e sair. Do passeio ainda deitou um olhar para trás.

"Por que não *Tractatus Theologico-Politicus*?"

O título estava encontrado.

XII

A casa de Van den Enden no Singel parecia estar a ser revirada de pernas para o ar, com o velho mestre e as filhas numa roda-viva. É certo que aquele lar sempre fora anormalmente movimentado, mas pareceu a Bento que nesse momento se tinham atingido níveis sem precedentes de azáfama. O que diabo se estava ali a passar?

"*Mijnheer* Spinoza", saudou-o a filha mais nova de Van den Enden, Marianna, que viera abrir a porta. "A que devemos a honra da sua visita?"

"Queria ter uma palavrinha com a sua irmã, a Clara Maria." Olhou em redor, impressionado com o rebuliço. "Mas se venho numa má ocasião, posso aparecer mais…"

Uma voz de trovão soou no pátio da casa.

"*Mijnheer Spinazie!*"

Era Van den Enden que aparecia. E, a julgar pelo tom e pela maneira como o chamara, tornava-se claro que vinha bem-disposto. *Mijnheer Spinazie*, que se podia traduzir por *senhor Espinafre*, era um trocadilho com o nome neerlandês de Espinosa, Spinoza, e a palavra neerlandesa para espinafre, *spinazie*; nos círculos bem-pensantes de Amsterdã, a expressão passara a significar que quem comesse espinafres poderia tornar-se esperto como Espinosa.

Reprimindo o orgulho por o seu nome começar a ser associado à inteligência, Bento fingiu não ter percebido o chiste.

"Mestre, como está?"

Em resposta, o anfitrião abraçou o visitante.

"Excelente! Excelente!", exclamou, esfuziante. "Estamos de partida!"

"Oh?"

"É verdade", confirmou Van den Enden. "Vou para Paris! Para Paris! Não é magnífico?"

A novidade surpreendeu Bento.

"Paris? O que vai o mestre fazer em Paris?"

"Vou deixar esta terra de incultos! De ignorantes! De obscurantistas! Não vês que me fecharam a escola, os estafermos? A melhor escola das

Províncias Unidas, vê só! Fecharam-na, estes ignorantes! Acusaram-me de ser o autor de um manifesto político imoral e subversor das jovens mentes! A mim, que não fiz outra coisa na vida se não educar segundo os ditames da razão! Não me deixam ser um livre-pensador e querem que me submeta aos *predikanten*? Não aceitam que apregoe o amor livre e o fim do casamento? Pois bem, há em Paris quem me queira ouvir!"

"Mas, mestre, apesar de todos os problemas, não há país mais livre do que a nossa república! Esta é a terra governada por Johan de Witt, o mais liberal dos governantes do mundo! O senhor vai abandonar Amsterdã para ir para... para França? Para a terra de Luís XIV? O senhor tem a certeza de que vai lá encontrar maior liberdade do que aqui?"

Van den Enden fez um gesto vago com as mãos, desvalorizando o argumento implícito nas palavras do seu ex-pupilo.

"Estás enganado, meu rapaz! Parece que o rei de França me quer para seu conselheiro e médico da corte. Esse ao menos tem visão! Um homem moderno! Um iluminado!"

Tudo aquilo estava a deixar Bento atônito.

"Luís XIV? Iluminado? Estamos a falar de um rei que concentra sobre si todos os poderes e que se proclamou ditador por direito divino! O homem acha-se representante de Deus na Terra! Como pode o senhor, um republicano e democrata convicto, servir um rei como Luís XIV?"

Apanhado em contradição, o anfitrião abriu os braços com resignação e respirou fundo.

"Não tenho alternativa, o que queres tu?", acabou por confessar. "O fecho da minha escola deixou-me sem fonte de rendimentos. E tenho muita filharada para alimentar, como bem sabes. Portanto... Paris, cá vou eu!" Baixou a voz. "E se Luís XIV me quiser cortar as asas, quem sabe se não lhas corto eu. Estou de excelentes relações com Gilles du Hamel de Latréaumont, que é muito próximo do Chevalier de Rohan, não sei se conheces. É um homem poderoso, foi comandante do exército francês. Eles são grandes admiradores meus e dar-me-ão a proteção de que preciso."

"Se assim é..."

Van den Enden esfregou as mãos.

"E tu, meu caro amigo? O que fazes por aqui? Vieste despedir-te do teu velho professor?"

A pergunta embaraçou Bento.

"Uh... sim, claro", respondeu diplomaticamente. "Vim vê-lo."

"Consta que vais publicar um livro perigoso."

"Perigoso?"

"Pode bem ter sido por causa dele que me proibiram de ensinar aqui em Amsterdã", alvitrou. "Não te queria contar, mas acusaram-me de te ter educado e de ser o responsável pelas tuas ideias heréticas..."

Bento empalideceu.

"Como sabem eles da existência do livro se ele nem sequer ainda foi publicado?", inquietou-se. "E como sabem que sou eu o autor?"

O seu velho professor cerrou os dentes.

"Os *predikanten* não são parvos, rapaz", preveniu-o. "Eles têm fontes entre os tipógrafos e suspeitam de ti. No teu lugar, tinha cuidado. Muito cuidado. Ainda te acontece o mesmo que ao desgraçado do Koerbagh. Ou pior."

O antigo pupilo engoliu em seco. Fechado no Rasphuis, doente e humilhado, Koerbagh acabara por morrer no ano anterior, poucos meses depois de ser encarcerado. Desde que entregara aquele livro para o prelo que não havia hora em que não pensasse no destino do amigo e no que lhe poderia acontecer a ele por ter tanto atrevimento. Tomara as suas precauções, era verdade, mas não ignorava que o *Tractatus Theologico-Politicus* era uma obra explosiva. Poderia ser a sua perdição.

Baixou a cabeça, angustiado.

"Eu sei, mestre."

Percebendo que aquela conversa apenas deprimia o seu visitante, Van den Enden mudou de tom e de assunto.

"Agora conta-me lá a verdade, rapaz. O que vieste cá fazer realmente? Não foi decerto para me falares no teu perigoso livro e muito menos para visitar um velho como eu..."

O visitante sentiu-se como uma criança apanhada em flagrante com a mão nas guloseimas.

"Vim... vim para falar com a sua filha mais velha."

Van den Enden arregalou os olhos.

"Não me digas que... que é desta que..."

Bento fechou-se em copas.

"Preciso de lhe dar uma palavra."

O anfitrião voltou a cabeça para trás.

"Clara Mariaaa!", berrou. "Vem cá!"

Uma voz familiar soou à distância.

"Estou a fechar a mala."

"Vem cá!"

Após um breve silêncio, ouviram-se passos em aproximação. Caminhando a coxear com o seu pé boto, a filha mais velha apareceu; vinha com um vestido de flores e um avental para a proteger do pó. Andava sem dúvida nas arrumações e limpezas associadas à iminente partida para Paris.

"O que é, pai?"

"Olha quem está aqui para ti."

O olhar de Clara Maria voltou-se para o homem plantado à entrada da casa e o seu rosto iluminou-se ao reconhecê-lo.

"Benedictus!", exclamou. "O que está cá a fazer?"

"Temos uma conversa para acabar, lembra-se?"

Van den Enden permaneceu especado a acompanhar a troca de palavras, claramente na expectativa, mas a filha não estava na disposição de ver a sua intimidade exposta como um livro aberto. Pegou na mão de Bento e puxou-a.

"Ande daí. Vamos para o seu quarto."

Levou-o pelo corredor até ao antigo quarto que Bento ocupara naquela casa após o *cherem* que anos antes o expulsara da Nação. Apercebendo-se de que algo de importante se passava, as irmãs assomaram às portas e soltaram sorrisos abafados, também elas expectantes. Não havia naquela casa quem desconhecesse que o visitante era um velho pretendente de Clara Maria e que a possibilidade de um enlace pairava no ar. Chegara a hora da verdade.

Uma vez dentro do quarto, a rapariga fechou a porta para se assegurar de que não haveria espectadores indiscretos e, voltando-se, cruzou os braços e encarou Bento.

"Então? O que tem para me dizer?"

O pretendente convidou-a a acomodar-se na borda da cama e sentou-se ao lado dela.

"A Clara Maria não ignora os meus sentimentos por si. Também não tenho de lhe repetir a profunda impressão que causa em mim e... e o meu desejo de, se for essa a sua vontade, pedir a sua mão em casamento. É isso o que estou a fazer neste momento. Porventura concede-me a graça de casar comigo?"

Ciente da importância do momento, a rapariga enrubesceu.

"Nada me faria mais feliz", respondeu, fitando-o nos olhos com intensidade. "A sua decisão de se converter à verdadeira fé para comigo contrair matrimônio deixa-me imensamente sensibilizada e estou certa de que…"

Ele colou-lhe o indicador aos lábios, calando-a.

"Desejo ardentemente casar consigo, sobre isso não pode haver a menor dúvida, mas faço notar que… enfim, não falei em conversão ao catolicismo…"

Ela pestanejou.

"Mas… mas… já lhe expliquei que isso é uma condição imprescindível. Não posso casar com um homem que não se converta à verdadeira fé e que não eduque os meus filhos como bons católicos. Isso seria um desafio direto a Deus Nosso Senhor e à Virgem Maria. Não é possível uma coisa dessas. Nunca ofenderei o Senhor."

Bento pegou-lhe na mão com ternura. Nele tudo era intelecto e razão; sabia que não era bom a lidar com as coisas do coração, sentia-se mesmo desajeitado, e isso constituía um problema num momento como aquele. Como lhe dar a volta ao coração e lhe fazer ver a razão?

"Acredite quando lhe digo que este é um dilema que muito me tem atormentado e que desde a nossa última conversa me tirou inúmeras horas de sono. Imensas, mesmo. A Clara Maria pôs-me perante uma escolha muito difícil. Escolhê-la é escolher o catolicismo, que tanto perseguiu a minha gente. Rejeitar o catolicismo é rejeitá-la a si, por quem tenho tanto respeito, consideração e… e amor. Imploro-lhe que não me force a escolher. Deixe-me casar consigo e deixe-me ser como sou. Eu não interferirei nas suas crenças, a Clara Maria não interferirá nas minhas."

Ela abanou a cabeça.

"Lamento, mas não pode ser assim. Um casamento não é a soma de duas pessoas diferentes, é uma união de sentimentos."

"Eu tenho sentimentos por si…"

"Mas não tem os mesmos sentimentos em relação a Deus Nosso Senhor. Não é coisa pequena. Preciso de uma decisão sua. Se me ama deveras, faz-me a vontade e, por amor a mim, converte-se à verdadeira fé?"

Bento respirou fundo. Não a convencera e tinha de escolher. Nesse instante. Não era fácil, mas tinha de ser feito. E isso, nele, não podia ser feito exclusivamente pelo coração, mas também pela razão. Era a esta que tinha de se agarrar para ver o que a emoção lhe cegava. Acontece que, se Clara Maria era a paixão, a recusa da superstição era a razão. Ora, se ele era um homem da razão e se combatia os raciocínios sustentados nas paixões, como podia deixar-se enredar por um tal dilema? Não podia. A razão tinha de se impor às emoções. Ou seja, a recusa da superstição tinha de se impor à paixão por Clara Maria.

"Lamento", murmurou com tristeza, baixando a cabeça. "Não posso trair quem sou e tudo o que defendo. Peço-lhe que me aceite como sou e, respeitando as minhas convicções como eu respeito as suas, aceite casar comigo."

Percebendo que tinha enfim a resposta e que esta não era a que desejava, Clara Maria retirou bruscamente a mão que ele ainda acariciava e levantou-se num salto, a decisão tomada. Abriu a porta e, detendo-se momentaneamente, virou-se para ele.

"Julgo que conhece o caminho para a saída."

Sem voltar a olhar para trás, afastou-se a coxear, os passos incertos a perderem-se no fundo do corredor.

XIII

O velho *ledikant* onde a mãe morrera não podia evidentemente ser instalado no quarto, pois este já se encontrava equipado com a sua própria cama, para além de uma mesa em carvalho e três outras mesinhas. A situação deixou Bento frustrado. Pousou a pequena mala no chão e coçou a cabeça, considerando as opções. Podia procurar outro quarto noutro ponto da cidade, mas o preço daquele era convidativo, sobretudo levando em linha de conta as boas condições da casa; teria de pagar apenas oitenta florins por ano. Uma oportunidade daquelas não se atirava à rua assim sem mais nem menos.

Voltou-se para o casal proprietário da casa, Hendrik van der Spyck e a mulher Ida.

"Não têm um sítio onde possa colocar uma cama, embora desmontada? Sabem como é, tem grande valor sentimental e não me quero desfazer dela."

"Temos uma arrecadação, senhor De Spinoza", sugeriu Hendrik. "Posso guardá-la lá, se quiser."

Era o que Bento precisava para ultrapassar as suas últimas dúvidas. Estendeu a mão ao seu interlocutor.

"Temos um acordo, senhor Van der Spyck!"

Os dois apertaram as mãos.

"Fico contente, senhor De Spinoza." Inclinou-se para o novo hóspede, como se com ele partilhasse um segredo. "Não sei a que congregação o senhor pertence, mas, se me permite o atrevimento, aconselho-lhe vivamente as missas aqui na igreja luterana, que frequentamos. O pregador, o reverendo Cordes, é um orador de fino recorte. Um deleite ouvi-lo."

"Não pertenço a nenhuma congregação, senhor Van der Spyck, mas irei certamente ouvir o reverendo Cordes", prometeu Bento. "Interessa-me a forma como cada um vê a religião." Apontou para o exterior. "Entretanto, acha que pode ajudar o cocheiro a descarregar as minhas coisas?"

O homem assentiu e saiu do quarto, descendo as escadas e indo à rua buscar as bagagens. Desde o incidente com os *predikanten* por causa da escolha do novo pregador de Voorburg que Bento deixara de se sentir à vontade naquela pequena povoação às portas de Haia. A sua fama de cartesiano e sobretudo as acusações de ateísmo que os calvinistas lhe lançavam com frequência granjearam-lhe fortes antipatias nos setores mais conservadores de Voorburg, apesar dos seus desmentidos e da sua insistência de que acreditava na existência de Deus.

Aconselhado pelos amigos, incluindo Huygens, decidira que o melhor seria ir viver em Haia. As ideias na capital eram de resto mais arejadas e ali conseguiria respirar melhor, além de que estava mais próximo dos amigos e das tertúlias dos homens de ciência. Passara já um ano na cidade a viver num quarto que alugara na casa de uma viúva, mas esse alojamento tinha preços proibitivos e decidira mudar-se.

O quarto que desta feita encontrara naquela casa do Paviljoensgracht parecia-lhe perfeito, tanto no preço como nas condições. Foi à janela e espreitou o exterior; vislumbrou roupas de criança penduradas no estendal.

"Têm filhos?"

"Três", respondeu Ida, a senhora da casa. "Mas são tranquilos, fique descansado."

"Ainda bem", disse Bento. "De qualquer modo, irei permanecer muito tempo no meu quarto, pois tenho um novo livro para acabar. Quando isso acontecer, será possível subir aqui para me servir as refeições?"

"Com certeza, senhor De Spinoza." Hesitou, espicaçada pela curiosidade. "Será que não se ofende se lhe fizer uma pergunta, senhor De Spinoza?"

"Claro que não."

"Quando diz que tem um novo livro para acabar, isso quer dizer que já publicou outro?"

O filósofo reprimiu um sorriso; embora cultivasse a discrição e a frugalidade, o orgulho permanecia um traço da sua personalidade.

"Dois."

"Já publicou dois?", admirou-se Ida. "Ah, que interessante." Voltou a hesitar. "Será que... que os posso ver?"

A dona da casa estava claramente impressionada; com toda a probabilidade, era a primeira vez que conhecia alguém que já escrevera livros. Para lhe fazer a vontade, Bento pegou na malinha que ele próprio trouxera, depositou-a sobre a cama e abriu-a. Do interior extraiu um exemplar com o título *Renati Descartes principia philosophiae, more geometrico demonstrate*. Ida tentou lê-lo, mas depressa percebeu que isso não era possível.

"Que língua tão estranha. Jesus! Não percebo patavina."

"É latim."

A mulher espreitou o interior da pequena mala.

"E o outro?"

"Acabou de ser impresso", esclareceu ele. "Estou ainda à espera que mo enviem."

"Adoro livros", disse ela com uma expressão sonhadora a brilhar-lhe nos olhos azuis. "Sabe qual é o meu favorito? É o *Journael ofte gedenckwaerdige beschrijvinge van de Oost-Indische reyse van Willem Ysbrantsz*. Já leu?"

Não lera, mas sabia que se tratava de um grande sucesso da literatura popular nas Províncias Unidas. O livro em causa, *O Relato Memorável da Viagem do Nieuw Hoorn*, contava a história de uma enorme explosão ocorrida num navio neerlandês, o *Nieuw Hoorn*, no estreito de Sunda. Aquele tipo de obras, relatando viagens fantásticas e desastres de arrepiar em paragens exóticas, era consumido com avidez por todo o país.

"Não leio livros de aventuras, senhora Van der Spyck."

"Ah, mas devia ler esse! É uma emoção, nem lhe conto! Aquilo que aconteceu nas Índias Orientais foi horrível. Horrível! Fiquei com tanto medo que até me agarrei ao meu Hendrik. Ai, um susto. Há também um outro, muito bom, sobre o desastre do *Batavia* e..."

"Não incomodes o senhor De Spinoza!"

Quem a interrompeu foi o marido, que regressava ao quarto a carregar uma caixa. Pousou-a no chão com estrondo.

"Cuidado!", pediu Bento. "São os meus livros."

"As minhas desculpas, senhor De Spinoza", disse Van der Spyck. Apontou para a mulher. "Já agora, tenha cuidado com a minha Ida. É uma excelente pessoa, esposa melhor não existe em Haia nem em parte alguma da nossa república, mas tem um pequeno defeito: fala pelos cotovelos."

"Hendrik! Lá estás tu!"

"A senhora Van der Spyck não incomoda nada, fiquem descansados", retorquiu Bento. "Pedia-lhe apenas, senhor Van der Spyck, que tivesse mais cuidado com as outras caixas, pois contêm instrumentos frágeis."

Nesse instante apareceu o cocheiro, também a carregar uma caixa, que assentou num canto indicado pelo filósofo. Bento abriu-a de imediato, para se certificar de que nada ficara danificado; eram as suas lentes.

"Falta só a cama da minha mãe e o torno de polir", indicou. "Pedia-vos para trazerem o torno aqui para o quarto e guardarem a cama na arrecadação."

Os dois homens saíram e Bento voltou a ficar sozinho com Ida. A senhora da casa contemplou as duas caixas, ambas já abertas e uma delas apinhada de livros; havia ali seguramente mais de uma centena de exemplares.

"Para além dos livros, não se pode dizer que o senhor De Spinoza possua muita coisa", constatou ela. "Ou será que ainda vai trazer mais bagagem?"

A mulher era realmente tagarela.

"Sabe, minha senhora, eu sou como a serpente que tem a cauda na boca; tento que não me sobre nada no final de cada ano, para além do que é necessário para um enterro decente. Os meus familiares nada herdarão de mim, da mesma maneira que eu nada herdei deles."

Ouviram passos de alguém a subir as escadas e presumiram que fosse o dono da casa que regressava com o torno de polir.

"Hendrik!", chamou Ida. "Tem cuidado com..."

O homem que apareceu à porta não era Hendrik nem o cocheiro, mas alguém que ela nunca vira.

"É então este o teu novo quarto?"

Tratava-se do primeiro amigo neerlandês de Bento.

"Jarig!", exclamou ele. "O que fazes aqui?"

Depois de cumprimentar Ida, que percebendo que estava a mais se retirou rapidamente, o recém-chegado extraiu um objeto do saco que carregava a tiracolo e estendeu-o ao filósofo.

"Vim trazer-te este tesouro, pois então."

Bento pegou no objeto com infinita delicadeza, como se fosse o tesouro mais precioso do mundo, e ficou por um longo momento a contemplá-lo em adoração; pela maneira como o olhava, parecia ouro. Tratava-se do seu novo livro. O título anunciava, em letras garrafais no topo, *Tractatus Theologico-Politicus*, e o subtítulo dizia em latim: *contém várias dissertações defendendo a liberdade dos filósofos, a piedade e a paz concedida pela nossa república; mas tratando também da paz na própria república, sem a qual a piedade não pode existir*. Embaixo encontrava-se referenciado o nome do editor, Henricus Künraht, e a cidade onde a obra fora publicada, Hamburgo.

"Está... magnífico."

"Então o teu editor chama-se afinal Künraht?", zombou o amigo. "E foste a Hamburgo publicar o livro?"

As perguntas arrancaram a Bento uma gargalhada forçada.

"Belo expediente para enganar os *predikanten*, hem? Não aparece o meu nome nem o do Rieuwertsz, nem sequer Amsterdã é citada. Ninguém nos pode tocar."

"O desgraçado deste Künraht é que vai levar com as culpas todas", constatou Jarig. "O homem ao menos sabe que o nome dele aparece na capa do teu livro?"

"Henricus Khunrath era um filósofo rosa-cruzista discípulo de Paracelso e viveu no século passado, meu caro. O homem pode levar à vontade com as culpas todas. Está mais do que morto! Além de que, sendo uma referência a Khunrath, o meu Künraht é um trocadilho em alemão. *Kün raht* significa *conselho audacioso*."

Foi a vez de Jarig rir.

"Ah, Benedictus! És impagável!"

"Estás a ver os *predikanten* a irem ao cemitério desenterrar o cadáver do pobre Henricus Khunrath para o condenarem à morte ou mandarem-no para o Rasphuis?"

A referência à cadeia de Amsterdã tornou amargos os sorrisos de ambos; ninguém esquecia o amigo que fora apanhado no fogo cruzado da intolerância e interferência religiosa e cujo destino marcara a escrita e publicação do *Tractatus Theologico-Politicus*.

"Quem gostaria de estar aqui conosco a ver este livro era o Koerbagh, hem?"

Bento fizera-lhe uma alusão oblíqua no livro. Folheou a obra em busca dessa referência e localizou-a onde sabia que ela se encontrava. Nas páginas finais.

"A morte por uma boa causa não é punição, mas honra", leu em jeito de quem declamava um poema, como se assim prestasse homenagem ao falecido amigo. "Essa morte pela liberdade é gloriosa."

Os dois calaram-se por um longo momento, como se homenageassem Koerbagh em silêncio.

"Sabes que, apesar de todas estas cautelas, os *predikanten* desconfiam de ti…"

Bento baixou a cabeça. Os seus chistes não passavam de tentativas de exorcizar o medo, uma vez que o receio de ser identificado como o verdadeiro autor da obra não o largava. Era como se uma nuvem negra se tivesse plantado em permanência sobre a cabeça.

"Eu sei."

"Tens de ter muito cuidado, meu amigo. Este teu livro é fogo. Não te deixes queimar por ele."

O filósofo suspirou, os olhos sempre baixos.

"Eu sei."

Fez-se um novo silêncio. Após uma hesitação, Jarig abriu e fechou a boca sem emitir uma palavra. Claramente tinha algo mais para dizer. Pelo seu semblante, tratava-se de algo desagradável.

"Que cara é essa? O que se passa?"

Pese embora a relutância, o neerlandês acabou por falar.

"Tenho outra notícia... enfim, complicada."

"Fala, homem!"

O recém-chegado fitou Bento nos olhos. Depois de o amaciar com o momento alegre que fora a entrega do livro, guardara a má notícia para o fim, como se receasse a reação dele. Respirou fundo e só então lhe deu a novidade.

"A Clara Maria casou-se."

XIV

A luz amarelada da lâmpada de óleo não era suficientemente forte e não permitia por isso distinguir com clareza todas as palavras rabiscadas em latim na carta. Pousando o cachimbo, Bento pegou na lâmpada e aproximou-a do papel. As frases tornaram-se instantaneamente legíveis. Tal como a assinatura do homem que lhe remetera a missiva. Gottfried Leibniz.

Já tinha lido aquela carta nessa manhã. O senhor Leibniz escrevera-lhe porque "soube que o senhor é extremamente informado sobre ótica" e pedira-lhe que fizesse uma crítica a um texto nesse domínio que havia publicado e que remetia em anexo. No *post scriptum* fizera ainda uma referência à sua última obra, *Hipótese Física*, o que levara Bento nessa tarde a procurá-la nas livrarias de Haia, sem sucesso.

A notícia do casamento de Clara Maria com Dirk Kerckrinck deixara-o abalado, mas não se podia dizer que o desfecho fosse uma surpresa, até porque o pai, o velho mestre Van den Enden, havia mesmo emigrado para França e constava que se tornara conselheiro médico do rei Luís XIV. Sem o pai por perto, a rapariga precisara de definir a sua vida. Essa definição, considerando a condição de conversão ao catolicismo que ela impusera, nunca poderia passar por Bento. Dirk pelo visto submetera-se e tornara-se católico.

Para superar o desgosto, o filósofo embrenhou-se no trabalho. Uma vez o *Tractatus Theologico-Politicus* publicado, e apesar de todos os perigos que corria por produzir um texto tão herético, retomara a escrita da *Ethica* para a concluir. Sabia que brincava com o fogo, e o medo nunca o largava, mas a chama que lhe incendiava a alma fazia-o avançar. Avançar sempre, apesar das ameaças em torno de escritos tão subversivos como os dele. Escrever estava na sua natureza e sentia uma necessidade profunda de verter para o papel as ideias que lhe fervilhavam no espírito.

Para além disso, a correspondência mantinha-o ocupado. Era Oldenburg, era Huygens, era Hudde e eram tantos outros, alguns dos quais nem sequer conhecia pessoalmente. Como o caso daquele Leibniz. Depois de reler a carta do seu novo correspondente, Bento tossiu e agarrou no cachimbo, saboreando mais uma baforada; além de lhe dar prazer, acreditava que o tabaco tinha propriedades medicinais e ajudava a expelir a fleuma, pois era isso o que os médicos davam como ciência certa. Uma vez os pulmões aplacados, pegou na pena, mergulhou-a na tinta e começou a redigir a resposta.

Ao muito erudito e nobre senhor Gottfried Leibniz, doutor em direito e conselheiro em Mainz.

Muito nobre senhor,

Li com atenção o folheto que fez a honra de me enviar e estou--lhe muito reconhecido por...

Um toque na porta interrompeu-o.
"Entre."
A porta abriu-se e viu Ida, a dona da casa, espreitar com ar preocupado.
"Senhor De Spinoza, não vai comer mais nada?"
"Não, senhora Van der Spyck", respondeu. "Já vieram da missa? Foi interessante a prédica?"
"Muito", disse Ida. "Mas estou ralada consigo, senhor De Spinoza. Ouço-o tossir muito. Devia comer mais, para ganhar forças e melhor resistir às maleitas."
"Comi o suficiente, senhora Van der Spyck."
"Suficiente?", quase se escandalizou ela. "O senhor é um pisco a comer! Hoje só consumiu uma sopa de leite com manteiga o dia inteiro! E ontem foi apenas um prato de sêmolas com passas e manteiga! Acha que isso chega? Assim não pode ser, senhor De Spinoza. Não é saudável alimentar-se assim tão pouco."
O hóspede largou mais uma baforada perfumada do cachimbo.
"Sou um homem frugal, o que quer que lhe faça? Apenas como o que preciso."
A dona da casa suspirou, desanimada.
"Como queira, senhor De Spinoza", disse. "Queria também dizer-lhe que na missa mencionaram o seu novo livro."
Bento soergueu a sobrancelha.
"Perdão?"
"Falaram sobre aquele que publicou em latim sem pôr o seu nome."

Ficou pregado à cadeira, apavorado. Na missa haviam mencionado o seu *Tractatus Theologico-Politicus*? Uma coisa daquelas não era, não podia ser, coisa boa.

"Como... como sabem eles que sou eu o... o autor?"

Ela soltou uma gargalhada baixa.

"Não referiram o seu nome, fique descansado."

Bento teria suspirado de alívio se não estivesse tão assustado.

"Então quem é que lhe disse a si que fui eu quem escreveu esse livro?"

Ida olhou-o com uma leve expressão de reprovação, como se lhe pedisse que não a tomasse por parva.

"Oh, senhor De Spinoza! Não nasci ontem, não é?"

O inquilino do quarto engoliu em seco. Ele e a sua maldita língua! Por mais que se esforçasse por ser cauteloso, mesmo sem se aperceber cometia indiscrições que o traíam. A anfitriã devia certamente ter escutado uma qualquer conversa que ele tivera com um dos seus amigos, vira o livro no quarto que lhe alugara e tirara as suas conclusões.

"O que... o que disse o pregador?"

"Não foi ele", esclareceu a anfitriã. "Ouvimos uma conversa entre *predikanten*. Parece que daqui a pouco vai haver uma sessão num anexo da igreja organizada pelo consistório para discutir o seu livro."

O coração de Bento ribombava furiosamente. Viria aí um auto de fé, seguido do sacrifício do autor da obra maldita?

"Uma sessão só com *predikanten*?"

"É aberta ao público em geral."

Nada daquilo era propriamente inesperado, pois o filósofo nunca duvidara de que haveria uma reação ao muito que dissera no seu livro sobre a religião. A notícia que Ida lhe dava mostrava-lhe que essa reação chegara. Tinha de se preparar para o pior.

"Uh... obrigado, senhora Van der Spyck."

Ela fechou a porta e foi-se embora, deixando-o pensativo. Meteu o cachimbo à boca enquanto refletia sobre o que Ida acabara de lhe dizer. Os *predikanten* iam então discutir a sua obra. Sentia-se mortalmente preocupado. Iriam amaldiçoá-lo e atiçar a turba contra ele. Tudo isso ainda iria acabar mal. Mas, estranhamente, ao mesmo tempo sentia-se interessado. O fato de se tratar de uma reunião aberta ao público deixou-o a cogitar. Como receberiam as pessoas as suas ideias? E, sobretudo, o que fariam os calvinistas perante um tão frontal ataque à fonte do seu poder sobre a sociedade?

Levantou-se num impulso, pegou num casaco, num cachecol e no chapéu e num ápice, desafiando o bom senso e a palavra *caute* que uma voz na sua cabeça repetia sem cessar, fez-se à rua. Estava frio, como sempre acontecia na noite de Haia, mas o ar era seco e com os agasalhos conseguia manter-se quente. Apesar disso, tossiu consecutivamente ao longo do percurso, mas isso nele era já normal havia alguns anos. Caminhou em passo lesto, embora não demasiado rápido devido à fragilidade dos pulmões.

A cidade de Haia era grande, mas não tão grande quanto isso, e em alguns minutos chegou à igreja. Várias pessoas encaminhavam-se para uma porta onde uma tabuleta anunciava "discussão pública"; umas eram *predikanten*, outras, cidadãos comuns. A voz na sua cabeça berrava-lhe *caute*, mas ignorou-a. O orgulho, sempre o orgulho, impunha-se a todo o resto. Enterrou mais o chapéu na cabeça, ajeitou o cachecol de modo a tapar-lhe a boca e o nariz, e nesses propósitos entrou também ele.

Apesar do medo que o tolhia, chegara a hora de saber o que achavam as pessoas do seu livro herético.

XV

O interior da sala era acolhedor, mas mesmo assim permaneceu enfiado nas suas roupas como se estas fossem um disfarce; era fundamental que ninguém o reconhecesse. O *Tractatus Theologico-Politicus* podia ter sido publicado anonimamente, mas a sua fama de filósofo cartesiano precedia-o e todas as cautelas eram poucas. *Caute*. Interrogou-se sobre a sensatez de ali ter vindo. Agira por impulso, espicaçado pelo orgulho, mas se calhar fizera mal...

Estudou o espaço com olhos intimidados. Havia uma mesa à frente e cadeiras espalhadas pela sala, a maior parte ocupadas por fiéis. Sentou-se numa cadeira de canto, na parte de trás da sala, para passar ainda mais despercebido, e aguardou. A espera enervava-o. *Caute* era o seu lema, mas *caute* era coisa que, mais uma vez, não tivera. Arrependeu-se. Estar ali constituía uma absoluta imprudência. E se alguém percebesse que era ele? Seria denunciado, atacado e... e... Tomado pelo medo, quase se levantou para sair. A curiosidade, contudo, revelou-se mais forte e permaneceu no seu lugar, encolhido e quieto, desejando fundir-se com o ar para se tornar invisível.

Mais e mais gente continuava a entrar, entre *predikanten* e crentes da Igreja Reformada; tornou-se claro que em breve a sala ficaria lotada. Três religiosos emergiram sem aviso de uma porta lateral e acomodaram-se na mesa da frente. O burburinho na sala emudeceu, pois todos perceberam que a sessão ia começar. Dois recém-chegados sentaram-se à mesa, mas o terceiro, o do meio, permaneceu de pé para se dirigir à congregação.

"Meus irmãos, agradeço a vossa comparência esta noite", começou o *predikant* por dizer. "Como é do vosso conhecimento, foi recentemente publicado um livro herético que ameaça os alicerces da nossa sociedade e está por isso a escandalizar todos os bons cristãos." Fez um sinal a indicar os dois *predikanten* que o ladeavam. "Consequentemente, o consistório da Igreja Reformada solicitou aos irmãos Huijbertsz e Van der Heiden que se debruçassem sobre o assunto e apresentassem um relatório ao sínodo de Amsterdã, o que eles já fizeram. Mas um assunto destes vai bem para lá de Amsterdã, como devem calcular. Pedimos-lhes por isso que viessem também aqui a Haia expor o que apuraram, de modo a expressarem as preocupações que a todos nos movem e informar-nos sobre o que pode e vai ser feito sobre tão grave matéria." Voltou-se para o *predikant* à sua direita. "Irmão Huijbertsz, faça o favor."

O tal Huijbertsz levantou-se e, com ar solene, encarou por sua vez o auditório.

"Na sequência de várias queixas sobre afrontas à Igreja, o consistório pediu-nos que conduzíssemos um inquérito dando especial atenção à impudência dos papistas e de publicações sacrílegas, em particular esse ignóbil livro que dá pelo nome de *Tractatus Theologico-Politicus*", começou por dizer. "É contra essa obra herética que vos queremos alertar. Eu e o irmão Van der Heiden, aqui presente, adquirimos um exemplar desse texto blasfemo e, vencendo a repulsa que ele nos causava, tantas as heresias e falsidades contidas nas suas páginas, fizemos o sacrifício de o ler." Respirou fundo, como se nesse momento revivesse a tortura que fora aquela leitura. "Nem sei por onde começar, irmãos. Para que tenham uma ideia da gravidade do que está lá contido, o irmão Van der Heiden traduziu um trecho do latim para neerlandês. Apelo à vossa paciência e capacidade de sofrimento, mas penso ser importante conhecermos esse trecho para tomarmos plena consciência da natureza diabólica desta obra profana."

Foi a vez de o irmão Van der Heiden pegar numas notas, evidentemente o tal trecho traduzido, e pôr-se de pé.

"'Os milagres requerem causas e circunstâncias, e resultam não de um qualquer misterioso poder soberano que as massas atribuem a Deus, mas da ordem e dos decretos divinos, isto é, da ordem e das leis da natureza'", leu. "'Há até milagres que são reivindicados por falsos profetas, como se constata no Deuteronômio, capítulo treze, e em Mateus, capítulo vinte e quatro, versículo vinte e quatro. A conclusão que claramente se impõe é que os milagres são ocorrências naturais e têm por isso de ser explicados, não como algo novo e contrário à natureza, mas em perfeita concordância com acontecimentos normais.'"

Um alarido foi-se erguendo da congregação à medida que o trecho escandaloso era lido e generalizou-se logo que a leitura terminou, com frases de indignação a cruzarem-se no ar.

"Uma vergonha!"

"O autor dessas palavras ímpias só pode ser o próprio Satanás!"

"Como é isto possível?! Deus há de punir quem escreveu e quem comprou esse texto abjeto!"

No fundo da sala, Bento encolheu-se, amedrontado. Sabia que todo o livro apresentava uma visão do mundo totalmente diferente daquela que as pessoas estavam habituadas a conhecer, mas tinha perfeita noção de que, de tudo o que escrevera, a refutação dos milagres e do sobrenatural era sem sombra de dúvida a parte mais ofensiva e controversa para o público em geral. Se havia coisa mais sagrada para as pessoas comuns era a certeza de que os milagres eram verdadeiros. Os milagres constituíam a prova do poder infinito de Deus e, sobretudo, a esperança de que o Senhor alteraria o que fosse preciso alterar na ordem natural para salvar um crente muito pio da morte e dos mil perigos da vida. Pôr os milagres em questão ia por isso para lá de tudo o que se considerava admissível.

Uma vez o trecho lido, Huijbertsz voltou a levantar-se para retomar a palavra.

"Diz o autor destas vergonhosas palavras que os milagres são ocorrências naturais em perfeita concordância com acontecimentos normais!", exclamou com voz de trovão, como se ele próprio fosse a voz do Todo--Poderoso. "Meus irmãos, nem mesmo o blasfemo Descartes se atreveu a ir tão longe! Toda a gente sabe que um milagre é um acontecimento divino que contraria a ordem natural das coisas! Toda a gente sabe! Até Descartes! Até Hobbes! A natureza divina dos milagres é inegociável! Os milagres atestam a presença e o poder infinito do Senhor! Os milagres provam que Deus pode salvar cada um de nós numa situação desesperada! E vem este livro sacrílego dizer o contrário? Já não há limites para a vergonha!" Apontou para o *predikant* que havia lido o trecho. "O irmão Van der Heiden apenas vos leu uma ínfima parte das inúmeras heresias contidas neste livro maldito. Há mais, meus irmãos! Muito mais! Conta, irmão Van der Heiden! Conta o que mais leste!"

Van der Heiden voltou a levantar-se.

"Peço que me desculpem por me recusar a ler mais algumas das ofensas a Deus contidas nesta obra satânica", balbuciou. Consultou as suas anotações. "Apenas vos posso dizer que o autor deste livro imundo afirma que os milagres são um 'absurdo' e que a crença neles não passa de um 'disparate'. Pior, ele diz que as maravilhosas narrativas de milagres que constam das Sagradas Escrituras, como o milagre das águas do mar Vermelho, as mulas que falam e os mortos que ressuscitam, não passam de instrumentos usados pelos religiosos para manipular a credulidade das gentes e assim as controlar."

Novo alarido na sala; coisas daquelas jamais haviam sido ouvidas em parte alguma.

"Um escândalo!"

"É uma vergonha!"

"Ao que chegamos!"

Os ânimos estavam ao rubro. Era verdade que, inspirado nas coisas que ouvira da boca de Bento, Koerbagh já havia feito uma pequena referência à falsidade dos milagres no seu *Een Bloemhof*, e por esse atrevimento pagara com a liberdade e depois com a vida. Porém, nunca ninguém tinha ido tão longe nem fundamentara de forma tão assertiva e estruturada a refutação das crenças centrais à religião cristã, e, em bom rigor, à generalidade das religiões. Até à publicação do *Tractatus Theologico-Politicus*, nenhuma filosofia sobre a natureza, mesmo as mais racionalistas, dispensava inteiramente a intervenção do sobrenatural. O próprio Descartes, o pai espiritual dos mecanicistas que explicavam o funcionamento dos fenómenos naturais em termos de matéria em movimento em obediência a leis fixas da natureza, deixara espaço para a intervenção divina. Para ele e para todos os filósofos que privilegiavam a razão, e apesar do comportamento mecanicista da natureza, era indiscutível que Deus estava na origem de tudo. Esse dogma fundamental fora pela primeira vez colocado abertamente em causa por este novo livro. Nessas condições, dificilmente poderia ser surpreendente a reação dos religiosos e dos fiéis. Se Koerbagh morrera por causa da sua afronta, o que iria acontecer a Bento? A tomada de consciência dos imensos perigos que o ameaçavam deixou-o lívido. Para que se fora meter naquilo?

Depois de deixar os protestos multiplicarem-se, Huijbertsz ergueu as mãos para acalmar a congregação.

"Meus irmãos, compreendo bem a vossa justa revolta", disse. "Este autor herético, possuído de uma presunção prodigiosa que o cega, levou a impudência aos limites, chegando a negar os milagres e a sustentar que as profecias não passam de simples produtos da imaginação dos profetas, os quais segundo ele estavam tão cheios de ilusões quanto os apóstolos. Pior, escreveu que uns e outros contavam histórias vindas das suas cabeças, sem serem guiados por Deus."

Mais protestos veementes na sala; a sessão ameaçava degenerar num tumulto.

"Como é possível que um lixo desses esteja à venda?"

"As autoridades já foram informadas?"

"Já lá vamos, já lá vamos", disse o *predikant*, sobrepondo com dificuldade a sua voz à dos fiéis. "Se tudo o que este livro miserável diz fosse verdade, o que seria de nós, meus irmãos? Como poderíamos sustentar que as Sagradas Escrituras são divinamente inspiradas? A crer nestas mentiras sacrílegas, a Santa Bíblia não passa de um nariz de cera que se forma como nos apetece, uns óculos através dos quais veríamos o que nos desse na real gana. Ah, como é ardiloso o Diabo!" Desenhou uma cruz no ar. "Que o Senhor te esconjure, Satanás, e te cale essa boca!"

"Quem escreveu essa pouca vergonha?"

"Enforquem-no!"

"É o Anticristo!"

As vozes de protesto multiplicavam-se; nenhum dos fiéis estava disponível para ouvir heresias daquele calibre. Sentado na sua cadeira, encolhendo-se e encolhendo-se, Bento fazia o possível para passar despercebido. Que loucura a sua de ali vir. Onde tinha ele a cabeça? Por que razão o seu maldito orgulho se sobrepunha constantemente à prudência da sua *caute*? Quando aprenderia a ter juízo? Ah, o orgulho ibérico um dia seria a sua perdição! E esse dia, intuía, avizinhava-se...

Huijbertsz voltou a levantar as mãos para intervir.

"Tenham calma, meus irmãos", pediu. "Este livro carregado de mentiras e blasfêmias foi sem dúvida forjado no Inferno, mas Satanás usou impressoras deste nosso mundo. É certo que o nome do autor não é referenciado e que a obra tem apenas na capa o nome do editor, aparentemente de Hamburgo. Contudo, temos boas razões para crer que tal não passa de um subterfúgio para nos iludir. Suspeitamos que o verdadeiro editor e sobretudo o miserável autor que se esconde por detrás do mais covarde anonimato sejam do nosso próprio país."

"É o judeu!"

"Pois, o herege de Voorburg!"

"Nem os judeus o toleraram! Sabem que ele foi expulso pelos próprios portugueses de Amsterdã?"

Bento sentia-se perdido no meio daquele pandemônio. Era ele o suspeito número um e nem os subterfúgios que usara para assegurar o anonimato pareciam ter funcionado. Começou a pensar que toda a gente na sala olhava já para ele e que a todo momento seria desmascarado, atacado e, quem sabe, linchado pela turba. Ali. Nesse momento. A tremer, meteu as mãos na cara e tentou ocultar ainda mais as suas feições.

Confrontado com a indignação no auditório, o *predikant* fez um gesto, tentando conter a fúria dos fiéis.

"Calma, calma, meus irmãos", pediu. "Não sabemos quem é o autor e devemos ser cautelosos antes de formularmos qualquer acusação específica. Temos as nossas suspeitas, claro. Ouvem-se certas pessoas dizerem certas coisas em certas reuniões e eis que, como que por acaso, aparece um livro anônimo com as mesmas afirmações. Pode haver quem ache que escapa à justiça dos homens, mas o dia chegará em que enfrentará o tribunal do Senhor. Deus saberá agir no momento próprio."

Um fiel da congregação pôs-se de pé, assinalando assim a sua vontade em intervir.

"Peço desculpa, mas o que ouvimos desse livro blasfemo é de fato revoltante. O que vai o consistório fazer perante tão horríveis afrontas ao Senhor?"

A resposta foi dada de pronto por Huijbertsz.

"Como sabem, existe um édito aprovado há uns quinze ou vinte anos a proibir a impressão e disseminação de certos livros ofensivos à religião", recordou. "É ideia do consistório exigir que esse édito seja aplicado a esta obra em concreto, para que ela seja remetida para as trevas do mais profundo esquecimento. O sínodo de Amsterdã, depois de tomar conhecimento do conteúdo abominável deste livro, proclamou-o blasfemo e perigoso. Posso de resto dizer-vos que os consistórios de Utrecht, de Leiden e de Haarlem já exigiram aos burgomestres das suas cidades que se apropriem de todos os exemplares deste texto demoníaco e que tomem medidas para impedir a sua publicação e distribuição entre as nossas boas gentes."

Um coro de aprovação percorreu a congregação reunida naquela sala do edifício da igreja. Ninguém imaginava que fosse possível alguém escrever e publicar um livro a pôr em causa verdades divinas que a todos se afiguravam evidentes, inquestionáveis e sancionadas pelo Altíssimo, pelo que de certeza teria de haver mão do Diabo por detrás de tão maléfico ato. O autor, cuja pena fora sem dúvida guiada por Satanás, teria de sofrer punição exemplar.

"De resto, as primeiras ações já foram tomadas", acrescentou o *predikant*. "O Hof van Holland, o mais alto tribunal da província, sancionou a proibição deste livro vil e subversivo que apenas se destina a atear as chamas do ateísmo, da libertinagem e do comportamento licencioso. Mais, o tribunal autorizou os magistrados a abrirem um inquérito para determinar a identidade do Anticristo que escreveu esta obra horrível, e ainda dos editores que o imprimiram e dos livreiros que o venderam, para que sejam perseguidos pela lei até às últimas consequências e sem a menor piedade."

"E o De Witt?", questionou alguém na plateia. "O que pensa fazer o nosso grande pensionário?"

"Se bem o conheço, esse desavergonhado deve estar em conluio com o herege que escreveu essa obra infernal!"

"Os políticos são todos os mesmos!", protestou outro. "Falam, falam, mas no fim não fazem nada!"

"Uns blasfemos!"

Seguiram-se aplausos na sala a apoiar estas palavras e multiplicaram-se as expressões de viva condenação ao governante liberal do país, responsabilizado pelo ambiente de libertinagem que permitia o aparecimento daquele tipo de livros e de ideias perigosas. Johan de Witt, tal como Bento, não era decididamente muito popular entre os *predikanten* da Igreja Reformada e os seus fiéis.

Nesse momento em que os ânimos estavam mais exaltados, porém, a porta da rua abriu-se com estrondo e, juntamente com uma forte corrente de ar frio, entrou na sala um homem com uma expressão de grande alarme a incendiar-lhe o rosto.

"Os franceses... os franceses vêm aí!"

Os olhares de todos voltaram-se para trás e fixaram-se no recém-chegado, tão incongruente era a sua aparição naquele local e a meio de tão importante discussão. O irmão Huijbertsz, que permanecia de pé e por isso estava nesse momento a conduzir a sessão, fez-lhe sinal de que se acalmasse e se calasse.

"Queira fazer o favor de se sentar ou de se retirar, meu irmão", disse. "Estamos a discutir um assunto da maior delicadeza e importância, pelo que agradecia que mantivesse o silêncio."

Mas o homem não se sentou nem se retirou e muito menos se calou. Varreu a sala com o olhar esgazeado, como se estivesse perplexo por tudo continuar naquela sala como se nada se passasse apesar do que acabara de anunciar, pelo que tomou consciência de que teria de ser mais claro para que todos entendessem enfim o que realmente se passava.

"A França invadiu-nos", gritou. "Perceberam? Começou a guerra! A guerra!"

Fez-se um silêncio profundo na sala; as bocas entreabriram-se de espanto, os rostos empalideceram, o medo instalou-se. Desta feita todos tinham compreendido.

XVI

Com a boca do copo apontada para a frente, quase como se fosse uma arma, Bento aproximou-se muito devagar da janela. Num movimento rápido, pregou o copo ao vidro, assim impedindo a mosca de escapar. O mais difícil estava feito. O inseto desatou a voar dentro do copo com um zumbido furioso, tentando desesperadamente encontrar uma escapatória, mas o mais que conseguiu foi multiplicar-se em colisões contra os vidros, o do copo e o da janela. Pegando numa folha de papel com a outra mão, o filósofo abriu uma brecha entre a borda do copo e a janela e inseriu a folha por aí. Com a boca do copo assim selada, retirou-o cuidadosamente da janela e apoiou a folha com a palma da mão, garantindo desse modo que a mosca não escaparia.

"E ago'a?", perguntou uma vozinha atrás dele. "O que vai faze' à mosca, senho'?"

Esboçando um ar de mistério, Bento piscou-lhe o olho.

"Já vais ver..."

Os três filhos dos Van der Spyck seguiam tudo com muita atenção, os olhos arregalados, o encantamento a banhar-lhes os rostos infantis. Os pais haviam-lhes dito que o hóspede do primeiro andar era uma pessoa muito importante, pois escrevia livros; era mesmo, disseram-lhes, o homem mais inteligente das Províncias Unidas e se calhar do mundo inteiro. Seguiam por isso tudo o que ele fazia com grande atenção e obedeciam ao que dizia como se fosse uma autoridade maior até do que o pregador dos domingos na igreja.

O mais tagarela era o mais novo; decerto saía à mãe.

"Vai mandá-la embo'a, senho'?"

"Vou mostrar-vos como verdadeiramente se passam as coisas na natureza", foi a resposta. "É uma experiência, ouviram? Se quando crescerem vocês quiserem ser filósofos como eu, também farão experiências como esta e também aprenderão assim como funciona o mundo."

Sempre a segurar o copo, Bento atravessou a sala e abeirou-se de uma esquina, os três miúdos atrás como patinhos a seguir a mãe. Acocorou-se no canto e, sob o olhar sempre atento dos pequerruchos, aproximou o copo da teia de aranha.

"Vai ati'á-la à a'anha, senho'?"

Os atos confirmaram o que se tornara já evidente. Retirando a palma da mão e a folha, destapou a boca do copo. Tentando escapar-se pela via aparentemente aberta, a mosca voou diretamente para a teia e enredou-se nos seus fios pegajosos.

"Vamos ver o que acontece agora."

Aconteceu o que todos sabiam que iria acontecer. A aranha desceu pela teia em direção à presa apanhada na rede e, com as suas longas patas, enrodilhou a mosca nos seus fios. Por fim, deixou-a imóvel e removeu-a para a periferia da teia. Deixou-a aí para um repasto de outras núpcias e regressou ao seu lugar, aguardando novas vítimas.

"Po'que não a comeu, senho'?"

"Não se deve comer tudo de uma vez porque faz mal", respondeu ele, brincalhão. "Além disso, convém sempre guardar um bocadinho para o caso de termos fome mais tarde."

"E po'que é que..."

A mãe, que estava à volta das panelas a preparar o almoço, interveio.

"Meninos, deixem o senhor De Spinoza em paz!", ordenou. "Vão para o vosso quarto recitar o pai-nosso, como no domingo passado vos ordenou o doutor Cordes."

Os miúdos esboçaram uma cara de enfado.

"Oh, não!", protestou o mais velho. "Estávamos aqui tão bem a ver as experiências filosóficas..."

Bento fez-lhes sinal de que seguissem para o quarto.

"Façam o que a vossa mãe vos diz", indicou-lhes. "Os filhos devem sempre obedecer aos pais, ouviram? Eles sabem o que é melhor para vocês."

O mais velho não estava convencido.

"Mas rezar é tããão chato..."

"Tsss! Tsss! O que é isso?", repreendeu-os o filósofo. "A desobedecerem à vossa mãe?" Apontou para o corredor. "Ala para o quarto! Além do mais, devem fazer o que o vosso pregador disse na missa. A grande mensagem de Deus é que não devemos fazer aos outros o que não queremos que nos façam a nós. Quando forem à igreja ou estiverem no quarto a rezar, nunca se esqueçam de que essa é a conduta correta que vos deve guiar na vida."

Vencendo a relutância, pois havia sido o hóspede da casa a dizê-lo e tudo o que ele dizia era para elas sagrado, as crianças correram para o quarto. Ainda à volta das panelas, Ida lançou um olhar para Bento.

"Dizem por aí que o senhor De Spinoza é ateu", observou enquanto rodava a colher num tacho. "Isso não o incomoda?"

O filósofo encolheu os ombros, fingindo maior indiferença do que aquela que realmente sentia. Saber-se alvo das suspeitas dos ameaçadores *predikanten* não o podia deixar descansado em momento algum. O que lhe valia era a proteção do governante do país, Johan de Witt, mas a posição deste por esses dias andava periclitante e isso criava fragilidades perigosas.

"As críticas ao que digo e ao que escrevo nascem da ignorância e da indisponibilidade das pessoas em lerem os meus escritos de forma honesta e sem preconceitos nem ideias feitas", respondeu, ocultando os medos. "Normalmente os que mais me atacam são os mais ignorantes, que se ofendem com qualquer opinião que não coincida com a deles. Diz-se por aí que o Diabo é ardiloso, mas na minha opinião as manhas desta gente ultrapassam-no de longe em astúcia."

A dona da casa tirou a panela do lume.

"Sobre esses assuntos nada percebo", admitiu. "Mas acho que as pessoas deviam era preocupar-se com as coisas importantes, como esta guerra terrível que agora começou. Ainda há pouco tempo tivemos a peste, depois foi a guerra com os ingleses e agora… agora são os franceses. O que mais nos falta acontecer, valha-me Deus?" Olhou para o hóspede com maldisfarçada ansiedade. "Os comedores de caracóis atravessaram o Reno, senhor De Spinoza. Acha que a nossa pobre república irá sobreviver a mais esta provação?"

"Tenhamos confiança. No fim das contas, a nossa marinha interveio e impediu que a esquadra anglo-francesa nos bloqueasse."

"Mas o problema, senhor De Spinoza, é o que se passa em terra. Utrecht já caiu, outras cidades nossas estão nas mãos dos franceses e até tomaram Naarden, às portas de Amsterdã. Qualquer dia esses papistas entram-nos por aqui adentro e… e…"

"Confie no nosso chefe do governo", recomendou Bento, inabalável na sua crença em Johan de Witt. "O grande pensionário sabe o que está a fazer. Não viu como ele mandou abrir as comportas e provocar as inundações contra os invasores? Os franceses podem até derrotar o nosso exército, mas nunca derrotarão as nossas águas."

"Mas a que custo, senhor De Spinoza? A que custo?", interrogou-se ela. "Está bem, abrimos as comportas e as inundações travaram os comedores de caracóis, é verdade, mas o milho dos campos não foi cortado, o feno não foi recolhido a tempo e o gado ficou sem comida. É uma catástrofe para a agricultura. Além do mais, se as águas ficarem estagnadas, pode vir aí uma nova peste e será outro fim do mundo."

"Não se fazem omeletes sem partir ovos, senhora Van der Spyck", ripostou o filósofo. "Se queremos travar os franceses e salvar o país, é preciso fazer sacrifícios. De Witt sabe o que faz. Da mesma maneira que nos desembaraçou dos ingleses, irá fazer o mesmo com os franceses, vai ver."

"Acha mesmo, senhor De Spinoza? Dizem por aí que ele é que tem culpa desta guerra, que se preocupou com a armada e se esqueceu de que era também preciso um exército. Dizem que os ingleses e os papistas querem é correr com ele. Por isso, acham que se devia era pôr o jovem Guilherme no lugar do senhor De Witt, sempre seria um governante mais do agrado dos ingleses e dos papistas e assim poderíamos mais facilmente chegar a um entendimento com eles e acabar com esta maldita guerra que tanta ruína nos traz."

"Mas, senhora Van der Spyck, não podemos deixar que seja o inimigo a decidir quem nos governa."

"Tem sem dúvida razão, senhor De Spinoza. Mas, cá para mim, o senhor De Witt anda tremidito, coitadinho…"

Assim era, sabia Bento. Johan de Witt sempre garantira a segurança das Províncias Unidas à custa de um cuidadoso bailado diplomático envolvendo os três maiores inimigos do país, a Inglaterra, a França e a Espanha, aliando-se alternadamente a um ou a outro contra os restantes e segundo as circunstâncias. Com os ingleses desta feita aliados aos franceses, o parceiro que as Províncias Unidas tinham disponível de momento eram os odiados espanhóis, que ocupavam a Flandres e a Valônia. O problema é que os territórios espanhóis na região eram cobiçados pelos franceses, e a Espanha mostrava-se de tal modo debilitada que até implorara pela ajuda militar de Haia para os defender. A Espanha podia ter fama de uma grande potência, mas neste momento não passava de uma enorme impotência.

Aproveitando a debilidade dos espanhóis e dos neerlandeses, Luís XIV invadira as Províncias Unidas. Um dos objetivos do rei francês nessa operação era precisamente acabar com a república neerlandesa e devolver as Províncias Unidas à monarquia, tornando o país numa espécie de protetorado francês. A coroa seria colocada na cabeça de Guilherme, o herdeiro da Casa de Orange-Nassau que acabara de atingir a maioridade, e para esse projeto os invasores contavam com o apoio dos orangistas neerlandeses, naturais adversários do liberalismo republicano de De Witt. Atacado no exterior pelos franceses com apoio inglês e no interior pelos adversários políticos que apoiavam Guilherme, a posição do chefe do governo neerlandês tornara-se perigosamente frágil.

"Tenhamos confiança."

"Ai, não sei, não. Ando tão incomodada com isto." Fitou-o, de repente perturbada com a pose tranquila que ele exibia. "O senhor não se rala?"

Bento desenhou com a mão um floreado no ar.

"Para ser sincero, estas desordens não me fazem rir nem chorar, antes me levam a filosofar e a melhor observar a natureza humana", ripostou. "Não me parece adequado rir-me da natureza, e muito menos chorar por causa dela, quando considero que os homens, como todo o resto, são apenas parte dessa mesma natureza. Na verdade, não sei como cada parte da natureza se relaciona com o conjunto e com as outras partes. Parece-me que é apenas por falta deste tipo de conhecimento que certas coisas na natureza antigamente me pareciam vãs, caóticas e absurdas, o que acontecia porque eu as percepcionava apenas em parte e de forma fragmentada."

Nesse instante, a porta de casa abriu-se e ambos viram o dono da casa entrar; trazia a camisa ensopada de sangue.

"Esfaquearam o De Witt!"

XVII

O que mais assustou Ida foi ver a camisa ensanguentada do marido, mas o que realmente enervou Bento foi a notícia que Hendrik van der Spyck acabara de trazer da rua. A mulher agarrou-se ao seu homem, apavorada e em pânico, mas ele depressa a acalmou.

"Não estou ferido", tranquilizou-a Van der Spyck. "Este sangue não é meu."

Ela apalpou-lhe a parte do peito por baixo do sítio onde na camisa se enchia a mancha de sangue, como se não acreditasse e quisesse confirmar o que o marido lhe dizia.

"De certeza?"

"Sim. Não tenho nada."

Ao constatar que assim era de fato, Ida esboçou um esgar de alívio e, a seguir, de perplexidade.

"Mas... então de quem é este sangue todo?"

"É do senhor De Witt."

A mulher arregalou os olhos, surpreendida com a informação, e Bento, muito alarmado desde que o dono da casa entrara com a notícia de que o grande pensionário fora esfaqueado, interveio.

"Conte-nos tudo", pediu o filósofo num tom a roçar uma ordem. "O que aconteceu?"

Depois de tirar a camisa e de a dar à mulher para que a lavasse, Van der Spyck foi buscar uma tina de água para lavar o tronco e limpar o sangue que lhe manchava o corpo.

"Foi há pouco", explicou enquanto passava água fria pelo corpo. "Eu tinha ido ao ferreiro, mesmo ali no centro, quando vi o senhor De Witt passar com o criado. Vinha do Binnenhof."

O Het Binnenhof era o antigo palácio dos condes da Holanda, erguido a partir de uma pequena residência de caça, a *haeghe*, à qual a cidade devia o seu nome, Den Haag, ou Haia. Os paços do chefe do governo situavam-se no Ridderzaal, o Salão dos Cavaleiros contíguo ao Het Binnenhof.

"Estava hoje marcada no Binnenhof uma reunião do governo", esclareceu Bento. "E depois?"

"Pareceu-me que o nosso grande pensionário ia em direção à casa dele, mesmo ali ao pé, na Kneuterdijk. Claro, fiquei a olhar. Sempre era o senhor De Witt, não é verdade? Apesar de ele viver aqui em Haia, só por duas vezes antes o tinha visto em carne e osso. Da primeira vez, lembro-me como se fosse hoje, eu estava na igreja e ele entrou com o..."

"Adiante, adiante", impacientou-se o hóspede, preocupado em saber o que sucedera ao governante. "O que lhe aconteceu hoje? Como foi o esfaqueamento? Em que estado se encontra o senhor De Witt?"

"Pois, como eu dizia, estava eu no centro da cidade quando o vi passar", disse Van der Spyck, retomando o fio à história. "A certa altura, vindos nem sei bem de onde, apareceram vários homens e caíram em cima dele. Foi tudo muito rápido. Ouvi gritos, vi lâminas no ar e fui a correr. Os assassinos fugiram e deixaram o senhor De Witt no chão. Peguei nele e... e fiquei com a camisa cheia de sangue."

"E o senhor De Witt?"

"Foi esfaqueado, claro", respondeu, nem percebendo a dúvida. "Como disse, havia sangue por toda a parte."

Se não fosse tão franzino, Bento teria agarrado o dono da casa pelos colarinhos e sacudi-lo-ia todo; como era possível que não desse de imediato a informação mais importante?

"O que quero saber é se o mataram", quase gritou, exasperado. "O senhor De Witt está morto?"

"Morto?", admirou-se Van der Spyck, como se a questão nem sequer lhe tivesse ocorrido. "Claro que não. Ficou ferido. O esfaqueamento atingiu-o sobretudo nos dois ombros."

O filósofo bufou de alívio; ao menos isso.

"Em que estado se encontra ele?"

"Os tipos esfaquearam-no para o matar, isso é claro, mas como só o conseguiram atingir nos ombros não me parece que tenham provocado grande dano", indicou Van der Spyck. "Quando lhe peguei no corpo, sangrava que se fartava, como se vê pela maneira como ficou a minha camisa, mas apareceu logo um médico e tratou dele. O senhor De Witt encontrava-se perfeitamente consciente."

"Onde está ele agora?"

"O médico levou-o. Aliás, a polícia montou logo um enorme aparato para garantir a segurança, havia berros por toda parte e cavalos e sei lá mais o quê."

Tudo aquilo era muito grave, sabia Bento. A invasão francesa semeara o caos pelas Províncias Unidas e toda a gente se sentia muito nervosa. Com a derrota iminente, o ambiente por todo o país tornara-se efervescente e sentia-se no ar a necessidade de serem encontrados bodes expiatórios. Uma rendição aos franceses estava fora de questão. Se não os conseguissem travar, os neerlandeses prefeririam entregar-se aos ingleses; ao menos com esses não tinham fronteiras terrestres, o que dificultava uma eventual anexação. Ora, o rei inglês era imensamente favorável a Guilherme. É certo que a hora de se tomar uma decisão não chegara ainda, mas, considerando a dimensão da catástrofe, estava pelo visto a aproximar-se a passos largos o momento em que uma rotura iria acontecer. Nessa altura haveria escolhas a fazer.

"O senhor viu quem tentou matar o senhor De Witt?"

"Foram uns tipos com ar todo finório, pareciam uns duques. Pela maneira como vestiam, diria que era gente de boas famílias. Tinham espadachins e tudo."

Com toda a probabilidade tratar-se-iam de orangistas, percebeu o filósofo. A sanha dos apoiantes de Guilherme e da Casa de Orange contra De Witt era bem conhecida.

"Não conseguiram identificar ninguém?"

"Apanharam um deles."

"O quê?"

"Não acompanhei a perseguição aos assassinos, pois fui ajudar o senhor De Witt, mas vi depois a polícia passar com um deles bem amarrado. Dizem que era filho de um juiz, mas isso não sei. Levaram-no em direção ao Gevangenpoort."

O Gevangenpoort era a cadeia de Haia.

"Sobre o atual estado do senhor De Witt não sabe mesmo de nada?"

No momento em que o dono da casa ia responder, ouviram um clamor oriundo da rua; tratava-se de uma vozearia exaltada. Intrigados, foram à janela e viram uma multidão passar aos berros com cartazes de apoio a Guilherme e contra De Witt; não havia dúvidas, o ambiente era de grande efervescência. O desespero perante o iminente colapso do país, com a invasão dos franceses e as inundações decretadas dias antes por De Witt a sul de Amsterdã para travar o inimigo, estava a levar a população aos limites. O ambiente tornara-se insurrecional e as palavras de ordem multiplicavam-se na rua.

"Abaixo De Witt!"

"Morte ao traidor!"

"Viva Guilherme!"

Alguém bateu à porta com força. Depois de uma hesitação, Van der Spyck foi abrir. O homem do outro lado da porta entregou-lhe um papel.

"Leia, senhor!", pediu o manifestante. "Leia como o estafermo do De Witt nos está a enganar!"

Bento juntou-se ao dono da casa e estudou o papel; tratava-se de um panfleto a acusar Johan de Witt e o irmão, Cornelis, de serem ateus e traidores que haviam usurpado o poder da Casa de Orange e que não protegiam a verdadeira religião, permitindo que as religiões falsas proliferassem livremente pelo país. Parecia evidente que o texto tinha o dedo dos *predikanten* e dos orangistas, se não mesmo do próprio Guilherme.

"Como o podem acusar de ser traidor?", questionou Bento, interpelando o manifestante. "Ele mandou abrir as comportas para travar os franceses e salvar o nosso país!"

"Não sabe, senhor? Esse usurpador ofereceu Maastricht aos papistas! É um traidor!"

A informação não era falsa, como o filósofo bem sabia. No meio do desespero e do pânico, e numa tentativa de último recurso para travar o avanço dos franceses e evitar o colapso total, o chefe do governo havia realmente oferecido a cidade do Sul e ainda uns milhões de florins aos franceses, mas Luís XIV exigira ainda mais concessões e a proposta deixara de estar sobre a mesa. Claramente os orangistas encontravam-se a par dos detalhes do processo negocial e usavam-nos para desacreditar De Witt junto da população.

"O nosso grande pensionário não pode ter oferecido o que já não controla, caro senhor", disse o filósofo, contornando a questão e devolvendo o panfleto. "Como sabe, para chegarem cá, os franceses tomaram Maastricht."

"Pois, mas é preciso derrubar o traidor", impacientou-se o manifestante. "Junta-se ou não a nós?"

Bento abanou a cabeça.

"Bem vê, somos pessoas de bem e não queremos confusões..."

Constatando que naquela casa não recrutaria apoiantes, o homem abalou dali e mergulhou na corrente de gente que fluía pela rua como um rio em fúria. As palavras de ordem sucediam-se, os rostos rubros de raiva e os punhos fechados em ameaça, mas tornava-se claro ao filósofo que toda aquela raiva incontida não passava de uma face do pânico que de todos se apossara. Não havia dúvidas, percebeu com consternação ao contemplar toda aquela gente. A turba precisava de bodes expiatórios e quem na sombra manobrava os cordelinhos já lhe apontara o culpado. Faltava apenas o inevitável rolar da cabeça. A revolução saíra à rua e o alvo era o grande pensionário.

Fechou a porta e sentiu-se ao abandono, o rosto pálido, o espírito esmagado pela impotência e pela desilusão, nos olhos a expressão vazia daqueles que viam todo um mundo desmoronar-se e não sabiam como o segurar. Na verdade, nada podia já travar a marcha dos acontecimentos. A menos que ocorresse um milagre, e Bento já tornara abundantemente claro que não acreditava em milagres, De Witt tinha os dias contados como chefe do governo da República das Sete Províncias Unidas dos Países Baixos. Se ele caísse, quem protegeria os livres-pensadores? Quem protegeria a ele próprio?

XVIII

Deambular por uma livraria à procura das novidades ou simplesmente a espreitar os livros alinhados nas estantes constituía sempre uma experiência especial, mas nada ultrapassava a sensação que era consultar os títulos guardados na seção das obras em latim e descobrir, entre os textos reservados aos iniciados, o *Tractatus Theologico-Politicus*. Bento pegou no exemplar que ali encontrou e folheou-o, imaginando o que pensaria e sentiria cada leitor quando começava a ler aquelas páginas carregadas de racionalismo e heresia.

"Os meus colegas cartesianos andam revoltadíssimos com essa obra", observou o homem que o acompanhava. "Em pé de guerra, para dizer a verdade."

O olhar castanho-escuro do filósofo ergueu-se das linhas impressas nas páginas do seu livro e fixou-se no seu interlocutor; tratava-se de Theodore Kraanen, um professor cartesiano da Universidade de Leiden que o viera visitar em Haia e que, antes de partir de regresso a casa, o acompanhava no passeio pela livraria. Kraanen estava perfeitamente consciente de que era ele, Bento, o verdadeiro autor daquele tratado tão amaldiçoado.

"O que dizem eles?"

"Não sabe? O Van Mansvelt mostra-se muito perturbado com a ideia de que as Escrituras não são uma fonte de verdades divinas e exigiu que o livro seja para sempre enterrado no esquecimento eterno." Regnier van Mansvelt era um professor cartesiano da Universidade de Utrecht. "O Bredenburg está escandalizado com a ideia de que os milagres não existem, opõe-se ao método de interpretação das Escrituras proposto no *Tractatus Theologico-Politicus* e não aceita a concepção aí feita de Deus como uma entidade que não pode violar as Suas próprias leis." Johannes Bredenburg era um *collegiant* cartesiano. "O Kuyper disse que..."

"São uns palermas."

A rispidez do comentário surpreendeu Kraanen, pois estava habituado a ver o seu interlocutor como um homem infinitamente paciente, cauteloso e moderado.

"Perdão?"

"Os estúpidos dos cartesianos andam tão preocupados com o meu livro que, para afastarem as suspeitas que sobre eles incidem por se dizer que estão do meu lado, se põem a denunciar por toda a parte as minhas opiniões e os meus escritos."

"O problema, se me permite, é que o seu *Tractatus Theologico-Politicus* levou o uso da razão até aos seus derradeiros limites", observou o professor de Leiden. "Nunca até agora ninguém tinha feito isso. O próprio Descartes, quando propôs o uso da razão como instrumento para desvendar a natureza, teve o cuidado de reservar um lugar especial para a intervenção divina. Deus manteve sempre o seu papel no grande esquema das coisas. O mesmo fizeram todos os outros filósofos, desde Galileu a Hobbes, passando por Bacon. A razão sempre teve Deus como limite. O problema é que o seu livro ultrapassou esse limite e veio dizer que a razão se sobrepõe à Bíblia. Pior, o seu tratado afirma mesmo que o próprio Deus está submetido às regras da razão. Isso é uma mensagem muito perigosa, como decerto não ignora. Ao mostrar que a lógica racional cartesiana, quando assumida em todas as suas implicações e levada até às últimas consequências, coloca Deus numa situação de submissão à razão, é natural que muitas pessoas fiquem escandalizadas. Isso deixa o cartesianismo imensamente vulnerável aos ataques dos *predikanten* e dos orangistas, sobretudo agora com a queda do De Witt. Parece que os calvinistas e os orangistas querem fazer uma purga de cartesianos nas universidades, acusando-nos a todos de sermos ateus e blasfemos, e nós, os seguidores de Descartes, andamos cheios de medo. É por isso que os cartesianos em geral se esforçam o mais possível por se dissociar de si e do seu tratado. O que o senhor escreveu é pólvora pura."

Um suor frio percorreu o filósofo.

"Sei disso perfeitamente."

O acadêmico de Leiden retirou um livro ao acaso da estante. Ao consultar a capa, constatou que se tratava de *De Cive*, de Thomas Hobbes.

"Já lhe disseram que o próprio Hobbes leu o *Tractatus Theologico--Politicus*?"

Bento arregalou os olhos de espanto; aquilo, sim, era novidade para ele. E grande. O autor de *De Cive* e de *Leviatã* era, a par de Descartes, uma das suas principais referências.

"Hobbes leu o meu livro?"

"É verdade", assentiu Kraanen. "Pelo visto chegou-lhe um exemplar a Inglaterra. Ouvi dizer que ficou tão atarantado que comentou que nem ele teria a coragem de escrever coisas como as que aí leu."

A notícia animou o filósofo.

"Ao menos a minha obra já serviu para alguma coisa", observou. "Aliás, a ideia sempre foi a de influenciar os filósofos, não diretamente a turba. As gentes comuns acabarão por ser envolvidas, claro, mas apenas quando estas noções se espalharem entre as elites. Isso levará o seu tempo, como é evidente."

"Não será tanto tempo assim", contrapôs o visitante de Leiden. "No fim das contas, em breve o livro estará disponível em neerlandês, não é verdade?"

"Não, não", corrigiu-o Bento. "Só em latim."

Kraanen fez uma expressão perplexa, como se o que o seu interlocutor dizia não fizesse sentido.

"Olhe que eu ouvi dizer que as pessoas que não sabem latim têm mostrado tanto interesse na leitura do *Tractatus Theologico-Politicus* que o livro já foi traduzido para neerlandês pela pena do tradutor das obras de Descartes", indicou. "Parece até que há um editor a postos para publicar a tradução."

A notícia deixou o filósofo em estado de choque.

"O quê?!"

"Foi o que ouvi dizer em Leiden de fonte segura."

Uma coisa daquelas era de uma grande gravidade, sabia Bento. Se ter o livro em latim já lhe estava a causar problemas, o que aconteceria se a obra saísse em neerlandês? Seria uma catástrofe! Os *predikanten* cair-lhe-iam todos em cima. Se apesar da proteção do grande pensionário já tinham conseguido fazer a Koerbagh o que fizeram, o que lhe fariam a si agora que De Witt caíra?

"Mas... mas... quem traduziu o meu livro para neerlandês?"

"O Jan Glazemaker."

O filósofo conhecia bem Glazemaker. Fora de fato ele quem traduzira Descartes para neerlandês. Quem publicara essas traduções fora, nem mais nem menos, Jan Rieuwertsz, o seu amigo da Het Martelaarsboek que editara o *Tractatus Theologico-Politicus*. Será que...

"Não me diga que o editor da tradução é o Rieuwertsz!"

"Isso não sei."

Só podia ser ele, presumiu, nervoso. Estaria o amigo louco? Publicar o *Tractatus Theologico-Politicus* em neerlandês constituía um convite ao desastre. A situação política nas Províncias Unidas mudara imenso com a queda de De Witt, apenas três semanas antes. O clima insurrecional gerado pela invasão francesa com apoio inglês levara os próprios aliados do grande pensionário na Holanda e na Zelândia, cientes de que os invasores queriam o regresso ao poder do herdeiro da Casa de Orange e acreditando que só assim conseguiriam inverter o curso daquela guerra ruinosa, a proclamar Guilherme III como novo chefe do governo.

Com De Witt fora da equação e os orangistas no poder, os livres-pensadores já não tinham a certeza de que seriam mantidas todas as liberdades conquistadas. Se mesmo com De Witt a governar não fora possível impedir o trágico destino de Koerbagh, o que aconteceria agora que Guilherme III estava à frente dos destinos do país? Nestas condições, a reação do novo poder à publicação do *Tractatus Theologico-Politicus* em neerlandês era algo que não convinha de modo algum testar.

Encarou Kraanen.

"Diga-me uma coisa", interpelou-o. "Quando mais logo apanhar o *trekschuit* de regresso, vai diretamente para Leiden ou, como por vezes faz, passará por Amsterdã?"

"Sim, irei visitar a minha família em Amsterdã. Por quê?"

"Teria a gentileza de levar consigo uma carta minha endereçada a um amigo que vive na estrada para Ouderkerk?"

"Com certeza."

Sem perder tempo, dirigiu-se ao balcão onde se encontrava o livreiro. Tratava-se de um homem rechonchudo que, num tique nervoso, piscava os olhos sem cessar.

"Tem uma pena com tinta e um papel que me empreste?", perguntou. "É para escrever uma carta."

O livreiro entregou-lhe o que lhe era pedido, sempre a piscar os olhos e a atirar umas miradas fugidias para a rua.

"Só lhe pedia que se despachasse, senhor De Spinoza", pediu, num tom tenso. "Daqui a pouco terei de fechar a loja."

Bento sabia que normalmente o estabelecimento só encerraria daí a duas horas, mas não se interrogou sobre o pedido; tinha a mente focada no assunto que o preocupava e, além disso, o dono da livraria lá teria as suas razões para querer fechar mais cedo.

Pegou no material e sentou-se a uma mesinha junto à janela para aproveitar a luz da tarde. Passavam muitas pessoas na rua, mas não lhes prestou qualquer atenção. Com mão trêmula, começou a redigir uma breve missiva endereçada a Jarig.

Caro amigo,

Durante a visita do professor N. N., ele informou-me, entre outras coisas, que ouviu dizer que o meu *Tractatus Theologico-Politicus* foi traduzido para neerlandês e que alguém, ele não sabe quem, está prestes a publicá-lo. Imploro-te insistentemente que te informes com urgência sobre o que se passa, e, se possível, impede a publicação!

Não to peço apenas por mim, mas também por muitos amigos que receiam ver este livro proibido, como o será sem nenhuma dúvida se aparecer na língua neerlandesa.

Acrescentou mais algumas considerações relacionadas com matéria de interesse para Jarig e assinou. A seguir, releu o texto antes de dobrar o papel e o inserir num envelope, que entregou a Kraanen. Por fim, foi ter com o livreiro e devolveu-lhe a pena e a tinta.
"Agradeço-lhe", disse. "Sabe a que horas fecham os correios?"
"Já fecharam, senhor De Spinoza", disse o dono da livraria no mesmo tom tenso, saindo do balcão para bloquear as janelas do estabelecimento com placas de madeira. "Eu próprio tenho de encerrar imediatamente a loja. Talvez amanhã ou depois os correios abram, quem sabe?"
As palavras do homem eram definitivamente bizarras.
"Os correios já fecharam?", estranhou. "Não é um bocado cedo?"
"Cedo? O senhor De Spinoza já viu o que se está a armar lá fora?"
O olhar de Bento desviou-se para a rua e só nesse instante se apercebeu de que algo de anormal se passava.

XIX

Havia um número absurdamente elevado de pessoas a circular na rua, todas a caminharem em direção ao Buitenhof, a praça central da cidade. A Bento não pareceu na verdade tratar-se de algo alarmante; apenas invulgar.

"O que aconteceu?"

"Então não sabe, senhor De Spinoza?", questionou o livreiro. "O De Witt foi chamado ao Gevangenpoort para retirar o irmão de lá. Está um caldo montado que nem lhe conto."

Aquilo era novidade para o filósofo. Encontrava-se naturalmente a par de tudo o que se passara até à demissão do grande pensionário, três semanas antes, e depois desse acontecimento. A polícia havia detido o irmão de Johan de Witt, Cornelis, após um barbeiro o ter acusado de lhe ter oferecido trinta mil florins e um alto cargo para assassinar Guilherme. Uma evidente confabulação, claro, usada ostensivamente como expediente para neutralizar os De Witt, até porque o tal barbeiro havia sido avistado no acampamento de Guilherme. Devido a essa acusação, Cornelis fora atirado para o Gevangenpoort, a prisão de Haia, e o barbeiro que o denunciara seguira o mesmo caminho, embora sujeito a um tratamento estranhamente leniente. Fora especificamente a detenção do irmão que forçara a demissão de Johan de Witt das funções de grande pensionário, abrindo caminho à sua substituição pelo herdeiro da Casa de Orange, aquele que a partir desse momento era já designado Guilherme III e que assumia o cargo de *stadhouder*, o de chefe de Estado *de fato*.

A história, porém, não terminara aí. Para o novo poder, havia que cortar as pontas soltas. Isso significava resolver o processo de Cornelis e assim arrumar de vez o seu irmão, Johan de Witt, o verdadeiro alvo da operação. Com alguns juízes a comportarem-se de uma forma altamente suspeita, decidiu-se selar o processo legal de Cornelis com um "exame mais rigoroso", eufemismo para o processo de se arrancar uma confissão "voluntária" a murro e de outras formas menos agradáveis, uma vez que os processos na justiça neerlandesa requeriam sempre uma confissão, fosse qual fosse a maneira como ela era obtida. O carrasco foi chamado e suspendeu o prisioneiro pelas pernas e pelos braços, abriu-lhe as canelas e chicoteou-o, um interrogatório brutal que durara mais de três horas. O problema é que Cornelis era um homem teimoso e, determinado a não comprometer o irmão, não tivera a gentileza de cooperar com os torcionários. Sem confissão, as acusações acabaram por ser retiradas. Contudo, apesar de não haver provas, Cornelis viu-se absurdamente obrigado a pagar uma multa e condenado ao exílio perpétuo. Era esse o escaldante contexto político que nesse momento se vivia nas Províncias Unidas, e ali em Haia em particular.

"Portanto, diz o senhor que De Witt foi à prisão buscar Cornelis? E onde estão os dois neste momento?"

"Lá dentro."

"No Gevangenpoort?"

"Sim. Parece que mandaram alguém chamar o De Witt para ir à cadeia buscar o irmão. Os dois ainda não saíram."

Tudo o que acontecera nas últimas semanas aos irmãos De Witt desgostara Bento profundamente. Não só o afastamento do grande pensionário implicava que doravante poderia estar à mercê dos *predikanten*, como sabia que era o próprio direito ao livre filosofar que se encontrava em grave perigo.

A prisão situava-se a um quarteirão de distância da livraria e o filósofo sentiu que não ficaria bem com a sua consciência se não fosse ao local esperar pela saída dos irmãos e dar-lhes uma palavra de alento. Se o clima de liberdade apesar de tudo prevalecente nas Províncias Unidas se devia tanto a De Witt, o mínimo que poderia fazer era, num momento decerto tão difícil para o antigo chefe do governo, agradecer-lhe em pessoa por tudo o que havia feito.

"Professor Kraanen, quer vir comigo ali ao Gevangenpoort?"

Antes que o acadêmico de Leiden tivesse sequer tempo de responder, o livreiro interveio.

"Está louco, senhor De Spinoza?", questionou, atônito. "Não vê o que se está a preparar lá fora?"

O olhar dos três homens voltou-se para as pessoas que passavam diante da livraria a caminho da praça central.

"Bem, há muita gente que vai ver os De Witt e..."

"Não é gente qualquer, senhor De Spinoza", atalhou o dono da livraria. "São milicianos orangistas!"

"Perdão?"

"Estão a armar uma emboscada aos De Witt, senhor De Spinoza. Alguém colou um panfleto diante da Nieuwe Kerk, a nova igreja, a dizer que Belzebu escreveu do Inferno a chamar pelos dois irmãos e que as suas cabeças têm de ser cortadas. O panfleto está escrito em neerlandês correto, o que mostra que é coisa de gente letrada, não da turba ignorante. É por isso que tenho de fechar a loja imediatamente, percebe? E os senhores fariam melhor em saírem daqui e irem já para casa. Isto vai dar tudo para o torto!"

Sem mais perda de tempo, o livreiro concluiu o fecho das janelas com as portadas de madeira, para melhor segurança, enquanto os dois clientes fitavam, boquiabertos, o permanente fluxo de pessoas que se encaminhavam em direção à zona do Gevangenpoort. Observando com maior atenção, Bento percebeu que algumas levavam facas, ancinhos, martelos e machados, claramente homens do povo, mas outros seguiam fardados, com mosquetes e floretes. Estes últimos pertenciam à poderosa milícia de Haia, associada aos orangistas e ao *stadhouder* Guilherme III.

O filósofo voltou-se para Kraanen.

"Temos... temos de ajudar os De Witt."

Devolvendo-lhe um olhar horrorizado, o acadêmico de Leiden pegou apressadamente nas suas coisas e encaminhou-se em passo lesto para a porta de saída.

"Eu vou, mas é embora daqui!", disse, a voz tremida, a mão a esboçar uma despedida fugidia. "Então... então adeus."

Saiu apressadamente porta fora, caminhando no sentido contrário ao da multidão. Bento ficou embasbacado, por momentos sem saber o que fazer.

"Decisão sensata", observou o livreiro. "Se fosse a si, senhor De Spinoza, ia com ele."

A fuga de Kraanen, tendo abalado o filósofo, não o demoveu. Refeito da decepção, encarou o dono da livraria com um olhar resoluto, como se lhe quisesse demonstrar a sua firmeza. Em circunstâncias normais, as dificuldades respiratórias impedi-lo-iam de ir até lá, pois as caminhadas deixavam-no exausto, mas o Gevangenpoort era mesmo ali perto, coisa de cinco minutos de distância, pelo que não seria isso a dissuadi-lo. Nem isso, nem a multidão.

Abalou da livraria sem dizer uma palavra. A voz do costume repetiu-lhe *caute* ao ouvido, mas também como de costume ignorou-a. Uma vez na rua, juntou-se à massa humana e encaminhou-se para o centro, onde se encontrava o edifício do governo, o tribunal e a cadeia, determinado a mostrar aos De Witt que, na sua hora da desgraça, ainda havia quem os apoiasse.

XX

Uma vasta multidão enchia o Buitenhof, a praça central de Haia. O Gevangenpoort estava situado num lado da praça e algumas pessoas haviam-se empoleirado nos telhados dos edifícios vizinhos, como se estivessem instaladas num balcão a assistir a um espetáculo. O acesso à cadeia era feito por um portão e uma chuva de pedras começou a cair aí, com a *grauw*, a turba, a berrar em coro.

"Saiam! Saiam! Saiam!"

Havia garrafas de vinho e copos de cerveja a circular em profusão, com muita gente armada e bêbada. O ambiente era pior do que Bento alguma vez poderia imaginar. Como diabo iriam os De Witt sair da cadeia naquelas condições? Toda a praça do Buitenhof parecia assente sobre um barril de pólvora. Decerto que a guarda interviria e abriria um corredor de segurança para os irmãos passarem. Ou então dispersaria a multidão e esvaziaria a praça. Ou, no mínimo, estabeleceria um cordão de segurança em torno da prisão. Como as coisas estavam é que não podia ser.

O problema é que, olhando para onde olhasse, Bento não vislumbrava uma única farda do exército regular. Apenas as dos milicianos. A milícia de Haia dispunha de centenas e centenas de homens e reconheceu algumas das suas bandeiras coloridas; estavam ali pelo menos a Oranje-Blanje-Bleu, esta situada mesmo junto ao portão da cadeia, e ainda a Witte, a Blauwe e a Groene.

Interpelou um homem ao lado dele com um ancinho.

"Os guardas?"

"Quais guardas?", riu-se o homem, evidentemente um apoiante orangista. "A cavalaria do conde De Tilly esteve aqui há pouco e ameaçou com um banho de sangue se alguém tocasse nos De Witt, mas depois recebeu uma ordem para abandonar a praça."

"A cavalaria foi-se embora?!", admirou-se o filósofo. "Quem deu essa ordem?"

O miliciano fez um gesto largo, a indicar todo o Buitenhof e a multidão que o enchia.

"Isto agora é tudo nosso!"

O homem delirava, pensou Bento. Com certeza que a cavalaria estava algures à volta da praça, pronta a intervir. Ou então a guarda encontrava-se no interior da prisão para garantir a segurança dos De Witt. Nenhuma outra possibilidade era admissível, como parecia evidente. A *grauw* não podia ser dona e senhora da situação.

"Saiam! Saiam! Saiam!"

O problema é que, por mais que olhasse para um lado e para o outro, não descortinava um soldado que fosse. Apenas a milícia, com os seus estandartes, mosquetes e floretes, e a ralé com os seus machados, martelos, facas, ancinhos, foices e todos e quaisquer objetos cortantes a que deitara a mão. Seria possível uma coisa daquelas? Teve vontade de esfregar os olhos para despertar da situação, tão incrível e estranha ela lhe parecia.

O comportamento da *grauw* apenas confirmava o que havia muito sabia sobre as multidões; moviam-se por paixões, não pela razão, e era por isso que a manipulavam tão facilmente. Os orangistas sonhavam com o poder monárquico centralizado do *stadhouder*, enquanto De Witt representava o desenvolvimento da economia liberal descentralizada que conduzira à prosperidade de todo o país. Pois a turba, em vez de proteger quem governava para a enriquecer e lhe dar liberdades, punha-se do lado contrário da barricada. Por que se batiam as pessoas em prol da sua própria servidão como se fosse a liberdade? Se ainda havia dúvidas sobre quão pernicioso era o estado das paixões, em contraposição com o do conhecimento verdadeiro, estavam ali definitivamente desfeitas.

Ouviu um homem muito exaltado junto ao portão.

"Eles libertaram-me, veem?", gritou. "Libertaram-me! Significa que eu tinha razão! Ouviram? Eu tinha razão!"

Bento voltou-se de novo para o miliciano ao lado dele.

"Quem é aquele?"

"É o Tichelaar, o barbeiro que denunciou o cabrão do Cornelis de Witt, esse traidor a soldo dos franceses e dos ingleses. Os gajos libertaram o Tichelaar, está a ver? É a prova de que o tipo não mentiu."

O tal Tichelaar continuava aos berros junto ao portão, a acicatar a milícia de Haia e a multidão.

"O Cornelis ofereceu-me dinheiro para matar o nosso santo Guilherme! Ofereceu, sim, senhor! Sabem o que vos digo? O exílio é bom demais para escumalha como esta! Uns assassinos, é o que são estes De Witt!

Usurpadores, traidores e assassinos! A prova de que estou a falar a verdade é que me libertaram!"

A multidão agitou-se ainda mais e os insultos e as invetivas multiplicaram-se, tudo com os De Witt como alvo. Os homens junto ao portão do Gevangenpoort começaram a movimentar-se e Bento vislumbrou lanças e mosquetes a serem preparados.

"Quem é aquele ao lado do barbeiro?"

"É o Hendrik Verhoeff", indicou o miliciano. "O comandante de uma das bandeiras da nossa milícia. Um santo homem. Tem ainda mais asco dos De Witt do que do próprio Satanás! Jurou que lhes irá arrancar os corações!"

Uma trovoada de tiros fez-se ouvir diante da cadeia. Bento assustou-se e a multidão calou-se por momentos. Uma nuvem de fumo denso formou-se lá à frente e todos perceberam que tinham sido os milicianos que haviam aberto fogo contra o portão do Gevangenpoort. Quando a fumaça se dissipou, constataram que o portão ficara esburacado, embora se tivesse aguentado. Ouviram ordens gritadas de um lado para o outro, mas a distância não se percebia o que era dito.

"O que se passa?", perguntou Bento, escondendo com dificuldade a aflição. "O que estão a fazer?"

"Vão deitar o portão abaixo!", respondeu alguém com uma gargalhada. "Ah, agora é que os bandidolas dos De Witt vão ser apanhados! Já não nos escapam, os estafermos!"

Minutos depois apareceram marretas, martelos e pés de cabra diante do portão. Os milicianos manobraram estes instrumentos, batendo e arrancando partes da fechadura e das correntes, até por fim o portão ceder e se abrir. O momento foi saudado pela multidão com um clamor efusivo.

"Matem-nos! Matem-nos! Matem-nos!"

A situação estava totalmente descontrolada. A multidão torna-se uma coisa a temer se não tiver nada a temer, pensou Bento. Era o caso. Empoleirando-se sobre um murete, observou por cima do mar de cabeças tudo o que se passava à entrada do Gevangenpoort. Os milicianos da bandeira Oranje-Blanje-Bleu ainda resistiram, num aparente esforço para impedir a entrada na cadeia dos outros milicianos, mas sob a ameaça destes abriram alas e um grupo fortemente armado avançou com o tal Verhoeff à cabeça e desapareceu no interior das muralhas.

A multidão estava em delírio.

"Matem-nos! Matem-nos! Matem-nos!"

Ouviram-se estampidos abafados dentro da prisão, decerto tiros, e, momentos volvidos, os milicianos reapareceram no portão destruído a empurrar dois prisioneiros cambaleantes. Bento deitou a mão à boca, reconhecendo-os. Johan de Witt e o irmão.

Ia começar o linchamento.

XXI

De olhos arregalados numa expressão de pavor, Bento não conseguiu conter um gemido.

"Que horror!"

A primeira visão dos irmãos De Witt a emergirem dos portões do Gevangenpoort e o ambiente efervescente na praça diante da cadeia não deixavam dúvidas sobre o que estava na iminência de acontecer. Manietado pelos milicianos, o antigo grande pensionário sangrava abundantemente do pescoço e tinha feridas na cabeça, enquanto o seu irmão Cornelis apresentava equimoses ensanguentadas por todo o corpo.

"Matem-nos!", gritava a turba com força redobrada, excitada com a visão dos dois homens e do sangue que os encharcava. "Matem-nos! Matem-nos! Matem-nos!"

Estarrecido, Bento sentia-se desfalecer. Tudo aquilo era demasiado horrível. Teve vontade de fugir dali, esconder-se num qualquer canto, fingir que não se estava a passar o que se estava a passar, mas resistiu ao impulso. Acontecesse o que acontecesse, não sairia. Apesar da sua absoluta impotência em travar os acontecimentos, não os podia abandonar. Não podia.

A vozearia unira-se num coro assassino.

"Matem-nos! Matem-nos! Matem-nos!"

Viu os milicianos empurrarem os prisioneiros para o meio da multidão, abrindo alas pela praça. No local onde os prisioneiros entraram viam-se lâminas ensanguentadas pelo ar, a subir e a descer com selvageria, enquadradas pelos estandartes dos milicianos que os escoltavam; eram os De Witt a serem retalhados enquanto caminhavam. Dirigiam-se para o Groene Zoodje, um cadafalso situado na praça vizinha, mas tornava-se claro que não chegariam lá vivos. O filósofo percebeu que, à medida que os dois irmãos avançavam por entre aquela massa de gente desvairada de fúria, as pessoas em redor os iam esfaqueando com machados e todo o tipo de objetos cortantes e perfurantes. Não havia a menor hipótese de qualquer deles sobreviver a uma selvageria daquelas.

"Não!", gemeu. "Não! Não!"

Um homem barbudo ao lado dele, rubro de fúria assassina contra os De Witt, apercebeu-se do terror no rosto de Bento.

"Você... você está do lado dos hereges?!"

O filósofo compreendeu que, no calor das emoções, se fizera notado entre os opositores de De Witt.

"Eu... eu..."

Ao fitá-lo, o barbudo estreitou as pálpebras, subitamente desconfiado.

"Espere lá, você não é o... o... o Zinospa?"

Ser reconhecido pelos orangistas e pelos *predikanten* era o pior dos seus medos. Percebendo que também ele corria perigo de vida, e sem perder tempo, Bento esgueirou-se pela multidão, subtraindo-se à atenção do homem que o interpelara.

"O judeu!", gritou a voz que deixara para trás. "Agarrem o judeu! É o Zinospa! O Zinospa!"

"Quem?"

"O Zinospa! O herege judeu! Está aqui!"

"O Zinospa? Onde?"

Para baralhar as pistas, Bento mudou de direção e ziguezagueou entre as pessoas, resmungando palavras contra De Witt de modo a afastar suspeitas. Quando constatou que o barbudo já não estava à vista e o burburinho contra ele tinha acalmado, pois os acontecimentos na praça dominavam a atenção de todos, voltou a pôr-se em bicos de pés para espreitar sobre as cabeças e perceber o que se passava na zona por onde passavam os prisioneiros. Apenas viu lá ao fundo os estandartes dos milicianos e as lâminas ensanguentadas a malhar as vítimas.

Uma carnificina.

O grupo que integrava o cortejo de morte emergiu da multidão e alcançou o Groene Zoodje. Os corpos dos irmãos vinham arrastados pelos milicianos, deixando um longo rasto de sangue pelo chão; estavam já inertes e totalmente nus, golpes a retalhá-los por toda a parte.

A multidão parecia enlouquecida.

"Pendurem-nos! Pendurem-nos!"

À vista de todos, e por entre os brados da turba ululante, os milicianos içaram os corpos e penduraram-nos de pés para o ar e cabeças para baixo. Verhoeff aproximou-se das vítimas e, com uma grande faca, abriu-lhes o peito e extraiu-lhes os corações.

Ergueu-se na praça um novo clamor da multidão enlouquecida pela orgia de sangue.

"Justiça! Justiça! Justiça!"

Por fim, os milicianos abandonaram o cadafalso, deixando para trás os cadáveres pendurados. A turba avançou então com facas, serras e machados e desatou a mutilar os corpos, a decepar as cabeças, a arrancar os dedos, a extrair os olhos. Bento ainda viu um homem cortar um pedaço de carne da panturrilha de Johan de Witt, metê-lo à boca e mastigá-lo, e a partir daí nada mais conseguiu observar porque se dobrou sobre si mesmo e vomitou.

XXII

Saiu da praça de olhos marejados de lágrimas e arrastou-se pelas ruas de Haia com a boca a saber a ácido e a amargura cáustica do vômito a queimar-lhe a alma. Nunca imaginara que uma barbaridade daquelas fosse possível no seu país, a sua querida República das Sete Províncias Unidas dos Países Baixos, pátria do capitalismo e da liberdade, terra da tolerância e da diversidade. Aquilo não era liberalismo, mas feudalismo. Seria possível que, com Guilherme III, as Províncias Unidas voltassem ao tempo das trevas e da selvageria? Ou tratar-se-ia simplesmente de uma erupção isolada das paixões primitivas dos *boeren* rurais que a razão da civilização burguesa emergente durante as últimas décadas tanto se esforçara por sublimar?

"*Ultimi barbarorum*", murmurou entredentes, exprimindo a expressão em latim que sem cessar lhe martelava na mente. "Os mais reles dos bárbaros."

Sim, o que acabara de observar havia sido a mais reles das barbáries, cometida pela *grauw*, a ralé, mas sem dúvida orientada por alguém que a manipulara na sombra. A não ser assim, como se explicava a bizarra prisão de Cornelis de Witt, o panfleto diante da Nieuwe Kerk escrito em neerlandês culto, a ordem para a cavalaria abandonar a praça, o comportamento da milícia de Haia, a impunidade como tudo se passara durante tantas horas sem que ninguém viesse em socorro dos antigos governantes? Haviam assassinado um homem bom, o garante da sua amada república liberal, o governante que lhes garantira a liberdade e a prosperidade. Iria a república tombar atrás dos seus anjos caídos?

Ofegante, sentou-se numa pedra para recuperar o fôlego.

"*Ultimi barbarorum!*"

Bárbaros, todos eles, os mais reles dos reles. A *grauw*, sim, pois vira-a comportar-se da maneira como se comportara, levada pelas paixões ao ponto de os populares retalharem os De Witt aos pedaços a caminho do cadafalso e com selvageria indescritível meterem na boca a sua carne, cortando-lhes até os dedos e os olhos como *souvenires*. Não havia dúvida, a multidão torna-se uma coisa a temer se não tiver nada a temer. Mas o mais bárbaro dos bárbaros era quem manobrara a ralé a distância, quem dera as ordens, quem jogara com as paixões primárias alheias ao serviço dos seus próprios interesses e objetivos. Esses todos, uns e outros, a *grauw* das paixões primárias e quem com frio calculismo a manipulara e lhe dera rédea livre, todos eram os maiores dos bárbaros.

Levantou-se e recomeçou a caminhada rumo a casa.

"*Ultimi barbarorum!*"

A expressão repetia-se e repetia-se e repetia-se na sua mente e nos seus lábios, repetia-se tanto que se tornou uma missão. A sua passada ganhou vigor, a mente, determinação. Uma infâmia daquelas não podia ficar impune. Tinha de fazer alguma coisa. Urgia apontar o dedo, mostrar indignação, chamar bárbaros aos bárbaros.

Chegou ao Paviljoensgracht novamente exausto. Encostou-se ao muro a recuperar o fôlego. Quando se sentiu restabelecido e com mais energia, abriu a porta de casa com um movimento brusco, a mente fixa na missão que naquele momento de revolta e indignação impusera a si próprio.

"Senhor De Spinoza, graças a Deus!", exclamou o dono da casa ao vê-lo. "Estávamos tão ralados consigo!"

Bento nem respondeu. Subiu as escadas devagar, embora a sua vontade fosse galgá-las para chegar mais depressa, e meteu-se no quarto. Pegou numa lata de tinta e num pincel, mas o papel à sua disposição era demasiado frágil para o que tinha em mente. Voltou para o topo das escadas e espreitou para baixo.

"Senhor Van der Spyck!", chamou. "Tem aí alguma tábua que me possa ceder?"

O dono da casa subiu ao primeiro andar e entregou-lhe uma tábua de carvalho. Com um agradecimento rápido, o filósofo regressou ao quarto e estendeu a tábua sobre o soalho. Foi buscar a lata de tinta e o pincel, ajoelhou-se no chão e, com letras grossas, desenhou a mensagem na superfície de madeira.

ULTIMI BARBARORUM

Sem sequer se dar ao trabalho de guardar a lata de tinta e o pincel, pegou na tábua como se fosse um cartaz e saiu do quarto em passo lesto, descendo as escadas de dois em dois degraus e encaminhando-se para a porta de saída. Ao vê-lo naquele estado de transtorno, o dono da casa correu para a porta e atravessou-se-lhe no caminho.

"Onde vai, senhor De Spinoza?"

"Deixe-me passar."

Van der Spyck nem se mexeu.

"O senhor não pode sair daqui."

"Deixe-me passar!"

O dono da casa espreitou o cartaz que o hóspede transportava nas mãos; embora não soubesse latim, a palavra *barbarorum* era suficientemente parecida com o *barbaren* neerlandês para que o seu sentido não lhe escapasse.

"O que vai fazer com isso?"

Se tivesse força para tal, Bento teria empurrado o homem para o afastar do caminho.

"Deixe-me passar!", insistiu, claramente fora de si. "Vou afixar isto no sítio onde estes animais assassinaram os De Witt, para que todos vejam e se envergonhem!"

O cartaz e a expressão alterada no rosto do hóspede deixaram Van der Spyck muito alarmado.

"O senhor enlouqueceu?", questionou. "Não pode fazer isso!"

"Posso e vou fazê-lo! Deixe-me passar!"

"Se o senhor for lá para fora e colocar esse cartaz no sítio onde penduraram os De Witt, sabe o que eles lhe farão? Trucidam-no! Está a entender? Cortam-no aos bocados e fazem um festim! Far-lhe-ão o mesmo que fizeram aos dois irmãos!"

"Deixe-me passar, já lhe disse!"

O dono da casa tinha dificuldade em reconhecer o seu hóspede; sempre tão moderado e controlado, nesse momento estava desvairado e fora de controle. Percebendo que pela razão não o convenceria, voltou-se e rodou a chave na fechadura, trancando a porta. Tirou a chave e guardou-a no bolso das calças antes de se voltar para Bento.

"O senhor não pode sair", disse. "Ninguém vai lá para fora. Isto está demasiado perigoso."

"Dê-me a chave!"

Com a porta trancada, Van der Spyck foi a um móvel da sala e puxou uma gaveta, retirando um papel do interior.

"Sabe o que isto é?", perguntou-lhe, acenando com o papel. "Um panfleto que andaram ontem a distribuir por Haia inteira." Estendeu-o ao hóspede. "Ora leia."

Bento tentou abrir a porta, mas ela estava realmente trancada. Ainda olhou para as janelas, considerando a possibilidade de passar por elas, mas percebeu que o dono da casa interviria e também o impediria de sair por ali. Resignando-se, pegou no panfleto.

ABAIXO O DE WITT, O HEREGE!
DEU AO MALIGNO ZINOSPA PROTEÇÃO PARA PUBLICAR O SEU LIVRO BLASFEMO, IMPRESSO NO INFERNO POR ESSE JUDEU CAÍDO PARA TENTAR PROVAR, À MANEIRA ATEIA, QUE A PALAVRA DE DEUS SÓ PODE SER COMPREENDIDA PELA FILOSOFIA, LIVRO PUBLICADO COM O CONHECIMENTO DO SENHOR JAN. PROTEJAMOS A VERDADEIRA FÉ DOS ÍMPIOS E ATEUS!

"Quem escreveu isto?"

"O que interessa isso, senhor De Spinoza?", questionou Van der Spyck. "O que importa é que esse panfleto andou a ser distribuído pela cidade, associando-o ao senhor Johan de Witt. Pois eles agora mataram os De Witt. Valeu-lhe a si não lhe conhecerem a cara, mas não pode abusar da sorte. O que acha que farão quando o virem pregar esse cartaz junto aos corpos deles e perceberem quem o senhor realmente é?"

A leitura do panfleto constituiu um balde de água fria lançado sobre as chamas da revolta que incendiavam a alma de Bento. Aquele papel era evidentemente da autoria dos *predikanten* e dos orangistas e, mesmo pronunciando mal o seu nome, associava-o de forma clara aos De Witt. A ameaça era real. Estava a acontecer. Não resultava de um ímpeto espontâneo da turba, mas era emitida pelo novo poder na república. Para quem tivesse dúvidas, bastava ver o que acabara de acontecer na praça. Com a facilidade com que haviam retalhado os dois irmãos aos pedaços, far-lhe-iam o mesmo a si. Valeria a pena expor-se daquela maneira tão inútil à fúria da plebe sanguinária?

Baixou o cartaz e, abatido e derrotado, Bento subiu devagar as escadas, o corpo curvado em desânimo, e fechou-se no quarto. Deitou-se na cama e respirou fundo, refletindo sobre o sucedido e a sua própria reação àqueles tão terríveis acontecimentos. Van der Spyck tinha razão, concluiu.

Tinha de dominar as suas paixões. Se ele próprio tanto defendia que a razão se devia sempre sobrepor às emoções, não podia deixar de praticar o que pregava. De que lhe serviria toda a sua sabedoria se, após tombar nas mesmas paixões que arrastavam a multidão, não tivesse a força e o ânimo de se erguer por si mesmo?

Mas o pior nem era isso. O pior é que a partir desse momento quem mandava no país sabia da sua existência e referenciara-o como alvo a abater.

XXIII

Ao chegar a Amsterdã, Bento apeou-se do *trekschuit* e deitou a tiracolo o saco carregado dos papéis que escrevinhara ao longo de anos e anos; a sua obra-prima. Olhou em redor para decidir qual a direção a tomar, se se encaminharia diretamente para a Het Martelaarsboek ou se faria primeiro uma paragem num restaurante para comer uma sopa. A sua atenção foi atraída por umas fitas coloridas que engalanavam os postes junto ao cais; devia ter havido festa na cidade.

Decidiu-se por ir primeiro tratar do assunto que especificamente o levara a Amsterdã. Sempre com o saco a tiracolo, meteu pés ao caminho e dirigiu-se para a Dirk van Assensteeg, no centro; a rua não era longe e em breve chegou à livraria nela localizada. Deu com Rieuwertsz sentado ao balcão, os pés esticados sobre uma caixa de encomendas, os olhos mergulhados na leitura de um livro, um odor aromático a erguer-se do cachimbo que fumava com evidente deleite.

O recém-chegado aproximou-se em silêncio, como um larápio furtivo, e com súbito estrondo deitou o saco sobre o balcão.

"Aqui está!"

O livreiro deu um salto assustado na cadeira, deixou cair o cachimbo e o livro e encarou-o, trêmulo.

"Benedictus!", exclamou ao reconhecer o visitante. "Que susto me pregaste! Irra!"

Bento respondeu com uma gargalhada, apenas interrompida pela sua tosse habitual. Enquanto o amigo resmungava e apanhava o cachimbo e o livro, o filósofo pôs-se a retirar os papéis escrevinhados que trazia dentro do saco, arrumando-os em resma sobre o balcão.

"O meu livro", anunciou com orgulho. "Terminei-o finalmente e está pronto para publicar."

Perante esta tão grande novidade, a momentânea irritação de Rieuwertsz desvaneceu-se como o fumo do seu cachimbo. Pôs-se de pé, pegou nas folhas do topo da resma com delicadeza, como se estivesse a manusear um tesouro, e contemplou o título que o amigo redigira à mão. *Ethica, ordine geometrico demonstrata.*

"Finalmente!", exclamou. Olhou fixamente para Bento, assaltado por uma dúvida. "Acabaste mesmo?", questionou, quase com medo. "Ou amanhã vais-me dizer que afinal é preciso ainda acrescentar mais uma coisa e clarificar outra e sei lá mais o quê?"

"Acabei, acabei", assegurou o autor. "O livro está pronto para ser impresso."

O olhar de Rieuwertsz amaciou e, desvanecendo-se, regressou ao título. Havia esperado tantos anos por aquela obra que começara já a duvidar. Ao longo do tempo, o amigo dera-lhe a ler alguns trechos, a ele e aos falecidos Balling, De Vries e Koerbagh, e ainda a outros como Jarig, Meyer e mais alguns. Mas uma coisa eram extratos dispersos, que aliás provocaram inúmeras discussões entre eles e influenciaram livros como o de Koerbagh e o de Meyer, e outra completamente diferente era ver o texto completo, todas as ideias encadeadas como peças de um *puzzle* que só encaixadas umas nas outras forneciam a imagem completa.

"*Ética, demonstrada por ordem geométrica*", murmurou, traduzindo o título do latim. Ergueu os braços para o ar, como se agradecesse ao Altíssimo. "Aleluia! A-le-lui-a!"

Bento riu-se. Os amigos haviam esperado tanto tempo, e tinham ficado tão decepcionados quando suspendera a redação da *Ethica* para no intervalo escrever o *Tractatus Theologico-Politicus*, que pura e simplesmente haviam deixado de acreditar que a obra alguma vez chegaria ao fim. Pois ali estava ela.

O filósofo fitou o amigo.

"Quando pensas que podes pôr o livro no prelo?"

Nova hesitação do livreiro, assaltado por mais uma dúvida.

"E... e se eles o proibirem?"

A pergunta não era despicienda. A morte de De Witt e a ascensão ao poder de Guilherme III e dos orangistas, dando força aos *predikanten* calvinistas, desequilibraram a balança contra os liberais. Mais a mais porque Guilherme III conseguira forçar os franceses a retirarem de Utrecht e de outras cidades que haviam ocupado nas Províncias Unidas, o que cimentara a sua popularidade entre a população e reforçara o seu poder. O livre-pensamento já não era tolerado da mesma maneira.

Prova disso fora o destino dado ao *Tractatus Theologico-Politicus*. Logo que Guilherme III assumira funções, começaram as movimentações legais para interditar as "obras pestilentas". Três sínodos da Igreja Reformada condenaram o livro de Bento. Em apenas dois anos, o Tribunal da Holanda proibira o *Tractatus Theologico-Politicus* e outros textos considerados blasfemos, incluindo o *Leviatã*, de Hobbes. As coisas tinham mudado. E muito.

"Temos de arriscar", foi a resposta de Bento, esforçando-se por dominar o medo. "É verdade que já não temos o De Witt para nos proteger. Mas também é verdade que, apesar da popularidade do novo governo em Haia, os burgomestres de Amsterdã permanecem liberais e comprometidos com a defesa das liberdades, incluindo de pensamento. Guilherme III pode ser o *stadhouder*, mas, caramba, não é Deus Todo-Poderoso."

"Pois, mas olha que os *predikanten* têm-te debaixo de olho..."

O filósofo secou com as costas da mão as gotas de transpiração que lhe molhavam a testa.

"Então não sei? Ainda no mês passado, o consistório da Igreja Reformada de Haia discutiu especificamente o meu caso", recordou numa voz tensa. "Parece que os membros do consistório se queixaram de que as minhas opiniões blasfemas se estão a espalhar cada vez mais e que é preciso investigar-me. Parece que mandataram uns membros para averiguar os meus planos, se tenciono publicar mais algum livro, quais as teses que defendo, quais os perigos que elas encerram... enfim, tudo isso. Depois de apurarem os fatos, decidiram eles, veriam o que fariam de mim."

Os dedos de Rieuwertsz tamborilaram pensativamente sobre a madeira do balcão.

"E... e isso não te preocupa?"

"Claro que me preocupa", foi a resposta pronta. "Ando na rua com medo da minha própria sombra. É por isso que pensei em sair do país e procurar um lugar mais tolerante e aberto. Com o *stadhouder*, os orangistas e os *predikanten* a mandarem sem oposição, o ambiente na nossa república está a tornar-se irrespirável. O maior segredo do governo monárquico e o seu principal interesse consiste em enganar os homens e em usar a religião para manipular os seus medos de modo a que a turba lute pela sua própria servidão como se essa fosse a sua salvação. Não é possível filosofar com as coisas neste estado."

"Se saíres do país, irás para onde?"

A pergunta derrotou Bento, cujos ombros descaíram em sinal de desalento.

"Pois, esse é o problema. Ainda recebi um convite para lecionar filosofia na Universidade de Heidelberg, mas disseram-me que não poderia perturbar a religião e percebi que não me dariam liberdade para dizer o que quisesse. Recusei. A verdade é que não há para onde ir. Por toda parte, é a tirania e a opressão e o obscurantismo. Mesmo estando nós mal após a morte de De Witt, encontramo-nos apesar de tudo menos mal do que todos os outros países. É por isso que quero publicar o mais depressa possível. Esta é uma corrida contra o tempo. O livro tem de sair antes que a situação na nossa república se degrade ainda mais."

"Desculpa, mas quanto mais depressa publicares, mais depressa te metes na boca do lobo."

Bento mordeu o lábio inferior, nervoso.

"O consistório que me está a investigar é o de Haia", fez notar. "Ora, a minha ideia é publicar aqui em Amsterdã, onde apesar de tudo os livres-pensadores são mais tolerados."

"Isso não te garante proteção..."

O filósofo suspirou; estava a ficar cansado daquele jogo.

"Ouve, Rieuwertsz", disse. "Por este andar, mais tarde ou mais cedo, estes tipos vão mesmo cair em cima de mim. Se não publicar agora, não publicarei nunca. Um dia ainda me entram em casa, apreendem-me todos os manuscritos e fazem de mim o que bem entenderem, como se viu com os De Witt. Se isso acontecer, foi tudo em vão. Não posso deixar que tal suceda. Ou publico agora ou nunca mais publico."

Folheando pensativamente as páginas, o livreiro considerou esta resposta e as novas circunstâncias políticas que estavam a viver. Sim, o ambiente tornara-se mais perigoso para as novas ideias. E sim, Amsterdã continuava a ser um caso à parte. As práticas de liberdade mercantil e de liberdade econômica continuavam a influenciar as ideias de liberdade de pensamento e de expressão. Na mente dos burgomestres, a prosperidade permanecia associada à liberdade. Quando o livro saísse, seguir-se-ia inevitavelmente um confronto e, sendo improvável, não era impossível que, na pátria do liberalismo, os livres-pensadores conseguissem voltar a se impor. Seria pelo menos um momento clarificador. Mesmo que os *predikanten* ganhassem, ao menos o livro já teria sido publicado e alguns exemplares chegariam a casa de muitas pessoas antes de a obra ser banida. Seriam essas pessoas que se encarregariam de manter o livro vivo. Publicar era garantir a eternidade daquelas ideias. Não publicar seria condená-las ao esquecimento.

"Tens a noção de que, mesmo não metendo o teu nome na *Ethica*, como fizemos no *Tractatus Theologico-Politicus*, eles vão perceber de imediato que és tu o autor? Se quiserem retaliar, o anonimato formal a que recorremos no outro livro não te protegerá como te protegeu no tempo do De Witt..."

Bento hesitou. Publicar poderia ser a sua sentença. Não publicar poderia ser a sentença da república. O que fazer?

"Então metamos desta vez o meu nome", acabou por dizer, esforçando-se por refrear o medo. "Assumamos tudo às claras."

O livreiro vacilou uma última vez, dividido entre o desejo de ver aquela obra publicada e o receio de o fazer. Até que, enfim decidido, pegou em todas as folhas que estavam sobre o balcão e alinhou-as corretamente em resma.

"Se a minha loja é a Livraria dos Mártires, macacos me mordam se não tenho coragem de também publicar isto!", exclamou com brusca determinação. "*Alea jacta est!*"

O filósofo forçou um sorriso.

"*Alea jacta est!*", assentiu, repetindo a velha frase atribuída a Júlio César quando decidiu atravessar o Rubicão e assim desafiar o Senado. "Os dados estão lançados!"

Os dois discutiram os pormenores de como seria feita a edição do livro, se seria Meyer a escrever o prefácio ou o próprio Rieuwertsz, quem faria a revisão do texto em latim, como seria a paginação, em que oficina se faria a impressão, por onde decorreria a distribuição. Mantiveram-se ocupados, assim afastando a mente dos graves perigos que incorriam pela decisão de publicar, e foi essa inconsciência consciente que lhes alimentou a coragem.

Terminaram a meio da tarde, já bem para lá da hora do almoço, e despediram-se à porta da livraria.

"Volta cá amanhã para falar com o revisor", indicou Rieuwertsz, sempre centrado nas questões técnicas para não ter de pensar nas outras. "Quanto tempo contas permanecer em Amsterdã?"

"Uma ou duas semanas", respondeu Bento. Tossiu. "Vou ficar em casa do Jarig."

O amigo fez uma careta.

"Essa tosse vai de mal a pior. Tens visto isso?"

"O Meyer costuma passar por Haia e dá sempre um salto a minha casa para me ver a saúde e receitar-me uns tratamentos. Está tudo mais do que controlado, não te preocupes."

Com um breve aceno, Bento partiu e o livreiro regressou à loja para começar a preparar a *Ethica* para publicação. Os dados ainda não estavam efetivamente lançados, mas o jogo tinha de ser preparado. Para vencer ou morrer.

XXIV

Enquanto no restaurante da Dirk van Assensteeg comia a sopa, a sua única refeição do dia, Bento ia espreitando distraidamente o movimento na rua; a observação das pessoas a passarem era um dos seus pequenos prazeres. Também nesta rua os postes estavam engalanados com fitas, o que mais uma vez lhe chamou a atenção. Desde que chegara no *trekschuit*, a meio da manhã, que reparara naquelas decorações festivas por toda parte.

Sentindo-se curioso, quando o empregado lhe entregou a conta, e antes de pagar, questionou-o sobre o assunto.

"Desculpe, há festa na cidade?"

"Já houve, já houve", disse ele. "Foram os portugueses."

Alçou a sobrancelha. O que teria a comunidade judaica portuguesa do Houtgracht celebrado?

"O que aconteceu?"

"Inauguraram a sua nova igreja ali na Breestraat", foi a resposta do empregado. "Ah, senhor, havia de ter visto! Foram oito dias de festa na cidade, com cerimônias e bailaricos a toda hora. Amsterdã inteira passou por lá. Até as principais famílias dos regentes foram ver a nova igreja dos portugueses! Uma maravilha, caro senhor! Custou mais de cento e sessenta mil florins, veja só! Uma maravilha!"

A nova sinagoga da Nação já tinha sido inaugurada? Havia algum tempo que Bento tinha conhecimento do projeto, claro. Toda a gente nas Províncias Unidas sabia que os portugueses tinham metido mãos à obra e estavam a erguer uma sinagoga monumental, uma maravilha nunca vista entre os judeus de toda a Europa. O que ele não sabia era que, não só os trabalhos haviam terminado, como pelo visto a sinagoga fora já inaugurada. E, pelo que lhe era dado a perceber, com pompa e grande estilo, tão magnificente que Amsterdã inteira lhe caíra aos pés.

Uma nostalgia súbita assaltou-lhe o espírito. A sua alma de judeu português reconheceu prontamente aquele sentimento, pois ele fazia parte do léxico da sua língua materna. Chamava-se *saudade*. Aquela palavra portuguesa sem tradução rigorosa para neerlandês, ao mesmo tempo amarga e doce, palpitou-lhe naquele momento no coração. Desde o *cherem* que tinha cortado completamente com a sua comunidade de origem, como se tivesse deixado em absoluto de ser judeu e de ser português, e nem olhara para trás. Mas naquele instante em que regressava à cidade onde nascera, e ao ser confrontado com a extraordinária notícia de que portugueses no exílio haviam conseguido erguer uma obra que a todos maravilhava, sentiu um estranho chamamento das suas origens. Talvez fosse o pai Miguel, ou se calhar a mãe Ana Débora, quem sabe se na sua própria carne se escondiam as vozes ancestrais dos que tanto amara e já haviam partido, mas, fosse por isto ou por aquilo, a verdade é que o coração se lhe apertou e sentiu nesse momento um desejo irresistível de voltar a ver e a ser o que já não via nem era havia tanto tempo. Judeu e português.

Sentia *saudade*.

Depois de pagar, deixou-se levar pelo impulso e fez-se ao caminho. O seu destino já não era a casa de Jarig, onde iria ficar instalado durante a estada em Amsterdã, mas o Houtgracht da sua infância e juventude. Ziguezagueou pelo emaranhado das ruas estreitas de Amsterdã, atravessou a ponte e entrou no bairro português. Cruzou-se a partir daí com homens morenos, baixos e sorridentes, ouviu frases soltas na sua velha língua, "sabes quando chega o carregamento do Recife?", "a Sara tem andado adoentada, coitadinha", "o que vai ser a janta?", a saudade apertou com mais força, teve vontade de lhes falar, de lhes sorrir, de saber notícias, por onde andava a dona Rute e as suas alheiras à moda de Mirandela?, onde se podia comer uns figos secos algarvios ou umas castanhas assadas transmontanas?, mas encolheu-se, nada perguntou, era demasiado tímido; limitou-se a ouvir, ficou em silêncio a matar aquela *saudade* que sublimara desde o dia do *cherem*.

Sabia muito bem onde era a Breestraat e encaminhou-se para lá. Fazia sol e o dia estava agradável, com as cores tão vivas como as que imaginava que seriam as de agosto na Lisboa de que o pai tanto lhe falara exatamente com a mesma saudade. Chegou ao local e viu pela primeira vez a fachada da sinagoga. Era enorme. Enorme. Sem dúvida a maior da Europa. Em bom rigor, percebeu, tratava-se de todo um complexo. Para além do santuário propriamente dito, havia uma série de estruturas em redor; tratavam-se certamente dos gabinetes rabínicos e dos espaços dedicados às várias obras de caridade e fundações. Uma delas seria sem dúvida a Santa Companhia de Dotar Orfans e Donzelas Pobres, uma das mais velhas e nobres instituições daquela a que todos os que viviam no Houtgracht conheciam como a Nação.

Aproximou-se até ficar relativamente perto da porta da nova sinagoga. Como era magnificente! Ali parado a contemplá-la, não conseguiu reprimir a emoção que por momentos o invadiu. Seria da idade? Quão longe tinham os judeus portugueses ido na adversidade! Perseguidos na sua terra, haviam-se metido atabalhoadamente ao caminho, rumaram a norte, chegaram em segredo a Amsterdã como se esta fosse uma Jerusalém nórdica, participaram na grande epopeia humana de naquela terra estranha enterrar o feudalismo e fundar um sistema baseado na liberdade, e, setenta e cinco anos volvidos, ali estava a sua obra para que todos a vissem, para glória eterna de HaShem, de Portugal e das Províncias Unidas. Como poderia Bento não se sentir emocionado com tamanha visão e tão grandioso monumento?

Acomodou-se à sombra de um arco de pedra e, encostado melancolicamente à parede, tossindo aqui e ali como sempre lhe acontecia, ficou a observar o movimento na rua. Chegou um coche e depois outro. Homens, mulheres e crianças apearam-se, todos nas suas melhores roupas; daí a pouco deveria começar uma cerimônia religiosa. Viu um vulto magro de grandes barbas brancas passar, curvado e quebrado, e reconheceu-o; era o *chacham* Isaac Aboab da Fonseca, o velho rabino que nascera em Castro Daire com o nome Simão da Fonseca e que, após a morte do *chacham* Morteira, anos antes, se tornara o rabino-chefe da comunidade portuguesa. Se o interpelasse, será que o reconheceria como o filho do distinto Miguel de Espinosa, membro preponderante da Nação? Se o reconhecesse, falar-lhe-ia? Provavelmente não. O *cherem* fora decretado para toda a vida.

Seguiu com o olhar o *chacham* Aboab até ele desaparecer para lá da porta da sinagoga e depois voltou a atenção para as famílias que iam chegando sem cessar. Nos adultos reconheceu um ou outro rosto; aqui o Jacob Coutinho, ali o Ishac Pessoa, acolá o António Álvares Machado. Andara com alguns deles na escola Talmud Torá. Como estavam mudados! Menos cabelos, mais rechonchudos, papos por baixo do queixo, barrigas de patriarca. O tempo fazia misérias no corpo dos homens. Tinha sido com eles que recitara a Torá em coro e brincara no recreio, e eis que eles ali estavam com as famílias, perfeitos burgueses, simultaneamente portugueses e neerlandeses, sempre judeus, sempre orgulhosos e altivos, a encaminharem-se nas melhores vestes para a cerimônia na nova e monumental sinagoga que com o esforço do seu labor e talento haviam erguido naquela terra longínqua que agora era também sua. Outras famílias apareceram e, entre diversas caras conhecidas, mas envelhecidas, muitos rostos não identificou. Uns seguramente porque só haviam chegado de Portugal e de Espanha depois do seu *cherem*, outros de certeza porque eram filhos dos que conhecera no seu tempo. Haveria Espinosas entre eles? Impossível de dizer. Talvez aquele rapagão ali fosse o seu sobrinho Miguel, filho da sua irmã mais nova Rebecca. Ou então aquele homem feito poderia ser Daniel, o filho da sua irmã Miriam, que conhecia como "a mais velha". Ou aqueloutro se calhar Benjamin, o outro filho de Rebecca. De quem seriam filhos aquelas crianças e aqueles jovens? Provavelmente de alguém do seu tempo. Seguiu-os sempre até os ver desaparecer, engolidos pela sinagoga. A sua gente. Os judeus. Os portugueses.

Quando o fluxo de famílias se esgotou e a rua ficou deserta, à exceção de um ou outro retardatário, deixou a sombra do arco de pedra e caminhou devagar para a ponte, captando os odores familiares que lhe lembravam o ar da sua infância, até por fim abandonar o Houtgracht. Os sinos assinalaram as dezoito horas. Cruzou-se depois da ponte com iluminadores que, de escadas e tochas nas mãos, acendiam as lâmpadas de óleo das ruas, a última novidade em Amsterdã, enquanto um rolar distante de tambores sinalizava a cerimônia de formar dos guardas-noturnos que daí a pouco iriam patrulhar a cidade. Do outro lado da ponte, ainda olhou para trás e contemplou por uma última vez o casario tranquilo onde vivia a comunidade portuguesa. Percebeu nesse instante que nunca mais ali voltaria. A verdadeira razão por que tinha ido ao Houtgracht, compreendeu então, é que fora despedir-se dos seus.

XXV

Ao entrar na Het Martelaarsboek para verificar as provas da sua *Ethica*, Bento constatou que Rieuwertsz discutia acaloradamente com alguém que estava de costas. Ao chegar ao pé deles, percebeu que se tratava de Lodewijk Meyer, o médico e filósofo que conhecera muitos anos antes na escola de Van den Enden e que volta e meia o visitava em Haia para o ajudar a tratar-se da tosse persistente.

"Meyer, o que fazes por aqui?"

O médico mal lhe sorriu; encarou-o até com cara de caso. Era verdade que Meyer ficara sentido com ele por causa de uma referência que Bento fizera no *Tractatus Theologico-Politicus* a minimizar a *Philosophiae Scripturae Interpres*, como se intitulava o livro que o amigo publicara a expor por antecipação a proposta de exegese da Bíblia concebida pelo filósofo. O episódio, contudo, já havia sido ultrapassado; afinal de contas, tinha sido o médico quem cometera um erro ao publicar as ideias mestras de uma tese que na verdade não era a sua.

"Tenho más notícias, receio bem", disse Meyer. "O Van den Enden foi executado."

A novidade deixou Bento chocado e boquiaberto. Havia já alguns anos que o professor de ambos, pai de Clara Maria, deixara Amsterdã; os seus ensinamentos democráticos tinham-se tornado tão radicais para o seu tempo que já não o autorizavam a expô-los. Em Paris fundara uma escola muito bem-sucedida. A última vez que o vira fora no dia em que se deslocara à casa dele para ter a derradeira conversa com Clara Maria e a última vez que dele tivera notícias tinha sido em referência a contatos a propósito de Leibniz, o alemão com quem começara correspondência e que fizera recentemente uma passagem por Paris.

"O que aconteceu?"

"Parece que o nosso velho professor de latim se envolveu numa conspiração para assassinar Luís XIV, vê lá tu. Os planos contra o rei francês foram descobertos e enforcaram-no na Bastilha."

Bento ficou por momentos silencioso, relembrando o momento em que conhecera Van den Enden. Clara Maria levara-o ao gabinete do pai na escola no Singel e fora ali que tudo começara. Recordou as suas aulas apaixonantes sobre Galileu, Maquiavel, Bacon, Hobbes e Descartes, reconstituiu detalhes de peças que haviam representado no Teatro Municipal de Amsterdã, em particular *Eunuchus*, recordou o dia em que ele o acolhera em sua casa após o *cherem* e lhe dera emprego na sua escola, reviveu a paixão que tivera pela filha…

Quantas memórias!

Parecia que tudo tinha acontecido numa outra existência, ele era outra pessoa, vivia-se um tempo diferente. De Witt ainda existia, discutia-se apaixonadamente o método cartesiano, o mundo estava a seus pés à espera de ser conquistado e ele, Bento, munido com a sua pena e armado pelo seu intelecto, seria o Vasco da Gama das novas ideias. Tudo isso acontecera apenas duas décadas antes, mas dir-se-ia noutra vida.

"Van den Enden pode ter morrido", observou, "mas o seu espírito vive porque o seu pensamento é imortal."

Todos assentiram; ninguém negava a influência que o velho professor exercera sobre as ideias liberais que partilhavam.

Meyer remexeu-se, desconfortável.

"Tenho outra má notícia."

O anúncio atraiu sobre ele o olhar espantado de Bento; que notícia poderia ser tão má quanto a da morte de Van den Enden?

"O que aconteceu?"

"Como sabes, o irmão de Koerbagh, apesar de ter tendências de livre-pensador que já lhe suscitaram problemas com o consistório, é *predikant*", disse. "Ele veio agora avisar-me de que os *predikanten* já sabem que planejamos publicar o teu novo livro."

Não era agradável, pois Bento gostaria de pôr a sua *Ethica* nas livrarias antes que os membros da Igreja Reformada soubessem sequer da sua existência, o que retardaria a reação. Porém, não se podia dizer que a descoberta dos seus planos constituísse propriamente uma surpresa.

"E então?"

"E então estão a dizer que este livro é ainda mais perigoso do que o *Tractatus Theologico-Politicus*", revelou. "Mais, andam a afirmar que esta nova obra vai apresentar, nem mais nem menos, a prova de que Deus não existe."

Fez-se um silêncio pesado entre os três. Bento trocou um olhar interrogativo com Rieuwertsz, como se o inquirisse sobre a origem daquela fuga de informação.

"Deve ter sido na oficina de impressão", alvitrou o livreiro. "Para imprimir o livro, o dono da oficina teve obrigatoriamente de o ler. Já com Koerbagh foi a mesma coisa. Foi o dono da oficina de impressão que, ao ler o livro dele antes de o imprimir, alertou as autoridades e conduziu à sua detenção."

"Mas a *Ethica* está em latim..."

Raras eram as pessoas comuns que liam a velha língua romana, como todos sabiam.

"Como os livros sob a minha chancela se encontram sob vigilância, se calhar a oficina teve de informar os *predikanten* de que tinha recebido ordem de impressão de um livro da minha livraria e eles foram lê-lo. Enfim, as hipóteses são muitas. Não sei exatamente como aconteceu. O fato é que sabem da existência do livro."

"Eles não se limitam a saber da existência do livro", fez notar Meyer. "Os *predikanten* preparam-se para agir. E não vai ser bonito."

"Ora, ora", desdenhou Bento, aparentando maior segurança do que aquela que realmente sentia. "O que podem eles fazer?"

O médico fitou o amigo com intensidade.

"Foram falar com o *stadhouder*."

Fez-se na livraria um novo silêncio, este ainda mais pesado do que o anterior. O que acabara de ser dito soou-lhe verdadeiramente assustador.

"Com... com o próprio Guilherme III?"

"É ele o *stadhouder*, não?"

"O que disse o príncipe?"

Meyer inclinou a cabeça de lado, como quem indicava que a resposta era óbvia.

"O que ele disse exatamente, não sei", respondeu. "Mas sei que as autoridades se preparam para te cair em cima mal o teu livro saia cá para fora. Dizem que é incrível como tu te tens esforçado por derrubar os princípios da fé cristã e por causar tanto dano à nossa república."

Neste ponto, Rieuwertsz não se conteve.

"O que o Meyer está a dizer, Benedictus, é que eles já montaram a emboscada", observou. "Estão apenas à espera do livro para te prenderem e... e sei lá o que mais."

"No momento em que a *Ethica* sair do prelo, entram por aí dentro, apreendem todos os exemplares e atiram-te para o Rasphuis", confirmou Meyer. "Ou fazem ainda pior, enquanto o diabo esfrega um olho... se é que não chamam a turba e te aplicam o mesmo tratamento que aplicaram aos irmãos De Witt. Isto não está para brincadeiras."

"Os tempos mudaram, Benedictus", sublinhou Rieuwertsz. "De Witt já não anda por aqui para proteger os livres-pensadores dos ataques dos *predikanten*. As regras são agora diferentes."

Calaram-se, os fatos expostos, o cenário traçado. Meyer e Rieuwertsz fixaram os olhares no amigo, à espera de uma decisão. Bento sentia-se dividido. Por um lado, queria ardentemente publicar o livro e tinha perfeita consciência de que, se não o fizesse naquele momento, não o faria mais. Mas, por outro, a situação era a que era. Se as autoridades, instigadas pelos *predikanten*, entrassem pela oficina e apreendessem todos os exemplares da *Ethica*, o seu trabalho e o seu próprio sacrifício, pois decerto acabaria os seus dias no Rasphuis ou pendurado num qualquer pelourinho como os De Witt, seriam em vão.

Impotente, baixou a cabeça em rendição.

"Cancela tudo."

A *Ethica* não veria a luz do dia.

XXVI

Pela manhã, a febre baixa que o havia atormentado durante toda a noite já tinha abrandado, se não mesmo desaparecido por completo. Mal dormido, como aliás acontecia quase todas as noites, Bento bocejou e esticou as pernas. Virou a cara e espreitou a vasilha para onde fizera os sangramentos; abrira à noite uma veia para que o sangue escorresse para ali, como era prescrito pelos médicos e Meyer lhe recomendara que fizesse sempre que tivesse dificuldade em respirar e a temperatura subisse. Precisava de tirar aquilo dali.

Levantou-se com esforço, apanhou a vasilha e levou-a para o corredor. Abeirou-se do topo das escadas.

"Senhora Van der Spyck!", chamou com a sua voz carregada de catarro. "Senhora Van der Spyck!"

Ela não respondeu, certamente porque não o ouvira. Para além do catarro, ou talvez também por causa dele, a sua voz era fraca. Sem vontade de descer a carregar a vasilha com sangue nas mãos, pousou-a à porta do quarto. Quando por ali passasse nas limpezas, a dona da casa decerto encontrá-la-ia e, como sempre quando o hóspede fazia os seus sangramentos, saberia que era para lavar.

Regressou aos aposentos e procurou nas gavetas do móvel a conserva de rosas vermelhas que Meyer lhe havia receitado tempos antes; tratava-se de uma mistura de botões de rosa esmagados com açúcar, cozidos em água até ganharem uma consistência espessa. O seu amigo médico tinha-lhe explicado que se tratava de um bom remédio para as dificuldades respiratórias. Na verdade, durante alguns anos parecera dar bons resultados. Com o degradar constante dos pulmões, contudo, isso parecia já não acontecer. Talvez devesse voltar ao xarope de caules. Nos seus tempos no Houtgracht lembrava-se de ter lido na escola Talmud Torá um texto do *chacham* Isaac Abarbanel, o célebre filósofo português, a recomendar esse xarope para os casos de tísica. Será que resultaria ainda? Fez uma nota mental para escrever a Meyer a perguntar o que achava ele dessa solução.

Alguém tocou à porta.

"Senhor De Spinoza?"

Era a dona da casa.

"É para levar a vasilha dos sangramentos, senhora Van der Spyck", disse ele. "Voltei esta noite a ter febre e tive de abrir uma veia, mas agora já estou melhor. As minhas desculpas pelo incômodo."

A porta abriu-se e ela esticou a cabeça para dentro do quarto.

"Senhor De Spinoza, está lá embaixo um estrangeiro para falar consigo."

"Um estrangeiro?"

"Disse que se chama… uh… Laiknits. É um alemão."

Só podia ser Leibniz, o filósofo de Mainz com o qual trocava correspondência havia alguns anos.

"Já desço."

Enquanto a dona da casa regressava ao rés do chão, presumivelmente levando a vasilha cheia de sangue, Bento foi lavar a cara e vestiu a primeira roupa que encontrou, uns trapos velhos que na véspera deixara abandonados sobre a cadeira. Enfiou os pés nos sapatos e, apertando o cinto, saiu do quarto e desceu as escadas.

Deu com o visitante plantado ao pé da janela, uma mala pousada a seus pés, a observar os filhos dos Van der Spyck que brincavam no jardim; o casal pelo visto saíra de casa para os deixar à vontade. Ao aperceber-se de uma presença nas suas costas, Leibniz voltou-se e encarou-o, o rosto a abrir-se numa expressão de espanto.

"Senhor De Spinoza?"

O alemão era um homem novo, perto dos trinta, com uma grande peruca encaracolada a cair-lhe sobre os ombros.

"Ao seu serviço, senhor Leibniz. Após tantas cartas trocadas entre nós, folgo em finalmente o conhecer em carne e osso. Seja bem-vindo à minha modesta casa."

Os dois cumprimentaram-se com uma vênia, embora o alemão não se conseguisse desfazer do seu ar de assombro.

"Devo confessar que… enfim, não contava encontrá-lo em preparos tão… tão improvisados."

Ou seja, Leibniz estava chocado com os trapos velhos em que Bento o recebia.

"Um homem não vale mais só porque está mais bem-vestido", retorquiu o anfitrião na sua voz carregada de catarro. "Nem merece a pena procurar melhores trajes. Desafia o bom senso meter coisas de pouco ou nenhum valor num envelope precioso."

"O seu corpo não é coisa de pouco valor, senhor De Spinoza..."

"Não se deixe iludir, meu ilustre amigo. Como dizem alguns dos mais velhos portugueses do Houtgracht, usando uma expressão oriunda dos tempos em que viviam em Portugal, de que nos serve uma bela carapaça se tivermos os pordentros arruinados?"

Como que a provar o que acabara de dizer, foi assaltado por um ataque de tosse e este foi tão violento que teve de se refugiar no sofá junto à lareira. O alemão pegou na sua mala e acomodou-se numa cadeira ao lado, aguardando pacientemente que o interlocutor se restabelecesse. Quando isso aconteceu, Leibniz acendeu um cigarro enquanto o luso-neerlandês agarrou no seu cachimbo como se algures por entre os anéis de fumo pudesse encontrar a salvação. Médicos havia que lhe tinham recomendado o tabaco, enaltecendo as suas propriedades medicinais e garantindo-lhe estar provado que aquelas ervas das Américas o ajudariam a tornar os pulmões mais saudáveis, permitindo-lhe derrotar assim os tão incomodativos ataques de tosse.

"Peço imensa desculpa por incomodá-lo a esta hora tão matinal, senhor De Spinoza, mas, passando eu por Haia, não queria evidentemente deixar passar a oportunidade de o visitar e conhecer em pessoa", disse Leibniz com a polidez normal em tais circunstâncias. "Como lhe expliquei por carta, estive em Paris com o nosso amigo comum, o senhor Huygens, e visitei a escola de um outro amigo seu, o senhor Van den Enden."

A referência ao seu velho mestre, executado pouco tempo antes por ordem de Luís XIV, ensombrou o rosto do anfitrião.

"Pobre Franciscus..."

"Lamentável o que lhe aconteceu, sem dúvida. A escola dele em Paris era realmente notável. Devo dizer que falamos de si e o senhor Van den Enden mostrou-se muito orgulhoso com os seus feitos intelectuais. Deu-me até para ler o *Tractatus Theologico-Politicus*."

"Ah?"

"É verdade, Van den Enden tinha lá o seu livro." Hesitou. "Presumo que seja o seu livro, pois a obra é anônima, mas toda a gente diz que é o senhor o autor..."

"Assim é, de fato", confirmou Bento. "E tenho até uma outra obra em preparação, mas receio que, com a mudança do clima político aqui no meu país, essa nunca chegue a ver a luz do dia. Pelo menos enquanto eu for vivo."

"Falaram-me desse seu novo livro em Paris e, confesso, fiquei com muita curiosidade. Disseram-me que explica a natureza de Deus."

O anfitrião estreitou as sobrancelhas; como diabo saberia o alemão da existência da *Ethica*? Decerto havia sido Huygens quem lhe falara no texto.

"Assim é."

Calou-se, como se fosse tudo o que havia a dizer sobre o tema. Leibniz remexeu-se no lugar; claramente tinha dificuldade em conter a curiosidade.

"É verdade que nesse livro o senhor De Spinoza apresenta a prova de que Deus não existe?"

A pergunta era atrevida, mas o visitante pelo visto sentia que a correspondência entre ambos lhe permitia certas liberdades.

"Quem lhe disse isso?"

"Falaram-me em Paris."

O tema era de grande sensibilidade e normalmente Bento apenas o abordaria com pessoas de muita confiança. Poderia ter confiança no homem sentado ao seu lado?

Caute.

"Vou ser sincero consigo, senhor Leibniz", retorquiu. "Através da nossa correspondência, o senhor pareceu-me ter uma mente liberal e estar bem versado em todas as ciências. Porém, devo dizer que não compreendi inteiramente os motivos pelos quais o senhor, sendo um conselheiro em Frankfurt, se deslocou a França..."

O alemão percebeu de imediato o alcance desta observação. Apesar de ter retirado o seu exército de Utrecht e de outras cidades neerlandesas, a verdade é que a França continuava em guerra com as Províncias Unidas e o fato de Bento estar em contato com alguém que se deslocara recentemente a Paris, a capital inimiga, aconselhava à maior prudência. A última coisa de que o seu anfitrião precisava naquela altura em que os *predikanten* e os orangistas aguardavam um seu passo em falso era de ser acusado pelos seus inimigos de conluio com um espião ao serviço dos franceses.

"Fui a França como emissário de negócios do barão Boineberg", explicou Leibniz. "Mas a parte mais importante da minha viagem foi a minha deslocação a Londres." Abriu a mala que trouxera e mostrou o seu conteúdo, um estranho mecanismo cheio de roldanas dentadas e peças metálicas, uma espécie de pequeno clavicórdio. "Quis apresentar o meu *calculus ratiocinator*, uma máquina de cálculo lógico que inventei, mas infelizmente ela não funcionou bem." Fechou a mala, como se nem quisesse falar no engenho que exibira, tão grande era a sua decepção com o fiasco. "De qualquer modo, acabei eleito *fellow* da Royal Society, o que significa que a viagem a Londres não foi totalmente perdida. Estive nessa ocasião em conversa com outro nosso amigo comum, o meu compatriota Henry Oldenburg."

"Ah! Conheceu Oldenburg?"

"Também me disse maravilhas de si, embora... enfim, tenha ficado algo abalado com a leitura do *Tractatus Theologico-Politicus*."

As explicações de Leibniz satisfizeram Bento, até porque o que ele acabara de dizer sobre Oldenburg estava em conformidade com as opiniões que conhecia do secretário da Royal Society; Oldenburg havia-lhe escrito recentemente a exprimir-lhe muitas dúvidas sobre o *Tractatus Theologico-Politicus*, pois nunca esperara ser confrontado com um livro que tão abertamente colocava em causa a autoridade divina da Bíblia e questões tão fundamentais como a existência de milagres e "a forma ambígua como são tratados Deus e a natureza".

Impressionado com a apresentação do *calculus ratiocinator*, e aceitando a evidência de que o seu interlocutor fora igualmente a Londres por razões filosóficas e falara de fato com Oldenburg, Bento sentiu-se enfim mais à vontade. Cruzou então a perna e, descontraindo, encarou Leibniz fixamente.

"Vou então revelar-lhe o meu segredo."

XXVII

A voz de Bento estava ensopada de catarro, a pele de uma palidez cadavérica, o rosto chupado e os cabelos prematuramente grisalhos para quem tinha apenas quarenta e poucos anos, mas nesse momento os olhos escuros cintilavam de entusiasmo e de vida, reflexo evidente da sua paixão pelo entendimento das coisas do universo. É certo que vira frustrada a sua intenção de publicar a *Ethica*, mas falar do conteúdo do livro era para ele uma forma de o pôr a respirar, de lhe dar existência, de o fazer viver. Era como se o publicasse por palavras faladas. Após mais um assalto de tosse que o manteve ocupado por dois longos minutos, restabeleceu-se e, esforçando-se por descontrair no sofá, aspirou uma nova baforada aromática do cachimbo em busca dos comprovados efeitos terapêuticos do tabaco.

"Senhor Leibniz", disse devagar para que o ar não lhe faltasse. "Considera-se porventura um homem racional?"

"Pensava que na nossa correspondência já lhe tinha dado provas suficientes de que acredito que a razão é o método correto para desvendar o mundo."

"Foi o que, a partir da leitura das suas cartas, me pareceu", assentiu Bento. "O mundo é regido por leis naturais e, recorrendo à razão, poderemos perceber essas leis. Quer isto dizer que o real é totalmente inteligível desde que utilizemos a razão. Não há nada de irracional no mundo, há apenas razões que podemos num dado momento não compreender. A fúria de um homem tem uma explicação tão lógica quanto um tremor de terra. O que nos remete para a questão de Deus. Far-me-á porventura o senhor a amabilidade de me elucidar sobre qual considera ser a Sua real natureza?"

O tema era evidentemente vasto e o visitante hesitou, sem saber por onde começar.

"O que quer saber exatamente?"

"Onde no universo está Ele?", perguntou Bento, especificando a sua pergunta inicial. "Existe algum motivo pelo qual criou o universo? Quantos universos diferentes podia Deus ter criado?"

O alemão considerou todas estas questões.

"Bem… isso são coisas que toda a gente sabe, pois estão escritas na Bíblia", respondeu. "Deus é o criador do universo e com certeza está algures por aí."

"Por aí, onde?"

Leibniz apontou para cima, como se indicasse o céu.

"No universo."

"Se Deus está dentro do universo, então o universo é maior do que Ele, pois no universo têm de caber Deus, nós e todas as coisas…"

O visitante entendeu e admirou a sutileza lógica do raciocínio; a questão que o seu interlocutor colocava, apercebeu-se, era mais problemática do que à primeira vista poderia parecer.

"Se Deus é maior do que o universo, como está implícito na Bíblia, forçosamente é-lhe exterior."

"Então se Deus é exterior ao universo", devolveu Bento, continuando a problematizar a questão, "diga-me, por favor, onde exatamente se encontra Ele?"

Uma pergunta penetrante e de difícil, se não mesmo impossível, resposta.

"Guiando-nos pelo que diz a Bíblia, Deus terá forçosamente de estar algures fora do universo, pois sabemos que Ele existia antes do universo e que foi Ele que o criou. Basta ler o capítulo inicial das Sagradas Escrituras para o perceber."

O próprio Leibniz, claramente um racionalista, intuiu que havia um problema de lógica com esta sua resposta. Mas, para seu alívio, o interlocutor não o pressionou mais neste ponto, decerto porque as incongruências da definição de Deus como maior do que o universo ou exterior ao universo estavam já suficientemente expostas com as perguntas argutas que acabaram de lhe ser dirigidas.

"Por que criou Ele o universo?", quis saber Bento a seguir. "E por que este universo especificamente e não um outro qualquer?"

"Por que existe algo em vez de nada?", questionou o alemão, respondendo à pergunta com outra pergunta, esta retórica. "Deus criou este universo decerto por um motivo, embora esse motivo possa não ser imediatamente visível. Lendo a Bíblia fica-se com a impressão de que Ele o criou para conceber os homens, de modo a que os homens O adorem. E por que este universo e não outro? Porque Deus assim o quis. No fim de contas, Deus é onipotente. Isso significa que faz o que bem entender. Provavelmente escolheu o melhor dos universos possíveis."

O anfitrião manteve-se momentaneamente calado, a considerar a melhor forma de expor a sua solução para estas questões.

"Nada é concebido sem Deus e todas as coisas estão em Deus", acabou Bento por enunciar, falando pausadamente como se medisse cada palavra. "Consequentemente, não pode haver nada fora d'Ele. Ele age segundo as leis da Sua própria natureza e ninguém o compele. Os decretos de Deus foram decretados por Deus para toda a eternidade, caso contrário Ele seria imperfeito e inconstante. Deus não existia antes dos Seus decretos e não poderia existir sem eles."

"Sim, mas, nessa sua concepção, o que é Deus exatamente?", quis saber Leibniz. "Como orienta Ele as coisas? Para que criou Ele o universo, ou seja, qual é a Sua ordem?"

"Deus é uno, isto é, na natureza existe apenas uma substância, e ela é absolutamente infinita", foi a resposta. "São aqueles que não compreendem a natureza que acreditam firmemente haver uma ordem nas coisas. Dizem que Deus criou tudo numa certa ordem e dessa maneira atribuem imaginação a Deus."

"Não é a perfeição que vemos no universo a prova da Sua existência? Não é evidente que Deus criou o universo com um objetivo?"

Bento abanou a cabeça.

"Olhando para tudo em nosso redor, e levando o raciocínio lógico até às suas últimas consequências, não é isso o que constatamos", declarou. "Quando os homens veem alguma coisa feita pela natureza que não corresponde ao ideal que imaginam, acham que a natureza cometeu um erro e deixou algo imperfeito. A aplicação das palavras *perfeito* e *imperfeito* a objetos naturais nasce das ideias feitas, não do verdadeiro conhecimento sobre a natureza das coisas. Quanto à opinião comum de que a natureza por vezes falha ou comete erros ou produz coisas imperfeitas, classifico-a entre as ficções. A natureza nada faz em função de um objetivo. Deus ou a natureza existe sem um objetivo, Ele age sem um objetivo; e uma vez que Ele não tem princípio ou objetivo de existência, não tem princípio ou fim de ação. As causas finais não passam de desejos humanos."

Tudo isto chocava frontalmente com as ideias prevalecentes na filosofia. Mas houve sobretudo um pormenor nas palavras do anfitrião, um detalhe enunciado *en passant* como um dado adquirido, que chamou a atenção de Leibniz.

"Disse... *Deus ou a natureza?*"

Sentindo um baque, Bento ficou paralisado, em choque com o pouco cuidado que tivera; fora apanhado! Sentiu-se momentaneamente sem saber o que fazer, pois dissera o indizível. E agora? Deveria retratar-se? Mas, vendo bem, o que importava isso? Estava diante de um filósofo e sabia que as regras não escritas entre filósofos permitiam que por vezes, quando falavam discretamente entre eles, dissessem no recato das suas conversas filosóficas o que em circunstâncias normais não podia ser dito.

Respirou fundo, preparando-se para se lançar no abismo da verdade transparente.

"Sim, Deus ou a natureza", confirmou enfim. "Sabe, senhor Leibniz, nasci judeu e vivi entre marranos, judeus que professaram o judaísmo às escondidas, levando assim uma vida dupla, e aprendi com eles os segredos da linguagem velada. Se for a ver bem, o meu discurso está cheio de referências a Deus, à verdadeira religião, à piedade, à beatitude, à providência, à salvação e aos mandamentos. Passo a vida a citar versículos da Bíblia, a mencionar artigos de fé, a dizer que Deus é infinito, a falar no amor de Deus, palavras que, a serem levadas à letra, contradizem toda a minha verdadeira doutrina. A verdade é que uso as palavras como uma fachada de discurso teológico ordinário para esconder um conteúdo que os supersticiosos considerariam profundamente herético, um conteúdo a que só os iniciados têm verdadeiro acesso. O que eu procuro mesmo é dizer as coisas de uma forma sutil para fazer as pessoas pensarem, de maneira a que se comecem a interrogar, a que comecem a pôr em causa as superstições de que estão rodeadas, a que se preparem para usar a razão até onde ela as levar. Só assim será possível derrubar este reino de mentiras que nos cerca e erguer uma república que viva na verdade."

"E qual é a verdade, senhor De Spinoza?"

O visitante desafiava-o e esse desafio constituiu o clique final. Farto de jogos de palavras, farto de subentendidos e de sentidos ocultos, farto de estar sempre a esconder tudo e de a todo momento tentar medir cada sílaba que pronunciava, sem que na realidade muitas vezes o conseguisse, pois a sua natureza não era realmente de *caute*, Bento voltou a soltar as suas inibições e libertou a verdade inaceitável que durante tantos anos tentara mascarar com palavras aceitáveis. Chegara a hora de desvendar o seu segredo.

"Quando afirmo que Deus emite leis, senhor Leibniz, estou na verdade a afirmar que a natureza emite leis. Ou seja, quando falo de Deus, falo da natureza. Não diferencio Deus e a natureza. Se o mundo é regido por leis naturais e tudo o que ele contém é natural, então Deus é natural."

Estava feita a confissão. Sentiu-se livre, como se tivesse emergido de uma longa noite e pela primeira vez se expusesse à luz do ol. Sem medo. Livre. Estava livre. Dissera o que tinha de ser dito. Dissera abertamente o que sempre dissera às escondidas. Dissera o indizível.

Surpreendido, como se duvidasse dos seus ouvidos, Leibniz pestanejou.

"Então... então tudo o que normalmente diz sobre Deus não passa de mentiras."

"Tudo o que digo, senhor Leibniz, é verdadeiro. A diferença é que uso as palavras religiosas num sentido diferente daquele que normalmente se dá a essas palavras. Se considerarmos que Deus se zanga ou que escuta as nossas preces, então tenho a dizer claramente que esse Deus não existe. Mas se considerarmos que Deus é a natureza, então Deus existe. Está a ver? Estou apenas a jogar com as palavras, pois, neste nosso mundo, aquele que procura as causas verdadeiras e tenta compreender como realmente são as coisas naturais, em vez de admirar as superstições como um idiota, é tido por herético e ímpio, e proclamado como tal por aqueles cujas superstições a multidão aprecia. Se há coisa que os advogados da ignorância compreendem é que o seu poder depende da sua capacidade em dissuadir a turba de conhecer a verdade. Invocam a palavra de Deus para fazer passar as suas próprias ideias e usam a religião para obrigar os outros a pensar como eles, deformando as Escrituras para sustentar as suas teses. É esse estado de superstição que tento romper, mas para isso tenho de recorrer à própria linguagem da superstição, pois essa é a única linguagem que me autorizam a usar. Entende? Uso explicitamente a linguagem da superstição para implicitamente desmontar a superstição. É esse o meu segredo."

"Acha então o senhor De Spinoza que os homens devem viver sem religião?"

"De modo nenhum. Mas, a termos uma religião, terá de ser uma religião que use a razão. Ao usar palavras como Deus, salvação, beatitude e tudo isso, não estou apenas a usar a técnica marrana da linguagem velada. Estou também a manter vivos certos elementos essenciais da religião para que possam ser usados na concepção da religião da razão. A salvação não está em Moisés nem em Cristo, está nas leis da razão que nos conduzem ao conhecimento. A salvação é o conhecimento da verdade. Só é verdadeiramente livre aquele que sabe a verdade."

O visitante ficou um longo instante em silêncio, chocado, a assimilar o que, só nesse instante compreendia sem equívocos, constituía uma confissão. E que confissão! A definição de Bento, implícita já no *Tractatus Theologico-Politicus* e que tantas suspeitas suscitara a todos os que haviam lido esse livro tão desconcertante, tornava-se enfim transparente.

"Então... Deus é a natureza?"

"A natureza é tudo o que nos rodeia", sublinhou o seu interlocutor, sentindo-se infinitamente aliviado por enunciar abertamente, e desta feita sem subterfúgios nem medos, tudo o que realmente pensava. "Se Deus também é tudo, então o que o distingue da natureza? Nada. Por exemplo, a natureza exprime-se pela matemática. Conhecendo a matemática, conhecemos Deus. Ou seja, conhecemos a natureza."

"Não foi isso o que Descartes disse", argumentou Leibniz. "Ele ensinou que a ciência tem de possuir a exatidão da matemática, é certo, mas tornou claro que as verdades matemáticas estão sujeitas ao poder de Deus."

"Descartes estava errado. As matemáticas não se sujeitam a Deus, as matemáticas são as leis e a mente de Deus. Quem conhece a matemática conhece Deus. Sendo a matemática a linguagem da natureza, isso significa que a natureza é Deus com outro nome. Quando estou a dizer que nada acontece em Deus que não decorra das Suas leis, o que verdadeiramente quero dizer é que nada acontece na natureza que não decorra das suas leis."

Ao ouvir isto, o alemão ficou por momentos sem saber o que dizer. Nunca nenhum filósofo tinha levado o raciocínio lógico tão longe ao ponto de contradizer direta e explicitamente a Bíblia e negar o estatuto sobrenatural de Deus. Deus não era sobrenatural. Era natural. Chamava-se natureza.

"Foi isso o que o senhor De Spinoza escreveu na sua *Ethica*?"

"Vou partilhar consigo outro segredo", murmurou Bento. "Quando redigi a *Ethica*, o texto original não mencionava Deus uma única vez. Falava única e exclusivamente da natureza. Os meus amigos neerlandeses que leram os primeiros rascunhos, porém, ficaram de tal modo alarmados que me imploraram que substituísse a palavra *natureza* por *Deus*. Ora, como o meu lema é *caute*, pois apesar de tudo venho de uma cultura marrana, acabei por aceder aos desejos deles, aliás perfeitamente razoáveis considerando a interferência religiosa nas coisas da política e da filosofia e as consequentes perseguições. É por isso que em todos os meus escritos e em todas as minhas conversas, sempre que vir ou ouvir a palavra *Deus* escrita ou dita, substitua-a pela palavra *natureza* e perceberá o que eu quero realmente dizer. Mas num ponto do meu novo livro, um único ponto, não resisti a deixar uma pista aos leitores. Na demonstração da proposição quatro, na quarta parte da *Ethica*, escrevi explicitamente… *Deus sive Natura*."

Reconhecendo o sentido das três palavras em latim, o alemão estreitou as pálpebras.

"*Deus ou a natureza*", traduziu. "O senhor De Spinoza atreveu-se mesmo a escrever isso na *Ethica*?"

"Escrevi."

"Mas… não receia as consequências?"

"Receio, claro. Não é por acaso que recuei na decisão de publicar o livro. Porém, aconteça o que acontecer, não prescindo de dar essa pista, essa única pista explícita, aos que lerem a *Ethica*, para que o sentido de tudo o que disse e escrevi ao longo da minha vida fique enfim claro. Essa frase é a chave que desvenda o segredo da minha linguagem e permite aceder à verdade do meu pensamento. *Deus sive Natura*. Deus ou a natureza. Deus é a natureza."

Leibniz respirou fundo, para dar tempo a si mesmo de digerir aquele atrevimento inaudito. Nem Bacon, nem Descartes, nem ninguém jamais tinham ousado fazer uma coisa assim.

"Mas a natureza não tem paixões e Deus tem-nas", fez notar o visitante. "Basta ler as Sagradas Escrituras e ver as constantes referências à fúria de Deus, ao amor de Deus, à compaixão de Deus…"

"Tudo isso são equívocos que nascem de uma incorreta leitura da Bíblia", retorquiu Bento. "Estamos a levar à letra expressões idiomáticas do hebraico. Eu, que leio e falo hebraico, digo-lhe que isso não pode ser feito assim. Por exemplo, quando os portugueses dizem que 'chove a cântaros', isso não quer dizer que haja literalmente cântaros no céu a despejar água, significa apenas que chove muito. Ou, outro exemplo, quando os neerlandeses dizem que andamos a derreter o dinheiro em vinho e mulheres, isso não quer dizer que andamos literalmente a gastar tudo para nos embebedarmos ou para comprar joias às namoradas, significa apenas que estamos a usar mal o dinheiro. Da mesma maneira, quando um judeu diz que do céu veio a fúria de Deus, isso não quer dizer que Deus está em fúria, significa apenas que se desencadeou uma grande tempestade. É preciso saber hebraico para entender que muitas coisas escritas na Bíblia e que parecem atribuir paixões a Deus são simplesmente expressões idiomáticas que não podem ser interpretadas à letra."

"Estou a perceber…"

"Este equívoco leva a que muitos imaginem Deus como se de um homem se tratasse", observou. "Aqueles que confundem a natureza humana com o divino prontamente atribuem a Deus paixões humanas. Há uns que imaginam Deus como se fosse um homem, composto por corpo e alma e sujeito a paixões. Quão longe estão os homens que nisto acreditam do verdadeiro conhecimento de Deus! As pessoas comuns acham que o poder de Deus envolve a Sua livre vontade e direito sobre tudo o que existe, portanto é algo arbitrário, ou seja, contingente; pois dizem que Deus tem o poder de destruir tudo e de tudo reduzir a nada. Comparam também frequentemente o poder de Deus ao poder dos reis. Isto está errado. O que Deus faz é por necessidade, não por arbitrariedade. O poder que as pessoas atribuem a Deus é um tipo de poder humano, o que mostra que encaram Deus como se fosse um homem ou parecido com um homem."

Deus era a natureza?, questionou-se Leibniz, intrigado com a noção. O que o seu interlocutor dizia era substancialmente diferente de todos os textos racionalistas que lera, mesmo aqueles que à primeira vista poderiam parecer dizer coisas semelhantes.

"Então, no meio de tudo isso, qual é o lugar do homem?"

"Se tudo o que existe na natureza é natural e se o homem existe na natureza, então o homem é natural. O homem não é um reino dentro de um reino. Consequentemente, o homem faz parte da natureza. É essa a verdadeira religião. Se Deus é a natureza, isso equivale a dizer que o homem faz parte da natureza."

"Isso… isso que está a dizer é uma ruptura com Descartes."

Bento sorriu.

"E, no entanto, é tão evidente", disse. "Tudo o que é humano pertence à natureza, não está fora dela. O meu livro procura expor a verdadeira natureza de Deus. Se Deus é tudo, tudo é Deus. Se a natureza é tudo, tudo é natural. Se nós fazemos parte de tudo, pois integramos a natureza, isso quer dizer que nós fazemos parte de Deus, pois a natureza é Deus e Deus é a natureza. Simples silogismos lógicos."

O visitante considerou as implicações mais profundas do que acabara de escutar.

"As coisas na natureza agem por imposição das suas leis", notou Leibniz. "Se uma pedra rola por um monte abaixo, por exemplo, não o faz por vontade própria, mas em estrita obediência a leis da natureza. Correto?"

"Com certeza."

"O problema é que, quando diz que o homem obedece às leis da natureza, está a equipará-lo a uma coisa como uma pedra. Se uma pedra, por se limitar a obedecer às leis da natureza, não tem livre vontade, então o homem, por se limitar também a obedecer às leis da natureza, não tem igualmente livre vontade. Ora, isso não pode ser."

"Por que não?"

Esta resposta desconcertou Leibniz.

"Porque... porque..." Esboçou um ar interrogativo. "Está a insinuar que o homem não tem livre vontade?"

"Na natureza das coisas, nada é contingente, tudo é determinado a existir e operar de uma maneira precisa", estabeleceu. "Tudo é causa e efeito, tudo resulta de uma cadeia interminável de causas e efeitos, todas as coisas estão determinadas por necessidade. Ora, uma coisa que depende de outras coisas para existir não é livre, como é evidente. Só o seria se não dependesse de nada. Uma vez que o homem depende das leis da natureza para existir e se comporta em obediência a elas, mesmo que disso não tenha consciência, tire as suas conclusões."

O visitante estava perplexo com estas palavras.

"Mas... isso significa que não passamos de escravos da natureza", constatou em jeito de protesto. "E a nossa liberdade? E o livre-arbítrio?"

"Uma coisa para ser verdadeiramente livre não pode depender de nenhuma outra, senhor Leibniz. Só há uma coisa assim no universo: Deus. Ou seja, a própria natureza. Só a natureza é livre, pois nada a causa a não ser ela própria. Se um homem come é porque tem fome, se um homem dorme é porque tem sono, se um homem pensa algo ou diz algo é porque algo o fez pensá-lo ou dizê-lo."

Tudo aquilo parecia a Leibniz demasiado novo e, por que não pensá-lo, chocante. Passou as mãos pela sua longa peruca encaracolada, consternado e desanimado, quase desesperado por não encontrar nenhuma falha lógica em todo aquele sistema de pensamento.

"Então não há liberdade?"

"Só é livre o homem que se guia pela razão."

Ao ouvir isto, o olhar do alemão incendiou-se de repente. Ali estava ela! A falha! Tinha-a encontrado. Estava no título do livro.

XXVIII

Remexendo-se na cadeira, perturbado e ao mesmo tempo acreditando ter enfim detectado um lapso em toda a arquitetura lógica do seu interlocutor, Leibniz inclinou-se na direção de Bento como se o convidasse a partilhar com ele o segredo por detrás do livro que desistira de publicar.

"Se a sua *Ethica* constitui uma demonstração lógica de que Deus é a natureza e que todas as coisas estão determinadas pela necessidade, por que razão deu esse título ao seu livro?", questionou. "Por que *Ethica*? Não é possível ter-se uma ética se não se tiver liberdade, pois não? A existência de uma ética pressupõe sempre a alternativa de se comportar de uma ou de outra maneira. Ora, se tudo está determinado por necessidade, então o homem não é livre. Se não é livre, como pode ele fazer escolhas éticas?"

Ao ouvir a questão, e apesar de se sentir fatigado devido à fragilidade dos seus pulmões, Bento não deixou de sorrir. O que o homem que o viera visitar lhe perguntava remetia-os para o derradeiro mistério do seu livro. Baixou os olhos para a sua mão esquerda, como se inspecionasse as unhas.

"O problema do título", murmurou. "Bela questão, hem? Por que *Ethica*? Por que não o título que originalmente atribuí a este livro, *Philosophia*?"

"Justamente", assentiu Leibniz. "Se tudo está determinado, como sustenta na *Ethica*, por que motivo no seu *Tractatus Theologico-Politicus* o senhor De Spinoza exigiu liberdade para filosofar e disse que o verdadeiro objetivo da governação é a liberdade? Para que há de o senhor De Spinoza exigir liberdade num livro se o próprio senhor De Spinoza diz no livro seguinte que a liberdade não existe? Como se pode exigir o que não existe? E se todas as coisas estão determinadas por necessidade, como se pode dizer que só é livre o homem que se guia exclusivamente pela razão?"

Excelentes perguntas, sem dúvida.

"O que distingue um organismo de uma pedra ou de um lago de água, por exemplo?", questionou Bento. "Um esforço de sobrevivência e de individualidade. Os organismos tentam sobreviver e manter a sua individualidade, mas as coisas inanimadas não. Se eu partir uma pedra pelo meio, o que fica? Duas pedras mais pequenas. Se eu cortar um lago ao meio, o que fica? Dois lagos mais pequenos. E se eu cortar um homem ao meio, o que fica? Dois homens mais pequenos?"

Leibniz abriu as mãos, expondo a evidência.

"Fica um morto."

"Um morto não é um homem nem dois homens, é um objeto inanimado que não difere de uma pedra ou de um pedaço de água. Portanto, algo singulariza os organismos vivos. O quê? O esforço de sobrevivência e de individualidade. Os organismos vivos fazem esse esforço. Chamo *conatus* a isso. *Conatus* é o esforço para perseverar na existência, é o que fazemos para nos mantermos vivos e individuais, é o ânimo de durar, é a energia que nos leva a procurar conservar-nos, mas também a melhorarmos, é a vontade que nos faz procurar elevar o nosso nível de poder e a nossa vitalidade. Ou seja, é a força que impele um organismo vivo a distinguir-se do seu ambiente e tentar manter uma independência ativa. O homem permanece ligado a esse ambiente, é certo, mas age como se dele fosse independente. Os organismos vivos têm *conatus*."

"O que tem isso a ver com a questão da liberdade ou ausência dela?"

"Tudo", foi a resposta pronta. "O meu grande desafio é justamente construir uma ética num mundo em que o livre-arbítrio está ausente. Isso só é possível se percebermos que existem dois tipos de liberdade. O primeiro é a liberdade absoluta, aquela que nos permite fazer o que bem entendemos. Essa liberdade não a temos. Tudo o que fazemos resulta de causas e tem efeitos. Se faço uma coisa é porque algo me levou a fazê-lo e o efeito do que eu fizer torna-se causa de outros efeitos. O que designamos por possibilidades não passa da nossa ignorância quanto ao que está realmente determinado. Mas existe um segundo tipo de liberdade, mais restrita, que emerge do *conatus*. Embora eu não seja independente da natureza e a ela esteja submetido por uma cadeia de causas e consequências, eu ajo como se fosse independente. Esse comportamento define um organismo vivo e neste caso remete para causalidades internas. Se uma pedra rola pelo monte, tal acontece em obediência a forças que são externas à pedra. Mas se um homem sobe pelo mesmo monte, isso nesse caso acontece em obediência a forças que são internas ao homem. A chamada vontade. O tal esforço a que designo *conatus*. A causalidade continua a ser determinista, pois algo causa a minha vontade de subir o monte, mas neste caso essa causa é-me interna."

"Então qual é a sua liberdade?"

"É a de compreender o meu comportamento e, através dessa compreensão, libertar-me das paixões e passar a usar a razão. Todos agimos segundo motivações, mas uns não se apercebem dessas motivações e outros, usando a razão, compreendem-nas, e essa compreensão, embora também ela seja resultado de causas específicas, leva-me a mudar o meu comportamento negativo e a libertar-me das paixões. Essa é a liberdade a que podemos aceder e é essa liberdade pela qual me bato. Um homem livre não é aquele que vive livre do império da necessidade, pois tal é impossível, mas o que vive segundo a razão, compreendendo as causas das coisas e assim rejeitando as erradas."

"Então se rejeita os comportamentos baseados nas paixões é porque afinal as coisas não estavam determinadas por uma sequência infinita de causas e efeitos..."

"Claro que estavam. Que eu compreendesse as causas dos meus comportamentos negativos e me libertasse das paixões que os provocam era algo que resulta de uma causa anterior."

Leibniz enrodilhou um dedo pelos caracóis da sua peruca farta, refletindo nisto.

"Se bem o entendo, o que o senhor De Spinoza está a defender é que a única liberdade que temos é a de compreender que somos escravos, sendo que essa compreensão provoca mudanças já determinadas."

"O verdadeiro escravo é aquele que vive com a ilusão da liberdade, pois essa ilusão alimenta outras ilusões, que se tornam paixões, das quais o homem se torna escravo. O ignorante não é livre. Só é livre aquele que tem o conhecimento e usa a razão. É ao libertar-se das ilusões e das paixões que o homem se torna livre."

"E como pode um homem libertar-se das paixões?"

Havia junto ao sofá um móvel com um tabuleiro de xadrez. Este jogo era nas Províncias Unidas um entretenimento quase exclusivo das classes altas, pois os neerlandeses dedicavam-se mais às cartas e aos dados. Porém, Bento desenvolvera um interesse pelo xadrez e adquirira um tabuleiro para se distrair nas horas vagas; como não se sentir fascinado por um jogo que se sustentava unicamente na razão?

De cachimbo fumegante na mão, levantou-se do seu lugar e foi espreitar as peças no tabuleiro cuidadosamente alinhadas nas suas posições iniciais.

"Ao contrário das outras distrações a que os homens se dedicam, o xadrez é um jogo de puro intelecto", observou. "Não é por acaso que os filósofos gostam tanto dele. Todos os movimentos das suas peças obedecem exclusivamente à razão e é com a razão que este jogo puramente racional desperta a nossa paixão."

Ainda sentado no seu lugar, o visitante esfregou o queixo.

"Confesso, senhor De Spinoza, que não estou a ver onde pretende chegar..."

O anfitrião pegou distraidamente no peão do cavalo branco esquerdo e avançou duas casas, como se abrisse um jogo apenas disputado por ele mesmo.

"Como cada indivíduo age segundo os ditames da natureza, isso significa que age unicamente segundo as leis dos seus desejos, criados por uma cadeia de causas e consequências", disse. "O direito natural de cada homem não é determinado pela razão, mas pelo desejo e pelo poder. Todos os homens nascem ignorantes. A natureza não lhes deu nenhum outro guia que não sejam os impulsos do desejo. A natureza não proíbe o conflito nem o ódio, nem a fúria, nem a trapaça, nem, na verdade, qualquer meio sugerido pelo desejo. Percebe onde quero chegar?"

"Uh... não exatamente."

"O que estou a dizer é que o estado natural do ser humano é o estado das paixões", esclareceu. "O homem, porque vem da natureza, é um animal de paixões. A grande novidade introduzida pelo homem foi a emergência da razão. O que a razão considera mau não é mau segundo as leis da natureza, mas apenas segundo as leis da nossa razão. O homem percebeu que é muito melhor para si viver segundo as leis e os ditames da razão. Seria impossível viver seguro e sem medo, por exemplo, se toda a gente fizesse o que quisesse. Os homens têm necessariamente de chegar a um acordo para que possam viver em segurança. Tal fim é impossível de alcançar se apenas se guiarem pelos desejos; têm por isso de se guiar pela razão, a razão que limita qualquer desejo que cause dano a outro."

"Isso é claro", disse Leibniz, reconhecendo a origem daquela tese. "É isso que, para Hobbes, justifica a criação do Estado. As leis servem para limitar o estado de paixão em que os homens vivem naturalmente e que apenas os conduziria à guerra uns contra os outros."

Largando o tabuleiro de xadrez, que usara para chamar a atenção para a importância da razão, Bento regressou ao seu lugar no sofá.

"A distinção entre paixões e razão é importante para compreender a relevância do Estado, como Hobbes demonstrou", disse. "Mas é importante também para compreender que existe um caminho de aperfeiçoamento dos homens, um caminho que os leva de um estado animalesco de paixão pura, em que se comportam apenas segundo os seus desejos naturais, a um estado superior de razão, em que passam a comportar-se segundo os ditames racionais. Ora, a passagem das paixões à razão só é possível se seguirmos um caminho. Uma ética."

Foi esta observação final que acendeu uma luz na mente do visitante.

"Ah!"

O anfitrião sorriu.

"Está a ver como começa a compreender?", perguntou em tom retórico. "O estado natural do homem é um estado de emoções. A incapacidade do homem em controlar as suas paixões é servidão, pois o homem que se deixa dominar por elas não é senhor de si mesmo, mas escravo da sorte. As nossas tristezas e azares nascem de uma ligação excessiva a coisas que estão sempre a mudar e que nunca poderemos possuir. É assim que fervilham a inveja, o ódio, o ciúme e outras paixões. É por isso que os homens agitados por paixões se voltam uns contra os outros."

"Lá está, somos escravos."

"Acontece que a natureza não tem paixões, não ama nem odeia ninguém, pois não é afetada pela alegria ou pela tristeza. Ora, se o poder do homem é parte do poder infinito de Deus, ou natureza, então quanto mais percebermos que as coisas existem por necessidade, maior será o nosso poder de controlar as paixões. Entende onde quero chegar?"

Leibniz ponderou o raciocínio do interlocutor.

"Está o senhor De Spinoza a sustentar que compreender que a natureza age por necessidade e não por capricho é essencial para que controlemos as nossas paixões?"

"Isso mesmo", respondeu Bento. "O poder da mente é dado pelo conhecimento, as paixões nascem da ausência de conhecimento. De que nos serve zangarmo-nos com um tremor de terra? Suportaremos com equanimidade as coisas que nos acontecem contrárias ao nosso interesse se estivermos conscientes de que fazemos parte da natureza, de que tudo tem uma causa e que ela está fora do nosso controle. Isso só é possível se usarmos a razão e através dela alcançarmos o conhecimento verdadeiro. Da mesma maneira que não faz sentido zangarmo-nos com um tremor de terra, não faz igualmente sentido zangarmo-nos com um ato de um homem. Assim sendo, o que devemos fazer perante a adversidade? Não ridicularizar, não deplorar, não detestar, mas compreender. Entende isso? Compreender."

"O que está a dizer, se bem entendi, é que não devemos reagir às coisas do mundo com as paixões, mas com a razão."

"É a razão que nos dá a compreensão. Não quer dizer que nos livramos de causas, quer apenas dizer que a razão se torna também uma causa do nosso comportamento, só que uma causa interna que nos leva à verdade. Ninguém que use a razão pode odiar Deus, pois se compreendermos as verdadeiras causas da nossa tristeza, esta deixa de ser uma paixão porque nos podemos livrar dela. Um homem só atua com virtude se compreender. Consequentemente, agir com virtude é agir, viver e preservar-se segundo os ditames da razão. Enquanto os homens estão sujeitos às paixões, não estão alinhados com a natureza. Quando se começam a guiar pela razão, alinham-se com a natureza. Agir virtuosamente é agir pela razão. Agir com virtude é conhecer Deus."

"Ou seja, agir com virtude é conhecer a natureza."

"Sempre que falo em Deus, o que quero realmente dizer é natureza", voltou o anfitrião a sublinhar. "A mais alta virtude da mente é conhecer Deus, é compreender as coisas. Quanto mais conhecimento tivermos, maior a consciência que temos de nós próprios e de Deus. Deste tipo de conhecimento emerge a paz de espírito. É isso o que eu chamo o amor intelectual de Deus. A mais alta virtude da mente é o conhecimento de Deus. A coisa mais importante que a mente pode compreender é Deus. Isto é, a natureza. Acontece que é raro que os homens vivam guiados pela razão; pelo contrário, o mais comum é terem inveja e agredirem-se mutuamente. Aquele que é guiado pelas paixões tenta forçar os outros a gostar do que ele gosta e a viver como ele pensa que se deve viver. Isso é condenável. Aquele que lida com os outros guiado pela razão não age segundo os impulsos, mas com humanidade e gentileza, e é sempre coerente. Chamo *piedade* ao desejo de agir segundo os ditames da razão. Chamo *honra* ao desejo de fazer amizade com outros segundo os ditames da razão. Chamo *honráveis* aos homens que agem guiados pela razão. A verdadeira virtude é viver guiado pela razão. Se todos fossem guiados pela razão, e sendo a razão uma causa interna que leva os homens à verdade, todos viveriam sem prejudicar ninguém. É essa a verdadeira ética."

O visitante refletiu sobre o que acabara de ouvir. O que pensara ser uma falha de lógica acabara afinal de ser resolvido. Mas continuou a procurar lapsos na proposta de Bento.

"Tudo isso é muito certo", disse. "O problema é que, sendo nós homens sujeitos naturalmente às paixões, não é fácil separarmo-nos delas inteiramente."

"Tem toda a razão", sublinhou o anfitrião. "Na verdade, o homem nunca se livra verdadeiramente das paixões. As paixões estão na nossa natureza. Mesmo o conhecimento do bom é, no fim das contas, uma paixão. O que se passa é que ficaremos para sempre escravizados se cedermos a paixões más que nos conduzem à superstição. Como vencer essas paixões más? Usando a razão para chegar ao conhecimento verdadeiro. É o conhecimento que nos permitirá alcançar as paixões boas, aquelas fundadas na verdade. Uma paixão é má se impedir a mente de pensar e de compreender. Para evitarmos ser afetados pelas paixões más, proponho na *Ethica* um método: temos de estabelecer máximas de vida, memorizá-las e aplicá-las às diversas situações com que nos deparamos ao longo da nossa existência. Por exemplo, uma das minhas máximas é que o ódio é vencido pelo amor e pela generosidade e não deve ser combatido com ódio. Para compreendermos racionalmente tal máxima temos primeiro de meditar sobre os danos que os homens fazem uns aos outros e como eles são mais bem travados pela generosidade. Adotaremos assim racionalmente esta máxima."

"Mas, senhor De Spinoza, há paixões de que não nos livramos assim tão facilmente", observou Leibniz. "Por exemplo, o medo."

"Para nos livrarmos do medo é preciso primeiro refletir sobre o medo", indicou Bento. "Para tal, temos de imaginar e enumerar os perigos habituais existentes na vida e pensar na maneira de melhor os superar com coragem e presença de espírito. Temos de nos concentrar nas qualidades das coisas que são boas e que nos dão alegria. Por exemplo, se um homem está demasiado obcecado pela busca da glória, ele que pense no uso adequado que dela faria, com que objetivo a busca e com que meios a tenciona conquistar. Aqueles que mais buscam a glória são os que mais barulho fazem contra a vaidade do mundo. Esta não é uma particularidade exclusiva dos ambiciosos, mas comum àqueles a quem a sorte foi adversa e que têm limitações de espírito; pois vemos que um homem pobre e avarento nunca se cansa de falar nos gastos e abusos dos ricos, assim se atormentando e mostrando aos outros que não é capaz de suportar com equanimidade a sua pobreza e a riqueza dos outros. Também um homem rejeitado pela sua amada só pensa na inconstância das mulheres, na sua infidelidade e nas suas falhas, defeitos que esquece logo que a amada o acolhe de novo. Quem seguir os princípios que indiquei, e não são difíceis de seguir, e os respeitar continuadamente, será em breve capaz de se comportar segundo os ditames da razão e viver com paixões boas. Quem se compreende, ama Deus."

"O senhor De Spinoza adotou esse método para si mesmo?"

"Com certeza."

"Mesmo quando a turba cometeu aqui em Haia aquele crime hediondo contra os De Witt?"

A pergunta foi tão certeira que deixou Bento momentaneamente embaraçado.

"Sabe, senhor Leibniz, embora me esforce por me manter fiel ao meu método, não deixo de ser um homem sujeito às paixões naturais dos homens", acabou por admitir. "Reconheço, por isso, que nesse dia terrível deixei que as paixões más tomassem conta de mim. Não fosse a intervenção do dono desta casa, o senhor Van der Spyck, essas paixões teriam sido a minha perdição. O que demonstra mais uma vez que não devemos nunca ceder às paixões más e que há toda a conveniência em seguirmos sempre a razão para vivermos com paixões boas. A essência da mente consiste em conhecimento. Um homem só é verdadeiramente livre quando compreende as coisas. Compreender é ser livre."

A conversa deambulou a seguir pela memória do dia fatídico em que os De Witt foram linchados pela multidão, a qual fora decerto guiada pela mão dos orangistas e, quem sabe, do próprio Guilherme III, e prosseguiu por outros assuntos. Falaram de Oldenburg e dos trabalhos da sua Royal Society e falaram de Huygens e das suas intrigantes observações astronômicas. Leibniz, por seu turno, explicou a sua visão do mundo. Contrariando a ideia de Bento de que o mundo que existia era o único possível, uma vez que a natureza atuava por necessidade e não com arbitrariedade, o alemão mantinha-se claramente agarrado à ideia de um Deus discricionário que escolhera arbitrariamente este mundo e não outro, na verdade escolhera o melhor dos mundos possíveis.

Prolongando-se pela tarde dentro, a discussão só foi interrompida quando o sino da igreja assinalou as sete da tarde. Os dois homens olharam pela janela e constataram com surpresa que lá fora estava tudo escuro. A noite já havia caído.

"Meu Deus!", sobressaltou-se Leibniz, pondo-se de pé num salto. "Tão tarde! E eu que tenho um encontro marcado para daqui a meia hora! Senhor De Spinoza, as minhas desculpas por tê-lo prendido durante tanto tempo. Confesso que fiquei tão embrenhado na nossa apaixonante conversa que nem dei pela passagem das horas."

"Nem eu, nem eu."

O anfitrião conduziu o visitante à porta, onde ambos trocaram as gentilezas adequadas em tal ocasião entre homens bem-pensantes, na verdade filósofos da razão. Fazia frio. Flocos de neve desciam da treva e tombavam no chão como pedaços soltos de algodão. Ao afastar-se, no entanto, Leibniz travou ao cabo de apenas três passos e voltou-se para trás para encarar Bento com uma última dúvida.

"O senhor De Spinoza defende ideias revolucionárias, sobretudo essa de que Deus e a natureza são uma e a mesma coisa", observou. "Não acha que isso permite que o acusem de ser ateu?"

A pergunta quase exasperou Bento; ali estava a velha acusação que tanto o perseguia e o incomodava.

"Mas eu não sou ateu."

"E, no entanto, não acredita na existência de Deus."

"Claro que acredito que Ele existe", sublinhou. "A natureza existe ou não existe? Se Deus é a natureza e se a natureza existe, então Deus existe. Sempre o disse. O que as pessoas exigem é que eu diga que o Deus da Bíblia existe, e esse Deus na verdade não existe, é uma construção humana. O fato de eu não acreditar no Deus da Bíblia não permite que digam que sou ateu. Não sou. Deus existe, mas é um Deus diferente do da Bíblia." Ergueu um dedo, para salientar o que ia acrescentar a seguir. "Mais lhe digo: só é verdadeiramente crente aquele que acredita com a razão."

Esta última afirmação suscitou a estranheza de Leibniz.

"O que quer dizer com isso?"

"As pessoas acreditam que só são livres se lhes for permitido dar rédea livre aos seus desejos e só abdicam dos seus direitos para viver segundo os mandamentos da lei divina", indicou Bento. "Acham as pessoas que a piedade e a religião, e todas as coisas ligadas ao engrandecimento do espírito, são fardos a descartar depois da morte, pois esperam receber então o prêmio pela sua escravidão enquanto vivem. A isto se junta o medo de terríveis punições depois de morrerem, medo esse que as leva a viverem nesta vida segundo os mandamentos da lei divina. Se esta esperança e este medo não estivessem presentes, e se percebessem que as mentes perecem com os corpos e que não há vida depois da vida, fariam o que lhes daria na real gana. Prefeririam deixar que as suas paixões más assumissem o controle das suas vidas e obedeceriam a elas e não à razão. Parece-me insensato que um homem, por não acreditar que irá alimentar o corpo para toda a eternidade, se deseje saciar com drogas venenosas e letais; ou que ele, percebendo que a mente não é eterna ou imortal, prefira enlouquecer e viver fora da razão. Tal é um absurdo. Uma pessoa que se diga crente, mas que só seja crente nessas condições não é um verdadeiro crente."

"Então quem é o verdadeiro crente?"

"É aquele que segue a ética da razão", foi a resposta. "Não devia isso ser já evidente? Se uma pessoa viver segundo os ditames da razão, irá compreender os seus desejos e assim poderá dominá-los, mesmo que tal domínio seja resultado de uma cadeia de causas e efeitos. É essa a força de um sábio, a força com a qual supera o ignorante que vive escravo dos desejos. Não só o ignorante é agitado por causas externas e nunca goza de paz de espírito como não tem verdadeiro conhecimento sobre as coisas. O sábio conhece a razão das coisas e atinge assim a verdadeira paz de espírito. A liberdade não é a libertação da cadeia de causas e efeitos, é a libertação da ignorância e a compreensão do funcionamento das coisas. Só quem vive segundo a razão pode ser considerado um homem livre. Os outros permanecem servos da ignorância."

"Mas essa ética, esse caminho, é difícil, senhor De Spinoza…"

"Mesmo que o caminho para o alcançar seja difícil, pode ser encontrado. É na verdade difícil pois raramente é descoberto; se a salvação fosse fácil e o seu caminho não exigisse grandes trabalhos, por que seria negligenciada por quase toda a gente? Todas as coisas nobres são tão difíceis quanto são raras."

Fazia um frio de rachar, pelo que Bento, a tiritar, dobrou-se numa vênia de despedida, qual ator a agradecer ao público no final da sua mais inesquecível atuação, e, como se o pano descesse sobre o palco da vida, voltou para dentro de casa e fechou a porta.

XXIX

Naquele domingo de fevereiro fazia ainda mais frio do que o habitual. Depois de ser assaltado por um novo ataque de tosse, Bento afastou a manta e pôs-se de pé; havia passado grande parte da véspera deitado na cama e estava farto. Farto. Ao apear-se, porém, sentiu as pernas tremerem de fraqueza. Ah, como se sentia débil e fatigado! Deslizou até à janela e espreitou para o exterior.

Haia parecia um óleo pintado unicamente a traços de preto sobre uma tela branca, tão extenso era o manto de neve que se estendia a perder no horizonte; não havia outras cores. A fria mancha alva era recortada a traços de carvão pelo perfil das casas e dos troncos nus das árvores; os ramos despidos de folhas pareciam braços erguidos para o céu num protesto silencioso contra a inclemência dos elementos. Uma ou outra figurinha cruzava as ruas; aqui uma mulher a carregar vasilhas de água que fora buscar ao poço, ali um homem a puxar um trenó apinhado de lenha, sulcos negros a rasgarem a neve branca.

Sentiu vontade de se sentar à janela e reproduzir a cena num desenho, o contraste negro-branco era-lhe apelativo, mas sentiu uma fraqueza tal que depressa abandonou o projeto. Talvez o pintor Van Rijn fosse capaz de captar em tela todo o frio que aquela paisagem exalava. E que frio! Não se lembrava de um gelo daqueles nos tempos da sua infância. Poder-se-ia pensar que o frio sempre existira e que quando criança não o sentira de maneira tão intensa justamente por na altura ser criança, mas já ouvira velhos dizerem que nos tempos antigos não fazia tanto frio, como se comprovava pela frequência inusitada com que os canais agora congelavam, pelo que isso só poderia querer dizer que o clima estava a mudar.

O sino da igreja tocou as oito da manhã. O som de passos e as vozes no piso inferior recrudesceram e percebeu que os Van der Spyck se preparavam para sair para a missa, pois era domingo e havia sacramentos na igreja. Antes que isso acontecesse, abandonou apressadamente o quarto e desceu as escadas para os intercetar. Deu com o casal junto à porta a aconchegar os cachecóis à roda do pescoço dos filhos.

"Bom dia, senhora e senhor Van der Spyck", cumprimentou-os. "Bom dia, meninos."

A resposta veio num coro desafinado.

"Bom dia, senhor De Spinoza."

"Senhora Van der Spyck, o doutor Meyer deve aparecer pela hora do almoço", indicou. "Porventura a senhora comprou o galo que ele ontem pediu?"

"Comprei e cozi-o conforme as instruções que o doutor Meyer me deu, senhor De Spinoza", respondeu ela. "Um galo velhinho, exatamente como foi recomendado." Apontou para a cozinha. "Está tudo ali naquele tacho, já preparado para o almoço."

"Agradeço-lhe a gentileza, senhora Van der Spyck. Tenham uma boa missa."

Os Van der Spyck saíram e Bento regressou aos aposentos. Estendeu-se sobre a cama, cobriu-se com a manta e descansou. A sua tosse e cansaço crônico haviam-se agravado e começou a perder a esperança de lhes encontrar solução. Fiel à sua ética de vida, porém, nunca se queixava. Para que fazê-lo? Não seriam certamente os protestos contra a permanente degradação da sua saúde que a devolveriam. Se Deus era a natureza e se a natureza não se movia por amor ou ódio ou fúria ou compaixão, o que significava que ela não tinha estados de alma, qualquer queixa revelar-se-ia absolutamente irrelevante e inútil; seria como protestar contra uma parede e esperar que a parede se apiedasse dele. Tal coisa era, como parecia evidente, absurda. Assim sendo, teria de aceitar a sua condição com resignação e enfrentar o que o destino lhe reservava.

Aquecido pela manta e vencido pelo cansaço, deixou-se resvalar para o sono. Deve ter dormido a manhã inteira, pois só acordou quando de novo ouviu barulho no piso térreo. Os Van der Spyck haviam pelo visto regressado da missa. Sentiu-se mais bem-disposto e até teve fome. Aquele galo cozido iria saber-lhe bem. Levantou-se, vestiu-se e desceu as escadas para se juntar aos donos da casa. O senhor Van der Spyck fora ao quintal buscar lenha e as crianças brincavam na sala enquanto a mãe verificava o lume nos tachos que deixara preparados antes de saírem nessa manhã.

"Então a missa?"

"Foi excelente, senhor De Spinoza", respondeu Ida, provando uma colher de caldo de um tacho para verificar o sabor e a temperatura. "O doutor Cordes é de fato um orador de primeira água."

"Sem dúvida, senhora Van der Spyck. Qual o tema que ele escolheu para a prédica de hoje?"

"Não faças aos outros o que não queres que te façam a ti."

Bento quase aplaudiu.

"A grande mensagem da Bíblia, senhora Van der Spyck!", exclamou com visível aprovação e até um certo entusiasmo. "Que escolha tão judiciosa! Esse vosso pregador é realmente notável. Tiro-lhe o chapéu em respeito pela sua compreensão aprofundada das Escrituras."

A dona da casa começou a distribuir os pratos pela mesa adjacente à cozinha.

"Tem apetite, senhor De Spinoza?"

"Se tenho apetite? Olhe, senhora Van der Spyck, estava até capaz de comer um… um… um galo!"

Riram-se os dois. Nesse momento, o senhor Van der Spyck regressou com a lenha e depositou-a no cesto ao lado da lareira, atirando duas peças para o interior de modo a alimentar o lume e assegurar o aquecimento da casa. Com tudo já preparado, Ida bateu palmas para chamar a atenção de todos.

"Meninos!", chamou. "Refeitório! Comer!"

As crianças vieram a correr e o marido juntou-se-lhes. A família reuniu-se à mesa e todos se sentaram nos seus lugares habituais. O dono da casa deu graças ao Senhor por aquela refeição e, uma vez terminada a habitual prece, começaram a comer. Bento sentia tanta fome que literalmente devorou o galo cozido que Meyer receitara.

No final, enquanto o senhor Van der Spyck fora ao quarto preparar-se para a missa da tarde, Bento acendia o cachimbo, não apenas para que os pulmões recolhessem os benefícios terapêuticos que os médicos encontravam no tabaco, mas também por puro deleite; o cachimbo era um dos seus grandes prazeres. Ida, por seu turno, levantava-se da mesa.

"O senhor De Spinoza é um homem muito sábio e conhecedor das coisas do mundo, pelo que, se não vir inconveniente, tinha uma pergunta a fazer-lhe", disse ela enquanto lavava os pratos. "Espero que não leve a mal."

"Diga, diga."

"Acha que encontrarei a salvação na religião que professo?"

O filósofo retirou o cachimbo da boca e largou uma baforada perfumada.

"A sua religião é boa, senhora Van der Spyck", disse. "Não vale a pena procurar outra ou duvidar da sua salvação, desde que se mantenha pia e leve uma vida pacífica e tranquila."

Nesse momento alguém bateu à porta e o senhor Van der Spyck, vindo do seu quarto, foi abrir. Ainda sentado à mesa, Bento reconheceu a voz do homem que acabara de chegar e cuja visita, na verdade, já aguardava. Tratava-se, claro, do seu médico e velho amigo dos tempos da escola de Van den Enden, Lodewijk Meyer.

"Benedictus!", disse Meyer ao chegar perto dele. "Como te sentes hoje?"

"Bem."

O médico esboçou a careta que costumava fazer quando desconfiava de uma resposta.

"Deveras? Hmm… tu, com a tua mania de nunca te queixares de nada e de sofreres em silêncio, deixas-me sempre na dúvida. Estás melhor do que ontem?"

"Assim-assim."

O médico deitou uma olhadela para as panelas que Ida já lavara e deixara a secar.

"Sempre comeste o galo cozido que receitei?"

"Só restaram os ossos."

Os Van der Spyck juntaram entretanto as crianças, todos calçaram as botas e as luvas, vestiram os casacos e encaminharam-se para a porta.

"Meus senhores, não precisam de mais nada?", perguntou o senhor Van der Spyck. "É que temos de sair para a missa da tarde…"

Meyer fez com a mão o gesto de que estava tudo bem.

"Ide com Deus."

Os donos da casa saíram com os filhos e deixaram os dois homens sozinhos. Não o imaginavam sequer, mas não mais voltariam a ver o seu hóspede com vida.

XXX

Movimentando-se a custo, pois sentia os pulmões exangues, Bento foi acomodar-se no sofá junto à lareira para se beneficiar do bafo quente que as chamas crepitantes exalavam. Meyer juntou-se-lhe e estendeu-lhe uma manta sobre as pernas para o manter confortável antes de se sentar na cadeira ao lado.

"Esta noite tenho de apanhar o *trekschuit* de regresso a Amsterdã", disse o médico. "Amanhã vou estar com o Jarig e o Rieuwertsz. Queres que lhes leve alguma coisa da tua parte?"

"Nada que valha a pena", foi a resposta. "Mas há uma coisa que gostaria que relembrasses ao Rieuwertsz. Quando eu morrer, já dei instruções ao senhor Van der Spyck para lhe remeter as minhas coisas. O Rieuwertsz que pegue na *Ethica* e a publique, ouviste? Sobretudo a *Ethica*, mas tenho também outros escritos, como o *Tractatus de Deo et Homine Ejusque Felicitate* e o *Tractatus de Intellectus Emendatione*, que estou ainda a tentar terminar e que poderá valer a pena a Het Martelaarsboek publicar se o Rieuwertsz vir interesse nisso. Além do mais, comecei a escrever um *Tractatus Politicus*. Quando o concluir, poderá ser de grande utilidade para a nossa república, considerando o atual estado de coisas. Está tudo na minha escrivaninha. Ele que veja e publique se assim o entender."

"Estás a escrever outro livro?"

"É verdade. Peço-vos é que tenham cuidado em eliminar quaisquer referências à minha vida pessoal. Ninguém tem nada a ver com a minha pessoa, que morrerá comigo. Basta-me que as minhas ideias me sobrevivam."

"Que raio de conversa, Benedictus. Ainda estás aqui para lavar e durar, fica descansado…"

Bento abanou a cabeça.

"Não tenho ilusões, Meyer. Esta tosse ainda me levará com ela, como levou a minha mãe quando ainda era nova e levou os meus irmãos Isaac e Miriam, que ainda eram mais novos do que ela quando se finaram." Suspirou com a sua resignação característica de português. "A tísica é um mal de família, receio bem. Mas não te preocupes. Quando morrer, morrerei com alegria."

O médico alçou uma sobrancelha, admirado com a escolha desta última palavra.

"Alegria? Como se pode morrer com alegria?"

"O que aqui está em causa não é a morte, mas a vida. Vive com alegria aquele que compreende o mundo, aquele que compreende a natureza, aquele que vê a necessidade de todas as coisas e com naturalidade as aceita como elas são. Quando uma pessoa percebe que não pode controlar o seu destino e tudo compreende, torna-se menos ansiosa, fica menos tensa, tem menos medo, atinge a sabedoria. É sábio aquele que conhece a natureza. Conhecer Deus é conhecer a natureza, é conhecer a razão das coisas, é conhecer a verdade. É no conhecimento da verdade que radica a felicidade suprema. A alegria. É por isso que te digo, meu amigo: quando morrer, morrerei com alegria."

Com o amigo entretido a saborear o seu cachimbo, Meyer retirou um papel do bolso, inseriu uma fila de tabaco e rolou o papel sobre o tabaco, fazendo um cigarro. A seguir pegou-lhe lume e largou uma nuvem de fumo enquanto mirava distraidamente as labaredas que dançavam nervosamente na lareira.

"A tua filosofia, Benedictus, é ainda mais poderosa do que a de Descartes", observou o médico com ar pensativo. "A ideia de que Deus existe e é a natureza parece-me tão profunda quanto evidente. O mesmo se pode dizer da noção de que a criação do mundo não obedeceu a nenhum propósito e que o homem não é o centro da Criação, apenas um dos seus inúmeros elementos. Isso é profundo… e perturbador. Muito inquietante, para ser sincero."

"O que te inquieta exatamente?"

O médico aspirou uma nova baforada do cigarro.

"A ser como tu dizes, a vida não faz nenhum sentido. Para que vivermos se não há propósito nisso?"

"Somos nós que estabelecemos um propósito para a vida, Meyer. O nosso propósito é adotarmos uma ética que nos permita melhorar enquanto pessoas, respeitando os outros e usando a razão para alcançar o conhecimento e o entendimento, a mais alta forma de existência. Aperfeiçoar o intelecto é compreender a natureza."

"Sim, mas… com que objetivo, Benedictus? Para quê?"

Ao ouvir esta pergunta, Bento esboçou a expressão de quem achava a resposta tão óbvia que tinha dificuldade até em compreender a dúvida do seu velho amigo.

"Para que alcancemos a alegria, meu caro", exclamou. "Não é para isso que vivemos? Para sermos felizes? E que felicidade maior existe do que a alegria? É esse o maior, o mais profundo e o mais durável bem de todos. A alegria."

"Hmm… a alegria…"

"Sim, meu amigo. A alegria. Se reparares bem, os supersticiosos parecem afirmar que o que traz infelicidade é bom e, pelo contrário, o que gera alegria é mau. Como se tudo o que fosse bom na vida fizesse mal ou fosse pecado, como costumam ironizar os portugueses menos religiosos. Mas os que denunciam vícios em vez de ensinar virtudes prejudicam-se a si e aos outros, pois revelam um falso zelo pela religião. Libertemo-nos dessas superstições e vivamos a vida sem medos, uma vez que apenas temos esta vida. Só um invejoso se delicia com a minha infelicidade, pois quanto maior a nossa alegria, maior a nossa perfeição e mais participamos na natureza divina. Tudo o que leva os homens a viverem em harmonia é bom, tudo o que traz discórdia é mau. Nada é mais útil ao homem do que o próprio homem. Todos deviam em conjunto procurar o bem para todos, pois o bem de todos é vantajoso para cada um. Isto significa que os homens que agem segundo a razão, isto é, que procuram o seu próprio bem, não desejam para si o que não desejam para os outros homens, pelo que são justos, fiéis e honráveis. Usar as coisas e ter na medida do possível prazer nelas é próprio de um homem sábio."

Meyer considerou o que o amigo dizia.

"Mas, Benedictus, quem viva a vida como se não houvesse outra e que use as coisas para ter prazer nelas facilmente tombará na libertinagem, como é bom de ver."

"Só os que vivem na ignorância e impulsionados pelas paixões más se comportarão assim, meu amigo. Aqueles que buscam o conhecimento e são orientados pela razão para alcançarem paixões boas sabem bem que o dinheiro e os prazeres sensuais são instrumentos e não fins em si mesmos, pois a vida é um equilíbrio e o verdadeiro bem é a felicidade de todos. Um homem sábio busca a felicidade verdadeira e duradoura e tem noção de que ela está dependente da felicidade dos restantes homens. Os homens que vivem na ignorância estão de tal modo entretidos com a busca da riqueza, de honrarias e de prazeres sensuais que se esquecem do que é essencial na vida. O essencial é a felicidade, e a mais alta felicidade é a alegria. Toda a nossa felicidade e toda a nossa miséria dependem unicamente da qualidade do objeto a que nos ligamos por amor. Que objeto é esse? É o dinheiro e os prazeres sensuais, que apenas nos satisfazem momentaneamente e que logo a seguir nos fazem querer sempre mais e mais? Ou é a alegria? Se nos ligarmos aos bens fúteis, como as honrarias, as delícias da carne e a riqueza, apenas conheceremos os males associados a tais bens, como o ciúme, a cobiça e a inveja, enquanto as coisas nobres nos darão uma felicidade mais profunda e duradoura, uma felicidade que é verdadeira, uma felicidade que nos preenche. Em suma, uma felicidade que é uma paixão boa, que é alegria. Tal é o propósito do conhecimento, tal é o propósito da vida."

"Portanto, se bem entendi, a alegria é a recompensa que obtemos por usarmos a razão para alcançar o conhecimento..."

O filósofo abanou a cabeça.

"A alegria não é a recompensa pela virtude, meu querido amigo", disse. "É a própria virtude."

O sino da igreja tocou as três da tarde. Bento contraiu o rosto numa súbita expressão de dor e emitiu um gemido fraco, quase um miado. Nele, os gemidos eram raros e as queixas, inexistentes, pelo que o médico ficou alarmado.

"Que se passa, Benedictus? Sentes-te bem?"

Ainda com o mesmo esgar dorido, o filósofo tentou esboçar um sorriso, mas era claro que estava em sofrimento. Tinha evidentemente sofrido um colapso repentino.

"Eu... eu acho que é melhor ir deitar-me um pouco."

Falava já num sopro, como se até vibrar as cordas vocais requeresse um esforço para além das suas forças. Vendo-o em manifestas dificuldades, Meyer ajudou-o a levantar-se e, apoiando-o, encaminhou-o passo a passo para as escadas.

"Só mais um bocadinho", disse o médico, sempre a encorajá-lo. "Anda, Benedictus. Vou levar-te para o teu quarto."

O filósofo caminhava devagar, com grande dificuldade, o corpo curvado, e mostrava uma notória incapacidade em respirar; era como se algo lhe prendesse a respiração, uma espécie de cola que lhe agarrava os pulmões. Tossiu para se libertar dela, mas a cola continuou a fixar-lhe os pulmões, talvez porque lhe faltava já energia para tossir com mais força, se calhar porque essa cola se tornara ela própria demasiado forte.

Lembrou-se da mãe, a sua querida mãe que se fora a tossir assim quando ele ainda era pequeno, e sentiu por ela a palavra agridoce que tanto ouvira na sua infância entre os portugueses do Houtgracht e que recordara recentemente, ao visitar a nova sinagoga. *Saudade*. Por que partiste tão cedo, Ana Débora? Por que te foste embora quando eu era ainda tão pequeno, mãe querida? Por que me deixaste só, a mim que era tão pequeno e que tanto precisava de ti?

Ao chegarem às escadas, Bento atirou um olhar desmaiado para os degraus e esboçou uma vaga expressão de desânimo. Fez com a cabeça um gesto fraco para o átrio.

"É... é melhor deitar-me ali."

As palavras já mal se ouviam. Meyer olhou na direção indicada e constatou que havia uma pequena cama no átrio. Percebendo que o amigo não tinha nesse momento qualquer condição para escalar todos os degraus até ao primeiro andar e que na verdade desfalecia e nem se conseguia já manter em pé, pegou nele ao colo, carregou-o para a cama do átrio e estendeu-o sobre ela. Sentiu-o frio e com a respiração assustadoramente leve. Foi à pressa buscar a manta que deixara diante da lareira e cobriu-o, tentando mantê-lo confortável. Foi então que constatou que Bento estava imóvel, sem emitir um som, os olhos escuros entreabertos e vidrados.

Na natureza tudo muda a todo momento, observara o filósofo em tempos, e é próprio da natureza que tudo nasça e tudo morra. Sendo parte da natureza, o homem também nasce e também morre. Como todas as coisas da natureza. O homem morre, a sua carne decai e torna-se putrefata, depois transforma-se em pó e enfim funde-se no vento com a natureza de onde veio e à qual, apesar das ilusões de que dela se apartara, nunca na verdade deixara de pertencer.

Mas a natureza tem igualmente uma faceta imortal. Se é verdade que as coisas naturais nascem e morrem, a natureza existirá sempre, e essa existência é algo de imutável. Pertencendo à natureza, o homem nasce e morre, é certo, mas tal como ela, e porque faz parte dela, há algo nele que também é imortal. O espírito humano não podia ser absolutamente destruído, observara Bento certa vez, pois dele restava sempre qualquer coisa de eterno.

As ideias que deixara registadas em papel, as ideias que plantara no espírito de tantos e tantos homens, essas ideias ficariam e floresceriam, perdurariam e espalhar-se-iam por toda a humanidade. Ele morria, mas viveria nelas. Desaparecia como homem, é certo, mas o seu espírito eram as suas ideias, e se essas sobreviviam então ele de certo modo também sobreviveria, e o que era isso senão a verdadeira imortalidade?

Nota final

A primeira emenda à Constituição dos Estados Unidos começa com estas palavras: "O Congresso não fará nenhuma lei respeitante ao estabelecimento de uma religião ou proibirá o livre exercício de uma delas". É uma frase curta, mas tremendamente poderosa. Este enunciado legal representou um corte epistemológico entre passado e futuro, pondo em causa a antiga e perigosa relação de cumplicidade entre o Estado e a religião e estabelecendo um princípio fundamental do Estado de direito, hoje consagrado em muitos países. A liberdade de culto.

O que poucos sabem é que estas palavras fundadoras têm a sua origem em Bento de Espinosa, um dos inventores da Idade das Luzes. É certo que o nosso mundo e a visão que dele temos não resultam das ideias de um único filósofo, apesar da natural tendência em procurarmos heróis sobre cujos ombros tudo possamos assentar, mas de um conjunto de conceitos avançados por vários pensadores que se foram influenciando ao longo do tempo em função até das circunstâncias existentes nas diferentes épocas e nos diversos países, como aliás procurei mostrar neste romance. Essa constatação, contudo, não pode servir para obscurecer a importância maior que alguns desses filósofos tiveram.

É o caso de Bento de Espinosa. Logo após a sua morte, a escrivaninha onde guardava os escritos foi enviada ao seu editor e amigo em Amsterdã, Jan Rieuwertsz. Uma vez aberto, o móvel libertou os seus tesouros: o manuscrito da *Ética* e o manuscrito inacabado do *Tratado Político*, para além de uma gramática hebraica na qual o filósofo andava a trabalhar e um conjunto de cartas. Em alguns meses, os livros foram publicados em latim e em neerlandês, ocultando o nome do editor e o local de publicação, mas com o nome de Espinosa enfim na capa. A edição original em latim saiu com prefácio de Meyer, e a edição em neerlandês, com prefácio de Jarig. O mesmo aconteceu com uma seleção das suas cartas, incluindo a correspondência com Oldenburg, Leibniz, Hudde, De Vries, Koerbagh, Balling e Jarig, embora depuradas de matéria de foro pessoal.

Com a publicação desses textos, nada voltou a ser o mesmo. É preciso notar que Espinosa nasceu e viveu numa época em que a Bíblia era vista como a única fonte de informação sobre a realidade. Tudo o que havia para saber estava lá escrito, mesmo que de formas quase indecifráveis, e cabia aos religiosos arrancarem das suas linhas misteriosas os segredos da existência e comunicá-los ao comum dos mortais. Como tinha a sanção divina, todo o conteúdo das Sagradas Escrituras era encarado como necessariamente verdadeiro, até aos mais ínfimos pormenores, e qualquer coisa fora da Bíblia que contradissesse a Bíblia teria forçosamente de ser falsa. Isso mudou com a obra do filósofo judeu português nascido em Amsterdã.

Foram sobretudo cinco os conceitos fundamentais avançados por Espinosa que transformaram o mundo e a forma como o encaramos e nele agimos. O seu primeiro grande contributo para a fundação da modernidade foi justamente o de dessacralizar a Bíblia. As Escrituras não eram sagradas, enunciou ele, pois a sua origem nada tinha de divino, mas era afinal bem humana. Para compreender a Bíblia era preciso estudá-la com recurso aos mesmos métodos usados para estudar a natureza. Espinosa propôs um sistema que envolvia uma análise racional dos textos bíblicos, incluindo o exame da gramática e das circunstâncias históricas em que cada texto havia sido produzido, a identidade e as intenções dos seus autores, o contexto histórico em que foram escritos, quais eram os textos originais e as línguas originais, como foram ao longo do tempo alterados pelos copistas, quais as ambiguidades neles existentes e por quê, por que foram escritos e qual o efeito da sua publicação. A chamada exegese é ainda hoje o método utilizado nos cursos de Teologia e de História para interpretar as Escrituras, tendo inspirado a hermenêutica que os historiadores usam hoje para analisar textos antigos.

Após excluir a Bíblia como fonte de compreensão do mundo, Espinosa adotou o método cartesiano da dedução dos fenômenos particulares a partir de princípios gerais para desse modo entender a realidade. Porém, o filósofo judeu português foi mais longe do que Descartes e qualquer outro racionalista e, segunda inovação fundamental, excluiu totalmente que houvesse qualquer intervenção divina nos processos naturais. Tudo na natureza se explicava exclusivamente por leis naturais. Tudo. Deus, ou pelo menos o Deus tradicional e sobrenatural que se alegrava e enfurecia, que ouvia as nossas preces e que alterava com milagres o normal curso dos acontecimentos, não desempenhava aí qualquer papel. Nada de nada. Nenhum outro filósofo se atrevera até esse momento a dar esse passo fatal e final. Ao retirar totalmente um Deus transcendente da equação, recorrendo ao subterfúgio semântico de chamar Deus à natureza, Espinosa decifrou-O. Ou, se preferirmos, matou-O.

O seu terceiro grande contributo foi a afirmação de que a alma, enquanto entidade autônoma separada do corpo, pura e simplesmente não existia. A alma não está separada do corpo, a alma não é uma entidade sobrenatural. Não há alma, não há espíritos. O que há é a mente. A mente é um fenômeno puramente natural, nasce do corpo e é por ele afetado. Quer isto dizer que o espírito só existe enquanto estado de consciência que emerge da matéria e com ela desaparece. Quando morremos, morremos para sempre. Não há imortalidade nem ressurreições. A única coisa que de nós fica, a única coisa que em nós é imortal, ou pelo menos que sobrevive à nossa morte, são as ideias que deixamos.

O quarto grande contributo de Espinosa, na verdade decorrente dos dois precedentes, foi o esforço de expurgar Deus, ou a natureza, de quaisquer traços antropomórficos. Mais importante ainda, não só o filósofo de Amsterdã retirou Deus do centro do universo como retirou o homem do centro do universo ao declará-lo uma mera extensão finita da natureza. O homem era tão natural como um rato ou uma pedra ou um grão de pó. Isto é, o homem nada tem de especial no quadro geral da natureza. Embora difícil de digerir, e salvaguardando que Espinosa teve a preocupação de elaborar uma filosofia para o homem, esta concepção absolutamente inovadora constituiu uma espécie de revolução copernicana na maneira de encarar o ser humano.

Por fim, o quinto e último grande contributo de Espinosa para a nossa civilização é de natureza política. Este grande pensador da razão, embora negando sempre que era ateu, propôs que se substituíssem as religiões que apregoavam superstições por um sistema que usasse a razão. "É livre o homem que se guia exclusivamente pela razão", escreveu. Ora, se Espinosa negava que era ateu e se ele propunha o uso da razão como sistema para interpretar o mundo e organizar a sociedade, logo se presumiu que estaria a propor uma espécie de religião da razão. Esta era uma ideia absolutamente nova no racionalismo. Quando filósofos posteriores se debruçaram sobre os escritos de Espinosa, essa interpretação impôs-se-lhes. Se de fato as religiões tradicionais continham erros ou obstaculizavam o acesso ao conhecimento, por que não substituí-las por novas religiões, estas baseadas na razão e até na ciência? O conceito contribuiu assim para a emergência ou o desenvolvimento de um novo tipo de religião, as religiões políticas, como o liberalismo, o socialismo, o nacionalismo e o socialismo nacionalista. No meio de tudo isto, impõe-se um esclarecimento sobre se Espinosa era ou não ateu, se decifrou ou não Deus enquanto natureza, se O matou ou não. Lendo os seus textos torna-se claro que ele nunca disse que Deus não existia. A pista que ele deixou foi *Deus sive Natura*. Deus ou a natureza. Isto é, Deus *era* a natureza. Isso levou a que muitos considerassem que Espinosa divinizou a natureza. Se fizermos uma leitura literal dos seus escritos, assim foi de fato. Porém, nem tudo o que Espinosa disse é para ser levado à letra e é preciso proceder a uma hermenêutica dos textos que nos deixou. Uma coisa é o que Espinosa disse, outra é o que ele queria realmente dizer. Essa sutileza faz parte do seu segredo.

Temos duas hipóteses. A primeira é acreditar que Espinosa queria mesmo dizer tudo o que disse e que se não disse outra coisa é porque não pensava outra coisa. É a hipótese de Frédéric Lenoir, natural em quem faz uma leitura filosófica. A segunda é acreditar que Espinosa usava as palavras como um marrano, pensava uma coisa inaceitável para o seu tempo e com um certo tato dizia outra mais aceitável, embora o fizesse dando um sentido diferente às palavras. É a hipótese de autores judaicos como Rebecca Goldstein, Robert Misrahi e Yirmiyahu Yovel ou de outros como Henri Gouhier, natural em quem faz uma interpretação histórica. Inclino-me fortemente para esta segunda hipótese justamente porque entendo que, como aprendemos na historiografia e no próprio *Tratado Teológico-Político*, um texto tem de ser sujeito a uma hermenêutica e lido no contexto da sua época.

Dizer por escrito que Deus não existia era simplesmente proibido naquele tempo – e Espinosa sabia-o. Detestava polêmicas, como ele próprio confessou, e chegou a afirmar no *Tratado Teológico-Político* que tinha o cuidado de não escrever nada que fosse "repugnante às leis" das Províncias Unidas. Isto significa que era muito cauteloso com as palavras. Usava constantemente expressões religiosas como "Deus", "piedade", "virtude", "beatitude" e outras, mas fazia-o num sentido totalmente diferente do da religião tradicional. Isso acontecia justamente porque camuflava pelas palavras o seu verdadeiro pensamento. Ou seja, utilizava uma linguagem religiosa tradicional para veicular ideias contra a religião tradicional. Não é porque chamava "Deus" à natureza que Espinosa acreditava realmente em Deus. Essa foi a forma sutil que encontrou de O matar de uma maneira menos inaceitável no seu tempo. Claro que isto é uma interpretação, mas está perfeitamente em linha com os procedimentos dissimulados de Espinosa perante os dogmas e os tabus da sua época. De resto, não é por acaso que Misrahi chamou a filosofia de Espinosa de "ateísmo mascarado" e Gouhier, de "ateísmo polido".

Ao ler o *Tratado Teológico-Político*, Thomas Hobbes ficou de tal modo assombrado com a audácia de Espinosa em dizer o que no século XVII não podia ser dito que desabafou: "Ele ultrapassou-me, pois nem eu sou capaz de escrever com tanto atrevimento". É certo que o impacto que Espinosa teve no pensamento, na epistemologia, na exegese bíblica e na emergência das modernas religiões políticas levou tempo a ser reconhecido. Isso aconteceu sobretudo porque o que ele disse e escreveu era de tal modo revolucionário e chocava de forma tão direta e brutal com as ideias feitas do seu tempo que a rejeição se tornou inevitável. O que é isso de que a Bíblia não tem inspiração divina? Os milagres, sobre os quais assenta a popularidade da religião cristã, não existem? Se a mente nasce do corpo, isso significa que morre com ele? Quer isso dizer que Jesus não ressuscitou? Nem nós alguma vez voltaremos a viver? A Igreja não tem nenhuma palavra a dizer sobre os assuntos do Estado e da ciência? O Estado não pode proibir religiões heréticas nem dizer qual é a verdadeira e quais as falsas, mas tem de as tolerar a todas? O que dizer da ideia de que Deus não desempenha nenhum papel no funcionamento do mundo natural? Deus é mesmo a natureza? É preciso substituir a religião tradicional por uma religião da razão? Todas estas ideias suscitaram enorme perplexidade e grande escândalo na época.

Os pensadores do seu tempo foram os primeiros a reagir contra tais heresias. Não foram só os *predikanten* calvinistas que se ergueram em revolta contra o blasfemo judeu português, note-se. Foram os próprios cartesianos, que continuavam a acreditar na mão divina como causa primeira e última de todo o mundo natural, que se voltaram com ferocidade contra as ideias do mais extremista de todos os racionalistas. O pensamento de Espinosa revelou-se tão revolucionário que mesmo o racionalista Gottfried Leibniz, que com ele se correspondera e privara, tornou claro que o objetivo da *Ética* e do *Tratado Teológico-Político* era a destruição pura e simples da fé religiosa. Isso valeu a Espinosa a reputação maldita de ateísmo, apesar da embaraçosa constatação por parte dos seus próprios adversários de que se tratava de um homem de inatacável comportamento moral e ético.

Alguém declarar-se espinosista tornou-se assim tabu. Espinosa pura e simplesmente deixou de existir, ou se existia era quase apenas enquanto encarnação de Satanás. O seu nome tornou-se a marca da infâmia. O problema é que as suas propostas, apesar de reprimidas, sobreviveram e foram fazendo sub-repticiamente o seu caminho. Já Leibniz, que tal como Descartes continuava a acreditar no papel de Deus, alertara para o perigo de que as ideias de Espinosa "se insinuassem gradualmente na mente de homens poderosos que governam os outros e de quem tantos assuntos dependem e se infiltrassem nos livros da moda, inclinando tudo para uma revolução universal que ameaça a Europa". Era de fato de uma verdadeira revolução que se tratava e a premonição de Leibniz revelou-se inteiramente fundada.

O primeiro dos "homens poderosos" em quem as ideias de Espinosa se insinuaram foi John Locke, apontado por muitos como o patriarca do liberalismo enquanto ideologia. Apenas seis anos depois da morte do filósofo judeu português, presumivelmente de tuberculose agravada por silicose, uma doença respiratória resultante da inalação de pó de vidro produzido pela limagem de lentes, Locke instalou-se nas Províncias Unidas e teve aí acesso aos escritos heréticos de Espinosa, sobretudo a *Ética* e o *Tratado Teológico-Político*. Contatou também pessoas que conheceram Espinosa pessoalmente.

Impressionado com as ideias revolucionárias de tolerância religiosa e liberdade política que encontrou nos textos do filósofo oriundo do Houtgracht, e embora se tenha esforçado por evitar fazer a menor referência direta ao autor estigmatizado, Locke escreveu a *Epistola de tolerantia*; fê-lo, curiosamente, num local situado perto da própria casa de Espinosa em Amsterdã. A epístola foi lida pelos homens que combatiam a presença britânica na América, incluindo Thomas Jefferson, e as suas ideias liberais produziram um tal efeito neles que decidiram adotá-las e incluí-las na sua Constituição. Nasceu assim a América, terra da tolerância e dos homens livres, filha maior do intelecto e da ética liberal de Bento de Espinosa.

Locke tornou-se o primeiro grande veículo difusor das ideias de Espinosa, mas o problema é que evitara mencioná-lo como fonte das suas propostas, o que teve como consequência o filósofo judeu português permanecer na sombra, ostracizado pelo anátema de ateísmo que sobre ele fora lançado. Foi assim noutro país que o seu nome acabou por emergir com todo o esplendor. A Idade das Luzes na Alemanha, conhecida por *Aufklärung*, não era necessariamente hostil à religião, como acontecia por exemplo em França, procurando antes submeter as crenças religiosas aos princípios da razão. Isso exigia que se procurassem estabelecer os elementos universais das religiões e rejeitar tudo o que fosse superstição. Leibniz, que se interessara por Espinosa, mas rejeitava o seu racionalismo levado até às últimas consequências, foi o primeiro grande pensador da *Aufklärung*. Embora crítico do filósofo de Amsterdã, é interessante notar que a metafísica leibniziana assumiu amiúde a aparência de um diálogo com a *Ética* de Espinosa.

Foi, contudo, o poeta e filósofo Gotthold Ephraim Lessing quem reabilitou o nome e as ideias de Espinosa. Não só se interessou profundamente pela equiparação de Deus à natureza como adotou a exegese proposta pelo filósofo judeu português no *Tratado Teológico-Político* para o estudo das Escrituras, apresentando os evangelistas como "simples historiadores humanos" e negando implicitamente o estatuto da Bíblia como revelação transcendente. Lessing espantou os seus contemporâneos ao referir-se abertamente ao pensador nascido em Amsterdã para dizer, sem rodeios nem tergiversações, que, "se tenho de apontar algum mestre, não conheço nenhum maior do que ele". Espinosa, o maior de todos os filósofos? O indizível tinha sido dito. As portas ao reconhecimento explícito e desassombrado do gênio do grande filósofo judeu, português e neerlandês abriram-se enfim.

Por essa altura, um discípulo de Locke, John Toland, havia inventado em Inglaterra a expressão *panteísmo* para descrever a proposta espinosista de fusão de Deus com a natureza. A expressão vingou e esteve na origem de um grande debate que se desencadeou na *Aufklärung* alemã, a *Pantheismusstreit*, ou a querela do panteísmo, lançada por Friedrich Jacobi e que durou três décadas. Jacobi estabeleceu a premissa de que, quanto mais a metafísica é racional e coerente, mais ela se torna panteísta, ideia retomada por Heinrich Heine, um grande admirador do filósofo de Amsterdã. Ou seja, o até aí amaldiçoado Espinosa era afinal o mais consequente dos racionalistas. Note-se a significativa evolução semântica: de perigoso radical passara a ser descrito como racionalista consequente.

A partir daí, foi a reabilitação absoluta. Embora cronologicamente Espinosa antecedesse Leibniz, na *Aufklärung* alemã foi encarado como o racionalista que se seguira a Leibniz, indo até onde o alemão jamais se atrevera a ir. Os temas da filosofia espinosista, considerados de grande originalidade, ocuparam o centro do debate na Idade das Luzes da Alemanha, em particular as suas concepções de que Deus era a natureza e a sua teoria do conhecimento. "A existência é Deus", estabeleceu Goethe, resumindo nessa frase a ideia central do espinosismo. O grande poeta alemão tornou-se o maior dos seguidores de Espinosa e cobriu-o de rasgados elogios. Depois de o definir como "*theissimus, christianissimus*" descreveu-o como "um homem extraordinário" e revelou que "ele ajuda-me enormemente na minha própria forma de pensar e agir", pois "nunca vi uma visão tão clara do mundo". A querela do panteísmo espalhou-se como fogo pelos círculos intelectuais da Alemanha, envolvendo os grandes pensadores do país, incluindo os seus nomes maiores, Goethe, Kant e Hegel.

Apesar das muitas diferenças, Immanuel Kant emergiu a certa altura como uma espécie de duplo de Espinosa. Seguindo literalmente o exemplo do filósofo de origem judia portuguesa, Kant partiu da crítica da religião e da exegese bíblica como instrumentos para desmontar o que considerava serem as falsidades religiosas prevalecentes no seu tempo e assim retirar às igrejas o poder de obstaculizar a investigação filosófica e científica, e apontou para o império da razão na interpretação da realidade. Sempre no encalço de Espinosa, Kant defendeu que o mundo era totalmente natural, não sendo necessária uma autoridade sobrenatural para o explicar, e que as relações entre os seres humanos deveriam ser regidas por uma ética, não sendo igualmente necessária uma entidade divina para a impor. Espinosa havia por exemplo sustentado que a pessoa que se comporta corretamente apenas por medo de Deus e/ou por desejo de acesso ao paraíso numa outra vida não é tão virtuosa quanto a pessoa que se comporta corretamente sem que o faça por temer uma punição ou esperar um prêmio. Fazer o bem por medo não tinha tanto valor como fazer o bem por convicção. Este conceito espinosista de comportamento virtuoso por imperativo moral influenciou evidentemente o princípio kantiano do imperativo categórico. Kant concordou com Espinosa: quem impõe a lei é a razão, não Deus. Pela inversa, enquanto Espinosa defendia que pela razão era possível responder a todos os mistérios, incluindo os metafísicos, Kant rejeitou liminarmente tal hipótese.

De uma forma inesperada, as propostas de Espinosa passaram a ocupar o centro do idealismo alemão, produzindo ondas de choque por toda a parte. Enquanto Schopenhauer exaltava as primeiras páginas do *Tratado Teológico-Político*, Hegel considerava o seu autor um "pensador profundo", dizendo: "quem se inicia em filosofia, tem primeiro de ser espinosista". Mais, o grande filósofo alemão declarou que "Espinosa é o ponto crucial da filosofia moderna; ou há espinosismo ou não há filosofia". Não é por acaso que Hegel começou a sua vida intelectual a publicar obras sobre Jesus e o cristianismo, seguindo também ele o método espinosista de análise racional da Bíblia para desmontar os tabus religiosos que impediam o avanço do conhecimento. Quanto à ética do filósofo de Amsterdã, Hegel afirmou que "pode dizer-se que não há moral mais sublime". É difícil encontrar maior reconhecimento do que este.

Uma parte do pensamento filosófico alemão constitui na verdade um esforço levado a cabo para conciliar as duas principais variantes da *Aufklärung*, a de Espinosa e a de Kant, tentativa em que se empenharam Fichte, Hegel, Schelling e Schopenhauer. Tal levou Heine a França, onde expôs aos intelectuais franceses o papel libertador do panteísmo na cultura alemã e apontou Espinosa como o seu profeta. O poeta germânico chegou ao ponto de classificar o autor da *Ética* como um pensador alemão, dizendo: "A doutrina de Espinosa saiu da crisálida matemática e rodopia em torno de nós sob a forma de uma canção de Goethe". Já Friedrich von Schiller ficou tão impressionado com as suas leituras de Espinosa, e em particular com o conceito da alegria como objeto primeiro da ética espinosista, que escreveu uma *Ode à Alegria* com esta proclamação famosa: "Ó alegria, fagulha divina!".

Em poucos filósofos o impacto de Espinosa foi maior do que em Nietzsche. Os escritos do autor de *Para além do Bem e do Mal* estão repletos de referências ao judeu português, umas elogiosas, outras críticas. Nietzsche acusou-o de "charlatanismo de forma matemática", mas elogiou-lhe a "sua simplicidade e a sua sublimidade habituais" e reconheceu em correspondência privada: "Tenho um precursor, e que precursor". Não era caso para menos. Afinal, Espinosa havia matado Deus antes do próprio Nietzsche e o *conatus* espinosista continha o gérmen da *Der Wille zur Macht*, a vontade de poder nietzschiana. Mais ainda, antes de Nietzsche propor um mundo para além do bem e do mal, já Espinosa (seguindo Hobbes) havia dito que bem e mal não existem, sendo que ambos acabaram por se revelar pensadores profundamente morais por acreditarem na capacidade de os homens se aperfeiçoarem. "Não apenas a sua tendência suprema é a minha – que faz do conhecimento o afeto mais poderoso – como me reconheço em cinco pontos importantes da sua doutrina", escreveu Nietzsche, enumerando-os: "Este pensador absolutamente extraordinário e muito isolado é imensamente próximo de mim nestes pontos: ele nega a liberdade da vontade, a finalidade, a ordem moral do mundo, o não egoísmo e o mal". Por causa dessas afinidades, um acabou demonizado como ateu e o outro como niilista.

O profundo impacto de Espinosa na historiografia bíblica que se desenvolveu na Alemanha não pode também ser negligenciado. O método de exegese das Sagradas Escrituras que propôs no *Tratado Teológico-Político* foi recuperado por Hermann Reimarus, que se pôs a estudar os evangelhos cristãos segundo o procedimento espinosista. O que este professor alemão de Línguas Orientais descobriu sobre Jesus foi de tal modo chocante que nem se atreveu a publicar a obra. Só depois da morte de Reimarus, que por esse motivo já não poderia ser perseguido por blasfêmia, é que a sua exegese ao Novo Testamento *à la* Espinosa viu a luz do dia, pela mão, note-se, de Lessing, que a foi publicando em fragmentos. A partir daí sucederam-se uma série de estudos sobre o Jesus histórico, em cujas conclusões se baseia aliás o meu romance *O Último Segredo*, e não mais o mundo ocidental voltaria a ser o mesmo.

Com Espinosa a ocupar o centro do debate no início da Idade das Luzes da Alemanha, a divulgação da sua obra e pensamento nos países mais a ocidente tornou-se inevitável. Em Inglaterra, Coleridge nomeou a *Ética* como uma das três maiores obras desde o aparecimento da cristandade e Bertrand Russell reconheceu Espinosa como "uma das mais importantes pessoas do meu mundo", especificamente por causa do seu comportamento e visão ética. Já em França apareceu Taine a proclamar Espinosa o precursor da versão mais objetivista das ciências sociais e Diderot a confrontar o espinosismo com o deísmo e o ateísmo. Montesquieu foi beber muitas das suas ideias em Espinosa e o próprio Rousseau se inspirou no espinosismo, em particular na ideia de que o objetivo da governação é a liberdade. Henri Bergson chegou mesmo a afirmar: "Quando se é filósofo, tem-se duas filosofias: a sua e a de Espinosa".

Na literatura, George Eliot traduziu a *Ética* e o *Tratado Teológico-Político*, embora esforçando-se por esconder tal fato, e alimentou os seus romances com conceitos espinosistas, como as dualidades servidão-liberdade e ideias corretas e incorretas, e ainda a questão da busca pela verdade.

O filósofo judeu português influenciou igualmente Mary Shelley, Karel Čapek, Jorge Luis Borges e Isaac Bashevis Singer. O grande Somerset Maugham foi ao ponto de usar o título da quarta parte da *Ética*, "A Servidão Humana", como título de um dos seus romances mais famosos. Aliás, também Ludwig Wittgenstein se inspirou evidentemente no título do *Tratado Teológico-Político* quando escolheu *Tratado Lógico-Filosófico* para título de uma das suas obras mais célebres.

Apesar de se tratar de um dos fundadores do liberalismo enquanto ideologia, Espinosa teve um profundo impacto em pensadores que produziram outras ideologias. Heine havia poeticamente observado que "todos os filósofos contemporâneos, talvez sem o saberem, olham através das lentes que Espinosa poliu", e isso é visível nos conceitos que conduziram ao socialismo, ao nacionalismo e ao nacional-socialismo. Por exemplo, Ludwig Feuerbach baseou-se na visão espinosista de que tudo era matéria, incluindo Deus, para desenvolver o conceito de materialismo. Ora, Feuerbach, convém não o esquecer, foi uma das principais influências do criador da mais conhecida teoria do socialismo, o marxismo, corrente que teorizou o materialismo histórico.

Quando tinha vinte e três anos, Karl Marx transcreveu longas passagens do *Tratado Teológico-Político* e da *Correspondência* de Espinosa, a quem o autor de *O Capital* foi buscar a noção de causalidade como veículo de mudança social, a noção do determinismo como inevitabilidade da história, a noção de que toda a realidade é regida por leis naturais, a noção de que "a crítica da religião é a condição preliminar de toda a crítica", a noção de que era preciso uma teoria radical de ação política e ainda, claro, a noção de que tudo era matéria, daí o materialismo histórico, e de que através da ciência tudo se podia compreender, daí o socialismo científico. É certo que Marx acreditava no poder redentor das massas, conceito absolutamente rejeitado por Espinosa, para quem a turba estava mergulhada nas paixões e na ignorância e só uma elite tinha os instrumentos intelectuais necessários para as superar através do uso da razão.

Ironicamente seria a visão espinosista que, neste particular, acabaria por prevalecer no próprio marxismo em detrimento da visão de Marx, pois, perante a evidente e desconcertante apatia revolucionária das massas, que não faziam espontaneamente a revolução que Marx e Engels haviam previsto que fizessem, o marxista Georges Sorel propôs que esse papel revolucionário fosse assumido por uma elite que guiasse as massas proletárias.

Esta ideia soreliana foi retomada por Vladimir Lênin no bolchevismo com o conceito de *vanguarda* e por Benito Mussolini no fascismo, uma versão nacionalista do socialismo ditatorial, com o conceito de *hierarquia*.

Mas a principal influência do filósofo judeu português nas ideologias que nasceram nos séculos seguintes situa-se sobretudo na interpretação feita por vários pensadores de que Espinosa propusera a substituição das religiões tradicionais por uma nova religião, a religião da razão. Em boa verdade, o autor da *Ética* jamais utilizou essa expressão, mas a proposta parece implícita nos seus textos – ou pelo menos foi assim interpretado. Afigura-se claro que o filósofo de Amsterdã tinha em mente o liberalismo, ao qual Benedetto Croce séculos mais tarde chamaria "a religião da liberdade", ideologia na base das modernas democracias liberais que Espinosa deliberadamente ajudou a fundar.

Na Alemanha, contudo, a proposta da religião da razão deu ideias diferentes a diferentes pensadores. Assim, o autor daquele que é considerado o primeiro livro socialista alemão, Moses Hess, descreveu o autor da *Ética* como o terceiro profeta judeu, depois de Moisés e de Jesus, pois havia sido ele quem mostrara ser possível conceber uma religião universal e racional, religião que o pensador socialista alemão identificou como sendo o comunismo. Hess não assinou a sua obra, mantendo-se anônimo, embora tenha dado uma pista. Disse ser o seu livro escrito *von einem Jünger Spinozas*, "por um jovem discípulo de Espinosa". Aí estava, pois, a origem da ideia alemã de fazer do socialismo a religião da razão. Sentenciou Feuerbach: "Temos de nos tornar novamente religiosos, temos de transformar a política em religião".

Também o nacionalismo conta na sua gênese com a ideia espinosista de que as religiões tradicionais deveriam ser substituídas por uma religião da razão. Só que, por religião da razão, os ideólogos do nacionalismo alemão entenderam o culto da nação. Johann Gottlieb Fichte, que admirava Espinosa, propôs a religião da "preservação da nação alemã", com uma educação nacional puramente alemã na qual o individualismo e o liberalismo se submeteriam à vontade geral da nação. Muito importante, Fichte pugnou por uma "religião patriótica" para substituir as antigas. Essa ideia foi igualmente utilizada por Hegel, que se queixou amargamente da forma como as religiões tradicionais haviam destruído a alma alemã. "O cristianismo despovoou o Walhalla, derrubou a golpes de machado as florestas sagradas, extirpou a imaginação do povo como se fosse uma superstição vergonhosa, como um veneno diabólico, e deu-nos em troca a imaginação de um povo cujas leis, cultura e interesses nos são estranhos e cuja história nada tem a ver conosco", queixou-se Hegel, observando que se os alemães desenvolvessem uma imaginação própria isso "teria engrandecido o nosso solo". Como resolver o problema? Bastava seguir o que se considerava ser a sugestão de Espinosa e criar uma nova religião, a religião da razão. Que religião era essa? A da nação alemã, claro.

Dois séculos mais tarde, Adolf Hitler estava a dizer exatamente a mesma coisa. Ao empregar a expressão "socialismo científico" ou "antissemitismo científico", os marxistas e os nacionais-socialistas usaram a ciência para credibilizar as suas crenças e disfarçar a verdadeira natureza religiosa das suas ideias. O marxismo e o nacional-socialismo fizeram previsões de um futuro radioso, como ciências que pretendiam ser, mas na verdade o que apresentaram foram profecias escatológicas, como religiões que efetivamente eram. Conhecem-se bem as destruições de igrejas e os massacres de clérigos na Rússia comunista e os assassinatos e massacres de judeus, católicos, testemunhas de Jeová e até protestantes na Alemanha nazista.

Ora, e uma vez que os seres humanos são animais religiosos, a supressão das religiões tradicionais por estes novos sistemas de ideias não constituiu de modo algum o fim das religiões, como hoje bem sabemos, mas a sua simples substituição por novas crenças que mais não eram do que religiões que fingiam não ser religiões. Sigmund Freud foi dos primeiros a constatar esse fenômeno. "Se quisermos expulsar a religião da nossa civilização europeia, apenas o poderemos fazer através de outro sistema de doutrinas", escreveu o pai da psicanálise em 1927, decerto atento ao zelo religioso do comunismo na União Soviética, para concluir: "Um tal sistema adotaria desde o início todas as características psicológicas de uma religião – a mesma santidade, rigidez e intolerância, a mesma proibição do pensamento".

A ideia de uma religião da razão que substituísse as religiões tradicionais, embora bem-intencionada, acabou assim por degenerar em projetos ideológicos de religiões políticas totalitárias que marcaram profundamente os séculos seguintes. "Que as loucas doutrinas contemporâneas, tal como o nazismo e o marxo-fascismo, sejam inimigas ferozes da religião confirma pura e simplesmente, aos olhos dos discípulos de Espinosa, o seu caráter supersticioso", concluiu Roger Scruton num estudo sobre o pensamento do filósofo judeu português.

É também interessante que Espinosa seja por muitos considerado o primeiro judeu moderno. O primeiro chefe de governo de Israel, David Ben Gurion, descreveu-o como um "pai fundador" do Estado judaico, talvez por no *Tratado Teológico-Político* o filósofo de Amsterdã ter admitido a possibilidade de os judeus recriarem o seu Estado na Terra Santa. Já Freud, que tal como o autor da *Ética* era um judeu que perdeu a fé e que assimilou e desenvolveu a cultura dos gentios que frequentava, afirmou que "admito a minha dependência em relação à doutrina de Espinosa", até porque "concebi as minhas hipóteses a partir do clima que ele criou". Essa dependência devia-se sem dúvida ao fato de o filósofo seiscentista ter insistido que a psique não se reduz ao consciente e que os seres humanos fazem muitas coisas por motivos de que não estão conscientes, para além da sua recusa da culpabilização e a ideia de que teria de ser a própria pessoa a libertar-se. Onde Espinosa via como fonte de energia o *conatus*, Freud via a libido, e onde o primeiro encarava como obstáculo à libertação do ser humano a servidão das paixões, o segundo encontrava a neurose. É sintomático que Jacques Lacan, ao romper mais tarde com a psicanálise tradicional, tenha invocado o *cherem* que marcou a ruptura entre Espinosa e a comunidade portuguesa do Houtgracht.

Outro dos grandes judeus enormemente influenciado pelo autor da *Ética* foi Albert Einstein. O físico judeu alemão apresentou-se abertamente como um "discípulo de Espinosa", a quem atribuiu a "encarnação da razão". "Creio no Deus de Espinosa que se revela na harmonia de tudo o que existe, mas não num Deus que se preocupa com o destino e os atos dos seres humanos", declarou Einstein. Quase todos os conceitos expostos pelo autor da Teoria da Relatividade sobre a ciência e a religião refletem ideias espinosistas, incluindo a famosa declaração de que "Deus não joga aos dados". A recusa firme de Einstein e de tantos outros físicos em aceitarem o papel do acaso e do indeterminismo previsto pela física quântica, conforme exposto nos meus romances *A Fórmula de Deus* e sobretudo *A Chave de Salomão*, resulta diretamente dos pressupostos deterministas estabelecidos a ferro em brasa por Espinosa, da mesma maneira que muitas deduções que constam da Teoria da Relatividade, incluindo as famosas *Gedankenexperiment*, as experiências de pensamento, resultam do método dedutivo utilizado pelo mesmo filósofo. Einstein viveu obcecado com o projeto de estabelecer uma teoria que ligasse a Teoria da Relatividade à física quântica, a chamada Teoria de Tudo, na verdade uma teoria que tudo explicasse no universo, sonho que continua a ser perseguido como uma espécie de Santo Graal da física. Ora, esse projeto foi pela primeira vez tentado por Espinosa, e de certo modo foi para isso que escreveu a *Ética*. Queiramos ou não, o mundo em que vivemos é o mundo de Bento de Espinosa, o maior filósofo que os judeus, os neerlandeses e os portugueses engendraram.

Duas notas ainda sobre a concepção deste romance. A primeira é que da vida pessoal de Espinosa não se tem muita informação, pois os amigos que publicaram a sua obra póstuma, designadamente Rieuwertsz, Jarig e Meyer, tiveram o cuidado, como já indiquei, de expurgar da correspondência do filósofo as referências a aspectos relacionados com a sua intimidade. Quase toda a informação que da vida de Espinosa chegou até nós resulta essencialmente do que escreveram os biógrafos que lhe foram contemporâneos, Jean Maximilien Lucas e Johannes Colerus, e ainda referências cruzadas e dispersas das pessoas que o conheceram ou que conheceram alguém que o conheceu. Há também material dos escritos do próprio Espinosa, como é o caso do que ele disse sobre a luxúria e os prazeres sensuais, que levam os historiadores a especular sobre a real natureza das suas experiências de vida.

Há episódios descritos neste romance que não se tem a certeza de que ele tenha testemunhado. Por exemplo, é bem possível que tivesse presenciado a terrível punição a Uriel da Costa na sinagoga de Amsterdã, mas não existe nenhum texto que o afirme. Pela inversa, é improvável que tivesse assistido ao linchamento dos De Witt em Haia, embora tal não fosse impossível, uma vez que Espinosa estava nesse dia na cidade e a casa onde vivia situava-se a poucas ruas de distância da praça onde os irmãos foram mortos. Já a conclusão do episódio, a tentativa de meter um cartaz no local do linchamento com a frase *Ultimi barbarorum*, é absolutamente verídica e foi relatada por Leibniz.

A segunda nota diz respeito aos diálogos de Espinosa. Uma parte dos diálogos aqui apresentados resulta, naturalmente, da minha imaginação. Como foi a conversa do filósofo com Jarig quando o conheceu, provavelmente na bolsa de Amsterdã? Como cortejou ele Clara Maria, com quem segundo um biógrafo contemporâneo Espinosa queria casar? Como decorriam as aulas na escola de Van den Enden? Tudo isso tive de imaginar a partir do pouco que sabemos, usando as mais diversas pistas. Por outro lado, procurei apresentar a sua filosofia da forma mais rigorosa possível, e que maneira mais rigorosa existe do que utilizar as suas próprias palavras? Uma grande parte do que o personagem Bento diz sobre as suas ideias constitui, assim, uma simples transposição *ipsis verbis* do que Espinosa escreveu nos seus vários livros, sobretudo na *Ética* e no *Tratado Teológico-Político*. Só quando as ideias dele me pareceram expressas de uma forma menos clara, o que por vezes acontecia como produto do esforço para só ser entendido por um escol de iniciados, é que as verti para uma linguagem mais compreensível.

Este romance não é, pois, um mero produto da minha imaginação, embora ela esteja presente como inevitavelmente acontece em qualquer texto de ficção, mas resulta sobretudo de informação obtida de um conjunto de obras que importa referenciar. Começando pelos textos escritos em latim pelo pensador que inspirou o personagem central deste romance, e que consultei nas suas traduções para inglês e francês, designadamente *Short Treatise on God, Man and His Well-Being*; *Treatise on the Emendation of the Intellect*; *A Political Treatise*; *Theological-Political Treatise*; *Ethics*; e *Correspondance*. Tudo livros e textos com a assinatura de Bento de Espinosa.

Muito importantes foram também as biografias sobre Espinosa, nomeadamente as mais antigas, como *La Vie de Spinosa*, de Jean Maximilien Lucas, que conheceu o filósofo pessoalmente; e *La Vie de B. de Spinoza – Tirée des écrits de ce fameux philosophe et du témoignage de plusieurs personnes dignes de foi, qui l'ont connu particulièrement*, de Johannes Colerus, que, embora não tenha conhecido Espinosa pessoalmente, era seu contemporâneo e entrevistou o casal Van der Spyck, proprietário da casa onde o filósofo morreu, e o filho de Rieuwertsz.

Outras fontes bibliográficas são, claro, as biografias modernas e outras pesquisas sobre Espinosa, como *Within Reason – A Life of Spinoza*, de Margaret Gullan-Whur; *Spinoza – A Life*, de Steven Nadler; *A Book Forged in Hell – Spinoza's Scandalous Treatise and the Birth of the Secular Age*, de Steven Nadler; *Betraying Spinoza – The Renegade Jew Who Gave Us Modernity*, de Rebecca Newberger Goldstein; *Spinoza*, de Roger Scruton; *Spinoza*, de Robert Misrahi; *Le Miracle Spinoza*, de Frédéric Lenoir; *Spinoza – Philosophie pratique*, de Gilles Deleuze; *Spinoza et autres hérétiques*, de Yirmiyahu Yovel; *Spinoza – L'autre voie*, de Blandine Kriegel; *Spinoza*, de Pascal Sévérac e Ariel Suhamy; *Spinoza et le spinozisme*, de Pierre-François Moreau; e *Inquisição de Évora, 1533-1668*, de António Borges Coelho.

Para a compreensão da realidade e das dinâmicas da Nação, a comunidade portuguesa de Amsterdã de onde Espinosa era originário, e ainda a vida na República das Sete Províncias Unidas dos Países Baixos no século XVII, foram fundamentais os livros *Hebrews of the Portuguese Nation – Conversos and Community in Early Modern Amsterdam*, de Miriam Bodian; *Reluctant Cosmopolitans – The Portuguese Jews of Seventeenth-Century Amsterdam*, de Daniel Swetschinski; *La Vie quotidienne en Hollande au temps de Rembrandt*, de Paul Zumthor; e *The Embarrassment of Riches – An Interpretation of Dutch Culture in the Golden Age*, de Simon Schama.

Ainda vários artigos sobre aspetos diversos, como "'A Little Work of Mine That Hath Begun to Pass the World': The Italian Translation of Francis Bacon's *De Sapientia Veterum*", de Anna-Maria Hartmann, *Transactions of the Cambridge Bibliographical Society*, n.º 3, volume 14, 4 de dezembro de 1970; "The God of Thomas Hobbes", de Alan Cromartie, *The Historical Journal*, n.º 4, volume 51, dezembro de 2008; "Francisca Duarte", Huygens Instituut, 13 de janeiro de 2014, www.resources.huygens.knaw.nl; "Moord op de gebroeders De Witt", de Huub Krabbendam, 2015; "Righteous Citizens: The Lynching of Johan and Cornelis DeWitt, The Hague, Collective Violence, and the Myth of Tolerance in the Dutch Golden Age, 1650-1672", de Frederika DeSanto, University of California, 2018; "The Brutal End of Dutchman Johan de Witt, Who Was Torn Apart and Eaten by His Own People", de Kara Goldfarb, 2018; "The Early Editions of Spinoza's *Tractatus Theologico-Politicus*: A Bibliohistorical Reexamination", de Fritz Bamberger, *Studies in Bibliography and Booklore*, volume 5, 1961; e "Spinoza e Espinosa: Excurso Antroponímico", de André dos Santos Campos, *Conatus – Filosofia de Spinoza*, n.º 1, volume 1, julho de 2007.

Sobre a grande peste, as fontes foram *A Journal of the Plague Year*, de Daniel Defoe; *1666 – Plague, War, and Hellfire*, de Rebecca Rideal; e "Doodsangst voor de haastige ziekte", de Marjolein Overmeer, 15 de junho de 2020, Kennislink.

Em relação às religiões políticas geradas pela proposta de Espinosa de substituir as religiões tradicionais por uma religião da razão, as fontes foram *On Christianity – Early Theological Writings*, de Georg Hegel; *Addresses to the German Nation*, de Johann Fichte; *Capital – A Critical Analysis of Capitalist Production* e *Contribution à la critique de la philosophie du droit de Hegel*, de Karl Marx; *Socialism: Utopian and Scientific* e "Draft of a Communist Confession of Faith", de Friedrich Engels; *Karl Marx, March*

1843-August 1844 – *Collected Works*, volume 3, de Karl Marx e Friedrich Engels; *Réflexions sur la violence*, de Georges Sorel; *The Future of an Illusion*, de Sigmund Freud; *La religione della libertà – Antologia delli scritti politici*, de Benedetto Croce; *Les religions de la politique – Entre démocraties et totalitarismes*, de Emilio Gentile; *Totalitarianism and Political Religion – An Intellectual History*, de James Gregor; e *Totalitarianism and Political Religions*, de Hans Maier.

Por fim, várias obras sobre a história da filosofia e da ciência em geral, em particular *Filosofia*, de Stephen Law; *História da Filosofia*, de Bryan Magee; *Science*, de Adam Hart-Davis; e *Discoveries and Inventions – From Prehistoric to Modern Times*, de Jorg Meidenbauer.

Várias pessoas ajudaram-me a tornar este livro possível. Obrigado ao rabino Shlomo Pereira, pelas preciosas correções sobre a língua hebraica e a cultura judaica, em particular a dos sefarditas; a Kitty Pouwels, pelas pistas neerlandesas que me permitiram compreender os efeitos da grande peste de 1664 nos Países Baixos e obter pormenores sobre o linchamento dos irmãos De Witt em Haia, e ainda pelas correções das expressões em neerlandês; a Marc Dijkstra, da Vereniging Het Spinozahuis, a Sociedade da Casa Spinoza, pelos esclarecimentos sobre as fontes em português do *cherem* decretado a Espinosa; e ainda a todas as minhas editoras espalhadas pelo mundo e às pessoas que nelas trabalham, pela dedicação na produção e divulgação da minha obra.

E obrigado a si, querido leitor, o princípio e o fim de cada livro, a razão de ser de toda a literatura.

A última palavra vai, sempre, para a Florbela.

Ocidente a janela em bruma de ouro
A luz evoca. Assíduo, o manuscrito
Já prenhe de infinito a hora aguarda.
Alguém nesta penumbra a Deus constrói,
Um homem Deus engendra. É um judeu
De tristes olhos e cítrea pele.
O tempo o leva como leva um rio
A folha que nas águas vai descendo.
Não importa porém; com delicada
Geometria insiste o feiticeiro
E a Deus cinzela; da doença parte
Para além do que dele só é nada.
A Deus vai erigindo com palavras,
O mais pródigo amor lhe foi doado,
Amor que não espera ser amado.

JORGE LUIS BORGES

Editora Planeta Brasil | 20 ANOS

Acreditamos nos livros

Este livro foi composto em Adobe Caslon Pro e impresso pela Gráfica Santa Marta para a Editora Planeta do Brasil em novembro de 2023.